Maria Adolfsson

Doggerland. Fehltritt

Maria Adolfsson

DOGGERLAND

FEHLTRITT

Kriminalroman

Aus dem Schwedischen
von Stefanie Werner

List

Besuchen Sie uns im Internet:
www.ullstein-buchverlage.de

MIX
Papier
FSC® C083411

Das schwedische Original erschien 2018
unter dem Titel *Felsteg*
bei Wahlström & Widstrand, Stockholm.

List ist ein Verlag
der Ullstein Buchverlage GmbH

ISBN: 978-3-471-35182-6

Gesetzt aus der Quadraat Pro powered by pepyrus.com
Druck und Bindearbeiten: CPI books GmbH, Leck

It is not down in any map; true places never are.

Herman Melville, *Moby Dick*

1

Schon bevor sie die Augen aufschlägt, weiß sie es. Hier stimmt etwas nicht. Hier stimmt etwas ganz und gar nicht.

Sie sollte in einem anderen Bett liegen; egal, in welchem, aber nicht in diesem. Die leichten Schnarchgeräusche neben ihr sollten von jemand anderem stammen, ganz gleich, von wem, bloß nicht von ihm. Und mit einer zweifelsfreien Gewissheit, die alle anderen Gedanken verdrängt, ist ihr klar, dass sie von hier verschwinden muss. Auf der Stelle, bevor er aufwacht.

Vorsichtig und so leise wie möglich schlägt Karen Eiken Hornby das Laken zur Seite und setzt sich auf, ohne auf die andere Seite des Doppelbetts zu schauen. Lässt ihren Blick über das Hotelzimmer wandern und entdeckt ihren Slip und BH neben ihren nackten Füßen auf dem Boden, ihr Kleid auf dem Couchtisch neben der grünen Wildlederjacke, die Handtasche auf einem Sessel. Weiter hinten liegen ihre Sneakers noch hinter der halb geöffneten Badezimmertür.

Sie atmet lautlos, während sie jede kleine Bewegung genau überlegt, um diesen Ort schnellstmöglich zu verlassen, sie lauscht den tiefen Atemzügen in ihrem Rücken und holt selbst nur still und flach Luft. Kurz besinnt sie sich, um die Welle der Angst, die das mulmige Gefühl im Bauch angestoßen hat, aufzuhalten. Schließlich legt sie los: Noch einmal atmet sie tief durch, dann bückt sie sich nach dem Slip und streift ihn über. Ganz vorsichtig, damit die Matratze nicht erschüttert wird, erhebt sie sich vom Bett und spürt, wie sich der Raum um sie dreht. Sie hält inne. Dann macht sie geduckt ein paar kleine Schritte, sammelt BH und Strumpfhose ein und greift nach ihrem Kleid und der Jacke. Das Unwohlsein nimmt zu. Sie geht hinüber ins Badezimmer und schließt leise die Tür hinter sich. Für den Bruchteil einer Sekunde zögert sie, dann verriegelt sie das Schloss. Als sie das kleine Klacken vom Schließbolzen hört, erschrickt sie und legt das Ohr an die Tür. Doch alle Geräusche, die sie aus dem Hotelzimmer möglicherweise hören könnte, gehen im Hämmern ihres Herzschlags und im Rauschen ihres Bluts im Kopf völlig unter.

Dann dreht sie sich um.

Das Gesicht, das sie im Spiegel über dem Waschbecken ansieht, ist leer und sonderbar fremd. Voller Selbstverachtung betrachtet sie ihre knallroten Wangen und die Reste der verschmierten Mascara unter ihren Augen. Ihr braunes Haar hängt auf einer Seite platt herunter, während die übrigen Strähnen noch im Dutt im Nacken sitzen. Der lange Pony klebt an der verschwitzten Stirn. Niedergeschlagen begutachtet sie diesen jämmerlichen Zustand und flüstert mit ausgetrocknetem Mund:

»Wie kann man nur so blöd sein.«

Die Übelkeit wird schlagartig schlimmer, und sie schafft es gerade noch, sich über das Toilettenbecken zu beugen, bevor sie erbricht. Jetzt ist er wach, denkt sie, während sie hilflos ihrem eigenen Schluchzen lauscht, keuchend aufs nächste Würgen wartet und die Augen schließt, um nicht die Reste der gestrigen Nahrung in der Toilette anschauen zu müssen. Sie wartet ab, aber ihr Magen scheint sich schnell beruhigt zu haben. Kurzfristig erleichtert steht sie auf, dreht den Wasserhahn an und füllt ihre gewölbten Handflächen. Dann spült sie sich den Mund aus und kühlt sich mit dem Wasser das Gesicht, als ihr einfällt, dass die schwarzen Ränder um die Augen nun noch schlimmer aussehen. Doch das ist jetzt auch egal. In dieser Hölle kann es nicht noch heißer werden.

Jetzt ist sie fast fünfzig und hat diesmal wirklich den absoluten Tiefpunkt erreicht. Es fühlt sich an, als sei sie siebzig.

Eine kurze und schmerzlose Flucht ist das Einzige, worauf sie jetzt hofft, nach Hause zu fahren, sich hinzulegen und zu sterben. In ihrem eigenen Bett. Aber erst muss sie hier abhauen und bis zum Auto kommen, ohne mit jemandem ein Wort zu wechseln, ohne von jemandem gesehen zu werden. Ein kleiner Hoffnungsschimmer taucht auf, als ihr der Gedanke kommt, dass sie gerade an diesem Tag eine Chance auf eine Flucht ohne Zeugen haben könnte. Viertel nach sieben in der Frühe, und das am Tag nach dem Austernfest, wenn ganz Dunker im Halbschlaf vor sich hin dämmert.

Sie füllt ein Zahnputzglas mit kaltem Wasser und trinkt gierig, während sie mit der freien Hand den Haargummi abzieht und zusieht, wie viele lange Haare darin hängen bleiben. Sie füllt noch mal nach, streift das Kleid über, stopft BH und Strumpfhose in ihre Handtasche, und will gerade die Türklinke herunterdrücken, als ihr etwas einfällt. Spülen muss sie auch noch. Selbst wenn er von diesem Geräusch wach wird, es führt kein Weg daran vorbei; hier darf nichts mehr an sie erinnern. Zittrig und mit zugekniffenen Augen hört sie auf das Geräusch des Wassers, wie es durch das Toilettenbecken rauscht, und das darauf folgende Blubbern, als der Tank sich wieder füllt. Ein paar Sekunden wartet sie noch ab. Als nur noch leises Rieseln zu hören ist, hängt sie sich die Tasche über die Schulter.

Dann holt sie tief Luft und öffnet die Tür.

Er liegt auf dem Rücken, den Kopf in ihre Richtung, und für einen Moment erstarrt sie vor Schreck. Im Gegenlicht sieht es auf den ersten Blick so aus, als würde er sie anschauen. Doch dann erfüllt ein röchelndes Schnarchen wieder den Raum, und sie zuckt zusammen, als die Schockstarre vergeht.

Sechs Sekunden später hat sie ihre Schuhe in der Hand und die Hotelzimmertür geöffnet. Und als sie dasteht, auf dem Weg in die Freiheit, bewegt sie irgendetwas dazu, sich noch ein letztes Mal umzudrehen. Dieser zwanghafte Impuls, als hätte sie auf der Autobahn gerade eine Unfallstelle passiert und gar nicht hinsehen wollen, dann aber doch zurückgeschaut, bringt sie dazu, ihren Blick über den Mann, der da im Bett liegt, wandern zu lassen. Betrachtet den entspannt geöffneten Mund, hört das leichte Gurgeln, das seine Atemzüge begleitet.

Mit einem Gefühl von Unwirklichkeit starrt Karen Eiken Hornby ihren Chef drei Sekunden lang an, dann zieht sie hinter sich leise die Tür ins Schloss.

2

Der dunkelrote Teppich fühlt sich weich an, als Karen mit nackten Füßen und schnellen Schritten zum Aufzug eilt und den Knopf drückt. Der Puls hämmert an ihren Schläfen, während sie ihren Zeigefinger als Schuhanzieher benutzt und in ihre Sneakers schlüpft. Sie hat sie gerade angezogen, da erklingt auch schon der Signalton, und die Aufzugtüren öffnen sich leise zischend.

Sie hat Glück. Die Rezeption scheint nicht besetzt zu sein, als sie mit einem hastigen Blick zur Seite durch das Foyer zum Ausgang flitzt. Ein plötzlicher kalter Schauer läuft ihr über den Rücken, als sie realisiert, dass sie nicht die geringste Erinnerung daran hat, wie sie eigentlich hierhergekommen ist.

Haben sie wirklich gemeinsam eingecheckt? Und wessen Idee war das?

Erinnerungsfetzen vom vergangenen Abend flimmern vorbei wie kurze Filmsequenzen; das Treffen am Hafen mit Eirik, Kore und Marike, die anschließende Kneipentour mit noch mehr Austern und einem Glas Wein nach dem anderen. Und dann eine ganz schwache Erinnerung an Jounas Smeed, der in den frühen Morgenstunden in einer der Bars aufgetaucht war. Noch ein paar Szenen blitzen auf, als sie auf den Ausgang zugeht: Lachen, Necken, kurz aufflammender Streit, versöhnliche Umarmungen, vom Alkohol katalysiert, und Jounas' Gesicht nah an ihrem. Viel zu nah.

Auf dem Weg nach draußen, bevor die Drehtüren sie provokant

langsam hinausbefördert haben, kommt ihr der nächste schockierende Gedanke: Ob sie jemand beobachtet hat, als sie das Hotel betraten?

Draußen auf der Straße ist die Septemberluft kühl und klar, und sie kann gerade einmal tief durchatmen, bevor sich ihr wieder der Magen umdreht. Sie wirft einen raschen Blick auf die verlassene Straße und überquert sie mit Trippelschritten, die Hand schon vor dem Mund. Im nächsten Moment steht sie auf der anderen Seite der Strandpromenade und beugt sich kotzend übers Geländer, während die Übelkeit langsam vergeht. Dann für eine Sekunde ein Gefühl der Erleichterung, bevor ihr etwas, das sie beim Aufwachen vor zehn Minuten noch unterdrücken konnte, mit voller Tragweite bewusst wird. Das Schlimmste kommt noch: Am Montagmorgen wird sie ihn wiedersehen.

Karen lässt ihren Blick über die Meeresbucht im Osten schweifen. Im Gästehafen wimmelt es nur so von schaukelnden Masten, doch der etwas weiter entfernte Terminal, wo die großen Fähren ablegen, ist so verwaist wie jeden Sonntag. Die Fähre von Esbjerg kommt erst heute Abend gegen zwanzig Uhr an, und seit ein paar Jahren gibt es am Wochenende keine Verbindungen mehr nach Dänemark oder England. Wer die Doggerschen Inseln sonntags verlassen möchte, muss heutzutage in Ravenby ins Flugzeug steigen. Durch die diesige Morgenluft, die sich hartnäckig über dem Meer hält, kann Karen gerade noch den weißen Radarturm eines Kreuzfahrtschiffes erkennen, das weit draußen im Seehafen liegt.

Sie blinzelt zum Horizont, während sie in der Jackentasche nach ihrer Sonnenbrille tastet und innerlich flucht, dass sie nicht da ist, wo sie hingehört. Karen streicht mit der Handfläche von außen über die Jacke und kommt zu dem Schluss, dass sie die Brille entweder am gestrigen Abend verloren oder aber im Hotelzimmer vergessen haben muss. Jetzt muss sie also gezwungenermaßen mindestens die halbe Strecke nach Hause mit der tief stehenden Sonne im Gesicht fahren, durstig, mit flauem Gefühl im Magen und einem hämmernden Kopfschmerz. Sie bräuchte einen doppelten Espresso und zwei Kopfschmerztabletten, um keine Gefahr für den Verkehr darzustellen, doch sie weiß, dass weder die Geschäfte noch die Cafés auf der anderen Seite der Strandegate um diese Zeit geöffnet sind, sie muss sich nicht einmal umdrehen. Am Tag nach Oistra, dem großen Fest, ist sie vermutlich die Einzige in dieser verkaterten Stadt, die schon wach ist, von einzelnen Ratten abgesehen, die in überquellenden Mülleimern und zwischen Austernschalen nach Nahrung suchen. Allein der Gedanke an Essen verursacht ihr wieder Übelkeit.

Karen schließt die Augen und stützt sich mit den Handflächen auf die rauen, kühlen Steine der Mauer. Sie holt mehrmals tief Luft. Der frische Wind tut gut, und die Brise weht ihr das feuchtverklebte Haar ins Gesicht. Sie lässt die Sonne ihren Nacken wärmen und schaut hinunter zum Strand. Eine Schar Lachmöwen schreit zwischen ein paar schlampig zusammengebundenen Mülltüten, die keinen Platz mehr in den extra aufgestellten Mülltonnen fanden. Etwas weiter entfernt sind die Konturen eines weiteren Abfallsacks sichtbar. Doch im nächsten Moment erkennt Karen, dass das ein Mann ist, der sich dort schlafen gelegt hat. Er liegt direkt auf dem Sand und hat sich mit einem Mantel zugedeckt. Neben ihm steht ein Einkaufswagen, vermutlich von einem der Supermärkte geklaut, und darin lagern leere Flaschen und Dosen. Er sieht aus wie einer der Drogenabhängigen, die sich oben an der Galleria hinter dem Marktplatz rumtreiben. Vermutlich wird es ihm genauso ergehen wie ihr, wenn er aufwacht: durstig, verschwitzt und mit der Angst, die der Kater auslöst, wie ein schwerer Rucksack auf den Schultern. Im Gegensatz zu mir allerdings hat er die Nacht ganz unschuldig allein verbracht, ist ihr nächster Gedanke.

Weit entfernt hört sie das Knattern eines Mopeds, das einen halbherzigen Versuch unternimmt, sich in die Geräuschkulisse der tobenden Meeresbrandung zu drängen. Schäumende Wellen schlagen gegen den Pier, der sich unerschrocken weit ins Meer erstreckt, und in der Bucht ist ein ramponiertes Segelschiff an einem der sechs Dalben festgemacht. Karen fragt sich, wie lange es dauern wird, bis die Hafenpolizei rausfährt und es rauswirft. Vermutlich drücken sie bis zum Nachmittag noch ein Auge zu; nicht einmal die sonst so übereifrigen Jungs werden an einem Tag wie diesem schon vor dem Mittagessen ihren Jagdinstinkt verspüren.

Der hintere Teil der Mole ist noch immer in Morgennebel gehüllt, und der Leuchtturm draußen an dem kilometerlangen Wellenbrecher zeigt sich nur mit unscharfen Konturen. Heute Nacht mussten sie richtig dichten Nebel gehabt haben, denkt Karen und kann sich erinnern, dass der Lärm von den Nebelhörnern ungewöhnlich lang ertönte. Und noch eine Erinnerung kommt auf: Jounas, der verärgert aufsteht, um das Fenster zu schließen. Dann kommt er zurück ins Bett. Dieses Bild verdrängt sie ganz schnell und setzt sich eilig in Richtung Parkplatz in Bewegung, der sich in der Redehusgate befindet.

Das Auto steht vorschriftsmäßig geparkt drei Häuserblöcke entfernt, genau da, wo sie es vor einem halben Tag abgestellt hat. Als sie ihren dunkelgrünen Ford Ranger auf dem verlassenen Parkplatz vor dem Rathaus entdeckt, spürt sie Erleichterung. In knapp einer Stunde wird sie in ihrem eigenen Bett liegen, in ihrem eigenen Haus und hinter heruntergelassenen Jalousien genießen, dass der Schlaf ihr ein paar Stunden Zeit schenken wird, in der sie sich nicht mit quälenden Selbstvorwürfen zermartert.

Im nächsten Moment bemerkt sie, dass ihr Autoschlüssel fehlt.

3

»Na, was ist denn hier passiert?«

Die Stimme hinter ihr klingt autoritär und ein wenig herablassend. Karen, die mit der einen Hand in ihrer Handtasche wühlt und sich mit der anderen auf der Motorhaube abstützt, erstarrt.

Sie war neben dem Wagen in die Hocke gegangen und hatte zunehmend hektischer in ihrer Tasche nach dem Schlüssel gekramt. Erfolglos. Alle Fächer und Taschen hatte sie bereits inspiziert und den Boden abgetastet. Am Ende war sie in ihrer Panik dazu übergegangen, jeden einzelnen Gegenstand auszupacken.

Jetzt flucht sie lautlos mit zusammengepresstem Kiefer: Was tut die Polizei zu dieser Uhrzeit hier draußen? Warum muss man Steuergelder und Personalressourcen verschwenden und Streifen einsetzen, wenn sowieso die halbe Stadt schläft? Mit einem tiefen Seufzer erhebt sie sich auf ihre steif gewordenen Beine. Dann dreht sie sich notgedrungen um und versucht verkrampft, ein entspanntes Lächeln aufzusetzen.

Ihr gelingt nur eine hässliche Grimasse.

In den Gesichtern der Beamten spiegelt sich erst Entsetzen, dann Argwohn, als sie die Unordnung sehen.

»Oh, entschuldigen Sie ...«, sagt der Ältere von den beiden und tritt geniert einen Schritt zurück.

Hilflos wandert sein Blick zwischen den verschmierten Make-up-Resten in Karens totenblassem Gesicht und dem Inhalt ihrer Handtasche, der überall auf dem Boden verstreut ist, hin und her. Seine jüngere Kollegin hat Karen nur kurz gemustert und wendet sich nun mit großer

Neugier den Sachen auf dem Asphalt zu: eine Zeitung vom Vortag, ein Handy, eine halbe Schachtel Zigaretten, etwas, das wie eine schwarze Strumpfhose aussieht, ein Ladegerät, ein zur Hälfte gegessener Apfel, an dem das dunkel verfärbte Fruchtfleisch noch verrät, wo sie abgebissen hat, ein BH und ein Päckchen Kondome.

Karen Eiken Hornby zwingt sich zu einem gekünstelten Lächeln, und spürt, wie ihr Gesicht spannt. Dann unternimmt sie einen Versuch, die Unordnung zu erklären.

»Ich kann meinen Autoschlüssel nicht finden«, sagt sie und atmet beim Sprechen ein, in der Hoffnung, dass auf diese Art ihr Atem den beiden Beamten nicht in die Nase strömt. Die Handtasche sei neu, schiebt sie hinterher.

»Haben Sie in der Stadt übernachtet?«

Die Polizistin ist in die Hocke gegangen und sieht jetzt zu ihr hoch. Dabei lächelt sie verständnisvoll. Karen spürt sofort Verärgerung aufkommen, was weiß diese unausstehlich durchtrainierte kleine Schnecke mit ihrem wippenden Pferdeschwanz schon vom »Übernachten in der Stadt«?

»Wieso?«, fragt sie mit eiskalter Stimme.

Jetzt setzt sie ihren Blick wieder strategisch ein. Sie weiß, dass dieses durchdringende Blau mit dem gelben Rand rund um die Iris die Menschen vor Schreck zum Schweigen bringen kann. Also sieht sie der wesentlich jüngeren Frau direkt in die Augen und zwingt sie damit, den Blick abzuwenden. Doch in derselben Sekunde tut es ihr schon wieder leid. Sie hat den Kampf zwar gewonnen. Aber was sollte das eigentlich?

»Nach dem Oistra-Fest wird es meistens spät, also habe ich bei einer Freundin übernachtet«, fügt Karen hinzu, um die Atmosphäre wieder zu entspannen. »Aber jetzt muss ich mich wieder um meinen Schlüssel kümmern ...«

Karen zeigt auf ihre Handtasche und all die kreuz und quer verteilten Sachen, die noch immer das Interesse der Polizistin auf sich ziehen. Im selben Moment streckt sich eine Hand aus, hebt die zusammengeknüllte Strumpfhose vom Boden und schüttelt sie leicht. Klirrend fällt der flache Autoschlüssel auf die Steine. Zwei Sekunden später ertönt das vertraute Piepen, und die Zentralverriegelung springt auf.

»Einmal für die Chefin!«, sagt die Polizeiassistentin Sara Inguldsen, die sich nun wieder aufrichtet und Karen den Wagenschlüssel mit einem schiefen Grinsen überreicht.

Außerstande, irgendein passendes Wort hervorzubringen, nimmt Karen den Schlüssel entgegen und sieht, wie die beiden Beamten ein paar Schritte zurückmachen und offiziell grüßen. Und nun hat offenbar auch Polizeiassistent Björn Lange die Sprache wiedergefunden.

»Fahren Sie vorsichtig, Inspektor Eiken!«

4

Die Autobahn zwischen Dunker und Langevik erstreckt sich sechs Kilometer entlang Heimös südöstlicher Küste, dann überquert sie die lange Halbinsel Skagersnäs und setzt sich in nordöstlicher Richtung noch einmal eineinhalb Kilometer fort. Karen spürt, wie ihr der Schweiß den Rücken hinunterläuft, während sie die Kälte der Klimaanlage gleichzeitig zum Zittern bringt. Karen klammert sich noch fester ans Lenkrad und schielt immer wieder auf den Tachometer. Sie hat zwar ihre Zweifel, ob die Verkehrspolizisten an solch einem Morgen Geschwindigkeitskontrollen vornehmen, aber allein der Gedanke daran, wieder von einem bekannten Gesicht angehalten zu werden und vielleicht auch noch pusten zu müssen, ist etwa ebenso verlockend wie die Vorstellung, noch eine Nacht mit Jounas Smeed zu verbringen. Und meiner Karriere würde es vermutlich ähnlich stark schaden, denkt sie. Denn trotz der relativ großzügigen gesetzlichen Regelung – ein Ergebnis sehr pragmatischer Politiker, die bei einer Änderung mehr zu verlieren als zu gewinnen hätten – würde der Promillegehalt in ihrem Blut heute sicherlich jede Grenze sprengen. Diese Erkenntnis dreht ihr schlagartig den Magen um, und sie drosselt die Geschwindigkeit weiter. Das jetzt bloß nicht. *Never.*

Es ist wenig Verkehr, Autos überholen sie nur mit mehreren Minuten Abstand. Karen lockert ihren Griff ums Steuer und entspannt ihre Schultern. Später am Tag, wenn sie ein paar Stunden Schlaf hatte, wird sie den gestrigen Abend noch einmal Revue passieren lassen, sich alles, was geschehen ist, vor Augen führen, sich selbst Rechenschaft ablegen und zu Reue und Askese verurteilen. Dann gibt es ein paar Wochen keinen Tropfen Alkohol, Zigaretten überhaupt nicht mehr, jeden Tag wird gejoggt, Krafttraining gemacht und gesund gegessen. Erst die Ermittlungen, dann die Verurteilung, so ist das bei ihr. Die Gene der Verwandtschaft von Noorö sitzen tief. Nicht so tief, dass sie sie von der Sünde abhalten könnten, aber immerhin bewirken sie, dass sie die schlimmsten Fehltritte mit Reue erfüllen. Nicht aus Furcht vor der Rache Gottes oder der Angst, nicht in den Himmel zu kommen; eher weil sie den Preis im irdischen Leben fürchtet. Diesmal wird der Chef der Kriminalpolizei von Doggerland ihr die Hölle heißmachen. Sticheleien, Grinsen, Andeutungen. Aber ebenso wenig wie sie einfach weiterarbeiten kann, als wäre nichts passiert, hat sie eine Lösung im Visier. Ein paar Wochen Urlaub werden das Problem kaum beseitigen, denn was kommt danach? Auf volles Risiko gehen und die Kündigung einreichen? Die Branche wechseln, und das in ihrem Alter? Nichts davon scheint eine Alternative zu sein, deshalb verdrängt sie den Gedanken an ihre Zukunft, doch sie kann nicht verhindern, dass immer mehr Erinnerungen vom vergangenen Abend auftauchen und sich puzzleartig zusammenfügen.

Der letzte Samstag im September. Sie hatte Marike, Kore und Eirik im »The Rover« auf ein Bier getroffen, bevor das traditionelle Austernessen begann. Marike war schlecht drauf gewesen, weil ihr eine Glasur beim Brennen misslungen war, und diese Panne zwei Wochen Arbeit zunichtegemacht hatte. In die Rezeptur hatte sie große Hoffnungen gesetzt. Zudem verabscheute Marike Estrup Austern, was sie auch mit einem ungewöhnlich deutlichen dänischen Akzent zum Ausdruck brachte. Mit der Zeit hatten sich die Freunde an Marikes halsbrecherische Mischung aus Dänisch und Doggerisch gewöhnt und festgestellt, dass man an dem Grad, wie sehr ihr Akzent durchschlug, erkennen konnte, in welcher Stimmung sie sich befand; gestern hatte diese Art Geigerzähler riesige Ausschläge verzeichnet, und es war beinahe unmöglich gewesen, ihrem nordjütländischen Schimpfen zu folgen.

Kore und Eirik hingegen waren bester Stimmung gewesen. Zwei

Tage zuvor hatten sie den Zuschlag für ein Haus in Thingwalla erhalten und dann den Freitagabend damit verbracht, sich Sorgen über die Tilgung des Kredits zu machen und über die Einrichtung zu streiten, um sich am Ende im Bett wieder zu versöhnen. Dort hatten sie den ganzen Samstag verbracht und sich wieder in einen Kokon aus schillernden Zukunftsplänen eingesponnen. In dem Zustand hatten sie der Reihe nach den Umzug geplant, das darauf folgende Einweihungsfest sowie ihren weiteren Lebensweg bis ins hohe Alter.

Karen selbst hatte einen sehr produktiven Samstag verbracht. Zuerst war sie in den Baumarkt nach Rakne gefahren. Nachdem sie sieben Fenster abgedichtet, das Scharnier in der Tür vom Schuppen ausgewechselt und außerdem eine halbe Stunde mit ihrer Mutter telefoniert hatte, ohne die Stimme zu heben, hatte sie äußerst zufrieden mit sich selbst ihre noch immer sonnengebräunten Freunde im schummrigen Licht der Kneipe betrachtet. Ihr eigener blasser Teint hingegen ließ sie müde wirken, fast schon krank, was Kore auch noch gnadenlos zur Sprache brachte.

»Ja, aber jetzt bin ich auch mal dran«, war ihre Antwort gewesen. »Vermutlich fahre ich am Montag, spätestens am Dienstag los.«

Nur ein paar freie Tage hatte sie Anfang Juni gehabt, den Rest des Sommers hatte sie durchgearbeitet. Sie hatte Ermittlungen allein zu Ende geführt, während die Kollegen im Urlaub waren, sie hatte die abschließenden Berichte geschrieben, alles aufgeräumt und mithilfe von ein paar vorübergehend abgestellten Kollegen aus den umliegenden Bezirken die Stellung gehalten. Auf die vorsichtige Frage, ob sie ihren Urlaub möglicherweise bis zum Ende des Sommers aufschieben könne, oder besser noch gleich in den Herbst, hatte sie sich nicht anmerken lassen, dass ihr das im Grunde hervorragend passte. Karen Eiken Hornby hatte dann den ganzen Sommer lang gearbeitet und sich ausreichend mit Bonuspunkten versorgt, wenn das Geschacher um Weihnachts- und Silvesterurlaub losging.

Sie hatte sich in einem der Sessel im »The Rover« zufrieden zurückgelehnt und ihren Freunden erklärt, dass nun drei Wochen vor ihr lagen, die sie größtenteils im Nordosten Frankreichs zu verbringen gedachte, während sich Dunkelheit und Kälte über die Doggerschen Inseln legten. Dort, auf dem Hof im Elsass, wo ihr ein paar lächerliche Quadratmeter Erde mit ein paar Weinstöcken gehörten, würde sie mit Philipp, Agnés und den anderen hocken und über die Ernte und die Qualität der letzten Jahrgänge fachsimpeln.

Aber erst wollten sie Oistra feiern.

Wie immer wurde das jährliche Fest unten im Hafen eröffnet, wo sich die Einwohner von Dunker und die Touristen an den Tischen drängten. Die Austern waren zwar noch gar nicht richtig groß, aber der erste Samstag nach dem Herbstanfang war der Auftakt zu einer langen Saison – und das wurde ordentlich gefeiert. Berge von verschiedenen Austernsorten schrumpften und wurden ständig nachgefüllt, während Geld den Besitzer wechselte und schweißgebadete Mitarbeiter der Brauerei mit viel Getöse immer wieder neue Tonnen mit Dunkelbier und Gagelbier heranrollten. Dazu wurden üblicherweise nur Schwarzbrot und Butter serviert, aber das gab es gratis, damit die Leute nicht vor Hunger und Alkohol umkippten. Dafür war jedes freie Plätzchen mit Sponsorenreklame beklebt.

Es war ganz einfach so gewesen, wie es sein sollte.

Doch wie ausgelassen und herzlich die Stimmung auch immer ist, Oistra fordert jedes Jahr einen bescheidenen Teil an Opfern, sei es wegen Völlerei, Schlägereien oder der ein oder anderen Lebensmittelvergiftung. Was jedoch nicht zur Tradition gehört, sind Street Food und der billige Wein, der heutzutage in Pappbechern angeboten wird, und genau das wird jedes Jahr von empörten Bürgern angeprangert, die sich unter Überschriften wie »Schützt unser doggersches Kulturerbe« oder »Enttäuschter Senior« zu Wort melden. Was das Unterhaltungsprogramm angeht, vertreten einige den Standpunkt, dass es sich positiv entwickelt hat, andere sind vom Gegenteil überzeugt. Den Kapellen, die noch bis vor zwanzig Jahren allein für die Musik zuständig waren, wird nun von Rockbands Konkurrenz gemacht, die nicht mehr aus der Gegend kommen, sie werden von überallher gebucht. Unerträgliche

Talentwettbewerbe, der Lärm von Fahrgeschäften, die extra für das Fest aufgebaut werden, und schrilles Kindergeschrei übertönen zudem ihre volkstümliche Musik.

Gestern Abend hatten Kore und Eirik schon gut und gerne ein Dutzend Austern verdrückt und Karen mindestens die Hälfte, bevor sie den Hafen verließen. Marike hatte angeekelt zugesehen, wie sie die Köpfe in den Nacken legten und gierig den Mund öffneten.

»Mollusken gehören nicht zur Ernährung von Menschen, man kann davon schrecklich krank werden«, erklärte sie mit ihrem dänischen Einschlag, den Mund voller Pulled Pork, was ihre Aussprache noch undeutlicher machte.

»Nein, dieses Zeug hier macht krank, nicht die Austern«, hatte Kore fröhlich geantwortet, sich dann den letzten Schluck Gagelbier in den Hals gekippt und den Plastikbecher in den nächsten Mülleimer geschmissen, während er erfolglos versuchte, ein Rülpsen zu unterdrücken.

»Puh, widerliches Zeug«, sagte er dann und verzog das Gesicht. »Jetzt werde ich mir was Richtiges zum Trinken holen.«

Und dann folgte die übliche Kneipentour, bei der sich zu unzähligen Gläsern Weißwein immer mehr Austern gesellten. Damit man die Spezialitäten vergleichen konnte, servierten einige Bars an der Strandpromenade neben den einheimischen Arten auch französische Bélon-Austern. Es war Sitte in Dunker, dass zwar nationalistische, aber keine fremdenfeindlichen Buhrufe ertönten, sobald jemand die ausländische Konkurrenz bestellte. Und genau da, als sie in der dritten Kneipe ankamen, im »Café Nova«, und Karen gerade ein Glas Chablis und zwei Bélons bestellt hatte, spürte sie plötzlich einen warmen Atem dicht am Ohr und hörte diese tiefe Stimme.

»Kriminalinspektorin Eiken, schieben Sie sich wirklich alles in den Mund?«

Langsam drehte sie sich zu ihrem Chef um und antwortete.

»Nein, Smeed, das hättest du wohl gern.«

Doch eineinhalb Stunden später landeten sie in einem Doppelzimmer im Hotel »Strand«. Langsam nähert sich Karen nun den Erinnerungen an diese Stunden, so wie wenn man einen Stein anhebt und mit Grauen feststellt, was darunter kreucht und fleucht. Sie blinzelt in die Sonne und auf die glänzende Fahrbahn.

Natürlich haben der Alkohol und die allgemein ausgelassene Stimmung eine Rolle gespielt, mit diesem Gedanken versucht sie, die Ereignisse richtig einzuordnen. Doch es war beileibe nicht das erste Mal – weder was sie betraf noch die anderen –, dass das Oistra-Fest dazu führte, dass man mit jemandem im Bett landete und es hinterher zutiefst bereute; es hatte sogar Scheidungen gegeben, die sich darauf zurückführen ließen. Trotzdem kann sie sich nicht daran erinnern, dass sie jemals nach einem One-Night-Stand so eine vernichtende Scham empfunden hat.

Karen wirft einen Blick aufs Meer, während die Straße eine leichte Kurve in Richtung Norden macht. Der Nebel klart jetzt auf, die Sonne ist schon höher gewandert, und das wogende Meer glitzert. Ein paar Mantelmöwen segeln auf dem Wind und sehen aus, als würden sie lieber faul ihre Nahrung verdauen und sich friedlich unterhalten, anstatt nach weiteren Fischen Ausschau zu halten. Karen lässt die Seitenscheibe runter und atmet die salzige Luft ein. Es ist ganz einfach, ich muss nur den Personalleiter anrufen und um meine Versetzung bitten, denkt sie. Vielleicht ist eine Stelle in Ravenby frei oder schlimmstenfalls in Grunder – wie trostlos es da auch sein mochte.

Früher war es auch nicht besser, denkt sie. Unter dem letzten Abteilungsleiter nahm eine Kollegin nach der anderen ihren Hut. Die Assistentin Eva Halvarsson hatte die Hoffnung aufgegeben, irgendwann einmal zur Inspektorin befördert zu werden, und sich dann zur Schutzpolizei versetzen lassen, während sich Anniken Gerber und Inga van Breukelen im Polizeibezirk Frisel bewarben. Karen selbst hat sich durchgebissen, nicht so sehr aus Kampfgeist, sondern eher, weil sie die Energie nicht aufbringen konnte, noch einmal von vorn anzufangen. Nicht schon wieder. Aber vor allem, weil die Arbeit bei der Kriminalpolizei eine sehr effektive Art und Weise ist, ihre Gedanken von dem fernzuhalten, was sie um jeden Preis vergessen will. Mit etwa einem Dutzend männlichen und nun auch zwei weiblichen Kolleginnen bei der Kriminalpolizei von Doggerland ist es ihre Aufgabe, alle Schwerverbrechen auf den Doggerschen Inseln aufzuklären: Heimö, Noorö und Frisel. Der Beschluss, alle Einheiten zentral zu bündeln, wurde vor elf Jahren gefasst und damals von den örtlichen Polizeiposten stark kritisiert, doch die Proteste verstummten immer mehr, als die Aufklärungsrate sukzessive stieg. Leider ist diese Entwicklung auch bei den Schwerverbrechen zu beobachten, was bedeutet, dass die Anzahl der nicht verhafteten Täter nun konstant bleibt. Und auch, dass Karen ihre Erinnerungen in Schach halten kann.

Ihre Qualifikation für diese Aufgaben war natürlich infrage gestellt worden, als sie die Stelle antrat. Ein Examen in Kriminologie von der Londoner Universität konnte nach Ansicht der Kollegen die fehlenden »Sklavenjahre« als Streifenpolizistin natürlich nicht wettmachen. Doch Karens persönliche Aufklärungsrate hatte ihre Kritiker mit den Jahren verstummen lassen. Dennoch merkte sie, dass Jounas Smeed sie nur widerwillig mit Respekt behandelte, als er die Leitung der Abteilung übernahm. Als würde jede Anerkennung ihrer Fähigkeiten ihn selbst disqualifizieren. Stattdessen führte er schon bald etwas ein, das er einen »entspannten Umgang unter uns Bullen« nannte, und dieser saloppe Ton wurde von da an in der Abteilung gepflegt.

Die Belohnung hatte nicht lange auf sich warten lassen: Erleichtert, dass sie nun einen neuen Chef hatten, der den blinden Gehorsam und die Unterwürfigkeit im Handumdrehen abschaffte, schlossen die männlichen Kollegen Jounas Smeed augenblicklich ins Herz und machten aus dem »entspannten Umgang« bald einen Jargon, der unerträglich wurde. An Witze in Form von kleinen Sticheleien und Zweideutigkeiten hatte Karen sich gewöhnt. Zumindest hatte sie aus Selbsterhaltungstrieb gelernt, sich bei Johannisens zahlreichen Schimpfworten über Feministinnen, Frauen am Steuer und Jounas' nicht enden wollenden philosophischen Exkursen über die Unmöglichkeit, die Denkweise einer Frau zu verstehen, taub zu stellen. Karen verbietet sich bei diesem unsinnigen Gerede jeden Kommentar. Sie weiß, dass Schweigen schwerer wiegt als Protest und gelangweiltes Gähnen viel provokanter ist als lautstarke Gegenargumente. Mit der Zeit hat sie gelernt wegzuhören, sich verkniffen, ihrem Ärger freien Lauf zu lassen, denn ihr ist völlig klar, dass es nur noch schlimmer wird, wenn sie erst in die Falle tappt. Und zudem hat sie festgestellt, dass ihr dieses Verhalten eine gewisse Macht verleiht. Jounas Smeed provoziert sie, indem er ständig etwas tut, das eine Reaktion von ihr hervorrufen soll, sie provoziert ihn, indem sie keine zeigt.

Und jetzt hab ich mit dem Teufel gevögelt, denkt sie. So ein verfluchter Mist!

In dem Moment, als Karen an der Ausfahrt Langevik vorbeifährt, begreift sie, warum sie eigentlich mit ihm im Bett gelandet ist. Der Grund war dieser ständige Kampf zwischen ihnen, dieses Kräftemessen, das sie gestern Abend beide dazu verleitet hatte, alle Spielregeln über Bord zu werfen. Das war dieser unbändige Willen, den anderen zu besiegen. Und im Suff war die Sehnsucht danach, endlich die Oberhand zu gewinnen und den anderen dazu zu bringen, seine Niederlage einzugestehen, in einen lächerlichen Akt der Verführung gemündet, bei dem sich jeder von ihnen als eindeutigen Sieger sehen konnte. Der Rausch hatte alle Gegenargumente beseitigt, jedes warnende Wort einfach abgetan und stattdessen ganz plötzlich ein körperliches Verlangen hervorgerufen. Einen Funken, der ebenso schnell wieder erstarb, wie er entzündet worden war.

Es war nicht einmal guter Sex gewesen, denkt sie, und das nicht ohne Schadenfreude. Ein endloses, ermüdendes Stellungsspiel, eine Position unbequemer als die andere, wahrscheinlich nur, um Eindruck zu schinden. Gelenkig war der Mistkerl auf jeden Fall für sein Alter, gelenkiger als sie zumindest.

Sie wirft einen Blick in den Rückspiegel, setzt den Blinker und biegt ab. Die Abfahrt nach Langevik ist zwar asphaltiert, aber die Geschwindigkeit wird hier auf 60 km/h gedrosselt, daher nimmt Karen brav den Fuß vom Gas, bis die Anzeige auf dem Tachometer passt. Einen Moment lang schweift ihr Blick von der Fahrbahn ab, und sie sieht zu dem steilen Gebirgskamm hinauf, wo sich ein weißes Windkraftwerk ans andere reiht. Die Rotorblätter der Turbinen drehen sich im Gleichtakt, und sie kann das Zischen durch die heruntergelassene Fensterscheibe hören. Heute erstreckt sich der Windpark, der vor sechs Jahren, als er angelegt wurde, Gegenstand zahlreicher Proteste gewesen war, über den ganzen Langevikberg. Die Bewohner des Dorfes, das ein paar Hundert Meter weiter in Richtung Meer liegt, hatten Treffen anberaumt, Unterschriftenlisten in allen Geschäften und neben den Bierhähnen der Kneipen vor Ort ausgelegt. Mittlerweile sind die Proteste längst verstummt, und es ist Jahre her, dass das Windkraftwerk im Dorf für Gesprächsstoff gesorgt hatte.

Karen betrachtet die hohen weißen Türme. Die Bewegungen der schlanken Arme haben etwas Beruhigendes, nahezu Ästhetisches. Sie selbst hatte eigentlich nie etwas gegen diesen Park gehabt, auch nicht, als der Protest in vollem Gange gewesen war. Aber da für Karen Eiken Hornby ein Humpen gutes Bier schon immer auf der Liste der Dinge, die das Leben erträglicher machten, ganz oben gestanden hatte, hatte sie pflichtbewusst ihren Namen auf eine der Unterschriftenlisten gesetzt; wer nicht unterzeichnete, würde den Bierhahn der einzigen Kneipe im Ort versiegen lassen und sich bei den anderen sehr unbeliebt machen. Aber natürlich waren alle Versuche, den Bau zu verhindern, sinnlos gewesen; ein hoher weißer Turm nach dem anderen war am Langevikbergrücken errichtet worden, und Karin war es eigentlich egal gewesen; auch wenn die Turbinengeräusche bei Südwestwind bis zu ihrem Haus zu hören sind. Aber hier, genau unter dem Windkraftwerk an dem sanften Hang, an dem die Häuser weit auseinanderliegen, als seien sie ganz zufällig aussortiert worden, da, wo der Langeviksfluss sich ins Meer hinabschlängelt, ist ein Dauerpfeifen zu hören.

Hundertfünfzig Meter weiter vorn, auf einem hügeligen Grundstück, das zum Fluss hin liegt, ist im selben Moment eine Bewegung in der Ruhe erkennbar. Eine Frau um die fünfzig quält sich die steilen Stufen von dem alten Waschsteg zum Haus hinauf. Sie trägt einen dunklen Bademantel und hat sich ein Handtuch wie einen Turban um den Kopf gewunden. Karen verspürt einen Anflug von Unbehagen, bevor sie das instinktiv aufkommende schlechte Gewissen wieder verdrängen kann. Es gibt bestimmt tausend Gründe, warum ich nicht mit Jounas Smeed hätte ins Bett gehen sollen, aber Susanne ist keiner davon, sagt sie sich. Deren Scheidung musste mittlerweile bestimmt zehn Jahre her sein.

Einen Moment lang spielt sie mit dem Gedanken, als Gruß kurz zu hupen, so wie man es hier im Dorf üblicherweise macht, doch dann beschließt sie, es zu lassen. In der gegenwärtigen Situation verspürt sie nicht die geringste Lust, sich zu erkennen zu geben. Zudem scheint Susanne Smeed sie gar nicht zu bemerken; ihr Blick ist permanent zu Boden gerichtet, und sie macht den Eindruck, als habe sie es eilig, zum Haus hinauf zu kommen. Mit der einen Hand hält sie ihren Morgenmantel geschlossen und bewegt sich mit schnellen Schritten auf ihr Ziel zu. Vermutlich schlottert sie nach dem morgendlichen Sprung ins Wasser vor Kälte, denkt Karin, zurzeit wird das Wasser kaum Plusgrade haben.

Die Gewissheit, dass sie bald zu Hause sein wird, entspannt Karen, und sie spürt, wie die Müdigkeit sie langsam übermannt. Sie versucht noch ein Gähnen zu unterdrücken und blinzelt ein paar Male. In dem Moment bewegt sich etwas am Straßenrand. Eine Katze rennt mit dem raubtiertypisch gesenkten Kopf und vorgeschobenen Schultern über die Straße, wachsam und jederzeit bereit, ihre Beute zu verteidigen, die hilflos aus ihrem Maul baumelt. Ein Adrenalinschub durchflutet Karens Körper, als der Gurt sich sofort durch die abrupte Bremsung strafft.

»Aufpassen«, ermahnt sie sich selbst. »Du weißt, was passieren kann. Wenn es jemand weiß, dann du.«

Sie folgt dem leicht abschüssigen Weg und nähert sich nun der Mitte der Ortschaft. Hier stehen die Häuser zu beiden Straßenseiten dicht an dicht, aber noch immer ist kein Mensch in Sicht. Karen drosselt ihre Geschwindigkeit noch einmal und biegt auf die lange Hauptstraße ab.

Vor der einzigen Kneipe von Langevik, dem »Krähennest«, sind die Gartentische durcheinander auf dem gekiesten Platz vor dem Lokal verteilt. Vereinzelt stehen sogar noch Gläser auf den Tischen, und ein paar Möwen flattern zwischen den Resten des Austernessens hin und her. Hier ist es sicher nicht nötig, die Stühle aufeinanderzustapeln und die Tische über Nacht anzuketten, so wie es die Gastwirte drüben in Dunker müssen. Aber der Besitzer der Kneipe, Arild Rasmussen, ist in der Regel trotzdem sehr ordentlich und räumt auf, bevor er sein Lokal abends schließt. Vermutlich hat sich der gute Arild gestern zu viele Schnäpse in der Küche genehmigt, wahrscheinlich wollte er wie alle anderen auch ein bisschen Oistra feiern, denkt sie sich.

Langsam fährt sie am ambulanten Behandlungszentrum vorbei, das nur montags und donnerstags für vier Stunden besetzt ist. Nach dem doggerschen Sozialgesetz ist so ein Zentrum in jedem größeren Ort vorgeschrieben. Karen kommt am Tabakgeschäft vorbei, an der mittlerweile geschlossenen Poststelle, dem geschlossenen Eisenwarenladen und dem permanent von der Schließung bedrohten Lebensmittelgeschäft. Das alte Fischerdorf an der östlichen Küste von Heimö wird künstlich beatmet und lebt von der Demonstrationskultur, die aus den alten Zeiten übrig geblieben ist. Doch die Proteste ließen bald nach, das überschaubare Angebot und die höheren Preise bewegen die meisten dann doch wieder dazu, ihre Prinzipien über den Haufen zu werfen und fortan wie gewohnt die großen Super- und Baumärkte anzusteuern. Nur Arild Rasmussens Tätigkeit scheint davon nicht betroffen zu sein, in seiner Kneipe muss man jeden Abend auf freie Plätze warten.

Am Ende umrundet die Hauptstraße den alten Fischmarkt und führt am Hafen vorbei. Karen folgt der scharfen Kurve und setzt ihre Fahrt auf dem schmalen Kiesweg zwischen Meer und Langevikbergrücken fort. Weiße und graue Steinhäuser wandern die Hügel hinauf, und auf der anderen Seite ragen Stege und Geräteschuppen an der Küste entlang ins Wasser hinaus. Alles zeugt davon, dass Langevik genau wie die anderen küstennahen Ortschaften auf den Doggerschen Inseln früher einmal ausschließlich von Fischern, Seeleuten und dem ein oder anderen Lotsen bewohnt war. Heute gehören die meisten Häuser auf den Grundstücken am Meer IT-Fachleuten, Ingenieuren, die auf Bohrinseln ihr Geld verdienen, und verschiedenen Künstlern. Hinter den einfachen grauen Steinhausfassaden sind die Holzöfen und Teekessel gegen Induktionsherde und Espressokocher ausgetauscht worden. Karen weiß, dass immer mehr Geräteschuppen hinter den Häusern in Wintergärten umgebaut werden; anstelle von großen Vierer- oder Sechser-Ruderbooten verbergen sich nun bequeme, wetterfeste Loungemöbel hinter den Fassaden, auf denen erbarmungslos der Wind liegt. An den warmen Sommerabenden sitzen deren Besitzer dort nun zufrieden mit einem Glas Wein in der Hand und genießen einen umwerfenden Blick aufs Meer, ohne sich Sorgen machen zu müssen, weil wieder Netze kaputt sind oder die verfluchten Robben den halben Fang stibitzt haben.

Und vielleicht hätte sie selbst es genauso gemacht, wenn sie das Geld dafür gehabt hätte. Karen Eiken Hornby hat keinen Hang zur Nostalgie. Von außen sieht fast alles noch so aus wie damals, als sie hier aufgewachsen ist, und dennoch ist nichts, wie es war. Und genau das gefällt ihr ganz besonders.

Als sie in die steile Auffahrt einbiegt und eines der letzten Häuser ansteuert, stellt sie wieder einmal fest, dass sie unbedingt die Kuhle am Zaun mit Erde auffüllen muss, wenn sie sich nicht beim nächsten Mal den Kopf an der Decke anschlagen will, wenn ihr schwerer Wagen das Grundstück erreicht. Mit einem Seufzer der Erleichterung schaltet sie den Motor aus und sitzt ein paar Sekunden still da, bevor sie die Tür öffnet. Wieder überkommt sie eine Welle der Müdigkeit, und ihre Beine fühlen sich bleischwer an, als sie die ersten Schritte den Hang hinauf macht und aufs Haus zugeht. Sie atmet mehrmals tief ein und lässt den Duft des Herbstes, der in der Luft liegt, in ihre Lungen strömen. Hier ist es oft ein paar Grad kälter als in Dunker, und es besteht kein Zweifel daran, dass der Sommer sich seinem Ende zuneigt. Die Birken verfärben sich schon langsam gelblich, und die Eberesche drüben am Geräteschuppen leuchtet rot von all den Beeren.

Auf der Steintreppe vor der Küchentür liegt eine zottelige und riesengroße graue Katze. Als Karen näher kommt, dreht sich das Tier auf den Rücken, streckt sich in voller Länge und gähnt so herzhaft, dass seine spitzen Raubtierzähne zum Vorschein kommen.

»Guten Morgen, Rufus, auch heute wieder keine Mäuse? Wofür hab ich dich eigentlich?«

Im nächsten Moment hat er sich erhoben und reibt sich an Karens Beinen. Noch bevor sie den Schlüssel wieder aus dem Schloss ziehen kann, ist der Kater bereits durch die Tür geschlüpft.

Karen wirft die Handtasche auf den Küchentisch, zieht die Jacke aus und streift gleichzeitig die Schuhe von den Füßen. Dann öffnet sie den Schrank über der Spüle, holt zwei Kopfschmerztabletten heraus und schluckt sie mit einem Glas Wasser hinunter, während sie zerstreut dem Kater, der nun auf der Arbeitsplatte sitzt, über den Rücken streichelt. Das immer lauter werdende und fordernde Miauen schneidet in ihren Kopfschmerz. Pflichtbewusst sucht sie nach einer Dose Katzenfutter. Kaum hat sie das Schälchen vor sich hingestellt, verstummt das Tier, und sie kann entspannt die Schultern sinken lassen. Gleich heute Abend würde sie die Katzenklappe montieren, die sie schließlich kaufen musste, weil alles andere nicht funktioniert hat. Auch wenn es hier genügend Mäuse gibt und Rufus Zugang zu mindestens zwei Schuppen hat, zieht er es offensichtlich vor, etwas standesgemäßer in einer Küche zu speisen und seine Tage auf dem Sofa im Wohnzimmer zu verbringen. Wo er gewohnt hat, bevor er im letzten Frühling Karens Auffahrt hinaufgehinkt kam, weiß sie nicht. Auf die Zettel, die sie an Telefonmasten gehängt und in Briefkästen im Dorf verteilt hat, hat sie nie eine Antwort erhalten. Der Tierarzt hat dem Kater das eine Ohr genäht, ihn kastriert, ein Bein geschient und ihm einen Trichter über den Kopf gezogen, um zu verhindern, dass er die Salbe gegen Pilze abschleckte. Das übel zugerichtete Tier war offensichtlich gekommen, um zu bleiben, und Karen bleibt nichts anderes übrig, als festzustellen, dass der Stellungskrieg beendet ist: Rufus hat das Spiel gewonnen.

Während der Kater vor sich hin schmatzt, befüllt Karen die Kaffeemaschine und schneidet sich ein paar Scheiben Brot ab. Etwas später hat sie die zwei Käsebrote im Magen, hinuntergespült mit einem halben Liter starkem Kaffee. Der hämmernde Kopfschmerz hat sich in einen gleichmäßigen Druck verwandelt, und die Müdigkeit übermannt sie ganz plötzlich. Ohne irgendetwas aufzuräumen, schleppt sie sich die Treppe zum Schlafzimmer hinauf, zieht sich das Kleid über den Kopf und legt sich ins Bett. Ich sollte auf jeden Fall die Zähne putzen, denkt sie noch. Im nächsten Moment ist sie eingeschlafen.

5

Das Geräusch erklingt weit in der Ferne und tastet sich durch mehrere Schichten Schlaf nach und nach in ihr Bewusstsein vor. Als es schließlich zu ihr durchgedrungen ist, glaubt Karen für den Moment, es sei der Radiowecker, und drückt instinktiv auf »Stopp«, doch der nervige Ton verstummt nicht. Die digitalen Ziffern zeigen 13:22 Uhr an, und es dauert noch ein paar Sekunden, bis sie zweierlei begreift: Sie hat den halben Sonntag verschlafen, und das Klingeln stammt von ihrem Handy, das drüben in der Küche liegt.

Verärgert wirft sie die Bettdecke zur Seite, zieht sich den Morgenmantel über, der noch über dem Sessel in der Ecke lag, und hastet stolpernd die Treppe hinunter. Das Signal hält sich hartnäckig, und unter zunehmendem Stress wühlt sie ihre Handtasche durch und bekommt das Handy genau in dem Moment zu fassen, als das Klingeln verstummt. Ein kurzer Blick aufs Display, und sie ist hellwach. Drei verpasste Anrufe, alle von Viggo Haugen, ihrem Chef.

Karen lässt sich auf einen Küchenstuhl sinken und tippt auf die Rückruffunktion, während ihre Gedanken hin und her springen. Was der Polizeichef wohl von ihr will? Sie arbeiten doch gar nicht eng zusammen. Ein Anruf an einem Sonntag. Das kann nichts Gutes bedeuten, so viel ist ihr klar, als sie das Klingeln in der Leitung hört. Beim dritten Ton meldet sich am anderen Ende eine barsche Stimme.

»Haugen.«

»Hallo, hier spricht Karen Eiken Hornby. Ich sehe gerade, dass Sie versucht haben, mich zu erreichen.«

Karen bemüht sich, ihre Stimme zu kontrollieren, damit man ihr nicht anmerkt, dass sie eben erst aufgestanden ist, sie spricht etwas zu laut, und ihre Stimme klingt hell und aufgekratzt.

»Ja, das habe ich. Warum gehen Sie nicht ans Telefon?«

Viggo Haugen klingt leicht verärgert, und sie sucht händeringend nach einer plausiblen Ausrede. Dass sie den halben Sonntag im Bett verbracht und ihren Rausch ausgeschlafen hat, wird sie vor ihm keinesfalls zugeben.

»Ich war ein paar Stunden im Garten und habe das Handy in der Küche liegen lassen«, erklärt sie. »Es ist ja Sonntag«, schiebt sie hinterher, und bereut es sofort wieder, als sie hört, wie das klingt.

»Als Kriminalinspektorin müssen Sie rund um die Uhr erreichbar sein, egal, welchen Wochentag wir haben. Ist Ihnen das nicht bekannt?«

»Doch, natürlich weiß ich das ...«

Der Polizeichef fällt ihr mit einem lauten Räuspern ins Wort.

»Na, wie auch immer, es ist etwas passiert, das erfordert, dass Sie mit sofortiger Wirkung im Dienst sind. Eine Frau ist erschlagen in ihrem Haus aufgefunden worden, und es deutet vieles darauf hin, dass es sich um einen Mord handelt. Ich möchte, dass Sie die Ermittlungen leiten.«

Karen spürt, wie sich ihr Rücken durchstreckt und sie mit einem Mal gerade auf dem Stuhl sitzt.

»Aber sicher. Darf ich fragen ...?«

»Ich möchte, dass Sie augenblicklich ein Team nach Ihren Bedürfnissen zusammenstellen«, fährt Viggo Haugen fort. »Alle Einzelheiten erfahren Sie vom Kollegen, der Dienst hat.«

»Selbstverständlich. Nur eine Frage ...«

»Warum ich Sie anrufe und nicht Jounas«, unterbricht ihr Chef sie nun wieder. »Ich kann verstehen, dass Sie sich das fragen.«

Die Härte in seiner Stimme hat sich etwas gelegt, und Karen hört, dass er tief Luft holt, bevor er spricht.

»Die Sache ist die«, erklärt er zögernd, »die ermordete Frau ist Susanne Smeed. Jounas' Ex-Frau.«

6

Karen sitzt ein paar Sekunden still da, um diese Information zu verdauen. Das Bild von einer zitternden Frau in einem dunkelbraunen Bademantel zieht vor ihren Augen vorbei.

»Susanne Smeed«, sagt sie tonlos. »Ist es sicher, dass es sich um Mord handelt?«

»Ja, Mord oder Totschlag, das können wir zum gegenwärtigen Zeitpunkt natürlich nicht sagen. Aber ohne Zweifel ist sie niedergeschlagen worden. Zwei unserer Assistenten sind vor Ort, und das konnten sie leider schon eindeutig feststellen.«

Viggo Haugen hat nun zu seinem etwas aufgeregten Tonfall vom Anfang des Gesprächs zurückgefunden, die Nervosität in seiner Stimme ist nicht zu überhören.

»Ja, Sie werden verstehen, dass Jounas die Ermittlungen auf keinen Fall leiten kann, ebenso wenig wie er seine Rolle als Abteilungsleiter wahrnehmen kann, solange der Fall offen ist. Ich habe bereits mit ihm darüber gesprochen, und er sieht die Sache selbstverständlich ganz genauso. Sie müssen einspringen und diese Aufgabe übernehmen, bis die Ermittlungen abgeschlossen sind.«

Zwei Sekunden Stille.

»Oder bis uns eine andere Lösung einfällt«, fügt er hinzu und räuspert sich.

Während sie ihm zugehört hat, war sie gedanklich schon einen Schritt weiter. Ohne Frage muss Jounas Smeed vorübergehend den Dienst quittieren. Bis ihnen andere Informationen vorliegen, gehört er zu dem Personenkreis, der als Allerersten verhört werden muss. Und langsam, aber sicher werden Karen alle Konsequenzen klar. Mit wachsendem Unbehagen begreift sie, dass sie diejenige sein wird, die die Vernehmungen ihres Chefs durchführen muss. Desselben Chefs, den sie vor weniger als acht Stunden in einem Hotelzimmer in Dunker schlafend zurückgelassen hat.

Als ob ihre Gedanken sie verraten könnten, spürt sie den intuitiven Drang, das Telefonat mit Viggo Haugen schnellstmöglich zu beenden.

»Ich verstehe«, antwortet sie kurz angebunden. »Ich wohne nicht weit weg von Susanne Smeed, das heißt, ich kann innerhalb einer halben Stunde am Tatort sein. Wissen Sie, ob die Spurensicherung schon dort ist?«

»Ja, wenn noch nicht vor Ort, dann auf jeden Fall unterwegs, der Gerichtsmediziner ebenso, doch sie haben ja ein ganzes Stück zu fahren. Der Notruf kam erst vor einer guten Stunde, wenn ich den Kollegen vom Dienst richtig verstanden habe.«

Es muss also irgendwann zwischen kurz nach acht, als ich sie noch mit eigenen Augen gesehen habe, und kurz vor zwölf, als der Notruf einging, passiert sein, denkt Karen. Eine Spanne von vier Stunden, in der jemand Susanne Smeed totgeschlagen hat. Während ich weniger als zwei Kilometer entfernt meinen Rausch ausgeschlafen habe. Unglaublich!

»Okay, dann werde ich sofort losfahren und die Kollegen verständigen«, sagt sie.

»Ja, und eins noch ...«

Der Polizeichef zögert kurz, als würde er nach den richtigen Worten suchen.

»Wie Sie sich vorstellen können, haben wir hier eine äußerst prekäre Situation. Ich kann nicht genug betonen, wie wichtig es ist, dass Sie alle Informationen so diskret wie möglich behandeln. Die Medien überlassen Sie komplett mir, keine spontanen Statements und keine weiteren ... Ja, ganz einfach alles diskret behandeln, wie gesagt. War ich deutlich genug, Eiken?«

Fahr zur Hölle, du aufgeblasener Arsch, denkt sie.

»Absolut«, antwortet sie.

Sie beenden das Gespräch, und Karen rennt die Treppe hinauf, während ihr tausend Gedanken durch den Kopf schießen. Drei Minuten später steigt sie schon wieder aus der Dusche und bürstet sich die Zähne, gleichzeitig reibt sie sich die Haare trocken. Noch immer spürt sie den Alkohol im Körper.

Ich muss noch etwas essen, bevor ich losfahre, denkt sie. Sonst packe ich das alles nicht. Sie zieht sich eine Jeans an und ein dunkelblaues T-Shirt und flitzt hinunter in die Küche. Im Kühlschrank sind noch Reste von dem Essen, das sie am Samstag gekocht hat: eine Art improvisierten Hühnereintopf, in den einfach alles kam, was der Gefrierschrank hergab. Sie hält die Plastikschale über einen Teller und kippt sie um, dann stellt sie den kalten Klumpen in die Mikrowelle und holt die schwarzen Turnschuhe, die im Flur stehen. Ein kurzer Blick auf die Uhr: zwanzig vor zwei. Vor achtzehn Minuten noch war ich der Meinung, dass mein größtes Problem sei, dass ich mit meinem Chef im Bett war, denkt sie mürrisch, während die Mikrowelle plingt. Und erst jetzt wird ihr klar, dass es auch diesmal wieder nichts mit dem Urlaub in Frankreich werden wird. Die diesjährige Weinernte kann sie vermutlich abhaken.

Genau vierzehn Minuten später legt Karen Eiken Hornby, die kommissarische Leitung der Kripo von Doggerland, den Sicherheitsgurt an. Auf dem Beifahrersitz liegen eine Banane und eine Dose Cola, die sie noch hinter dem Hühnereintopf im Kühlschrank gefunden hat. Bevor sie den Motor anlässt, schiebt sie sich zwei Kaugummis in den Mund, um den Schmacht zu unterdrücken.

Karen fährt rückwärts die Auffahrt hinab, dreht und hört, wie der Kies hinter den Reifen in die Luft fliegt, als sie mit zu viel Gas anfährt. Beim Essen hat sie mit dem Beamten, der Dienst auf dem Kommissariat in Dunker hat, gesprochen und nun ein recht deutliches Bild vor Augen. Um 11.49 Uhr ist der Notruf eingegangen. Ein Nachbar hatte, warum, war noch unklar, bei Susanne Smeeds Haus durch das Küchenfenster geschaut und nur ein paar Füße, Teile der Unterschenkel und einen umgekippten Küchenstuhl gesehen. Der Rest ihres Körpers war von dem großen Küchenschrank verdeckt gewesen. Der Nachbar, ein gewisser Harald Steen, hatte zuerst angenommen, dass Susanne Smeed ohnmächtig geworden oder ausgerutscht sei und sich verletzt haben könne, deshalb verständigte er unter 112 einen Krankenwagen. Der Kollege, der das Gespräch annahm, war allerdings so geistesgegenwärtig gewesen, auch die Polizei zu informieren, die zwei Assistenten losgeschickt hatte, Björn Lange und Sara Inguldsen.

Karen hatte gerade ihre Hühnersuppe hinuntergeschluckt, als der Kollege ihr die Namen nannte. Es hieß, die beiden Beamten hätten sich auf dem Heimweg von einem Einbruchalarm befunden, der von einer Villa knapp zehn Kilometer südlich von Langevik ausgegangen war, und so waren sie die Streife, die den kürzesten Weg zu Susanne Smeeds Haus hatte. Fünfunddreißig Minuten nach dem Anruf waren sie dort gewesen, hatten die Haustür aufgebrochen und sofort festgestellt, dass es sich weder um einen Fall von zu niedrigem Blutzucker noch um einen Sturz handelte.

Björn Lange hatte draußen vor dem Haus gehockt, den Kopf zwischen den Knien vergraben, als Sara Inguldsen das Notarztteam empfing und mitteilte, dass sie umsonst gekommen waren.

»Offenbar sieht es ziemlich schlimm aus«, hatte der Kollege, der Dienst hatte, die Lage beschrieben.

7

Karen stellt sich als Letzte in die Reihe der Wagen, die hintereinander am Rand des lehmigen Grabens parken, der sich an der Straße zu Susannes Haus befindet. Ganz vorn am Zaun steht der schwarze BMW des Gerichtsmediziners und dahinter der weiße Van der Spurensicherung.

Karen steigt aus und bleibt für einen Augenblick dort im Nieselregen stehen. Sieht die Straße hinauf. Auf dem Nachbargrundstück, das etwas tiefer liegt, in Richtung Meer, erkennt sie einen Streifenwagen. Eventuelle Reifenspuren wird man vermutlich nicht sichern können, kommt es ihr in den Sinn. Um diese Zeit sind die meisten Dorfbewohner wieder zum Leben erwacht, sodass mindestens zwanzig Fahrzeuge schon den Weg vor dem Haus passiert haben.

Sie sieht auf, betrachtet die Landschaft. Dieser Teil von Heimö, der hohe Bergrücken, der sich gen Norden erstreckt, der rauschende Fluss, der sich zum Meer hinab schlängelt, die Steinbrücken, die sich über die Flussschlingen beugen, die heidekrautbedeckten Hügel, all das ist ihr von Kindesbeinen an so vertraut.

Jetzt sieht sie die Gegend mit anderen Augen. Ohne ihre Schönheit oder die wohltuende Stille zur Kenntnis zu nehmen, stellt sie nur nüchtern fest, welche Möglichkeiten sich einem Fremden hier bieten, unbemerkt hierherzukommen und ebenso wieder zu verschwinden. Kein wachsames Auge weit und breit, das ihn entdecken würde. Normalerweise wäre das nicht möglich, ohne den einen oder anderen Nachbarn als Zeugen zu haben, denkt sie. Aber an genau diesem Tag, an dem alle ihren Kater ausschlafen, haben die ansonsten so neugierigen Dorfbewohner vermutlich andere Sorgen gehabt, als zu registrieren, welche Autos die Straße entlanggefahren sind.

»Guten Tag, Chefin.«

Björn Lange erhebt sich von der Treppenstufe, als Karen auf das Haus zukommt. Sie stellt fest, dass die Gesichtsfarbe des Polizeiassistenten ein paar Nuancen blasser ist als bei ihrer Begegnung am frühen Morgen, und seine Hand zittert, als sie sich begrüßen.

»Guten Tag«, antwortet sie und lächelt. »Haben Sie das hier verbockt?«

Sie nickt hinüber zur Eingangstür oberhalb der Steintreppe. Eins der in Blei gefassten Glasfenster ist zerschlagen, und an zwei Kanten hat jemand die scharfen Scherben entfernt, die am restlichen Rahmen noch zu sehen sind. Björn Lange nickt und setzt schnell zu einer Erklärung an, als ob er verunsichert sei, ob sie diese Entscheidung infrage stellte.

»Ja, es war abgeschlossen, und wir konnten ja nicht wissen, wie eilig es war. Uns war klar, dass da jemand lag, das Radio lief außerdem noch. Ich hoffe, wir haben keine Beweise vernichtet, aber wir sind davon ausgegangen, dass die Frau Hilfe braucht. Wir konnten ja nicht ahnen, dass es schon zu spät war ...«

Er stockt, und Karen nickt und lächelt ihn zu seiner Beruhigung an, während sie sich wirklich fragt, was den sensiblen Björn Lange eigentlich dazu bewogen hat, sich für den Polizeidienst zu bewerben.

»Das haben Sie völlig richtig gemacht«, sagt sie. »Da drinnen sieht es bestimmt nicht lustig aus. Ich muss mich mit Ihnen beiden später noch im Büro unterhalten, aber jetzt würde ich vorschlagen, dass Sie und Inguldsen mal ein paar Stunden freinehmen und etwas essen. Wo ist sie denn eigentlich?«

»Sie ist zu dem Nachbarn, der angerufen hat, hinübergegangen. Der alte Mann war noch da, als wir kamen, und es ging ihm nicht so gut, deshalb wollte sie ihn nach Hause fahren. Er hat wohl Probleme mit der Pumpe.«

Lange macht eine unbeholfene Geste in Richtung Herz, und Karen flucht innerlich. Eine weibliche Polizeiassistentin allein mit einem Zeugen, von dem noch nicht ausgeschlossen werden konnte, dass er nicht zum Kreis der Verdächtigen gehört. Was haben sie sich nur dabei gedacht? Sie selbst weiß zwar zufällig, dass der alte Steen wirklich ernstlich herzkrank ist und kaum in der Lage wäre, ein Katzenjunges um die Ecke zu bringen, doch Björn Lange und Sara Inguldsen können das beim besten Willen nicht ahnen.

»Okay, aber Sie fahren jetzt runter und leisten ihr Gesellschaft«, sagt Karen schnell und verkneift sich jeden belehrenden Kommentar. Nach dem peinlichen Zusammentreffen mit Lange und Inguldsen am Morgen haben die beiden etwas bei ihr gut.

Eine auffällige Hitze und ein leichter Rauchgeruch schlagen Karen entgegen, als sie die Haustür öffnet. Da ist wohl etwas angebrannt, denkt sie, oder ein kleiner Rest von etwas, das gebrannt hat, schwelt noch irgendwo. Sie kommt in einen rechteckigen Flur, von dem eine Treppe in die obere Wohnung führt. Links davon steht eine mahagonifarbene Kommode mit ausgezogenen Schubladen, und auf dem Boden davor liegen Halstücher, Handschuhe, eine Kleiderbürste und andere Dinge, die sie nicht sofort erkennt. Weiter vorn sieht sie durch die Tür ein beigefarbenes Sofa und den Rand eines dicken blauen Wohnzimmerteppichs. Durch die Tür, die links vom Flur abgeht, hört sie diffuse Geräusche und Stimmengemurmel. Über eine große schwarze Tasche gebeugt steht der Kriminaltechniker Sören Larsen mitten im Gang. Als er Karen erblickt, hebt er das Kinn zum Gruß und hält ihr blaue Überzüge für die Schuhe und eine Plastikhaube hin.

»Danke, Sören, ist Brodal da drin?« Sie nickt zur Küchentür, während sie sich die Haare zusammenbindet und die durchsichtige Mütze über den Kopf stülpt. Sören Larsen sieht sie an, hebt die Augenbrauen und nickt still.

Sie weiß, was dieser Blick zu bedeuten hat. Kneought Brodal ist heute schlecht gelaunt. Auch heute wieder.

Karen holt einmal tief Luft und geht auf die Tür zu. Auf den ersten

Blick, wenn man von den ausgelegten Stegplatten absieht, sieht alles ganz normal aus. Geradeaus der Herd, eine Arbeitsplatte, eine Spüle und Spülmaschine und weiter oben eine Reihe von grau lasierten Oberschränken. Rechts steht auf einer langen Granitplatte ein glitzerndes, völlig überdimensioniertes Gerät, das Karen für eine Art Kaffeemaschine hält und in den Regalen darüber sieht sie verschiedene Küchenhelfer, Schalen und Kupfertöpfe ordentlich aufgereiht. Gleich links hinter der Tür thront ein hoher blau gestrichener Schrank mit stilisierten biblischen Motiven, eine Besonderheit der doggerschen Volkskunst. Jona und der Wal ist ein beliebtes Motiv, und Karen stellt fest, dass sogar der Künstler, der schon vor mehreren Hundert Jahren Susanne Smeeds Schrank bemalt hat, sich von dieser Erzählung inspirieren ließ. Eine ganz normale, durchaus gemütliche Küche, denkt sie.

Aber dieser Eindruck verändert sich, je länger sie die Szenerie betrachtet. Ein Stückchen weiter hinten steht ein schwerer Eichentisch, daneben drei Stühle. Ein vierter liegt umgekippt auf dem Boden. Ihr fallen die Stegplatten auf und die kleinen gelben, durchnummerierten dreieckigen Kunststoffschilder, dann fällt ihr Blick auf das Blut; rote Spritzer, die sich nur einen Meter vor ihr auf dem Boden ausbreiten.

»Sie müssen verdammt vorsichtig sein, Eiken«, erklingt eine scharfe Stimme. »Passen Sie auf, wo Sie Ihre Füße hinsetzen.«

Karen macht ein paar zaghafte Schritte auf die Platten und reckt den Hals, um einen Blick hinter den blauen Schrank zu erhaschen, dann schnappt sie unfreiwillig nach Luft. Im nächsten Moment hat sie den Impuls, nicht hinsehen zu wollen, verdrängt. Ohne eine Miene zu verziehen, betrachtet sie die Frau, die auf dem Boden liegt.

Susanne Smeed liegt auf dem Rücken, Kopf und Hals in einem steilen Winkel zwischen dem Fußboden und der Kante eines schwarzen Holzofens. Der Gürtel des flauschigen Morgenmantels hat sich gelöst und offenbart so ein cremefarbenes Nachthemd mit Spitze am tiefen Dekolleté. Die eine Brust ist entblößt, und Karen fällt auf, dass sie für den schlanken Körper der Toten sehr prall ist. Susanne Smeeds linke Hand ist verdeckt, aber Karen vermutet, dass an der anderen der

Schmuck fehlt. Die Nägel der Frau sind gepflegt und dezent in einem blassen Rosaton lackiert. Kopf und Oberkörper ruhen in einer Lache aus Blut, das zum Teil vom dicken Frotteestoff des Morgenmantels aufgesogen worden ist und ihn dunkler gefärbt hat. Die Haare, die nicht blutgetränkt sind, wirken ordentlich frisiert, man erkennt noch die blondierten Strähnchen im dunkelblonden Grundton. Ihre Beine sind lang ausgestreckt und an ihrem rechten Fuß sitzt noch ein dunkelblauer Samtpantoffel wie eine Haube über den Zehen, während der andere Schuh auf dem Küchenfußboden auf dem Kopf liegt.

Gepflegt, kommt es ihr in den Sinn. Ein gepflegtes Chaos.

Ein Techniker in einem weißen Overall bewegt sich in Zeitlupe um die Tote herum und macht Aufnahmen aus allen möglichen Perspektiven. Karen hört auch das leise Knistern der Schutzanzüge zweier Kollegen, die sich vorsichtig durch den Raum bewegen. Karen weiß, dass dieses stille Umherschleichen, das einem außenstehenden Betrachter wie ein respektvolles Verhalten angesichts des Todes vorkommen könnte, in Wirklichkeit nur von der tiefen Konzentration herrührt, die die Techniker benötigen, um jede kleinste Spur, jeden möglichen Beweis mit Tape und Bürste zu sichern. Als sich einer bewegt, erkennt sie die Ursache für den Brandgeruch: Die angekohlten Reste eines Holzkorbs – sie vermutet es zumindest – stehen zwischen Ofen und Küchentisch. Die Flammen haben auch die Wand erreicht und einen breiten Streifen Ruß hinterlassen, gefährlich nahe an der karierten Küchengardine. In der glatten Fensterscheibe sieht Karen ihr Spiegelbild und redet sich ein, dass die vorübergehend installierten Scheinwerfer schuld an den dunklen Augenringen sein müssen.

Karen richtet den Blick auf Susanne Smeeds Kopf und dieses Mal zwingt sie sich, ganz genau hinzusehen. Viele ihrer blonden Strähnen sind mit Blut verklebt und verdecken so Teile ihres zertrümmerten Gesichts. Mit zunehmendem Unbehagen betrachtet Karen das eingedrückte Jochbein und die zur Seite geschlagene Nase. Die freigelegte Zahnreihe leuchtet weiß hinter dem gespaltenen Oberkiefer und vermittelt den Eindruck eines grotesken Lächelns. Die Augen sind weit aufgerissen und der Blick ebenso leer und nichtssagend wie bei allen anderen Leichen, die Karen bislang gesehen hat; kein Erstaunen, keine Angst, nur eine endlose, fade Leere.

Und mitten in diesem blutverschmierten Brei erkennt sie dennoch die Gesichtszüge, die ihr bekannt sind. Das Unwohlsein verwandelt sich zu einem Schwindelgefühl im Solarplexus, und um die aufkommende Übelkeit zu beherrschen, wendet Karen den Blick ab. Auf dem Küchentisch steht noch ein Teller mit Essensresten, vermutlich Joghurt oder Kefir mit aufgeweichtem Müsli, daneben ein Korb mit ein paar Scheiben Roggenbrot, ein Stück Butter, das in der Hitze fast geschmolzen ist, eine leere Kaffeetasse, die ordentlich auf ihrer Untertasse steht.

Immerhin hast du nach dem Morgenbad noch eine Tasse Kaffee trinken können, denkt sie, und ihr Blick fällt auf die blau geblümte Tasse. Aber was ist dann passiert?

»Hallo, Kneought«, sagt sie leise, und dreht sich erst jetzt zu dem groß gewachsenen Mann um, der augenscheinlich angestrengt neben der Leiche hockt. Karen betrachtet sein breites Kreuz und fragt sich, wie Brodal es geschafft haben kann, in diesen Schutzanzug einzusteigen, ohne die Säume zu sprengen.

»Kannst du schon was sagen?«, schiebt sie hinterher.

Er äußert sich knapp, hebt nicht einmal den Kopf.

»Tja, sie ist tot. Was sagst du dazu?«

Karen ignoriert seinen sarkastischen Tonfall und wartet still auf die Fortsetzung seiner Beurteilung. Brodals Jargon ärgert sie nicht zum ersten Mal, aber bei diesem besonderen Fall kann sie sogar ein bisschen Verständnis dafür aufbringen, da sie weiß, dass Kneought Brodal und seine Frau auch privat jahrelang Kontakt zu Jounas und Susanne Smeed pflegten, noch lange vor der Scheidung. Brodal muss diese Frau, deren toten Körper er gerade untersucht, sehr viel besser als nur oberflächlich gekannt haben.

»Ich bin kurz nach halb zwei hierhergekommen, und da war sie bereits mindestens drei, aber höchstens sechs Stunden tot«, erklärt er nun, und die Frustration ist seiner Stimme anzuhören. »In dieser verdammten Hitze kann ich nicht viel mehr sagen. Aus irgendeinem Grund hat einer hier Feuer gelegt und versucht, das ganze Haus in Brand zu stecken.«

Kneought Brodal zeigt kopfschüttelnd zum Holzofen, der in der Ecke steht und über den sich gerade ein Techniker beugt, um in die offene Ofenklappe hineinzuschauen. Dann sieht Brodal auf, sieht Karen ins Gesicht, und sie bemerkt den Schweiß auf seiner Stirn.

Karen wirft einen Blick auf den modernen Ofen aus matt gebürstetem Edelstahl mit dem großen Induktionskochfeld, der am anderen Ende der Küche platziert ist, dann schaut sie zurück zu dem Holzofen.

Offenbar wollte Susanne, und da ist sie nicht die Einzige, Teile der alten Kücheneinrichtung behalten, als sie renoviert hat. Ein Rest vom Flair der alten Landhausküche, während sie gleichzeitig eine neue, topmoderne Ausstattung angeschafft hat. Wie die meisten. Aber in so einem alten Ofen wirklich Feuer zu machen traute sich kaum einer, schon gar nicht kam man Ende September auf diese Idee, wenn die Temperaturen noch weit über null lagen.

Ob es an dem morgendlichen Bad gelegen hat, dass Susanne den Raum heizen wollte und den alten Holzofen in Betrieb nahm? Oder hat das der Täter getan?

»Als ich hier reinkam, war es wie im Backofen«, fährt Brodal genervt fort. »Zum Glück haben die Techniker den Ofen irgendwann ausstellen können, aber es wird jetzt enorm schwer, einen exakten Todeszeitpunkt festzustellen.«

»Was für ein Glück, dass nicht alles niedergebrannt ist«, schiebt er hinterher und sieht hinüber zu dem angekohlten Holzkorb.

»Für uns schon«, sagt Karen nüchtern. »Für den Blödmann, der das Ganze wie einen Hausbrand aussehen lassen wollte, eher nicht.«

Brodal schließt seine Tasche und steht mühevoll auf. Der Overall spannt über dem mächtigen Bauch, sodass Karen fürchtet, dass der dünne Kunststoffreißverschluss dem Druck nicht standhalten könnte.

»Mag sein, es ist dein Job, das festzustellen. Ich bin jetzt jedenfalls fertig hier, du bekommst nähere Informationen nach der Obduktion«, sagt er und reibt sich mit der Hand die Stirn trocken.

»Jedenfalls besteht kein Zweifel an der Mordwaffe. Schau mal, Eiken!«

Sören Larsens Stimme dringt aus der Tür. In der Hand hält er eine Plastiktüte mit rosafarbenen Streifen, in der ein langer eiserner Schürhaken liegt.

»Wenn du mich fragst, passt der genau zu ihren Verletzungen«, sagt Larsen und dreht die blutige Tüte zufrieden hin und her. »Den haben wir an seinem Platz gefunden, ordentlich aufgehängt, neben dem Ofen.«

»Ist schon möglich«, sagte Brodal trocken. »Den könnte der Täter benutzt haben, um ihr das Gesicht zu zerschlagen, aber die Todesursache ist sicher eine andere.«

Sowohl Karen als auch Sören Larsen sehen den Gerichtsmediziner verdutzt an. Einen Augenblick lang scheint es, als genieße er ihre volle Aufmerksamkeit.

»Ich würde eher tippen, sie saß auf dem Stuhl, als sie der erste Schlag traf, aber ich bin mir ziemlich sicher, dass der nicht tödlich war. Vermutlich war es der zweite Schlag auch nicht, aber der hat sie dann mit solcher Wucht nach hinten geschleudert, dass ihr Schädel auf dem Holzofen aufprallte und zerbarst. Wer auch immer das getan hat, ist ein eiskalter Verbrecher, der eindeutig die Absicht verfolgte, Susanne Smeed umzubringen.«

8

Der Kriminalinspektor Karl Björken steht im Supermarkt und lässt seinen Blick zwischen tiefgekühlter Pizza und Fischstäbchen unsicher hin- und herschweifen, als sein Handy in der Jackeninnentasche vibriert. Im Kindersitz des Einkaufswagens sitzt sein achtzehn Monate alter Sohn Frode und weint herzzerreißend. Seine kleinen knubbeligen Hände strecken sich zum Gang zwischen den Regalen, wo seine Mama gerade verschwunden ist, um die Abteilung, in der die Windeln sind, aufzusuchen. Karl wirft einen schnellen Blick aufs Display, und seine dunklen Augenbrauen rutschen hoch auf die Stirn, als er die Nummer sieht. Karen Eiken Hornby mag wohl seine nächste Vorgesetzte sein und ist in den Jahren auch eine Freundin geworden, doch sie wird ihn kaum anrufen, um Small Talk zu betreiben. Besonders nicht an solch einem Tag.

»Deine Mama ist doch gleich wieder da, mein Schatz«, sagt er, während er das Handy ans eine Ohr hält und sich das andere zuhält.

»Hallo, Karen«, antwortet er, »was ist los, wieso rufst du an? Bist du schon wieder nüchtern nach dem Fest?«

»Klappe. Sitzt du?«

»Kann man nicht so nennen. Ich stehe im Supermarkt und muss mich zwischen mehreren Versuchungen entscheiden. Wozu würdest du mir denn raten, Tiefkühlpizza mit Schin…«

»Hör zu«, unterbricht ihn Karen schnell. »Du musst reinkommen, wir haben einen Mord am Hals.«

Während er Karens Informationen über die Tat anhört, sieht Karl beklommen zu, wie seine Frau zurückkommt. Sie schiebt einen Wagen mit drei riesigen Windelpaketen vor sich her, und es sieht aus, als koste es vollen Körpereinsatz, um den schweren Wagen in Bewegung zu versetzen. Im Kindersitz hockt Frodes Zwillingsbruder Arne und kaut auf etwas herum. Ingrid Björken hat hektische Flecken am Hals und sieht fast unerträglich müde aus, als sie vorsichtig etwas von Arnes klebrigem Finger entfernt. Das erbitterte Geschrei hallt von den Regalen mit Gemüsekonserven und Nudelsoßen wider.

Als sie Karl entdeckt, macht sich ein Lächeln auf ihrem Gesicht bemerkbar, und das Herz rutscht ihm in die Hose. Er weiß genau, dass dieses Lächeln, in das er sich vor knapp drei Jahren verliebt hat und das in ihm noch immer dieses Kribbeln auslöst, innerhalb von zwei Minuten erstarrt sein wird.

Fünfundvierzig Minuten später macht Karl Björken einen Schritt zur Seite, damit die Bahre, auf der Susanne Smeed liegt, hinausgetragen werden kann. Durch die Türöffnung sieht er Karen im Flur stehen und mit Sören Larsen sprechen, dessen gekräuseltes blondes Haar jetzt wie ein ungestümer Heiligenschein von seinem Kopf absteht. Karl beobachtet, wie Larsen sich reckt, damit er gegen Karen nicht ganz so klein wirkt. Sören Larsen ist genau ein Meter dreiundsechzig groß – in seinen Turnschuhen, die extra hohe Sohlen haben, wird er noch mal fünf Zentimeter größer –, aber noch immer ist sie um einiges größer als er.

Sie sieht hoch konzentriert aus, Karl kennt diese Mischung aus Anspannung und gedrosselter Erwartung schon. Jetzt wirft sie einen Blick auf ihre Uhr.

»Björken müsste jeden Moment hier sein«, sagt sie. »Wir werden uns das Haus genau ansehen und mit den Nachbarn sprechen, und ihr habt hier wohl auch noch eine Menge zu tun. Ich habe mir gedacht, dass wir eine erste Besprechung im Büro heute Abend um sieben ansetzen. Klappt das von eurer Seite?«

»Sieben Uhr klingt gut«, sagt Sören Larsen. »Und ihr fasst nichts an, hört ihr? Auch wenn ihr Handschuhe tragt, ich möchte nicht, dass jemand irgendwelche Spuren verwischt.«

Seufzend macht Karl einen Schritt über die Türschwelle, und in dem Moment, als der Schatten seiner großen und breiten Silhouette den Flur verdunkelt, drehen sich Sören Larsen und Karen zur Haustür um.

»Ach, da bist du ja«, sagt sie. »Willkommen, das sieht nach einer schönen Bescherung aus.«

»Ist es eindeutig Mord?«, fragt Karl.

»Kein Zweifel. Zumindest Totschlag, wenn der Verteidiger gut ist, aber ganz sicher kein Unglücksfall. Wir können gleich zusammen eine erste Begehung des Hauses vornehmen, bevor wir mit dem Nachbarn reden, der sie gefunden hat. Brodal ist gerade gegangen, und die Leiche wird auch schon abtransportiert, aber schau dir doch erst mal an, wie es in der Küche aussieht, dann kriegst du mein Briefing anschließend.«

Karl greift nach den Schuhüberzügen aus Sören Larsens Tasche und holt tief Luft, bevor er die Küche betritt. Ingrid wird nicht gerade fröhlich sein, wenn er nach Hause kommt. Wann auch immer das sein wird.

Karen bleibt in der Tür stehen und lässt ihren Blick durch den Raum wandern. Direkt geradeaus befindet sich ein haferfarbenes Sofa, davor steht ein niedriger Tisch. Ein Stapel Illustrierte liegt auf der rauchfarbenen Glasplatte neben drei Fernbedienungen, die aussehen, als habe sie jemand millimetergenau nebeneinander platziert. Zwei schwarze Ledersessel stehen rechts und links vom Sofa, und die ganze Sitzgruppe ist auf einen riesigen Flachbildschirm ausgerichtet, der den Löwenanteil der gegenüberliegenden Wand einnimmt.

Etwas weiter hinten stehen ein offener Kamin und zwei weitere Sessel, während die Wand gegenüber vor allem von einem großen weißen Buchregal verdeckt ist. Alles macht einen ordentlichen, geputzten und etwas ängstlichen Eindruck. Während die Küche mit dem alten Bauernschrank und dem geblümten Porzellan davon Zeugnis trägt, dass Susanne den ländlichen Stil bewahren wollte, sieht das Wohnzimmer hingegen aus, als hätte jemand zufällig irgendeine Seite einer Hochglanz-Wohnzeitschrift aufgeschlagen und alles angeschafft, was abgebildet war. Hier ist kein Möbelstück älter als zehn Jahre, vermutet Karen und betrachtet diese unpersönliche Einrichtung. Dennoch wirkt die

Zusammenstellung gar nicht modern, eher etwas konventionell, an der Grenze zu sterbenslangweilig.

Dann fällt ihr Blick auf das Kaminsims, auf dem ein paar Fotografien in Goldrahmen stehen. Nachdenklich tritt sie näher, um die Bilder genauer zu betrachten, aber Karl unterbricht sie, als er ins Zimmer kommt.

»So, jetzt wissen wir, wie es in einer Küche aussieht, wenn jemand das Gesicht mit einem Schürhaken zertrümmert bekommt. Ich glaube, daran gewöhne ich mich nie.«

»Und ein Teil vom Blut ist sogar von dem Morgenrock aufgesogen worden«, antwortet Karen, ohne sich umzudrehen. »Aber Brodal meint, sie sei nicht an den Verletzungen, die der Schürhaken verursacht hat, gestorben, sondern durch den Sturz mit dem Hinterkopf auf die Kante des Holzofens. Heute Abend bekommst du die Fotos zu sehen.«

Karl lässt seinen Blick über den Raum gleiten und dann stellt er sich neben Karen hin. Gemeinsam betrachten sie still die Fotos auf dem Sims.

»Die Tochter?«, fragt er nach einer Weile und nickt zu den Bildern.

Es scheint, als wäre auf allen Fotos dieselbe Person abgelichtet. Ein Mädchen, vielleicht drei Jahre alt, beim Baden am Strand. Sie dreht sich zum Fotografen um und strahlt, dabei hält sie eine rote Plastikschaufel in der Hand. Eine hellblonde Sechsjährige mit einer breiten Lücke in der oberen Zahnreihe, im rosa Ballettanzug und mit Tüllrock. Ein fast ebenso blondes Mädchen, zehn oder elf, das stolz vorführt, wie es einen Spagat auf einem Schwebebalken macht und die Arme über den Kopf streckt. Ein weiteres Bild, vermutlich bei derselben Gelegenheit aufgenommen, zeigt das Mädchen mit Siegerlächeln ganz oben auf einem Podest.

»Ja, ich vermute es. Schaust du mal das Bücherregal an?«

Karl geht vor zu dem weißfurnierten Regal mit Glastüren und goldenen Beschlägen, das direkt vor dem offenen Kamin steht.

»Keine Ahnung, ob ich das hier ein Bücherregal nennen würde.«

Mit müden Augen studiert er die Dekogegenstände, die zwischen

CDs und DVDs aufgereiht stehen. Ein kleiner Porzellankorb, in dem Blumen drapiert sind, ein Briefbeschwerer aus gefärbtem Glas, eine Spielzeugpuppe im Flamencokleid, ein japanisches Püppchen, das wie eine Geisha aussieht. Die wenigen Bücher im Regal passen in zwei Reihen: ein paar Liebesromane und Krimis von den Bestsellerlisten, ein zwölfbändiges Lexikon und eine Handvoll Bücher, die wohl der Gattung Selbsthilfe-Literatur zuzuordnen sind. Karl dreht den Kopf und liest laut vor:

»›Wage das Glück‹, ›Der Weg zu deinem wahren Ich‹, ›Raus aus der Opferrolle – pack das Leben an‹, ›Menschen, die dir nicht guttun – so räumst du auf‹. Meine Güte, liest du so was auch?«

»Jeden Tag, merkt man das nicht?«

Karen ist zum Couchtisch gegangen und betrachtet den Stapel Zeitschriften. Ganz oben liegt die aktuelle Hochglanzausgabe der *Vogue*. Sie angelt einen Stift aus der Brusttasche, schiebt die glatte Zeitung vorsichtig beiseite und sieht in das gelangweilte Gesicht eines Fotomodells auf dem Titel der *Harper's Bazaar*. Weiter unten im Stapel liegen mehrere Ausgaben verschiedener Zeitschriften, in denen sich alles um Mode, Schönheit und Prominente dreht, dazwischen noch ein paar Magazine über Antiquitäten. Karen richtet sich wieder auf und betrachtet noch einmal in Ruhe den ordentlichen und unpersönlich wirkenden Raum, ignoriert die geputzten Fensterscheiben und sucht vielmehr nach Hinweisen, die ihr Aufschluss darüber geben könnten, wer Susanne Smeed wirklich war. Oder war sie eben genau so, denkt Karen. Eine Frau ohne eigene Ideen, nur darauf bedacht, dass alles sehr ordentlich und schön aussieht. Darauf bedacht, selbst schön auszusehen, und Karen fallen die perfekt manikürten Hände und die entblößte Brust wieder ein. Silikonimplantate, daran besteht kein Zweifel.

Ihr Blick geht zu den weißen Wänden, die ein paar Landschaftsmalereien in Öl zieren, eine gerahmte Reproduktion von Monet, eine andere von Sisley und zwei goldfarbene Wandlampen mit Milchglas. Hier könnte so ziemlich jeder wohnen, denkt sie. Jede Frau um die fünfzig, die es ordentlich und sauber mag.

»Ich glaube, mehr finden wir hier nicht«, sagt sie. »Gehen wir hoch?«

Ein dicker beiger Teppich schluckt das Geräusch ihrer Schritte, aber das Holz darunter knarrt ganz leise, als sie hinaufgehen. Oben sind zwei Türen nur angelehnt, die dritte ist geschlossen. Karen bemerkt, dass genau dasselbe Goldherz, das ihr schon an der Tür zum WC im Erdgeschoss aufgefallen ist, die geschlossene Tür ziert und beschließt, sich erst die anderen Zimmer vorzunehmen. Also öffnet sie eine Tür und steht in Susanne Smeeds Schlafzimmer. Das breite Doppelbett ist nicht gemacht, aber sieht dennoch erstaunlich unbenutzt aus. Eine kuschelige Decke mit einem Bezug mit Rosenmuster liegt vorsichtig aufgeschlagen auf der Seite des Bettes, die offenbar nicht benutzt wurde. Das dicke Kopfkissen hat einen Bezug mit demselben Blumenmuster, eine leichte Vertiefung darin zeugt davon, dass jemand hier immerhin seinen Kopf abgelegt hat. Eine rosa Wolldecke liegt zusammengefaltet über der Armlehne eines kleinen Sessels, der vorn am Fenster steht und mit geblümtem Chintz überzogen ist. Gegenüber thront eine Trainingsstation mit verschiedensten Funktionen und einem Display, die für Karen aussieht wie das Cockpit eines Kleinflugzeugs.

»Was glaubst du, kostet so was?«, fragt sie und betrachtet das Ungeheuer.

»Also, ich könnte mir das nicht leisten«, antwortet Karl trocken. »Aber warum hat sie so ein großes Bett, wenn sie dann doch nur die eine Hälfte benutzt? Und die auch kaum«, fügt er hinzu. »Sie scheint die ganze Nacht in derselben Stellung zu liegen. Sieht es bei dir morgens auch so ordentlich aus, wenn du aufwachst?«

Sie antwortet nicht. Ihr Bett ist genauso groß, obwohl sie auch meist allein dort schläft. Allerdings hat Karl recht, es sieht wirklich so aus, als habe Susanne Smeed ihre Schlafstatt kaum benutzt.

»Ich würde drauf wetten, dass es da einen Liebhaber gibt«, sagt Karl, der offenbar das Thema nicht wechseln möchte. »Muskeltraining und King Size, sie scheint auf jeden Fall gut vorbereitet gewesen zu sein …«

»Dann hat er hier heute Nacht nicht geschlafen, so viel steht fest.

Aber wir werden das überprüfen«, antwortet Karen und bezweifelt ihre Theorie innerlich. Der Eindruck, den sie beim Rundgang durch Susannes Haus gewonnen hat, ist ein ganz anderer; jeder Winkel hier schreit vor Einsamkeit. Eine Hoffnung auf Veränderung liegt in der Luft, aber gleichzeitig eine fast unerträgliche Einsamkeit.

Sie beugt sich vor, berührt ganz vorsichtig die Unterkante der linken Kleiderschranktür und schiebt sie auf. Ihr Blick fällt auf Bügel mit Blusen, Röcken und Kleidern, alles ordentlich aufgehängt. Im Regal darüber liegen stapelweise sorgfältig zusammengelegte Tops in allen erdenklichen Farben und Materialien. Ganz unten entdeckt sie drei Reihen mit Schuhen: Ein halbes Dutzend Pumps, verschiedene Farben, verschiedene Absatzhöhen, Sandaletten mit Goldriemchen, welche mit Perlen und noch weitere Modelle, zwei Paar Slipper, und ganz hinten kann sie mindestens fünf Paar Stiefel am Schaft erkennen. Karen lässt die nächste Tür aufgleiten und starrt auf noch mehr Bügel, auf denen weitere Kleider hängen: Kleider, Röcke, Blazer in unterschiedlichen Ausführungen und Farben, dazu noch ein paar dünne Sommermäntel, alles schön ordentlich. Der verbleibende Platz wird von hohen Stapeln mit Schuhkartons belegt, an einigen kleben noch rote Schlussverkaufsschilder. Karen überschlägt kurz, mindestens zwanzig bis dreißig Kartons Schuhe müssen allein in diesem Kleiderschrank stehen. Nicht schlecht.

»Sieh mal an«, sagt sie. »Eine kleine Schwäche scheint sie gehabt zu haben. Schau!« Karen macht einen Schritt zur Seite und damit hat Karl den Blick frei.

»Unglaublich! Aber: Welche Frau ist nicht verrückt nach Schuhen?«

Da hat er recht, denkt Karen. Susanne hätte sich kaum einen Fetisch aussuchen können, der nichtssagender ist, als zu viele Kleider und Schuhe zu kaufen. Alles ist im Überfluss da, und doch ist da nichts, das hervorsticht, alles ist ordentlich sortiert und nach wie vor total unpersönlich. Und wie es scheint, gibt hier rein gar nichts Aufschluss darüber, warum jemand Susanne in purer Raserei den Kopf zertrümmert hat.

Karl hat die oberste Schublade der Kommode aufgezogen und schiebt vorsichtig Slips, BHs und Strümpfe beiseite auf der Suche nach interessanteren Dingen. Seufzend schiebt er sie wieder zu und nimmt sich die nächste vor. Karen beobachtet ihn, während er behutsam mit seinen Handschuhhänden Unterwäsche und Strumpfhosen abtastet. Sören Larsen würde das nicht gefallen, wenn er jetzt zur Tür hineinkäme.

»Nicht gerade Reizwäsche. Und nicht einmal ein Dildo«, sagt Karl enttäuscht.

»Den hätte sie ja auch eher im Nachtschrank«, antwortet Karen trocken. »Nein, keine Sorge, ich habe schon nachgeschaut. Nur eine Packung Taschentücher, eine Tube Handcreme und eine Dose Schlaftabletten.«

Karl horcht auf, doch Karens weitere Erklärungen lassen ihn wieder ernüchtern.

»Ohne Arztstempel. Vor ein paar Jahren waren die rezeptfrei, wahrscheinlich hat sie sie damals noch gekauft. Oder sich im Ausland besorgt.«

Karl zieht die unterste Schublade der Kommode auf und tastet noch einmal unter Stapeln von sauber zusammengelegter Unterwäsche und Nachthemden entlang.

Plötzlich hält er inne, runzelt die Stirn und zieht etwas hervor, das aussieht wie ein großes Buch mit abgewetztem blauen Einband.

»Bingo«, sagt er erfreut. »Ein Fotoalbum.«

»Irgendwas findet sich immer. Aber das soll zuerst die Spurensicherung checken, wir können es uns später im Büro anschauen. Wir legen jetzt noch einen Zahn zu und sehen uns hier oben die letzten Räume an. Dann müssen wir endlich mit Harald Steen sprechen.«

»Ist das der Nachbar, der sie gefunden hat?«

Karen nickt.

An der Tür zu dem kleineren Schlafzimmer sind Spuren von Bohrlöchern zu erkennen. Es sieht aus, als ob dort einmal ein Schild angebracht gewesen wäre, das man später abgenommen hat. Auf dem schmalen Bett mit rosa gestreiftem Überwurf sitzt ein Teddy und starrt sie an, darüber hängt ein Poster mit vier lächelnden Jungs.

»One Direction«, sagt Karl. »Die Kinder meiner Schwester waren total verrückt nach denen.«

Da kenne ich noch wen, denkt Karen, und spürt sofort wieder diesen Druck auf dem Brustkorb. Doch sie schweigt.

Auf einer weiß gestrichenen Kommode steht ein stilisierter Baum aus Goldimitat, an dessen dünnen Ästen sich Ketten aus verschiedenen Glasperlen und ein kleines Armband mit Anhängern befinden. An einem goldfarbenen Haken neben dem Spiegel, der über der Kommode hängt, sieht Karen ein Paar rosa Ballettschläppchen mit langen Seidenbändern. Karen öffnet die obere der zwei Schubladen und stellt fest, dass sie nur mit rosa gemustertem Papier ausgeschlagen, ansonsten aber leer ist. Als sie die untere Schublade öffnet, scheppert etwas, und sie sieht zwei kleine silberfarbene Kunststoffpokale, die auf dem Holzboden der Schublade hin- und herrollen.

Ein Hauch von Trauer liegt über diesem verwaisten Kinderzimmer. Ein Mausoleum für ein Kind, das man vermisst, ein Kind, das hier nicht lange gewohnt hat. Karl kann Karens Gedanken lesen.

»Vielleicht benutzt sie diesen Raum als Gästezimmer«, sagt er, und Karen fragt sich, ob er sich selbst oder sie trösten will.

»Ja, vielleicht«, antwortet sie, ohne überzeugt zu sein.

Irgendetwas sagt ihr, dass Susanne Smeed nur selten Gäste hatte. Denn mit jedem Zimmer, das sie in Augenschein genommen haben, verstärkt sich dieser seltsame Eindruck von Einsamkeit.

Ein kurzer Blick ins Badezimmer ist auch nicht aufschlussreicher. Als Erstes sticht die Eckbadewanne mit goldfarbenen Hähnen ins Auge. Das riesengroße Stück ist für dieses kleine Badezimmer lächerlich überdimensioniert. Eine rosafarbene, hochflorige Badematte bedeckt die kleine Fläche, die noch übrig ist. Im Badezimmerschrank finden sie auch nichts Aufregendes; eine elektrische Zahnbürste, Kopfschmerztabletten, Vitaminpräparate, Zahnseide, noch eine Dose Schlaftabletten und eine ganze Reihe Pflegeprodukte fürs Gesicht sowie Parfüms. Wohl noch eine Bestätigung für Susannes Kauflust, denkt Karen und betrachtet nicht ganz ohne Faszination all die Dosen und Fläschchen mit den Logos von Clinique, Dr. Brandt, Exuviance und andere, die sie nicht kennt.

»Hier werden wir nichts mehr finden, bis die Techniker alles untersucht haben«, sagt Karen. »Jetzt statten wir dem alten Herrn Steen einen Besuch ab.«

9

Harald Steens Haus liegt gut zweihundert Meter stromabwärts von Susannes Haus entfernt, auf der anderen Seite des Langeviksflusses. Karen und Karl laufen über den lehmigen Weg am Wasser entlang, als sie ihm Bericht erstattet, was Kneought Brodal bislang ermitteln konnte.

»Einbruch?« Karl scheint nicht sehr überzeugt und zieht sich die Kapuze über den Kopf, weil der Nieselregen wieder eingesetzt hat.

»Vielleicht. Susannes Handtasche lag auf dem Rasen neben der Eingangstreppe, und ein Portemonnaie haben wir darin nicht gefunden. Außerdem standen einige Schubladen der Kommode im Flur offen, und es hat den Anschein, als hätte jemand darin gewühlt."

»Na ja, dann ...«

»Auf der anderen Seite steht im Küchenschrank eine Teedose, in der sich eine größere Menge Bargeld befand, und das ist unangetastet. Siebenhundertfünfzig Mark und zwanzig Schilling genauer gesagt, das hat Larsen gezählt, also falls jemand hinter ihrem Geld her war, dann hat die betreffende Person das auf jeden Fall übersehen. Den Rest hast du ja selbst gesehen; weder Wohnzimmer noch Schlafzimmer scheinen durchsucht worden zu sein, nur diese Kommode im Flur.«

»Was ist mit dem Handy? Dem PC?«

»Bis jetzt ist weder das eine noch das andere aufgetaucht«, sagt Karen. »Das könnte dafür sprechen, dass jemand beides mitgenommen hat. Aber ansonsten sieht es nicht so aus, als würde etwas im Haus fehlen. Zumindest nichts, was Einbrecher üblicherweise mitgehen lassen.

Larsen hat zum Beispiel berichtet, dass in einer Küchenschublade eine Schatulle mit zweiundsiebzig Teilen Silberbesteck lag, das hätte auch der Dümmste gefunden.« Karen überlegt. »Allerdings scheint Susannes Auto weg zu sein«, fällt ihr noch ein. »Ich weiß, dass sie einen weißen Toyota fährt. Der steht zumindest nicht auf ihrem Grundstück. Auch auf der Straße steht er nicht.«

»Hast du ihn in die Fahndung gegeben?«

»Was glaubst du wohl? Johannisen beschäftigt sich damit. Und dann habe ich Cornelis Loots und Astrid Nielsen angerufen, sie sollen die Nachbarn rundherum abklappern und fragen, ob jemand etwas Auffälliges bemerkt hat.«

»Das Sonderbarste ist, dass abgeschlossen war«, sagt Karl. »Wer schließt sich ein?«

»Finde ich nicht. Das ist so ein Schloss, das schließt, sobald man die Tür zumacht. Ich hatte mal so eins, bis ich es ausgetauscht habe, weil ich mich zweimal hintereinander ausgesperrt habe.«

»Und keinerlei Hinweise auf sexuelle Gewalt?«

»Nein, Brodal konnte auf Anhieb nichts feststellen. Außerdem trug sie einen Morgenmantel und Pantoffeln und saß in der Küche, als es geschah.«

»Vielleicht war der Täter schon länger im Haus. Hat sie gefangen gehalten, hat sie gezwungen, sich anzuziehen und sie dann erschlagen.«

Karen sieht Karl mit hochgezogenen Augenbrauen an.

»Und ihr erst noch das Frühstück serviert? Ach komm, Karl. Wie wahrscheinlich ist das denn?«

»Kann es jemand gewesen sein, den sie gekannt hat? Ich lege meine Hand ins Feuer, dass sie einen Lover Boy hatte, der die Nerven verloren hat.«

»Wenn dem so ist, werden wir das sehr bald herausfinden. In diesem Dorf kann niemand etwas verheimlichen. Aber du hast ja das Bett gesehen; wenn sie einen Geliebten hatte, dann haben sie dort mit Sicherheit nicht die letzte Nacht verbracht.«

Sie passieren den kleinen Steg, der über den Fluss führt, und befinden sich damit auf Harald Steens Grund und Boden. Karen zögert kurz, doch dann sagt sie:

»Eins noch. Ich habe heute Nacht in Dunker übernachtet, und als ich früh am Morgen nach Hause fuhr, habe ich Susanne gesehen.«

Sie nickt in Richtung flussaufwärts.

»Sie war auf dem Weg vom Waschsteg hoch zum Haus, wahrscheinlich nach einem Morgenbad. Es war nicht das erste Mal, dass ich sie da gesehen habe, ich habe nicht auf die Uhr geschaut, aber es wird wohl ungefähr Viertel nach acht gewesen sein.«

Karl bleibt stehen und dreht sich um, als ob er noch sehen könnte, wie Susanne die Stufen hinaufeilt. Karen weiß, was er denkt.

»Genau«, sagt sie. »Wenn Brodals Einschätzung des Todeszeitpunkts stimmt, dann ist sie vermutlich kurz nachdem ich sie gesehen habe, umgebracht worden. Und nein, ich habe niemanden sonst gesehen. Aber ich habe die Spurensicherung gebeten, sich den Bereich rund um den Steg anzusehen, auch wenn es nicht sehr wahrscheinlich ist, dass wir da fündig werden.«

Sara Inguldsen kommt ihnen auf der Treppe zu Harald Steens Haus entgegen. Ein bisschen weiter hinten steht Björn Lange auf dem Hof und versucht schnell seine Zigarette auszumachen, als er sie kommen sieht.

»Guten Tag, Chefin«, sagte Inguldsen und legt die Hand an ihre Schirmmütze.

Karen nickt kurz und versucht an der Kante der Steinstufen den Lehm von ihren Schuhen zu kratzen.

»Guten Tag«, sagt sie und lächelt kurz. »Haben Sie etwas Brauchbares in Erfahrung bringen können?«

»Nicht viel. Harald Steen hat kaum ein Wort von sich gegeben. Leider war er ja noch da, als wir kamen, sodass er zugesehen hat, wie wir eingebrochen sind.«

Karen erstarrt, und offenbar steht ihr die Sorge ins Gesicht geschrieben, denn Sara Inguldsen kommt ihrer Frage zuvor.

»Nein, nein, vom Tatort konnte er nichts sehen, aber er hat Langes

Gesicht gesehen, als der rauskam. Und dann hat er gehört, dass ich den Krankenwagen wieder weggeschickt habe, er hat es also gleich mitbekommen. Da ist er ganz fahl im Gesicht geworden, deshalb habe ich ihn nach Hause gefahren und Lange allein dort gelassen.«

»Warum hat Steen nicht versucht hineinzukommen? Von der Notrufzentrale hieß es, er habe vermutet, sie sei ohnmächtig geworden oder gestürzt«, schiebt Karl Björken ein.

»Er hat es versucht«, sagt er, »aber die Tür war verriegelt. Und das stimmt, Lange musste das Glas einschlagen, um hineinzukommen. Erst musste der alte Mann nach Hause gehen, um den Notruf abzusetzen, und dann ist er zurück zu Susannes Haus den Hügel wieder hinaufgelaufen, um auf den Notarzt zu warten. Kein Wunder, dass er Herzschmerzen bekam.«

»Geht es ihm denn jetzt besser?«, fragt Karen und legt die Hand auf die Klinke.

»Schon, aber er ist todmüde. Er hat sich aufs Sofa im Wohnzimmer gelegt, vielleicht ist er eingeschlafen.«

»Okay, dann schnappen Sie sich Lange und sorgen Sie dafür, dass Sie etwas in den Magen bekommen. Sie sind heute sehr lange im Einsatz«, fügt sie hinzu, als ihr klar wird, dass bereits ein ganzer Arbeitstag vergangen ist, seit sie mit Inguldsen und Lange in Dunker zusammengetroffen ist, und da waren sie vermutlich auch schon ein paar Stunden im Dienst gewesen. Dann hält sie inne. Es gibt keinen Grund, den peinlichen Vorfall vom Morgen zu erwähnen.

»Ja, es war ein langer Tag für uns alle«, sagt Sara Inguldsen und lächelt.

Die Tür zum Wohnzimmer steht offen. Harald Steen liegt auf dem Sofa, aber er schläft nicht, oder er erwacht von Karens diskretem Klopfen an den Türrahmen.

»Na, so was, da kommt das Mädchen von Eikens, komm rein, meine Kleine«, sagt er und macht Anstalten aufzustehen.

»Bleib liegen, Harald«, sagt Karen und tritt ein, hinter ihr Karl.

»Mich kennst du ja, und das hier ist mein Kollege Karl Björken. Können wir uns für einen Moment setzen?«

Harald Steen zeigt auf zwei Sessel mit einem fusseligen braun-gelb gestreiften Bezug. Auf dem Couchtisch stehen ein halb leer getrunkenes Glas Wasser und eine kleine Dose mit Nitroglycerin-Tabletten.

»Geht es dir ein bisschen besser?«, fragt Karen, während sie sich auf der äußersten Kante des einen Sessels niederlässt. »Das muss ein heftiger Schock für dich gewesen sein.«

»Ja, ich habe mich schon etwas erholt. Ich dachte ja, sie sei nur ohnmächtig oder ausgerutscht, meine Güte. Ich bin gar nicht auf den Gedanken gekommen, dass es so schlimm sein könnte. So ein junger Mensch ...«

Karen fragt sich in dem Moment, ob Harald Steen wirklich verstanden hat, was passiert ist. Glaubt er immer noch an einen Unfall? Sie beugt sich vor und sieht ihm tief in die Augen.

»Susanne ist keines natürlichen Todes gestorben, Harald«, sagt sie. »Und deswegen müssen wir auch mit dir reden.«

Ein paar Sekunden lang flackert Harald Steens Blick verwirrt zwischen Karen und Karl hin und her, und im nächsten Moment versucht er unter größter Anstrengung, sich aufzusetzen.

»Es war kein natürlicher Tod? Aber diese Frau hat doch gesagt ...« Er zeigt zur Tür. Erst jetzt bemerkt Karen, dass Sara Inguldsen da in ihrer dunkelblauen Uniform noch wie ein Wachposten steht. Was für eine neugierige Kuh, denkt Karen. Oder übertrieben ambitioniert.

»Ich wusste nicht, wie viel ich sagen durfte«, erklärt Sara leise. »Ich habe nur mitgeteilt, dass Susanne Smeed tot ist, und dass wir immer einen Arzt rufen, wenn jemand in seinem Haus verstorben ist.«

»Okay, aber jetzt können Sie gehen. Wir melden uns bei Ihnen und Lange, wenn wir noch etwas brauchen.«

Karen dreht sich wieder zu Harald Steen um und sieht ihn an.

»Was Sara Inguldsen gesagt hat, stimmt, Harald, das machen wir immer so. Aber in diesem Fall ist es leider so, dass wir guten Grund zu der Annahme haben, dass Susanne ... umgebracht worden ist.«

»Umgebracht«, ... als ob das besser klänge als »ermordet«, denkt sie und wirft kurz einen Blick auf die kleine weiße Dose mit dem Nitroglycerin. Wenn Harald Steen jetzt einen Herzinfarkt erleiden würde, könnte das nicht nur für ihn schicksalsträchtig sein, sondern auch die Möglichkeit einer wichtigen Zeugenaussage verhindern.

»Und deshalb brauchen wir deine Hilfe, verstehst du«, fährt sie fort. »Vielleicht hast du ja etwas gehört oder gesehen, was uns helfen könnte, den Mörder zu ...«

»Wie?«, fragt Harald Steen mit unerwartet kräftiger Stimme. »Wie ist sie gestorben?«

Mit großer Anstrengung hat er sich aufgerichtet, seine Augen sehen nach wie vor verängstigt und desorientiert aus. Er streckt eine Hand nach seinem Wasserglas aus, und Karen stellt fest, dass er zwar etwas zittrig ist, doch seine Gesichtsfarbe nicht verliert.

»Alles gut, Harald?«, fragt sie sicherheitshalber. »Willst du, dass wir jemanden für dich anrufen? Du hast doch einen Sohn, der auf Frisel wohnt? Wäre es vielleicht gut, wenn er über Nacht zu dir käme?«

Sie schielt auf ihre Armbanduhr, es ist Viertel nach vier. Sonntags geht die Fähre von Sande im Halbstundentakt. Haralds Sohn könnte innerhalb von ein paar Stunden hier sein.

»Nein, in Gottes Namen, lasst das«, schnaubt der alte Mann. »Ich komme schon zurecht, das könnt ihr mir glauben.«

»Möchten Sie lieber jemand anderen bei sich haben?«, schlägt Karl leise vor. »Sie sollten heute Nacht nicht alleine sein.« Er sitzt in dem durchgesessenen Sitzmöbel und hat die Beine überschlagen, sie dienen ihm als Unterlage für seinen Notizblock.

»Der mobile Pflegedienst kommt heute Abend um sechs«, brummt Harald Steen. »Wenn sie mich nicht vergessen haben.«

»Ach, zu dir kommt ein Pflegedienst. Wie oft kommen die denn?«

Harald Steen gluckst und sieht nun sonderbar zufrieden aus, als ob er schon wieder vergessen habe, warum da zwei Polizisten in seinem Wohnzimmer sitzen.

»Ja, seit ich diese Herzprobleme habe, kommt so ein Frauenzimmer zweimal täglich und bringt mir Essen, ich bin gut versorgt. Putzen tut sie auch noch!«

»Aber natürlich kommt sie aus Polen«, fügt er noch hinzu, als würde das den Vorzügen dieses Services irgendeinen Abbruch tun.

Karen hört das Kratzen von Karls Stift, als er eine Notiz macht.

»Und zu welchen Zeiten kommt sie?«

»Die Polin? Na ja, das ist etwas unterschiedlich. Morgens irgendwann um acht herum und abends zum Abendessen. Aber sie würzt sehr merkwürdig. Ich habe schon versucht, es ihr zu sagen, aber ...«

»Wissen Sie noch, um welche Uhrzeit sie heute Morgen hier war?«, unterbricht ihn Karl und sieht kurz zu Karen hinüber.

»Ja, heute war es ungewöhnlich spät, vielleicht so um neun. Nein, wissen Sie, es war sogar noch später, gegen halb zehn. Ich war ja schon lange wach, als sie sich endlich bequemte, aufzutauchen. Wahrscheinlich hatte sie auch Oistra gefeiert. Die Polen saufen ja ordentlich, was man so hört.«

Karen und Karl sehen sich wieder an.

»Ist Ihnen denn irgendetwas aufgefallen, während Sie auf die Frau gewartet haben?«, setzt Karl an. »Ich meine, haben Sie jemanden gesehen oder vielleicht auch ein Auto in der Nähe von Susanne Smeeds Haus bemerkt?«

Harald Steen sieht ihn mit großen Augen an.

»Nein ...«, sagt er zögernd und schüttelt dabei den Kopf wie in Zeitlupe, als sei die Frage für ihn völlig abstrus. »Wie sollte ich denn etwas sehen, ich lag doch im Bett. Das tue ich immer, bis ich meinen Morgenkaffee bekomme. Auf jeden Fall kocht sie den Kaffee stark.«

Er strahlt, und Karen seufzt lautlos. Dieses Gespräch bringt sie kein Stück weiter. Stattdessen sollten sie sich lieber mit der Frau vom mobilen Pflegedienst unterhalten und darauf hoffen, dass sie irgendetwas bemerkt hat. Karen sieht Karl seinen Block zuschlagen, und sie machen gerade Anstalten, aus den heruntergekommenen Sesseln aufzustehen.

»Aber das Auto habe ich natürlich gehört.«

Karen erstarrt in ihrer Bewegung und merkt, dass Karl ebenso reagiert. Gespannt warten sie auf die Fortsetzung und lassen sich zurück in die Polster sinken.

»Sie haben ein Auto gehört?«

Karls Stimme klingt erzwungen ruhig, als habe er Angst, dass nur die kleinste Andeutung von Aufregung Steens Konzentration wieder zum Erliegen bringen könne.

»Ja, Susannes Auto, dieses unsägliche japanische Monstrum. Deshalb fand ich es ja auch so sonderbar, dass in der Küche Licht brannte. Und dass aus dem Schornstein Rauch kam. Ich meine, warum hinterlässt sie das Haus so, wenn sie wegfährt? Ich konnte ja nun wirklich nicht ahnen, dass ...«

»Bist du ganz sicher, dass es Susannes Auto war?«, unterbricht ihn Karen so behutsam wie möglich.

Harald Steen entschlüpft ein wütendes Schnauben.

»Was für einen Krach dieses Ding macht! Schreit und quietscht, wenn es losfährt, wie ein altes Weib. Das kann man gar nicht verwechseln. Das ist der Anlasser, ich habe Susanne gesagt, sie muss ihn austauschen lassen, aber sie kam ja nie dazu.«

»Und das war, bevor heute Morgen die Pflegerin kam?«, versucht Karl ihn anzuschieben. »Sind Sie da ganz sicher?«

»Nein, Moment mal, die Polin war da gerade gekommen. Gerade als sie rief, dass der Kaffee fertig ist, da habe ich das gehört. Wir fanden es sonderbar, dass Susanne so früh an einem Sonntagmorgen wegfährt. Noch dazu am Tag nach Oistra. Deshalb war sie wohl so spät dran«, schiebt er hinterher.

»So spät? Sie haben doch eben gesagt, dass es so früh war.«

»Na ja, die Polin, meine ich. Bis zehn Uhr ist sie nicht aufgetaucht. Hat sich vermutlich gegönnt auszuschlafen. Aber es stimmt, wie man so schön sagt: Einem trägen Schaf wird die Wolle oft schwer.«

»Gegen zehn? Sind Sie sicher?«

»Ja, jetzt erinnere ich mich, denn ich höre doch die Nachrichten und den Wetterbericht alle dreißig Minuten. Und da habe ich genau dieselben alten Meldungen gehört, es gab nichts Neues. Aber sie hat wohl wie alle anderen Oistra gefeiert und natürlich zu viel Gagelbier in sich reingeschüttet. Die saufen wie die Löcher, hab ich gehört. Also die Polinnen, meine ich.«

Karen holt tief Luft und macht einen letzten Anlauf.

»Dann meinst du also, du hast Susannes Auto gehört, nachdem die Polin gekommen war? Dann hat sie das Geräusch auch gehört?«

»Ja, natürlich! Sie hat noch gesagt, das klingt ja wie die Autos zu Hause in Polen. Egal, sie ist eine gute Frau, trotz allem.«

Sie verabschieden sich, nachdem sie sich noch einmal vergewissert haben, dass Harald Steen seinen Sohn nicht bei sich haben möchte. Karen beschließt, nicht mehr auf den Pflegedienst zu warten. Stattdessen hat Karl die Telefonnummer einer gewissen Angela Nowak notiert, die für das Unternehmen Homecare arbeitet. Ihre Visitenkarte hing an der Kühlschranktür.

»Und was hast du daraus für Schlüsse gezogen?«, fragt Karl, als sie die Treppe wieder hinaufächzen.

»Ich wusste nicht, dass er mittlerweile derart verwirrt ist. Vor ein paar Jahren noch war Steen eine der führenden Persönlichkeiten in Langevik. Er hat Auktionen veranstaltet und war als etwas geiziger, aber sehr humorvoller Mann sehr angesehen, soweit ich mich erinnern kann. Aber das ist schon lange her. In den letzten Jahren habe ich ihn höchstens mal von Weitem unten im Dorf gesehen.«

»Ja, auf seine Zeitangaben können wir uns kaum verlassen, aus diesem Gefasel kann man nichts Verlässliches schließen«, sagt Karl enttäuscht. »Auch wenn seine Vermutungen vielleicht zufällig richtig sind.«

»Stimmt, aber dass sie beide Susannes Auto gehört haben, könnte passen. Das musst du mit Angela Nowak klären. Außerdem ist ihr vielleicht noch etwas anderes aufgefallen.«

»Wenn der alte Mann recht hat, würde das bedeuten, dass sich der Mörder im Wagen seines Opfers kurz vor zehn davongemacht hat.«

»Ja, verschwunden ist das Auto ja auf jeden Fall, also besteht die

Möglichkeit, dass es stimmt. Wir werden ja sehen, ob Brodal den Todeszeitpunkt noch etwas eingrenzen kann, vielleicht kann ich ihn dazu bewegen.«

»Wann hast du eigentlich die Fahndung für das Auto rausgegeben?«

»Gleich als ich ankam und bemerkt habe, dass der Wagen fehlt. Aber das war ja kaum vor zwei Uhr.«

»Dann hat der Täter also viele Stunden Zeit gehabt, ganz in Ruhe die Insel zu verlassen.«

»In dem Fall nach Noorö oder Frisel. Sonst fährt ja sonntags keine Fähre, weder nach Esbjerg noch nach Harwich.«

»Nein, aber es gibt Flüge von Lenker und von Ravenby. Ich würde wetten, wir finden den Wagen an irgendeinem Flughafen.«

»Dann ist deine neue These also, dass es sich um einen vorsätzlichen Mord handelt; erst hat er Susanne Smeed niedergeschlagen und dann das Land verlassen? Eben bist du noch von einem Einbruch ausgegangen. Wie auch immer hätte man den Wagen doch längst gefunden, die Parkplätze an den Fährterminals und den Flughäfen werden doch zuallererst kontrolliert.«

Karl Björken zuckt mit den Schultern. Karen fährt fort.

»Ich habe mit Cornelis Loots gesprochen, der im Hafen angerufen hat. Das einzige größere Fahrzeug, das die Insel verlassen hat, ist ein Kreuzfahrtschiff, das sich im Moment auf der Reise nach Norwegen befindet. Sie haben in Stockholm am fünfundzwanzigsten abgelegt und sind dann via Kopenhagen nach Dunker gefahren. Jetzt ist es auf dem Weg nach Edinburgh und wird die Shetlandinseln ansteuern und dann die norwegische Küste, bevor es nach Schweden zurückkehrt, wenn ich es richtig verstanden habe. Das ist so eine Kreuzfahrt für wohlhabende Senioren, die Wurzeln in Nordeuropa haben. Aber es fällt mir schwer zu erkennen, warum ein reicher Amerikaner spontan seine bequeme Luxuskabine verlassen sollte, um nach Langevik zu radeln und Susanne Smeed zu erschlagen.«

»Radeln?«

»Ja, oder trampen. Wie soll er denn sonst hierhergekommen sein?

Der Mörder hat sich Susannes Auto geschnappt, um wieder wegzufahren, und er hat kein eigenes stehen lassen. Ich habe Loots gebeten, sich die Passagierlisten von der Reederei aushändigen zu lassen, nur zur Sicherheit. Aber falls deine These stimmen sollte, dass der Mörder das Land verlassen hat, haben wir kaum eine Chance. In den Häfen gehen uns viele durch die Lappen.«

Karl hat die Hände tief in die Taschen gesteckt und die Schultern hochgezogen, weil der Wind so bläst. Karen sieht ihn an und denkt, sie sollte aufhören, ihn mit Argumenten zuzuschütten. Sie ist hartnäckig wie ein Terrier.

»Und dann all diese kleinen Schiffe von Dänemark, Holland und weiß Gott woher«, fährt sie fort. »Gestern sind bestimmt Tausende Menschen hierhergereist, und die meisten von ihnen sind heute Morgen zurückgefahren. Warum müssen eigentlich alle Idioten über Oistra auf die Inseln kommen?«

Karl muss lachen.

»Lass das nicht Kaldevik oder Haugen hören.«

Karen weiß genau, worauf er hinauswill. Mit einer Gänsehaut erinnert sie sich noch an den Besuch der Innenministerin in der Polizeizentrale vor ein paar Jahren. Vor dem Sommer hatte Gudrun Kaldevik der versammelten Mannschaft der doggerschen Polizei noch erzählt, wie wichtig es sei, dass die Polizeibeamten durch Hilfsbereitschaft und Dienstleitungsdenken dazu beitrügen, dass die Touristen sich hier willkommen und sicher fühlten. Einmal war Karen auch Johannisens Meinung gewesen, als er gemurrt hat:

»Wir sind doch verdammt noch mal keine Reiseleiter.«

Hintergrund war ein Fall vom Vorsommer, der durch die Presse ging. Zwei übereifrige junge Schutzpolizisten hatten damals einen Mann, der unter Alkohol stand, im Rathauspark aufgegriffen. Leider stellte sich heraus, dass der Mann dort auf einer der Bänke lag, weil er niedergeschlagen und ausgeraubt worden war, und seine nuschelnde Aussprache nicht von zu viel Alkoholkonsum herrührte, sondern von der Tatsache, dass er einen Monat zuvor einen Schlaganfall erlitten hatte. Als Teil der Reha hatten der prominente deutsche Unternehmer und seine Frau beschlossen, die Doggerschen Inseln zu besuchen, wovon sie schon seit Jahren geträumt hatten. Erst als die Frau, die voller Sorge drei Stunden im Hotelzimmer auf ihren Mann gewartet hatte, die Polizei verständigte, konnte dieses Missverständnis aufgeklärt werden. Keine Entschuldigung konnte das Paar jedoch dazu bewegen, auf der Insel zu bleiben. Oder, wie sie betonten, jemals wiederzukommen.

Diese Geschichte ging mit großer Aufmerksamkeit nicht nur durch die doggerschen, sondern auch durch die deutschen Medien. Innenministerin Gudrun Kaldevik wurde als Verantwortliche für die Polizeibehörde gezwungen, deutschen Presseorganen Dutzende von Interviews zu geben und ihr Schuldeutsch zu entstauben, was zu recht peinlichen Versprechern und 337 063 Klicks auf Youtube führte. Als sei das nicht bereits genug gewesen, musste diese peinliche Geschichte auch noch sechs Wochen vor der feierlichen Einweihung Dunkers als Kulturhauptstadt Europas passieren.

Als die Innenministerin ihre Rede vor dem Polizeikorps beendet hatte, war es totenstill gewesen, und Viggo Haugen hatte ihr hoch und heilig versichert, persönlich dafür Sorge zu tragen, dass sich der Geist, der im Korps herrschte, verbessern würde.

Allerdings stellte sich heraus, dass dieses »persönlich dafür Sorge tragen, dass der Geist im Korps sich verbessern würde« genauso aussichtslos und idiotisch war, wie es klang.

Karen und Karl steigen weiter die Stufen hinauf, während sie dem Rauschen des Wassers lauschen, das sich artig zum Meer hinunterschlängelt.

Karen muss an die unangenehme Aufgabe denken, die ihr unausweichlich bevorsteht.

»Du solltest versuchen, Angela Nowak heute noch zu erreichen«, sagt sie. »Und könntest du bitte bei der Obduktion für mich als Zeuge dabei sein? Dann würde ich ein erstes Gespräch mit Jounas führen, und zwar allein. Es ist vielleicht ganz gut, wenn wir nicht zu zweit bei ihm durch die Tür stiefeln.«

»Ja, dieses Vergnügen überlasse ich sehr gern dir«, antwortet Karl seufzend. »Das muss für ihn wirklich furchtbar sein.«

Und sie ist froh, dass Karl nicht die leiseste Ahnung hat, dass sie sich kaum um Jounas Smeed und seine möglichen Gefühle wegen seiner ermordeten Ex-Frau Sorgen macht. Weitere Verhöre, bei denen mehr Personen anwesend sind, werden sowieso nötig sein, doch zuerst muss sie mit ihm unter vier Augen sprechen. Zum ersten Mal, seit sie ihn schnarchend im Zimmer 507 des Hotels »Strand« verlassen hat.

10

Karen fährt mit einem flauen Gefühl im Magen nach Dunker. Sie lenkt wie im Tran und lässt ihre Gedanken schweifen, die Strecke kennt sie in- und auswendig, jede Kurve, jedes neue Landschaftsbild sieht sie bereits, bevor es vor ihren Augen erscheint.

Die Küstenstraße, die vom Osten her nach Heimös Hauptstadt führt, geht leicht bergauf.

Nördlich erstrecken sich lang gezogene Hänge, auf denen sich steiniges Weideland mit Laubwäldern abwechselt. Weiße und graue Wollknäuel grasen dort gleichmäßig kauend, den Kopf gesenkt. Ein paar Monate lang werden sich die Lämmer noch pummelig fressen, bis das Schlachten im Herbst beginnt, und das Sommerfell der Pelzschafe darf noch ein bisschen wachsen, bevor die Schafscherer in ein paar Wochen auf die Insel einfallen.

Auf der anderen Seite der Straße geht es über steile Klippen hinunter zum Meer, das sich unablässig in Erinnerung bringt, leicht säuselnd oder wutschnaubend wild. Heute lädt die frische Brise weiße Gänse zum Spiel mit der Wasseroberfläche ein, und die Sonne blinzelt durch die Wolkenfetzen, die eilig auf das Festland zutreiben.

Von dem Plateau, das sich östlich von der Stadt erhebt, eröffnet sich ein Panoramablick auf Dunker. Wer dort den Fuß vom Gaspedal nimmt, kann für einen Moment die ganze Bucht überblicken. Von hier aus sieht man die lange Promenade, die vom Hafen im Westen, am Steinstrand vorbei bis zu den gelben Steilklippen im Südosten reicht. Wer stattdessen seinen Blick ins Landesinnere wendet, sieht ein Stück dieser halbmondförmigen Stadt, die sich hinter der Bucht ausbreitet, bevor die Straße sich in engen Kurven zum Stadtzentrum hinunterschlängelt.

Der Bauplan von Dunker folgt demselben erprobten Rezept der Trennung verschiedener sozialer Gruppen, wie es in anderen europäischen Städten der Fall ist. Und wie auch in anderen Orten, wo der Fischfang die Haupteinnahmequelle darstellt, liegt der Stadtkern am Meer. Die Bebauung erstreckt sich halbkreisförmig ins Landesinnere und mit jedem weiteren verändert die Stadt ihren Charakter. An der Strandpromenade und am Kai unten am Hafen wechseln sich die gelben Fassaden der Sandsteinhäuser mit den weiß gekalkten Steinhäusern und den flachen roten Ziegelsteingebäuden ab. Es sieht aus, als bildeten sie eine Mauer zum Wasser hin. Hinter ihnen erheben sich wesentlich feudalere Bauten, in denen sich Industrielle, Reeder und die wachsende Mittelschicht nach und nach niederließen, nachdem sie den sozialen Aufstieg geschafft hatten. In Thingwalla, das nordwestlich an die Dunkerbucht angrenzt, thronen auf großzügig geschnittenen Grundstücken riesige Steinvillen zwischen Meer und Wald. Hierzu haben noch heute nur wenige Menschen Zutritt; Thingwalla ist und bleibt Dunkers Sahnehäubchen.

Der nächste Halbkreis besteht aus den Reihenhaussiedlungen Sande und Lemdal, die in den Zwanziger- und Dreißigerjahren errichtet wurden. Damals markierten sie den Stadtrand nach Norden hin. Dort hat man schöne Ausfallstraßen gebaut, die diagonal aus der Stadt hinausführen, gesäumt von grauen Steinhäusern aus einer Zeit, in der wegen des Ausbaus des Sozialsystems überall gespart wurde. Dann wurde in Dunker ein Wohnungsbau gefördert, der auch der Verbreitung von TBC und Rheuma unter den Arbeitern in Spinnerei, Hafen und der Seifenfabrik Einhalt gebot.

Heute nutzt so gut wie jedes Haus in Sande und Lemdal jedes Fleckchen Erde bis zur Schmerzgrenze. Auch dort, wo eigentlich ein Gemüsegarten angelegt werden sollte, wird das Haus auf den schmalen Grundstücken um jeden Zentimeter erweitert, für den man eine Baugenehmigung erhält.

Eine Reihe weiter, von Dunkers Zentrum aus betrachtet, befinden sich die Mehrfamilienhäuser im östlichen und westlichen Odinswalla, in jeder Straße stehen zweistöckige Häuser aus den Fünfziger- und Sechzigerjahren. Dieses Gebiet erstreckt sich bis weit ins Landesinnere, was daran liegt, dass die doggerschen Bauvorschriften bis 1972 verboten, höher als drei Stockwerke zu bauen.

Im letzten Halbkreis, in den Stadtteilen Gaarda und Moerbeck, hat man dann von der Änderung der Vorschriften profitiert. Dort, wo man den Wind vom Meer kaum noch spürt, besteht die Bebauung aus kasernenartig grauen, achtstöckigen Häusern, in der Mitte und gegen Ende der Siebzigerjahre hochgezogen. Hier haben Architekten und Bauherren menschliche Bedürfnisse wie Kontakt zum Boden, Grünflächen, Ecken und Winkel einfach wegrationalisiert.

Hier gibt es keine Cafés, Restaurants, auch keine Märkte, wenn man von dem Verkauf von Heroin oder Amphetamin einmal absieht, der mehr oder weniger offen auf Parkplätzen oder in den dunklen Winkeln auf einem der beiden Schulhöfe abgewickelt wird. Das Nachtleben besteht hier aus Kämpfen zwischen Dealern, die ihr Revier verteidigen, und Taschendieben, die schnell unter den noch intakten Straßenlaternen hindurch huschen. Ehrliche Leute, die aus welchem Grund auch immer nach acht Uhr abends noch den Heimweg antreten müssen, legen einen Schritt zu und ziehen erleichtert die Tür ins Schloss, sobald sie zu Hause angekommen sind. In Gaarda und Moerbeck ist man nur hinter verschlossenen Türen sicher, und manche sind es nicht einmal dort. Aber wer die schmalen Fenster zum Lüften öffnet, dem strömt aus den Feuchtgebieten im Landesinneren der Duft von Gagel in die Nase, wenn der Wind aus Nordwest weht.

Karen fährt durch Sande und biegt dann nach Thingwalla ab.

Jounas Smeeds Haus liegt natürlich, was er vor den Polizeikollegen gerne betont, ganz am Rande dieser schicken Wohngegend. Auch wenn einige ihrem Chef die Neigung zum Understatement hoch anrechnen, so weiß man doch, dass sich die Familie Smeed niemals am Rande von etwas befindet und dies auch in der Zukunft nicht der Fall sein wird. Smeed wohnt in Thingwalla, Schluss, Punkt, aus.

Karen betrachtet die pompösen weißen Steinvillen, während sie langsam im Fågelsångsväg die Nummer 24 ansteuert. Ein einziges Mal ist sie hier gewesen. Während einer Hitzewelle vor ein paar Jahren hatte Jounas das ganze Kollegium der Kriminalpolizei zu einem Grillabend eingeladen, dazu auch die IT-Techniker sowie die Staatsanwaltschaft. An diesem schweißtreibenden Tag im August war es ein entspannter und lustiger Abend gewesen.

Es sieht aus, als behielten die Meteorologen recht, denkt Karen. Die Wolken haben sich über dem Binnenland zusammengerottet, und als sie die Wagentür öffnet und sich nach ihrer Jacke, die auf dem Beifahrersitz liegt, reckt, verspürt sie die Vorboten des ersten kühlen Windes, der dem Wetterbericht zufolge im Verlauf des Tages von Nordwesten her Einzug halten soll. Sie schaudert kurz, dann wirft sie einen Blick zum Haus hinauf, wo blitzblanke Fensterscheiben still zurückstarren. Nicht eine Lampe brennt in diesem riesigen Haus, nicht eine Bewegung ist hinter den schwarzen Fensterscheiben zu erahnen oder in dem Teil des Gartens, den sie von hier aus einsehen kann.

Vielleicht ist er gar nicht zu Hause, schießt es ihr durch den Kopf, für einen Moment nur ein irrationaler Hoffnungsschimmer. In der darauffolgenden Sekunde erklingt bereits das Motorengeräusch eines Wagens, der sich mit schneller Fahrt nähert.

Karen dreht sich um und beobachtet, wie ein metallicschwarzer Lexus stark hinter ihrem Ford Ranger abbremst. Ihre Blicke treffen sich, Jounas Smeed hält einen Moment inne. Dann legt er den ersten Gang ein und fährt, ohne sie auch nur mit einem Nicken zu grüßen, langsam an ihr vorbei in die Garage.

Karen sieht dem Auto hinterher und spürt nun deutlich ihr Unbehagen; dieses Gespräch wird genauso unangenehm werden, wie sie es befürchtet hatte.

Mit schweren Schritten folgt sie der Auffahrt zum Haus und trifft auf ihren Chef, als er gerade das Garagentor abschließt.

Schweigend gehen sie um die Veranda herum und bewegen sich in Richtung Hintereingang.

11

»Willst du auch einen?«, fragt Jounas und hält die Whiskyflasche in die Luft, die auf dem Marmorregal in der Küche steht. Karen registriert, dass es ihr Lieblingswhisky ist, von der Destillerie Groth auf Noorö.

Sie schüttelt den Kopf. Jounas nimmt ein Glas aus dem Schrank und bewegt sich aus der Küche heraus. Er sagt kein Wort, aber eine kaum wahrnehmbare Kinnbewegung soll andeuten, dass er erwartet, dass sie ihm folgt.

Ihre anfängliche Nervosität geht langsam in Verärgerung über, als sie gezwungen wird, ihrem Chef wie ein Dackel hinterherzurennen. Schweigend folgt sie ihm über Parkett und dicke Teppiche durch das dunkle Haus. Sie gehen durch die große Eingangshalle, wo ein riesiger Kronleuchter über einem runden Tisch thront, auf dem eine Vase mit welkenden Blumen steht. Dahinter führt eine breite Treppe majestätisch in ein dunkles Obergeschoss. Rechts von der Treppe befindet sich eine Art Arbeitszimmer. Als sie an der Bibliothek vorbeigehen, fallen Karen grüne Chesterfieldsessel auf, die vor einem üppig mit Ornamenten versehenen Kaminsims stehen, daneben Bücherregale aus dunklem Holz, die bis zur Decke reichen.

Vor ihrem inneren Auge sieht Karen diese ängstliche Gepflegtheit in Susanne Smeeds unpersönlichem Wohnzimmer. Trotz der zehn Ehejahre sind die Unterschiede zwischen ihrem und Jounas' Zuhause fast peinlich deutlich sichtbar. Ganz offensichtlich hat Susanne nach der Scheidung nichts vom smeedschen Vermögen abbekommen.

Jounas betritt nun ein großes rechteckiges Wohnzimmer und schaltet die Deckenbeleuchtung ein. Das scharfe Licht sticht Karen in die Augen, dass sie blinzeln muss, und das Zimmer spiegelt sich im Fenster, das sich über die ganze Seite des Raums erstreckt. Sie geht zu den Schiebetüren, steht einen Augenblick still da und betrachtet den Garten. Von der Hausfassade ist über Eck ein Holzdach installiert, unter dem in einer Ecke eine imposant ausgerüstete Outdoor-Küche steht. Ein riesiger Grill und glitzernde Küchengeräte befinden sich dort unter einem gewölbten Ziegeldach. Etwas weiter rechts ist ein langer Esstisch positioniert, an dem zwölf Personen Platz haben, und weiter hinten, wo es zum Pool geht, stehen bequeme Loungemöbel unter einem großzügigen Sonnenschirm.

Er sollte ihn zumachen, denkt sie. Bald kommt starker Wind auf.

Die weitläufige, sehr gepflegte Rasenfläche erstreckt sich flach zum Meer hin. So weit kann Karen nicht sehen, aber sie weiß, dass das Grundstück am Ende noch über einen privaten Sandstrand verfügt; sie hatte ihn schon voller Neid betrachtet, als sie im letzten Sommer mit dem Außenborder auf dem Wasser unterwegs gewesen war. Die meisten Villen hier haben einen eigenen Zugang zum Meer, wo an den Stegen exklusive Boote liegen, die nun darauf warten, am Ende der Saison in die Werft eineinhalb Kilometer entfernt gebracht zu werden.

Karen hebt den Blick zum Horizont, wo sich das Meer unter dem rasant immer düsterer werdenden Himmel jetzt graublau verfärbt hat. Im selben Augenblick wird der Sonnenschirm von einer Windböe zur Seite gerissen, und die ersten Regentropfen landen auf der silbrigen Oberfläche der Cumaruholz-Dielen. Ich sollte ihn wirklich darauf hinweisen, dass er diesen Sonnenschirm zusammenfaltet und wetterfest verpackt, denkt sie.

Stattdessen dreht sie sich um und sieht Jounas Smeed an:

Er hat seinen langen Körper in einen der vier hellgrauen Sessel sinken lassen.

Offenbar völlig geschafft liegt er fast da, die Beine ausgestreckt. Der eine Arm hängt über die Armlehne, sodass die Fingerspitzen beinahe den Boden erreichen, während die andere Hand das Whiskyglas auf der Brust balanciert.

»So, Eiken«, sagt er schleppend. »Und wie willst du die Sache jetzt angehen?«

»Ja, dir ist ja klar, dass ich mit dir reden muss …«

»›Kommissarische Leitung der Kriminalpolizei‹. Glückwunsch, hört sich doch gut an. Ein Glückstag auf der Arbeit, oder?«

»Komm runter. Ich habe mir diese Situation nicht ausgesucht.«

»Aber sie gefällt dir. Gib es wenigstens zu.«

»Absolut. Ich genieße jede Sekunde.«

Sie bereut ihre Wortwahl in derselben Sekunde noch, denn sie weiß, dass Jounas die erste Chance nutzen wird, den Finger in die Wunde zu legen.

»Genau wie heute Nacht. Warum bist du eigentlich abgehauen, ohne dich zu verabschieden?«

»Was glaubst du wohl? Das war ein schlimmer Fehler. Ein riesiger, ärgerlicher Fehler, und ich hoffe, wir können ihn so schnell wie möglich vergessen. Okay?«

Jounas Smeed richtet sich etwas auf und nimmt einen großen Schluck aus seinem Glas. Dann sieht er ihr in die Augen und lächelt freudlos mit einem Mundwinkel.

»Okay. Was willst du wissen?«

Karen räuspert sich und tastet ihre Tasche nach dem Notizblock ab, dann zögert sie und entscheidet sich, ohne ihn auszukommen. Die Lage ist schon angespannt genug, und es ist riskant, die veränderte Hierarchie mehr als nötig zu betonen. Die paar Fragen, die sie ihm stellen wollte, werden ihr auch ohne Block einfallen. Um sich jedoch einen kleinen Rest Autorität zu bewahren, die er ständig zu untergraben versucht, bleibt sie stehen.

»Ja, dann sei doch bitte so nett, mir zu erzählen, wo du dich zwischen sieben und zehn Uhr heute Morgen aufgehalten hast.«

Der Laut, den er ausstößt, klingt wie eine Mischung aus einem Schnauben und einem trockenen Lachen.

»Ach komm schon, kann Brodal sich nicht exakter festlegen? Meine Güte, das fängt ja gut an …«

Offenbar zum Leben erweckt, leert Jounas Smeed sein Glas und erhebt sich.

Einen Augenblick lang denkt Karen, dass er vorhat zu gehen, aber stattdessen bewegt er sich auf einen niedrigen Tisch zu. Sein Rücken nimmt ihr die Sicht, doch sie hört das Geräusch von Metall auf Glas, als der Korken einer Flasche abgeschraubt wird, und dann das leise Plätschern, als wieder Whisky in sein Glas rieselt. Er schwankt ein wenig, als er sich umdreht, und ihr wird klar, dass das kaum das erste Glas ist, das ihr Chef sich heute genehmigt hat. Vermutlich hatte er sich schon mit dem Flachmann in der Westentasche versorgt, als er mit seinem blöden Angeberauto um die Ecke gerast kam, denkt sie.

Im nächsten Augenblick fällt ihr ein, wie sie selbst in der Früh von Dunker nach Hause gefahren ist. Wenn die Medien vom Promillegehalt der doggerschen Polizei an diesem Morgen erfahren hätten, dann hätte es in der Redaktion Freudentänze gegeben. Auf der anderen Seite ist es nur eine Frage der Zeit, ehe sie etwas ganz anderes erfahren, über das sie sich voller Freude die Hände reiben. Heute hocken die meisten Journalisten in der Stadt sicherlich verkatert am Schreibtisch, doch diese Galgenfrist kann jederzeit auslaufen. Die Nachricht vom Tod Susanne Smeeds wird sich bald wie ein Lauffeuer über den Inseln verbreiten.

»Kannst du bitte die Frage beantworten?«, sagt sie gelassen, als Jounas wieder in den Sessel gesunken ist. »Was hast du heute Morgen gemacht?«

»Tja, das weißt du ebenso gut wie ich.«

Er sieht sie mit hochgezogenen Brauen an.

»Ich habe das Hotel ungefähr zehn vor halb acht verlassen«, antwortet sie. »Danach kann zumindest ich dir kein Alibi mehr geben. Was hast du getan, nachdem ich gegangen bin?«

Doch Jounas geht auf ihre Frage nicht ein.

»Zehn vor halb acht, sagst du? Und dann bist du nach Hause gefahren«, sagt er stattdessen nachdenklich. »Wahrscheinlich an Susannes

Haus vorbei? Denn du bist doch wohl nur vorbeigefahren, oder hast du etwa angehalten?«

»Was bezweckst du mit dieser Frage?«

»Schön ruhig bleiben, meine Liebe.«

»Und was zum Teufel sollte mich dazu bringen, deine Ex-Frau umzubringen? Du selbst hingegen hast vermutlich einige …«

Sie stockt und bemerkt, dass sie direkt in die Falle gegangen ist; zum zweiten Mal hat er sie dazu gebracht, die Beherrschung zu verlieren. Mit wenigen provokanten Worten gelingt es ihm, ihre jahrelang mühevoll aufgebaute Gelassenheit zum Einsturz zu bringen.

Sie holt ein paarmal tief Luft und setzt sich auf die äußerste Kante des breiten weißen Sofas. Streckt den Rücken durch und stützt sich mit den Beinen ab, um nicht in den weichen Kissen zu versinken.

»Lieber Jounas«, beginnt sie mit erzwungener Ruhe. »Kannst du bitte einfach darauf antworten, was du zwischen zehn vor halb acht und zehn Uhr heute Morgen gemacht hast. Du weißt, dass ich dich das fragen muss.«

»Ich bin gegen zehn Uhr nach Hause gekommen und hatte einen fiesen Kater«, antwortet er, erstaunlich kooperativ. »Davor hab ich dasselbe gemacht wie du. Ich bin aufgewacht, hab gekotzt und das Hotel mit eingezogenem Schwanz verlassen.«

Sie übergeht seine Anspielung.

»Wie spät war es, als du gegangen bist?«

»Ungefähr halb zehn.«

»Hat dich jemand gesehen? Ich meine, an der Rezeption. Bitte versuch, dich zu erinnern.«

»Keine Ahnung. Ich glaube nicht, dass da jemand saß, aber ich habe auch nicht darauf geachtet, denn ich habe ja alles bezahlt, als ich eingecheckt habe. Als *wir* eingecheckt haben, meine ich natürlich.«

Einen Moment lang spielt sie mit dem Gedanken, ihm anzubieten, die Kosten für das Zimmer hälftig zu übernehmen, aber entscheidet sich doch, es zu lassen. Je weniger dieser Vorfall zur Sprache kommt, desto besser, denkt sie.

»Bist du nach Hause gefahren oder bist du zu Fuß gegangen?«, fragt sie stattdessen.

»Ich bin gegangen. Es sind ja nur zwanzig Minuten Fußweg, und ich brauchte dringend frische Luft. Das Auto habe ich auf dem Parkplatz am Rathaus stehen lassen. Übrigens neben deinem, wusstest du das nicht mehr?«

Hatte Jounas' Wagen dort gestanden? Möglicherweise, aber die Begegnung mit Inguldsen und Lange hatte sie völlig abgelenkt.

»Parkst du nicht in der Tiefgarage unter dem Kommissariat?«

»Schon, aber dort hatte ich tagsüber gestanden. Ich hatte lange gearbeitet, war schlecht drauf gewesen und wollte eigentlich direkt nach Hause fahren. Aber als ich im Auto saß und auf die Redehusgate fuhr, habe ich es mir anders überlegt. Und hab mir gedacht, es ist schließlich Oistra, und ich könnte mir wenigstens ein halbes Dutzend Austern und ein paar Biere gönnen, bevor ich heimfahre. Also habe ich den Wagen auf einem Parkplatz abgestellt und vorgehabt, ihn spätestens eine Stunde später wieder abzuholen. Aber das ging ja in die Hose, wie du weißt.«

Und zwar ordentlich, denkt sie. Denn Jounas hatte, als sie ihm später begegnet war, deutlich mehr als ein paar Biere intus, eher ein paar Flaschen Wein.

»Bist du jemandem begegnet? Ich meine, als du nach Hause spaziert bist.«

Jounas macht ein Gesicht, als denke er nach, doch sie glaubt, dass er Theater spielt. Diese Frage müsste er sich selbst längst gestellt haben. In dem Moment, in dem er erfahren hat, dass seine Ex-Frau umgebracht worden ist, muss ihm klar gewesen sein, dass er gezwungenermaßen würde angeben müssen, wo er sich zur Tatzeit befunden hatte. Einmal dies und noch einiges andere. Was bringt ihm jetzt dieses Schmierentheater, denkt sie und betrachtet die nachdenklich gekräuselte Stirn ihres Vorgesetzten.

»Tatsächlich«, antwortet er nach einer Weile. »Einem Besoffenen unten an der Strandpromenade, der wollte Zigaretten schnorren. Und ich hatte ja auch welche, aber ich bezweifle, dass der Mensch in der Lage ist, die genaue Uhrzeit zu bezeugen, wenn du schon so viel Glück hättest, ihn aufzutreiben. Ich glaube kaum, dass er eine feste Adresse hat, nach dem zu urteilen, was er alles hinter sich herzog.«

»Wie sah er denn aus?«

»Wie die alle aussehen, verlottert und bärtig. Er hatte einen alten Einkaufswagen dabei, in dem leere Flaschen lagen und anderes Gerümpel.«

»Und jemand anderen hast du nicht gesehen? Hast du mit jemandem gesprochen?«

»Was denkst du denn? Wie viele Menschen sind dir denn heute früh begegnet?«

Karen muss wieder an Björn Lange und Sara Inguldsen denken und beschließt, diese Frage unbeantwortet zu lassen.

»Und dann?«

»Ich bin nach Hause gegangen, auf dem Sofa eingenickt und davon aufgewacht, dass Viggo Haugen kurz vor eins anrief und erzählte, was geschehen ist. Dann habe ich versucht, Sigrid zu erreichen, doch sie ist nicht ans Telefon gegangen.«

»Deine Tochter«, sagt Karen und sieht die Fotografie der zahnlosen Sechsjährigen auf Susanne Smeeds Kaminsims vor sich.

»Ja. Aber weil ich sie nicht erreichen konnte, bin ich zu ihr gefahren. Sie nimmt oft nicht ab, wenn ich anrufe. Aber ich wollte ja vermeiden, dass sie von jemand anderem erfährt, dass ihre Mutter gestorben ist.«

Karen nickt kurz. Das klingt nachvollziehbar, fast menschlich.

»Dann habe ich den Wagen geholt und bin hoch nach Gaarda gefahren. *Ja*, da wohnt sie«, fügt er mit verärgerter Stimme hinzu, als habe er die hochgezogenen Augenbrauen schon zu oft gesehen.

Offenbar war es Karen nicht gelungen, ihre Verwunderung darüber zu verbergen, dass eine zukünftige Erbin des smeedschen Vermögens sich entschieden hat, in diesen grauen Mietskasernen im Norden der Stadt zu hausen.

»Hast du sie angetroffen?«, fragt sie.

»Ja. Und sie hat mich tatsächlich reingelassen. Für zehn Minuten.«

Seine Stimme klingt gar nicht verbittert, eher erstaunt, dass es ihm tatsächlich gelungen war, mit seiner Tochter zu sprechen. Irgendwann muss ich herauskriegen, was der Grund dafür ist, denkt Karen, aber nicht jetzt.

»Wie geht es ihr?«, fragt sie und sieht über Jounas' Gesicht einen Hauch von Grimmigkeit.

»Das musst du sie wohl selbst fragen. Ich bin mir sicher, dass du nicht lange damit warten wirst, die Tochter eines Mordopfers zu vernehmen, ganz ungeachtet der Tatsache, wie es ihr geht.«

Seine Stimme ist wieder feindseliger geworden, und er springt auf. Er torkelt, kommt aber wieder ins Gleichgewicht.

»Mehr habe ich nicht zu sagen«, erklärt er, ohne Karen anzusehen.

Langsam erhebt sie sich und sagt ganz ruhig: »Okay, belassen wir es dabei. Aber ich muss noch mal mit dir sprechen, vermutlich schon morgen. Nur noch eine Frage, dann gehe ich.«

Jounas ist zum Fenster gegangen, steht nun mit dem Rücken zu ihr und sieht in den Garten hinaus. Der Regen ist stärker geworden, er peitscht auf die Bäume ein, und Karen sieht, wie sich der Sonnenschirm unter den Windböen biegt.

»Wann hast du Susanne zum letzten Mal gesehen?«

»Fahr zum Teufel, Eiken«, sagt Jounas Smeed und schiebt eine der Glastüren zur Seite. »Du kannst jetzt gehen.«

Wind und Regen treffen sie wie eine Ohrfeige mitten im Gesicht. Die Temperatur muss in der Zeit, die sie im Haus ihres Chefs verbracht hat, um einige Grade gefallen sein. Der Holzboden fühlt sich unter ihren groben Sohlen heimtückisch glatt an, und sie geht betont vorsichtig die drei Treppenstufen zum Kiesweg hinunter.

Gerade bevor sie um das Haus herumgehen will, dreht sie sich noch mal um und sieht ins erleuchtete Wohnzimmer hinein.

Jounas Smeed steht wieder vor dem Sideboard und schraubt den Korken von einer halb leeren Flasche Groths Single Malt. Dann hört sie das Krachen vom Sonnenschirm, der umkippt.

12

Langevik, März 1970

Per Lindgren schließt die Augen und lehnt sich zurück. Es fühlt sich fast so an, als ob er leicht vom Boden abhebt und schwebt und von den Geräuschen um ihn herum getragen wird. Das schwache Säuseln in den noch kahlen Baumkronen, die Möwen, die vom Meer herüberfliegen und mit hoffnungsvollem Geschrei den Boden nach Nahrung absuchen. Ihr müsst es gar nicht erst probieren, denkt er, ihr werdet sowieso enttäuscht sein, genau wie ich. Weder er noch die Möwen werden auch nur einen einzigen Fisch serviert bekommen. Hier nicht. Fleisch ist natürlich ausgeschlossen, davon ist er einfach ausgegangen, aber sie hatten immerhin darüber diskutiert, Fisch zu erlauben. Ein paar von ihnen waren dafür gewesen, einige andere knallhart dagegen. Der Mehrheitsbeschluss hatte schließlich gelautet, dass weder Fisch noch Schalentiere im Kollektiv zugelassen werden. Die Ausnahme waren Eier, aber nur solche, die von eigenen Hühnern oder Enten stammten.

Per Lindgren lächelt, als er an die Diskussionen vor dem Umzug denken muss. Ingela hatte damit gedroht, dass sie und Tomas sich aus dem ganzen Projekt zurückziehen würden, wenn man an dem vegetarischen Ideal zu rütteln versuchte. Brandon hätte sicherlich am liebsten Bacon und Eier zum Frühstück gehabt, aber war nach ermahnenden Blicken von Janet so klug gewesen, sich mit dem einen zu begnügen. Was Theo meint, werden sie frühestens morgen erfahren; der Holländer wird sich der Gemeinschaft einen Tag später anschließen als die anderen. Theo Rep ist ein Freund von Janet und Brandon aus ihrer Zeit in Amsterdam, und die anderen haben ihn noch gar nicht kennengelernt, aber sowohl Janet als auch Brandon legen ihre Hand für ihn ins Feuer und sagen, er passe gut zu ihnen. Außerdem besitzt er einen UAZ-452, so einen russischen Kleintransporter, wie auch immer er an den gekommen ist, denkt Per. Ein Geländefahrzeug mit Platz für mehrere Personen ist genau das, was sie hier auf der Insel brauchen werden.

Sie haben ein halbes Jahr Zeit. So lange wird das Geld reichen. In der Zeit wollen sie den Grundstein für ihre gemeinsame Zukunft auf dem Hof legen. Sie werden jeden Pfennig umdrehen und sehr bescheiden leben, bis sie die Ernte einfahren können. Alle haben das eingebracht, was ihnen möglich war. Tomas und Ingela einige Tausend Mark, Disa ihr Wissen, Brandon seine Kontakte – wofür sie die genau brauchen, kann Per sich nicht richtig vorstellen –, Janet einige Hundert Pfund, die sie von ihrer Großmutter geerbt hat, und Theo seinen Bus und ein paar Pflanzen.

Und dann seine geliebte Anne-Marie; ohne sie wäre all das niemals Wirklichkeit geworden. Als die Nachricht kam, dass ihr Großvater väterlicherseits gestorben sei, hatte das nur bedeutet, dass ein alter Mann, den sie nie kennengelernt hatte, nicht mehr lebte. Schon an ihren Vater konnte sie sich kaum erinnern. Sie war nie zuvor in Doggerland gewesen, wusste kaum, dass sie Wurzeln dort besaß. Und jetzt stand sie da und war ohne Vorwarnung die Besitzerin des Lothorpshofes auf Heimö, nördlich von Langevik. Der Name hatte fremd geklungen, fast exotisch. Aber dann hatte die Rechtsanwaltskanzlei Klartext gesprochen; wenn Anne-Marie zustimmte, würden sie den Verkauf sowohl des Lothorpshofes sowie der umliegenden Ländereien und des üppigen Waldgeländes, das zum Erbe dazugehörte, übernehmen. Aber wenn sie das Anwesen behalten wollte, dann musste sie dafür sorgen, dass sich jemand darum kümmerte. Oder es selbst tun.

Sie hatten nur eine Woche lang überlegt und dann ihre Entscheidung getroffen.

Per zuckt zusammen, als er die vertrauten Laute von rennenden, lachenden Kindern hört, die von einem Geräusch auf dem Kies unterbrochen werden. Leise zählt er vor sich hin: Eins, zwei, drei, dann folgt der Schrei. Und kurz darauf Disas sanfte Stimme, die auf Dänisch tröstet:

»Ist ja gut, so schlimm war das gar nicht.«

Er hält die Augen geschlossen und verfolgt, wie das Weinen nachlässt, während im Haus ein Kind plötzlich losbrüllt, kurz darauf ein zweites.

»Ich kümmere mich darum«, sagt Tomas, und Per sieht bildlich vor sich, wie sein Freund erst Love auf den Arm nimmt und dann mit seinem geschulten Geruchssinn feststellt, ob die Windel fällig ist, bevor er Orian in den Arm schließt und ihn tröstet. Baden, Umziehen und Trösten ist Tomas' Job, Stillen ist Ingelas. Tomas kümmert sich um die Kinder, obwohl sie nicht seine sind. So verliebt ist er, dass er vermutlich alles akzeptieren würde, um Ingela nicht noch mal zu verlieren. Jetzt, da sie nach mehreren Jahren, die sie getrennt gewesen waren, endlich wieder zueinander gefunden haben.

Und dann denkt er, dass Tomas seine Arbeit mit derselben Sorgfältigkeit erledigt, mit der er früher seine Modellflugzeuge gebaut hat, als Per und er klein waren. Er kann sich noch an den Geruch des Klebers erinnern, den sie benutzten, um die winzigen Teile, die sie auf Tomas' Schreibtisch im Kinderzimmer ausgebreitet hatten, aneinanderzufügen. Ihm selbst war oft bald die Geduld ausgegangen, deshalb hatte er die kleinen grauen Plastikteile gern seinem besten Freund überlassen, um sich in der Zeit lieber dessen Plattensammlung zu widmen. Tomas' Onkel war in der Musikbranche tätig gewesen und hatte seinen Neffen immer mit den neusten Scheiben versorgt, etwas, wovon Per nur träumen konnte.

»Kannst du haben«, sagte Tomas immer, wenn er sah, wie Per mit zugekniffenen Augen versuchte, jeden Buchstaben auf der Rückseite des Covers einer Single zu entziffern, der er selbst kaum Beachtung geschenkt hatte. »Nimm sie mit, wenn sie dir gefällt, ich habe schon so viele.«

Jetzt ertönen das Klappern von Porzellan und Besteck, das auf den Tisch gelegt wird, und das Geräusch von gequetschtem Kork, der sich nur mit Widerstand aus dem Flaschenhals ziehen lässt und dann mit einem Plopp kapituliert. Das muntere Getrampel von Füßen, die ins Haus hinein- oder hinauslaufen, schnelle Schritte, um noch etwas zu holen, das auf den Esstisch gehört. Und dann die Stimmen. Stimmen, die laut und wieder leise werden, in Lachen ausbrechen, jemandem zurufen, es fehle noch etwas aus der Küche.

So hört sich ein Fest an.

Er sollte jetzt wirklich aufstehen und mithelfen, aber er bringt es nicht fertig, sich aus seinem Tagtraum zu lösen. Und jetzt beginnt Brandon den *I Feel Like I'm Fixin' to Die*-Rag zu summen, und einer von den anderen – ist es Ingela? – stimmt unsicher in die Strophen ein. Sie kommt nicht ganz mit, weder mit dem Text noch mit Brandons Tempo, aber beim Refrain grölen sie alle zusammen:

And it's one, two, three,
What are we fighting for?
Don't ask me, I don't give a damn,
Next stop is Vietnam.

Im nächsten Moment bemerkt er, dass seine Augen geöffnet sind und er selbst mitsingt. Und dann fällt sein Blick auf Anne-Marie, und sie tun beide so, als seien sie die Sänger, dabei bewegt sie sich lachend mit ein paar Tanzschritten auf ihn zu.

And it's five, six, seven,
Open up the pearly gates …

Dann setzt sie sich auf seinen Schoß und lässt ihre Lippen über seinen Hals gleiten, und er spürt, wie sie kitzelnd seine dünne Haut berühren.

»Du hattest recht«, murmelt sie.

»Wir hatten recht, denn du wolltest dieses Leben hier doch genauso sehr wie ich, oder?«

Er spürt, dass sie nickt, denn ihr Gesicht an seinem Hals lächelt. Ja, sie hatte es auch gewollt.

Und so war es gewesen; anfangs war es seine Idee gewesen, aber die Entscheidung hatten sie gemeinsam getroffen. Aufzubrechen, alles hinter sich zu lassen und neu anzufangen.

Ihr zweites Leben.

13

Nur zwei Etagen im Kommissariat von Dunker sind erleuchtet. Von der Rezeption im Erdgeschoss verteilt sich ein ganz schwaches Licht von den Aufzugtüren hinaus zur Redehusgate, der Rest dieses sechsstöckigen, bunkerartigen Gebäudes liegt im Dunkeln.

In der Doggerschen Republik ist die Polizei in vier Hauptdistrikte eingeteilt: Nord- und Süd-Heimö, Frisel und Noorö. Jeder Distrikt besteht aus mehreren lokalen Polizeiposten, wo überwiegend das Tagesgeschäft abgewickelt wird. Alle Schwerverbrechen, bei denen das Strafmaß bei mehr als fünf Jahren Freiheitsentzug liegt, werden von der *Kriminalpolizei Doggerland*, umgangssprachlich KPD genannt, aufgeklärt. Diese Abteilung sitzt im dritten Stock, über der Schutz- und der Verkehrspolizei. Im vierten Stock sind die Kriminaltechniker und die IT-Leute untergebracht.

Die Klinik, wie der massive graue Betonbunker gern von den meisten Polizisten genannt wird, die das zweifelhafte Vergnügen haben, dort zu arbeiten, ist auf dem Grundstück errichtet worden, das frei wurde, als vier Wohnviertel mit alten Holzhäusern aus dem 18. Jahrhundert trotz zahlreicher Proteste dem Erdboden gleichgemacht wurden. Jetzt wirft der Koloss seinen Schatten auf das schöne alte Rathaus, das auf der anderen Straßenseite trotzig seine Position behauptet.

Um fünf nach sieben an diesem Abend haben sich acht Personen im großen Konferenzraum im dritten Stock versammelt. Die Kriminalpolizei ist neben der kommissarischen Leiterin Karen Eiken Hornby durch die zwei Kriminalinspektoren Karl Björken und Evald Johannisen sowie die Kriminalassistenten Astrid Nielsen und Cornelis Loots vertreten. Am Tisch sitzen außerdem der Chef der Kriminaltechniker Sören Larsen sowie der Gerichtsmediziner Kneought Brodal. Per Telefonkonferenz ist die Staatsanwältin Dineke Vegen zugeschaltet, die gerade Dienst hat.

Karen betrachtet die Mannschaft, die sich rund um den langen Konferenztisch versammelt hat. Eine Platte mit belegten Broten, eine Thermoskanne zum Pumpen und ein wackliger Turm Plastikbecher bilden ein eremitenhaftes Stillleben unter der Leuchtstoffröhre. Niemand macht Anstalten zuzugreifen.

»So, jetzt sind wohl alle da«, beginnt Karen. »Herzlich willkommen und vielen Dank, dass ihr gekommen seid. Wir sind alle müde, und ich sehe keinen Grund, dieses Meeting unnötig in die Länge zu ziehen, aber wir müssen uns jetzt ein erstes Mal austauschen. Ich beginne mit ein paar grundlegenden Fakten.«

Keiner sagt ein Wort, nur das bedrohliche Knarren eines Stuhls dringt durch den Raum, als Evald Johannisen die Sitzhaltung wechselt. Kneought Brodals unterdrücktes Gähnen und Astrid Nielsens Geraschel, als sie ein Halsbonbon aus einer Tüte fummelt, sind die einzigen Geräusche im Raum. Karen beobachtet die große blonde Kollegin, streckt dann instinktiv den Rücken durch und zieht den Bauch ein, bevor sie sich räuspert und fortfährt:

»Um 11.55 Uhr ging heute ein Anruf der Notrufzentrale bei uns ein. Sechs Minuten zuvor, also 11.49 Uhr, hatte bereits Harald Steen, der in Nord-Langevik wohnt, den Notruf abgesetzt und berichtet, dass eine Frau in ihrer Küche gestürzt sei und sich verletzt habe. Der Kollege, der den Notruf entgegennahm, erhielt keine Information darüber, wie schwer die Frau verletzt war, denn der Nachbar konnte nur durchs Fenster sehen. Oder besser gesagt, er sah nur ihre Füße und die Unterschenkel.«

Wieder ein Gähnen von Brodal und kurz darauf das nächste, diesmal von Cornelis Loots, der versucht, seinen offenen Mund mit dem Handrücken zu bedecken. Karen spürt ihr Selbstbewusstsein schwinden. Das ist nicht persönlich gemeint, sie haben einen langen Tag hinter sich, macht sie sich klar und fährt fort.

»Schlauerweise beschloss der Beamte in der Notrufzentrale, nicht nur einen Krankenwagen zu schicken, sondern auch die Polizei zu verständigen. Um 12.25 Uhr waren die Polizeiassistenten Inguldsen und Lange vor Ort, was bedeutete, dass sie etwas schneller als der Krankenwagen waren. Sie konnten, nachdem sie die Tür aufgebrochen hatten, sehr schnell feststellen, dass die Frau, die mit schweren Gesichtsverletzungen auf dem Küchenfußboden lag, tot war. Harald Steen stand noch immer vor dem Haus und konnte aussagen, dass es sich bei der Toten um Susanne Smeed handele.«

Was Karen bis hierher referiert hat, ist für niemanden im Raum neu, dennoch löst der Name der Ex-Frau ihres Chefs allgemeine Unruhe aus.

»Und woher wusste er, dass sie es war? Haben ihn die Idioten reingelassen?«

Dieser Kommentar bringt alle dazu, den Kopf zu drehen und Evald Johannisen groß anzusehen. Karen betrachtet seine hochgezogenen Augenbrauen, nimmt die Verärgerung, die in seiner Stimme liegt, zur Kenntnis, und weiß, dass es diesmal doch persönlich zu nehmen ist. Johannisen wird es ihr nicht leicht machen.

»Nein«, antwortet sie ruhig, »aber Susanne Smeed war seine direkte Nachbarin, und er wusste, dass sie dort allein wohnt. Aber du hast natürlich recht, Evald, er hat *vermutet*, dass es sich um Susanne Smeed handelte.«

»Und jetzt *wissen* wir, dass die Tote Susanne Smeed ist«, erklingt eine Stimme unwirsch vom anderen Ende des Tisches. »Können wir jetzt weitermachen?«

Kneought Brodal lehnt mit halb geschlossenen Augenlidern auf seinem Stuhl und hält die Hände vor seinem stattlichen Bauch gefaltet.

»Danke, Kneought«, sagt Karen, »wir kommen gleich zu deinem Bericht. Ja, der Grund, warum also ich hier stehe und nicht Jounas Smeed ist natürlich die Tatsache, dass es sich bei der Toten um Jounas Smeeds Ex-Frau handelt. Der Polizeichef hat daher entschieden, dass

Jounas Smeed beurlaubt ist, solange die Ermittlungen andauern, und ich vorübergehend die Kriminalpolizei leite und auch die Ermittlungen in diesem Fall übernehme.«

Noch immer herrscht Schweigen im Raum. Karen widersteht dem Impuls, einen Schluck Wasser zu trinken, und fährt fort.

»Das ist für uns alle eine schwierige Situation, und zudem wird dieser Fall riesiges Interesse bei den Medien wecken. Deshalb ist es jetzt noch wichtiger als sonst, dass aus unserer Gruppe keine Informationen nach außen dringen. Bis auf Weiteres gehen alle Pressekontakte nur über Viggo Haugen. Ich werde ihn und den Pressesprecher über den aktuellen Ermittlungsstand auf dem Laufenden halten.«

»Das werden die Journalisten gar nicht mögen«, sagt Karl Björken mit einem schiefen Lächeln. »Die möchten doch immer mit dem Ermittlungsleiter sprechen und werden alles daransetzen, um Haugen einen Bogen zu machen und dich zu kriegen.«

»Tja, es ist so beschlossen«, antwortet Karen kurz. »Alles muss über die Presseabteilung und Viggo Haugen laufen, und niemand von uns wird irgendwelche Fragen von Medienvertretern beantworten, bis es eine neue Anweisung gibt. Keine Versprecher über Uhrzeiten, Mordwaffen oder Vorgehensweisen. Keine Statements zu Jounas' Person und seine Ehe mit Susanne oder sonst etwas. Diesmal halten wir den Mund, okay?«

Karen wundert sich selbst über die Autorität, die ihre Stimme ausstrahlt. Genau diesen Tonfall mag sie überhaupt nicht, wenn er von einem Vorgesetzten kommt, eine Art vorbeugende Belehrung.

»Ich glaube, dann übergeben wir das Wort jetzt an dich, Kneought, bevor du einschläfst«, fügt sie hinzu, lächelt und greift nach ihrem Wasserglas.

Der Gerichtsmediziner ruft die erste Seite seiner Präsentation auf. Alle Blicke wandern auf den großen Bildschirm, der an einer Wand montiert ist. Im nächsten Moment ist eine Art kollektives Einatmen zu hören. Das erste Bild zeigt Susanne Smeed, wie sie mit zertrümmertem Gesicht auf dem Rücken liegt, der Kopf in einem scharfen Winkel von der mattschwarzen Kante eines großen Stahlofens abstehend. Durch das viele Blut leuchten die Reste der zerstörten Zahnreihe und verursachen den Eindruck eines grotesken Lachens.

Karen bemerkt, dass Cornelis Loots' heller, sommersprossiger Teint mit einem Mal noch eine Spur blasser wird. Er wendet den Blick ab und fährt sich durch das rotblonde Haar, als wolle er dieses Bild abschütteln. Karl Björken, der neben ihm sitzt, sieht anders aus und reagiert auch anders, sein rabenschwarzes Haar liegt geschniegelt an Ort und Stelle, und die dunklen Augen fixieren unablässig den Bildschirm. Nur wer ihn sehr gut kennt, weiß, was das Zucken des kleinen Muskels im rechten Kiefer zu bedeuten hat. Karl Björken berührt das sehr wohl.

Sogar Astrid Nielsen sieht aus, als ob sie für einen Augenblick ihre etwas unterkühlte Selbstbeherrschung verlöre.

»Mein Gott«, murmelt sie und greift nach der Tüte mit den Halsbonbons.

»Ich habe die Obduktion vor einer Stunde abgeschlossen«, erklärt Kneought Brodal. »Den kompletten Bericht schreibe ich morgen, aber ich kann euch die wichtigsten Ergebnisse heute schon mitteilen. Und ja, ich werde versuchen, eine Sprache zu sprechen, die sogar die Doggerlandpolizei versteht«, fügt er hinzu als Antwort auf eine Frage, die niemand gestellt hat, die er aber offenbar schon häufiger gehört hat, als ihm lieb war.

Brodal ruft das nächste Bild auf, eine Nahaufnahme von Susanne Smeeds Gesicht, und Karen muss sich zwingen, sie noch einmal anzusehen. Ihr ist vollauf bewusst, dass sich alle Blicke gleich abwenden und stattdessen auf sie richten werden. Nach einer Antwort suchen, die sie nicht hat. Und sie werden erwarten, dass Karen sie durch die Ermittlungsarbeit lenkt.

Jetzt habe ich die Verantwortung dafür, den Mörder der Ex-Frau dieses Mistkerls zu finden, während er da sitzt und Whisky pichelt und die Zusammenarbeit verweigert. Wie soll ich das nur schaffen, denkt sie, wenn ich schon keine Kontrolle über mich selbst habe.

»Wie ich schon sagte, ist es also eindeutig Susanne Smeed, die wir auf diesen Bildern sehen«, hört sie Brodal am anderen Ende des Raumes erklären, jetzt allerdings mit einer rauen Stimme, als würde sie gleich versagen. Er räuspert sich und fährt fort.

»Ich kannte sie gut, seit sie mit Jounas verheiratet war, und konnte sie daher trotz der Verletzungen selbst identifizieren, aber wir werden ihre Identität natürlich auch über den DNS-Abgleich verifizieren.«

Brodal wechselt zum nächsten Bild, und die Blicke der Anwesenden werden widerstrebend auf gerissene Haut und Haarsträhnen, die das Blut schwarz gefärbt hat, gelenkt.

»Die Verletzungen, die wir hier sehen, sind das Ergebnis drei sehr kräftiger Schläge auf den Kopf, vermutlich mithilfe eines eisernen Schürhakens ausgeführt, aber darauf wird Sören sicher zurückkommen. Der erste Schlag kam schräg von hinten und hat das rechte Jochbein und das Nasenbein zertrümmert. Er hat Susanne vermutlich getroffen, als sie gerade vom Küchenstuhl aufstehen wollte, eine denkbare Alternative wäre, dass sie sich noch direkt nach dem Schlag aufrichten konnte, je nach der Körpergröße des Täters. In diesem Moment stand Susanne also noch auf ihren Beinen.«

Brodal räuspert sich noch einmal, holt tief Luft und spricht weiter.

»Der zweite Schlag folgte direkt auf den ersten. Der Mörder stellt fest, dass der erste Angriff nicht ausreichend war, und schlägt noch einmal zu, dabei zertrümmert er den Oberkiefer mit solcher Kraft, dass das Opfer nach hinten geschleudert wird und mit dem Kopf am Herd aufschlägt.«

Kneought Brodal klickt das nächste Bild an. Diesmal ist es eine Nahaufnahme von Susanne Smeeds Kopf.

Wie ein Huhn, dem man den Hals umgedreht hat, muss Karen denken.

»Iih«, sagt Karl Björken.

»Ja, so könnte man es sagen«, kommentiert Brodal trocken. »Die Todesursache war eine massive Epiduralblutung zwischen Schädel und Hirn. Das Blut drückt dabei das Gehirn gegen das Atemzentrum an der Stelle, wo das Hirn ins Rückenmark übergeht, und in dem Moment hat sie aufgehört zu atmen. Oder, wie ihr es vielleicht ausdrücken würdet, sie ist an einem Schädelbruch gestorben.«

Es herrscht Schweigen rund um den Tisch.

»Eine Sache noch.« Gezügelte Wut liegt jetzt wieder in Brodals Stimme.

»Der Täter hat einen oder auch zwei Ringe von Susannes linkem Ringfinger abgestreift, als sie schon tot war. Zudem haben wir im Hals-Nacken-Bereich ganz deutliche Abdrücke gefunden, die darauf hinweisen, dass man ihr auch einen Halsschmuck abgenommen hat.«

Nach wie vor ist es still, kein Quietschen der Stühle, kein Geraschel oder Gegähne. Alle haben den gleichen Gedanken: Vielleicht musste Susanne Smeed wegen etwas so Sinnlosem wie einem ganz normalen Einbruch sterben, bei dem einfach etwas schiefgegangen ist. Das müsste ja leicht zu ermitteln sein. Für alle wäre das leichter zu ertragen. Schließlich bricht Karen das Schweigen.

»Kannst du irgendetwas zum Täter sagen, Kneought?«

Sie stellt die Frage aus Routine, ohne sich ernsthaft Hoffnungen zu machen, dass sie eine Antwort bekommen wird, die sie voranbringt. Sowohl Frage als auch Antwort hat sie schon so oft gehört. Dies ist schließlich nicht ihr erster Fall.

»Nicht viel«, antwortet der Gerichtsmediziner. »Dass du anhand der Verletzungen Aussagen über Körpergröße oder -gewicht des Täters machen kannst, das kannst du vergessen. Das gibt es nur im Fernsehen. Was ich sagen kann, ist, dass man für diese Schläge eine gewisse Kraft in den Armen braucht. Der Schürhaken ist an und für sich schon recht schwer, und der Täter hat mit beträchtlicher Kraft zugeschlagen.«

»Oder mit beträchtlicher Wut?«, sagt Karl Björken.

»Tja, das müsste man herausfinden. Aber du hast recht, Wut oder auch große Angst können ungeahnte Kräfte verleihen. Zudem braucht es einige Kraft, oder Wut, wenn euch das lieber ist, einem Toten die Ringe vom Finger zu ziehen. Im vorliegenden Fall hat es auch den Anschein, als wären sie ohnehin recht eng gewesen.«

Wieder nachdenkliches Schweigen.

»Konntest du die Tatzeit jetzt etwas eingrenzen?«, fragt Karen.

»Wie ich schon sagte, es war in der Küche noch furchtbar warm, als ich kam. Offenbar hat der Holzofen weitergeheizt, und die Küchentür war geschlossen. Dann haben die Polizeiassistenten sowohl diese Tür als auch die Haustür geöffnet, sie waren ja als Erste am Tatort, was zur Folge hatte, dass die Temperatur plötzlich stark abfiel, dann ist die Tür aber wieder geschlossen worden. Und dann kamen ja die Kollegen von der Spurensicherung und haben das Feuer gelöscht. Summa summarum bedeuten diese Temperaturschwankungen, dass der Todeszeitpunkt einfach nicht exakt ermittelt werden kann.«

Der Pathologe macht eine Pause und trinkt einen Schluck.

»Aber etwas kann ich sagen. Der Tod ist, nach meiner Beurteilung, mit großer Sicherheit zwischen halb acht und zehn Uhr eingetreten. Noch größer ist die Wahrscheinlichkeit, dass es zwischen acht und halb zehn war. Aber dafür lege ich meine Hand nicht ins Feuer.«

Karen holt tief Luft. Am besten legt sie die Karten jetzt gleich auf den Tisch.

»Ein kleines Puzzleteil kann ich persönlich noch beisteuern. Etwa Viertel nach acht bin ich an Susannes Haus vorbeigefahren, und da habe ich sie von der Straße aus zufällig gesehen.«

»Viertel nach acht? Wer ist am Tag nach Oistra denn freiwillig in dieser Herrgottsfrühe unterwegs?«

Evald Johannisens Frage klingt ungläubig.

»Ich hatte bei einer Bekannten in Dunker übernachtet, aber bin schon früh aufgewacht und dann nach Hause gefahren. Wie auch immer, ich habe Susanne sehr lebendig gesehen, als sie zu ihrem Haus hinauflief, ich nehme an, sie hat ein Bad im Meer genommen. Das war ungefähr Viertel nach acht, vielleicht auch zwanzig nach acht.«

Karen wirft kurz einen Blick in die Runde, aber keiner scheint ihre Angaben infrage zu stellen.

Dann bemerkt sie Johannisens hochgezogene Augenbrauen und sein ironisches Grinsen.

Johannisen kann doch wohl keine Ahnung haben? Wie eng ist sein

Kontakt zu Jounas eigentlich? Sie spürt ihre Wangen heiß werden, wird aber im nächsten Augenblick von Brodal gerettet.

»Gut, dann wissen wir das schon mal«, sagt er, und seine Stimme klingt abgespannt und ungehalten. »Das passt ja sehr gut zu meinen Schlussfolgerungen. Und viel mehr habe ich auch nicht hinzuzufügen, außer dass der Mageninhalt der Toten mit dem übereinstimmt, was wir auf dem Esstisch vorgefunden haben: Kaffee mit Zucker, Joghurt, Cornflakes aus Roggen und Hafer, Rosinen und Mandeln. So ein verfluchtes Hühnerfutter, das meine Frau auch so gern einkauft, weil es so gesund sein soll«, schiebt er hinterher.

»Ich hab auch gerade gedacht, dass du ausgesprochen gesund aussiehst«, erwidert Karl Björken und grinst genüsslich.

Der eine oder andere am Tisch muss schmunzeln. Der etwas raue Umgangston, mit dem das Ermittlungsteam sich üblicherweise zu schützen versucht, wenn der Gerichtsmediziner Bilder von Schwerverbrechen vorführt, ist dieses Mal ausgeblieben. Karl Björkens abgedroschener Witz wird daher dankbar angenommen, und die Anspannung im Zimmer lässt merklich nach, als Brodal seine Präsentation beendet.

»Hat jemand jetzt noch Fragen an Kneought? Keiner? Dann sollten wir dich jetzt nach Hause entlassen zu deiner Frau und ihrem Müsli«, sagt Karen amüsiert.

»So«, fährt sie fort, als die Tür hinter den breiten Schultern des großen Kollegen wieder ins Schloss fällt. »Jetzt bist du dran, Sören. Und bitte fass dich wenn möglich kurz«, fügt sie hinzu. »Wir sind alle unglaublich müde und möchten bald nach Hause.«

Besonders ich, denkt sie. Das Schläfchen am Vormittag und das Adrenalin haben sie bis jetzt über den Tag gerettet, aber mit einem Mal spürt sie die Erschöpfung in jeder Zelle ihres Körpers. Sie öffnet ein Dokument, das Sören Larsen ihr vor einer halben Stunde gemailt hat, und schiebt Tastatur und Maus zu ihm hinüber.

Er winkt ab. »Wir müssen uns die Bilder eigentlich jetzt nicht mehr anschauen, das reicht morgen noch. Was wir bislang wissen, lässt sich in ein paar Sätzen zusammenfassen. Wie Brodal schon gesagt hat, hat der Mörder einen alten Schürhaken benutzt. Den können wir also als Tatwaffe betrachten, auch wenn dem Täter im Moment des Todes der eiserne Ofen zu Hilfe kam. Der Schürhaken ist handgeschmiedet, circa 70 Zentimeter lang und stammt in etwa aus dem ausgehenden 19. Jahrhundert. Auf der Tatwaffe haben wir keinerlei Fingerabdrücke gefunden.«

»Auch nicht die von Susanne?«, fragt Astrid Nielsen.

Warum sieht sie gar nicht müde aus, denkt Karen und betrachtet die blonde Frau, die ihr schräg gegenübersitzt. Astrid Nielsen sieht aus, als hätte sie gerade einen erholsamen Spaziergang gemacht, ihre Wangen sind rosig, ihr Blick ist hellwach. Aber vielleicht hat unsere Musterschülerin auch gestern nicht solche enormen Mengen Wein getrunken, kommt es Karen in den Sinn, während sie ihr schlechtes Gewissen wieder zum Rückzug zwingt. Astrid ist gut in ihrem Job, richtig gut, und zudem wirklich umgänglich. Und immer auf dem Boden der Tatsachen. Drei Kinder, ein Mann, der in der IT-Abteilung der Polizei arbeitet, immer mit perfektem Haarschnitt und einem lammfrommen Lächeln im Gesicht. Karen hegt die Vermutung, dass Astrid sich einer freien Kirche angeschlossen hat, der deutliche Dialekt von Noorö deutet auch darauf hin.

»Nein, überhaupt keine.« Larsens Antwort ruft Karen in die Realität zurück. »Der Mörder hat den Schürhaken vermutlich hinterher abgewischt oder Handschuhe getragen. Aber in dem Fall hätte es eigentlich noch Fingerabdrücke von anderen Personen gegeben. Aber da hing übrigens noch ein Schürhaken, der viel leichter und neuer war, und auf dem fanden wir Fingerabdrücke von Susanne.«

»Okay, dann wissen wir also nicht, ob sie oder der Mörder den Holzofen angemacht haben«, sagte Johannisen enttäuscht. »Aber warum sie um diese Jahreszeit Feuer machen wollte, erschließt sich mir nicht. Es waren doch draußen mindestens zehn Grad plus, und sie hat doch auch eine Ölheizung, oder?«

»Das stimmt«, antwortet Sören Larsen. »Irgendwelche Reste, die wir hätten untersuchen können, haben wir nicht gefunden, nur Asche von

Holz und Zeitungspapier. Warum also jemand den Ofen angemacht hat, ob das überhaupt mit dem Mord in Zusammenhang steht, das müsst ihr herausfinden.«

Karen sieht Susanne Smeeds verfrorene Gestalt vor sich, und findet es auf Anhieb gar nicht so sonderbar, dass man nach einem Bad im Langeviksfluss Ende September schnell eine warme Stube haben will. Aber damit befassen wir uns morgen, denkt sie und bittet Larsen fortzufahren.

»Mit großer Wahrscheinlichkeit hat der Täter versucht, den Holzkorb neben dem Ofen in Brand zu stecken«, sagt er. »Aber das Holz war feucht und der Korb ein alter Kupferkessel, daher ist das Feuer ausgegangen, bevor es auf die Gardinen übergreifen konnte. Wäre es anders gewesen, dann hätte sich uns eine komplett andere Szenerie geboten.«

Sören Larsen legt eine kurze Pause ein und blättert in seinen Notizen. Dann fährt er fort.

»Es gibt ein paar Anhaltspunkte, die für die Theorie von einem Einbruch sprechen«, erklärt er. »Die Kommode im Flur scheint durchsucht worden zu sein, in der Handtasche fehlt das Portemonnaie. Vermutlich hatte sie darin Bankkarten und Führerschein aufbewahrt. Computer und Handy fehlen, auch wenn wir nicht mit Gewissheit sagen können, dass Susanne Smeed beides besaß, aber da kein Festnetztelefon installiert war, gehen wir davon aus, dass sie ein Handy hatte. Wir werden natürlich mit den gängigen Telefonanbietern abklären, ob sie einen Vertrag hatte.«

Er macht eine kurze Pause und wirft noch einmal einen Blick auf seine Aufzeichnungen.

»Weitere Hinweise auf einen Einbruch haben wir natürlich auch durch Brodals Ergebnisse in Bezug auf den fehlenden Schmuck. Aber gleichzeitig haben wir auch einige Dinge im Haus vorgefunden, die jeder Einbrecher mitgenommen hätte: Silberbesteck für rund zwanzigtausend Mark und andere Gegenstände aus Silber, die aus dem 18. Jahrhundert stammen, und dann haben wir auch noch eine Menge Geld sichergestellt, dessen exakten Wert wir im Moment noch nicht kennen.«

»Vielleicht hatten die Diebe davon einfach keine Ahnung«, sagt Evald Johannisen trocken. »Junge Junkies nehmen diese antiken Wertgegenstände vielleicht gar nicht wahr. Haben wir Schuhabdrücke?«

»Bislang nichts Verwertbares, aber was zu finden war, haben wir gesichert. Die Kollegen, die als Erstes vor Ort waren, haben ziemlich viel Lehm und Kies in Flur und Küche geschleppt, daher ist unsere Hoffnung nicht gerade groß. Und die restliche Ausbeute ist ebenso mager. Es gibt sowohl DNS als auch Fingerabdrücke von anderen Personen als Susanne Smeed. Aber der Abgleich mit Daten aus dem Polizeiregister liegt uns frühestens morgen Abend oder am Dienstagvormittag vor. Allerdings haben wir jetzt schon frische Fingerabdrücke im Wohnzimmer, am WC im Erdgeschoss und in der Küche identifizieren können.«

Er macht eine Kunstpause und wartet, bis alle Augen gespannt auf ihn gerichtet sind.

»Und die gehören Jounas Smeed.«

14

Nachdem sie sich kurz die Beine vertreten hat, sitzen sie zehn Minuten später wieder am Konferenztisch. Jetzt sind sie ein kleinerer Trupp, nur noch die Kripo: Eiken, Johannisen, Björken, Loots und Nielsen.

Cornelis Loots beugt sich vor und angelt sich eins der ausgetrockneten Brote von der Platte in der Mitte des Tisches. Dann schiebt er sie zu Astrid Nielsen hinüber, die wortlos den Kopf schüttelt. Karen betrachtet die Wanderung der Platte, wie sie die Runde macht. Als sie vor ihr angekommen ist, inspiziert sie skeptisch die verwelkten Salatblätter, die unter den perfekt rechteckig geschnittenen, schwitzenden Käsescheiben hervorlugen. Das Magenknurren und ein Anflug von Kopfschmerz bewegen sie zur Kapitulation. Seufzend greift sie nach einem Brot, bevor sie die Platte weiterreicht.

Dann lauschen sie Karls Bericht über den Besuch bei Harald Steen und sein Telefonat mit Angela Nowak vom mobilen Pflegedienst, der Steen versorgt. Diese Informationen sind auch Karen neu.

»Also war es völlig korrekt, was er gesagt hat? Das hätte ich kaum zu hoffen gewagt«, sagt sie.

»Scheint aber so zu schein. Angela Nowak hat bestätigt, dass sie bei Steen viel später war als üblich. Doch das lag nicht am Oistra-Fest, darauf hat sie mehrmals hingewiesen. Sie war wohl noch bei einem anderen Patienten im Ort«, erklärt Karl.

»Man sagt nicht Patient«, fällt ihm Johannisen ins Wort. »Heute heißt das ›Kunde‹. Ich würde wetten, dass es nicht mehr lange dauert, und das Verbrecherpack ist dann auch Kunde bei uns«, sagt er krächzend, während er sich das letzte Stück eines belegten Brotes in den Mund schiebt und gleich für Nachschub sorgt.

Karl Björken sieht ihn verärgert an und fährt fort.

»Ja, die Sache war nämlich die, dass die andere ... Kundin, eine fünfundachtzigjährige Frau, auf dem Schlafzimmerboden lag, als Frau Nowak hineinkam. Da die Frau verwirrt und kaum ansprechbar war, rief Angela Nowak einen Krankenwagen und musste natürlich warten, bis die Sanitäter ankamen. Erst dann konnte sie weiterfahren zu Harald Steen.«

Er wirft einen Blick in ihre Aufzeichnungen.

»Ich habe mit dem Krankenhaus gesprochen, und dort wurden Angela Nowaks Angaben bestätigt. Eine gewisse Vera Drammstad wurde um 9.40 Uhr in ihrer Wohnung abgeholt und in die Notaufnahme des Thysted-Krankenhauses gebracht. Sie hat vermutlich nur einen leichten Schlaganfall erlitten, aber liegt dort noch zur Beobachtung, falls das interessant ist für euch.«

»Hat sie denn irgendetwas beobachtet? Angela Nowak, meine ich?«, fragt Karen und versucht, ein Gähnen zu unterdrücken. Allerdings hegt sie keine große Hoffnung auf eine spannende Antwort.

Und die kommt auch nicht.

»Nein, nichts, sie konnte sich an nichts erinnern. Aber sie war ja auch aufgeregt durch den Vorfall bei Frau Drammstad und außerdem im Stress, weil sie zu spät zu Harald Steen kam. Ihr war schon klar, dass er sich beschweren würde.«

»Ist wirklich ein toller Job«, brummt Cornelis Loots.

»Allerdings stimmt es, dass sie und der alte Mann gehört haben, wie etwas später ein Auto losfuhr. Angela Nowak hat ausgesagt, dass das kurz vor den Zehn-Uhr-Nachrichten war«, fährt Karl fort. »Und sie hat das Geräusch tatsächlich mit dem Lärm verglichen, den das Auto ihres Vaters in Polen macht. Aber da sie es hörten, als der Kaffee fertig war und sie gerade Steen aus dem Bett half, hat keiner von den beiden zugesehen, wie es fortfuhr.«

»Es könnte also prinzipiell auch ein ganz anderes Auto gewesen sein, jemand, der in dem Moment die Straße entlangfuhr«, wirft Johannisen entnervt ein.

»Grundsätzlich schon«, antwortet Karl, sichtlich bemüht, Ruhe zu bewahren. »Aber Harald Steen ist sich ganz sicher, dass er dieses Geräusch eindeutig zuordnen kann.«

Evald Johannisen verzieht den Mund zu einem ungläubigen Lächeln.

»Das weiß der alte Mann sicher, aber dass es im Nachbarhaus gebrannt hat, während sie dasaßen und Kaffee tranken, das will keiner gemerkt haben? Ist das nicht etwas merkwürdig?«

»Eigentlich nicht«, schnaubt Karl gereizt. »Nach Brodals Aussagen ging das Feuer recht schnell von alleine aus, und das Küchenfenster liegt auf der Rückseite des Hauses. Was Harald Steen eine gute Stunde später irritiert hat, war ja nicht der Rauch, sondern der Qualm, der aus dem Schornstein kam. Er wunderte sich, dass sie heizte, obwohl sie nicht zu Hause war. Und nur deshalb ging er hinüber. Hörst du eigentlich zu?«

Karl Björken wirft kopfschüttelnd einen verzweifelten Blick an die Decke, als suche er Hilfe bei höheren Mächten. Johannisen will gerade antworten.

»Okay«, unterbricht Karen den Disput. »Cornelis und Astrid, habt ihr noch wichtige Informationen? Und bitte reicht doch noch mal diese Schuhsohlen herüber, und die Thermoskanne auch, danke.«

»Leider nicht«, antwortet Astrid Nielsen. »Wir haben alle Nachbarn von Susanne Smeed im Umkreis von fünfhundert Metern befragt.«

»Na, das werden nicht viele sein«, grummelt Karen, während sie auf den Verschluss der Kanne drückt und einen dünnen hellbraunen Kaffeestrahl in ihren Plastikbecher lenkt.

»Nein, die Bebauung ist weitläufig außerhalb von Langevik, aber außer Harald Steens Wohnhaus haben wir noch ein paar Häuser gefunden, die immerhin so nah an Susanne Smeeds Haus stehen, dass die Nachbarn irgendetwas hätten merken können.«

Aber nur, wenn sie gerade am Zaun gestanden und in die Richtung von Susannes Haus geschaut hätten, denkt Karen, die genau weiß, welche Gebäude Astrid meint. Höchstens Gudjonssons hätten etwas sehen können, fällt ihr dann ein. Sie müssten von ihren Fenstern direkt zu Susanne hinüberschauen können, zumindest vom ersten Stock aus.

»Und«, sagt sie und spürt, wie sich ihre Kiefermuskulatur anspannt, als sie einen Bissen Brot mit einem Schluck bitteren Kaffee hinunterschluckt. »Nichts?«

»Leider haben wir nur in einem Haus jemanden angetroffen. Lage und Mari Svenning, ein junges Pärchen, das angab, bis zum Mittag geschlafen zu haben. Sie hatten also weder etwas gehört noch gesehen.«

»Und was ist mit Gudjonssons?«, erkundigt sich Karen.

»Kennst du alle Leute in Langevik?«

»Nicht alle. Schon lange nicht mehr.«

»Sie sind verreist«, antwortet Astrid trübsinnig. »Sind für ein paar Wochen in Spanien und werden am kommenden Sonntag heimreisen, das haben uns Johannes Gudjonssons Eltern am Telefon mitgeteilt. Schade, die sind eine große Familie und bei vier Kindern hätten die Chancen gut gestanden, dass die Eltern am Sonntagmorgen nicht lange geschlafen hätten.«

»Wie können sich die Leute so was eigentlich erlauben?«, sagt Evald Johannisen angesäuert. »Zwei Erwachsene und vier Kinder im Hotel an der Costa del Sol, was meint ihr, was der Spaß kostet? Außerdem gehören die Kinder doch in die Schule«, schiebt er mit grimmiger Stimme hinterher.

»Johannes Gudjonsson ist Technischer Leiter bei NoorOyl«, erklärt Karen nüchtern, »und seine Frau ist freie Wirtschaftsprüferin, also können sie sich das ohne Weiteres leisten. Und die Kinder sind noch klein. Ich meine, das Älteste ist noch nicht in der Schule, und die Zwillinge sind auch erst ein gutes Jahr alt.«

»Dann kennst du sie?«, fragt Astrid.

»Ganz flüchtig«, antwortet Karen und wechselt das Thema.

Schließlich hat sie keinen Grund, hier zu erzählen, dass ihr alter Klassenkamerad Johannes Gudjonsson über einige Jahre gern bei ihr angehalten hat, wenn er von den Besuchen auf der Bohrinsel zurückkam. Dieses Verhältnis, das auf Gegenseitigkeit beruhte und bei dem keiner irgendwelche Forderungen stellte, sondern sie nur den Sex genossen, endete exakt mit der Geburt der Zwillinge. Vermutlich fehlte ihm danach die Zeit, denkt Karen. Oder er konnte einfach nicht mehr.

Dann sagt sie in die Runde:

»Gibt es von Susannes Wagen etwas Neues, Evald?«

Johannisen sieht sie gelangweilt an.

»Denkst du nicht, ich hätte es dann erwähnt? Und was ist mit dir, hast du mit unserem Chef gesprochen?«

In aller Kürze gibt Karen die Unterhaltung mit Jounas Smeed wieder. Und sie sagt auch die Wahrheit, nichts anderes. Aber eben nicht die ganze.

Nichts von ihrer Nacht im Hotel »Strand«, nichts von Jounas' Whiskygepichel und seiner Weigerung, kooperativ zu sein, als sie mit ihm sprach, und auch nicht, dass er sie quasi rausgeschmissen hat, noch dazu mitten in einem Regenguss. Stattdessen berichtet sie kurz und wahrheitsgetreu, dass Jounas Smeed, nachdem er am Vorabend Oistra gefeiert habe, das Auto im Stadtzentrum geparkt habe, dann nach Hause spaziert und dort auf dem Sofa eingeschlafen sei. Und sie teilt mit, ebenso der Wahrheit entsprechend, dass Jounas am nächsten Tag vom Telefonklingeln wach geworden sei, als Viggo Haugen ihn angerufen habe, und daraufhin seinen Wagen geholt habe, um zu seiner Tochter zu fahren und ihr die Nachricht vom Tod der Mutter zu überbringen.

Mit einer Eloquenz, die sie selbst erstaunt, konzentriert sie ihren Bericht darauf, dass nicht nur Jounas' Wagen, sondern auch er selbst über Nacht in der Stadt geblieben sei und der Spaziergang nach Hause erst am darauffolgenden Morgen stattgefunden habe.

Wieder wird es still um den Tisch.

Keiner stellt die Frage laut, ob es Zeugen für Jounas' Angaben gibt. Keiner ahnt, dass die Einzige, die ihm ein Alibi geben könnte, zumindest bis zehn vor halb acht in der Frühe, Karen Eiken Hornby ist.

Auf der anderen Seite spielt es gar keine Rolle, denkt sie sich. Die

Frage ist nämlich die: Was hat Jounas Smeed gemacht, nachdem sie das Hotelzimmer verließ?

15

Karen sitzt im Auto und starrt vor sich hin. Die Straßenlaternen an der Redehusgate leuchten schwach, weiter vorn sieht sie den Neumond über dem finsteren Holländarpark am Himmel, und dahinter fahren vereinzelt Autos auf der besser beleuchteten Odinsgate. Das Stadtzentrum ist noch in eine verschlafene Sonntagsdecke gehüllt und bereitet sich jetzt auf die Nacht vor. Karen spürt die Müdigkeit bis in die Fingerspitzen und lässt die Hände schwer aufs Lenkrad sinken. Es ist halb elf, und die Heimfahrt dauert noch fast eine Stunde. Der Nachgeschmack von trockenen Broten und dünnem Thermoskannenkaffee hält sich in ihrem Mund, und sie muss reumütig an ihre Gelöbnisse vom Morgen denken. War das wirklich erst heute früh? Es kommt ihr vor, als seien Tage seitdem vergangen.

Sie wirft einen Blick auf den Beifahrersitz, wo die Banane und die Coladose, die sie von zu Hause mitgenommen hatte, immer noch neben ihrer Handtasche liegen. Die Banane hat mittlerweile eine braunschwarze Farbe angenommen und duftet süßlich, als die Heizung in Gang kommt. Karen überlegt, ob sie sie aus dem Fenster werfen soll, aber selbst diese Entscheidung überfordert sie, also lässt sie sie liegen. Stattdessen greift sie nach der Dose, hört das Zischen, als sie den Verschluss öffnet und trinkt ein paar Schlucke von dieser lauwarm-süßen Pisse, bevor sie die Dose rülpsend in einen Halter stellt, der sich zwischen den Sitzen befindet. Sie will schon den Gang einlegen, da hält sie kurz inne und kramt in ihrer Handtasche. Als sie sich die Zigarette in den Mundwinkel steckt, anzündet und einmal tief inhaliert, denkt sie, dass eine neue Woche und der Vorsatz, ein gesünderes Leben zu führen, immer mit einem Montag beginnen. Noch hat dieser verfluchte Sonntag eine ganze Stunde Zeit.

Sie fährt zügig, blendet ab, wenn ihr Autos, die auf dem miserabel beleuchteten Weg nach Dunker sind, entgegenkommen, und konzentriert sich darauf, wach zu bleiben, während ihr Kopf die Ereignisse des Tages rekapituliert. Der Morgen im Hotelzimmer kommt ihr jetzt ganz weit weg vor, nahezu unwirklich, und sie verspürt nicht die geringste Lust, die Erinnerung daran wachzurufen. Die erste Begegnung mit Inguldsen und Lange am frühen Morgen hatte sie auch – vermutlich aus reinem Selbsterhaltungstrieb – in neblige Gefilde verdrängt, während die restlichen Erinnerungen an den Tag noch scharfe Konturen aufweisen.

Dann taucht das Gespräch mit Viggo Haugen in ihrer Erinnerung auf. Da war es einzig darum gegangen, dass Susanne Smeed ermordet worden ist und wie Karen wohl den Tag überstehen würde, ohne sich zu übergeben. Und erst jetzt hat sie die Muße, darüber nachzudenken, warum Haugen eigentlich sie ausgewählt hat, die Ermittlungen zu leiten. Und zudem auch noch den Sessel des Abteilungsleiters einzunehmen. Warum nicht Johannisen, warum nicht Karl? Auch wenn sie rein formal einen Rang unter ihr standen, hätte Haugen das leicht rechtfertigen können. Das war früher auch kein Problem gewesen.

Ihre Versuche, die Leitung der Abteilung zu übernehmen, waren in der Vergangenheit weiß Gott nicht von Erfolg gekrönt gewesen.

Karens Beförderung zur Kriminalinspektorin war unter der Leitung von Wilhelm Kaste vorgenommen worden. Für Kaste war sie seine natürliche Nachfolgerin gewesen, wenn er eines Tages in Pension ging. Aber leider starb er, vier Jahre vor dem ersehnten Rentenbeginn, an einem Herzinfarkt, und mit ihm waren alle Pläne für Karens Karriere buchstäblich begraben worden. Stattdessen kam sehr schnell ein Nachfolger, Olof Kvarnhammar. Er hatte eine sonderbare Einstellung zu Frauen im Berufsleben, je weiter eine Frau auf der Karriereleiter kletterte, desto skeptischer war er. Trotzdem – und das sah sogar Kvarnhammar ein – konnte er Karen nicht von ihrer Position verdrängen. Aber er fand andere Methoden, sie auszuschließen. In den folgenden Jahren wurde sie regelmäßig übergangen, wenn interessante Fälle verteilt wurden, immer wieder bei den Sitzungen links liegen gelassen, und gepiesackt, weil sie nicht so viele Jahre Streifendienst absolviert hatte wie andere. Die Tatsache, dass sie die Ausbildung an der Polizeihochschule durchlaufen hatte, ein halbes Jahr nur vor Ort gewesen war, aber einen Abschluss an der Londoner Uni in Kriminologie vorweisen konnte, zählte gegen die jahrelange Erfahrung, die Kollegen auf Streife vorweisen konnten, nicht viel. Schließlich hatten die sich die Hacken abgelaufen. Dass sie auf die direkte Frage eines Journalisten bestätigt hatte, dass es in Sachen Gleichstellung bei der Doggerlandpolizei noch Luft nach oben gebe, hatte auch nicht gerade zu ihrer Popularität in den oberen Etagen beigetragen. Und dass das Ganze schon zwanzig Jahre her war, als sie noch an der Polizeihochschule war, schien keine Rolle zu spielen. Denn Nestbeschmutzung, so drückte es Kvarnhammar aus, verjährte nicht.

Aber Karens größter Fehler, der immerzu wie eine Gewitterwolke über ihrem Kopf kreiste, war, dass sie ihnen einmal den Rücken gekehrt und das Polizeikorps verlassen hat. Und nicht nur das, sie hatte das Land komplett verlassen und sich für ein paar Jahre im Ausland aufgehalten. Natürlich konnte man danach nicht einfach wieder auftauchen und so tun, als sei nichts geschehen und glauben, man gehöre wieder dazu.

Als dann auch Kvarnhammar überraschend nach fünf Jahren auf dem Chefsessel verstarb – bei ihm war es eine geplatzte Aorta –, hatte Karen ihre Chance gewittert. Während die Kollegen in der Kneipe beim Totenschmaus saßen, hatte sie zu Hause am Küchentisch bei einem ordentlichen Glas Whisky gehockt und ihre Bewerbung für die Leitungsposition formuliert. Doch in dem Moment war der Überraschungskandidat Jounas Smeed aufgetaucht. Sechs Jahre bei der Schutzpolizei, ein abgebrochenes Jurastudium, und drei Jahre als stellvertretender Leiter des Dezernats für Wirtschaftskriminalität, sprachen laut Polizeichef Viggo Haugen eindeutig für ihn als zukünftigen Chef der Kripo. Zudem hatte Smeed, so drückte sich Haugen aus, als er den neuen Vorgesetzten vorstellte, »schon in den Jahren, als er noch Streife fuhr, richtig Biss gezeigt« (dann hatte er eine Kunstpause eingelegt, um Platz für ein höfliches Lachen zu lassen), und als sei dies noch nicht genug, hatte Smeed im Dezernat für Wirtschaftskriminalität auch schon seinen »Weitblick und seine Durchsetzungskraft in Sachen Organisation« unter Beweis gestellt wie auch »solide Führungsqualitäten«. Karen hatte schon bei dem Wort »Streife« aufgehört zuzuhören.

Noch immer verfolgt sie der Gedanke, dass der ausschlaggebende Grund für diese Besetzung Jounas Smeeds Hintergrund war. Er stammte aus einer der einflussreichsten Familien der Doggerschen Inseln. Andererseits war sie auch immer nur halbherzig an der Stelle interessiert gewesen. Die Vorstellung, Richtlinien zu benennen, Prioritäten festzulegen, die Ermittlungen in den schwierigen Fällen zu leiten – und zu zeigen, dass sie es zigmal so gut konnte wie Olof Kvarnhammar –, hatte sie zu der Bewerbung veranlasst. Doch den anderen Teil der Arbeit fand sie wenig verlockend: Mitarbeitergespräche, Gehaltsverhandlungen, regelmäßige Berichte an den Polizeichef, sich bei den Politikern einzuschmeicheln und zu ducken und am allerschlimmsten – *Maßnahmen zur Personalpflege* durchzuführen. Aus der Enttäuschung darüber, dass sie die Stelle nicht bekommen hatte, wurde ganz schnell Erleichterung.

Und jetzt hat sie genau diesen Scheiß am Hals.

Aber nur vorübergehend, redet sie sich ein und steckt sich die nächste Zigarette an. Je eher die Ermittlungen abgeschlossen sind, desto schneller kehrt Jounas Smeed an seinen Platz zurück, und sie hat ihre Freiheit wieder.

16

Karen beugt sich vor, umfasst ihre Knie und schnappt nach Luft. Sie sieht hinunter aufs Meer. Ganz weit entfernt am Horizont gleitet ein Frachter gemächlich an der dunklen Linie zwischen Himmel und Meer entlang. Vorsichtig richtet sie sich auf und spürt, wie ihr Herzschlag sich normalisiert, ihre Atmung wieder langsam und tief wird. Vier Kilometer auf dem Waldweg an der Küste entlang, nördlich von Langevik. Nur vier Kilometer, trotzdem läuft ihr der Schweiß den Rücken hinunter, und ihr Mund ist trocken. Es ist schon lange her, dass sie in irgendeiner Form Sport getrieben hat, muss sie sich eingestehen. Zu viele Monate her und zu viele Zigaretten.

Ein paar Minuten lang genießt sie den Wind, der ihre Wangen abkühlt, zittert aber, als ihr verschwitztes, lose sitzendes T-Shirt an ihren Körper gepresst wird. Sie streicht sich die Haare aus dem Gesicht und sieht sehnsüchtig zu den Felsen hinunter. Ein kurzer Blick auf die Uhr: zwanzig nach sechs. Noch hat sie Zeit, sich an die Leeseite der Bucht zu setzen, bevor sie den Heimweg antreten muss. Wenn sie Glück hat, findet sie in einer der Felsspalten etwas Regenwasser.

Aus der hohlen Hand trinkt sie ein bisschen von dem eiskalten Wasser und macht es sich dann mit angezogenen Beinen, den Rücken an der rauen Felswand, bequem. Ganz still sitzt sie da und sieht hinunter aufs Meer. Nur Himmel, Wasser und Felsen und ein ungebrochener Horizont. Trotzdem würde sie diesen Ort unter tausend anderen wiedererkennen. Schon seit ihrer Kindheit hat er sich in ihr Gedächtnis eingebrannt. Und zu diesem Platz war sie auch vor Jahren zurückgekehrt, als ihr ihr Leben ohne Vorwarnung entrissen wurde. Nur hier konnte sie weiterleben ohne John und Mathis. Seitdem sind zehn Jahre vergangen. Es kommt immer noch vor, dass sie ihre Namen übers Meer brüllt.

Wenn sie ans Meer denkt, ist es in ihrer Vorstellung niemals blau. Unten in Frisel, sogar in Dunker und auch die ganze Westküste entlang in Richtung Ravenby ist es ein anderes Meer als hier. Dort kann man mittlerweile weiße Gänse sehen, wie sie fröhlich über das tiefblaue Wasser laufen, und weiße Wolkenfetzen, die sich über den leuchtend blauen Himmel hangeln. Dort wiegen sich sanft die grünen Hügel, und die Bäume wachsen hoch und tragen dichtes Laub. Aber hier, nur zwanzig, dreißig Kilometer von der Hauptstadt entfernt, hält sich hartnäckig nur das, was nah am Erdboden wächst. Hier quälen sich Krüppelkiefern die Felsen entlang, Schutz suchend gebückt vor dem kräftigen Wind. Hier kriecht die Vegetation, die es trotz der Windböen geschafft hat, sich durch die karge Erde zu kämpfen. An den wenigen Tagen im Jahr, wenn ein wolkenfreier Himmel das Meer blau färbt, kommt Karen dieser Landstrich hier fast fremd vor; so schmeichlerisch und wankelmütig, als würde er vorgeben etwas zu sein, was er nicht ist.

Hier unterscheidet sich die Farbskala gänzlich von dem Grün, das Heimös fruchtbares Binnenland dominiert, und dem goldenen Gelb von Frisels Sandstein. Hier hat die Landschaft nicht weniger Facetten, aber nur ein geübtes Auge erkennt die Farbenpracht, wo granitgraue Felsplatten dem offenen Meer trotzen.

Karen sieht sie. Ihre Augen sind mit den vielen Nuancen vertraut, wie das Meer zwischen Silber, Zinn und Blei seine Farbe wechselt. Ihr entgeht der unterschwellige Farbreichtum bei Kriechweide und Grauer Seebinse nicht. An den Felsspalten nimmt sie das Changieren in Lilatöne wahr und auch die Wechsel der Farbskala mit den Jahreszeiten: im Frühjahr das sanfte Rosa von der Strandgrasnelke, im Hochsommer das Violett vom Blutweiderich. Und jetzt, da die Pflanzen auf dem Stein verwelken, und der Sommer unerbittlich seinem Ende entgegengeht, lässt sie ihren Blick wieder mehr ins Landesinnere schweifen, wo das Heidekraut die Hügel bedeckt.

Hier ist ihr Zuhause.

Und mit dieser Gewissheit steht sie auf und beginnt zurück zu joggen.

17

Langevik 1970

»Kann sie denn nicht endlich mal aufstehen. Ich halte das nicht mehr aus!«

Anne-Marie reißt das Kopfkissen zur Seite, das sie sich aufs Ohr gelegt hat, und schmeißt es quer durch den Raum. Mit einer Mischung aus Schreien und Schluchzen setzt sie sich auf. Per greift nach ihrem Arm.

»Beruhige dich, das geht vorüber«, murmelt er schlaftrunken.

Sie dreht sich in Windeseile um und starrt ihn an. Vorwurfsvoll, als träfe ihn auch Schuld daran.

»Geht vorüber? Und wann bitte schön? Ich werde mich daran nie gewöhnen.«

Ihr Geschrei ist lauter als die Geräusche aus dem Schlafzimmer nebenan. Dann wird es totenstill.

»Ich meine, Loves Kolik wird vorbeigehen«, sagt er geduldig. »Disa hat gestern erst gesagt, es kann jeden Moment vorbei sein. Hörst du, jetzt hat er aufgehört zu weinen. Tomas ist schon wach, ich höre seine Schritte. Können wir jetzt schlafen?«

»Disa hat gesagt«, äfft sie ihn streitsüchtig nach. »Tomas ist schon wach. Merkst du denn gar nichts? Die Einzige, die keinen Finger rührt, ist Ingela.«

Ihre Stimme überschlägt sich, schneidet durch die Nacht, und er denkt, sie wird durch die Wand dringen, unter dem Türspalt hindurchkriechen. Wenn Tomas das hört oder Ingela! Per Lindgren lässt den Arm seiner Frau los und richtet sich auf. Mit einem leisen Seufzer knipst er die Nachttischlampe aus.

»Sie stillt«, sagt er behutsam, wohl wissend, dass jetzt jedes Wort Öl ins Feuer gießen kann. »Davon ist man wohl auch ziemlich erschöpft, und zwischen den beiden Jungs liegt ja nicht mehr als ein Jahr.«

»Ach so, na, wie gut, dass du dich mit dem Stillen so auskennst. Ich werde es ja nie erleben. Schaust du deswegen so gerne zu? Glaubst du etwa, ich merke es nicht?«

Da kommt wieder das schlechte Gewissen auf. Nicht weil Anne-Marie recht hätte, sondern weil es so verlockend ist, diese Anklage auszunutzen, um sich in die Märtyrerrolle zu begeben. Jetzt ist er derjenige, der verletzt ist, und er wird ihr die Waffe aus der Hand nehmen. Er tut es, indem er schweigt. Also wendet er sein Gesicht ab und starrt wortlos aus dem Fenster. Draußen ist es bereits hell, und der nur provisorisch aufgehängte Stoff kann die Juninacht nicht ausblenden. Ohne seiner Frau ins Gesicht zu sehen, weiß er, dass ihre Wut und ihre Ohnmacht nun in Sorge übergegangen sind.

»Entschuldige, Per«, sagt sie. »Ich weiß, dass du niemals …«

Sie lässt die Worte im Raum stehen, dann dreht er sich zu ihr um.

»Du weißt, wir haben vorher darüber gesprochen, dass es für dich hart werden könnte, mit all den Kindern um uns herum. Dass du das vielleicht nicht aushältst«, sagt er.

»Aber das stimmt nicht. Ich halte es aus. Es ist nur so, dass …«

Per Lindgren betrachtet seine Frau mit einer Mischung aus Zärtlichkeit und Verärgerung. Jetzt, da ihre Wut verflogen ist, das Geschrei ein Ende hat und sie ihre Schwäche zeigt, kann er mit der Situation umgehen. Und das tun, was er am besten kann. Trösten.

»Komm«, sagt er und hebt seine Bettdecke hoch.

Sie zögert, aber nur für einen kurzen Moment, dann kuschelt sie sich mit ihrem kalten Rücken an seinen warmen Bauch. Liebevoll breitet er die Decke über ihnen aus, zieht sie bis über ihre Köpfe und bohrt seine Nase in ihren Nacken. Er spürt, dass ihr Haar etwas feucht ist, und beginnt, ihre Schultern zu küssen. Er tut so, als würde er ihre Worte nicht hören:

»Es ist so ungerecht, es ist, als würden die Kinder geradezu aus ihr herauspurzeln, und sie ist nicht einmal richtig dankbar dafür.«

»Sch«, sagt er und fährt mit seinen Liebkosungen fort. Spürt ihre knochigen Schultern wie kleine Vogelflügel unter seinen Händen. Er erschaudert und schämt sich, dass sein Körper auf sie reagiert, als er bemerkt, dass Anne-Marie tonlos weint.

»Sie scheint sich auch gar nicht viel aus ihnen zu machen, eigentlich kümmert sich doch Tomas rund um die Uhr um die Kinder, obwohl er nicht mal der Vater ist. Stillen ist wirklich das Einzige, was sie tut«, sagt Anne-Marie und zieht den Schnodder zurück in die Nase. »Ich weiß, dass du sie nicht anstarrst, aber warum muss sie sich immer so in Szene setzen?«

Und während seine Hände Anne-Maries Nachthemd hochschieben und seine Handflächen den kaum merklichen Kurven ihres Körpers folgen, sieht er es vor sich. Ingela, die ihr langes feuerrotes Haar zur Seite schiebt, bevor sie mit einer Hand ihre Bluse aufknöpft und ihre milchpralle Brust entblößt. Und wie sie ihm dabei in die Augen sieht.

Und genau dieses Bild hat Per Lindgren vor Augen, als er in seine Frau eindringt.

18

Karen Eiken Hornby steigt im dritten Stock aus dem Fahrstuhl, die Beine müde und das Haar noch leicht feucht. Der Heimweg von den Felsspalten war sehr anstrengend gewesen, aber nach einer schnellen Dusche, einer Hafergrütze und einem starken Kaffee ist sie immer noch guter Dinge. Eine neue Woche, eine neue Chance, gesünder zu leben, und diesmal hat sie immerhin gut angefangen.

Nicht einmal der Anblick von Astrid Nielsen, die vermutlich seit fünf Uhr morgens auf den Beinen ist, schon die doppelte Joggingstrecke absolviert hat, und jetzt aussieht, als sei sie bereits tief in die Arbeit versunken, kann ihrer guten Laune an diesem Morgen etwas anhaben.

»Guten Morgen«, sagt sie. »Sind wir die Ersten hier?«

»Guten Morgen, Chef. Nein, Johannisen ist auch da und holt sich gerade einen Kaffee.«

Seit wann taucht er eigentlich schon vor acht auf?, denkt Karen und spürt, wie ihr das Lachen vergeht. Sie wandert zu ihrem Schreibtisch im Großraumbüro, zieht die Jacke aus und hängt sie über die Stuhllehne. Während die vertraute Melodie das Hochfahren ihres Computers signalisiert, taucht Evald Johannisen hinter ihr auf, die Kaffeetasse in der Hand.

»Na, so was«, sagt er mit gespielter Verwunderung. »Du willst nicht ins Chefzimmer umziehen?«

Bevor sie antworten kann, ertönt ein Pling aus dem Treppenhaus, und Karen sieht durch die Glastür, wie Karl Björken und Cornelis Loots gemeinsam den Fahrstuhl verlassen. Im nächsten Moment kommen sie durch die Tür und nähern sich lebhaft über das Galopprennen diskutierend, das am kommenden Wochenende in Rakne ausgetragen wird. Diese kurze Unterbrechung bewirkt, dass Karen ihre spontane schnippische Antwort auf Johannisens unverschämten Kommentar hinunterschluckt.

»Nein, Evald, ich hoffe, dass dies nur eine Übergangslösung ist und sich das Umziehen dafür nicht lohnt. Hoffst du das nicht auch?«, gibt sie gelassen zurück.

Wortlos macht er auf dem Absatz kehrt und dreht ab zu seinem Schreibtisch.

Zwanzig Minuten später nimmt einer nach dem anderen aus der Ermittlungsgruppe am Konferenztisch Platz, bewaffnet mit Kaffeetassen, Blöcken, Laptops und zerknautschten Packungen Nikotinkaugummi. Nur Evald Johannisen fehlt; er steht noch im Flur und telefoniert.

Mit Cornelis' Hilfe hat Karen ein großes Whiteboard ins Zimmer gerollt und vor der Wand platziert. In der Hoffnung, dass Johannisen sein Gespräch demnächst beendet hat, pinnt sie ein paar Fotografien neben eine Landkarte, auf der Langevik und seine Umgebung abgebildet sind.

Das erste Bild zeigt ein vergrößertes Passbild von Susanne Smeed. Darunter hängt sie ein Foto, das Susanne Smeed in voller Größe tot auf dem Küchenfußboden liegend zeigt, und auf dem dritten Foto ist ein schmiedeeiserner Schürhaken mit Resten von Blut und blonden Haaren zu sehen. Daneben schreibt Karen die Namen Jounas Smeed, Sigrid Smeed, Harald Steen und Angela Nowak. Darunter bringt sie – weil sie nichts anderes mehr hat – ein paar Aufnahmen von Susannes Haus und dem Grundstück an.

Nicht besonders viel als Ausgangspunkt, denkt sie. So gut wie gar nichts eigentlich.

»Du kannst gleich noch ein Bild dazuhängen«, erklingt eine Stimme von der Tür. »Sie haben den Wagen gefunden.«

Evald Johannisen hat seine saure Miene gegen einen Gesichtsausdruck getauscht, der unterdrückte Aufregung verrät. Jetzt kommt er als Letzter ins Zimmer und schließt die Tür hinter sich.

»Es stand auf einem Parkplatz oben in Moerbeck«, fährt er fort und lässt sich auf einen Stuhl niedersinken. »Die Kollegen von der Schutzpolizei haben schon eine Absperrung vorgenommen, die Spurensicherung ist unterwegs.«

»Gut. Kannst du sie bitten, sich auch mal den Anlasser anzuschauen und festzustellen, ob der auffällige Geräusche macht?«

Johannisen hebt die Augenbrauen, aber nickt und macht eine Notiz.

»Liegen uns die Passagierlisten der Kreuzfahrtschiffe vor?«

»Ja, leider«, sagt Cornelis Loots frustriert. »Es waren 187 Passagiere an Bord.«

Karl pfeift.

»187? Na, da haben wir ja was vor.«

»Ja, und das ist noch eins der kleineren Kreuzfahrtschiffe. Offenbar der letzte Schrei, Small Ship Cruising. Relativ klein, aber wahnsinnig teuer.«

»Mit wem hast du denn gesprochen?«

»Erst mit dem Hafenmeister und dann mit dem Sicherheitschef vom Schiff. Er war sehr hilfsbereit, aber gleichzeitig fast amüsiert über die Vorstellung, dass einer ihrer Gäste in einen Mord verwickelt sein könnte. Offenbar ist das Alter der Passagiere eher hoch. Sehr viele wohlhabende pensionierte Amerikaner, bei denen die Kreuzfahrt zum Lebensstil gehört, aber auch ein paar Skandinavier, Holländer und wenige Italiener. Ich weiß nicht so recht, was wir mit den Listen anfangen sollen.«

Cornelis Loots sieht resigniert zu Karen hinüber.

»Na ja, von den Passagieren wird ja keiner das Schiff verlassen können, ohne dass wir es erfahren«, antwortet sie nüchtern. »Wir überprüfen als Erstes, ob jemand im Polizeiregister zu finden ist. Ich kann verstehen, dass ihr das als ziemlich aussichtslos empfindet, aber das müssen wir tun, das ist Pflichtprogramm. Wir sollten uns auch Hilfe von den Kollegen aus den entsprechenden Ländern holen. Aber dafür werde ich jemand anderen einspannen. Haugen hat uns jede Verstärkung versprochen, die nötig ist.«

»Das ist dann wohl zum ersten Mal der Fall«, knurrt Evald Johannisen beleidigt. »Da sieht man mal wieder, was der ganze Medienzirkus bewirken kann.«

Karen unterdrückt ein Grinsen. Johannisen hat recht, Viggo Haugen ist sonst nie besonders großzügig, wenn es um zusätzliches Personal für normale Ermittlungen geht, aber im Moment hat er offenbar die Spendierhosen an.

»Sagen Sie einfach Bescheid, dann werde ich dafür sorgen, dass Sie alles bekommen, was Sie brauchen, alle verfügbaren Ressourcen stehen den Ermittlungen zur Verfügung«, hatte er gesagt, als Karen vor zehn Minuten mit ihm telefoniert hatte. »Und dann halten Sie mich über alles, was passiert, auf dem Laufenden, ist das klar?«

Alle verfügbaren Ressourcen, denkt sie. In diesem Haus ist das nichts zum Angeben. Zwar hat die Abteilung, die für Wirtschaftskriminalität und Umweltdelikte zuständig ist, durch eine Mischung aus erfahrenen Polizisten und der Rekrutierung sehr qualifizierter neuer Mitarbeiter eine große Effektivität erzielt, doch die Anzahl der Ermittler in Mordfällen ist immer noch sehr begrenzt. Regelrechter Mord kommt auf den Doggerschen Inseln immer noch sehr selten vor. Totschlag, Vergewaltigung und Misshandlung gehören zum täglichen Brot, aber selbst Karen kann sich nur an eine Handvoll Ermittlungen erinnern, an denen sie beteiligt war, bei denen der Täter unbekannt war. Einer dieser Fälle ist noch immer nicht aufgeklärt; wer vor sechzehn Monaten ein älteres Paar im Norden von Noorö erschlagen hat, konnte bis heute nicht nachgewiesen werden. Der hoch verschuldete Sohn, der als Einziger einen Vorteil vom Ableben der Eltern hatte, konnte ein wasserdichtes Alibi vorweisen. Die Polizeibeamten vermuteten, dass er einen Helfer hatte, aber es fehlten die Beweise, und das Interesse der Medien war nach und nach erloschen.

Dieses Mal wird die Neugier kaum von selbst zum Erliegen kommen, denkt Karen. Die Tatsache, dass ein hoher Polizeibeamter, der zudem aus einer der einflussreichsten Familien stammt, in einen Mordfall verstrickt ist, wird die Journalisten auf Trab halten, bis der Fall gelöst ist – und möglicherweise darüber hinaus, je nachdem zu welchem Schluss wir gelangen. Das Risiko, dass Informationen nach außen dringen, ist höher als je zuvor, und mit jeder Person, die in die Ermittlungen involviert wird, nimmt es zu. Sie wollte wirklich nicht das ganze Haus dabeihaben, war es ihr durch den Kopf gegangen, als der Polizeichef sein großzügiges Angebot unterbreitete.

»Wir fangen mit einer kleinen Gruppe an, je nach Bedarf können wir sie erweitern«, war ihre Antwort gewesen.

Jetzt richtet sich Karen Eiken Hornby wieder an die Kollegen in der Runde.

»Wir alle hier am Tisch sind für die Ermittlungen im Fall Smeed zuständig. Darüber hinaus werde ich Inguldsen und Lange von der Schutzpolizei vorübergehend als Springer ausleihen. Sie haben sowieso schon Kenntnis der Sachlage und können uns entlasten, wenn es um zeitraubende Routinearbeit geht. Du, Cornelis, wirst ihre Arbeit koordinieren und mit den Kollegen von der Schutzpolizei Kontakt aufnehmen, wenn wir die beiden brauchen.«

Cornelis Loots nickt.

»Ich nehme an, ich muss es nicht noch einmal wiederholen, dass jede Information nur durch mich weitergegeben wird und niemanden sonst. Ach ja, richtig«, schiebt sie hinterher, »um zwölf Uhr ist die Pressekonferenz, und Haugen wird sie selbst leiten, also werde ich ihn nach unserem Meeting hier noch briefen, wie weit wir sind.«

»Na, das wird ja schnell erledigt sein«, frotzelt Johannisen.

»Ja, ich weiß, dass es noch nicht viel zu sagen gibt, aber Haugen vertritt den Standpunkt, dass es wichtig ist, sich den Medien gegenüber schon sehr früh offen zu zeigen. Zudem haben wir auch die Chance, durch die Öffentlichkeit wertvolle Tipps zu erhalten«, fügt sie hinzu, ohne auf die skeptischen Blicke der anderen einzugehen. Die Nachricht von dem Mordfall ist seit gestern Abend im Internet abrufbar, und die Morgenzeitungen haben das Wenige, was man sagen kann, auch schon gebracht. Die Pressekonferenz wird eine knappe Vorstellung werden, und Karen ist ganz dankbar, dass sie nicht daran teilnehmen muss.

Sie holt tief Luft und fährt fort.

»Und jetzt zu unseren heutigen Aufgaben. Björken und ich werden Susannes Tochter aufsuchen, gleich nachdem ich mit Haugen gesprochen habe. Evald und Astrid, ihr fahrt zu Susannes Arbeitsplatz. Sie war bei einem Altersheim im westlichen Odinswall angestellt, wenn ich es richtig verstanden habe.«

»Das ist korrekt«, sagt Evald Johannisen. »Ich habe die Vorsteherin gestern noch spät am Abend an die Strippe bekommen, und sie will heute spätestens um neun Uhr bei der Arbeit sein, hat sie gesagt.«

»Gut. Wir müssen uns mit allen unterhalten, die etwas über Susanne Smeed sagen können: Arbeitskollegen, Nachbarn und Verwandte. Mit wem pflegte sie Umgang? Hatte sie eine Beziehung? Ihre Interessen, irgendwelche Konflikte, alles, was uns in Sachen Motiv voranbringen könnte.«

»Und Cornelis, du redest mal mit den Kollegen von der Spurensicherung und hältst mich auf dem Laufenden, ob es da Fortschritte gibt. Sie muss ja eigentlich ein Handy und einen Computer zu Hause gehabt haben.«

Unter stillem Nicken, den Bleistift in der Hand, nehmen alle ihre Aufgaben entgegen. Nicht einmal von Evald Johannisen kommen Einwände. Doch die Erwartung einer Art Fortsetzung liegt in der Luft. Habe ich etwas vergessen?, denkt Karen und spürt schon wieder Panik aufkommen. Sollte ich jetzt noch irgendetwas sagen oder tun?

Und in dem Moment kommt ihr in den Sinn, was die anderen vermutlich von ihr erwarten.

»Mir ist klar, dass wir uns in einer besonderen Situation befinden, das betrifft mich selbst ganz genauso«, sagt sie und sieht von einem Augenpaar zum nächsten. »Ein paar von euch fragen sich vielleicht, warum Viggo Haugen mir die Ermittlungsleitung übertragen hat, und ich selbst habe mir diese Frage auch gestellt.«

Evald Johannisens Stuhl knarrt unheilvoll, als er ein Bein über das andere schlägt und sich langsam zurücklehnt. Mit hochgezogenen Augenbrauen sieht er sie an, als warte er gespannt auf ihre nächsten Sätze.

»Und …?«, fragt er schleppend. »Hast du eine Erklärung?«

Seine Provokation bewirkt, dass ihre Unsicherheit in Verärgerung umschlägt. Sie wird ihm nicht den Gefallen tun und in die Falle tappen.

»Ich vermute, das liegt daran, dass ich diejenige unter uns bin, die die meiste Erfahrung in der Rolle als Ermittler hat«, erklärt sie kurz und knapp. »Es stimmt zwar, dass ich nicht so viele Jahre in Uniform vorweisen kann, wie es manche von euch können, aber ich habe die größte Erfahrung in der Aufklärung von Schwerverbrechen, und ich glaube, dass wir uns gegenseitig gut ergänzen können. Deshalb hoffe ich auf eure Unterstützung und eine gute Zusammenarbeit. Wenn schon nicht für mich, dann immerhin für Jounas.«

Evald Johannisen sieht auf die Tischplatte, aber alle anderen nicken.

»Selbstverständlich«, sagt Astrid.

»Und Jounas«, fragt Karl Björken. »Wer übernimmt ihn?«

»Ich«, sagt Karen. »Ich rede noch einmal mit ihm, heute noch. Aber wir beide nehmen uns erst mal die Tochter vor. Und ihr anderen schaut, was ihr auftreiben könnt. Um 16 Uhr sehen wir uns hier wieder und berichten. Und ruft mich vorher an, falls ihr auf etwas besonders Interessantes stoßt!«

19

Das Treppenhaus im Aspväg 48 riecht nach Putzmitteln, Essen und frischem Erbrochenem. Der graue Steinboden im Eingangsbereich ist noch nass, die Putzfrau, die ihnen entgegenkommt, hat gerade gewischt. Sie hetzt mit Eimer und Wischmopp zu ihrem weißen Lieferwagen.

Sigrid Smeed wohnt im sechsten Stock, nach den vielen Klingelschildern zu schließen, die einen großen Teil der Wand am Eingang belegen. Karen und Karl nehmen den Aufzug. Karl hat bereits mit Susanne Smeeds Tochter telefoniert und mitgeteilt, dass sie auf dem Weg zu ihr sind, und die Tür geht auf, noch bevor sie geklingelt haben. Sigrid muss an der Wohnungstür gestanden und auf den Signalton vom Aufzug gewartet haben, denkt Karen und sieht nur ganz flüchtig ein bleiches Gesicht, bevor die junge Frau ihnen wortlos den Rücken zukehrt und in ihrer Wohnung verschwindet. Karl sieht Karen bedeutungsvoll an, während er die Tür hinter sich schließt. Dann folgen sie Sigrid ins Wohnzimmer.

Das Zimmer ist dunkel. Ein Sofa, auf dem eine Decke mit einem orientalischen Muster liegt, steht vor einem Fenster, dessen zugezogene Gardinen die Herbstsonne aussperren. Die einzige Lichtquelle ist ein Sonnenstrahl, der durch einen Spalt zwischen den zu schmalen dunkelroten Vorhängen fällt. Zwei der Wände sind mit Bücherregalen voller Taschenbücher, CDs und ein paar Meter Vinyl bedeckt. An der dritten Wand hängt ein Plakat von einer Andy-Warhol-Ausstellung in Louisiana, daneben ein gerahmter Zeitungsausschnitt, eine Rezension über ein Musikfestival auf Frisel. Auf dem Boden darunter liegen ein schwarzer Gitarrenkoffer und ein Stapel Zeitungen neben einem schwarzen Verstärker von Marshall.

Sigrid hat sich im Schneidersitz mitten aufs Sofa gesetzt, was eindeutig signalisiert, dass sie dort allein sitzen möchte. Auf dem niedrigen Couchtisch aus dunkel gebeiztem Holz liegen eine Schachtel Zigaretten und ein grünes Feuerzeug, daneben steht eine große blaue Teetasse, die am Rand angeschlagen ist. Sie ist noch halb voll, und die belegten Brote, die direkt auf der Tischplatte liegen, sehen unberührt aus.

Ohne um Erlaubnis zu fragen, lässt sich Karen in einem abgewetzten Ohrensessel nieder. Sie sieht zu, wie Karl versucht, seinen langen Körper auf einem niedrigen Sitzsack aus hellbraunem Leder unterzubringen. Dann beobachtet sie in der Sonne die Staubkörnchen, wie sie durch die Luft fliegen. Schließlich wendet sie sich dem schwarzhaarigen Mädchen auf dem Sofa zu.

Sigrids Gesicht ist blass und verschlossen, ihr Mund angespannt. Die Nasenscheidewand ist von einem dicken Goldring durchbohrt, und an den Armen, die sie vor ihrem Körper verschränkt hat, sind lange blaue und grüne schlangenartige Tattoos zu sehen. Sie trägt ihr Haar schulterlang, das nun verzottelt rund um ihr Gesicht hängt, als sei sie gerade nach einer langen Nacht aus dem Bett gestiegen. Dass ihre rabenschwarze Haarfarbe unecht ist, ist an den ungeschminkten Augen ersichtlich, die neben den roten Rändern helle Wimpern offenbaren. Eine ungeschützte Flanke hinter der schweren Rüstung.

So sehr kann sich jemand verändern, denkt Karen mit dem Bild von dem kleinen blonden Mädchen auf dem Foto in Susanne Smeeds Wohnzimmer vor Augen. Wie alt wird sie sein, höchstens achtzehn, neunzehn Jahre alt?

»Hallo, Sigrid«, sagt sie. »Wie geht es dir?«

Schulterzucken.

Karen beginnt.

»Als Erstes möchte ich dir sagen, wie leid es mir tut. Ich kann verstehen, dass es sehr hart ist, seine Mutter zu verlieren. Und dann noch auf diese Art und Weise.«

Sigrids einzige Reaktion ist ein Blick an die Decke, als warte Sigrid seelenruhig darauf, dass ihre Besucher zur Sache kommen. Karen versucht es noch einmal.

»Du wirst verstehen, dass wir alles in unserer Macht Stehende unternehmen, um den Mörder deiner Mutter zu finden, aber dafür müssen wir dir ein paar Fragen stellen. Es wird nicht lange dauern ...«

»Was wollen Sie wissen?«, fällt Sigrid ihr mit energischer Stimme ins Wort. »Sagen Sie einfach, was Sie wollen, und dann gehen Sie. Ich muss heute Abend arbeiten und brauche meinen Schlaf.«

»Du arbeitest?«, fragt Karl überrascht.

»Warum?«, antwortet Sigrid und sieht ihm ins Gesicht. »Spricht etwas dagegen?«

Er antwortet nicht, aber schielt zu Karen hinüber, die das Gespräch fortsetzt. Ihre Stimme klingt nun nicht mehr ganz so einfühlsam, als sie die nächste Frage stellt.

»Du arbeitest in einer Musikbar in der Stadt, ist das richtig? Wie heißt sie denn?«

»›Lucius‹.«

»In der Thybeckgate?«

Keine Antwort.

»Okay«, sagt Karen. »Hast du da am Samstagabend auch gearbeitet?«

»Ja.«

»Und wie lange?«

»Ich arbeite immer, bis wir schließen.«

»Und wann ist das?«, fragt Karen geduldig.

Sigrid ist dazu übergegangen, ihre Fingernägel zu inspizieren. Offensichtlich hat sie etwas Interessantes gefunden und kratzt mit dem Daumennagel konzentriert an der Stelle herum. Ein Stück vom schwarzen Nagellack löst sich und landet auf ihrem Schoß.

»Nun bitte«, mischt sich Karl ein, und in seiner Stimme ist der Ärger über ihre Reaktion schon deutlich hörbar. »Wir haben das alle schneller hinter uns, wenn wir dir nicht jedes Wort aus der Nase ziehen müssen. Wann schließen sie?«

»Eins«, murmelt Sigrid, während sie ein Stück Nagelhaut von ihrem rechten Zeigefinger abknabbert.

»Um eins«, wiederholt Karl und macht eine Notiz.

»Obwohl wir an diesem Samstag bis drei Uhr geöffnet hatten«, fügt Sigrid hinzu. Sie hält den Finger hoch und betrachtet das Resultat.

Gut, Karl, denkt Karen. Vielleicht geht's jetzt besser.

»Bist du nach der Arbeit gleich nach Hause gegangen?«

»Nein, bin ich nicht.«

»Ich bin mit dem Fahrrad gefahren«, schiebt sie nach einer kurzen Pause hinterher.

Karen muss den Impuls unterdrücken, jetzt auch etwas lauter zu werden. Diese Rolle hat Karl schon übernommen.

»Warst du da allein unterwegs oder in Begleitung?«, fragt sie so neutral wie möglich.

»Sie meinen, ob ich jemanden aufgerissen hab? Vielleicht noch einen Kunden, so wie irgendeine blöde Hure?«

»Nein, Sigrid«, sagt Karen nun betont ruhig. »Ich meine, ob du vielleicht einen Freund hast, der dich nach Hause begleitet hat. Oder ob jemand zu Hause auf dich gewartet hat.«

Etwas in Sigrids Gesicht hat sich verändert; ein Mundwinkel zuckt leicht, als ob sie mit den Tränen kämpfe. Sie zieht an den Ärmeln ihres Strickpullovers, bis er über ihre Hände reicht und sitzt einen Moment lang schweigend da, dann sieht sie Karen an und antwortet, jetzt mit gefestigter Stimme.

»Nein, niemand. Ich war allein.«

»Aber du wohnst hier nicht alleine, oder?«, fragt Karl und nickt hinüber zum Gitarrenkoffer. »Gehören die beide dir oder hast du einen Freund?«

Schulterzucken von Sigrid. Karl und Karen warten ab.

»Weiß ich doch nicht«, sagt Sigrid nach einer Weile. »Ich hab keine

Ahnung, ob er vorhat zurückzukommen. Wir hatten Streit, und er ist abgehauen. Seitdem hab ich ihn nicht mehr gesehen.«

»Wie heißt er?«

»Sam. Samuel Nesbö.«

»Aber eigentlich wohnt ihr hier gemeinsam?«

Diesmal kurzes Nicken und eine schnelle Bewegung mit den Pulloverärmeln, die unter der Nase entlangfahren.

»Und was ist vorgefallen? Kannst du das bitte kurz wiedergeben?«

»Hab ich schon gesagt, wir hatten Streit.«

»Am Samstag?«

»Ja.«

»Und worüber?«

»Warum fragen Sie das? Wollen Sie vielleicht auch noch wissen, wie es im Bett bei uns lief?«

»Nein, das ist uns scheißegal«, sagt Karen ganz gelassen. »Aber wir wollen wissen, worum es in diesem Streit ging und wie spät es wurde.«

»Er wurde sauer, weil ich mich mit ein paar holländischen Jungs unterhalten habe. Wir hatten gespielt, und in der Pause kamen sie vor zu mir. Keine Ahnung, wie spät das war, vielleicht zwei Uhr.«

»Gespielt? Ich dachte, du hast einen Kellnerjob?«

Sigrid verdreht die Augen und schüttelt mit einem schrägen Lächeln den Kopf über diese blöde Frage. Einen Moment lang erkennt Karen ein bisschen von dem kleinen Mädchen auf den Fotografien in Susanne Smeeds Wohnzimmer.

»Hab ich auch«, sagt Sigrid, und jetzt antwortet sie übertrieben ruhig. »Aber wir machen auch ziemlich viel Musik, wissen Sie. Das ist doch kein Problem, oder?«

Sie hält kurz inne, bevor sie weiterspricht.

»Letzten Samstag habe ich also bis halb zwölf hinter der Bar gestanden und dann gespielt, bis zugemacht wurde. *Zwei* Jobs an einem Abend, echt komisch. Wahrscheinlich verhaften Sie mich jetzt dafür?«

Karen spürt, dass sich ihr Mund zu einem Lächeln verziehen will, und zieht die Augenbrauen hoch, um es zu unterdrücken. Einen

Moment lang sieht sie auf ihren Schoß, dann fixiert sie Sigrids Augen, auch noch, während sie die nächste Frage stellt.

»Also du und Sam habt Krach gehabt, und du bist dann alleine nach Hause gefahren, als die Kneipe zugemacht wurde, hast du gesagt. Bist du direkt nach Hause gefahren?«

Karen sieht, wie Sigrids Augen blinzeln und sich ihre Oberlippe verachtungsvoll kräuselt.

»Nein, ich habe erst noch eine Runde nach Langevik gedreht und Mutter erschlagen«, sagt sie langsam.

Kurz darauf zieht Sigrid ihre Mundwinkel zu einem provokant freudlosen Lächeln nach oben.

Karen bemerkt, dass Karl sich bereit macht.

»Hast du es getan?«, kommt Karen ihm zuvor, und ihre Stimme ist ganz ruhig dabei. »Bist du nach Langevik gefahren?«

»Und warum um Himmels willen hätte ich das tun sollen?«

»Tja, vielleicht wolltest du nicht allein nach Hause fahren. Vielleicht warst du traurig und wolltest lieber bei deiner Mutter übernachten.«

»Wissen Sie, wie weit entfernt das ist? Da radelt man Stunden.«

»Mit dem Fahrrad, ja. Aber vielleicht bist du getrampt, das machen viele, wenn sie Oistra gefeiert haben. Nicht direkt unmöglich, dass einen jemand mitnimmt, würde ich sagen.«

»Ich bin nach Hause gefahren«, sagt Sigrid kurz angebunden. »Außerdem hatte ich doch keine Ahnung, ob sie zu Hause war. Normalerweise fährt sie über Oistra immer weg. Sie hält es wohl nicht aus, wenn Leute fröhlich sind.«

Karen horcht auf. Diese Information ist neu.

»Und wohin verreist sie dann?«

Wieder Schulterzucken.

»Das Übliche, würde ich sagen. Sie nimmt die Fähre nach England oder Dänemark. Früher ist sie nach Mallorca oder Griechenland geflogen, aber das kann sie sich wohl nicht mehr leisten.«

»Also wusstest du nicht, dass deine Mutter dieses Jahr zu Hause sein würde?«

»Nein, und selbst wenn ich es gewusst hätte, wäre ich nicht hingefahren. Mutter ist wirklich die Letzte, die ich hätte sehen wollen.«

»Warum sagst du das? Hattest du kein gutes Verhältnis zu ihr?«, fragt Karl.

Sigrid sieht ihn verachtend an.

»Hattest du kein gutes Verhältnis zu ihr?«, äfft sie ihn mit gekünstelter Stimme nach. »Wir hatten überhaupt kein Verhältnis, wenn es Sie interessiert. Ich habe sie seit einem Jahr nicht gesehen. Geschweige denn mit ihr gesprochen.«

»Und wie kommt das?«, fragt Karen.

Sigrid streckt sich und angelt eine Zigarette aus der Schachtel, die auf dem Couchtisch liegt. Ihre schmale Hand zittert leicht, als sie die Flamme des Feuerzeugs an die Zigarettenspitze hält, dann zieht sie einmal fest.

»Sie war nicht ganz normal«, sagt sie nur und pustet den Rauch aus. »*That's why*.«

»Nicht normal? Wie meinst du das?«

»Verbittert. Hatte an allem etwas auszusetzen. Hat gedacht, sie könnte über mein Leben bestimmen, obwohl ich schon seit zwei Jahren nicht mehr zu Hause wohne. Reicht das?«

»Seit zwei Jahren? Dann musst du aber früh ausgezogen sein. Durftest du das?«

»An dem Tag, an dem ich sechzehn geworden bin. Ich habe nicht gefragt.«

Sie zieht wieder an ihrer Zigarette und wirkt jetzt entspannter. Der schrille Ton in ihrer Stimme ist weg.

»Und bevor du umgezogen bist? Hast du nach der Trennung abwechselnd bei deinen beiden Eltern gewohnt oder nur bei deiner Mutter?«, fragt Karen und überlegt, ob ihr Chef jemals darüber gesprochen hat.

Sie kann sich nicht erinnern, dass er bei der Arbeit von seiner Tochter erzählt hat, zumindest nicht, wenn sie dabei war. Er hat sie höchstens mal im Vorbeigehen erwähnt.

Sigrid raucht still vor sich hin, jetzt bläst sie Kringel und sieht ihnen hinterher, wie sie zur Decke steigen.

»Bei beiden. Jeden Sonntag musste ich meine Sachen packen und vom einen zum anderen umziehen. Und das war die Hölle, falls Sie das interessiert.«

»Zwischen beiden hin- und herzuziehen? Wolltest du das sagen?«

»Nein, aber sie waren beide so nervig. Ich war wahrscheinlich das einzige Kind auf der Welt, das zu Gott gebetet hat, dass die Eltern sich doch endlich scheiden lassen. Ich hatte gedacht, dass es dann besser würde, aber stattdessen wurde es noch viel schlimmer; sie haben pausenlos gestritten und wollten mich nur als Boten benutzen, der wie ein Idiot zwischen ihnen hin- und herrennt. Sie sind beide nicht normal«, fügt sie hinzu und ascht energisch auf die Untertasse der halb leer getrunkenen Teetasse.

Als ob ihr plötzlich bewusst wird, dass sie die falsche Zeitform benutzt hat, was ihre Mutter angeht, sieht Sigrid etwas irritiert aus.

Karen und Karl wird immer mulmiger zumute, je länger sie das Gesagte sacken lassen. Dass Jounas Smeeds Ehe stürmisch war und dass der Streit auch nach der Trennung noch anhielt, hätten sie am liebsten gar nicht erfahren. Besonders nicht im Zusammenhang mit den Ermittlungen im Mord an seiner Ex-Frau. Und das direkt aus dem Mund seiner Tochter zu hören löst in beiden das Gefühl aus, dass sie da in etwas schnüffeln, was sie eigentlich gar nichts angeht. Als würde man sich die dreckige Unterwäsche von anderen Leuten unter die Nase halten, denkt Karen.

»Eine Frage noch«, sagt sie. »Hast du irgendeine Ahnung, wer deiner Mutter etwas Böses gewünscht hätte? Jemand, mit dem sie Streit hatte?«

Sigrid sieht sie völlig resigniert an.

»Streit? Außer mit Vater? Man könnte sagen, mit allen, die ihr über den Weg liefen.«

»Denkst du an eine bestimmte Person?«

»Ich habe echt keine Ahnung, was sie so gemacht hat und mit wem sie sich getroffen hat.«

»Wir hatten in den letzten Jahren so gut wie keinen Kontakt«, fügt sie hinzu.

Sie verstummt, und ihre Augen glänzen.

»Okay, Sigrid«, sagt Karen. »Jetzt stören wir dich nicht länger, aber es kann sein, dass wir später noch mal mit dir reden müssen.«

Sie zieht eine Visitenkarte aus der Jackentasche.

»Hier ist meine Telefonnummer. Falls dir noch etwas einfällt, ruf mich an. Oder wenn du einfach nur reden willst«, schiebt sie hinterher, ohne selbst genau zu wissen, was sie eigentlich damit meint. Sigrid Smeed würde kaum einer Kollegin ihres Vaters ihr Herz ausschütten. Die zudem noch Polizistin ist.

Sie legt die Karte auf den Tisch und steht auf. Als Karl die Wohnungstür zuzieht, sitzt Sigrid noch immer regungslos auf dem Sofa.

Es wäre besser abzuschließen, denkt Karen und geht.

20

Schweigend fahren sie mit dem Aufzug wieder nach unten. Als sie durch die Haustür gehen, sehen sie drei Jugendliche, die schnell wie die Ratten von Karens Auto wegrennen.

»Verflixte Kids, was haben die hier zu suchen? Die sollten doch in der Schule sein«, sagt Karl wütend und beäugt die schwarzen, mit Filzstift geschriebenen Buchstaben auf der Windschutzscheibe: BULLENPACK.

»Ich frage mich nur, woher die wissen, wer wir sind? Immerhin ist das ein Zivilfahrzeug.«

Karl lacht auf und versucht, die schwarze Farbe mit dem Jackenärmel wieder wegzuwischen.

»Ach, diese Kids erkennen einen Bullen doch auf fünfzig Meter Entfernung. Das haben die schon in den Genen.«

»Hör auf, du ruinierst deine Jacke. Und halte dich mit deinen Vorurteilen mal ein bisschen zurück.«

Karen öffnet die Tür und stellt die Scheibenwischer an. Karl ist auf den Beifahrersitz gerutscht, und ihnen beiden fährt der Duft von Ethanol in die Nase, während sie still zusehen, wie das Wischwasser das Schwarz zu einem trüben Grau auf der Scheibe verschmiert.

»Das war ganz schön heftig«, sagt Karl nach einer Weile.

Karen nickt wortlos.

»Bist du dir sicher, dass du allein mit Jounas sprechen willst? Vielleicht wäre es einfacher, wenn wir zu zweit wären.«

»Danke, das ist lieb von dir, aber ich denke, es wird das Beste sein, wenn ich auch diesmal allein dorthin fahre. Gestern sind wir nicht weit gekommen, er war ... unter Schock, und es war nicht direkt leicht mit ihm.«

Karl sieht sie fragend an.

»Du meinst, er war voll? Ja, das kann man ihm nicht vorwerfen, wenn er sich in so einer Situation ein paar Gläschen genehmigt. Das würde ich auch tun an seiner Stelle. Auch wenn sie ein schreckliches Weibsbild war«, fügt er hinzu, und Karen weiß nicht recht, ob er seine Ex-Frau oder Susanne Smeed meint.

Aber im Grunde ist das auch völlig egal.

»Er war vielleicht nicht ganz nüchtern«, antwortet sie trocken. »Ich werde jedenfalls einen neuen Versuch unternehmen, und das allein, bevor wir mehr Leute anfordern. Und es hängt auch davon ab, was die anderen heute rauskriegen. Schauen wir mal.«

Sie lässt Karl Björken in der Redehusgate vor dem Kommissariat aussteigen. Ein Wagen vom Radio Doggerland steht auf der anderen Straßenseite. Zwischen den offenen Hecktüren des Vans, der das Logo des Doggerland-Fernsehens trägt, erscheint ein Fotograf, den Karen sofort wiedererkennt: Jon Bergman, TV-Reporter, der ihnen immer auf den Fersen ist. Jetzt balanciert er ein Dreibeinstativ zum Wagen und holt dann die Kamera heraus. Und in dem Moment, als Karl die Wagentür öffnet, um auszusteigen, taucht auch schon Jon Bergmans hochgewachsene Gestalt hinter dem Übertragungswagen auf. Er erkennt Karens Gesicht hinter dem Steuer und läuft nun mit schnellen Schritten auf den Wagen zu.

»Hau ab, so schnell du kannst«, zischt Karen zu Karl hinüber. »Und kein Wort an die Journalisten, verstanden?«

Als die Tür hinter Karl ins Schloss fällt, tritt Karen das Gaspedal durch und steuert den Wagen in Richtung Odinsgate. Sie wirft noch einen Blick in den Rückspiegel und sieht, wie Jon Bergman mitten auf der Straße steht und ihr ein paar Sekunden lang nachsieht. Dann dreht er um und hetzt Karl hinterher, der gerade die Eingangstür der Polizeizentrale passiert hat.

Viggo Haugens Entscheidung, die Pressekonferenz zu veranstalten, war nicht zur Diskussion gestellt worden. Aber als Karen ihn und die Staatsanwältin Dineke Vegen nach dem Morgenmeeting gebrieft hatte, hatte er ein betretenes Gesicht gemacht.

»Und Sie meinen im Ernst, dass niemand etwas gesehen oder gehört hat? Und Sie haben keine Ahnung, wer der Täter sein könnte?«

»Nein, das ist korrekt, bislang haben wir weder Zeugen noch Motive finden können, aber wir sind ja auch erst ganz am Anfang unserer Ermittlungen. Nicht einmal zwanzig Stunden sind wir im Einsatz.«

»Und was soll ich auf der Pressekonferenz sagen? Was meinen Sie?«

Der Polizeichef schüttelte resigniert den Kopf und sah Dineke Vegen an, als würde er von ihr Zuspruch für seine Kritik erhoffen. Aber die Staatsanwältin ignorierte ihn, stattdessen hatte sie Notizen zu Papier gebracht.

»Na ja, Sie müssen einfach die Fakten referieren, die wir haben, ohne Mordwaffe und Tathergang natürlich«, hatte Karen geantwortet. »Wer die Tote ist, wann der Mord geschah, dass wir einen unnatürlichen Tod nicht ausschließen können, aber aufgrund der laufenden Ermittlungen keine näheren Auskünfte geben können. Der übliche substanzlose Kommentar«, hatte sie noch hinzugefügt, ehe sie an sich halten konnte.

Viggo Haugen hatte sie verärgert angesehen, woraufhin Karen versucht hatte, ihre Worte etwas abzumildern.

»Aber es kann Vorteile haben, die Medienvertreter schon zu einem so frühen Zeitpunkt zu informieren. Bestenfalls bekommen wir aufgrund der Berichterstattung wertvolle Tipps aus der Bevölkerung.«

Ich hinterlasse jetzt schon eine widerwärtige Schleimspur, hatte sie gedacht und verbindlich gelächelt.

Und vielleicht ist es zwar nicht gut, jetzt schon eine Pressekonferenz zu veranstalten, aber ganz einfach notwendig, denkt sie, während sie Jon Bergmans Rücken in der Polizeiwache verschwinden sieht. Die Neuigkeit, dass der Leiter der Kripo in einem engen Verhältnis zum Opfer stand, ist den Redaktionen natürlich längst bekannt, und sie müssen sie informieren, wie die Polizei mit der Situation umgeht und dass Jounas Smeed beurlaubt worden ist. Die Sache mit den Hinweisen aus der Bevölkerung hingegen ist ein Weitschuss. Die Erfahrung sagt nämlich, dass die Leute, die wirklich etwas Wichtiges mitzuteilen haben, sich ohnehin bei der Polizei melden, Berichterstattung hin oder her. Die anderen hingegen werden von der Bitte nach Hinweisen nur angestachelt und blockieren dann die Telefonleitungen und beschäftigen die Kollegen. So vergeudet man wertvolle Zeit mit Menschen, die einsam sind, oder mit Idioten, die irgendetwas erzählen, das überhaupt nichts mit den Ermittlungen zu tun hat.

Karen biegt links ab in die Odinsgate und dann rechts in die Slaktehusgate in Richtung Packartorg. Auf der Treppe zum Riksmuseum sitzen gut zwanzig Menschen, alle mit dem Gesicht in der Sonne. Eigentlich ist es noch zu früh fürs Mittagessen, und Karen ist auch nicht besonders hungrig, aber sie weiß, dass sie irgendetwas essen sollte, bevor sie weiter nach Thingwalla fährt. Jounas Smeed zu begegnen wird schon anstrengend genug, und mit zu niedrigem Blutzucker könnte es eine Katastrophe werden.

Karen parkt den Wagen neben der Markthalle, steigt aus und geht durch die großen Eingangstüren. Schnell läuft sie durch Duftwolken von frisch gemahlenem Kaffee, Gewürzen und Brot und steuert die Fischgeschäfte im hinteren Teil der Halle an. Hier stehen Kisten mit geräuchertem Hering und Krabben, Berge verschiedener Sorten rauer Austern türmen sich, daneben Tröge mit hellroten Hummern und Eisbetten, auf denen Seeteufel, Dorsche und Makrelen neben Seewölfen und Schellfisch liegen, dicht an dicht. Karen bleibt stehen und betrachtet ihre weit aufgerissenen Augen und aufgesperrten Mäuler und nimmt sich vor, fürs Wochenende eine ordentliche Portion Kabeljau mitzunehmen. Da taucht das Bild von Susanne Smeeds leerem Blick wieder auf, und ihr vergeht der Appetit. Fertiggerichte sind auch keine schlechte Idee.

Zehn Minuten später hat auch sie sich auf der Museumstreppe niedergelassen, einen Lachssalat und eine Flasche Mineralwasser auf dem

Schoß. Sie hält die Hand als Sonnenschutz über die Augen und betrachtet das bunte Treiben auf dem Markt, wo das Geschrei der Obst- und Gemüsehändler mit der klassischen Musik, die aus den Lautsprechern dringt, um die Wette tönt. Dunkers Gemeinderat hat sich nun endlich dazu durchgerungen, ein weiteres Jahr lang auf den größten Plätzen der Stadt Mittagsmusik zu spielen. Das war ursprünglich ein Projekt von vielen gewesen, die während Dunkers Jahr als Kulturhauptstadt ins Leben gerufen wurden, als verschiedene Parteien darum wetteiferten, wer die meisten Ideen hatte, um das Kulturangebot in jedweder Form zu erweitern. Keiner hatte damit gerechnet, dass es wilde Proteste geben würde, als am Ende des Jahres die Lautsprecher wieder abgebaut werden sollten, und schließlich hatte man es aufgegeben und dem Volk seinen Willen gelassen. Nun wird der Packartorg täglich noch für zwei Stunden mit klassischer Musik beschallt. Jeder Versuch, andere oder aktuellere Musik zu spielen, wurde jedoch abgewehrt; keine Partei war bereit, Geld dafür auszugeben, dass man jüngere Werke spielen konnte, für die nach den Urheberrechten noch Tantiemen bezahlt werden mussten. Das ging einfach zu weit.

Karen schließt die Augen und lauscht der Musik, die sie für ein Werk von Mahler hält, noch ein paar Sekunden. Obwohl die Sonne nun schon viel tiefer steht als noch vor ein paar Wochen, wärmt sie noch immer Wangen und Stirn. Aber auf der Insel ist jetzt so eine andere, frischere Luft spürbar, eine sanfte, aber deutliche Erinnerung daran, dass diese Gnade endlich ist und der Sommer definitiv vorüber und bald die kühlen Atlantikwinde über die Doggerschen Inseln ziehen werden.

Sie schraubt den Korken ab, trinkt einen Schluck Mineralwasser und nimmt ihren heiß geräucherten Lachs in Angriff. Während sie kaut, wandern ihre Gedanken zu dem bevorstehenden Gespräch. Es ist ein Versuch, nun zum zweiten Mal unangemeldet bei Jounas Smeed aufzutauchen, aber ihr Plan ist es, ihn zu entwaffnen, noch bevor er in Stellung gehen kann. Was ihm kaum gefallen wird. Allerdings wird es ihn auch nicht überraschen, dass sie so schnell wie möglich noch einmal mit ihm sprechen muss. Mit Blick auf die Statistik sollte er sowieso dankbar sein, dass ich ihn noch nicht aufs Revier mitgenommen habe, denkt sie, während sie weiterisst. In neun von zehn Fällen, in denen eine Frau umgebracht wird, ist entweder ihr Ehemann oder ihr Ex-Mann der Täter. Die Frage ist nur, wie kooperativ Smeed dieses Mal sein wird. Und wie nüchtern.

21

Während Karl Björken durch die Drehtür des Kommissariats geht, hört er Jon Bergmans sehr vertraute Stimme direkt hinter sich.

»Hi, Björken, haben Sie vielleicht ein paar Minuten Zeit? Hallo, bleiben Sie mal stehen!«

Ohne sich umzudrehen, steuert Karl mit eiligen Schritten den Aufzug an, doch der junge Reporter vom Doggerland-Sender »Blick in die Welt« hat ihn schon eingeholt, als er noch nicht einmal den Knopf gedrückt hat. Wäre ich doch zu Fuß gegangen, denkt Karl und schielt zur Rezeption hinüber, wo der Polizeiassistent gerade versucht, unzählige Journalisten zu beruhigen, die ungeduldig werden, weil jeder einen Besucherzettel braucht. Dunkle kreisförmige Flecken unter den Ärmeln seines Uniformhemdes verraten, dass die Technik mal wieder Probleme macht, und in der lautstarken Kritik der Besucher der Pressekonferenz fallen Worte wie »Bürokratie« und »Inkompetenz der Polizei«.

Ein Mitarbeiter des Sicherheitsdienstes streckt abwehrend die Hände nach vorne, um einen Kriminalreporter der *Kvellsposten* davon abzuhalten, direkt in den Vortragsraum zu marschieren, ohne sich vorab registrieren zu lassen.

Karl wirft einen Blick auf die Uhr oberhalb der Rezeption: drei Minuten nach zwölf. Vermutlich tritt Viggo Haugen jetzt hinter den Kulissen nervös von einem Fuß auf den anderen und wartet darauf, ans Podium zu treten, während er sich fragt, warum immer noch niemand im Saal ist. Das fängt ja gut an, denkt Karl Björken und wendet seinen Kopf ab. Halb zwölf ist außerdem eine idiotische Zeit für eine Pressekonferenz, stellt er zudem leise seufzend fest. Zumindest wenn man nicht die Absicht hat, den streitlustigen Schreiberlingen etwas anzubieten, das ihren ärgsten Mittagshunger stillt.

Aber diese Pressekonferenz wird überhaupt nichts Gehaltvolles anbieten, weder bildlich noch wörtlich gesprochen; Viggo Haugen ist ebenso geizig wie mediengeil, denkt Karl und dankt seinem Glücksstern, dass er an diesem sinnlosen Spektakel nicht teilnehmen muss.

»Ist Jounas Smeeds Ex-Frau die Ermordete? Können Sie wenigstens das bestätigen? Nun sagen Sie schon, wir wissen es doch längst, ich brauche es nur noch von offizieller Seite.«

Jon Bergman stellt diese Frage und wirft einen Blick zu seinem Fotografen, der mit den Kollegen vor der Rezeption Schlange steht. Verärgert drückt Karl den Knopf noch einmal und sieht hoch zu dem Display, das über den Türen aufleuchtet. Ein Fahrstuhl scheint in der vierten Etage hängen geblieben zu sein, der andere bewegt sich gerade nach oben.

»Ist Smeed immer noch im Dienst? Als naher Verwandter muss man ihn doch im Kreis der Verdächtigen ansiedeln. Oder wissen Sie schon, wer der Täter war?«

Jon Bergman tigert um Karl herum und versucht, Blickkontakt aufzunehmen. Er holt kurz Luft und fährt fort.

»Haben Sie die Mordwaffe? Smeed hat doch sicherlich eine Dienstwaffe? Kommen Sie schon, Björken, irgendwas können Sie doch sagen!«

Karl lauscht zerstreut dem Fragenhagel. Offenbar sind die Einzelheiten doch noch nicht bei den Medien angekommen, was ungewöhnlich ist. Die Kollegen haben aus Respekt vor Jounas diesmal wohl dichtgehalten. Erleichtert stellt Karl fest, dass sich einer der Aufzüge endlich auf den Weg nach unten begibt.

»Absolut«, sagt er grinsend. Gleichzeitig öffnet sich die Tür des Fahrstuhls.

»Was? Wie meinen Sie das?«

Jon Bergman sieht irritiert aus.

»Wissen Sie, ich glaube, es geht da drinnen jetzt los.« Karl nickt zum Vortragsraum hinüber, wo der Sicherheitsbeamte einen Schritt zur Seite getreten ist, und nun für die ungeduldige Horde Journalisten und Fotografen Platz macht. »Am besten beeilen Sie sich, damit Sie nicht die Hälfte verpassen«, sagt Karl und lächelt den Reporter an, während sich die Türen zwischen ihnen wieder schließen.

Der Fahrstuhl arbeitet sich nach oben, und Karl zieht sein Handy aus der Tasche, um Karen eine Nachricht zu senden. Nachdem er sie abgeschickt hat, steigt er in der dritten Etage aus.

Smeed wird demnächst Besuch bekommen/Karl

Evald Johannisen starrt gebannt auf den Bildschirm seines Computers, dennoch erkennt Karl an dem abwesenden Blick seines Kollegen, dass der mit seinen Gedanken ganz woanders ist.

»Hallo, Evald«, sagt er und klopft mit der Faust auf die Schreibtischkante. »Träumst du ein bisschen?«

Johannisen zuckt, und einen Moment lang zieht ein wütender Schatten unkontrolliert über sein Gesicht. In der nächsten Sekunde hat er sich wieder gesammelt, lächelt breit und lehnt sich träge in seinen Bürostuhl zurück.

»Na, sieh mal an, bist du ausgebüxt, oder hat sie dich freiwillig von der Leine gelassen?«

»Nein, ich habe gerade Ausgang. Hast du Loots gesehen? Ich wollte mal nachfragen, ob es schon etwas Neues von der Spurensicherung gibt.«

Evald Johannisen wirft den Kopf auf die Seite, zur Kochnische hinüber.

»Machen wohl mal wieder Kaffeepause. Na, so was, und wo ist das Frauchen abgeblieben?«

»Sie ist zu Smeed nach Hause gefahren. Hat sie ja heute Morgen beim Meeting schon gesagt.«

»Ja, ja, ich hab schon kapiert, dass es ihr lieber ist, sagen wir mal

… ihn unter vier Augen zu sprechen. Wirklich rücksichtsvoll von ihr, beweist Führungsqualitäten, wenn du mich fragst.«

Karl Björken betrachtet seinen Kollegen und geht für einen Moment in sich. Johannisen ist ebenso ermüdend unzufrieden wie immer, doch seine sarkastische Art war sonst etwas subtiler. Dass Karen Eiken Hornby zur kommissarischen Leiterin der Kripo bestimmt worden ist, hat ihn offenbar richtig vergrätzt. Karl würde am liebsten etwas über schlechte Verlierer sagen, aber lässt es dann doch lieber sein.

Er mag Eiken, auch wenn ihr im Sozialverhalten der letzte Schliff manchmal fehlt und einige ihrer Charaktereigenschaften anstrengend sind, hat sie ihren Job immer gut gemacht. Auf der anderen Seite hat er nicht die geringste Lust, sich mit Johannisen zu überwerfen. Er will nicht riskieren, in die Schusslinie zu geraten, das wäre noch schlimmer, als sich dieses blöde Gerede anhören zu müssen. Zumal die neue Rollenverteilung ja nur vorübergehend so ist, und wenn es um Hierarchien im Büro geht, sollte man sehr vorsichtig sein. Wenn Smeed zurückkommt, wird Karen wieder degradiert werden, gleichzeitig steigt dann Johannisens Aktienkurs. Daher belässt es Karl bei einem milden Lächeln, das Evald Johannisen auslegen kann, wie es ihm passt.

»Und du«, setzt er an, um das Thema zu wechseln. »Wolltest du nicht mit Astrid zu Susanne Smeeds Arbeitsplatz fahren?«

»Ja, wir waren bereits da, aber sehr ergiebig war das nicht. Die Vorsteherin hat nur davon gesprochen, wie entsetzt sie über das Verbrechen ist, aber das Personal, das gerade anwesend war, hatte offenbar keine nähere Beziehung zu Susanne. Wir müssen mit diesen Trotteln wahrscheinlich noch einen zweiten Termin vereinbaren.«

»Eiken und ich haben gerade mit Jounas' Tochter gesprochen, und das war wohl ähnlich erfolgreich«, sagt Karl bereitwillig. »Es war unmöglich, aus ihr etwas Brauchbares herauszukriegen, sie schien einfach nur unglaublich wütend zu sein.«

»Ja, ich weiß, Tattoos und Nasenring, das volle Programm«, grinst Johannisen und sieht aus, als wollte er mit der Zunge etwas entfernen, das ihm zwischen den Zähnen hängt.

»Ach, du kennst sie? Ich hatte den Eindruck, dass Jounas und sie kaum Kontakt hatten.«

»Nein, aber Erlandsen hat sie mir vor ein paar Wochen in der Stadt mal gezeigt und gesagt, das sei Smeeds Tochter. Der Arme! Erst die Geschichte mit seiner Frau und dann eine Tochter, die aussieht wie ein Junkie.«

»Wie meinst du das, ›die Geschichte mit seiner Frau‹?«

Evald Johannisen hat unterdessen den kleinen Finger tief in den Mund geschoben und versucht mühevoll, seine Backenzähne von Essensresten zu befreien.

»Eine richtige Giftnudel«, sagt er undeutlich.

Im nächsten Moment nimmt er den Finger aus dem Mund. Er betrachtet, was unter seinem Fingernagel hängt und fährt langsam fort.

Ihm ist wohl bewusst, dass er einen Informationsvorsprung hat, denkt Karl.

»Komm schon, Björken«, sagt er, »das weiß doch wirklich ganz Doggerland, dass Susanne Smeed ihm das Leben jahrelang zur Hölle gemacht hat. Und nicht nur ihm, wenn ich die Sache richtig verstehe, offenbar hat sie sich auch sonst gern in die Nesseln gesetzt. Nein, da gibt es doch jede Menge Feinde und Motive. Weißt du das nicht, Charly?«

Karl Björken sieht angeekelt zu, wie sein Kollege den Finger an der Hose abwischt und spürt seinen Ärger wachsen.

»Tja«, sagt er und zuckt gleichgültig mit den Schultern, quasi als Versuch, den Nachrichtenwert in Johannisens Aussage etwas herunterzuspielen. »Dass sie nicht gerade Mutter Teresa war, war mir bekannt, aber ein bisschen konkreter bräuchten wir es schon, wenn wir von dem Klatsch noch irgendetwas verwerten wollen.«

Evald Johannisen schüttelt langsam den Kopf und schnalzt mit der Zunge, während er gleichzeitig ein entschuldigendes Lächeln aufsetzt.

»Regel Nummer eins: Als Bulle sollte man Dorfklatsch niemals unterschätzen. In neun von zehn Fällen findet man da die Wahrheit. Aber ich bin mir sicher, dass die kleine Polizistin und der Charly auch selbst alles über den Chef und seine Familie ans Licht bringen können, anstatt mich zu bitten, es auf einem silbernen Tablett zu servieren.«

Wie immer grinst Evald Johannisen breit, während er seine Unverschämtheiten vorbringt, immer in Deckung, dass er notfalls den Rückzug antreten und behaupten kann, er mache doch nur Witze. Aber Karl hört diesmal eine neue Spitze, etwas in Johannisens Tonfall, was ihm neu ist. Als würde er jetzt von unten zuschlagen und es ganz genau wissen.

»Und ich bin mir sicher, dass du trotz allem so ein professioneller Polizist bist, dass du alles, was du weißt, mitteilst, um die Ermittlungen bestmöglich voranzutreiben«, sagt Karl. »Auch wenn du ein Mistkerl bist«, fügt er hinzu und bemerkt, dass seine Stimme schärfer klingt als beabsichtigt.

»Was ist denn mit dir los, verträgst du keine Scherze? Ist der Charly jetzt eingeschnappt?«

Wieder ein Grinsen, doch etwas anderes jagt über sein Gesicht und verwandelt es in eine gequälte Grimasse.

»Nicht annähernd so eingeschnappt, wie du zu sein scheinst, Evald. Du solltest Karen zumindest eine Chance geben. Sie hat sich um die Stelle nicht gerissen, und keiner von uns findet es angenehm, in Smeeds Privatleben zu schnüffeln.«

Evald Johannisen antwortet nicht, starrt nur ins Leere.

Er sieht müde aus, denkt Karl und betrachtet die Ringe unter den Augen seines Kollegen. Müde und blass. Es ist vermutlich anstrengend, so verbittert zu sein.

»Du weißt genauso gut wie ich, dass wir gezwungen sind, Jounas als möglichen Täter in Betracht zu ziehen, bis wir den Fall gelöst haben«, fährt er fort. »Und das impliziert, dass wir alle denkbaren Motive und schmutzigen Geschichten ans Licht holen müssen. Dass Karen beschlossen hat, ihn zu Hause zu vernehmen, anstatt ihn vorzuladen, zeugt ja schon von sehr großer Rücksichtnahme.«

»Du sagst es, ja ... Aber jetzt habe ich keine Zeit mehr, mit dir hier zu sitzen und mich zu kabbeln«, sagt Johannisen mit einem Blick auf seine Armbanduhr. »Einer von uns muss los und einen Mörder finden, damit wir den richtigen Abteilungsleiter zurückbekommen. Hast du nicht auch einen Job zu erledigen, oder bist du nur hier als Augenstern fürs Matriarchat? Au, Scheiße!«

Evald Johannisens Gesicht verzerrt sich, und er greift sich mit der rechten Hand an den linken Oberarm. Im nächsten Moment kommt ein Rasseln aus seiner Kehle, und er sackt auf dem Schreibtisch zusammen. Karl zuckt, als die Stirn seines Kollegen auf die Tastatur knallt.

22

Er liegt in einem der Loungesessel, die neben dem Pool stehen. Sein langer Körper ist in Jeans und Lambswool-Pullover gehüllt, eine Baseballkappe liegt wie ein Deckel über seinem Gesicht, und die nackten Füße hängen schlaff über den Rand des Stuhls. Leichtes Schnarchen ist zu hören, als Karen sich nähert, und sie fragt sich, wie sie ihn wecken kann. Sie versucht, etwas geräuschvoller aufzutreten, während sie die drei Treppenstufen zur Holzterrasse hinaufsteigt. Räuspert sich.

Keine Reaktion.

Leise seufzend stellt sie sich schräg hinter das Kopfende und betrachtet die schlafende Gestalt. Das Schnarchen hat jetzt aufgehört, doch nicht der Hauch von Bewegung ist neben den ruhigen, gleichmäßigen Atemzügen erkennbar, die den Bauch unter der Lammwolle dazu bringen, sich langsam zu heben und zu senken. Sie räuspert sich erneut, diesmal etwas lauter.

»Bewegst du dich immer so geschmeidig?«

Karen zuckt erschreckt zusammen, als unter der Kappe plötzlich seine Stimme erklingt. Jounas Smeed liegt noch immer bewegungslos da, und jetzt erst sieht sie ein hohes Glas mit einer prickelnden Flüssigkeit und eine Zitronenscheibe auf dem Holzboden neben dem Loungesessel.

Gin Tonic, denkt sie. Mist.

Im nächsten Moment streckt sich eine Hand aus, tastet durch die Luft, findet am Ende, was sie sucht und umschließt das Glas. Dann zieht er sich die Baseballkappe vom Kopf, richtet sich halbwegs auf und stützt sich auf die Armlehnen, während er das Glas mit drei großen Schlucken leert.

»Entspann dich, Eiken«, sagt er, als er Karens deprimiertes Gesicht sieht. »Perrier und Zitrone, sonst nichts. Was willst du denn hier?«

»Das weißt du. Wir müssen reden.«

»Oh shit, nicht gerade mein Lieblingssatz, wenn ich ihn aus dem Mund einer Frau höre …«

»Fahr runter. Kannst du dich bitte richtig hinsetzen?«

Erstaunlich gefügig schiebt er sich langsam hoch, reibt sich die Augen und rülpst laut.

»Sorry. Die Kohlensäure«, sagt er und streicht sich über den Bauch.

»Können wir vielleicht reingehen?«, fragt sie und zeigt zum Haus. »Die Pressekonferenz ist gleich zu Ende, und jeden Moment können hier die ersten Journalisten auftauchen. Da ist es doch ein besseres Gefühl, sich drinnen zu unterhalten.«

»Ach so, ja natürlich, gehen wir rein. Es soll ja für uns beide gut sein«, sagt er mit schleppender Stimme und steht auf. Einen Augenblick lang hält er inne und beobachtet die Auffahrt, und Karen stellt fest, dass der Hinweis auf die drohende Journalistenschar wie erhofft seine Wirkung hat. Jetzt wird sie den zweiten Teil ihrer Strategie ausprobieren.

Ohne ein Wort folgt sie ihm durch die Glastüren und lässt sich auf demselben Platz auf dem Sofa wie gestern nieder. Jounas Smeed bleibt auf halben Wege mitten im Raum stehen.

»Magst du einen Kaffee?«, fragt er und zeigt in die Küche.

»Ich will wissen, wie lange diese kleine Vorstellung noch gehen soll«, sagt sie gereizt. »Ich bin sie nämlich langsam leid.«

Er erstarrt, aber antwortet nicht.

»Und?«, sagt sie und sieht ihm in die Augen, ohne zu zwinkern. »Willst du, dass wir uns darüber aussprechen, was passiert ist? Ist es das? Ich gebe dir fünf Minuten für deine letzten Andeutungen und schlüpfrigen Kommentare. Oder sag einfach, wie viel Zeit du brauchst, um alles loszuwerden, dann können wir uns danach vielleicht ernsthaft unterhalten.«

»Wie bist du denn drauf?«

»Findest du mich komisch?«, fragt sie und fixiert nach wie vor seinen Blick. »Ich komme extra her, um dich zu vernehmen, und du weißt genau, dass ich das muss, gleichzeitig lässt du keine Gelegenheit aus, es zu sabotieren. Aber gut, dann legen wir mal alle Karten auf den Tisch und schließen die Angelegenheit ab«, fährt sie fort. »Soll ich anfangen?«

»Beruhige dich doch, Eiken …«

Jounas' Stimme klingt mit einem Mal alarmierend. Oder hört sie möglicherweise eine Spur von Unsicherheit?

»Um es kurz zusammenzufassen«, fährt Karen fort. »Wir haben uns beide volllaufen lassen und die Kontrolle verloren. Ich habe zwar nur eine verschwommene Erinnerung daran, wie wir zum Hotel kamen, aber leider weiß ich noch, dass wir miteinander im Bett waren. Völlig idiotisch und überflüssig, und definitiv nichts, woran man sich erinnern sollte, deshalb kannst du diese Sache jetzt vielleicht endlich zu den Akten legen.«

»War es wirklich so miserabel?«, sagt er langsam. »Ich bilde mir ein, dass du …«

»Wenn du es wirklich wissen willst, ja«, fällt sie ihm ins Wort. »Das Wenige, an das ich mich erinnere, war ziemlich erbärmlich, und es wird nie wieder vorkommen. Und wenn du nicht selbst endlich mit diesen Anspielungen aufhörst, dann wird es für dich vermutlich die größten Nachteile haben.«

Sie beobachtet, wie er erstarrt und sein Blick wachsam wird. Langsam geht er auf sie zu und setzt sich auf die Kante des Couchtisches. Sein Kopf einen halben Meter über ihrem, und sie flucht innerlich, dass sie sich hingesetzt hat.

Dann nickt er ganz langsam und lächelt sie mit einem Gesichtsausdruck an, der verrät, dass er nur darauf wartet, was ihr sonst noch einfällt.

»Willst du mir drohen, Eiken?«

Er lacht auf.

»Jaja, und als Nächstes kommst du vielleicht noch auf die Idee, dass der Sex gar nicht freiwillig war. Dass ich dich zu irgendwas gezwungen habe.«

»Lass es«, zischt sie ihn an und springt mit einem Satz so energisch auf, dass er sich schnell nach hinten beugen muss, um nicht umgestoßen zu werden.

Sie stellt sich ein Stückchen entfernt von ihm hin und verschränkt die Arme vor der Brust.

»Es war total unverantwortlich, aber leider durch und durch freiwillig. Was ich sagen will, ist, dass nicht nur ich ein Interesse daran habe, dass wir diese Episode jetzt vergessen.«

»Ach, das meinst du?«

»Ja, deiner Karriere täte das gar nicht gut, wenn herauskäme, dass sogar dir so was passiert. Schnell mal ein Hotelzimmer buchen und eine Untergebene vögeln, besoffen und willenlos.«

»Du mieses kleines Lud...«

Doch dann bremst er sich selbst.

»Jetzt bist du dran«, sagt sie trocken. »Lass es einfach raus! Kannst ein bisschen über die Feministinnen lästern, die nur mal ordentlich gebumst werden müssen, dann wird es dir gleich besser gehen. Du musst dich nicht beherrschen, so einen Scheiß höre ich mir seit vier Jahren an.«

»Überleg dir, was du sagst«, sagt Jounas und erhebt sich gemächlich. »Vergiss nicht, dass ich wieder dein Chef sein werde, sobald diese Geschichte vorüber ist.«

»Das weiß ich, aber momentan bist du es nicht. Und wenn du nichts zu verbergen hast, ist es an der Zeit, dass du ein bisschen kooperativ bist. Je eher die Ermittlungen beendet sind, desto früher kannst du dich wieder in deinen Chefsessel setzen und mir das Leben schwer machen. Okay?«

Jounas Smeed ist ans Fenster gegangen und sieht hinaus in den Garten. Er steht mit dem Rücken zu ihr.

Karen weiß genau, dass sie jetzt still sein muss, weil sie schon gewonnen hat. Natürlich nur vorübergehend, doch diese eine Runde geht an sie, das reicht fürs Erste.

Schließlich dreht er sich um und macht Anstalten, etwas zu sagen, aber sie kommt ihm zuvor.

»Steht das Angebot für den Kaffee noch?«

Eine Viertelstunde später stellt sie ihre Tasse auf dem Couchtisch ab.

»Erzähl mal von Susanne«, sagt sie.

»Was willst du wissen?«

Seine Stimme klingt jetzt erschöpft, aber nicht mehr feindselig.

»Alles, würde ich sagen. Fang mit eurer Ehe an. Wie habt ihr euch kennengelernt?«

Mit einem tiefen Seufzer lässt er sich in die Kissen fallen.

»Das war im Mai '98, bei der Hochzeit meiner Schwester. Sie und Susanne gingen auf dem Gymnasium in dieselbe Klasse und blieben nach der Schule in Kontakt.«

»Dann hast du Susanne schon vorher gekannt?«

»Na ja, ich hab sie ein paar Mal mit Wenche zusammen gesehen, aber ich bin ja zwei Jahre älter als meine Schwester, und außerdem ging ich ja ins Ausland, kaum dass sie die Schule beendet hatten. Als ich ein paar Jahre später wieder nach Hause kam, hatte Wenche Magnus kennengelernt, da haben sie sich wohl ein bisschen aus den Augen verloren und nicht mehr so oft gesehen. Aber es stimmt, Susanne war mir vorher schon ein paarmal über den Weg gelaufen. Bevor sie ein Auge auf mich geworfen hatte.«

Karen geht auf seinen bitteren Tonfall nicht ein.

»Aber sie waren also nach dem Abitur weiterhin in Kontakt?«, sagt sie. »Wenche und Susanne.«

Sie muss unbedingt so bald wie möglich Wenche Smeed aufsuchen.

»Ja, hin und wieder. Offenbar genug, dass sie zur Hochzeit eingeladen wurde. Wie gesagt, dort haben wir uns richtig kennengelernt.«

»Und wie war Susanne damals?«

Jounas Smeed lehnt sich zurück und gestikuliert mit der einen Hand, als fände er die Frage völlig überflüssig.

»Wahnsinnig hübsch natürlich. Unglaublich sexy. Aber das war früher«, fügt er hinzu.

Karen verkneift sich ein Seufzen.

»Schön für dich, aber ich meinte eher, wie sie so als Mensch war.«

»Damals? Fröhlich, gefügig, völlig unproblematisch.«

Smeeds Traumfrau, denkt Karen. Sexy, fröhlich und gefügig. Als Nächstes zählt er wahrscheinlich »dankbar« und »gehorsam« auf.

»Also hattet ihr damals eine gute Beziehung? Am Anfang, meine ich.«

Jounas muss lachen. Ein verbittertes, lautloses Schnauben.

»Am Anfang, ja, so könnte man es wohl ausdrücken.«

»Immerhin so gut, dass ihr geheiratet habt.«

»Ja, wir haben im Herbst im selben Jahr geheiratet. Die alte Geschichte, du kennst das.«

»Susanne war schwanger?«

Er nickt.

»Jepp, schon nach ein paar Wochen. Das ging schnell, der Punkt geht an sie.«

»Aber dazu braucht es doch zwei?«, sagt Karen säuerlich.

»Ja, hat sie auch behauptet.«

Karen wechselt das Thema. Sie erträgt es nicht, sich auch noch anhören zu müssen, wer nach Jounas' Auffassung dafür zuständig ist, unerwünschte Schwangerschaften zu verhindern.

»Und Sigrid ist euer einziges Kind?« Sie stellt die Frage, obwohl sie die Antwort eigentlich kennt; sie will den Schein aufrechterhalten, dass dies eine Vernehmung mit jedem x-beliebigen Menschen sein könnte.

»Ja«, antwortet er kurz angebunden. »Sie wurde Ende Januar geboren.«

Karen schaut hastig auf ihren Notizblock.

»Das heißt, sie war ungefähr acht Jahre alt, als ihr euch getrennt habt.«

Jounas zuckt einfach nur mit den Schultern, ohne diese Aussage zu kommentieren.

»Wir haben bereits mit deiner Tochter gesprochen, und sie hat berichtet, dass sie abwechselnd bei dir und Susanne gewohnt hat, bis sie ausgezogen ist.«

Wieder ein Schulterzucken.

Karen fragt sich, ob es daran liegen mag, dass er mit den Gedanken bei seiner Tochter ist und deshalb Sigrids Bewegungsmuster übernimmt. Konkrete Fragen, ruft sie sich in Erinnerung, sonst bekommst du keine Antwort.

»Sigrid hat auch erzählt, dass Susanne und du viel gestritten habt. Nicht nur während ihrer Ehe, auch nach der Scheidung. Worum ging es da?«

»Ja, worum geht es denn immer? Du hast ja wohl selbst eine gescheiterte Ehe hinter dir ...«

Eine Sekunde lang freier Fall. Karen sucht verzweifelt nach etwas, an dem sie sich festhalten kann, krallt die Nägel in den rauen Stoff. Langsam kommt sie zurück an die Oberfläche.

»Es geht hier nicht um mich«, erklärt sie schroff und hört ihren eigenen Herzschlag kräftig am Hals pochen. Fast verdrängt er ihre Worte. »Bitte antworte einfach.«

Resigniert schaut er sie an.

»Wir haben uns ständig gestritten«, erklärt er. »So ziemlich über alles.«

Karen sieht Jounas an, dessen Blick offenbar stehen geblieben ist und nur die Leere fixiert. Er schüttelt langsam den Kopf, und sie wartet darauf, dass er fortfährt.

»Wir haben uns darüber gestritten, wo wir wohnen wollen, wo wir Urlaub machen und über Sigrid. Welche Schule sie besuchen soll, welche Hobbys wir ihr vorschlagen. Um Geld ging es natürlich auch. Und um meinen Job, vor allem um meinen Job. Oder besser gesagt: meine Jobwahl.«

Er sieht aus, als würde er über seine Worte nachdenken. Dann lacht er auf.

»Nein, Susanne hatte natürlich nicht vorgehabt, Ehefrau eines Bullen zu werden, als sie in die smeedsche Familie eingeheiratet hat. Selbstverständlich war sie wütend.«

Karen versucht sich daran zu erinnern, was sie gehört hatte. Es gab schon einige, die mit hochgezogenen Augenbrauen Jounas Smeeds Entscheidung kommentiert hatten, nicht in die Fußstapfen seines Vaters zu treten, sondern eine wesentlich weniger lukrative und der Herkunft weniger angemessene Karriere innerhalb der Polizei anzustreben. Aber ihre Erinnerung an das Gerede im Dorf ist nur bruchstückhaft. Sie selbst hatte die Polizeihochschule gerade beendet, als er dort im ersten Jahr begann. Als Kinder hatten Jounas und sie sich noch nicht gekannt. Sie war auf dem Land groß geworden, er mitten in Dunker, verschiedene Schulen, unterschiedliche Freundeskreise, obwohl sie gleich alt waren. Auf dem einen oder anderen Fest waren sie vielleicht beide eingeladen gewesen, und auch wenn Karen keine Erinnerung mehr daran hatte, vermutlich waren sie sich auch schon in Bars oder Clubs über den Weg gelaufen, wo man es mit der Volljährigkeit nicht so genau nahm. Die Welt war klein in Dunker.

Aber auch wenn Jounas Smeed ihr zu der Zeit nicht aufgefallen war, gab es wohl kaum jemanden auf den Doggerschen Inseln, der nicht wusste, wer sein Vater war.

Axel Smeed und sein Bruder Ragnar hatten das Erbe ihres Vaters sehr gut verwaltet. Mit Axels Geschäften mit Immobilien und Grundstücken und Ragnars Rechtsanwaltskanzlei hatten beide Brüder das Vermögen vervielfacht. Ragnars politisches Engagement und ein paar Legislaturperioden im Parlament hatten noch ein Übriges dazu getan; die Hindernisse, die nicht durch das geschickte Ausnutzen von Gesetzeslücken überwunden werden konnten, konnten immer durch das ebenso geschickte Ausnutzen von Kontakten zu Freunden mit viel Einfluss im Rechtswesen und in der Politik genommen werden. Viele meinten, dass die Familie Smeed ein Drittel von Heimö besaß und die Hälfte von Frisel.

Karen fällt ein, was ihr Vater immer zu sagen pflegte: »Was die Smeeds heute noch nicht besitzen, das werden sie sich morgen holen.«

Und sie kann sich noch lebhaft daran erinnern, wie schadenfroh er am Telefon geklungen hatte, als er erzählte, dass Axel Smeeds Sohn sich an der Polizeihochschule eingeschrieben hatte.

»Jetzt ist er also bei der Polente genau wie du, Karen. Smeedens Jung schlägt wohl doch aus der Art.«

Aber Susanne konnte von Jounas' Berufswahl wohl kaum überrascht worden sein, er musste doch schon auf der Polizeihochschule gewesen sein, als er sie kennenlernte. Hatte sie davon nichts gewusst?

Jounas beantwortete ihre Frage schon, bevor sie sie stellen konnte.

»Ich habe erst ein paar Jahre nach dem Abi angefangen. Davor habe ich an der Uni verschiedene Kurse belegt. Ich konnte mich nicht entscheiden. Dass ich mich an der Polizeihochschule beworben habe, war vermutlich hauptsächlich Protest gegen meinen Vater. Dass ich zu den Bullen gehe, war so ziemlich das Gegenteil von dem, was er sich für mich vorgestellt hatte.«

»Und hat es funktioniert?«

»Das kann man wohl sagen. Der Alte hat mir gedroht, mich zu enterben und solche Sachen. Das Problem war wohl, dass ich selbst gar nicht so begeistert war. Die Ausbildung hat mir gefallen, aber die Zeit danach war die Hölle ...«

»... Besoffene aufgreifen und bei Nachbarschaftsstreit schlichten«, sagt Karen. »Nein, ich habe mich damals auch nicht gerade darüber amüsiert.«

»Ich habe jedenfalls etwas länger die Stange gehalten, bei mir waren es fast zwei Jahre.«

»Ja, das habe ich mitbekommen.«

»Aber dann habe ich die Insel verlassen.«

»Und was hast du dann gemacht?«

»Willst du die Kurzfassung?«

Karen nickt.

»Bin quer durch Südamerika und die USA gereist. Habe auf verschiedenen Baustellen und in Bars in Kalifornien schwarzgearbeitet und bin dann im letzten halben Jahr in New York gestrandet. Dort ging mir dann auch nach und nach ein Licht auf, und mir wurde klar, dass es auf lange Sicht nicht besonders witzig ist, von der Hand in den Mund zu leben. Also habe ich mich mit dem Gedanken angefreundet, wieder nach Hause zurückzukehren und mich niederzulassen. Ich war es ganz einfach leid, nie Kohle zu haben.«

»Und dann hast du dir überlegt, Polizist zu werden. Sehr schlau ...«

Für einen Moment lächeln sie beide einträchtig.

»Nein, erst bin ich bei Vater zu Kreuze gekrochen. Hab versprochen, alle bisherigen Pläne zu vergessen, und die Jahre an der Polizeihochschule wurden einfach totgeschwiegen. Offenbar fand Vater sie problematischer als meinen wilden Trip durch Südamerika und die Staaten. Stattdessen habe ich mich also an der Uni eingeschrieben und angefangen, Jura zu studieren. Nach einiger Zeit konnte ich in der Kanzlei meines Onkels jobben, musste aber das Versprechen ablegen, dass ich meine Studien beenden werde und Vater dann zur Verfügung stehe. Pure Vetternwirtschaft, sozusagen. Auf der anderen Seite bekam ich einen Batzen Geld und eine große Wohnung in der Freygate, die Vater gekauft hatte.«

Jounas springt auf und sieht Karen an.

»Wenn wir noch weiter in diesem Elend wühlen, brauche ich auf jeden Fall einen Drink. Es ist wohl sinnlos, dich noch mal zu fragen?«

»Danke«, sagt sie lächelnd. »Ich kann wohl schlecht hier sitzen und im Dienst trinken, während mein Chef zusieht.«

Das sagt sie aus taktischer Höflichkeit; sie will betonen, dass ihr bewusst ist, dass die gegenwärtige Rollenverteilung nur vorübergehend ist. Zum ersten Mal hat er freiwillig mehr als zwei Sätze von sich gegeben, und sie will keinesfalls riskieren, dass er sich wieder verschließt.

»Sehr gut, Eiken«, antwortet er.

Sie meint, eine Bewegung seines Mundwinkels gesehen zu haben, dann dreht er sich um und verlässt den Raum. Als er zurückkommt, betrachtet sie neidisch das beschlagene Glas mit kleinen Luftblasen, die neben zwei Eiswürfeln und einer Zitronenscheibe aufsteigen, diesmal ist es definitiv ein Gin Tonic. Sie riecht fast den Wacholderduft und spürt den bitteren Geschmack auf der Zunge, als Jounas einen ordentlichen Schluck trinkt. Salat zum Mittagessen und jetzt das. Wie viele Wochen vernünftigen Lebenswandel hatte sie sich versprochen?

»Dann erzähl mal weiter«, sagt sie auffordernd. »Du warst dabei, Jura zu studieren und aushilfsweise bei deinem Onkel zu arbeiten. Und in der Zeit hast du Susanne wiedergetroffen?«

»Gut geraten. Ich durchlebte ein paar Jahre konformistischer Resignation, ging langsam auf die dreißig zu und war völlig wehrlos. Und da hat sich Susanne Axel Smeeds einzigen Sohn geangelt.«

»Dann warst du also nur ein bemitleidenswertes Opfer ... Erst wurdest du von deinem Vater, dann von Susanne schlecht behandelt?«

Jounas wirft ihr über den Rand seines Glases einen verärgerten Blick zu, doch er fährt fort.

»Im Grunde hat sie sich mehr als Opfer gesehen«, antwortet er gelassen. »Sie hat sich einen Anwalt ausgesucht und bekam einen Bullen. Sie war maßlos enttäuscht, kann ich dir sagen.«

»Und wie drückte sich diese Enttäuschung aus?«

»Na ja, es gab einen riesigen Aufstand, als ich das Jurastudium geschmissen habe, ein halbes Jahr nach unserer Heirat. Es hatte mir schon lange nicht mehr gefallen, und am Ende habe ich es einfach nicht mehr ausgehalten.«

Jounas Smeed nimmt einen Schluck von seinem Drink, und Karen wartet schweigend auf seine Fortsetzung.

»Vater und Susanne versuchten sich darin zu übertrumpfen, mich zu einer Umkehr zu bewegen«, fährt er fort. »Eine Zeit lang waren sie im Kampfe vereint, aber als der Alte drohte, mich zu enterben, richtete sich ihre Wut schließlich auch gegen ihn. Und dann teilte er uns eiskalt mit, dass er gedenke, die Wohnung in der Freygate zu verkaufen, und dass wir umziehen müssten.«

»Obwohl ihr das Kind hattet? War er so hartherzig, oder wollte er nur Druck ausüben?«

»Ja, er war schon irgendwie knallhart, aber ich kann ihn auch verstehen. Warum sollte er uns finanziell unterstützen, wenn ich nicht das tat, was ihm vorschwebte? Ich war jedenfalls nicht bereit, mit der Juristerei weiterzumachen, nur weil mein Vater oder meine Frau sich das so vorstellten. Außerdem hatte ich immer insgeheim den Verdacht, dass mein Onkel in der Kanzlei ganz froh war, mich loszuwerden. Ich war da völlig fehl am Platze.«

»Dann hast du dich entschieden, lieber zur Polizei zurückzugehen. Hast wieder die Uniform angelegt …«

»Ja, habe ich. Ich war ein halbes Jahr in Ravenby im Einsatz und dann noch ein paar Monate bei der Schutzpolizei hier in Dunker, bevor die Stelle als Abteilungsleiter ausgeschrieben wurde. In der Zeit war es nicht schwer, Karriere zu machen; ich würde sagen, wir hatten jedes Jahr eine Umstrukturierung.«

»Aber Susanne war gar nicht froh?«

»Machst du Witze? In einem Jahr Ehe mit mir hat sie einen Abstieg von einer Sechs-Zimmer-Wohnung in der Freygate zu einer Drei-Zimmer-Wohnung in Ost-Odinswalla hingelegt. Zudem hatte ich ja alle Hoffnungen auf eine vielversprechende Karriere als Anwalt sowie als Erbe des Imperiums meines Vaters vergeigt. Wir haben ein Jahr lang kaum miteinander gesprochen.«

»Aber trotzdem wart ihr danach noch einige Jahre verheiratet?«

»Ja, zumindest auf dem Papier. Und zeitweise funktionierte das ausgesprochen gut. Ich bin die Karriereleiter nach und nach hinaufgestiegen, und wir konnten die kleine Wohnung gegen ein Reihenhaus in Sande tauschen. Es ging uns einfach immer besser. Der Punkt war nur, dass es Susanne nie reichte. Sie konnte sich nicht von dem Traum verabschieden, was wir alles hätten haben können, und es ging ihr nach, dass uns meine Eltern nie zu sich nach Hause einluden. Aber aus irgendeinem Grund wollte sie sich auch nicht scheiden lassen. Und ich, na ja, ich fand wohl …«

Dass es ganz praktisch war, dachte Karen.

»Ich fand, dass wir mit der Trennung vielleicht warten sollten, bis Sigrid etwas älter war. Obwohl ich heute bezweifle, dass diese Entscheidung richtig war«, sagt er betrübt. »Ich fürchte, unsere Streiterei hat sie sehr belastet. Du hast sie ja kennengelernt«, schiebt er hinterher, als ob das erklären könne, was er sagen wollte.

»Mit Sigrid ist doch eigentlich alles in Ordnung«, sagt Karen behutsam. Ein falsches Wort könnte ihn wieder zum Explodieren bringen. »Sie macht einen leicht verärgerten Eindruck, aber das ist vielleicht auch ganz normal.«

»›Leicht verärgert‹? Bist du sicher, dass du sie getroffen hast? Hast du den Ring in der Nase gesehen? Das Mädchen sieht aus wie ein Stier, wenn du mich fragst.«

»Ich frage dich nicht. Aber ich möchte dich bitten, noch mehr von Susanne zu erzählen. Was ist passiert, als ihr euch getrennt habt? Wie war das genau?«

»Was willst du wissen? Sie war geldgeil, berechnend. Reicht das?«

Jounas kippt den Rest seines Gin Tonics hinunter, stellt das Glas laut klirrend auf den Tisch zurück und wirft einen Blick auf seine Uhr. Karen betrachtet ihn mit gespielter Ruhe; sie ist mit ihren Fragen längst noch nicht durch. Wenn sie jetzt abbrechen müssen, muss sie ihn auf das Kommissariat mitnehmen, und das will sie auf jeden Fall vermeiden.

»Okay«, sagt sie und sieht ihn ernst an. »Ich habe verstanden, dass euer Verhältnis ... frostig war. Und wie Sigrid es beschrieben hat, wurde es auch nach der Scheidung nicht besser. Darf ich fragen, worüber ihr dann noch gestritten habt? Ich meine, als ihr schon getrennt wart.«

»Natürlich um Geld«, zischt er. »Für Susanne ging es immer ums Geld. Das war das Einzige, was zählte.«

Karen muss an Susannes Haus in Langevik denken. Im Vergleich zu der Villa, in der sie gerade saß, war es übersichtlich. Zwei Schlafzimmer, ein Bücherregal aus weiß lackierter Holzfaserplatte und ein Ikea-Sofa. Sauber und ordentlich, aber Lichtjahre entfernt von dieser prunkvollen Thingwallavilla mit echten Teppichen, wertvoller Kunst und Pool. Und offenbar verrät ihr Blick, der durchs Wohnzimmer schweift, ihre Gedanken.

»Das nennt man Ehevertrag«, erklärt Jounas trocken. »Reine

Gerechtigkeit. Man geht nur mit dem, mit dem man auch kam. Mehr nicht.«

»Und das hat sie hingenommen? Einfach so?«

»Nein, aber sie hatte keine Wahl. Ich auch nicht, wenn wir ein Dach über dem Kopf haben wollten. Und wir mussten das akzeptieren, wir hatten das Kind. Es war von Anfang bis Ende die Idee meines Vaters: ohne Ehevertrag keine Wohnung, keinen Unterhalt, keinen Job. Klar, ich hätte ihn auch zerreißen können, als ich mich mit Vater überworfen habe. Du kannst mir glauben, Susanne hat nicht lockergelassen. Aber ... zu dem Zeitpunkt hatte ich auch keine Lust mehr, ihr entgegenzukommen. Das hat sie schier wahnsinnig gemacht.«

»Und als ihr euch habt scheiden lassen ...«

»... hat sie nichts bekommen. Von den paar Sachen, die wir während unserer Ehe angeschafft haben, abgesehen, wirklich nichts. Aber sie hat jeden Monat eine ganze Menge Kohle gekriegt, das kann ich dir sagen. Und zwar freiwillig, ich war ja nicht völlig herzlos. Zumindest in der Zeit, in der Sigrid noch zur Hälfte bei ihr gewohnt hat. Das Geld war ja eigentlich dafür gedacht, dass Sigrid auch in den Wochen, in denen sie nicht bei mir war, ein schönes Leben hatte. Aber ich war leider so blöd, nicht darauf zu achten, wie Susanne das Geld eigentlich ausgab.«

»Und was hat sie damit gemacht?«

Jounas schnaubt und fuchtelt mit den Armen, sodass das Eis im Glas klirrt.

»Tja, was weiß ich. Pediküre, Kleider, Fettabsaugen und all dieser Mist, worauf ihr Frauen so scharf seid. Und unendlich viele Reisen: Thailand, Türkei, Spanien. In New York war sie, soweit ich mich erinnern kann, auch noch.«

Und dann die Schuhe, denkt Karen.

»Und das Haus in Langevik, wie ist sie da rangekommen?«

»Das ist ihr Elternhaus. Ihre Mutter war ja schon tot, als wir uns kennenlernten, aber ihr Vater wohnte dort noch bis kurz vor unserer Scheidung, dann kam er ins Krankenhaus. Es war also ein Glücksfall, dass das Haus leer stand, Susanne musste nur noch einziehen.«

Glück für euch beide, denkt Karen und staunt über Jounas' Fähigkeit, jedes Wort über Susanne entweder als direkten oder indirekten Vorwurf zu formulieren. Nicht einmal jetzt, da sie tot ist, kann er seine Verachtung kontrollieren.

»Ihr Vater kam also ins Krankenhaus. Ist er da gestorben?«

Jounas zuckt mit den Schultern und sieht aus, als habe er das Interesse verloren.

»Na ja, er war ein ziemlicher Schluckspecht, und am Ende hat die Leber nicht mehr mitgemacht. Von Susannes Eltern weiß ich so gut wie nichts, sie wollte nie über sie sprechen. Sie konnten ihr wohl auch nicht das Leben bieten, das sie sich vorgestellt hatte, glaube ich.«

»Eine Frage noch, bevor ich gehe. Wie kommt es, dass wir deine Fingerabdrücke bei Susanne zu Hause gefunden haben? Die Techniker haben an mehreren Stellen im Haus frische Abdrücke gesichert. Wie kommen sie dort hin?«

Einen Moment lang befürchtet sie, dass er explodiert. Oder eher implodiert. Sie beobachtet, wie die Gesichtsfarbe ihres Chefs von Weiß auf Rot wechselt. Dann bricht er in Lachen aus.

»Na, so was, Eiken, dieses Zuckerstückchen hast du dir also schön bis zum Schluss aufgehoben. Aber jetzt mach dir nicht in die Hose, es ist nicht mal halb so spannend, wie du denkst.«

»Antworte bitte einfach auf die Frage«, sagt sie müde.

»Weil ich da war natürlich. Vor knapp einer Woche.«

»Und warum? Nichts von dem, was du erzählt hast, gibt Anlass zu denken, dass du sie treffen wolltest.«

»Sie hat angerufen. Hat behauptet, sie wolle über Sigrid reden, und dass es wichtig sei. Ich hatte natürlich meine Zweifel, aber sie bestand darauf, dass wir über unsere Tochter reden können müssten, ohne uns zu streiten. Sie habe etwas entdeckt, das ihr Sorgen mache. Und sie klang wirklich beunruhigt ...«

Er verstummt.

»Und dann bist du hingefahren?«, fragt Karen skeptisch.

»Ja«, brüllt er. »Aber wie verdammt noch mal kannst *du* dir auch vorstellen, dass man über die Sorge um ein Kind alles andere stehen und liegen lässt.«

Es rauscht in ihren Ohren, sie fällt und fällt. Ein Rauschen, das sich in ein Donnergrollen verwandelt, und Jounas' Worte weit in die Ferne rückt, fremd klingen lässt.

»Aber ich kann dir sagen, Eiken, für Sigrid würde ich noch ganz andere Dinge tun, als mit einer verrückten Alten zu reden. Und es stellte sich heraus, dass sie genauso durchgeknallt war wie immer. Alles, was sie zu sagen hatte, war das übliche Gerede, Sigrid müsse doch eine Ausbildung machen, anstatt an der Theke zu stehen, und dann dieser Freund, der Susanne auch nicht passte. Sie meinte, er drehe krumme Dinger.

Und da kam es ihr plötzlich ganz gelegen, dass ich Bulle war. Sie hat schon fast verlangt, dass ich mir den Jungen vorknöpfe und wurde natürlich wahnsinnig wütend, als ich ihr Spiel nicht mitspielen wollte.«

Karen sitzt da mit gesenktem Kopf und hält die Augen geschlossen, während das Donnern langsam nachlässt und Jounas' Stimme wieder zu ihr durchdringt.

»... und dann bin ich gegangen und habe seitdem von ihr nichts gehört oder gesehen. Und erschlagen habe ich sie auch nicht, selbst wenn ich manches Mal dazu Grund und Lust gehabt hätte.«

Karen sitzt ein paar Sekunden schweigend da und ermahnt sich selbst, jetzt nicht in Tränen auszubrechen, noch nicht, nicht bevor sie dieses Haus verlassen hat. Dann atmet sie langsam aus und erhebt sich, weiß nicht, ob ihre Beine sie tragen. Muss so schnell wie möglich hier raus.

»Okay«, sagt sie. »Dann gehe ich jetzt.«

»Einfach so?«

»Einfach so. Ich melde mich wieder.«

Sie schafft es wirklich ganz knapp.

Immerhin verstellt er sich nicht, denkt sie, als sie eine Viertelstunde später die verschmierte Mascara unter den Augen abgewischt hat und den Schlüssel im Zündschloss umdreht.

Er weiß nichts von mir, redet sie sich ein. Er kann es nicht persönlich gemeint haben.

Aber ein Mistkerl ist er allemal, denkt sie als Nächstes und hat noch den gehässigen Tonfall im Ohr, mit dem Jounas Smeed über seine Ex-Frau gesprochen hat. Die meisten Menschen vermeiden es doch, schlecht über Tote zu sprechen; in allen Ermittlungsfällen, an denen Karen beteiligt war, wurden sogar eingefleischte Verbrecher als kleine, brave Lämmer dargestellt, sobald sie das Erdenleben verlassen hatten. Sie kann sich zumindest nicht erinnern, dass jemand seiner Verachtung für einen toten Menschen so unverblümt Ausdruck gegeben hatte. Oder besser gesagt seinem Hass. Hat er sie so sehr gehasst, dass er ein letztes Mal ins Auto gestiegen ist und sie totgeschlagen hat? Sie glaubt es eigentlich nicht, denn dann hätte er seine Wut auf Susanne doch nicht in dieser Form kundgetan. Und ein starkes Motiv ist auch nicht aufgetaucht. Zumindest noch nicht.

Und außerdem weiß ich leider ganz genau, wo sich dieser Schuft gestern Morgen aufgehalten hat, denkt sie und biegt auf die Vallagate rechts ab. Jounas Smeed hat etwas so Ungewöhnliches wie ein wasserdichtes Alibi bis morgens zehn vor halb acht. Aber danach? Nach seiner Aussage hat er das Hotel erst halb neun verlassen, gut eine Stunde später, »mit einem fiesen Kater«. In diesem Punkt glaubt sie ihm. Oder besser gesagt, sie muss versuchen, etwas zu finden, das seine Aussage bestätigt, wenn sie nicht gezwungen sein will, ihm ein Alibi für die Zeit davor zu geben.

Er hat mit keinem geredet, außer mit einem Penner am Strand. Er hätte sich kaum einen schlechteren Zeugen aussuchen können, den Obdachlosen würde man wohl kaum auftreiben können. Und auch als sie sich aus dem Hotel geschlichen hatte, war die Rezeption nicht besetzt; das war für seine Aussage weder eine Bestätigung, noch widerlegte es seine Angabe. Wenn sie Glück hatte, hatte doch jemand dort gesessen, den Jounas aber nicht bemerkt hatte. Das musste sie überprüfen, gleich heute noch. Hoffentlich findet sie jemanden, der Jounas' Aussagen bestätigen kann, denkt sie; wenn sie stimmen, dann ist er nicht mehr verdächtig, und keiner muss erfahren, wo er die Nacht verbracht hat. Und mit wem. Wenn er das Hotel zur angegebenen Zeit verlassen hat, kann er Susanne definitiv nicht erschlagen haben. Auf der anderen Seite wird eine ärgerliche Stimme in ihr laut: Wenn er das Hotel gleich nach mir verlassen hat, ist es wiederum möglich. Sie wird aus ihrem Gedankenfluss gerissen, als sie plötzlich eine rote Ampel vor sich wahrnimmt und reflexartig auf die Bremse tritt.

Im selben Augenblick schreckt sie vom Klingeln ihres Handys zusammen. Mit einer Hand kramt sie in der Handtasche, die auf dem Beifahrersitz liegt, dann versucht sie, die Worte auf dem Display zu lesen. In der guten Stunde, in der sie bei Jounas war, hat es vier Mal geklingelt, und sie hat es immer gleich ausgedrückt, wenn sie die Nummer erkannt hat. Jon Bergman. Offenbar hat die Pressereferentin ihren Job erfüllt und die Medien von ihr abgelenkt, doch Jon hat Karens private Nummer. Als sie jetzt einen Blick auf ihr Handy wirft, ist sie sicher, dass noch einmal der Name des Reporters auftauchen wird. Stattdessen ist es Karl Björkens Name, der leuchtet, und sie drückt sofort auf den grünen Hörer.

»Hallo, Karl«, sagt sie. »Gibt's was Neues?«

Er verschwendet keine Zeit mit einer höflichen Begrüßung.

»Du kannst Johannisen für die Ermittlungen streichen«, sagt er verkniffen. »Er hatte einen Herzinfarkt.«

23

Mit einem Anflug von schlechtem Gewissen betrachtet Karen die Farbeimer im oberen Regal des Geräteschuppens. Die Zufriedenheit, die sie empfunden hatte, nachdem sie alle sieben Fenster im Erdgeschoss des Haupthauses abgedichtet hatte, ist nun wieder in Resignation umgeschlagen. Das ganze obere Stockwerk steht ihr noch bevor, und es wird auch in diesem Winter wieder kalt durch die Fenster ziehen, wenn sie sich nicht rechtzeitig darum kümmert. Einfach ein paar Dichtungsstreifen anzubringen wird nicht ausreichen. Jedes Fenster muss ausgehängt werden, dann muss man die alte Farbe von den Rahmen abschmirgeln, sie mit Grundierung behandeln, trocknen lassen und anschließend frisch mit blauer Ölfarbe überstreichen.

Farbe gibt es jedenfalls genug, stellt sie fest. Aus irgendeinem Grund hat ihr seliger Vater sich veranlasst gesehen, etwa zehn große Eimer zu bunkern, die nun vorwurfsvoll in dem stabilen Regal vor ihr strammstehen.

Wahrscheinlich hat er sie getauscht mit jemandem, der zufällig an ein paar Farbeimer gekommen war, die »irgendein Cousin irgendwo gefunden hatte«. So eine Gelegenheit hatte Walter Eiken sich nicht entgehen lassen können. Immer bedacht darauf, nicht in der ersten Reihe zu stehen, wenn etwas »zufällig von der Ladefläche eines Lastwagens purzelte«, aber dann zur Stelle, wenn etwas abzustauben war. Walter Eikens Veranlagung von der väterlichen Seite kam nie ganz gegen das Erbe von der Mutter an, zu dem neben einer gewissen Rechtschaffenheit auch das Haus in Langevik und die Angelreviere gehörten. Zudem war es dominant genug, ihn die letzten vierzig Jahre seines Lebens meistens auf der rechten Seite des Gesetzes zu halten.

Noch einmal lässt Karen ihren Blick über Regale, Sägebock, Wände und Boden schweifen, ohne dass sie das entdeckt, was sie sucht. Wenn sie das Teil hier nicht findet, muss sie es verliehen haben. Die Frage ist nur, an wen.

Mit einem verärgerten Seufzer schiebt sie die Schuppentür wieder zu und legt den alten Holzriegel um. Langsam schlendert sie über den Hof und hebt den Rechen auf, der mitten auf dem Rasen liegen geblieben ist.

Mit dem langen Holzschaft in der Hand bleibt sie stehen und betrachtet ihr Grundstück mit jedem einzelnen Gebäude wie eine Mutter, die ihren unerzogenen Sohn ins Visier nimmt. So viel Zärtlichkeit und Liebe – so viele Sorgen. So viel Arbeit. Die Scherben einer abgefallenen Dachschindel liegen unter einem Küchenfenster, und sie weiß nur zu gut: Wenn eine Platte abfällt, lassen die nächsten nicht lange auf sich warten. Von hier kann man es zwar nicht erkennen, aber ihr ist wohlbekannt, wie schlimm der nördliche Giebel im kleinen Haus aussieht. Und wie er eigentlich aussehen sollte.

Langsam geht Karen aufs Haus zu und zupft bei der Gelegenheit eine Rispe Vogelbeeren von dem großen Ebereschenbaum, der vor dem Küchenfenster steht. Sie untersucht sie genau. Noch sind sie nicht ganz reif, aber sobald der erste Frost gekommen ist, kann sie sie pflücken und ein paar Flaschen Schnaps daraus herstellen. Den Rest, der eigentlich nach den sorgfältigen Aufzeichnungen ihrer Großmutter um diese Jahreszeit noch geerntet werden sollte, überlässt sie dann dem Kreislauf der Natur. Kriech-Quecke, Gewöhnlicher Tüpfelfarn, Gewöhnliches Hirtentäschel, Schaf-Porling, Strandrauke, Hagebutten …

Bei diesem Gedanken hält sie inne und beäugt das Gestrüpp der Kartoffel-Rosen am Giebel des kleinen Häuschens. Vielleicht erntet sie die Hagebutten doch. Wie aufwendig wird es wohl sein, ein paar Handvoll in einen Topf zu werfen und aufzukochen? Und den Rest zu trocknen. Vielleicht am kommenden Wochenende.

Karen stellt den Rechen am Stamm der Eberesche ab. Ihn in den Schuppen zurückzubringen macht keinen Sinn, solange noch Blätter an den Bäumen hängen. Außerdem kann man die Vogelbeeren damit gut zusammenkehren. Aber darum wird sie sich später kümmern. Zuerst muss sie mal telefonieren und alle Bekannten fragen, ob sie vielleicht ihre Stichsäge ausgeliehen haben.

Pflichtbewusst kratzt sie an der Treppe den Dreck von ihren Stiefeln, bevor sie die Haustür öffnet, und stellt noch einmal tief seufzend fest, dass die Scharniere dringend geschmiert werden müssen.

Während die Kaffeemaschine ihr letztes Röcheln von sich gibt, betrachtet Karen das flache Paket, das auf dem Küchentisch liegt. Natürlich wird sie dieser verfluchten Säge heute Abend nicht mehr hinterhertelefonieren. Tatsache ist, dass es schon so lange her ist, dass sie sie zuletzt gesehen hat, dass sie sonst wo sein kann. Vielleicht kann sie morgen nach der Arbeit noch bei Grenå vorbeifahren und eine neue kaufen. Es wird langsam kühl, aber bis die Katzenklappe an Ort und Stelle ist, muss sie sich mit dem angelehnten Küchenfenster anfreunden.

Ich sollte das Paket schon mal aufmachen und mir die Konstruktion anschauen, denkt sie. Ausmessen, wo ich sie genau montieren will. Oder endlich einfach mal runter in den Keller gehen und dort nach der blöden Säge suchen.

Der Gedanke ist so wenig verlockend, dass sie überlegt, ob sie nicht lieber ihre Mutter anruft. Sie mit einem zusätzlichen Telefonat überraschen, sonst sprechen sie sich regelmäßig nur jeden Samstagvormittag. Mal eine bessere Tochter sein als in den letzten …

Im nächsten Augenblick kommt ihr eine Idee. Warum ist sie nicht früher darauf gekommen? Eilig stellt sie das Paket mit der Katzenklappe auf den Boden, schenkt sich Kaffee ein, dazu einen Schuss Milch, dann macht sie es sich am Esstisch bequem und greift nach ihrem Handy.

»Ist was passiert?«

Eleanors Stimme klingt so erschrocken, als sie abnimmt, dass Karen schon ein schlechtes Gewissen bekommt. So ungewöhnlich ist es also, dass sie sich mal spontan meldet, dass die Mutter sofort an etwas Schlimmes denkt.

»Nein, nein«, versichert sie ihr. »Ich wollte nur mal nachfragen, ob du mir etwas über …«

Instinktiv verkneift sie sich ihre eigentliche Frage und sucht in Windeseile nach einer Alternative. Etwas, wonach eine gute Tochter ihre Mutter einfach mal fragen könnte.

»Ob du mir etwas darüber sagen kannst, wie man Hagebutten verarbeitet.«

Die Leitung ist ein paar Sekunden tot, dann erst erklingt Eleanors Stimme erneut.

»Hagebutten?«, sagt sie irritiert. »Du willst wissen, wie man Hagebutten verarbeitet?«

»Ja … ich weiß nicht mehr, ob man sie erst putzen muss, oder ob man sie mit dem Kehlzipfel und den Kernen kocht.«

»Und dafür rufst du deine alte Mutter an, anstatt im Internet zu googeln?«

Die Stimme am anderen Ende der Leitung klingt so amüsiert, dass Karen sich schon ärgert, dass sie überhaupt angerufen hat. Mit einem erschreckenden Automatismus hört sie ihren eigenen eingeschnappten Tonfall wie ein Echo aus ihren Teenager-Jahren.

»Ja, *Entschuldigung*, dass ich nachfrage.«

Jetzt muss Eleanor Eiken wirklich herzlich lachen, mit 2000 km befreiendem Sicherheitsabstand zu vierzig Jahren Hausfrauenarbeit. Dann räuspert sie sich und legt einen eher mütterlichen Ton an den Tag.

»Es funktioniert beides, aber wenn du sie vorher nicht putzt, musst du deine Brühe natürlich durchseihen. Nimm das feinmaschige Passiersieb dafür, das an der Innenseite der Speisekammertür hängt. Das, was in kein Schubfach passt.«

»Okay, danke. Und sonst? Wie läuft es bei dir und … Harry? Keine neuen Wehwehchen?«

Zum Glück hatte Karen eine Eingebung und konnte sich an seinen Namen erinnern. Noch ist er ihr nicht vorgestellt worden, aber es ist offenbar nur eine Frage der Zeit, bevor Eleanor mit ihrem neuen Freund in der Tür in Karens Haus in Langevik steht.

Dass ihre Mutter sich im Herbst des Lebens noch einmal verliebt hat, steht außer Frage, Karen hat Harry Lampards Namen gehört seit dem Tag, an dem er letztes Jahr ins Apartmenthaus der Mutter an der Costa del Sol eingezogen ist. Jetzt scheinen sie jede freie Minute miteinander zu verbringen.

»Du meinst, seit Samstag?«, fragt Eleanor lachend. »Nein, keine. Aber wie wäre es, wenn du jetzt erzählst, warum du wirklich anrufst. Man kennt ja seine Pappenheimer …«

Karen seufzt und nimmt einen Schluck Kaffee.

»Kannst du dich noch an Susanne Smeed erinnern?«

»Susanne? Natürlich kann ich mich an sie erinnern. Eine unangenehme Zeitgenossin, wenn du mich fragst. Keine, die man vermisst hier im Süden. Warum fragst du das?«

»Sie ist vor ein paar Tagen gestorben.«

Stille für ein paar Sekunden.

»Was sagst du? Sie war doch nicht älter als du.«

»Sie war drei Jahre jünger.«

»Schrecklich, und dann sitze ich hier und rede schlecht über sie. Hatte sie Krebs? Wie ihr Vater, ich glaube, er starb an Leberkrebs.«

Dann senkt Eleanor die Stimme.

»Oder hat sie sich umgebracht?«

»Warum fragst du das?«

»Na ja, so was vererbt sich manchmal, weißt du. Susannes Mutter war so ein unruhiger Geist, und es gab Gerüchte, sie hätte sich das Leben genommen. Aber das weiß ich nicht mit Sicherheit. Lindgrens gehörten ja irgendwie nie richtig zum Dorf. Sie waren ja nicht von hier.«

Karen holt einmal tief Luft.

»Susanne ist umgebracht worden«, sagt sie dann.

Eleanor Eiken hat nicht viel für Sensationen übrig, aber das Geräusch in der Leitung verrät, dass sie heftig nach Luft schnappt.

Und ihre Stimme zittert leicht.

»War es der Junge von Smeeds?«

Karen schweigt eine Weile. Dann stellt sie die Frage so neutral wie möglich.

»Wie kommst du gerade auf ihn?«

»Na ja, sie haben sich ja ständig in den Haaren gelegen, das hat man gehört, ob man wollte oder nicht. Dein Vater hat immer gesagt, dass es sicher nicht leicht war, mit einem Smeed zusammenzuleben, aber ich kann dir sagen, mit der kleinen Susanne verheiratet zu sein war auch kein Zuckerschlecken. Irgendwas hat mit dem Mädel von Anfang an nicht gestimmt, das kann ich dir sagen, auch wenn sie jetzt tot ist. Ich glaube, Jounas hat es am Ende einfach gereicht.«

»Sie waren seit fast zehn Jahren geschieden.«

»Ja, da hast du recht, wie blöd von mir. Und wisst ihr schon, wer es war?«

Karen beschließt, die vorgetäuschte Verwirrung ihrer Mutter zu ignorieren.

»Noch nicht. Aber es ist nur eine Frage der Zeit«, fügt sie hinzu und wünschte, sie hätte diesen Satz mit mehr Überzeugung in der Stimme aussprechen können. »Im Moment sind wir noch dabei, alles über Susannes Leben zu recherchieren. Deswegen wollte ich wissen, was du dazu sagen kannst. Du kennst dich ja mit den meisten Geschichten im Dorf gut aus.«

»Nein, nein, meine Liebe, so eine Klatschtante bin ich nie gewesen«, antwortet Eleanor entrüstet.

»Ich meine doch nur, dass du hier so lange gewohnt hast und die meisten Menschen im Dorf kennst. Du musst ja auch Susannes Eltern gekannt haben.«

»Na sicher, jeder wusste, wer die Lindgrens waren. Aber *kennen* ist etwas anderes. Sie waren etwas eigenwillig. Sie sind ja hierhergezogen und ... na ja, du weißt das ja.«

»Woher kamen sie denn?«

»Aus Schweden. Aber Susannes Mutter war ja das Enkelkind von Vetle Grååå, kannst du dich an ihn noch erinnern? Nein, wahrscheinlich nicht, aber du hast vielleicht von ihm gehört. Ihm hat hier sehr viel Land gehört. Wald und Feld. Ja, sie erbten also den Besitz des Alten, und auf die Art gehörten sie ja dann hierher. Sonst hätte man sie wohl auch nie akzeptiert, denn wovon sie lebten, habe ich nie verstanden. Weder vom Fisch noch vom Vieh.«

»Warum sind sie überhaupt hierhergezogen?«

»Weißt du, sie wohnten in den ersten Jahren dort oben auf dem Lothorpshof, wenn ich mich recht erinnere. Und nicht nur Lindgrens, es waren einige, die ihr Glück versuchten und dorthin zogen. Aber nur Lindgrens sind übrig geblieben.«

Ihre Worte rufen in Karen eine Kindheitserinnerung hervor. Diese Gerüchte von der Lothorpsekte hatten sich die Kinder in Langevik lange Zeit erzählt. Faszinierend, aber gleichzeitig unheimlich hatte Karen die Erzählungen der älteren Schulfreunde gefunden. Was da oben alles geschehen sein sollte: heimliche Riten und Kinderopfer an die Götter. Und das Gruseligste: alle Sektenmitglieder seien jetzt tot und weilten als Wiedergänger noch unter den Lebenden.

Als sie erwachsen war, hat sie sich eher gefragt, warum sich in Langevik »Glücksucher« versammeln sollten? Warum kam jemand überhaupt freiwillig hierher?

»Aber das war alles vor unserer Zeit, da wohnten wir noch auf Noorö«, sagt Eleanor. »Die Hobbybauern hatten längst das Handtuch geworfen, als wir nach Langevik übersiedelten.«

Soso, denkt Karen. Ihre Mutter bezeichnet sich immer als gebürtige Langevikerin, doch das stimmte gar nicht. In den ersten Jahren hatte die Familie an der sturmgeplagten Westküste von Noorö gewohnt, wo ihr Vater herkam. Sie selbst hat keine Erinnerung an diese Zeit; alles, was sie weiß, basiert auf den Erzählungen ihrer Mutter. Erst als Walter Eiken als ältester Sohn das Haus seiner Großeltern in Langevik erbte, witterte seine Frau die Chance, dieser gottverlassenen Insel den Rücken zu kehren. Eleanor Eiken, geborene Wood, hatte nichts dagegen, sich die Hände beim Fisch-Ausnehmen kaputt zu schrubben oder die Abende damit zu verbringen, löchrige Netze zu flicken, und das, obwohl sie aus einer Arztfamilie aus Ravenby stammte. Aber die Scheinheiligkeit, mit der die Noorö-Bewohner Gesetzesuntreue und Kirchentreue gleichzeitig praktizierten, war das, womit sie nicht zurechtkam. Eleanor war weder kriminell noch besonders religiös, und sie wollte, dass ihre Tochter das auch nicht wurde. Ein größerer Abstand zur Familie ihres Mannes würde die Lebensqualität für Eleanor Eiken beträchtlich verbessern. Besonders die Schwiegermutter war so wesentlich genießbarer. Und selbst wenn das Klima an der Ostküste von Heimö oft erbarmungslos hart war, zur Westküste vom nördlichen Noorö war es kein Vergleich.

All diese Argumente hatte sie ihrem Mann vorgetragen und hinzugefügt, dass, falls er in Noorö wohnen bleiben wolle, obwohl sie nun endlich eine Chance bekommen hatten, von dort wegzuziehen, er sich nach einer anderen Frau umsehen könne. Und entweder hatte Walter Eiken das Ultimatum seiner Frau ernst genommen, oder er hatte sich selbst auf den Weg machen wollen, auf jeden Fall fand dieser Umzug statt. Das war im Jahr 1972, als Karen drei Jahre alt war. Und die Kommune oben auf dem Lothorpshof lebte nur noch in den Geschichten der Kinder.

Die ersten Jahre vom Leben der Familie Lindgren in Langevik hatten sie also nicht miterlebt.

Aber irgendetwas musste ihre Mutter doch über Susanne Smeed wissen ..?

Als Antwort auf die noch nicht gestellte Frage, fügt Eleanor hinzu:

»Ehrlich gesagt kann ich mich an Susanne als Kind kaum erinnern. Hier im Ort gab es ja sehr viele Kinder, und man kam kaum dazu, sich über eins von ihnen Gedanken zu machen. Aber wenn ich mir vor Augen führe, welchen Ruf ihre Eltern hatten, kann es für sie kaum leicht gewesen sein. Darüber weißt du sicher mehr als ich. Ihr seid ja auf dieselbe Schule gegangen.«

»Susanne war drei Jahre jünger als ich und wohnte am anderen Ende vom Dorf, deshalb gab es nur wenige Berührungspunkte. Und als sie älter war, kannst du dich da an sie erinnern?«

»Nicht besonders. Sie ist früh von zu Hause ausgezogen, und dann hat sie ja in die Familie Smeed eingeheiratet. In den Jahren habe ich von ihr nichts gehört und gesehen. Aber es wurde viel geredet.«

»Und was sagten die Leute?«

»Na ja, dass sie eine gute Partie gemacht hat natürlich. Die meisten waren neidisch. Aber wie sagte man, als ich jung war: ›Reich heiraten kann dich teuer zu stehen kommen‹. Man sollte vielleicht mehr auf die alten Sprichwörter hören«, sagte Eleanor lachend. »Nicht dass Harry so viel Geld hat, so hab ich das nicht gemeint. Und wir haben auch nicht vor zu heiraten ...«

Karen bemerkt, dass ihre Mutter, die gerade unbeschwert drauflosredete, plötzlich verstummt, als ob ihr schlagartig klar wird, dass ihr Plauderton in krassem Kontrast zum eigentlichen Gesprächsthema steht.

»Und als sie sich scheiden ließ und zurückgezogen ist, war das ungefähr zu der Zeit, als bei uns ... als wir genug mit uns selbst zu tun hatten. Das weißt du ja selbst«, schiebt sie hinterher.

Ja, denkt Karen. Ich weiß es genau.

24

Als sich die Kollegen wieder im Konferenzraum einfinden, ist die Stimmung bedrückt. Beim Telefonat am Vorabend mit Johannisens Frau hat Karen erfahren, dass es kein Herzinfarkt war, sondern nur ein schwerer Fall von Angina Pectoris. Die Ärzte haben Ruhe und Medikamente verordnet. Im Moment ginge es Evald den Umständen entsprechend gut, hat seine Frau mitgeteilt. Genau wie Harald Steen, denkt Karen, nur dass Johannisen wohl zwanzig Jahre jünger sein musste.

Als sie Viggo Haugen vor einer halben Stunde über Johannisens Krankenstand informiert hatte, war sein Gesicht noch finsterer geworden, als es ohnehin schon war.

»Das ist ja wirklich ein ganz schlechter Zeitpunkt, aber glücklicherweise können wir Kollegen von außerhalb anfordern.«

»Ja, vielleicht komme ich darauf zurück, aber zum gegenwärtigen Zeitpunkt wäre es keine große Hilfe, hier viele Leute herumspringen zu haben.«

Karen war schon auf diesen Vorschlag gefasst gewesen. Doch nun war sie überrascht, dass Haugen nicht insistierte.

»Sie leiten die Ermittlungen«, hatte er zu ihr gesagt. »Und Sie tragen die Verantwortung, Eiken.«

Die Erklärung dafür bekam sie eine Viertelstunde später, als der Pressereferent Johan Stolt sie in ihrem Büro aufsuchte. Offenbar war die Pressekonferenz eine ziemliche Schlappe gewesen. Nach der Darstellung der Sachlage und einigen anschließenden Fragen, auf die man keine Antwort geben konnte, war das Interesse der Medien an einem

Gespräch mit dem Polizeichef verschwindend gering gewesen, und Kritik war laut geworden, dass niemand aus dem Ermittlungsteam dabei war. Grummelnd hatten die Pressevertreter den Hörsaal verlassen und ihre Besucherschilder entnervt auf die Rezeptionstheke geknallt. Diese Informationen hätte man ihnen genauso per Pressemitteilung zukommen lassen können. Dafür hätten sie nicht auf ihr Mittagessen verzichten müssen.

»Du solltest dich darauf vorbereiten, einen gewissen Medienkontakt doch zu pflegen«, hatte Johan Stolt zerknirscht mitgeteilt.

Sie hatte ihn skeptisch angeschaut, nicht nur weil er sich an diesem Tag für ein doppelreihiges, kariertes Tweed-Sakko entschieden hatte.

»Ich? Aber Haugen war doch mehr als deutlich, dass ich keinerlei Statements abgeben soll.«

»Ja, jetzt hat er es sich anders überlegt. Ich werde so viel wie möglich selbst erledigen, daher müssen wir uns engmaschig austauschen, was wir nach draußen geben können und was nicht. Aber falls weitere Pressekonferenzen angesetzt werden, brauchen wir dich. Hast du schon mal ein Medientraining bekommen?«

Im Moment hat sich der Polizeimeister zurückgezogen, um nach der misslungenen Pressekonferenz seine Wunden zu lecken, aber das ist nur vorübergehend. Er wird mich ersetzen, denkt Karen. Wenn wir nicht sehr schnell zu einer Lösung kommen, wird Viggo Haugen jemand anderem die Ermittlungsleitung übertragen, und ich muss als Sündenbock herhalten.

Karen bleibt in der Tür zum Konferenzraum stehen und lässt ihren Blick über den Tisch schweifen, wo das Team und der Pressereferent mittlerweile Platz genommen haben. Sie zögert ein paar Sekunden, dann geht sie an der Längsseite, wo sie gestern und beim Morgenmeeting gesessen hatte, vorbei.

Meine Ermittlungen, meine Verantwortung, denkt sie und lässt sich auf dem Stuhl an der Stirnseite des Tisches nieder.

»Sind alle da?«, fragt sie und sieht in die Runde. »Cornelis, kannst du bitte die Tür schließen?«

Cornelis Loots schiebt die Tür ins Schloss und lässt sich auf dem Stuhl neben Astrid Nielsen nieder. Beide sehen Karen mit ungeteilter Aufmerksamkeit an, während Karl Björken noch mit Kaffeebecher und Thermoskanne hantiert. Auch jetzt steht wieder eine Platte mit dünn belegten Broten auf dem Tisch. Diesmal gekochter Schinken mit Paprika, stellt Karen fest und sieht mit Schaudern zu, wie Karl einen hellbraunen Strahl Kaffeeplörre in seinen Becher laufen lässt.

Zuerst referiert Karen kurz die Informationen, die sie von Evald Johannisens Frau erhalten hat und hofft, dass ihr niemand die Erleichterung, ihn bei den weiteren Ermittlungen nicht ertragen zu müssen, ansieht.

»Ja, ich werde natürlich mit Johannisens Frau Kontakt halten, sie hat versprochen, mich über seinen Zustand zu informieren, aber er wird frühestens morgen operiert, wenn nichts Akutes mehr passiert.«

»Vielleicht sollten wir einen Strauß Blumen ins Krankenhaus schicken«, schlägt Astrid Nielsen vor.

Karen seufzt lautlos, warum ist sie nicht selbst darauf gekommen?

»Gute Idee, das wird Björn Langes erster Job«, sagt sie rasch und nickt Cornelis zu, der brav eine Notiz zu Papier bringt. »Sorgt dafür, dass es ein anständiger Strauß wird und dass er auch eine Karte organisiert, auf der alle unterschreiben können.«

Dann wendet sie sich an Johan Stolt. Sie haben sich darüber abgestimmt, dass der Pressereferent heute an dem Meeting teilnimmt, ansonsten aber nur nach Bedarf oder wenn es einen Durchbruch bei der Ermittlungsarbeit gibt anwesend sein wird.

»Gibt es etwas, was das Team von der Pressekonferenz wissen sollte?«, fragt sie.

»Eigentlich nicht. Der Polizeichef hat die Fakten referiert, und viel mehr gibt es nicht zu erzählen. Natürlich kamen die Fragen, mit denen wir gerechnet haben: Wie der Tathergang war, welche Mordwaffe benutzt wurde, ob Jounas Smeed zum Kreis der Verdächtigen gehört, ob es andere Verdächtige gibt …«

»Und was habt ihr darauf geantwortet?«, fragt Karl Björken.

Johan Stolt seufzt resigniert und lächelt.

»Dass wir aus Rücksicht auf die laufenden Ermittlungen keine Angaben machen können. Aber das wird die Journalisten nicht daran hindern, sich die Antworten woanders zu holen. Ich habe den ganzen Tag lang versucht, Smeed zu erwischen, um nachzufragen, ob bei ihm Journalisten aufgetaucht sind, doch er war nicht erreichbar. Wir sollten vielleicht auch die Tochter vorwarnen, wenn das noch nicht geschehen ist. Aber da sollte man vorsichtig sein«, fügt Stolt hinzu. »Wir dürfen nicht den Eindruck erwecken, als würden wir jemandem außerhalb der Polizeizentrale einen Maulkorb verpassen.«

»Ich habe mit Jounas schon gesprochen«, sagt Karen, »und er kennt ja die Spielregeln. Die Tochter haben wir allerdings nicht gewarnt, aber sie scheint auch von sich aus nicht sehr gesprächig zu sein, sodass sie kaum geschockt sein wird, wenn ein Journalist auftaucht. Allerdings besteht das Risiko, dass sie sich in ihrem Treppenhaus verbarrikadiert, wenn sie sich nicht anders zu helfen weiß. Karl, würdest du sie kurz anrufen? Am besten gleich nach dem Meeting.«

Er nickt wortlos.

»Okay, genug davon. Ja, da Evald nicht anwesend ist, kannst du vielleicht von eurem Besuch beim ...« Karen schaut in ihre Notizen ... »Altersheim Solgården berichten«, sagt sie und wendet sich Astrid Nielsen zu.

Ohne zu stocken erzählt Astrid von ihrem Gespräch mit der Vorsteherin Gunilla Moen. Susanne Smeed sei seit knapp vier Jahren als Verwaltungsassistentin im Altersheim angestellt und vorrangig für die Gehaltsauszahlung und die Bearbeitung von Rechnungen zuständig. Soweit Gunilla Moen informiert sei, habe Susanne vorher als Sekretärin in einem Architektenbüro gearbeitet, ihren Job dort aber verloren, als das Unternehmen seinen Sitz nach Großbritannien verlegte. Ganz sicher war sich die Vorsteherin allerdings nicht, da sie selbst erst ein Jahr zuvor nach Solgården gekommen sei und »Susanne Smeed geerbt« habe, wie sie es ausdrückte.

»Evald und ich hatten beide den Eindruck, dass sie Susanne nicht besonders mochte, aber wir bekamen sie nicht dazu, ein schlechtes Wort über sie zu sagen«, erklärt Astrid Nielsen. »Aber natürlich war sie entsetzt, als wir ihr mitteilten, was vorgefallen ist, daher war es sowieso schwierig, etwas aus ihr herauszubekommen.«

»Habt ihr noch mit jemand anderem als Gunilla gesprochen?«

»Ja, mit ein paar Hilfskräften, aber die hatten offenbar kaum direkten Kontakt mit Susanne. Sie sei sehr zurückhaltend gewesen, einer meinte, sie habe sich wohl für ›etwas Besseres‹ gehalten und wollte keinen Kontakt zu den Kollegen in ihrer Abteilung. Aber mit Gunilla Moen oder anderen Personen aus der Leitung war es nicht anders.«

Da müssen wir noch mal hinfahren, denkt Karen. Irgendwer von Susannes Arbeitsplatz muss etwas über sie sagen können. Astrid hat die Fakten zusammengetragen, alles von der Einstellung bis zu den Krankheitstagen, aber jetzt wäre es auch hilfreich gewesen, Johannisens Eindruck von dem Besuch im Seniorenheim zu erfahren. Mochte er auch ein Kotzbrocken sein, ein erfahrener und kluger Polizist war er allemal, denkt Karen und bedankt sich bei Astrid. Dann wendet sie sich an Cornelis Loots.

»Was gibt es von der Technik?«

»Es sieht aus, als hätte Harald Steen mit dem Auto recht gehabt. Der Anlasser ist wohl in einem desolaten Zustand, daher kann es sehr gut stimmen, dass es Susanne Smeeds Wagen war, den er und die Pflegerin gehört haben.«

»Okay«, sagt Karl. »Susanne wurde also irgendwann zwischen Viertel nach acht, als du, Karen, vorbeigefahren bist und sie gesehen hast, und ein paar Minuten vor zehn, als der alte Steen den Wagen gehört hat, ermordet.«

»Das passt zu Brodals Einschätzung recht gut«, stimmt Karen zu. »Hast du noch etwas?«

Sie wendet sich wieder Cornelis Loots zu, der einen schnellen Blick auf seine Notizen wirft, bevor er wieder aufsieht.

»Ja, ehrlich gesagt einiges. Wir finden keinen Computer, allerdings Verpackung und Quittung eines Laptops von HP, vor ungefähr drei Jahren gekauft. Das deutet darauf hin, dass der Täter ihn mitgenommen hat, auch wenn drei Jahre heutzutage für einen Computer schon recht viel sind.«

»Vielleicht hat er nicht bemerkt, wie alt das Gerät war?«, wirft Astrid ein.

»Und ihr habt immer noch kein Handy gefunden?«

»Nein, aber ein Ladekabel für ein Samsung-Gerät lag auf dem Tisch im Flur. Und jetzt kommt das Beste: Mittels Triangulation haben wir Signale von Susanne Smeeds Jobhandy zu einem Ort nördlich von Moerbeck registrieren können. Das habe ich gerade von den Technikern erfahren.«

Cornelis wirft den Kollegen einen erwartungsvollen Blick zu, doch die meisten sehen eher bedrückt aus.

»Du stammst aus Noorö, oder?«, fragt Karl Björken.

»Ja ...«, antwortet er zögernd, als ob die Antwort ihm Unannehmlichkeiten bescheren könne.

Cornelis Loots ist tatsächlich auf der nördlichsten der Doggerschen Inseln geboren und aufgewachsen. Aber im Unterschied zu Karl kam er erst vor einem halben Jahr in die Hauptstadt von Heimö, als er zum Kriminalassistenten befördert wurde. Er hatte fast drei Wochen lang alle Überredungskünste gebraucht, und am Ende versprechen müssen, dass sie sowohl Ostern als auch Mittsommer *und* Weihnachten bei den Schwiegereltern feiern würden, bevor seine Frau Lise ihre Zustimmung zu diesem Umzug gegeben hat.

»Höchstens fünf Jahre hat sie gesagt. Unsere Kinder sollen nicht auf Heimö groß werden.«

Und als sie gerade zwei Monate in ihrer Wohnung in Gaarda lebten, mit Blick auf den Drogenhandel auf dem Spielplatz unter ihrem Küchenfenster, war Lise schwanger und hatte erneut ein Ultimatum gestellt.

»Entweder kaufen wir uns irgendwo anders ein Haus, oder ich ziehe wieder nach Hause.«

Zwei Zimmer im ersten Stock und zwei im Erdgeschoss auf einem

Grundstück in Sande, das nach Süden hinausging, fraßen die Gehaltserhöhung, die Cornelis seit seiner Beförderung erhalten hatte, leider komplett auf, und ans Sparen war gar nicht mehr zu denken, aber Lise war zufrieden. Und jeden Abend, an dem Cornelis Loots zusieht, wie seine hochschwangere Frau auf dem gemeinsamen Sofa sitzt und die Teetasse auf ihrem riesigen Bauch abstellt, weiß er, dass das jeden Schilling wert war.

Verwirrt sieht er sich nun im Kreis der Kollegen um.

»Ein paar Kilometer nördlich von Moerbeck befindet sich eine große Kiesgrube«, erklärt Karen.

»Eine tiefe und mittlerweile mit Wasser gefüllte Grube«, fügt sie hinzu.

»Und«, schiebt Karl hinterher, »wenn es uns entgegen unseren Erwartungen gelingen sollte, das Handy zu sichern, bevor es ausgeht, bleibt noch die Frage, was wir davon haben.«

»Aber Auflistungen über die Gespräche können wir vom Netzanbieter doch wohl auch bekommen?«, fragt Astrid.

Cornelis nickt.

»Die Staatsanwältin hat einen Antrag gestellt, dass TelAB sie uns zur Verfügung stellen, und sie sind gerade dabei sie zu ermitteln.«

»Mist, dann sind diese lahmen Typen wahrscheinlich in ein paar Monaten damit fertig«, sagt Karl und wirft den Stift so schwungvoll auf den Tisch, dass er am anderen Ende mit einem klirrenden Geräusch auf den Boden fällt.

Keiner am Tisch sagt ein Wort, alle wissen, dass Karl im Grunde recht hat, auch wenn er ein bisschen übertreibt. TelAB ist weder für seine Kooperationsbereitschaft noch für seinen schnellen Service bekannt.

»Wir müssen dranbleiben«, sagt Karen. »Hat sonst noch jemand etwas?«

Nur Kopfschütteln.

»Okay, dann sind wir für heute fertig. Morgen früh um acht habe ich einen kurzen Termin zur Abstimmung mit Viggo Haugen und Dineke

Vegen, aber das sollte nicht länger als eine halbe Stunde dauern. Also haben wir unser Meeting dann um halb neun. Ruft mich an, falls es in der Zwischenzeit irgendetwas Neues gibt.«

25

Es ist stockdunkel, und die Scheinwerfer der Autos irren auf dem großen Parkplatz auf der Jagd nach freien Parkplätzen hin und her. Die Temperatur ist im Laufe des Tages stark abgefallen, und auf die fast sommerliche Hitze folgte ein kühler Nieselregen. Mancher Doggerländer, den dies unvorbereitet traf, hat sich mit viel zu dünner Kleidung durch den Tag gefroren und ist abends nach Hause geeilt, um im Keller oder auf dem Dachboden Jacken und Mützen für die kühle Jahreszeit herauszusuchen.

Hinter den Autokolonnen türmen sich bunkerartige Gebäude von Grenås Einkaufszentrum auf. Hier findet man neben den zwei konkurrierenden Supermarktketten einen großen Baumarkt, ein Möbelgeschäft, Gartencenter und alle großen Bekleidungsketten, wie auch das Geschäft, das der Grund für Karens Abstecher an diesem Abend ist. Dem voll besetzten Parkplatz nach zu urteilen, scheint die Kauflust der Doggerländer weder durch das Feiern am Wochenende noch durch die Kälte getrübt zu sein. Auf der anderen Seite kann Karen sich nicht erinnern, jemals keine Schlangen vor den Kassen, kein Kindergeschrei oder verbissene Gesichter hinter riesigen Einkaufswagen erlebt zu haben.

Hier findet die Großwildjagd der Moderne statt:

Verschwitzt und erschöpft kehren die Helden triumphierend in ihre Familienhöhle zurück, ihre Beute wie eine Trophäe im Kofferraum verstaut. Das erlegte Wild wird von proppenvoll gepackten Einkaufstüten gespielt oder, wenn die Jagd besonders erfolgreich war, von einem

Flachbildfernseher, der noch mal größer ist als der, den der Nachbar in der Woche zuvor gekauft hat.

Nach zwei langsamen Runden über den Parkplatz entdeckt Karen schließlich einen Nissan, der ausparkt. Mit einer Perfektion, die der Fahrer hinter ihr vermutlich als reine Unverschämtheit bezeichnen würde, gelingt es ihr, erst durch eine Vollbremsung und dann durch das Zurücksetzen ihres Wagens um mindestens fünf Meter, diesen begehrten Platz zu ergattern. Mit Grauen und Kampfeslust gleichzeitig macht sich Karen Eiken Hornby mit energischen Schritten nun auf den Weg zum hintersten der angestrahlten Bunker.

Eine halbe Stunde später ist es ihr mit großer Mühe gelungen, den riesigen Karton auf die Ladefläche zu hieven und die Kofferraumklappe zuzuknallen. Sie fröstelt und setzt sich mit einem tiefen Seufzer hinters Lenkrad. Bei diesem Wetter wird die Heimfahrt keinen Spaß machen; die Sicht ist miserabel, und sobald sie die Autobahn verlassen hat, wird es unmöglich sein, die Schlaglöcher zu umfahren.

Mehr Ausreden braucht sie nicht. Sie beugt sich zum Handschuhfach hinüber. Die Klappe klemmt, erst nach dem geübten Schubs mit dem Handballen öffnet sie sich, und Karen hat recht gehabt: Dort liegt eine neue Schachtel Zigaretten, die sie vergessen hatte wegzuschmeißen. Hatte sie die nicht erst letzten Freitag gekauft? Es kommt ihr vor, als wäre es eine Ewigkeit her.

Ohne größere Anstrengung verdrängt sie das aufkommende schlechte Gewissen, lehnt sich zurück und zieht den Rauch in die Lungen. Ein paar Minuten sitzt sie ruhig so da und beobachtet immer wieder neue Scheinwerferlichter, die sich auf der Suche nach einem Parkplatz im Kreis bewegen. Ein Penner klappert fröstelnd alle Kunden ab, die gerade ihre Sachen eingepackt haben, und versucht, ihnen die Einkaufswagen mit der Pfandmünze abzuluchsen, damit er sich von dem bisschen Geld ein Bier kaufen kann. Die meisten scheinen sich zu freuen, den Wagen nicht selbst zurückbringen zu müssen, aber eine Frau sieht aus, als gefiele ihr die Idee nicht. Karen verfolgt ihren Zwist durch die Windschutzscheibe wie eine Pantomime, kann sich aber unschwer vorstellen, wie der Obdachlose schimpft und wettert, als er mit hochgezogenen Schultern unter der nassen Jacke davonschleicht. Die Frau sieht ihm hinterher, bis er weit genug weg ist, dann schiebt sie ihren Wagen nur zur Seite, sodass er davonrollt und an einer Laterne stehen bleibt. Daraufhin steigt sie in ihren Mercedes und braust ab.

»Blöde Kuh«, brummt Karen, nimmt einen letzten Zug, macht die Zigarette aus und lässt den Motor an. Dann holt sie ein paar Zigaretten aus der Schachtel und legt sie vorsichtig auf den Beifahrersitz.

Als sie auf gleicher Höhe mit dem Obdachlosen ist, lässt sie die Scheibe runter und winkt ihn zu sich. Sie hält ihm einen Fünfzig-Mark-Schein hin und die Zigarettenschachtel.

»Hör auf, durch den Regen zu laufen, du holst dir ja eine Lungenentzündung«, sagt sie und erzittert, als seine eiskalte Hand ihre berührt.

Bevor sie den Parkplatz verlässt, wirft sie noch einen Blick in den Rückspiegel und sieht, dass der obere Teil des großen Kartons im Kofferraum hinter der Rücksitzbahn hochsteht. Viggo Haugen wird vermutlich toben, wenn er die Rechnung bekommt, aber auf diesen Kampf ist sie vorbereitet.

26

Fünfundvierzig Minuten später taucht sie in die vertraute Atmosphäre ein, als sie die Tür zum »Krähennest« öffnet: leises Stimmengewirr und dieser Hauch von warmer, miefiger Kellerluft. Das einzige Lokal, das in Langevik noch existiert, hat an diesem Abend erstaunlich wenige Besucher. Nur etwa zwanzig Gäste sitzen um die Tische herum, aber vorn an der Theke hockt wie immer die Stammbesetzung dieses Etablissements; zumindest behaupten die drei Herren von sich, dass sie die Umsätze der Kneipe gewaltig in die Höhe treiben. Diese drei sind Egil Jenssen, Jaap Kloes und Odd Marklund, deren mittlerweile merklich breiter gewordene Hinterteile die Stühle stattlich füllen. Alle sind hier im Dorf geboren, alle drei waren aktiv in der Fischwirtschaft: Jenssen und Kloes als Kabeljaufischer und Marklund als Vorarbeiter in der Loke-Fabrik, wo er für das Schälen der Krabben und deren Verpackung zuständig war.

Karen zögert, doch dann geht sie nach vorn an die Theke. Und im selben Moment, in dem sie sich neben die drei setzt, dringen auch schon Klagen in ihre Ohren: über die schlechte Entwicklung des Dorfes, die Invasion der Hemdenträger aus Dunker und die fortschreitende Schließung von Geschäften. Dann folgt Marklunds Redeschwall darüber, was aus der Loke-Fabrik geworden ist, und er lässt sich über die bittere Tatsache aus, dass die Krabben heutzutage nach Lettland, Polen oder Tunesien verfrachtet werden, um dort geschält und eingesalzen zu werden. Aber diese drei Gentlemen mit den breitgesessenen Hintern sind eine unerschöpfliche Quelle an Informationen über alles und jedes, und nur deshalb hat Karen sich heute hierherbegeben, sie will den Dorfklatsch hautnah mitkriegen.

»Grüß dich, Arild«, sagte sie und klopft zur Begrüßung auf die Theke. »Was gibt's heute Neues in deinem Zapfhahn?«

Arild Rasmussen lugt mit saurer Miene hinter der Kasse hervor. Ganz offensichtlich gefällt ihm die Anspielung auf sein überschaubares Sortiment überhaupt nicht. Dass die Kneipen in Dunker sich heute mit Unmengen an Biersorten brüsten, macht auf Rasmussen keinen Eindruck. Doch auch wenn das Angebot im »Krähennest« von der Explosion der lokalen Brauereiwirtschaft kaum beeinflusst worden ist, spiegelt es dennoch Doggerlands Demografie mit Menschen skandinavischer, britischer und holländischer Abstammung wider, und Rasmussen findet, das sei genug. Seine Gäste können kurz gesagt zwischen Carlsberg, Heineken und Spitfire wählen. Oder zur Abwechslung Bishops Finger – mal das eine, mal das andere. Die wenigen Gäste, die hin und wieder ein Glas Wein bevorzugen, haben die Wahl zwischen rot und weiß. Dies trägt Arild Rasmussen in einem derart barschen Tonfall vor, dass jeder Gedanke daran, eventuell weitere Fragen nach Rebsorte oder Jahrgang zu stellen, im Keim erstickt wird. Auf der anderen Seite besucht kaum jemand das »Krähennest«, um Wein zu trinken oder etwas zu essen, auch wenn Arild Rasmussen tatsächlich einen respektablen Lammeintopf zaubert.

Das Rezept stammt von seiner Frau Reidun, deren eigenartige Mischung aus Schlagergeträller und endlos langen Fluchtiraden noch bis vor acht Jahren aus der Küche ertönte. Das Paar Rasmussen hatte in den gut zweiunddreißig Jahren, in denen es Lammeintopf und Bier in seiner Kneipe servierte, nahezu pausenlos gestritten. Mitunter konnte man zerschellende Teller hören, an manchen Tagen drangen sogar Beschimpfungen wie »du blöde Kuh« oder »du alter geiler Bock« aus den Kochgefilden, sodass die Gäste unruhig hin- und herrutschten und verstohlen auf die Uhr sahen.

Dennoch hatten sich die Leute Sorgen gemacht, ob Arild in der Lage sein würde, den Betrieb allein weiterzuführen, als Reidun an einem schönen Maitag einen Schlaganfall erlitt. Würde die letzte Kneipe im Dorf dasselbe Schicksal erleiden wie die mittlerweile geschlossene Hafenkneipe »Zum Anker«?

Nach Reiduns Schlaganfall war die Gaststätte elf Tage geschlossen gewesen, dann hatte Arild das Schild vor der Tür wieder umgedreht und seine Tore geöffnet. Die Speisekarte war überschaubarer geworden, außer dem Lammtopf gab es im Grunde nur fertige Fischkroketten mit Erbsen und Kartoffelmus und Hamburger mit Pommes frites. Man munkelt, dass Reidun aus ihrer Wohnung, die sich über der Kneipe befindet, nach wie vor ihre Anweisungen vom Bett aus erteilt.

Wie auch immer, die Zapfhähne waren im »Krähennest« immer fein säuberlich geputzt, und der Preis für ein Pint Bier ist nach wie vor ein paar Schillinge niedriger als in Dunker.

Jetzt greift Arild nach einem Pintglas und zieht eine Augenbraue hoch.

»Das Übliche?«, fragt er und legt die Hand schon auf den Spitfire-Zapfhahn.

Karen nickt. Doch anstatt es sich ganz hinten am offenen Kamin gemütlich zu machen, zieht sie sich einen Barhocker heran und hängt ihre Tasche unter die Theke. Arild Rasmussen legt einen Bierdeckel mit dem Logo von Sheperd Neames vor sie hin und stellt das Glas darauf. Karen bedankt sich und lächelt ihn herzlich an. Man kriegt Arild Rasmussen nur auf zwei Arten zum Reden: Man muss ihm schmeicheln oder ihn selbst dazu bringen, sich ein oder zwei Gläser zu genehmigen.

»Du hast dir aber sehr viel Mühe gegeben«, sagt sie und nickt zu den Tischen hinüber, auf denen Läufer mit Schottenmuster und grüne Gläser mit Kerzen drapiert sind.

»Na, so was, fällt dir das auf«, brummt Rasmussen. »Ich dachte, für Oistra möble ich hier mal ein bisschen auf«, schiebt er hinterher und versucht, ein selbstgefälliges Lächeln zu verbergen.

»Es wirkt sehr gemütlich, richtig standesgemäß«, sagt Karen und nippt an der Blume.

Da dreht sich Jaap Kloes zu ihr um.

»Na, sieh mal an, ein Gesetzeswächter ist zu Besuch. Oder muss man heute vielleicht Gesetzeswächterin sagen?«

Karen registriert, wie Kloes es nach wie vor schafft, in einen einzigen Satz mehrere Unverschämtheiten zu verpacken. Aber sie nimmt es ihm nicht weiter übel, hier braucht man es für sein Ego, die anderen kleinzumachen, das war schon immer so. Und wenn man hinter die Fassade des Jargons sieht, ist kaum noch böser Wille übrig.

»Tja, diesen Namen haben wir vor etwa dreißig Jahren abgeschafft, jetzt nennt man uns Polizei«, sagt sie und grinst mitleidig. »Aber ich kann verstehen, wenn es dem Herrn schwerfällt, all diesen neumodischen Kram zu verfolgen, erst das Wahlrecht für Frauen und jetzt auch noch weibliche Polizistinnen, wo soll das noch hinführen?«

Kloes murmelt etwas vor sich hin und greift hilfesuchend nach seinem Bierglas, während die anderen Männer sich vor Lachen den Bauch halten.

»Eins zu null«, sagt Odd Marklund. »Bist gut in Form heut Abend, Mädel. Was steht uns bevor?«

»Ruhig Blut, ich bleibe nicht lang«, antwortet sie. »Ein oder zwei Bierchen, ein bisschen Klatsch und Tratsch. Damit könnt ihr doch immer dienen, oder?«

»Sprichst du von der Smeed?«

Karen nickt und nimmt wieder einen Schluck. Dann wischt sie sich mit dem Handrücken den Schaum vom Mund.

»Und, was wisst ihr über Susanne? Sagt mir alles.«

Eine halbe Stunde später haben die vier Männer an der Bar das Bild der Toten zurechtgerückt. Die drei Stammgäste und der Kneipenbesitzer waren sich in ihrem Urteil einig: Susanne war eine leicht reizbare und verbitterte Frau, die über eine ausgeprägte Fähigkeit verfügte, sich mit ihrer Umgebung anzulegen. Obwohl sich Karen über den herablassenden Ton der Männer ärgert, muss sie doch zugeben, dass diese Verurteilungen ihr eigenes Bild von Smeeds Frau untermauern.

Und vielleicht ist Susanne schon als Kind und Jugendliche so gewesen; aus dieser Zeit hat Karen nur vage, verschwommene Erinnerungen an sie. Ein blondes Mädchen, das am anderen Ende von Langevik wohnte. Der Altersunterschied von nur drei Jahren hatte wie eine Wasserscheide gewirkt, zumindest empfand Karen es so. Als Susanne in die erste Klasse kam, war Karen schon in der Mittelstufe der Grundschule, und als Susanne noch in die Mittelstufe ging, hatte Karen schon an den Freuden und Herausforderungen der Oberstufe Gefallen gefunden: neue Fächer, neue Lehrer – und ganz besonders –, die Jungs in der Klasse über ihr. Von dem wunderbaren Gefühl, endlich zur Welt der Erwachsenen zu gehören, war ihr ganz schwindelig. Ihre Gedanken kreisten ständig um die eigenen Unzulänglichkeiten, die Souveränität der anderen und darum, ob Graham aus der Neunten in sie verliebt war oder nicht. Mit den Küken in den unteren Schulklassen verschwendete sie keine Zeit.

Obwohl Susanne und Karen nur ein paar Kilometer entfernt voneinander aufwuchsen, war der Abstand zwischen ihnen unendlich gewesen und mit den Jahren nicht geringer geworden. Sie wussten, wer die andere war, grüßten sich und wechselten auch ein paar Worte, als sie erwachsen waren, aber das war auch schon alles. Bis zu einem Tag vor vier Jahren.

Kaum hatte Jounas die Leitungsstelle bei der Kripo angetreten, waren sich Karen und Susanne an einem Apriltag an der Kasse des Gartencenters begegnet. Da sich die Schlange einfach nicht vorwärts bewegen wollte, war es unmöglich gewesen, wortlos hintereinanderzustehen. Die Hände fest am Griff des Einkaufswagens, der mit Stiefmütterchen vollgeladen war, hatte Susanne einsilbig auf Karens höfliche Versuche, ein bisschen Konversation zu betreiben, geantwortet. Und nach einer langen und unangenehmen Pause hatte Susanne gesagt:

»Gib acht, Karen. Jounas hat sich bei Frauen von deinem Schlag immer bedient.«

Dann hatte sie vorgegeben, sie habe etwas vergessen, und war in Windeseile in dem Gang, wo Setzlinge und Gartenerde standen, verschwunden. Karen hatte bezahlt und war mit zwei Pflaumenbäumen und dem unangenehmen Gefühl, dass sie ahnte, welche Art von Frauen Susanne gemeint hatte, wieder nach Hause gefahren.

An diesem Abend in der Kneipe entstand ein ganz einheitliches Bild von Susanne: Früher sei sie ein außergewöhnlich hübsches Mädchen gewesen, aber bald fiel sie nur noch durch ihre negativen Eigenschaften auf. Sie war überempfindlich, nachtragend und verbittert und mit der Zeit eine Belastung für die meisten Menschen in ihrer Nähe.

»Sie hat über alles und jedes gestritten«, berichtet Jaap Kloes. »Ob es leere Busse waren, die Investitionen im Straßenbau, die Bremsschwellen vor der Schule, die Kinder der Nachbarn. Und meine Frau sagt, bei der Arbeit hat sie sich nicht anders gegeben; keiner hielt es lange mit ihr aus, weder die Aushilfen noch die Vorgesetzten. Das Einzige, was man zu ihrer Verteidigung vorbringen kann, ist, dass sie sowohl nach oben als auch nach unten getreten hat. Ein streitsüchtiges Biest, wenn ihr mich fragt.«

»Erinnert euch doch mal an ihren Kampf gegen das Windkraftwerk«, meldet sich Egil Jenssen zu Wort. »Am Anfang waren wir alle dagegen, aber irgendwann haben die Leute eingesehen, dass man nichts dagegen ausrichten kann.«

Besonders diejenigen, die viel Geld für ihren Grund und Boden bekamen und ordentlich Reibach machten, denkt Karen, doch das behält sie für sich.

»Ich kann ja verstehen, dass sie fuchsteufelswild wurde, als sie diese Mühlen so schnell hochgezogen haben«, fährt Kloes fort. »Ihr Grundstück war ja als Erstes betroffen. Aber sie konnte einfach nicht aufhören! Furchtbares Geschimpfe, Leserbriefe und diese vielen Schreiben ans Rathaus. Hat sie wirklich geglaubt, dass sie wegen ihr den ganzen Kram wieder abmontieren würden? Nur weil es ihr ein Dorn im Auge war?«

»Im Grunde genommen tragisch. Eine einzige Frau gegen Grundstücksbesitzer und den Energiekonzern, sie hatte nicht den Hauch einer Chance«, sagt Odd Marklund und schüttelt nachdenklich den Kopf.

Im Gegensatz zu Jenssen und Kloes hört man in Marklunds Stimme eine Spur Mitleid, wenn er über Susanne spricht. Karen überrascht das nicht. Odd Marklund zeigte sowohl Zivilcourage als auch Weitsicht, als sie ihren ersten Ferienjob bei der Krabbenverarbeitung in der Loke-Fischfabrik hatte. Marklund war damals Vorarbeiter. Im Gegensatz zu dem übereifrigen Schichtleiter, der das Band, an dem die Krabben gepult wurden, mit Adleraugen überwachte und mit sichtlicher Freude Abzüge vom Lohn erteilte, wenn geschlampt wurde, hatte Odd Marklund es gelassen genommen, wenn er Reste von Krabbenschalen fand.

Deshalb war Karen auch wenig überrascht gewesen, als Marklund Jahre später von dem großen Fischverarbeitungskonzern wegrationalisiert wurde. Die norwegischen Betreiber hatten die Forderung gestellt, die doggersche Fabrik effektiver zu machen, jeder Schritt in der Produktion, der nicht maschinell vorgenommen werden konnte, war ein Risiko für den Gewinn. Mit sechsundfünfzig Jahren war Odd Marklund überflüssig geworden.

Er weiß genau, was es heißt, gegen etwas anzukämpfen, das größer und unendlich viel stärker ist als man selbst, denkt Karen. Wer kann sich besser in Susanne hineinversetzen als er?

Und Susanne war da nicht allein gewesen; in den letzten Jahren hatte es so einige harte Auseinandersetzungen dieser Art gegeben. Der Beschluss der doggerschen Regierung vor zwanzig Jahren, durch den massiven Ausbau von Windkraft und Stromexport nach Nordeuropa die heimische Wirtschaft zu retten und das Wachstum für die Zukunft zu sichern, hatte eine Debatte nach sich gezogen, die bis an die Grenze der Erschöpfung ging.

Doch die Verzögerungstaktiken, der Widerstand und die Klagen vor Gericht hatten aufgehört, gleichzeitig registrierten immer mehr Grundbesitzer die Geldeingänge auf ihren Konten, da sie für ihr Land fürstlich entlohnt wurden.

Selbstverständlich hat der Ausbau seinen Preis gehabt. Der Vogelbestand ging in weiten Teilen der Inseln stark zurück, und es wird noch immer gemunkelt, dass die Angestellten des Windenergiekonzerns explizit die Anweisung bekommen haben, zerschredderte Seevögel, die sie unter den Turbinen auf dem Boden finden, einzusammeln. Aber darüber verliert keiner ein Wort.

Und der Konzern verdiente natürlich Unmengen Geld, aber die halbstaatlichen Besitzverhältnisse haben auch dazu geführt, dass Doggerland zwei Jahrzehnte lang einen Wirtschaftsaufschwung erlebte. Und unter diesen Voraussetzungen waren die meisten gewillt, darüber hinwegzusehen, dass die Hälfte des Gewinns in die Taschen der Zocker floss.

Offenbar war Susanne Smeed nicht dieser Meinung gewesen, denkt Karen und signalisiert Arild Rasmussen, dass er ihr noch ein Bier einschenken kann. Susanne hat buchstäblich gegen Windmühlen gekämpft. Obwohl ihr das Grundstück gar nicht gehört hatte, wie Karen nun erfuhr.

»Sie hat gegen die Grundstückseigentümer gekämpft, habt ihr gesagt. Ich dachte, Susannes Familie hätte das ganze Land bis in die Berge gehört?«

»Ja, das und noch weit mehr. Der ganze Höhenzug und noch eine Menge Land auf der anderen Seite«, antwortet Arild. »Und es hätte auch alles ihr gehört, hätte ihr Vater es nicht verhökert. Per Lindgren hat das komplette Erbe aus der Familie seiner Frau zu Geld gemacht, Hektar für Hektar.«

Arild wischt das Glas mit einem grünen Frotteehandtuch ab und stellt es vor Karen auf die Theke.

»Ja, das fing schon zu Lebzeiten seiner Frau an«, fährt er fort. »Es war wohl so, dass sie diese Kommune, oder wie man das nun nennen will, unterhielten. Zumindest war es eine Menge komisches Volk, das da oben auf Gråås altem Hof lebte.«

Karen muss an die Worte ihrer Mutter denken und an die alten Geschichten der Kinder.

»Diese Verrückten haben es gerade mal ein gutes Jahr da oben ausgehalten, dann sind sie in alle Himmelsrichtungen verschwunden«, sagt Egil Jenssen. »Aber Lindgrens blieben ja und verkauften weiterhin irgendwelche Sachen, anstatt einer anständigen Arbeit nachzugehen. Sie malten Bilder, die keiner kaufen wollte, das war alles, was Lindgren tat, bis zum Schluss. Keine Ahnung, wie seine Frau und Susanne das aushielten. Andere Einnahmequellen hatten sie nicht, und irgendwie mussten sie doch Essen und Kleider bezahlen, also verscheuerten sie das Erbe Stück für Stück.«

»Ich habe ihnen auch ein Stück Wald abgekauft, das an mein Grundstück grenzte. Das muss etwa 1974 oder 1975 gewesen sein, wenn ich mich recht entsinne. Ein ziemlich gutes Geschäft, das weiß ich noch.«

Von den alten Erinnerungen und dem Tratsch aufgeweckt, verzieht Jaap Kloes einen Mundwinkel zu einem schiefen Lächeln, hebt sein Glas und prostet den anderen zu, bevor er mit dem zufriedenen Gesicht eines Säuglings, der gestillt wird, in großen Schlucken trinkt.

»Verrückte Schweden«, fährt Kloes fort, nachdem er sein Bier wieder abgestellt und sich den Mund trocken gerieben hat. »Wisst ihr noch, wie sie eines Tages Gänse angeschafft haben? Und so dumm waren, sie Tag und Nacht draußen herumlaufen zu lassen? Schon im ersten Sommer hat sie der Fuchs geholt. Aber ihr kennt ja das doggersche Sprichwort: Von Bretonen, Friesen und Flamen nimmst jeden ...«

»... doch Ärger machen am Ende die Schweden«, ergänzt Karen mit einem müden Lächeln.

Jaap Kloes gluckst entzückt.

»Na ja, in dieser Kommune gab es sowohl Briten als auch Holländer«, hält Egil Jenssen dagegen und dreht sich dann zu Karen um. »Am meisten hat mich erstaunt, dass sie doch so lange ausgehalten haben. Dein Vater hat hundert Schillinge gewettet, dass das ganze Kollektiv schon vor dem ersten Winter das Handtuch werfen würde. Und das war zu der Zeit viel Geld.«

»Mein Vater? Warum hat er das getan?«

»Er war nicht der Einzige, es gab jede Menge Wetten unten im ›Anker‹. Harald Steen hat sich als Buchmacher beteiligt, und es wurde heftig diskutiert, wie man das Geld hinterher verteilen sollte, wenn sich herausstellte, dass Lindgrens übrig blieben und die anderen sich aus dem Staub machten. In welchem Jahr kamen sie eigentlich, war es 1969?«

»1970«, sagt Kloes. »In dem Jahr wurde mein jüngster Sohn geboren. Ich weiß noch, wie sie mit ihren gestrickten Mützen aus Peru ankamen und gefaselt haben, sie würden giftfreie Landwirtschaft betreiben und nur davon leben, was die Erde ihnen schenkte und all so ein Zeug. Alles würden sie teilen, sagten sie.«

»Die Lindgren hat meine Frau schier verrückt gemacht mit ihren Vorhaltungen über giftfreie und mit Pflanzenfarben gefärbte Kleider und ich weiß nicht was«, erzählt Jenssen. »Einen Haufen Hasch haben sie wohl auch geraucht, glaube ich. Ich hab jedenfalls nie verstanden, was die hier eigentlich zu suchen hatten.«

»Raus aufs Land«, sagt Odd Marklund. »Damals gab es viele, die das einfache Leben suchten. Nicht zuletzt unten auf Frisel. Zurück zur Natur, nannte man das. Der ein oder andere Bauer verdiente an diesen Ökos ganz gut, sie verkauften ein Stück wenig fruchtbares Land und ein Häuschen zu Wucherpreisen und kauften alles billig wieder zurück, als sich herausstellte, dass das Landleben nicht ganz so einfach war. Von dem Wenigen, was der Boden hergab, konnte man ja wirklich nicht leben.«

»Immerhin mussten Lindgrens nichts kaufen. Seine Frau, ich glaube, sie hieß Anne-Marie, hatte ja Grund und Boden von dem alten Gråå geerbt, er war ihr Großvater. Sie bekam alles, auch wenn sie vorher, soweit ich es weiß, nie einen Fuß auf diese Insel gesetzt hat. Vetle Gråå war ein Geizhals, erinnerst du dich noch an ihn, Karen? Gebeugt wie eine Sense lief er durch die Gegend und kontrollierte seinen Besitz bis zu dem Tag, an dem er starb. Er hatte zwei Söhne. Einer hat sich totgesoffen und der andere heiratete eine Schwedin, daher konnte man gut verstehen, dass der Alte so missgelaunt war«, sagt Jaap Kloes.

»Und das war Anne-Maries Vater«, sagt Karen. »Was ist mit ihm passiert?«

»War das nicht der, der auf dem Bau in Malmö zu Tode gestürzt ist?«, fragt Odd Marklund und erhält als Antwort triumphierendes Nicken.

»Jepp. Und das trotz der vielen Arbeitsschutzvorschriften, die es da gibt. Danach hatte der alte Vetle nicht mehr viel übrig für das Bruderland im Osten.«

Karen schüttelt den Kopf. Natürlich hat sie viel über Vetle Gråå gehört. Genau wie ihre Mutter berichtet hatte, fiel sein Name noch häufig nach seinem Tod. Aber sie hatte sich nie dafür interessiert, wem welches Land gehört hatte, und wer wen bei dieser endlosen Reihe von Erben, Zwangsverkäufen und Tauschgeschäften übers Ohr gehauen hatte. Darüber hatten sich die Eltern oft zu Hause am Küchentisch die Köpfe heißgeredet. Aber dass Gråå riesigen Grundbesitz in Langevik besessen hatte, das wusste das ganze Dorf, alt und jung.

»Susannes Mutter war also das Enkelkind von Gråå«, sagt Karen nachdenklich. »Und dennoch blieb Susanne nicht mehr als das Haus, meint ihr?«

»Das Einzige, das von Gråås Besitz übrig geblieben war, war das Grundstück, auf dem das alte Steinhaus stand, in dem Susanne wohnte. Lindgrens zogen dorthin, als sich die Kommune auflöste. Damals haben sie den Hof oben in Lothorp verkauft und die Felder rundherum auch. Und das restliche Land, das sich bis nach Kvattle und zum Wald hinüber erstreckte, verkaufte Per Lindgren Stück für Stück in den Jahren darauf. Als er schließlich ins Gras biss, war alles verscherbelt.«

»Diese Kommune«, sagt Karen gedankenverloren, »wie groß muss ich mir die vorstellen? Wie viele Leute wohnten da?«

»Na ja, ich war nicht da und hab nachgezählt«, sagt Egil Jenssen. »Natürlich war es Lindgren und eine Familie aus Schweden. Ich meine, es war auch eine Dänin dabei. Meine Frau hat sich ein paarmal mit ihr unterhalten. Sie hat erzählt, die habe sogar was im Kopf. Mehr als die anderen, sagte sie.«

»Ich glaube, da waren auch Engländer oder Iren, auf jeden Fall sprachen sie oft Englisch miteinander, das konnte man hören, wenn sie unten im Dorf waren. So genau weiß ich es nicht, aber ich würde sagen, acht bis zehn Erwachsene waren es bestimmt und dann noch die Kinder. Aber mit Namen kann ich nicht dienen ...«

Odd Marklund blickt sich hilfesuchend nach seinen Saufbrüdern um, die beide den Kopf schütteln.

»Die eine Schwedin war auf jeden Fall richtig süß«, sagt Jaap Kloes. »Wir haben oft unten im ›Anker‹ gehockt und uns ausgemalt, was da oben wohl im Gange war, wenn kein Licht mehr brannte. Man war schließlich neugierig auf all dieses Gerede über Schweden und freie Liebe.«

»Das gilt nur für dich, ich hatte keine Zeit, abends um den Lothorpshof zu laufen und zu schnüffeln«, sagte Arild Rasmussen und verschwindet mit einer Plastikkiste voller benutzter Biergläser in der Küche.

Karen betrachtet die lästernden Männer. Die Ereignisse, von denen sie erzählen, liegen fast vierzig Jahre zurück, also müssen sie Mitte dreißig gewesen sein, als Lindgrens und die anderen hierherkamen. Wahrscheinlich waren sie alle im selben Alter, stammten aber aus ganz unterschiedlichen Welten. Aus Sicht eines dreißigjährigen Mannes, dessen Rücken und Gelenke schon Spuren von fünfzehn Jahren als Hochseefischer trugen, musste jemand, der freiwillig sein angenehmes Leben aufgab, um auf einer windgeplagten Insel mitten im Meer Gemüse anzubauen, seinen Verstand verloren haben. Auf die modernen Bequemlichkeiten zu verzichten hat für den, der noch mit Holzöfen und Petroleumlampen groß geworden war, rein gar nichts Romantisches. Ohne Sinn und Verstand dem besseren Leben zu entsagen, um das andere so lange kämpften. In der Zeit fuhren die Möbelspeditionen eigentlich in die entgegengesetzte Richtung, welcher normale Mensch tauschte das moderne Schweden gegen Doggerland ein?

Karen kann sich all die Fantasien über die Kommune lebhaft vorstellen; die jungen Frauen müssen den Männern im Dorf gelinde gesagt exotisch vorgekommen sein, wenn sie sie mit ihren vorgealterten Fischerfrauen in Langevik verglichen. Und vermutlich waren die Frauen im Dorf vom Anblick der batikfarbenen und BH-losen Freizügigkeit nicht begeistert gewesen. Auf der anderen Seite schienen nicht einmal die lüsternen Männer im »Anker« die neuen Mitbürger in ihrer Dorfgemeinschaft willkommen geheißen zu haben. Trotz ihrer Neugierde haben sie die Mitglieder der Kommune offenbar mit Schadenfreude und Neid gleichzeitig betrachtet. Doch trotz dieses Widerstands blieben Per und Anne-Marie Lindgren später dort wohnen. Wie haben sie das ausgehalten?

Und jetzt ist die ganze kleine Familie verstorben, und keiner scheint sie zu beweinen, denkt Karen, und ihr läuft ein Schauer über den Rücken. Nicht einmal an Susanne, die ja in Langevik aufgewachsen ist, lassen sie ein gutes Haar. Wie muss es für sie gewesen sein, in diesem Dorf groß zu werden?

»Weiß man irgendetwas darüber, wie es in der Kommune zuging? Immerhin lebten sie ja ungefähr ein Jahr auf engem Raum zusammen und teilten alles miteinander, habt ihr gesagt. Gab es nicht auch Gerüchte über Auseinandersetzungen oder Streit?«

Kloes zuckt mit den Schultern, als habe er das Interesse am Thema verloren.

»Na ja, da sie ausgezogen sind, war es wohl sogar ihnen ein bisschen zu viel mit der freien Liebe und dem Öko-Scheiß«, sagt Jenssen. »Also ich würde meine Frau auch nicht teilen wollen. Für den Fall, dass sie überhaupt jemand haben wollte«, fügt er lachend hinzu und muss daraufhin heftig husten.

Odd Marklund stellt sein Bierglas hin und sieht Karen ins Gesicht.

»In der Zeit gab es doch viele, die eine andere Art von Leben ausprobieren wollten. Die einen suchten etwas ganz Neues, die anderen wollten vor etwas Bekanntem fliehen. Da waren doch manche, die hierher- und wieder weggezogen sind in all den Jahren, nicht wahr, Karen?«

Er weiß es, denkt sie und betrachtet ihre Hand, die die Theke fest umklammert, bemerkt den feuchten Abdruck auf dem dunklen Holz.

»Alles in Ordnung, mein Mädchen?«

Odd Marklund sieht sie besorgt an, doch sie lächelt schon wieder.

»Mach dir keine Sorgen. Mir ist nur etwas schwindelig. Ich habe seit heute Mittag nichts gegessen, daher sollte ich mich jetzt auch wieder auf den Weg machen.«

Dann wendet sie sich an Arild Rasmussen, der gerade aus der Küche kommt.

»Eine allerletzte Frage. Du hast gesagt, dass Susanne der Grund und Boden neben ihrem Grundstück nicht mehr gehörte, auf dem das Windkraftwerk steht. Und trotzdem hat sie gegen den Konzern gekämpft?«

»Ja, das war ja genau das. Sie wusste nicht, dass das Grundstück verkauft war, sie glaubte, es gehöre ihr noch. Bis die Vermessungstechniker und Ingenieure unangemeldet vor der Tür standen, dachte sie, es wäre ihr Besitz. Das war kurz nach ihrer Scheidung, offenbar hatte sie bei ihrem Umzug dorthin noch keine Kenntnis der aktuellen Situation. Aber kurz darauf starb ihr Vater, und da erfuhr sie, dass alles schon vor Jahren verkauft worden war.«

»Kein Wunder, dass Susanne sich belogen und betrogen fühlte«, sagt Karen. »Sie glaubte, das Grundstück gehöre ihr, dabei hatte ihr Vater es längst zu Geld gemacht, und jetzt sollte es wieder verkauft werden, und sie würde dafür 42 Windkraftwerke vor die Haustür gestellt bekommen.«

»Stimmt nicht«, fällt ihr Arild Rasmussen ins Wort. »Der Besitzer hat nämlich nie verkauft. Dieser raffinierte Gauner hat das Kunststück vollbracht, einen Pachtvertrag mit Pegasus auszuhandeln. Einen fünfzigjährigen Mietvertrag mit Gewinnbeteiligung und dem vollen Programm. Hat die Kuh quasi behalten und am Schlachten mitverdient. Weiß der Teufel, wie er das gemacht hat.«

In Rasmussens Stimme liegen Hass und Bewunderung gleichzeitig. Karen selbst verspürt vor allem Beklommenheit bei dem Gedanken, wie viel Unglück Susanne Smeed ertragen musste.

»Das klingt unzweifelhaft nach einem hervorragenden Geschäft«, sagt Karen trocken. »Und wer ist dieser ›raffinierte Gauner‹, weißt du das auch noch?«

»Na klar, Axel Smeeds Sohn Jounas natürlich, wer sonst?«

27

»Warte, ich helfe dir!«

»Nein, lass, ich habe das Ding gerade gut im Griff, aber halt mir doch mal die Tür auf!«

Cornelis Loots tut, wie ihm gesagt wurde, und hastet vom Aufzug vor zu den gefrosteten Glastüren. Im Gang dahinter sitzt die Kripo. Mit dem Gefühl, völlig überflüssig zu sein, sieht er zu, wie Kriminalinspektorin Karen Eiken Hornby, hochrot im Gesicht, die Türöffnung seitwärts passiert, keuchend unter der Last eines riesigen Kartons, den sie trägt.

»Scheiße«, flucht sie, als ihr die große Tasche von der Schulter rutscht und mit ihrem Gewicht auch noch auf dem Karton landet.

Cornelis Loots kommt sich wirklich blöd vor, weil ihm nichts Besseres einfällt, als die Handtasche anzuheben und neben seiner Chefin herzulaufen, während sie breitbeinig und mit dem Oberkörper zurückgelehnt versucht, das schwere Teil zu transportieren. Als sie in Richtung Kochnische abbiegt, kann er nicht mehr länger zusehen. Mit vereinten Kräften setzen sie das Monster auf dem Boden ab, ohne dass es scheppert oder poltert.

Karen lächelt ihn dankbar an und massiert ihre malträtierten Handflächen.

»Was für ein Glück, dass du gerade da warst, die Tür hätte ich niemals allein öffnen können«, sagt sie.

»Kannst du mir helfen, das Gerät anzuschließen, bevor die anderen auflaufen?«

Stolz zeigt sie auf ihre Errungenschaft, und erst jetzt erkennt Cornelis am Bild auf der Verpackung, was da eigentlich vor ihm steht.

»Du liebe Zeit, das ist ja ein Koloss«, sagt er. »Wie viel kostet denn so was?«

Karen zuckt mit den Schultern.

»Das willst du lieber nicht wissen. Aber der Polizeichef hat doch deutlich gesagt, dass uns alle Ressourcen zur Verfügung stehen, die wir benötigen.«

»Und du glaubst nicht vielleicht, dass er damit eher personelle Ressourcen gemeint haben könnte ...?«

»Meine Beurteilung, und ich bin schließlich Profi, heißt, dass wir die Ermittlungsarbeit nicht mehr mit dieser Plörre schaffen, die wir bislang hier vorgesetzt bekommen.«

Karen zeigt auf die braune Kaffeemaschine, die auf der Arbeitsplatte steht. Jemand hat die Glaskanne zurück auf die Wärmeplatte gestellt, ohne sie vorher abzuwaschen, und jetzt liegt ein säuerlicher Duft nach altem Kaffee in der Luft.

Zwanzig Minuten später legt Cornelis Loots den Schraubenzieher zurück auf den Tisch und krempelt die Ärmel wieder herunter, während Karen und er das gemeinsame Werk betrachten. Mit gleichen Teilen Respekt und Verwunderung hat sie zugeschaut, wie er die Maschine an Strom und Wasser angeschlossen hat. Jetzt muss sie den Hausmeister Kofs doch nicht mehr verständigen und sich sein Gemecker anhören, dass das mit Sicherheit nicht in seine Zuständigkeit fällt. Sie macht einen Schritt vor, wischt einen Fingerabdruck von dem chromglänzenden Gehäuse ab, und tippt mit dem Zeigefinger das gebogene Rohr des Milchaufschäumers an, sodass das Teil zu rotieren beginnt. In der Einkaufsabteilung wird das Ding für Wirbel sorgen, denkt sie dabei.

»Braucht man dafür nicht auch einen speziellen Kaffee?«

In dreißig Tagen ist die Zahlung fällig ... Möglicherweise ist Smeed dann schon wieder zurück. Karen schiebt den Gedanken beiseite und lächelt Cornelis herzlich an. Dann angelt sie zwei Tüten mit je einem Pfund Kaffeebohnen aus der Tasche und wirft sie auf den Tisch.

»Würdest du den Apparat anschmeißen? Dann springe ich mal kurz über die Straße. Ich habe eine Besprechung mit Vegen und Haugen in ...«, sie wirft einen Blick auf ihre Armbanduhr, »... vor zwei Minuten.«

28

»Aber dann können wir doch Smeed vom Kreis der Verdächtigen ausschließen; ich kann nicht erkennen, warum er seinen Dienst nicht wieder antreten sollte.«

Viggo Haugen unterbindet schnell das leichte Vibrieren in seiner Stimme und spricht die letzten Worte seines Satzes mit einem tiefen Brustton. Dineke Vegen, Karen Eiken Hornby und er sind im Büro der Staatsanwältin zusammengekommen, wo sie sich in der Sitzgruppe niedergelassen haben.

Karen seufzt lautlos und wirft Dineke Vegen kurz einen Seitenblick zu. Vegen ist gut; ein einziges Zucken im einen Mundwinkel der Staatsanwältin teilt mit, dass sie sehr wohl versteht, dass es nicht ganz so einfach ist, wie der Polizeichef es darstellen möchte, aber ihre hochgezogenen Augenbrauen verraten, dass sie den Job nach wie vor bei der Kriminalinspektorin Eiken ansiedelt. Noch sieht sie keine Veranlassung, die Leitung der Ermittlungen zu übernehmen.

»Ich verstehe, was Sie meinen«, sagt Karen und sieht Haugen direkt in die eisblauen Augen. »Natürlich wäre es gut, wenn wir die Ermittlungen gegen Jounas schon jetzt einstellen könnten, aber es gibt noch ein paar Fragezeichen, die vorab geklärt werden müssen.«

Viggo Haugen öffnet den Mund und macht Anstalten sie zu unterbrechen, aber schließt ihn wieder, als Karen mit einer Überzeugung fortfährt, die ihr selber fremd ist.

»Es fällt mir sehr schwer, genau wie Ihnen, mir vorzustellen, dass Jounas des Mordes an Susanne schuldig ist, aber das reicht leider nicht.

Formal gesehen fehlt noch immer ein Alibi für die Mordzeit, und es gibt leider auch ein paar Umstände, die zu seinem Nachteil ausgelegt werden können. Er war erst kürzlich bei Susanne zu Hause, nach seiner Aussage sechs Tage vor dem Mord, und ihr Verhältnis kann man gelinde gesagt als schwierig bezeichnen.«

»Ja, aber mein Gott, daran kann man sich doch nicht aufhalten. Wenn jeder, der ein ›schwieriges‹ Verhältnis zu seiner Ex-Frau hat, gleich verdächtigt werden würde …«

Viggo Haugen macht imaginäre Anführungszeichen und fuchtelt aufgebracht mit den Händen durch die Luft.

»Karen hat recht.« Dineke Vegens Stimme unterbricht die kleine Vorstellung.

Haugen verstummt, und zwischen dem Eisblau bildet sich eine Falte der Verwunderung.

»Wenn die Voruntersuchungen öffentlich werden«, fährt die Staatsanwältin fort, »können Sie sicher sein, dass jeder Journalist hier im Land sie genauestens unter die Lupe nehmen wird. Und dann dürfen wir denen nicht den kleinsten Anhaltspunkt liefern, der die Vermutung nahelegt, dass Jounas' Stellung die Vorgehensweise bei den Ermittlungen auch nur im Geringsten beeinflusst hat. Umgekehrt müssen wir peinlich genau alles offenlegen, was gegen Jounas Smeed sprechen könnte.«

Viggo Haugen räuspert sich und sucht verzweifelt nach Gegenargumenten. Im Gegensatz zu Karen strahlt Dineke Vegen genau diese Art von weiblicher Autorität aus, die er respektiert. Mehr Bildung und Eleganz … kein keifendes Weib. Lächelnd dreht er sich zur Staatsanwältin um.

»Natürlich wollte ich damit nicht sagen, dass …«

»Nicht zuletzt in Jounas' Sinn«, wirft Karen ein. »Wenn er nicht vollständig rehabilitiert wird, kommt er vom Regen in die Traufe, sobald er seinen Platz wieder einnimmt. Und Sie können mir glauben, dass ich alles in meiner Macht Stehende tue, um ihn zu entlasten«, schiebt sie hinterher.

Viggo Haugens Antwort kommt reptilartig flink mit einem Seitenblick zu Dineke Vegen.

»Die Alternative wäre, sich darauf zu konzentrieren, den wirklichen Mörder zu finden. Das wäre für Jounas das Allerbeste.«

»Genau das meinte ich«, brummt Karen leise. »Ich habe mich vielleicht unglücklich ausgedrückt.«

»Ja, das war nicht das erste Mal. Nun gut, jetzt habe ich Ihre Stellungnahmen gehört und werde Jounas direkt nach dieser Besprechung in Kenntnis setzen.«

Noch einmal hebt Dineke Vegen ihre perfekt gezupften Augenbrauen.

»Aber selbstverständlich nur darüber, dass er weiterhin freigestellt ist. Sonst nichts. Gut, machen wir es so«, sagt er abschließend und erhebt sich.

Erfreut nimmt Karen wahr, wie sich Dineke Vegens Mundwinkel zu einem kleinen Lächeln verziehen.

29

Langevik, Mai 1970

»Ich hätte mir wirklich nicht träumen lassen, dass wir so ein Gesindel hier im Dorf ertragen müssen. Der arme alte Gråå würde sich im Grabe umdrehen, wenn er zusehen könnte, was die da oben auf seinem Hof so alles treiben.«

Die Frau im Eisenwarenladen haut energisch, fast wütend auf die Tasten ihrer Kasse, um den Preis für zwei Gros Holzschrauben einzugeben, während sie spricht, und dann sieht sie wieder auf zu ihrem Kunden, als suche sie Zustimmung.

Anne-Marie Lindgren steht im Gang zwischen den Regalen, in denen Dosen mit Wandfarbe dicht an dicht mit Holzöl und Terpentin aufgereiht sind. Sie ist in ihrer Bewegung erstarrt, als sie sich nach den Pinseln gereckt hat, und da verharrt sie jetzt mit gebeugtem Rücken, fast beschämt.

Können sie wissen, dass sie sich im Laden aufhält? Ist es Absicht, dass sie es hören soll, oder haben sie einfach nicht bemerkt, dass sie den Laden betreten hat? Ihre Wangen glühen, die Worte brennen auf ihrer Haut wie eine Ohrfeige.

Jetzt hörte sie die leise Antwort des Kunden, und im nächsten Augenblick durchschneidet wieder die aufgebrachte Stimme der Verkäuferin die Luft.

»Hast du sie gesehen? Laufen rum wie Fixer, lange Kleider, lange Haare. Danke, macht achtzig Schillinge. Und dann haben sie kleine

Kinder, mehrere. Gott weiß, wer sich um die kümmert. Sollen die etwa hier im Dorf zur Schule gehen, wenn sie groß genug sind? Und mit unseren Kindern spielen? Nein, solche wie die sollten ganz einfach keine Kinder kriegen dürfen. Ja, ich weiß, das klingt hart …«

Offenbar sagt der Mann mit den zwei Gros Holzschrauben jetzt etwas dazu, denn im nächsten Moment hat sich die aufgeregte Stimme der Verkäuferin wieder etwas normalisiert.

»Ja, das sagt Arthur auch«, antwortet sie seufzend. »Höchstens ein halbes Jahr. So, zwanzig Schillinge retour, und der Kassenbon, vielen Dank. Im Frühling und Sommer ist es vielleicht ganz nett, aber wenn erst die Herbststürme kommen, werden sie das Handtuch werfen und zurückgehen, da kann man Gift drauf nehmen. Sagt zumindest Arthur, ich weiß es doch auch nicht.«

Wieder Gemurmel von ihrem Kunden, bevor die Verkäuferin weiterspricht.

»Ach, findest du? Na, hoffen wir mal das Beste. Danke für deinen Einkauf und bis zum nächsten Mal!«

Ohne ein Wort verlässt Anne-Marie hoch erhobenen Kopfes eilig das Geschäft. Sie spürt die Blicke im Nacken, als die Türglocke lauthals mitteilt, dass die Tür geöffnet wird. Wahrscheinlich werden sie denken, ich habe geklaut. Dann können sie ihre Liste mit Anklagepunkten noch verlängern. Und am Ende werden sie gewinnen. Wir werden hier nicht wohnen bleiben können, das halte ich nicht aus.

Nachdem sie nach Hause gerannt ist, unter all den kritischen Blicken der Passanten, betritt sie atemlos das Haupthaus und blinzelt, damit die Tränen aufhören, die in den Augen brennen. Sie will nichts davon erzählen, will nicht, dass die anderen es abtun und sagen, sie sei zu empfindlich, sie sollte sich nicht darum scheren, was die Leute reden. Sie will ihnen keine Sorgen machen, denn sie sorgen sich immer um sie.

Am Küchentisch sitzt Per mit Janet und Theo, während Disa am Herd steht und Stoff in einem großen Topf färbt. Sie hebt ein Stück Tuch mit einem Kochlöffel hoch und begutachtet die gelbe Farbe. Der

Duft von Bohnen, Zwiebeln und Gewürzen steigt dampfend aus einem anderen Topf und beschlägt das Küchenfenster. Brandon hängt auf dem Küchensofa, wie immer mit der Gitarre vor der Brust, während Mette versucht, ihm dabei zu helfen, die Saiten zu zupfen. Und jetzt kommt Ingela die Treppe hinunter und hat Orian auf dem Arm.

»Schaut mal«, ruft er. Um den Hals trägt er eine lange Kette, eine Schnur, an der rasselnde Muschelschalen aufgefädelt sind, seine kleine Hand hält sie ganz fest. »Orian hat Kette!«

Keiner hat Anne-Marie kommen gehört, trotzdem dreht sich Per instinktiv um, als könne er ihre Anwesenheit spüren. Sein Lächeln schlägt in Sorge um, als er ihre rot glühenden Wangen und glasigen Augen sieht, und im nächsten Moment haben sie auch die anderen bemerkt. Sie schauen besorgt, führen sie zum Tisch, ziehen einen Stuhl vor, stellen ihr eine Tasse hin und gießen ihr Tee mit Honig ein. Und sie versichert ihnen, dass sie nur von der Steigung außer Atem sei, der Weg vom Dorf hier herauf sei ja steil, sie sei einfach nur besonders müde heute, vielleicht habe sie sich dieselbe Erkältung eingefangen, die die Kinder letzte Woche hatten. Und jetzt bemerkt sie, dass Per sie mit einem Blick ansieht, der immer noch diese Hoffnung offenbart. Die sinnlose, aussichtslose Hoffnung, dass sie schwanger sein könnte.

Nein, sie erzählt kein Wort. Nichts davon, was sie zufällig mit angehört hat, als sie ins Dorf gegangen ist, um Pinsel zu kaufen, die sie zum Streichen der Fensterrahmen braucht. Und nichts von der plötzlichen Gewissheit, dass die Idylle, die jetzt noch bei ihnen auf dem Lothorpshof herrscht, kaputtgehen wird. Die Bedrohung ist so augenfällig, fährt ihr um den Rücken, als ob die erste Windböe schon ins Haus vorgedrungen wäre und vor den bevorstehenden Stürmen warnt. Sie kann nicht erkennen, woher sie kommen, weiß nicht, wann es losgeht. Nur, dass es viel schlimmer ist als eine Alte in einem Eisenwarenladen mit einem losen Mundwerk.

30

Genau in der Sekunde, in der sie die Hand auf die Türklinke legt, überkommen sie Zweifel. War die Idee wirklich so gut? Vielleicht denken die anderen, sie wolle sich einschmeicheln und versuche sich Beliebtheit zu erkaufen, indem sie sie mit einer blöden Kaffeemaschine besticht. Karen bleibt ein paar Sekunden lang im Flur stehen. Spinnt den Gedanken weiter. Vielleicht haben sie ja sogar recht. Handelt es sich tatsächlich um eine Art Bestechung? Den verzweifelten Versuch, das Team hinter sich zu bringen?

Wenigstens ist Evald Johannisen nicht da, erinnert sie sich. Allein bei dem Gedanken an seine säuerlichen Kommentare, die er losgelassen hätte, bekommt sie eine Gänsehaut. Und vielleicht hätten ihm die anderen zugestimmt.

»Scheiße«, sagt sie so laut, dass sie das Echo aus dem Treppenhaus hören kann.

Zudem muss dieses Ungetum bezahlt werden; in dreißig Tagen wird es noch mehr lange Gesichter geben. Neunundzwanzig, korrigiert sie sich, dann drückt sie die Türklinke runter.

Der Kaffeeduft schlägt ihr schon entgegen, bevor sie einen Fuß in den Raum gesetzt hat.

Ganz hinten im Gang, wo die Kripo sitzt, ist die Tür zum Konferenzzimmer nur angelehnt, und sie kann von drinnen leises Gemurmel hören.

Sie hetzt durch das leere Großraumbüro bis zu ihrem Schreibtisch und angelt einen Ordner aus der obersten Schreibtischschublade. Dann geht sie mit festen Schritten zum Konferenzzimmer und öffnet die Tür.

Undankbares Pack, denkt sie.

Und kurz darauf sinkt sie mit hochroten Wangen auf ihren Platz, während der spontane Applaus verklingt und jemand ihr eine Platte mit Zimtschnecken vor die Nase schiebt.

»Das war eine tolle Idee, Eiken«, sagt Karl. »Aber wahrscheinlich wirst du dafür büßen müssen.«

»Kommt Zeit, kommt Rat«, antwortet sie und lächelt schief, während sie herzhaft in eins der riesigen Gebäckstücke beißt.

»Kannsch losgehen?«, fragt sie und leckt ein paar Körnchen Hagelzucker vom Zeigefinger ab.

Sie referiert kurz, was sie von den alten Herren im »Krähennest« erfahren hat und beendet ihre Ausführungen mit den Worten:

»Dass Susanne Smeed es sich mit einigen verdorben hat und nicht gerade beliebt war, können wir festhalten. Ihre Vorgesetzten und Arbeitskollegen sagen dasselbe.«

»Und die Tochter«, fügt Karl Björken hinzu. »Jounas hatte für sie auch kein gutes Wort übrig.«

»Nein, das ist wahr. Bislang hat gelinde gesagt wirklich keiner etwas Gutes über sie gesagt. Die Frage ist also eher, ob sie es geschafft hat, jemanden derart zu verprellen, dass er ihr nach dem Leben trachtete. Könnte es zum Beispiel sein, dass sie jemanden erpresst hat? Wir wissen, dass sie verbittert und unfreundlich war, aber hat sie vielleicht auch in den Angelegenheiten anderer geschnüffelt? Was meint ihr?«

Alle sitzen schweigend da und denken angestrengt nach.

»Eher unversöhnlich, würde ich meinen«, sagt Astrid Nielsen. »Zumindest nach dem, was ihr Chef und die wenigen Kollegen ausgesagt haben, die Johannisen und ich sprechen konnten. Susanne Smeed scheint eher eine gewesen zu sein, die gern auf die Fehler der anderen hingewiesen hat, so eine Art Lästermaul.«

»Cornelis und Astrid, ihr fahrt heute bitte noch mal nach Solgården und bohrt weiter. Ich werde nachher Wenche Hellevik aufsuchen. Das ist Jounas' Schwester und eine der wenigen Freundinnen, die Susanne hatte«, fügt sie hinzu, als sie fragende Blicke auf sich zieht. »Da bekommen wir vielleicht ein differenziertes Bild von ihr. Aber jemand sollte mitkommen. Karl, hast du Zeit?«

Er nickt, und Karen richtet die nächste Frage an Cornelis Loots.

»Hast du inzwischen eine Antwort von den Kollegen aus der Spurensicherung oder weitere Erkenntnisse aus deinen anderen Untersuchungen?«

»Ich habe heute Morgen mit Larsen gesprochen; DNS und Fingerabdrücke untersuchen sie noch, erwarten aber das Ergebnis im Laufe des Tages. Ja, außer den Abdrücken, die von Jounas Smeed stammen, die haben sie ja schon«, schiebt er mit bedrückter Stimme hinterher. »Und dann warten wir noch auf die Stellungnahme von Susannes Bank und vom Kreuzfahrtschiff.«

»Wie läuft es da eigentlich? Wie weit seid ihr?«

»Wir haben eine Anfrage bezüglich aller Passagiere abgeschickt, die umfasst alle skandinavischen Länder, die USA, die Niederlande und Italien. Deutschland übrigens auch, denn einer der Dänen hat die deutsche Staatsbürgerschaft, wie sich herausstellte«, erläutert Cornelis Loots, während er aus seinen Unterlagen vorliest.

»Und ...?«

»Bisher haben wir keine Informationen über schwerere Straftaten, damit meinen wir Gefängnisstrafe von mehr als einem Jahr. Natürlich kann das Strafmaß in den verschiedenen Ländern unterschiedlich sein, aber wenn man sich mal alle vornimmt, die je verurteilt und eingesperrt wurden, dann bleiben nur noch zwei Personen übrig. Das sind ...«

Cornelis blättert in seinem Papierstapel.

»... ein schwedischer Geschäftsmann, Erik Björnlund, der achtzehn Monate wegen Insidergeschäfte gesessen hat, und ein Amerikaner, Brett Close, der sechs Jahre wegen Totschlags hinter Gittern war. Aber als wir genauer recherchiert haben, stellte sich heraus, dass es damals um Alkohol am Steuer ging und bei dem Unfall ein dreijähriges Mädchen ums Leben kam. Zudem ist Brett Close heute 72 Jahre alt, und dieser Vorfall ereignete sich Mitte der Siebzigerjahre. Seitdem hat er sich nichts zuschulden kommen lassen, und der Sicherheitsbeauftragte auf dem Schiff hat zudem angegeben, dass Close und seine Frau tief religiös seien. Ich glaube, er sprach von der Episkopalkirche.«

»Na gut, wir haben schon gottesfürchtige Männer gehabt, die die schrecklichsten Verbrechen begangen haben«, antwortet Karen nüchtern. »Denk mal an den Pastor auf Noorö, der seine Frau und die vier Kinder erschlagen hat, um sie davon abzuhalten, weiter zu sündigen. Aber ich weiß, was du meinst, Brett Close scheint nicht gerade eine heiße Spur zu sein. Sonst noch was?«

»Nein, das ist alles, was wir bislang in Erfahrung bringen konnten, aber es sind auch noch nicht alle Ergebnisse da, und die Italiener haben sich bislang überhaupt nicht gemeldet. Wenn wir hier fertig sind, werde ich da nachhaken.«

Karen seufzt. Die Chance, irgendetwas Brauchbares durch das Kreuzfahrtschiff zu erhalten, ging von Anfang an gegen null, und das bestätigt sich gerade. Wenn Loots und Nielsen die Auskünfte von allen Ländern auf dem Tisch haben, können sie diesen Teil der Ermittlungen vermutlich ad acta legen und sich anderen Dingen zuwenden.

Die Frage ist nur, welchen. Die ersten vierundzwanzig Stunden einer Ermittlungsphase sind immer kritisch; laut Statistik sinkt die Aufklärungsquote mit jeder Stunde, die danach verstreicht, drastisch. Jetzt sind bald drei Tage ins Land gegangen, ohne dass sie auch nur eine Theorie haben, wer der Täter sein oder welches Motiv ihn zu der Tat veranlasst haben könnte. Achtzig Prozent der Schwerverbrechen mit tödlichem Ausgang werden innerhalb der ersten drei Tage aufgeklärt, das sagen die Zahlen.

Aber ungeachtet der Frage, ob es sich in Susanne Smeeds Fall um geplanten Mord oder Totschlag im Affekt handelt, werden die Chancen, dass sich diese Ermittlung zu den achtzig Prozent gesellt, immer geringer. Nach einem letzten Durchgang, bei dem nichts wirklich Wichtiges zur Sprache kam, ein paar übliche Spekulationen über den möglichen Tathergang und denkbare Motive, und die Verteilung der Aufgaben beendet Karen das Meeting, aber bittet Karl Björken, noch dazubleiben. Sie teilt ihm mit, dass sie am Vormittag noch etwas zu erledigen habe, und dann verabreden sie sich auf dem Parkplatz um ein Uhr. Zwanzig Minuten später passiert sie die Drehtür im Hotel »Strand«.

31

Karen sieht einen sehr jungen Mann an der Rezeption sitzen und seufzt. Truls Isaksen ist ein ganz durchschnittlicher Typ, etwa Mitte zwanzig, und sieht sie mit einem Gesicht an, das die vorgeschriebene Höflichkeit, gleichzeitig aber eine tief verankerte Überheblichkeit widerspiegelt, wie man sie bei Servicepersonal seines Alters so häufig antrifft. Das dunkle Haar ist zu einem diskreten Pferdeschwanz sorgfältig zusammengebunden, und die zwei vertikalen Löchlein in seinen Ohrläppchen verraten, dass er irgendeine Form von Schmuck trägt, wenn er nicht im Dienst ist.

Kaum hat Karen sich vorgestellt und ihr Anliegen erklärt, ist das kleine Lächeln ausradiert, und die hochgezogenen Augenbrauen sind auf ein entspannteres Niveau gesunken. Die Arbeit erfordert zwar ein gewisses Maß an Freundlichkeit den Hotelgästen gegenüber, aber niemand hat ihn angewiesen, dass er einem Bullen die Füße küssen soll.

Sie haben sich in die Lobby hinter der Rezeption gesetzt, und Truls hat, nachdem er sich selbst einen Kaffee geholt hat, ihr auch eine Tasse angeboten. Sie hat dankend abgelehnt. Während er sich nun durch eine halbe Packung Schokoladenwaffeln kaut, zieht er aus der Tasche eine Schachtel Zigaretten, die er ungeduldig zwischen den Fingern hin- und herschiebt. Offenbar geht er davon aus, dass ihre Unterhaltung nur kurz sein wird und er gleich im Hinterhof noch schnell eine wohlverdiente Zigarette rauchen kann. Karen überlegt kurz, ob sie ihm anbieten soll, mitzukommen und das Gespräch draußen fortzusetzen. Und das hätte sie vielleicht auch getan, wenn ihre Stimmung besser oder Truls Isaksen etwas freundlicher gewesen wäre. Stattdessen tut sie so, als gäbe es diese Zigarettenschachtel gar nicht, die er nun vor sich auf dem Tisch platziert hat. Er spielt unterdessen mit einem roten Kunststofffeuerzeug, das er hoch konzentriert immer wieder an- und ausmacht.

Dann beginnt ihr Gespräch; Karen stellt Fragen, ohne sich provozieren zu lassen, und Truls Isaksen antwortet immer knapper und gelangweilter. Sie spürt, wie ihre Laune immer schlechter wird mit jedem »ja«, mit dem er die Antworten garniert.

Nein, er habe keine Ahnung, wann der Gast in Zimmer 507 am Sonntagmorgen ausgecheckt sei, das Zimmer sei ja im Voraus bezahlt worden, und da könne man den Schlüssel jederzeit auf die Theke legen, wenn man gehe. Das Hotel spioniere ja seinen Gästen nicht hinterher. Nein, er säße nicht in jeder Sekunde seiner Arbeitszeit auf seinem Stuhl, er habe ja auch ein Anrecht darauf, etwas zu essen oder auf die Toilette zu gehen. Ja, er dürfe sogar kurze Rauchpausen machen, wenn nicht viel los sei. Außerdem gäbe es ja eine Klingel, die ein Gast benutzen könne, wenn er Hilfe brauche. Und ja, er müsse den Gast in Zimmer 507 vermutlich eingecheckt haben, denn außer ihm habe niemand in der Nacht um halb zwölf Dienst gehabt. Nein, an die Person könne er sich nicht mehr erinnern. Nein, besonders auffällig sei das nicht, gerade in der Nacht, in der Oistra gefeiert werde, würden laufend spontan Zimmer gebucht, vermutlich sei ein halbes Dutzend Gäste in der Nacht auf Sonntag unangemeldet aufgetaucht. Und man wisse ja, was die vorhätten.

»Geile Typen mit einer Schnecke, die schon hinten am Fahrstuhl steht und nicht gesehen werden will«, erklärt Truls Isaksen, und während er so aus Erfahrung spricht, zieht er ein blasiertes Gesicht. »Natürlich kommt das auch an normalen Wochenenden vor, aber an Oistra ist es am schlimmsten, Horden von mehr als erwachsenen Menschen, denen die Hormone überlaufen.«

Seine treffsichere Beschreibung schnürt Karen die Kehle zu. Doch sie verzieht keine Miene und lässt sich nichts anmerken; den Schein zu wahren ist eine absolute Notwendigkeit, diese Fähigkeit konnte sie während unzähliger Vernehmungen trainieren. Doch der nächste Satz von Truls Isaksen bringt sie kurz aus dem Gleichgewicht.

»Waren Sie nicht auch hier? Ich hab das Gefühl, Sie zu kennen.«

Das plötzliche Erwachen des Rezeptionisten bewegt Karen dazu, ihn eingehender zu studieren. Wie ist es möglich, dass dieser Typ, der weder etwas gehört noch gesehen haben will, sich weder an Gäste noch Uhrzeiten erinnern kann und vermutlich die halbe Arbeitszeit lang geschlafen hat, gerade sie wiedererkennt? Jetzt sieht er sie mit ebenso unerwartetem wie unangenehmem Interesse an.

»Waren Sie nicht diejenige, die am Sonntagmorgen wahnsinnig früh aus dem Hotel geschlichen ist? So um sieben rum? Ich kam grad vom Klo zurück, da hab ich noch gesehen, wie Sie durch die Drehtür dort hinten liefen ...«

Karen betrachtet ihn mit hochgezogenen Augenbrauen, und vielleicht legt er das als Erstaunen oder Verstimmtheit darüber aus, dass er so blöd sein kann, Polizisten und Hotelgäste miteinander zu verwechseln. Oder ist es ihm alles egal? Jedenfalls erlischt sein kurzfristiges Interesse wieder, und Truls Isaksen lehnt sich laut seufzend zurück, als ob diese plötzliche Erinnerung alle Kräfte aus ihm gezogen habe. Seine folgenden Worte sind für Karen ein Moment der Erleichterung.

»Na, dann war das wohl wer anders. Eigentlich sah sie auch eher aus wie eine bekloppte, besoffene Tussi als wie eine Polizistin. Aber irgendwie erinnern Sie mich an sie. Nichts für ungut.«

Karen räuspert sich und lächelt steif.

»Nur noch eine Frage, dann können Sie rauchen gehen«, sagt sie und nickt zu seiner Zigarettenschachtel hinab. »Es gibt also keinerlei Möglichkeit genau festzustellen, wann ein Gast das Hotel verlässt, wenn die Übernachtung bereits bezahlt ist und keiner an der Rezeption registriert, wann er die Schlüsselkarte zurückgegeben hat? Gibt es keine Kameras?«

»Nur auf dem Parkplatz. Wenn der Typ mit dem Wagen da war ...«

Truls Isaksen scheint seine Worte zu bereuen, kaum dass er sie ausgesprochen hat. Würde er nun auch noch gezwungen sein, ihr zu zeigen, wo die Bänder mit den Aufzeichnungen verwahrt werden? Scheiße. Das wäre dann ein Fall für seinen Chef.

»War er leider nicht«, antwortet Karen. »Zumindest nicht hier im Hotel.«

Sie steht auf und hält ihm die Hand hin.

»Tja, dann danke ich Ihnen, dass Sie sich Zeit genommen haben.«

Truls Isaksen greift nach ihrer Hand, während sich die andere die heiß ersehnte Zigarette angelt. Dann dreht er sich um und eilt hinüber in einen Gang, von dem offenbar die Tür zum Hinterhof abgeht. Auf die Idee, Karen wenigstens zum Ausgang zu begleiten, kommt er nicht. Sie sieht hinter ihm her. Die Tür zum Hof lässt er offen stehen, und Karen sieht eine Frau, die in dem kleinen gepflasterten Hof an einer Zigarette zieht. Offenbar friert sie in ihrem dünnen hellblauen Putzkittel und ihren fußfreundlichen Sandaletten; es sieht aus, als wolle sie sich selbst umarmen, um die Kälte vom Körper fernzuhalten. Dann schlägt die Tür zu, und Karen macht sich auf den Weg in Richtung Ausgang. In der nächsten Sekunde erklingt Truls Isaksens Stimme.

»Hey, Sie ...«

Die Tür zum Hinterhof ist noch einmal aufgegangen; er steht jetzt in der Öffnung und atmet mit genussvoll verzogener Miene eine Rauchwolke aus, während er Karen zu sich heranwinkt.

»Mir ist eingefallen, dass man Rosita fragen könnte«, sagt er.

»Rosita?«

»Ja, sie hat am Sonntagmorgen bei uns geputzt.«

Dann macht er einen Schritt zur Seite und übergibt das Wort an die Frau im hellblauen Putzkittel.

32

Eine halbe Stunde später hat Karen alle wichtigen Informationen in der Tasche, was sie sich kaum hätte träumen lassen, und sogar noch mehr. Rosita Alvarez berichtet ihr von ihrer täglichen Arbeit und erklärt, dass sie immer genaue Aufzeichnungen darüber macht, welche Zimmer sie geputzt hat und ob irgendetwas Ungewöhnliches vorlag, wie zum Beispiel, dass Handtücher gestohlen waren oder zusätzliche Zeit fürs Putzen erforderlich war. Karen lauscht ihr aufmerksam und konzentriert.

»Die Leute kotzen«, erklärt Rosita empört. »Und nicht immer in die Toilette. Das landet auf dem Boden, und keiner macht es wieder weg. Einer hatte mal die ganze Badewanne eingesaut, aber da bin ich zur Hausdame gegangen und habe gesagt, dafür brauche ich extra Zeit. Wir haben pro Zimmer eine Viertelstunde, wenn es eine Abreise ist.«

»Eine Abreise?«

»Ja, wenn einer auscheckt. Wir haben ja auch Gäste, die länger als eine Nacht bleiben; für diese Zimmer habe ich nur sieben Minuten.«

Karen fragt nicht nach, ob das Putzen im Zimmer 507 besondere Putzzeit in Anspruch genommen hat, das will sie gar nicht wissen. Stattdessen folgt sie mit zunehmendem Entsetzen der Schilderung, wie der Arbeitstag einer Reinigungskraft in einem Hotel aussieht. Ganz nüchtern erzählt Rosita Alvarez von gestohlenen Handtüchern, die man angeben muss, damit man nicht selbst unter Verdacht gerät, von tatsächlich stattgefundenen, eingebildeten und erfundenen Diebstählen, bei denen immer zuerst die Putzfrauen beschuldigt werden, und von verschiedenen Arten von Flecken auf der Bettwäsche, fummelnden Gästen, Schimpfworten und dem Dauerzeitdruck. Und sie erzählt, dass sie so früh wie möglich mit der Arbeit beginnt, um es rechtzeitig wieder nach Hause zu schaffen zu ihrem Ehemann und dem dreizehnjährigen Sohn, mit denen sie in Moerbeck lebt.

»Ich beginne immer im obersten Stockwerk und arbeite mich nach unten vor. Der zweite Durchgang geht dann in die andere Richtung, und beim dritten erledige ich die letzten Zimmer auf dem Weg nach unten. Drei oder vier Runden reichen in der Regel für meinen Arbeitstag.«

»Oh, vielen Dank, warum eigentlich nicht«, sagt Karen und nimmt eine Zigarette aus einer Schachtel, die Rosita ihr mit einem einladenden Nicken vor die Nase hält.

»Heißt das, Sie müssen auf jeder Etage mehrere Runden drehen?«

»Ja, es gibt immer Gäste, die ausschlafen, manche frühstücken auf dem Zimmer, und bei anderen hängt das ›Bitte nicht stören‹-Schild an der Tür. Da darf man schön warten.«

»Und können Sie sich eventuell erinnern, wie es am Sonntagmorgen war? Ich müsste nämlich wissen, wann der Gast im Zimmer 507 ausgecheckt hat.«

»Wie soll ich mich daran erinnern?«, fragt Rosita und zieht ein letztes Mal energisch an ihrer Kippe. »Wir haben fünfundfünfzig Zimmer, und ich kann doch nicht alles im Kopf behalten.«

Sie beugt sich über einen kleinen Gartentisch und drückt die Zigarette in einem umgestülpten Tontopf aus, der ihr als Aschenbecher dient.

»Aber ich kann es in meinem Buch nachschlagen«, schiebt sie hinterher und lächelt Karen augenzwinkernd an, als diese ein enttäuschtes Gesicht macht. »Ich vermerke alles mit Uhrzeit, dann weiß ich genau, welcher Raum fertig ist. Man ist schließlich keine zwanzig mehr«, sagt sie und klopft sich mit den Handknöcheln an die Stirn. »Rauchen Sie fertig, und dann kommen Sie einfach mit …«

»Heben Sie alle Notizen auf?«, fragt Karen und drückt eilig ihre halb gerauchte Zigarette aus, während sie innerlich ein inbrünstiges Halleluja zum Himmel schickt.

»Nicht in alle Ewigkeit, aber einen guten Monat vielleicht«, sagt Rosita und hält Karen die Tür auf. »Nur für den Fall, dass sich später einer der Gäste beschwert. Oder einer meiner Vorgesetzten«, fügt sie zerknirscht hinzu und streicht sich ein paar Ascheteilchen vom Putzkittel.

Wenn doch alle wie Rosita Alvarez wären, denkt Karen, als sie eine Viertelstunde später auf den Parkplatz gegenüber dem Kommissariat einbiegt. Sie hat sich mit Karl hier verabredet, um gemeinsam zu Jounas' Schwester, Wenche Hellevik, zu fahren.

Karen wirft einen Blick auf die Uhr und stellt fest, dass sie sieben Minuten zu früh dran ist. Vorsichtig lässt sie sich ganz außen auf dem verstaubten Zeitungskasten vor dem Tabakgeschäft an der Ecke von Kirkegate und Redehusgate nieder und beobachtet den Eingang des Polizeigebäudes.

Lächelnd denkt sie an ihre Begegnung im Hotel »Strand« zurück mit der unglaublichen Putzfrau, Rosita Alvarez. Die Frau verdient eine Medaille, denkt Karen.

Ja, das Schild »Bitte nicht stören« hatte an der Tür vom Zimmer 507 gehangen, als Rosita an diesem Morgen ein paar Minuten nach neun ihren Rundgang durch den fünften Stock gemacht hatte. Also hatte sie sich mit den Zimmern 501 und 503 befasst, diese Gäste waren bereits abgereist. Als sie eine halbe Stunde später fertig war, fehlte das Schild, und Rosita Alvarez reinigte das Zimmer 507 dann zwischen 9.35 und 9.50 Uhr. So stand es in ihren Aufzeichnungen.

Noch einmal geht Karen im Geiste den zeitlichen Ablauf durch. Jounas' Angaben, er habe das Hotel gegen halb zehn verlassen, könnten also stimmen. Theoretisch hätte er natürlich auch schon, kurz nachdem Rosita das »Bitte nicht stören«-Schild gesehen hat, gehen können, das war dann ein paar Minuten nach neun; es war ja noch eine halbe Stunde Zeit, in der sie die anderen Zimmer aufräumte. Nach Kneought Brodals Aussage starb Susanne spätestens um zehn Uhr, wahrscheinlicher war halb zehn. Wenn man annimmt, dass Jounas das Hotel kurz nach neun Uhr verlassen hat, dann hätte er es gut bis vor zehn Uhr nach Langevik geschafft und Susanne erschlagen können. Das würde mit Brodals Zeitangaben gerade noch übereinstimmen.

Aber erst hätte Jounas auf jeden Fall noch zum Parkplatz am Rathaus laufen müssen, um seinen Wagen zu holen; da kamen auch noch fünf Minuten hinzu. Also noch 45 Minuten übrig. Tja, sie ist die Strecke selbst schon in einer halben Stunde gefahren, wenn sie es richtig eilig hatte, aber da hat sie sich nicht an die Geschwindigkeitsbegrenzungen gehalten. Wenn er mit Vollgas gefahren wäre, hätte er es schaffen können, aber warum sollte Jounas riskieren, geblitzt zu werden? Einen Grund für einen Wettlauf mit der Zeit gab es schließlich nicht.

Mist, denkt Karen, das reicht nicht.

Karen sieht auf, streckt ihr Gesicht der milden Herbstsonne entgegen und schließt die Augen. Sie ist so nah dran, ihren Chef entlasten zu können. Ganz dicht dran, doch ein kleines Detail fehlt noch. Die theoretische Möglichkeit besteht nach wie vor. Minuten, Sekunden sprechen dafür, dass er es hätte tun können, aber das Motiv? Was soll der auslösende Faktor gewesen sein? Kann noch etwas passiert sein an diesem Morgen, nachdem ich gegangen bin?, überlegt sie. Ein Telefonat, eine SMS, eine Mail; irgendetwas, das Jounas geweckt und schrecklich wütend gemacht hat? Oder ihm Angst eingejagt hat?

»Ach, du sitzt hier und sonnst dich. Dein oder mein Auto?«

Karen zuckt zusammen, als sie mit einem Mal Karls Stimme hört. Meins natürlich, denkt sie, aber reißt sich zusammen. Ihr ist es immer unangenehm, auf dem Beifahrersitz Platz zu nehmen, aber heute sollte sie Karl mal das Steuer überlassen.

»Du kannst gern fahren«, sagt sie. »Ich muss denken.«

33

Die Autobahn, die von Dunker nach Ravenby führt, schneidet quer durch die flache Landschaft von Sörland. Schwer zu bebauendes Ackerland und Laubwald wechseln sich kilometerlang mit weitläufigen Heidelandschaften ab. Ganz im Westen, wo die Straße dann Richtung Norden dreht, sieht man den Horizont, und sogar hier, im Binnenland spürt man noch, wie die Insel im Westen schutzlos und unversöhnlich ins Meer abstürzt. Kaum einer glaubt heute noch an die Legende vom Riesen Frendur, der in seiner Wut Heimö mit seinem Schwert zerteilte und den östlichen Teil verschonte, während er den westlichen, nämlich da, wo seine untreue Frau und der hinterhältige Bruder in Unzucht lebten, vom Atlantik auffressen ließ. Aber ebenso, wie die Erde an einem herrlichen Sommertag platt wirken kann und der Himmel wie eine Käseglocke aus blauem Glas, sieht Heimös Westküste tatsächlich aus, als wäre sie von einem Schwerthieb erschaffen worden, und dies in äußerster Wut.

Karl fährt schnell, aber sicher, und nach einer guten Stunde liegen 110 km Autobahn hinter ihnen. Sie haben die Ausfahrt auf die Reichsstraße 20 genommen und folgen nun der Beschilderung nach Helleviksnäs. Der Himmel zieht sich wieder zu, und Karen beugt sich vor, um zu den grauen Wolken hinaufzublinzeln, die von Westen aufgezogen sind und sich nun genau über ihnen zusammenrotten.

»Soll das Zufall sein?«, fragt Karl, während er ein Auge auf das Navigationsgerät wirft. »Ich meine, dass ihr Name Hellevik ist und dass sie auch noch in Helleviksnäs wohnen? So viel ›Hölle‹ auf einmal.«

»Würde ich nicht denken«, antwortet Karen. »Ich meine, dass Wenches Mann aus einer sehr großen Familie stammt, wahrscheinlich hat ihnen früher mal das ganze Dorf gehört. Aber das ist ja keine Seltenheit.«

»Hier vielleicht nicht, aber unten auf Frisel kennt man das eigentlich nicht. Da gibt es niemanden, der mehr als sein eigenes Stück Erde besitzt, manchmal nicht mal das.«

»Stimmt, ihr Frisen seid nicht gerade für Größenwahn bekannt. Aber für harte Arbeit auch nicht direkt«, schiebt Karen frotzelnd hinterher und sieht ihn an.

Karl schnaubt übertrieben entrüstet. Das kennt er schon, je weiter nördlich man auf den Inseln wohnt, desto eher betrachten einen die Leute als fleißig und ehrenhaft. Noch immer werden die Einwohner von Noorö, die hauptsächlich norwegische und schwedische Wurzeln haben, als strebsame, verschwiegene und gottesfürchtige Menschen angesehen, während man den Verwandten auf der südlichsten Insel, wo die Bevölkerung meist von Dänen und Holländern abstammt, nachsagt, sie seien Luftikusse und würden ihre Netze zu lange im Wasser lassen. Dazwischen liegt Heimö mit seiner unseligen Mischung aus britischen, skandinavischen und mitteleuropäischen Einflüssen. Nach Heimö sind die Menschen aus allen Himmelsrichtungen und aus verschiedensten Beweggründen gekommen. Vermutlich ist es wahr, dass Heimö schon vor langer Zeit ein Zufluchtsort für Leute gewesen ist, die das Vaterland aus dem ein oder anderen Grund rasch verlassen mussten, aber sicher waren das nur wenige. Und selbst wenn der Anteil an Dieben, Mördern und anderen Verbrechern niemals so groß war, wie die alten Geschichten es einem weismachen wollen, ist die Hauptinsel, nach dem, was die Cousinen auf Noorö und Frisel erzählen, hauptsächlich von Raubfischern, Großgrundbesitzern, Reedern und anderen Typen bevölkert, die wissen, wie sie auf Kosten anderer leben können. Und am schlimmsten ist es natürlich in Dunker, in der Hauptstadt.

Doggerland folgt mit anderen Worten denselben Sündenbockhierarchien wie die meisten anderen Länder; harte Arbeit im Norden, Laisser-faire im Süden und eine Hauptstadt voller stinkvornehmer Typen und Gauner.

»Ist doch klar«, brummt Karl Björken. »Die Tochter von Axel Smeed muss sich doch standesgemäß verheiraten. Wenn man mit Silberlöffeln im Mund geboren ist, dann nimmt man natürlich nicht jeden armen Schlucker, der einem über den Weg läuft. Ich würde wetten, sie schwimmen im Geld.«

»Wir werden sie danach fragen, wenn wir da sind.«, antwortet Karen nüchtern.

Aber schon als sie durch das Tor auf das Grundstück der Helleviks einbiegen, bestätigt sich seine Vermutung. Am Tennisplatz rechts der Einfahrt sehen sie sowohl ein Clubhaus als auch eine zweireihige Tribüne, und der nierenförmige Pool auf der anderen Seite ist der größte, den Karen je in Privatbesitz gesehen hat. Sie hört Karl etwas von Onkel Dagobert brummen, als sie das zwei Stockwerke hohe Trampolin erblicken. Gerade fahren sie auf das prächtige Herrenhaus zu und parken neben einem mit Grünspan überzogenen Springbrunnen, das Prunkstück vor dem Eingang. Karl schaltet den Motor aus und beugt sich vor, um durch die Windschutzscheibe mehr von der Hausfassade sehen zu können.

»Glaubst du, wir können hier stehen bleiben? Oder sollen wir eher den Kücheneingang benutzen?«

Noch bevor Karen antworten kann, kommt eine groß gewachsene Frau um die Ecke. An der imposanten Treppe hält sie inne. Um sie herum sausen zwei nasse Yorkshireterrier, die beim Anblick der Besucher sofort in einen Freudentaumel ausbrechen. Wild keifend und wie im Glücksrausch rasen sie zwischen den Füßen ihres Frauchens und Karls Wagen hin und her. Hinter ihnen vermutet Karen einen Irish Setter, der zwar ebenso nass, aber bedeutend ruhiger zu sein scheint. Er trabt vor und setzt sich neben die Frau, die automatisch eine Hand auf seinen rotbraunen Scheitel legt.

Karen und Karl öffnen gleichzeitig die Wagentüren und steigen aus.

34

»Herzlich willkommen!«, ruft Wenche Hellevik. »So, jetzt aber still!«

Sie macht keinerlei Anstalten, auf ihre Gäste zuzugehen, aber lächelt überaus freundlich. Karen und Karl laufen ihr zur Begrüßung entgegen. Möglichst diskret mustert Karen Jounas Smeeds Schwester. Das hellblonde Haar ist zu einer Banane gesteckt, die ebenso streng ist wie die Kleidung: dunkelgrüner Blazer über einem weißen Rollkragenpullover, ein perfekt sitzender grün karierter Rock, der bis unterhalb des Knies reicht, diskrete Perlenohrringe und French lackierte Nägel. Der einzige Stilbruch zeigt sich weiter unten, wo ihre Beine wie zarte Blütenstiele in frisch abgespülten Gummistiefeln stecken.

Sie begrüßen sich und stellen sich vor.

»Ich dachte mir doch, dass ich ein Auto kommen höre. Wir sind gerade von einem kleinen Spaziergang zurückgekommen und mussten uns in der Waschküche abbrausen. Nein, hat Frauchen gesagt, nicht springen! Möchten Sie einen Kaffee? Oder lieber Tee? Sie sind nach der Autofahrt bestimmt müde, nicht wahr? Nein, lass das!«

Die letzten Worte sagt sie mit einer unerwartet kräftigen und tiefen Stimme zu dem Irish Setter, der nicht so aussieht, als würde er begreifen, warum er nicht gerade jetzt das Wasser aus seinem Fell schütteln soll. Wenche Hellevik geht voraus, steigt die breite Steintreppe hinauf und passiert die reichlich verzierte doppelflügelige, massive Eichentür. Durch den Kontrast zwischen Herbstsonne und der Dunkelheit im Haus dauert es ein paar Sekunden, bis Karen bemerkt, dass die gigantische Eingangshalle komplett in Kunststofffolie und Abdeckpapier gehüllt ist. Zwei weiß gekleidete Männer stehen mit Malerfarbe und Spachtel, Rollen und Pinseln in einem Durcheinander aus Leitern und Eimern. Sie diskutieren etwas mit einem dritten, auffällig großen Mann in einem tiefblauen Anzug. Alle drei machen lange Gesichter und einer zeigt hinauf zur Decke.

»Bitte entschuldigen Sie diese Unordnung, wir hatten einen Wasserschaden im Badezimmer über uns und müssen nun die gesamte Halle renovieren lassen. Liebling, die Polizei ist jetzt hier, sag doch noch kurz Hallo, bevor du fährst.«

Der hoch gewachsene Mann beendet daraufhin das Gespräch mit den Malern und eilt ihnen entgegen, dann reicht er höflich lächelnd erst Karen, dann Karl die Hand.

»Magnus Hellevik«, stellt er sich vor. »Wenn ich meine Frau richtig verstanden habe, sind Sie hier wegen dieser schrecklichen Sache mit Susanne.«

»Ja, das stimmt, wir müssen mit möglichst vielen Menschen reden, die sie gekannt haben«, antwortet Karen.

»Ich weiß nicht, ob ich dann der Richtige bin, aber ich stehe Ihnen natürlich gern zur Verfügung. Ich müsste nur darum bitten, mit mir anzufangen. Ich habe einen dringenden Termin in Ravenby und hätte schon längst losfahren müssen, aber wir haben hier ein paar Probleme, wie Sie vielleicht sehen.«

Magnus Hellevik zeigt auf die Wandfarbe und die Leitern, während er abwechselnd mal zu Karen, mal zu Karl schaut, als überlegte er, wer von ihnen wohl der Ranghöhere sei, obwohl sie sich ja gerade vorgestellt haben.

»Haben Sie Susanne Smeed gut gekannt?«, fragt Karen.

»Überhaupt nicht. Natürlich hatten wir hin und wieder Kontakt, wenn man sich bei Familienfeiern sah. Das war aber nur in der Zeit, als sie mit Jounas verheiratet war, danach nicht mehr. Und es ist lange her, dass sich ihre Wege getrennt haben.«

Karen nickt.

»Dann würde ich sagen, tragen wir nicht zu weiterem Stress bei«, entlässt sie ihn schmunzelnd. »Zumindest nicht heute. In erster Linie wollen wir mit Ihrer Frau sprechen, aber wir werden Sie noch einmal kontaktieren, wenn Fragen offenbleiben.«

Magnus Hellevik sieht erleichtert aus und entschuldigt sich mit einem Lächeln und einem schnellen Kuss auf die Wange seiner Frau.

»Wollen wir …?«

Wenche Hellevik zeigt zu einer Schiebetür rechter Hand, dann geht sie vor und öffnet sie, was von einem leicht quietschenden Geräusch begleitet wird.

»Setzen Sie sich doch, ich komme gleich. Lieber Kaffee oder Tee?«

Ein paar Minuten später ist sie mit einem Tablett in der Hand zurück, auf dem drei Teetassen, eine Thermoskanne und ein Schälchen mit Zitronenmuffins stehen. Sie lässt sich auf der einen Seite eines perlweißen Sofas nieder und wendet sich an ihre Gäste, die in Sesseln mit geblümtem Chintzstoff Platz genommen haben.

»Bitte bedienen Sie sich, und sagen Sie mir, wie ich Ihnen helfen kann. Nehmen Sie Milch?«

Sie hat mit ihrem Bruder nicht viel gemeinsam, denkt Karen. Dieselbe Nase und denselben Körperbau vielleicht, aber ansonsten scheinen sie glücklicherweise sehr unterschiedlich zu sein. Karen kann nicht die Spur von Verbitterung oder Arroganz im Gesicht von Jounas' Schwester entdecken. Dann sucht sie Blickkontakt mit Karl und signalisiert ihm, dass er beginnen soll.

»Können Sie uns ein bisschen darüber erzählen, wie Sie und Susanne Smeed sich kennengelernt haben? Soweit wir wissen, waren Sie Klassenkameraden.«

»Ja, das ist richtig, allerdings erst auf dem Gymnasium. Susanne wohnte ja in Langevik und ging dort auf die Grundschule. Aber das Gymnasium war für sie eine willkommene Gelegenheit, endlich von zu Hause wegzugehen.«

»Ach so«, sagt Karen. »Dann ist sie nicht nach Dunker gependelt, so wie die anderen?«

Einen Moment lang fühlt sie sich dreißig Jahre zurückversetzt, in den schaukelnden gelben Leylandbus, mit dem sie drei Jahre lang jeden Tag fahren musste. Die ständige Übelkeit hat sie noch gut in Erinnerung; entweder, weil sie im Bus noch die Hausaufgaben gemacht hat oder von der Zigarette an der Haltestelle.

»Nein, so lernte ich sie nämlich kennen«, fährt Wenche fort. »Mein Vater besaß eine Wohnung in der Nygate, und da bekam ich eine kleine Zweizimmerwohnung unter der Voraussetzung, dass ich die Miete selbst bezahlen könne. So was nahm er sehr genau.«

Sie nimmt einen kleinen Schluck Tee und stellt die Tasse langsam auf den Tisch zurück, bevor sie fortfährt.

»Ich bekam ja das Kindergeld und habe an den Wochenenden gejobbt, aber das reichte nicht, wenn man auch ausgehen und shoppen wollte, also habe ich nach ein paar Monaten einen Zettel aufgehängt, dass ich eine Mitbewohnerin suche. Susanne muss die Erste gewesen sein, die meine Anzeige gelesen hat, und ich vermute, dass sie sie sofort abgerissen hat. Auf jeden Fall hat sie mich noch am selben Tag in der Pause angerufen und ... ja, ein paar Tage später ist sie schon eingezogen.«

»Und dann haben Sie sich angefreundet. Standen Sie einander sehr nahe?«

Karl greift nach einem Muffin, und Karen bemerkt, dass das lange Gesicht, mit dem er hineingekommen war, nun einen freundlicheren Ausdruck bekommt. Vermutlich gefällt ihm die Geschichte, dass ihr die Miete nicht bezahlt wurde, sondern ihr Papa gesagt hat, sie solle jobben gehen, denkt sie. Außerdem macht Wenche Hellevik einen recht sympathischen Eindruck, trotz Pool und Tennisplatz.

»Nahe? Mmh, ja, vielleicht. Wenn man jung ist, ist es ja so leicht, enge Freundschaften zu knüpfen. Bevor man eine feste Persönlichkeit entwickelt hat, wenn Sie verstehen, was ich meine. Später wird man ja geformt, und man entwickelt Einstellungen zu allem Möglichen, aber als Jugendliche hat man doch eigentlich nur Jungs, Klamotten, Musik und ungerechte Lehrer im Kopf.«

Karen kann nur zustimmend nicken. Soweit sie sich erinnern kann, haben sie sich in diesem schaukelnden Bus genau darüber das Herz ausgeschüttet.

»Und junge Menschen sind ja so furchtbar konformistisch, selbst wenn sie *glauben*, sie seien so radikal. Die meisten wollen doch um jeden Preis akzeptiert werden und so wie ihre Freunde sein. Aber nun als Antwort auf Ihre Frage, ja, wir standen einander nahe, so wie zwei Jugendliche eben. ›Beste Freundin‹ nennt man das wohl.«

»Können Sie uns erzählen, was Susanne Smeed für ein Mensch war? Wie haben Sie sie als Person erlebt?«

Wenche Helleviks Blick driftet ab in die Ferne, sie sieht aus, als würde sie tief in ihren Erinnerungen graben.

»Ängstlich«, sagt sie schließlich. »Hilfsbereit und freundlich und immer schien es für sie extrem wichtig zu sein, nicht anzuecken und es allen recht zu machen. Eigentlich war sie recht intelligent, doch sie hat sich nicht so sehr fürs Lernen begeistert, eher dafür, ihre sozialen Beziehungen zu pflegen.«

»War sie beliebt?«

»Susanne war ja unglaublich hübsch, deshalb war es für sie nicht schwierig, Jungs zu erobern. Aber bei den Mädchen war sie nicht so beliebt, und sie hat sich nicht wirklich angestrengt, andere Freundinnen als mich zu bekommen. Aus irgendeinem Grund bewunderte sie mich, sie hat mich sogar kopiert, ging zum Friseur, wenn ich gerade dort gewesen war, hellte sich die Haare auf wie ich. Ja, ich war zwar von Natur aus blond«, korrigiert sich Wenche Hellevik rasch, »aber Sie verstehen, was ich sagen will; sie hat mir alles nachgemacht, hat auch dieselben Klamotten gekauft, was sie sich eben leisten konnte.«

»Und wie fanden Sie das?«

Wenche Hellevik zuckt leicht mit den Schultern, und diese Bewegung erinnert Karen sowohl an Jounas als auch an Sigrid.

»Manchmal war ich schon ein bisschen sauer«, gibt sie zu. »Aber nicht lange. Es war ja auch schmeichelhaft. Ich hatte eher das Gefühl, dass sie von meiner Familie sehr beeindruckt war, sich für ihre eigene

Herkunft hingegen schämte. Dass sie die Vergangenheit hinter sich lassen wollte.«

»Hat sie viel von ihrer Familie erzählt?«

»Am Anfang nur ganz wenig, aber mit der Zeit bekam ich ein genaueres Bild davon, dass sie keine sehr glückliche Kindheit gehabt hatte. Nicht dass sie zu Hause schlecht behandelt worden wäre, sondern eher dass sie ... wie soll ich es sagen ...? Ich hatte eher das Gefühl, dass sie ihren Eltern gegenüber keinen Respekt empfand. Die waren ja sehr sonderbar, und es war bestimmt nicht leicht, zu dieser Zeit in so einer kleinen Gemeinde wie Langevik so aus dem Rahmen zu fallen.«

»Ach ja? In welcher Weise waren sie sonderbar?«, fragt Karl.

Es gelingt ihm tatsächlich, ganz erstaunt auszusehen, als hätte er nicht die geringste Ahnung, obwohl Karen ihm während der Autofahrt alles erzählt hat, was ihre Mutter zu berichten wusste und was die Herren in der Kneipe von der Kommune oben im Lothorpshof erzählt hatten. Karen fällt ein, dass sie die Spurensicherung bitten muss, möglichst bald das Fotoalbum freizugeben, das sie in Susannes Schlafzimmer gefunden haben.

»Sie waren wohl so was wie Hippies, würde ich sagen«, antwortet Wenche Hellevik zögernd. »Ihre Eltern sind von Schweden hierhergezogen, und wenn ich es recht verstanden habe, dann lebten sie die ersten Jahre in einer Art Kommune.«

»Hat Susanne von dieser Zeit etwas erzählt?«

»Nein, sie war damals ja sehr klein, die Frage wäre, ob sie sich überhaupt noch richtig daran erinnern kann. Aber es gab ja andere Dinge, die hinterher schwer für sie waren.«

»Was meinen Sie damit?«

»Na ja, zum Beispiel die Tatsache, dass keiner ihrer Eltern einen richtigen Job hatte, ich kann verstehen, dass das Susanne peinlich war. Die anderen Kinder im Dorf hatten ja meist Eltern, die Fischer oder Lotsen waren oder andere anständige Berufe hatten, während Susannes Vater im Garten stand und Bilder malte.«

Das passt genau zu dem, was Jaap Kloes und die anderen beschrieben haben, denkt Karen. Wenn es Susannes größter Wunsch war, akzeptiert zu sein, dann war es vermutlich nicht leicht, zur Familie Lindgren zu gehören.

»Und dann starb ihre Mutter ja auch viel zu jung«, fährt Wenche fort. »Ich weiß, es ist vielleicht nicht der richtige Zeitpunkt, aber ich weiß, dass Susanne sich für sie schämte.«

»Sich schämte? Warum?«

Offenbar klingt Karl eine Spur zu fordernd, denn Wenche Helleviks Stimme ist trocken und ein wenig ironisch, als sie antwortet.

»Ich kann leider nicht mit irgendwelchen spannenden Skandalen dienen, Herr Kommissar. Es war nur so, dass Susannes Mutter der Typ Frau war, der die Blicke der anderen auf sich zog. Alle Konventionen waren ihr egal. Sie kleidete sich anders als die anderen Mütter, beschäftigte sich mit Yoga und Healing und so. Aber Susanne hatte sich wahrscheinlich einfach nur eine ganz durchschnittliche Mutter gewünscht. Eine, über die nicht geredet wurde. Aber mehr weiß ich leider auch nicht«, fügt sie hinzu.

Ihr Lächeln zeigt wirklich Bedauern, aber der energische Ton ihrer Stimme deutet klar darauf hin, dass Wenche Hellevik nichts mehr zu Susannes Kindheit zu sagen hat. Karen beschließt, das Thema zu wechseln.

»Soweit ich weiß, hat die Familie davon gelebt, dass sie Grundstücke verkauften«, sagt sie. »Offenbar hatten sie sehr viel Grund und Boden von einem Verwandten von Susannes Mutter geerbt.«

»Ja, das habe ich gehört, aber davon wusste Susanne zu der Zeit noch nichts, da bin ich mir ganz sicher. Vermutlich dachte sie, sie lebten von dem Geld, das der alte Gråå angespart hatte. Aber der hatte ja nichts auf die Bank gebracht, wie ich später erfuhr, sondern hatte alles in Grundstücke investiert.«

Sie legt eine Pause ein und nimmt einen Schluck Tee, bevor sie fortfährt.

»Dass sie Wurzeln auf der Insel hatte, wusste sie schon, und vermutlich auch, dass ihre Mutter von ihrem Großvater viel Grundbesitz geerbt hatte. Aber dass das Erbe Hektar für Hektar verhökert wurde, um den Lebensunterhalt der Familie zu sichern, hat sie erst viel später erfahren. Ich glaube, erst als ihr Vater starb, hat sie wirklich einen Überblick bekommen. Ich selbst habe es jedenfalls erst viele Jahre später gehört, als mein Bruder davon im Zusammenhang mit der Scheidung erzählte.«

»Dann wusste Jounas es, bevor es Susanne erfuhr ...?«

Wenche Hellevik sieht verlegen aus.

»Ich fürchte, ja. Mein Vater hat ja große Teile von Lindgrens Land gekauft. Zu meiner Schande muss ich gestehen, dass er es wohl auch noch zu einem viel zu niedrigen Preis erworben hat. Susannes Vater war kein Geschäftsmann, und er hat wohl geglaubt, dass er seinem angeheirateten Verwandten vertrauen könnte. Und als Vater starb, hat Jounas das ganze Land geerbt.«

»Sie sagen, Jounas hat es geerbt. Und Sie?«

»Wir haben das Erbe aufgeteilt. Jounas erhielt vor allem Grundbesitz, und ich habe Vaters Firma übernommen. Als Polizist hatte Jounas weder Zeit noch Lust, das Unternehmen weiterzuführen, während Magnus und ich das gerne tun.«

Karen lässt sich Wenches Worte durch den Kopf gehen. Axel Smeed hat also weiterhin Grundstücke von den Eltern seiner Schwiegertochter gekauft, als Susanne und Jounas schon verheiratet waren. So hat er systematisch das aufgekauft, was sie geerbt hätte, damit es am Ende sein Sohn erhielt. Hatte Jounas, entgegen dem, was Wenche behauptet hatte, davon die ganze Zeit gewusst? Oder hatte Axel das hinter dem Rücken seines Sohnes betrieben? Als ob sie Karens Gedanken lesen konnte, sieht Wenche ihr plötzlich direkt in die Augen.

»Vater war hart«, sagt sie. »Er duldete keine ›Zigeuner, Frisen und andere Herumtreiber‹, wie er es nannte, und er ging immer davon aus, dass wir einmal in seine Fußstapfen treten würden und seine Wertmaßstäbe übernähmen. Jounas war derjenige von uns, der den Aufstand probte, nicht ich. Es war für Vater ein harter Schlag, als sein einziger Sohn an die Polizeihochschule ging, anstatt das zu verwalten, was er selbst aufgebaut hatte. Und als Jounas dann Susanne heiratete, mit ihrer

Herkunft aus dieser sonderbaren Familie, da glaube ich, hat er seinen Sohn aufgegeben. Stattdessen hat er all seine Hoffnungen in die nächste Generation gesetzt. Magnus und ich bekamen ja keine Kinder, daher war Sigrid sein einziges Enkelkind.«

»Dann ging es also weniger um seinen Sohn, als um sein Enkelkind«, sagt Karen nachdenklich.

»Ja, ich glaube, er hat eingesehen, dass es sicherer wäre, wenn der Landbesitz bei einer eventuellen Scheidung in Jounas' Händen lag. Sie sei eine ›Pretty Woman‹, hat er gesagt, und außerdem Tochter von schwedischen Herumtreibern, die vom Wert des Geldes nichts verstanden. Ich glaube, er ging davon aus, dass sie sich trennen würden, und bereitete insgeheim alles von langer Hand vor. Und er behielt ja auch recht.«

Und den Ehevertrag hatten sie ja unterschrieben, denkt Karen; Axel Smeed hatte sich dessen vergewissert. Das war seine Forderung gewesen, damit er seinem Sohn und der schwangeren Schwiegertochter mit der Wohnung unter die Arme griff, nach dem, was Jounas erzählt hatte. Das passt auch zu Axel Smeeds Ruf: Er war hart und für ein gutes Geschäft bereit, über Leichen zu gehen. Er hatte nicht einmal davor zurückgeschreckt, seine Schwiegertochter zu hintergehen, ihr zukünftiges Erbe für einen lächerlichen Preis aufzukaufen und es zwischenzeitlich seinem Sohn, von dem er so enttäuscht gewesen war, zu überschreiben, bevor es dort landete, wo er es haben wollte: bei Sigrid, seinem einzigen Enkelkind, seinem leiblichen Erben.

Ein Bild von Sigrid, wie sie auf dem Sofa sitzt, die tätowierten Arme verschränkt, den Ring in der Nase und die Stacheln aufgestellt, flimmert vor ihrem inneren Auge vorbei. Für die Erbin des großen smeedschen Vermögens nicht gerade passend. Vermutlich auch nicht die Enkeltochter, die Axel Smeed sich gewünscht hätte, denkt Karen. Und kaum die Tochter, von der Jounas oder Susanne geträumt haben, als sie sie zum Reiten und die Tanzstunde geschickt haben. Wie fühlt es sich wohl an, so eine Enttäuschung zu sein?

»Treffen Sie Sigrid ab und zu?«, fragt Karen.

»Das ist lange her. Sie hat mit ihren Eltern fast ganz gebrochen, schon als sie von zu Hause auszog. Eigentlich hat sie den Kontakt zu ihrer ganzen Familie abgebrochen, könnte man sagen.«

»Wie kam es dazu?«

Wenche Hellevik sieht aus, als ob sie ein paar Sekunden lang in Betracht zieht, nicht darauf zu antworten.

»Mein Bruder ist kein einfacher Mensch«, sagt sie schließlich. »Er kann hart und unversöhnlich sein, Susanne gegenüber war er das. Und sie wiederum war verbittert und streitsüchtig. Es gab ständig Auseinandersetzungen und Streit, bei dem sie Sigrid als Spielball benutzten und sie zwangen, Partei zu ergreifen. Am Ende wusste Sigrid sich nicht anders zu helfen, als Abstand zu beiden zu suchen und sich aus der Situation zu befreien.«

Genau wie Susanne, denkt Karen. Beide haben das Elternhaus verlassen, so schnell es ging. Das immerhin hatten sie gemeinsam.

»Wenn wir mal in die jüngere Vergangenheit schauen«, beginnt Karl. »Hat Ihre Freundschaft zu Susanne gehalten?«

»Ja und nein«, sagt Wenche Hellevik mit einer gewissen Erleichterung in der Stimme, als sei sie froh, das Thema wechseln zu können. »Es war nicht so, dass wir uns überworfen haben, aber ich bin für meine Ausbildung in die USA gegangen, und so haben wir uns komplett aus den Augen verloren. Wir haben uns zwar ein paar Mal getroffen, wenn ich in den Ferien nach Hause kam, aber es war immer deutlich zu spüren, dass wir uns auseinandergelebt hatten.«

»Inwiefern?«

»Ja, für mich stand immer fest, dass ich studieren will, während Susanne gleich nach dem Abitur anfing zu arbeiten. Sie ergriff die nächstbeste Gelegenheit, die sich ihr bot, kann man sagen, ohne dass sie ein bestimmtes Ziel verfolgte. Sie bekam sogar ein paar Jobs als Fotomodell, sie war ja sehr hübsch und zudem auch noch groß.«

»Aha«, sagt Karen erstaunt. »Als Fotomodell?«

»Na ja, das waren keine großen Aufträge, aber ein paar Modereportagen und ein bisschen Werbung, glaube ich. Leider konnte sie davon nicht leben, aber sie hielt an diesem Traum fest, und vielleicht hat sie auch deshalb nie eine richtige Ausbildung gemacht. Aber diese Jobs waren ja nur die Ausnahme, also musste sie auf andere Weise Geld verdienen, um über die Runden zu kommen.«

»Und als Sie dauerhaft wieder hier waren, haben Sie sich dann verabredet?«, fragt Karl.

»Ab und zu, besonders in den Phasen, in denen keine von uns einen festen Freund hatte. Als wir Mitte zwanzig waren, sind wir viel feiern gegangen, haben verschiedene Clubs besucht, waren auf Partys. Natürlich hatten wir unseren Spaß, aber ehrlich gesagt hatte ich immer das Gefühl, dass sie häufiger nachfragte, ob wir uns treffen wollen als ich. Und dann lernte ich Magnus kennen, und die Zeit, Freunde zu treffen, wurde knapp, frisch verliebt, wie ich war. Ich weiß noch, dass Susanne darüber traurig war.«

»Wie äußerte sich das?«

Noch einmal scheint Wenches Blick abzuschweifen, in die Vergangenheit einzutauchen.

»Es muss genau in der Zeit gewesen sein, als Susanne sich richtig veränderte«, erklärt sie nachdenklich. »Ich fühlte mich plötzlich schlecht, wenn wir uns sahen, bekam fast Schuldgefühle; sie sprach viel davon, dass ich alles hatte und sie nichts. Es fielen verletzende Worte, dass ich mich offenbar nicht mehr für sie interessierte, sie nicht mehr gut genug sei. Gleichzeitig kamen fast überhaupt keine Anfragen für sie als Model mehr, und sie hatte wahrscheinlich das Gefühl, keine Zukunftsperspektive zu haben, während ich den nächsten Schritt im Leben machte.«

»Haben Sie sich dann nicht mehr getroffen?«

»Nein, ich hatte schon ein schlechtes Gewissen, dass ich meine ganze Zeit mit Magnus verbrachte, und deshalb achtete ich dann darauf, sie auch zu Festen einzuladen und ab und zu in der Stadt ein Glas trinken zu gehen. Ich wollte ihr wohl beweisen, dass sie mit ihrer Einschätzung, sie wäre mir nicht gut genug, falschlag. Nach einem guten Jahr machte Magnus mir einen Heiratsantrag, und wir luden sie natürlich auch zur Hochzeit ein. Jounas hat vielleicht erzählt, dass er Susanne auf unserem Fest kennengelernt hat?«

»Ja«, sagt Karen, »das hat er erzählt. Und offenbar passierte es schon nach ein paar Monaten, dass sie schwanger wurde.«

Wenche entfährt ein schnaubendes Lachen, das ihrer freundlich-beherrschten Art nicht ganz entspricht. Im nächsten Moment steht sie auf und streicht ein paar unsichtbare Falten in ihrem Rock glatt.

»Passierte es«, sagt sie trocken. »Da bin ich mir nicht so sicher.«

Sie geht vor zu ihrem Sideboard, wo sich Flaschen und Kristallkaraffen drängen. Mit hochgezogenen Augenbrauen dreht sie sich zu Karen und Karl um, die beide den Kopf schütteln.

»Also ich brauche jetzt eine Stärkung.«

Von einer dieser Flaschen gießt sie eine kleine Menge in ein Glas und nimmt den ersten Schluck, bevor sie zu ihrem Platz auf dem perlweißen Sofa zurückkehrt. Kaum hat sie sich wieder gesetzt, ist auch das sanfte Lächeln wieder da. Sie nimmt noch einen kleinen Schluck und stellt das Glas dann auf dem Couchtisch ab.

»Dann glauben Sie nicht, dass Susannes Schwangerschaft ein Unfall war?«, setzt Karen noch einmal an.

»Niemand hat das geglaubt. Sie müssen bitte entschuldigen, wenn ich mich aufrege, aber es fühlte sich so an, als ob ... als ob sie sich absichtlich in unsere Familie einnistete, wie eine Art Übergriff.«

»Dann glauben Sie nicht, dass Jounas und sie ehrlich ineinander verliebt waren?«

Wenche Hellevik zuckt mit den Schultern und seufzt.

»Jounas fühlte sich natürlich zu ihr hingezogen, ich glaube allerdings nicht, dass er eine Heirat im Sinn gehabt hätte, wäre er nicht auf diese Weise dazu gezwungen worden. Was Susanne angeht, kann ich meinem Vater nur zustimmen: Für sie waren vor allem das Geld und das Ansehen der Familie Smeed interessant. Vielleicht war sie auch wirklich in Jounas verliebt, aber irgendwie stimmte die Chemie nicht. Man erlebte nie, dass es zwischen ihnen knisterte, keine spontanen Küsse, keine verliebten Blicke. Trotzdem schien ihr diese Situation sonderbarerweise sehr zu gefallen. Sie ließ keine Gelegenheit aus, darauf hinzuweisen, dass wir künftig Schwägerinnen seien.«

»Und nach der Hochzeit, wie würden Sie diese Ehe da beschreiben?«

»Ich glaube, die ersten beiden Jahre verliefen relativ harmonisch, nicht zuletzt wegen der kleinen Sigrid, die sie beide natürlich ins Herz geschlossen hatten. Doch als Jounas sein Jura-Studium hinschmiss und zur Polizei zurückging, war der Teufel los. Mein Vater tobte, Susanne wurde fast hysterisch, und Jounas war stur und unbelehrbar. Das belastete uns alle, es war eine Zerreißprobe für die ganze Familie. Danach war nichts mehr wie zuvor. Wir trafen uns natürlich zu den hohen Feiertagen und Geburtstagsfesten, aber ansonsten lebten Jounas und Susanne von der Familie isoliert. Mein Vater strich jede Art von Unterstützung für die beiden und zwang sie damit, die schicke Wohnung in der Freygate aufzugeben. Ich glaube, ich habe sie ein einziges Mal in der Dreizimmerwohnung in Odinswalla besucht, und da war Susanne schon eine ganz andere geworden.«

»Wie meinen Sie das?«, fragt Karen.

»Sie war verhärmt, bitter enttäuscht. Sie hatte früher auch schon solche Züge gezeigt, aber jetzt war es, als hätten sie die Oberhand gewonnen, und Susanne wirkte auf eine Art und Weise resigniert, wie ich es nie zuvor erlebt hatte. Sie tat mir schon fast leid. Und Jounas benahm sich ehrlich gesagt wie ein richtiger Schweinehund. Ich kann verstehen, dass er seinen eigenen Weg gehen und nicht länger nach Papas Pfeife tanzen wollte, aber er hat auf nichts und niemanden Rücksicht genommen, hat keinen an dieser Entscheidung beteiligt, nicht einmal seine Frau. Ironischerweise trat da deutlich zutage, dass Vater und er aus demselben Holz geschnitzt sind: total rücksichtslos und bereit, über Leichen zu gehen, nur um den eigenen Willen durchzusetzen.«

Eine halbe Stunde später sitzen Karl und Karen wieder in ihrem Wagen, beide hängen ihren Gedanken nach. Schließlich bricht Karl das lange Schweigen.

»Glaubst du eigentlich, dass ... Ich meine, können wir wirklich sicher sein, dass unser Chef tatsächlich zu Hause auf dem Sofa lag, als Susanne Smeed umgebracht wurde?«

»Nicht ganz.«

»Wie meinst du das?«

Karen holt einmal ganz tief Luft und stößt sie langsam und gleichmäßig wieder aus.

»Okay«, sagt sie, »aber das bleibt jetzt unter uns. Jounas hat die Nacht nach Oistra im Hotel ›Strand‹ verbracht.«

Karl dreht den Kopf so hastig um, dass der Wagen einen leichten Schlenker macht.

»Verdammt, Eiken, warum hast du das nicht gleich gesagt? Du hast doch in der Teamsitzung gesagt, er sei nach Hause gegangen. Das ändert doch alles!«

»Ich weiß genau, was ich gesagt habe, und du hast völlig recht. Er ist wirklich zu Fuß nach Hause gegangen, aber erst am frühen Morgen.«

»Dann hast du uns angelogen.«

»Ich habe einfach nicht die ganze Wahrheit gesagt, aber ich habe sehr genau darauf geachtet, nichts Falsches zu sagen.«

»Aha, nicht direkt. Nett von dir ... ehrlich.«

Karls Stimme trieft vor Sarkasmus, und Karen sieht kurz zu ihm hinüber. Er hat den Blick auf die Straße geheftet, aber seine aufeinandergepressten Kiefer verraten, wie wütend er ist.

»Hör zu, Karl«, sagt sie. »Ich wollte nicht vor versammelter Mannschaft erzählen, dass unser Chef die Nacht in einem Hotel mit einer Frau verbracht hat. Aber ich habe im Hotel recherchiert, wann er gegangen ist. Er kann maximal 45 Minuten Zeit gehabt haben, um zum Rathaus zu spazieren, sein Auto zu holen, nach Langevik zu fahren und Susanne zu erschlagen. Wie wahrscheinlich kommt dir das vor?«

»Nicht besonders.«

Sie sitzen schweigend da, während der Wagen noch ein paar Kilometer zurücklegt. Wieder ist Karl der Erste, der etwas sagt.

»Ist aber nicht unmöglich«, wirft er ein.

35

Karen steht am Fenster und blickt hinunter auf die andere Straßenseite zum Parkplatz. Die großen Baumkronen unten im Holländarpark wiegen sich im Wind, und immer mehr gelb gefärbte Blätter gesellen sich zu den Kastanien, die bereits auf der Straße liegen. Es ist gleich 19 Uhr und draußen stockdunkel, aber im Licht der Straßenlaternen kann man sehen, dass der Gehweg nass vom Regen ist.

»Das darf doch nicht wahr sein«, brummt Karen und beugt sich dicht an die Scheibe.

In der nächsten Sekunde landet eine weiße Flocke direkt vor ihr auf dem Glas und rutscht ab, wobei sie auch schon zu schmelzen beginnt. Doch, ihr Auge hat sie nicht getäuscht, das ist Schneeregen. Anfang Oktober.

Etwas weiter links kann sie ein Stück von ihrem Ranger sehen, und sie beschließt, dass es höchste Zeit ist, nun die Tiefgarage des Kommissariats zu benutzen. Das unangenehme Frösteln beim Einsteigen in ein ausgekühltes Fahrzeug wird bald schlimmer sein als die triste Atmosphäre, die die flackernden Leuchtstoffröhren da unten hervorrufen. Außerdem parkt sie als Angestellte dort auch noch umsonst.

Es wird allmählich spät, denkt sie, ich sollte mich auf den Weg machen, bevor das Wetter noch schlechter wird.

Dennoch bleibt sie am Fenster stehen. Die nasskalte Autobahn ist ebenso wenig verlockend wie das dunkle, stille Zuhause. Viel lieber würde sie sich in die nächste Bar setzen, in die wärmende Nähe von fremden Menschen, den Stimmen zuhören und sich langsam betrinken. In der Stadt übernachten und morgen ganz früh ins Büro gehen. Oder, was vielleicht naheliegender ist, eine Stunde länger schlafen.

Eigentlich zwingt mich nichts, nach Hause zu fahren, denkt sie. Das Küchenfenster ist gekippt, und Trockenfutter und Wasser hat der Kater genug, eine Nacht wird er gut überstehen. Im selben Moment wird ihr klar, dass es keine gute Idee ist, das Fenster bei diesem Wetter offen zu lassen, und dass sie eigentlich nach Hause fahren und diese blöde Katzenklappe einbauen sollte. Sie verdrängt die ersten Anzeichen eines schlechten Gewissens und angelt ihr Handy aus der Tasche. Dann scrollt sie die Anrufliste durch und wählt.

Die Stimme, die antwortet, klingt freudig überrascht.

»Hallo, mein Schatz! Gibt's dich auch noch?«

»Kaum, so fühlt es sich zumindest an. Bist du noch in der Stadt?«

»Leider nein. Sitz im Auto und bin gleich zu Hause. Und du?«

»Ich bin noch im Büro, aber ich wollte jetzt Feierabend machen und hatte gehofft, du leistest mir Gesellschaft.«

»Hättest du dich doch etwas früher gemeldet«, sagt Marike schroff. »Bei diesem Wetter fahre ich nicht noch mal die ganze Strecke wieder zurück. Es soll auch noch Blitzeis kommen. Im Oktober, völlig verrückt!«

»Ah ja, dann hab ich noch weniger Lust, nach Hause zu fahren. Wäre es okay, wenn ich im Atelier übernachte?«

»Natürlich, den Schlüssel hast du ja. Da ist es immerhin gemütlich und warm, der Ofen ist seit gestern an, und ich habe ihn eben erst ausgemacht, als ich losgefahren bin. Wie sieht's mit Samstag aus?«

Zwei Sekunden Graben im Gedächtnis, bevor sie fündig wird. In einem schwachen Moment hatte sie ein paar Freunde zu sich nach Hause eingeladen, um ihren letzten Geburtstag jenseits des halben Jahrhunderts zu feiern, der letzte, der noch zu den ›guten‹ gehörte.

»Mist, das hatte ich völlig vergessen.«

»Vergessen?«

»Mein Kopf ist komplett mit anderen Dingen beschäftigt. Liest du Zeitung?«

»Nur die Kulturseiten, das weißt du doch. Nein, ehrlich gesagt, dass eine arme Frau in Langevik erschlagen worden ist, ist nicht einmal an mir vorbeigegangen. Bist du an den Ermittlungen beteiligt?«

»Ich leite sie.«

Marike pfeift anerkennend.

»Ausgezeichnet. Dann bekommen wir am Samstag ja alle Einzelheiten zu hören.«

Karen zögert ein bisschen mit ihrer Antwort.

»Ehrlich gesagt, Marike, ich weiß nicht, ob ich das schaffe. Und das ist ja auch wirklich nichts zum Feiern. Aber im nächsten Jahr …«

»Dann sieh es als Leichenschmaus. Du hast versprochen, eine Runde auszugeben.«

»Was man zu Oistra verspricht, zählt nicht. Ich war gar nicht nüchtern.«

»Apropos, Kore hat gesagt, du hast noch einen aufgerissen, nachdem ich gegangen bin. Was war das für ein Typ?«

»Niemand. Daraus ist nichts geworden.«

Ein bisschen zu schnell, ein bisschen zu energisch, um überzeugend zu klingen.

»Ach so, wenn du das sagst …«

»Das ist auf jeden Fall nichts, worüber ich im Moment sprechen möchte.«

»Also einer von den üblichen Mistkerlen. Hast du nie darüber nachgedacht, mal mit wem ins Bett zu gehen, den du magst?«

Bevor Karen darauf antworten kann, fährt Marike fort:

»Ich fahr jetzt von der Autobahn ab. Lass uns ein anderes Mal darüber reden. Aber wenn du deine Meinung in Bezug auf Samstag wirklich geändert hast, musst du noch Eirik und Kore Bescheid sagen, ich weiß, dass sie sich schon darauf freuen.«

Karen überlegt kurz: Miesmuscheln kocht sie im Schlaf, und Wein kann sie irgendwann nach der Arbeit besorgen. Wenn bei den Ermittlungen nichts Unvorhergesehenes passiert, müsste es klappen. Außerdem täte ihr etwas Gesellschaft gut.

»Nein, du hast recht«, sagt sie, »natürlich kommt ihr. Aber ich werde es nicht schaffen, vorher zu putzen, und du könntest vielleicht aus der Stadt frisches Brot mitbringen, in Langevik haben wir einfach keine anständige Bäckerei mehr. Und wenn etwas passiert und ich ins Büro gerufen werde, müsst ihr ohne mich klarkommen.«

Neunundvierzig, denkt sie, als sie das Gespräch beendet haben. Wo sind all die Jahre geblieben?

36

Zwanzig Minuten später hat sie sich quer durch das Restaurant »Kloster« gedrängelt, vorbei an der lärmenden Theke, auf dem Weg zu einem Tisch mit zwei Stühlen. Nachdem sie einen Blick auf die Tafel geworfen hat, auf der die Speiseangebote stehen, winkt sie den Kellner zu sich und bestellt Kabeljau mit zerlassener Butter und Meerrettich.

»Und eine halbe Flasche roten Tafelwein«, fügt sie hinzu.

Nun sieht sie sich im Lokal um. An der Bar sind zahlreiche Arme in die Luft gestreckt, die die Aufmerksamkeit des Barkeepers auf sich ziehen wollen, um noch die letzte Bestellung innerhalb der Happy Hour aufzugeben. Der Restaurantbereich hingegen ist nur halb gefüllt, und Karen betrachtet die anderen Essensgäste, während sie so tut, als begutachte sie die Einrichtung.

Das »Kloster« liegt nur ein paar Meter vom Staatstheater entfernt, und vermutlich haben einige der Gäste Karten für eine Vorstellung. Zum Beispiel das Paar Anfang fünfzig, das gerade den Nachtisch löffelt, ganz sicher auch die vier Frauen, alle etwa Mitte sechzig und sehr schick, die lachend mit der Rechnung noch eine Flasche Weißwein bestellen. Möglicherweise auch die Dreißigjährigen, die neben Karen sitzen, aber sicher ist sie sich nicht. Die Frau erzählt lebhaft, während sie intensiv auf ihrem Entrecôte herumkaut und sehnsüchtig zur Bar hinüberlinst. In regelmäßigen Abständen gibt ihr Mann ein abwesendes Brummen von sich, das längst Routine geworden zu sein scheint. Karen verspürt dasselbe Gefühl, wie wenn sie eine völlig übermüdete Mutter sonntagsmorgens auf dem Spielplatz sieht, die ihr Kind auf der Schaukel anschubst und mit diesem abwesenden Lächeln zu denken scheint: Hat das Kind nicht bald genug? Oder ein Herrchen, das beim abendlichen Gassigehen geduldig wartet, bis der Hund nun endlich genug geschnüffelt hat und sein Geschäft verrichtet.

Bemerkt die Frau denn gar nicht, dass der Mann sich nicht dafür interessiert, was sie erzählt, oder ist es ihr einfach egal? Ist sie zufrieden damit, ausgeführt zu werden wie ein Hund?

Die frisch gekochten Kartoffeln dampfen, als die Bedienung mit einem Teller an Karens Tisch kommt. In einem kleinen Kupfergefäß serviert sie die zerlassene Butter. Der Kabeljau zeigt sich von seiner besten Seite; glänzend und perfekt gesalzen fällt er gehorsam in Lamellen auseinander, als Karen ihn mit der Gabel teilt. Sie spürt, wie der Meerrettich in den Augen zu brennen beginnt und genießt ihr Essen. Mit den Jahren hat sich ihr Widerwille, allein essen zu gehen, gelegt, und sie ignoriert die mitleidvollen wie auch die interessierten Blicke, die von den laut auftrumpfenden Herren an der Bar kommen, einfach. Als die Frau vom Tisch nebenan sie mitleidig anlächelt, hebt Karen ihr Glas, prostet ihr zu und lacht sie so fröhlich an, dass sie sofort den Blick niederschlägt und ihrem Mann etwas zuflüstert. Schnell dreht er den Kopf und taxiert Karen, mustert sie eingehend, bevor er sich mit gelangweiltem Gesichtsausdruck wieder abwendet und weiterkaut. Hier sitzen wir zwei Frauen, und jede bedauert die andere, denkt Karen.

Sie lässt ihre Gedanken zu Karl wandern. Seine Wut, als ihm klar wurde, dass sie nicht ganz aufrichtig gewesen war, was Jounas' Unternehmungen in der Nacht vor dem Mord anging, hat sich zwar gelegt, aber ein gewisser Abstand war seitdem zwischen ihnen spürbar. Für den Rest des Tages war ein zu höflich-korrekter Ton in seiner Stimme zurückgeblieben, fast eine Art Bestrafung. Und bei dem Meeting abends war er besorgniserregend still gewesen.

Karl Björken ist bei der Arbeit ihr engster Vertrauter. Mit ihm tauscht sie ihre Gedanken und Ideen aus oder trinkt ein Bier nach Feierabend. Er hat zwar nie offen gegen diesen ruppigen Jargon, der jahrelang in der Abteilung gang und gäbe war, protestiert, sich an diesen dummen Sprüchen aber nie selbst beteiligt. Wenn ich sein Vertrauen verliere, denkt Karen, wird die Arbeit in Zukunft für mich zum Albtraum.

Plötzlich erstarrt sie, die Gabel mitten im Kabeljau. Ein bekanntes Gesicht ist an der Bar aufgetaucht, und in einem Anflug von Panik dreht sie schnell den Kopf um, und überlegt verzweifelt, wie sie das abwenden kann, was unweigerlich bevorsteht.

Im nächsten Moment hat er sich bereits umgedreht und sie bemerkt. Jetzt kommt Jon Bergman zielstrebig auf sie zu, mit einem breiten Grinsen im Gesicht. Unter normalen Umständen hätte sie sich gefreut ihn zu sehen; jetzt muss sie dafür sorgen, dass er schnell wieder verschwindet.

»Hi, Karen, bist du allein hier, darf ich mich setzen?«

»Auf gar keinen Fall«, antwortet sie mit Nachdruck.

Er hat eine Hand bereits auf die Lehne des Stuhls an ihrem Tisch gelegt, um ihn vorzuziehen, stockt nun aber mitten in der Bewegung. Mit skeptischer Miene bleibt er vor dem Tisch stehen. Karen legt ihr Besteck auf den Teller zurück und lehnt sich zurück.

»Du weißt selbst, dass ich während laufender Ermittlungen nicht mit dir sprechen kann.«

»Okay«, sagt er. »Aber irgendwas wirst du doch sagen können. Steht Smeed immer noch unter Verdacht?«

»Wer hat behauptet, dass er unter Verdacht stünde?«

»Nun ja, sobald eine Frau ermordet wird, ist doch der Ehemann, oder auch der Ex-Mann, immer einer der ganz großen Favoriten. Zumindest solange man noch keinen anderen Täter hat. Aber das habt ihr vielleicht ...?«

Karen seufzt tief.

»Lieber Jon, du hast keine Chance, ich werde dir keine Informationen geben. Darf ich jetzt in Ruhe aufessen?«

»Dann gibt es also Informationen? Darf ich dich so verstehen?«

»Du sollst mich so verstehen, dass ich jetzt meinen Fisch essen will, bevor er kalt ist, und zwar alleine.«

Jon Bergman ignoriert ihre Geste in Richtung Teller, nimmt einen Schluck Bier und stellt sein Glas auf dem Tisch ab.

»Und das höre ich von dir, wo du doch früher immer so offenherzig warst.«

»Vielleicht etwas zu offen.«

Sie beißt sich auf die Zunge, das war eine Steilvorlage für Jon Bergman, die er nutzen wird.

»Aha, dann hast du einen Maulkorb verpasst bekommen, du darfst die Ermittlungen leiten, aber nicht darüber sprechen. Deshalb hat dieser Blödmann Haugen die ›Pressekonferenz‹ übernommen.«

Jon Bergman macht imaginäre Anführungszeichen in die Luft, und Karen fällt auf, wie affig sie diese mittlerweile so weit verbreitete Geste findet. Dann wird ihr klar, dass der Rest ihres Kabeljaus nun mit Sicherheit kalt ist. Sie winkt dem Kellner zu und bittet um die Rechnung.

Jon Bergman ist Fernsehreporter und nicht bei den Printmedien, sie riskiert also nicht, morgen falsche Zitate von ihr in der Morgenzeitung lesen zu müssen, aber diese Begegnung hat ihr definitiv den Appetit verdorben. Sie weiß, dass es nur eine Frage der Zeit ist, bis er sie damit aufziehen wird, was vor gut vier Jahren geschehen ist. Eine kurze, aber heftige Verliebtheit in den Sommermonaten, ein paar Wochen, in denen sie kaum aus dem Bett kamen, und ein paar weitere Monate, in denen sie sich unregelmäßig trafen, bevor alles im Sande verlief. Eine nette Bagatelle, an die sie selten einen Gedanken verschwendet, da Jon und sie sich in ganz unterschiedlichen Kreisen bewegen und sich heute kaum noch über den Weg laufen. Aber auch wenn die Geschichte lange her ist, würde es Karens Glaubwürdigkeit definitiv schaden, wenn diese kurze Romanze Gesprächsthema auf dem Flur werden würde. Es gibt immer viel zu viele Lecks, durch die Informationen nach außen dringen, wer oder welche Leute sich verplappert haben, ist ein Dauerthema unter den Kollegen.

Daher ist es völlig ausgeschlossen, bei laufenden Ermittlungen mit Jon Bergman an einem Tisch zu sitzen und ein Glas Wein zu trinken. Wenn du nur ein Wort sagst, wird er dich nicht in Ruhe lassen, denkt sie sich. Sie beugt sich hinunter zu ihrer Handtasche, die auf dem Boden steht, und holt das Portemonnaie heraus.

»Wenn du nicht gehst, dann gehe ich«, sagt sie. »Ich habe es jedenfalls eilig«, schiebt sie in einem sanfteren Ton hinterher.

»Meine Güte, beruhig dich«, sagt Jon Bergman. »Irgendwas kannst du mir doch sagen, denk doch mal an die guten alten Zeiten …«

Ohne zu antworten reicht sie dem Kellner ihre EC-Karte. Er tippt ein paar Ziffern ins Kartenlesegerät, stellt es dann vor Karen auf dem Tisch ab und wirft einen Blick auf den Teller.

»Ich hoffe, es war alles in Ordnung?«, fragt er besorgt und beäugt die Reste des Kabeljaus und den Spiegel der gestockten Butter.

»Absolut«, sagt Karen, »mir läuft nur leider die Zeit davon.«

Sie steht auf und lächelt den Kellner kurz an. Jon Bergman hat einen Schritt zurückgemacht und sieht zu, wie Karen sich in den Mantel zwängt.

»Es war nicht meine Absicht, dein Essen zu stören. Kann ich dich nicht wenigstens zu einem Drink an die Bar einladen? Vielleicht auch irgendwo anders?«

»Ich muss wirklich los«, sagt sie.

Er folgt ihr auf dem Fuße, als sie den Ausgang ansteuert.

»Du hast ja meine Nummer«, ruft er, als sie die Tür öffnet. »Ruf an!«

Sie hält inne, dreht sich um und lächelt ihn an.

»Okay, Jon, ich versprech's. Wenn ich irgendwann den Verstand verliere, wähle ich sofort deine Nummer. Aber erst, wenn der Fall abgeschlossen ist.«

37

Die Wärme der Brennöfen umfängt sie, als sie die Tür zum Atelier öffnet. Einen Moment lang hatte sie mit dem Gedanken gespielt, doch nach Langevik zu fahren, da ihr Abend nun so ein abruptes Ende gefunden hatte, doch bei näherer Überlegung, wie viel Rotwein sie schon getrunken hatte, war die Entscheidung klar gewesen. Das schlechte Gewissen, dass sie mit Kater und sicherlich einem viel zu hohen Promillegehalt schon am Sonntagmorgen unterwegs war, kreist noch immer wie eine Gewitterwolke über ihr. Auch wenn die Bewohner auf den Inseln in der Regel oft mit beträchtlichen Mengen Alkohol im Blut fahren, hat Karen Eiken Hornby sich geschworen: maximal ein Glas. Die Schlüssel zu Marikes Atelier in Dunkers altem Hafen sind ein Teil dieses Versprechens.

Sie wirft den Mantel und die Handtasche auf eine Bank im Lädchen und betritt den großen rechteckigen Raum auf der Rückseite des Hauses, in dem der begehrenswerte Ton in Kunst verwandelt wird. Dieser ganz besondere blaugrüne Ton, der Marike von Kopenhagen nach Heimö gelockt und sie dazu gebracht hat, hier Grund und Boden zu erwerben. Ein Stück sumpfiges Binnenland, auf dem nichts angepflanzt werden kann, auf dem man nicht bauen kann, und das nicht einmal schön ist, aber das unter der oberen Schicht einen Ton birgt, der in ihren Augen Gold wert ist.

Und so haben sie sich kennengelernt. Der Verkäufer des Grundstücks war Karens Cousin Torbjörn, und als sie ihn an einem Samstagvormittag vor knapp sieben Jahren besucht hatte, war plötzlich eine große Frau mit einem sehr zielstrebigen Blick unangemeldet auf Torbjörns Verandatreppe aufgetaucht.

Die Frau hatte eine Landkarte in der Hand gehalten, auf der sie ein Gebiet mit rotem Filzstift markiert hatte. In nur schwer verständlichem Dänisch hatte sie erklärt, dass sie dieses Land *um jeden Preis* kaufen wolle, und in Torbjörns Augen konnte man die Funken sprühen sehen, als ihm klar wurde, was ihre dänische Formulierung wirklich meinte.

Die Verhandlungen waren ein Scherz gewesen. Als sich das erste große Staunen darüber, dass sich jemand für dieses unbrauchbare, im Südwesten seiner Ländereien gelegene Eck interessierte, gelegt hatte, hatte Torbjörn seine Chance gewittert, das Portemonnaie zu mästen. Und bald war auch offensichtlich gewesen, dass die Dänin keinerlei Ahnung von doggerschen Quadratmeterpreisen oder den Voraussetzungen hatte, die gegeben sein müssen, um das Haus, das ihr vorschwebte, zu bauen. Zudem hatte die Sprachverwirrung, vor allem durch die undurchsichtige Art und Weise, wie im Dänischen gezählt wird, und dem Doggerschen mit seinem für Außenstehende undurchsichtigen Währungssystem, dazu geführt, dass sie trotz ihrer gemeinsamen skandinavischen Wurzeln am Ende kapitulierten und dazu übergingen, die Verhandlungen auf Englisch zu führen.

Anfangs hatte Karen noch belustigt den geschickten Versuchen ihres Cousins gelauscht, diese Interessentin zu melken, aber am Ende konnte sie doch nicht ihren Mund halten. Trotz Torbjörns böser Blicke in ihre Richtung hatte sie betont, wie wenig dieses Grundstück wert sei, und dass man unmöglich ein Haus darauf bauen könne. Und dann hatte sie mitgeteilt, dass der angrenzende Landstreifen, der an der Seite zum Portlandfluss lag, traditionsgemäß zu dem Grundstück gehöre und deshalb im Kaufpreis inkludiert sein müsse. Dort könne die Dänin auch ihr Haus bauen und hätte zudem noch einen richtig schönen Ausblick, zumindest zur einen Seite.

Diesen Vorschlag hatte sie mit einem halben Jahr Eiszeit zwischen ihrem Cousin und ihr bezahlt, aber er hatte gleichzeitig zu einer langjährigen Freundschaft mit Marike Estrup geführt.

Jetzt hebt Karen einen Zipfel von der Plastikfolie an, die einen der großen Tröge, die im Atelier stehen, bedeckt und holt ein Stückchen Ton heraus, rollt ihn zwischen Daumen und Zeigefinger hin und her, und genießt die Haptik dieses elastisch-weichen Materials, während sie die fertig gebrannten Skulpturen betrachtet, die vor der langen Fensterwand aufgereiht stehen. Karen hat den ganzen mühevollen Prozess vom ersten Handgriff an mitverfolgt; wenn Marike in schenkelhohen Gummistiefeln den Ton aus ihrem Feld hinter dem Haus ausgräbt, ihn sorgfältig in mehreren Bädern wäscht, geduldig trocknen lässt, und schließlich mit kraftvollen Armbewegungen geschmeidig schlägt, bevor sie ihn in ihr Atelier nach Dunker bringt. Und dort nimmt die Verwandlung ihren Lauf. Karen ist von der Kraft und der Zielstrebigkeit dieses Schaffensprozesses fasziniert; Formen, die aus dem Nichts entstehen, Farben, die sich in einer Hitze von mehr als tausend Grad entwickeln und verändern. Sie hat die gespannte Atmosphäre miterlebt, wenn die Ofentür geöffnet wird und Marike aufgeregt darauf wartet, die ersten Ergebnisse ihrer Arbeit in Augenschein zu nehmen.

Trotzdem ist es kaum vorstellbar, dass die Skulpturen, die in hochkarätigen Galerien auf der ganzen Welt ausgestellt werden, aus derselben klebrigen Masse entstanden sind, die sie nun zwischen ihren Fingern hält.

Und im nächsten Moment holt sie die Realität wieder ein, und ihr kommt der Gedanke, dass die Ermittlungen im Mordfall Susanne Smeed ihr eigener zäher Tonklumpen sind, der vielleicht niemals irgendeine Form erhalten wird. Das Gespräch mit Wenche Hellevik hat das Bild von Susanne Smeed etwas differenziert. Diese Kindheit in Langevik kann für ein Mädchen aus so einer Familie, die wie Pfaue aus einer Schar Silbermöwen hervorstach, nicht leicht gewesen sein. Zumindest teilweise ist dies eine Erklärung für Susannes verzweifelte Versuche, sich zu integrieren und endlich dazuzugehören, letztendlich sich an eine Familie zu binden, die so ganz anders ist als ihre Herkunftsfamilie. Und dann diese Verbitterung, als alles zerbrach. Über die Scheidung und darüber, dass sie gezwungen wurde, zurück in dieses Dorf zu gehen, um auch noch feststellen zu müssen, dass das Land, von dem sie dachte, sie habe es geerbt, längst verkauft war und nun dem Mann gehörte, den sie hasste. Jounas Smeed. Es wäre eigentlich kein Wunder gewesen, wenn sie ihm den Kopf mit einem Schürhaken zertrümmert hätte, denkt Karen. Aber umgekehrt? Nein, sie kann nicht erkennen, dass Jounas wirklich ein Motiv gehabt hätte. Und dennoch, die theoretische Möglichkeit bleibt bestehen, diese ärgerlichen paar Minuten, die es ermöglichen, dass er es getan haben könnte. Wer sonst?

Der Bericht von Cornelis Loots und Astrid Nielsen bei ihrem Meeting am Spätnachmittag war vorbildlich gewesen, mit vielen Details gespickt. Sie hatten sich sowohl mit Susannes engsten Kollegen unterhalten als auch mit Pflege- und Reinigungspersonal, und auch die Vorsteherin vom Solgården Pflegeheim, Gunilla Moen, hatten sie noch einmal gesprochen. Ungefähr die Hälfte der Befragten hatte keine Meinung zu Susanne Smeed, sie kannten nur ihren Namen, wussten, wer sie ist, aber hatten nur flüchtigen Kontakt mit ihr gehabt. Die andere Hälfte gab einstimmig an, dass Susanne, die für die Überweisung von Rechnungen, die Gehaltsabrechnungen und die Urlaubsanträge zuständig gewesen war, sehr genau und gut strukturiert gearbeitet hatte, was ihre eigenen Arbeitsgebiete betraf, jedoch in Sachen Flexibilität und Hilfsbereitschaft deutliche Defizite gezeigt hatte, nicht einmal bei Härtefällen war sie bereit gewesen, sich über das Minimum hinaus einzusetzen, um jemandem aus einer unangenehmen Lage zu helfen. Ein Urlaubsantrag, der eine Minute zu spät auf Susannes Tisch gelandet war, wurde nicht bewilligt, obwohl Aushilfspersonal Schlange stand, um arbeiten zu dürfen. Anträge auf Gehaltsvorschüsse wurden grundsätzlich abgelehnt, die Begründungen nicht zur Kenntnis genommen. Gleichzeitig hatte sie die unangenehme Angewohnheit gehabt, sich einzumischen und auf die Schwächen der anderen zu zeigen und Angaben von Überstunden oder Bedarf an neuer Arbeitskleidung rundheraus infrage zu stellen. Kurz gesagt schien Susanne Smeed ein »richtiges Miststück« gewesen zu sein, wie eine der Putzfrauen es auf den Punkt brachte.

Irgendwelche nützlichen Details aus Susannes Privatleben konnte keiner beisteuern. Warum auch immer, kommentierten Nielsen und Loots. Entweder hatte es einfach nichts Spannendes zu erzählen gegeben, oder niemand im Hause hatte sich dafür interessiert, was Susanne in ihrer Freizeit machte. Die meisten wussten, dass sie geschieden war und in Langevik lebte, die älteren Kollegen waren auch im Bilde, mit wem sie verheiratet gewesen war, und dass es eine Tochter gab. Einige konnten berichten, dass Susanne im Urlaub meist ins Ausland reiste, die Reisen in den vergangenen Jahren allerdings seltener geworden seien. Es war schon lange her, dass sie am ersten Tag nach dem Urlaub mit einem Sonnenbrand zur Arbeit erschienen war, nachdem sie aus Thailand oder vom Mittelmeer zurückgekehrt war.

»Ich glaube, sie hatte Probleme, mit ihrem Geld auszukommen. Wenn man bedenkt, wie viel man bei uns verdient, ist das auch kein Wunder«, hatte Gunilla Moen erklärt.

Und noch ein paar Informationen hatten sie erhalten. Susanne hatte sich vor gut einem Jahr auf die Stelle der stellvertretenden Heimleitung beworben und eine Absage erhalten, obwohl sie Gunilla Moen mehrfach vertreten hatte, wenn die im Urlaub gewesen war. Die Gründe dafür waren, so erläuterte es Gunilla Moen, gerade diese Probleme in der Teamarbeit und die fehlende Flexibilität, die schon einige Angestellte feststellen mussten. Danach hatte Susanne Smeed sich zurückgezogen, immer allein zu Mittag gegessen, an keinem Treffen des Personals mehr teilgenommen, das nicht in direktem Zusammenhang mit der Arbeit stand, und nur noch Dienst nach Vorschrift gemacht. Nicht eine Minute zu früh, nicht eine zu spät.

Aber nach dem Beschluss im letzten Frühjahr, dass das Firmenhandy nicht mehr für private Gespräche benutzt werden durfte, hatte Susanne einen völlig überraschenden Wutausbruch bekommen. Vier Personen wurden Zeugen, wie Susanne Gunilla Moen anbrüllte, dass sie »über dieses Heim das eine oder andere erzählen könne« und dass Gunilla sich »vorsehen solle«. Was sie damit gemeint haben könnte, konnte sich weder Gunilla Moen noch jemand anders erklären. Ein paar vermuteten, dass Susannes Ausfälligkeit damit zusammenhing, dass sie ein Alkoholproblem hatte, andere, dass sie gerade in den Wechseljahren sei.

Susanne hatte nie wieder ein Wort darüber fallen lassen, aber nach diesem peinlichen Auftritt war die Spannung unter den Kollegen noch gestiegen. Schließlich hatte jemand diesen Konflikt als Problem am Arbeitsplatz offiziell gemeldet, und Susanne war vom Personalchef der Eira-GmbH einbestellt worden, um die Möglichkeiten einer Versetzung in eine der acht anderen Pflegeeinrichtungen zu prüfen, die das Unternehmen betrieb. Susanne hatte sich geweigert und nach einer deutlichen Verwarnung die Arbeit in Solgården fortgesetzt.

In den vergangenen Monaten hatte Susanne so häufig gefehlt, dass Gunilla Moen noch einmal Kontakt zur Personalabteilung aufgenommen hatte, doch bislang hatte man keine Maßnahmen ergriffen. Auch an dem Montag, bevor sie umgebracht wurde, hatte Susanne angerufen und sich krankgemeldet. Diesmal hatte sie gar keinen Grund angegeben, nur eine Nachricht auf dem Anrufbeantworter hinterlassen. Danach war sie an ihrem Arbeitsplatz nicht mehr aufgetaucht.

Die IT-Abteilung der Polizei hat die Untersuchungen an Susannes Computer im Pflegeheim abgeschlossen, und die Ausbeute war mehr als mager. Zum gleichen Zeitpunkt, als das Pflegeheim keine privaten Gespräche auf den Diensthandys mehr erlaubt hatte, hatte Susanne auch ihre Mailkorrespondenz und das Surfen im Internet auf dem Firmencomputer eingestellt. Bis zu dem Zeitpunkt hatten sie Bestellungen von Kleidung oder Kosmetikartikeln bei Versandhäusern gefunden, einige umständlich formulierte Beschwerdebriefe an den Windenergiekonzern, Proteste gegen eine Reihe von Mahngebühren für verschiedene Rechnungen sowie sporadische und meist einseitige Mails mit der Tochter.

Eine einzige Ausnahme gab es. Eine private Mail lag bei ihr im Posteingang, sie hatte sie jedoch nie beantwortet. Jemand mit dem Namen Disa Brinckmann hatte Ende Mai eine Mail an susanne.smeed@solgården.dg geschickt. Die Sprache hörte sich an wie ein Mix aus Schwedisch und Dänisch. Karen ließ den Ausdruck für die Kollegen am Tisch herumgehen.

> Liebe Susanne!
> Du kannst Dich an mich vermutlich nicht mehr erinnern, es ist schon viele Jahre her, dass wir uns zuletzt gesehen haben, und da warst Du noch sehr klein. Aber vielleicht haben Dir Deine Eltern von mir erzählt. Wir haben eine Zeit lang zusammen in einer Kommune in Langevik gelebt. Jetzt habe ich ein paar Informationen, die für Dich wichtig sein könnten, daher würde ich gern baldmöglichst in Kontakt zu Dir treten.
> Freundliche Grüße
> Disa Brinckmann
> Tel.: +46 40 682 33 26

Der Absender hieß dbrinckmann@gmail.com, aber Susanne hatte keine Antwort verfasst, zumindest nicht von ihrer dienstlichen Adresse.

»Sie hat vielleicht noch eine private Mailadresse und von ihrem Computer zu Hause geantwortet, sofern sie da einen hatte«, meinte Karl. »Oder sie hat zurückgerufen. Haben wir die Nummer gecheckt?«

»Das ist eine Adresse in Malmö«, hatte Karen geantwortet. »In Südschweden«, fügte sie hinzu.

»Danke, ich weiß, wo Malmö liegt.«

»Ich habe versucht, dort anzurufen«, hatte Karen weiter berichtet, ohne von Karls beleidigtem Gesicht Notiz zu nehmen. »Aber niemand nimmt ab, und es ist kein Anrufbeantworter angeschlossen, daher kann man keine Nachricht hinterlassen. Wir werden es natürlich weiterhin versuchen, aber wenn man bedenkt, wie wenig sozial Susanne sich üblicherweise verhielt, und wie wenig sie von dem Lebensstil ihrer Eltern gehalten hatte, sind die Chancen verschwindend gering, dass diese Disa Brinckmann mit ihrem Kontaktgesuch erfolgreich war.«

Das Meeting war schweigend zu Ende gegangen. Ein leichter, aber deutlich spürbarer Anflug von Hoffnungslosigkeit hatte sich zum ersten Mal im Ermittlungsteam eingeschlichen, wie ein stinkender Pups, den jeder riecht, aber keiner anspricht. Mit einer Stimme voller Überzeugung, die jeder Grundlage entbehrte, hatte Karen versucht, die Resignation in der Gruppe zu bekämpfen: Das Gespräch mit Disa Brinckmann könne sie durchaus weiterbringen und natürlich würden sie versuchen herauszufinden, ob Susanne wirklich Kenntnis von Informationen hatte, die Gunilla Moen, Solgården oder dem Unternehmen hätten schaden können. Und dann hatte Karen betont, dass sie ja noch am Anfang der Ermittlungen stünden, es waren gerade erst drei Tage vergangen. Aber alle wussten, dass genau diese ersten drei Tage nicht derart ergebnislos hätten verstreichen dürfen. Keiner hatte es in Worte gefasst, und vielleicht bildete Karen es sich nur ein, aber hatte der Vorwurf nicht irgendwie in der Luft gelegen? »Wäre Smeed jetzt hier, wären wir längst weiter.«

Karen legt den kleinen Lehmklumpen zurück in die Kiste und wischt sich die feuchten Hände an ihrer Jeans ab. Dann geht sie hinüber zur Küchenzeile vor dem Atelier und öffnet den Kühlschrank. Marike enttäuscht sie nicht: Im oberen Fach befinden sich zwar nur ein Stück Käse, ein paar Bananen, eine abgelaufene Packung Milch, ein paar Filmrollen und eine Dose mit Oliven.

Doch darunter sind die Beilagen für die Oliven ordentlich einsortiert: drei Flaschen Gin und eine Flasche Martini, was nach Marikes Meinung zur Kategorie Grundversorgung gehört. Karen öffnet das Gefrierfach und nimmt ein Martiniglas heraus.

Nachdem sie ihre Tasche von der Bank vorne im Lädchen geholt hat, geht sie ins Atelier zurück und macht es sich auf dem Sofa mit einem randvollen Glas gemütlich. Schon beim ersten Schluck merkt sie, dass sie richtig Schmacht bekommt, allerdings kann sie diesmal ihr Versprechen nicht brechen, wie sie genervt feststellt. Ihre letzten Zigaretten hat sie dem Obdachlosen am Einkaufszentrum in Grenå geschenkt. Eineinhalb Minuten lang spielt sie mit dem Gedanken, noch einmal hinauszugehen und zur Varvsgate hochzuspazieren, wo der nächste Kiosk ist, doch als sie aus dem Fenster sieht, verwirft sie diese Idee sofort. Stattdessen öffnet sie die Tasche und nimmt eine große, schwere Plastiktüte heraus, lehnt sich im Schneidersitz zurück und legt das Paket auf ihren Schoß. Vorsichtig öffnet sie den kleinen Plastikreißverschluss und greift nach dem dicken Fotoalbum, das Karl und sie in Susanne Smeeds Kommode entdeckt hatten und das die Spurensicherung jetzt freigegeben hat.

Einen Augenblick lang betrachtet sie das Album und streicht sanft mit der Handfläche darüber. Die Farbe auf den Deckeln ist eine gelungene Imitation von braunem Leder, doch die abgewetzten Ecken verraten die vielen Schichten gepresstes Papier. Dann schlägt Karen das Album auf und nimmt den vertrauten Duft von Staub und altem Kleber wahr, der ihr aus den Seiten in die Nase strömt.

38

In ihrem eigenen Haushalt gibt es etwa drei oder vier Fotoalben aus verschiedenen Zeiten. Die Familie Lindgren scheint jedoch alle Bilder aus mehreren Jahrzehnten im selben Album verewigt zu haben. Vielleicht haben sie die wichtigsten Fotos vor dem Umzug nach Doggerland gesammelt. Die ältesten sind sepiafarbene Studioaufnahmen von der letzten Jahrhundertwende und stellen vermutlich Porträts von Anne-Maries oder Pers Ahnen dar. Karen liest die schwedischen Namen, die mit Jahreszahl in deutlich geschriebenen Druckbuchstaben unter den Fotos stehen: Augusta und Gustav, 1901, Göta und Albin, 1904, in beiden Fällen stehen die Frauen im schwarzen Kleid und mit straff gebundenem Dutt hinter ihren Männern, die steif im Sonntagsanzug auf einem Sprossenstuhl sitzen. Name und Jahreszahl, aber keine weiteren Erklärungen, um welche Personen es sich auf den Bildern handelt.

Auf den nächsten Seiten folgt ein Exposé über die Verwandtschaft und Freunde der Familie Lindgren im fortschreitenden zwanzigsten Jahrhundert, und mit jedem Jahrzehnt sind die Motive weniger an Festtage und Feiern gekoppelt, dafür immer stärker im Alltag verankert; im Jahr 1927 steht ein Mann, vermutlich Rudolf, im Anzug, mit Knöpfstiefeln und stolzer Miene an einen T-Ford gelehnt. Eine lachende Frau mit großen Brüsten in einem geblümten Dreißigerjahrekleid und weißen Schuhen heißt offenbar Anna-Greta, es ist das Jahr 1933, und sie posiert im Garten. Auf einer anderen Fotografie, vermutlich am selben Tag aufgenommen, sieht man einen jungen Mann, Lars-Erik, mit der Kappe der Abiturienten auf dem Kopf, den Arm um genau diese Frau gelegt, auf der Treppe vor einem gelben Holzhaus. Mutter und Sohn, denkt Karen.

Im Jahr nach dieser Abiturfeier macht eine Frau namens Ulla Gymnastikübungen auf einem Schwebebalken, und auf dem nächsten Bild springen die Jungen Karl-Arthur und Eskil im Jahr 1935 mit ein paar anderen, nicht benannten Kindern, von einem Steg. Zwei Polyfotos zeigen junge Männer in Uniform und mit ernsten Gesichtern während der Kriegsjahre. Ein paar Frauen, gekleidet im Stil der Vierzigerjahre, stehen verfroren im Winter an einem Bahnhof, eine von ihnen winkt in die Kamera, während die andere aussieht, als würde sie an Männer in Uniform, die alle ordentlich in einer Reihe stehen, Suppe verteilen. Katrineholm 1943 steht in Schreibschrift unter dem Bild.

Eine vergilbte Todesanzeige ist ganz unten auf der Albumseite eingeklebt: Gustav Lindgren 1874–1945. Die trauernden Verwandten sind Ehefrau Augusta und die Söhne Elias und Ruben. Bei den Familienfotos entdeckt Karen noch eine ganz kleine Aufnahme mit einem Hintergrund, den sie irgendwoher kennt; es sieht aus, als sei das Foto unten an einem der Geräteschuppen in Langevik aufgenommen worden. Es zeigt ein altes Paar, das Netze flickt: Vetle und Alma Gråå im Jahr 1947.

Zu ihrer Überraschung berührt sie das. Viele dieser Fotos hätten ebenso gut aus ihrem eigenen Familienalbum stammen können, und diese plötzliche Nähe und das Gefühl von sinnloser Vergänglichkeit schnüren ihr die Kehle zu. Reihenweise Frauen, Männer und Kinder, mal mit ernsten Gesichtern, mal mit fröhlichem Lachen, Zeugen verschiedener Jahrzehnte, und heute sind sie vermutlich allesamt tot. Eine Generation nach der anderen, die überlebt und den Fortbestand der Familie sichern wollte – und vielleicht auch ein paar Momente des Glücks erheischen. All diese Vorfahren, deren Nöte und Freuden sich auf diesen vergilbten Fotografien nur noch ahnen lassen. Menschen, die einmal irgendwem viel bedeutet haben, und dennoch erinnert sich an die meisten von ihnen bald keiner mehr.

Und bei manchen geht das rasend schnell, denkt Karen und trinkt ihr Glas leer.

Wieder spürt sie diesen Drang, sich eine Zigarette anzuzünden. Nach einer plötzlichen Eingebung springt sie auf, geht zur Küchennische und öffnet den Schrank über dem Büfett. Manchmal raucht Marike. Genau wie Karen versucht sie immer wieder aufzuhören, und gibt viel zu bereitwillig nach, wenn sie unter Stress steht. Zuletzt hatte Karen sie beim Oistra-Fest qualmen sehen, als sie sich über die missglückte Glasur beklagt hatte.

Karen lässt ihren Blick über die Fächer wandern, in denen haufenweise Tassen, Gläser, Teller und Schüsseln stehen. Tastet blind und berührt tatsächlich hinter einem riesigen Gefäß aus glasiertem roten Ton etwas, das ihr bekannt vorkommt. Triumphierend, wenn auch mit andeutungsweise schlechtem Gewissen fischt sie eine halbe Schachtel Camel heraus.

Nachdem sie sich einen zweiten Martini gemixt, zwei Fenster geöffnet und eine Strickjacke übergezogen hat, lässt sie sich wieder aufs Sofa sinken und schickt Marike eine SMS, dass sie nun beabsichtige, Marikes Notvorrat an Zigaretten aufzurauchen. Dann legt sie sich das schwere Fotoalbum auf den Schoß und taucht wieder in die Vergangenheit ein. Lars-Erik könnte Per Lindgrens Vater gewesen sein, denkt sie. Welche Fotos Anne-Maries Verwandtschaft zeigen, ist viel schwieriger auszumachen. Nirgendwo findet Karen die Familiennamen oder Verwandtschaftsbezeichnungen. Sie blättert weiter und überfliegt unzählige anonyme Gesichter und gestellte Motive mit nachlassender Neugier.

Jetzt schlägt ihr die zaghafte Hoffnung der Nachkriegsjahre entgegen. Noch immer sind die Fotos in Schwarz-Weiß, aber je mehr die Szenen von den Vierzigerjahren in die Fünfziger übergehen, sind die Motive mittlerweile wirklich aus dem Alltag gegriffen: Spielende Kinder an Springbrunnen, drei junge Mädchen mit schmalen Taillen und auffällig hochgesteckten Haaren halten einen Kussmund in die Kamera, ein junger Mann in Jeans und Lederjacke hockt neben einem Moped. Per 1957 steht unter diesem Bild. Dann folgen noch ein paar Todesanzeigen. Anna-Greta Lindgren, die Frau mit den großen Brüsten, war offenbar 1955 im Alter von 74 Jahren verstorben, betrauert von »Ehemann, Kindern und Enkeln«. Dann findet Karen ein paar Bilder von Abiturfesten; ein strahlendes Mädchen, wieder mit Hochsteckfrisur, und eins mit verlegenem Lächeln: Anne-Marie im Jahr 1959. Auf dem Bild daneben schaut ein hübscher junger Mann mit nassgekämmtem blonden Haar und ein paar Narben auf den hohen Wangenknochen, die verraten, dass er unter hartnäckiger Akne gelitten hat, in die Kamera.

Karen zündet sich die nächste Zigarette an, nippt an ihrem Martini und blättert weiter.

Jetzt kommen die Sechzigerjahre, und fortan sind die Erinnerungen der Familie Lindgren in einer Explosion aus Farben wiedergegeben, natürlich noch mit dem typischen Gelbstich, der wie diesiger Nebel über den Motiven liegt. Zu dieser Zeit besaß offenbar jeder Mann seine eigene Kamera. Die Spontanität macht die Bilder interessanter, gleichzeitig leidet die Qualität. Jetzt liegt der Fokus häufig auf etwas, das sich vor, hinter oder neben der abgebildeten Person befindet, sodass halbe Menschen ins Bild schauen. Und nun fehlen sowohl Namen als auch Jahresangaben, man arbeitete nicht mehr so sorgfältig. Doch zweifelsohne hatten die Sechzigerjahre Einzug gehalten. Die meisten älteren Herrschaften tragen zwar noch immer die Kleidung, die schon vor zehn oder zwanzig Jahren modern gewesen war, aber umso deutlicher hinterlässt das neue Modeideal seine Spuren bei der jüngeren Generation. Und jetzt sind auf den Fotos vor allem zwei Personen abgelichtet: Ein Paar, das aussieht, als sei es Ende zwanzig, Karen erkennt die Gesichter von den Bildern der Schulabschlussfeiern. Offensichtlich heiß verliebt posieren Anne-Marie und Per vor der Kamera, sie im Minirock und er in schmaler Anzughose, mal als Paar, aber meist mit Freunden zusammen. Jemand scheint sich vorgenommen zu haben, jedes Treffen zu dokumentieren; es gibt Bilder von Festen, gemeinsamem Essen und Urlaubsreisen. Immer häufiger tauchen schwangere Frauen und nach und nach Kleinkinder auf den Fotos auf. Ein junges Paar hält einen kleinen, lachenden Jungen an der Hand und lässt ihn zwischen sich hochfliegen, eine junge Frau mit langen Haaren sitzt auf einer Wiese und stillt ihr Kind auf einer Decke. Obwohl ihr Gesicht nur zur Hälfte zu sehen ist, erkennt man ein Lächeln.

Karen sieht vom Album auf und schließt die Augen. Hat sie selbst auch auf diese ungeahnt selige Weise gelächelt? Damals, noch bevor Bauchweh, Grippe, Windpocken und Mittelohrentzündungen den Rausch des Glücks unterbrachen und eine latente Sorge mit sich brachten. Damals, bevor überall verstreute Legosteine in die nackten Fußsohlen schnitten, bevor das Trotzalter jedes morgendliche Anziehen zu einem Kampf ausarten ließ. Damals, bevor ihr Geschimpfe durchs ganze Haus drang. Und immer dasselbe: Genörgel über Handschuhe und Schals, Hausaufgaben und Fernsehzeiten und nun-iss-doch-bitte-keine-Smacks-direkt-aus-der-Packung-und-John-kannst-du-ihm-nicht-beibringen-nächstes-Mal-die-Klobrille-hochzuklappen-und-achte-darauf-dass-er-sich-angurtet-du-weißt-doch-dass-er-den-Gurt-wieder-ausklickt-wenn-du-nicht-hinschaust.

Hatte sie das kleine Bündel, das sie im Arm gehalten hatte, auch mit diesem wehmütigen, fast besorgten Lächeln angesehen, als hätte sie schon damals eine Vorahnung gehabt, was geschehen würde? Was passieren würde, wenn sie einmal keine Angst hätte? Wenn sie sich eine Sekunde lang einredete, nicht um alles und jedes Angst haben zu müssen. Wenn sie die Gefahr nicht abwenden konnte.

Mechanisch, ohne nachzuspüren, wie ihr die Tränen über die Wangen laufen, streicht sie sie mit dem Handrücken vom Kinn und zieht schnell die Nase hoch. Ihre Hand zittert nur ganz leicht, als sie das Feuerzeug an die nächste Camel hält. Als sie zum Glas greift, ist sie wieder ruhig. Jetzt geht es schon vorbei.

Noch genauso häufig überkommt es sie, doch es ist nicht mehr so anhaltend. Es wird besser.

Einmal tief Luft holen, dann sieht sie wieder hinunter zu Susannes Fotosammlung, sie blättert weiter und betrachtet die Fotos mit neuer Distanz. Nun in den späten Sechzigern angekommen, stellt Karen fest, dass die Mode die Familie Lindgren fest im Griff hat. Offenbar schreibt sie ausgestellte Hosenbeine, enge Hemden, lange batikgefärbte Kleider und Mittelscheitel vor. Bild für Bild nur lachende junge Menschen vor einem kodakblauen Himmel.

Waren von denen welche mit den Lindgrens nach Doggerland gezogen? Sind die Personen dabei, über die die alten Herren im »Krähennest« so hergezogen haben? Neugierig blättert sie weiter, und da taucht es endlich auf: das Foto, das Per und Anne-Marie Lindgrens neues Leben in der Kommune abbildet.

Ein Gruppenbild an der Reling der Autofähre. Karen erkennt sofort das grüne Logo der Reederei im Hintergrund. Der stilisierte Fisch oberhalb einer wellenförmigen Linie ziert noch heute die Schiffe, die zwischen Dunker und Esbjerg verkehren.

Drei Frauen, zwei Männer, drei Kinder. Eine der Frauen hält ein Mädchen, das um die fünf Jahre alt zu sein scheint, an der Hand. Das Kind lächelt in die Kamera. Eine andere Frau trägt einen Säugling in einem langen Tuch, das sie sich um den Körper gebunden hat, und einer der Männer schiebt einen Kinderwagen. Darin sitzt ein Kleinkind, vielleicht ein gutes Jahr alt. Die langen Haare wehen im Wind, und die Röcke der Frauen winden sich um ihre Beine.

Sie mochten wohl einen Mitreisenden gebeten haben, die Aufnahme zu machen, denkt Karen, oder es war noch eine weitere Person dabei. Sie sieht in die erwartungsvollen Gesichter und bekommt eine Gänsehaut. Ein paar von ihnen würden innerhalb von weniger als zwei Jahren wieder nach Schweden zurückkehren, und die, die in Langevik geblieben sind, sind mittlerweile alle tot.

Auf der nächsten Albumseite befindet sich nur ein einziges Bild. Ganz oben hat jemand fast fünf Zentimeter hoch mit orangenem Filzstift geschrieben: Langevik 1970. Rund ums Foto hat jemand Blumen und Peace-Symbole in verschiedenen Farben gemalt. Das Foto in der Mitte ist ein Gruppenbild. Acht Erwachsene, gleich viele Männer und Frauen, haben sich in zwei Reihen auf eine Steintreppe gedrängt, die zur grün gestrichenen, doppelflügeligen Eingangstür des Haupthauses führt. Auf dem Rasen vor der Treppe sitzen ein paar Kinder.

Unter dem Bild stehen drei Zeilen, in denen die Namen in Druckbuchstaben notiert sind: Disa, Tomas, Ingela, Theo. Sie bezeichnen offenbar die obere Reihe.

Karen beugt sich vor und sieht sich die Frau ganz links genauer an. Disa Brinckmann. So sieht sie also aus. Oder besser gesagt: So sah sie vor fast fünfzig Jahren aus. Heute musste sie gut siebzig Jahre alt sein. Karen verfolgt die anderen Personen auf der Treppe weiter unten und liest: Per, Anne-Marie, Janet und Brandon.

Per und Anne-Marie Lindgren, Susanne Smeeds Eltern, denkt sie und betrachtet die fröhlichen Gesichter mit einem beklemmenden Gefühl. Die Bilder stammen aus einer Zeit, in der es Susanne noch nicht gab, und die Menschen auf diesem Foto würden Gott sei Dank niemals erfahren, wie ihr Leben zu Ende ging.

Die Namen in der untersten Zeile lauten: Orian, Mette und Love. Orian sieht aus, als sei er ein Junge, vielleicht ein Jahr alt, während Mette etwa fünf Jahre alt ist, dort im Schneidersitz hockt und Love im Arm hält; ob es sich dabei um einen Jungen oder ein Mädchen handelt, ist nicht zu erkennen.

Drei Frauen, zwei Männer und die drei Kinder scheinen dieselben zu sein wie auf dem Bild von der Fähre, die anderen Gesichter sind neu. Und natürlich fehlen die Nachnamen, stellt Karen zu ihrer Enttäuschung fest.

Es bleiben nur noch wenige Bilder im Album übrig, und die sind nie eingeklebt worden. Stattdessen liegen sie lose zwischen den letzten Seiten. Ein paar Aussichten vom Hafen in Langevik sowie einige vom Lothorpshof: das Haupthaus, die beiden kleinen Häuser, der Schuppen, der Hühnerhof und etwas, das aussieht, wie ein frisch angelegter Kartoffelacker. Ein Bild von einem langhaarigen jungen Mann mit runden Brillengläsern und nacktem Oberkörper, wie er auf dem Dach sitzt und den Hammer schwingt. Karen vergleicht ihn mit den Personen auf dem Gruppenbild und stellt fest, dass es sich wohl um Brandon handeln muss.

Sie nimmt die nächste Fotografie in die Hand. Das leicht unscharfe Bild zeigt eine Frau, wohl etwas älter als die anderen, die am Herd steht und in einem großen Topf rührt. Das lange aschblond gefärbte Haar hat sie zu einem dicken Zopf geflochten, der ihr über eine Schulter hängt, und sie trägt ein knöchellanges Kleid. Sie dreht sich zur Kamera hin und lächelt, ohne dabei den Kochlöffel loszulassen. Der Vergleich mit dem Gruppenfoto zeigt, dass es sich um Disa handelt.

Noch ein Bild: Eine Frau mit hennarot gefärbtem Haar und einem Babybauch wie ein Zeppelin unter dem langen gebatikten Kleid, stützt sich mit beiden Händen den Rücken und sieht müde aus. Das muss dieselbe Frau sein, die auf der Fähre von Schweden zu sehen war, die mit dem Säugling im Tragetuch. Ja, es ist Ingela. Mindestens eins der Kinder muss zu ihr gehören, und jetzt ist sie offenbar wieder schwanger, kein Wunder, dass sie erschöpft aussieht.

Die letzte Fotografie zeigt zwei Frauen, die auf einer Verandatreppe hocken. Jetzt noch, nach mehr als vierzig Jahren, spürt Karen die Anspannung dieser Situation. Anne-Marie sitzt da, das Kinn auf die Hand gestützt und den Kopf leicht weggedreht, während die rothaarige Ingela die Hand vor die Kamera hält, als wollte sie das Foto verhindern.

Vermutlich waren sie nur auf der Suche nach einem anderen Leben, denkt Karen. Neue Zeiten, neue Ideale, ein neues Land.

Wahrscheinlich hatten sie sich nur, wie so viele andere auch, ein besseres Leben gewünscht, eine Gemeinschaft voller Glück. Sie hatten eine weite Reise auf sich genommen, alles auf eine Karte gesetzt, um das zu finden, wonach sie suchten. Hatten den Mut und den Willen gehabt, sich selbst dieses Dasein zu schaffen, das ihnen vorschwebte. Und trotzdem war der Traum schon nach gut einem Jahr geplatzt.

Irgendetwas muss da oben im Lothorpshof total schiefgegangen sein, denkt Karen. Die Frage ist nur, was. Mit einem Mal überkommt sie das Gefühl, dass sie unbedingt Disa Brinckmann auftreiben muss.

39

Langevik, August 1970

Das schlechte Gewissen schnürt ihm den Brustkorb zu und schlägt ihm anschließend auf den Magen. Per Lindgren beugt sich vor und keucht, versucht den Krampf loszuwerden. Nach einer Weile richtet er sich auf und geht weiter, Stufe für Stufe, die Tränen laufen ihm über beide Wangen. Wie konnte er nur? Was hat er sich nur dabei gedacht?

Aber er kennt die Antwort, der ganze Sommer war ein einziges Vorspiel gewesen. Ingelas lachender Mund mit ihren fülligen Lippen, genau das Gegenteil von Anne-Maries betrübtem Gesicht. Ingela, die sich mit erdschwarzen Händen vom Kartoffelacker eine Kelle Wasser aus der Tonne vor dem Haus über Stirn und Rücken kippt, um den Schweiß abzuwaschen. Sein Blick auf ihren üppigen Körper, der sich unter dem nassen Stoff abzeichnet. Ingelas unbekümmerte Freude, ganz anders als Anne-Maries ständige Angst.

Ingelas Blick, wenn sie ihm in die Augen sieht. Ihre Hände, die ihm im Vorbeigehen über den Rücken fahren, ihr Schenkel an seinem unter dem Tisch, ihre Zunge, die den Wein so aufreizend von der Oberlippe leckt, während sie nur ihn ansieht.

Und er genauso. Der jeden Augenblick weiß, wo sie sich gerade aufhält. Der immer wieder Blickkontakt zu ihr sucht, Bestätigung, und sie auch bekommt. Er, der an diesem Abend vor ein paar Wochen Anne-Marie lachend die Haare zerzaust hatte, als sie ihn wieder mit Vorwürfen konfrontierte. Warum er Ingela denn so ansähe? Ob er denke, sie merke es nicht? Ob er mit ihr geschlafen habe. Mit Tomas' Frau. Der Frau seines besten Freundes. Dann wollte sie eine ehrliche Antwort von ihm.

»Aber Ammi, nein«, hatte er gesagt, mit einem überraschten Lacher, und dies so überzeugend, dass ihm da schon auffiel, wie leicht er sie täuschen konnte. Bereits damals, als noch nichts geschehen war. Seine sanfte Stimme, ihr Kosename und sofort ging ihre Wut in Tränen über. »Bist du etwa eifersüchtig?«

»Sag einfach die Wahrheit«, hatte sie ihn bekniet.

Stattdessen hatte er es hartnäckig geleugnet und dann den Spieß umgedreht. Nein, zwischen Ingela und ihm sei nichts, natürlich nicht, das bilde sie sich alles nur ein.

Aber selbst, wenn da etwas gewesen wäre, hatte Anne-Marie kein Recht, ihn zu verurteilen. Sie hatten doch vereinbart, dass keiner dem anderen gehöre. War das nicht gerade diese Art von kleinbürgerlichen Wertvorstellungen, die hier auf dem Hof nicht gelebt werden sollten?

»Du kannst mir doch einfach sagen, wie es ist«, hatte sie ihn noch einmal gebeten. Und er hatte erwidert, dass sie versuche, ihn zu ersticken. Und am Ende war sie zurückgerudert, hatte nachgegeben und gesagt, dass sie ihm glaubte. Aber er hatte die Verunsicherung in ihren Augen gesehen und sich selbst das Versprechen gegeben, nicht mehr auf Ingelas Brüste und Lippen zu starren. Zudem war sie Tomas' Frau, und er war sein bester Freund. Außerdem liebte er Anne-Marie. Er liebte sie wirklich.

Das stimmt, denkt er, als sein Blick übers Meer schweift. Ich liebe sie. Anne-Marie darf es nie erfahren, sonst verliere ich sie. Und Tomas würde ich auch verlieren. Ich würde alles verlieren, was wir gemeinsam aufgebaut haben. Und im nächsten Augenblick steigt eine unbändige Wut in ihm auf. Warum wird gerade er dafür verurteilt? Brandon, dieser geile Typ, hat Ingela genauso angestarrt, wenn Janet nicht in der Nähe war. Und wer weiß, was zwischen ihm und Theos Schwester gelaufen ist, als sie vor ein paar Wochen zu Besuch war.

Und war nicht gerade Tomas derjenige gewesen, der voller Inbrunst für die freie Liebe plädiert hatte, dass niemand einen anderen Menschen besitzen könne, dass Liebe keine Grenze kenne? Hatte er Ingela nicht mit offenen Armen aufgenommen, nachdem sie drei Jahre getrennt gewesen waren und sie reumütig zu ihm zurückgekehrt war, zurück in ihre vertraute Zweisamkeit? Und sie wieder ins Herz schloss, obwohl sie bereits Kinder mit einem anderen hatte? Alle Kinder seien die Kinder von allen, hatte er gesagt. Und sich um Ingelas Kinder gekümmert, als seien es seine eigenen, sie gefüttert, getragen und sogar die Windeln gewechselt.

So hatten sie es beschlossen: Wir teilen alles, Besitz, Essen und Trinken, Arbeit, Freud und Leid. Gemeinsamkeit, Freiheit und Ehrlichkeit sollte ihr Leben auf dem Hof bestimmen. Und Liebe. Der Rest würde sich finden.

Das Problem war nur, dass niemand von ihnen besonders ehrlich war. Brandon nicht, der Janet betrog, Theo nicht, der das beste Hasch in seiner Matratze versteckte. Nicht einmal Anne-Marie, die sagte, sie glaube ihm, obwohl ihre Augen sie gleich verrieten.

Und er selbst am allerwenigsten. Feige, wie ein Dieb in der Nacht, hatte er die Gelegenheit genutzt, als Tomas eine Reise nach Schweden unternehmen musste.

Mein bester Freund lässt seine Familie auf dem Hof zurück, um seine Mutter zu beerdigen, und da vögel ich seine Frau, denkt Per und schämt sich abgrundtief. Und sie haben es nicht nur einmal getan, selbst als Tomas zurückgekehrt war, sind sie miteinander ins Bett gegangen, hatten kichernd jede Gelegenheit und jeden Ort genutzt, ihr kleines Geheimnis genossen und innige Blicke am Esstisch ausgetauscht, wenn es keiner sah.

Es hatte doch wohl keiner gesehen?

Nie wieder, verspricht er sich hoch und heilig. Nie wieder, sagt er sogar laut.

Keiner muss erfahren, dass das Kind, das Ingela erwartet, nicht Tomas' Kind ist. Auch diesmal nicht.

Es ist dein Kind, Per, hatte sie zu ihm gesagt. Ich bin mir ganz sicher.

Er hat jedenfalls nicht vor, diese Affäre Anne-Marie oder Tomas zu gestehen. Warum soll gerade er ehrlich sein, wenn es sonst auch keiner ist? Und Ingela darf es auch nicht erzählen. Sie weiß genau, dass es Anne-Marie das Herz brechen würde.

Und Tomas. Ob er ihr dieses Mal ebenso großherzig verzeihen würde? Das hatte Per ihr zu bedenken gegeben. Wenn sie es erzählt, wird alles den Bach runtergehen, hatte er gesagt. Der Hof, die Freundschaft, die Beziehung zwischen ihm und Anne-Marie. Alles wäre zerstört, alles, was sie aufgebaut hatten, würde einstürzen, wenn sie die Wahrheit sagten.

Schließlich hatte Ingela ihm versprochen, den Mund zu halten. Ja, sie hatte es wirklich versprochen.

Das Problem ist nur, dass sie so verdammt ... unberechenbar ist.

Per dreht um und geht langsam wieder zurück zum Hof. Ich muss noch einmal mit ihr reden, denkt er. Sofort, bevor alles zu spät ist.

40

Wer bitte schön pilgert denn durch Spanien? Ist das vielleicht eine schwedische Erfindung?

Karen lehnt sich so heftig in ihren Stuhl zurück, dass sie rückwärts rollt und Johannisens leeren Schreibtisch rammt.

Unter der Telefonnummer, die bei Disa Brinckmanns Adresse in Malmö steht, ist niemand zu erreichen, aber Astrid Nielsen hat die Tochter – Mette Brinckmann-Grahn – ausfindig machen können, die mit ihrem dreiundzwanzigjährigen Sohn Jesper in Lomma, einem Vorort von Malmö, wohnt. Und als Karen dort anrief, ging er ans Telefon.

Der südschwedische Dialekt war kaum zu verstehen gewesen, aber sie hatte von dem Gespräch immerhin so viel begriffen, dass Jesper Grahn nichts davon wusste, ob seine Großmutter möglicherweise Kontakt zu einer Susanne Smeed in Doggerland gehabt hatte. Tatsächlich zeigte Jesper Grahn kein allzu großes Interesse an den Vorhaben seiner Oma. Es sei schon möglich, dass sie in Spanien sei, war sein Kommentar.

»Irgend so eine verrückte Jesuswanderung, oder was die da machen«, hatte er gesagt, und das mit starken Diphthongen. »Aber fragen Sie doch lieber meine Mutter, sie wird in etwa einer Stunde zu Hause sein.«

Und als Karen dann Mette Brinckmann-Grahn eine gute Stunde später in der Leitung hatte, konnte diese die Aussagen bestätigen. Disa Brinckmann war nach Santiago de Compostela gereist und würde voraussichtlich in zehn bis zwölf Tagen zurück sein.

»Meine Mutter ist sehr für Spirituelles zu haben, ich glaube, sie macht diese Wanderung jetzt schon zum dritten Mal, das ist keine organisierte Reise. Meist ist sie zwei, höchstens drei Wochen unterwegs. Aber ich meine mich zu erinnern, dass sie nächste Woche hier in Malmö auf ein Konzert gehen wollte, dann müsste sie bis dahin wieder zu Hause sein.«

»Okay. Besitzt Ihre Mutter ein Handy? Wir konnten keine Mobilnummer finden.«

»Ja, aber das läuft auf meinen Namen, weil ich die Rechnung bezahle. Es war ein Weihnachtsgeschenk und liegt hier in der Küche. Ich habe meine Mutter zum Flughafen gebracht, und da bat sie mich, es an mich zu nehmen.«

»Warum?«

»Sie wollte es beim Wandern nicht bei sich haben. Diese Pilgerreise basiert auf Stille und Reflexion. Außerdem hatte sie Angst, sie könnte es verlieren. Ich habe sie auch gefragt, wie ich sie denn erreichen könne, wenn etwas passierte, aber es würde ihr Pilgererlebnis stören, wenn es klingelte, entgegnete sie. Und es hat überhaupt keinen Sinn, auf sie einzureden. Möchten Sie die Nummer trotzdem haben? Sie wird ja bald wieder zurück sein.«

Karen hatte still geseufzt, die Nummer notiert und das Thema gewechselt.

»Stimmt es, dass Sie Anfang der Siebzigerjahre mit Ihrer Mutter in einer Kommune in Langevik gelebt haben?«

Mette Brinckmann-Grahn hatte ein paar Sekunden geschwiegen, und als sie antwortete, klang ihre Stimme etwas unterkühlt.

Sie ist auf der Hut, war Karens Gedanke.

»Ja, das ist richtig. Aber das ist über vierzig Jahre her. Wir sind wieder nach Hause gezogen, bevor ich eingeschult wurde. Worum geht es denn eigentlich?«

Karen hatte es ihr kurz erklärt:

Dass Susanne Smeed tot aufgefunden worden sei und dass der Polizei von Doggerland Informationen vorlägen, die besagten, dass Disa vor ein paar Monaten versucht habe, mit ihr Kontakt aufzunehmen. Jetzt wolle sie denjenigen, die Susanne in letzter Zeit gesprochen hatten, ein paar Routinefragen stellen.

»Wissen Sie vielleicht, warum Ihre Mutter wieder Kontakt zu Susanne aufnehmen wollte?«

Diesmal kam die Antwort postwendend.

»Keine Ahnung.«

Und als Karen nichts dazu sagte, sondern still abwartete, schob Mette Brinckmann-Grahn doch noch etwas hinterher.

»Vermutlich wollte sie einfach noch mal Kontakt zu jemandem aus dieser Zeit haben und hat vielleicht gedacht, Susanne könne ihr helfen. Mama ist ein bisschen ... wie soll ich es sagen? Sie hängt den Siebzigerjahren irgendwie immer noch nach. Aber Sie werden es ja selbst sehen, wenn sie wieder da ist.«

Sie hatten das Gespräch beendet, nachdem Mette versprochen hatte, dafür zu sorgen, dass ihre Mutter Karen so schnell wie möglich anrufen würde, wenn sie wieder zu Hause war oder möglichst noch vorher, falls Disa sich schon aus Spanien bei ihr melden würde.

Jetzt schließt Karen die Augen und denkt an Jesper Grahns Worte.

Jesuswanderung.

Sie muss lachen.

Das ist auch eine Art, es auszudrücken. Sie hat schon einiges über die Pilgerreisen nach Santiago de Compostela gelesen, hat berauschend schöne Bilder von den unterschiedlichen Wallfahrtswegen gesehen, aber sich selbst nie dazu berufen gefühlt. Den kleinen Glauben, der ihr vom Elternhaus mitgegeben worden war – die Familie ihres Vaters hatte ein paar halbherzige Versuche unternommen, sie während der Sommerwochen zu bekehren, die sie mit den Cousinen und Cousins immer auf Noorö verbrachte –, hatte sie an einem Dienstag im Dezember vor elf Jahren verloren.

Pilgerreisen mit schmerzenden Füßen sind im Moment nichts für Karen Eiken Hornby. Und wie schafft es bloß eine Frau, die schon weit in den Siebzigern sein musste, wochenlang auf den staubigen spanischen Dorfstraßen herumzutraben?

»Und wie kann man ein paar Tage nach einem Herzinfarkt schon wieder auf den Beinen sein?«, brummt sie verärgert und wirft einen finsteren Blick zu Johannisens Schreibtisch, bevor sie wieder an ihren eigenen Arbeitsplatz zurückrollt.

Evald Johannisen hat über seine Frau mitteilen lassen, dass er morgen entlassen werde und bestenfalls schon in ein paar Wochen wieder bei der Arbeit sein könne.

»Angina Pectoris«, korrigiert Karl sie. »Es war gar kein Herzinfarkt. Mein Vater schluckt auch Nitroglycerin und Kalziumantagonisten ...«

»Ja, aber er ist ja auch Zahnarzt, nicht Polizist«, unterbricht sie ihn genervt. »Johnannisen könnte die Gelegenheit ergreifen und vorzeitig in den Ruhestand gehen. Er war ja vor diesem Zusammenbruch kaum in Topform, wie kommt er nur auf die Idee, dass er den Alltag hier bewältigt?«

»Die Frage ist eher, wie du das bewältigst. Du wirkst gelinde gesagt wie unter Strom«, stellt Karl ruhig und sachlich fest. »Hast du zu Mittag gegessen?«

»Ich habe keinen Hunger«, fertigt sie ihn ab. »Ist es erstaunlich, dass ich unter Strom stehe? Wir kommen ja keinen Schritt voran. Bald ist eine Woche vergangen, und wir haben nichts in der Hand.«

»Fünf Tage sind vorbei«, sagt Karl und steht auf. »Und es kann noch viel passieren, das hast du doch selbst bei unserem Arbeitstreffen gestern gesagt.«

»Ich habe gelogen«, erwidert sie muffig.

»Ja, ich hab schon begriffen, dass du das hin und wieder tust.«

»Ich dachte, das hätten wir geklärt«, faucht sie ihn an.

Offenbar hat Karl recht, denkt sie. Leichter Schwindel deutet darauf hin, dass der Blutzucker im Keller ist.

»Fahr runter, Eiken.«

»Entschuldige. Ich bin es nur so furchtbar leid, dass es nicht vorwärtsgeht. Jede Spur, der wir nachgehen, endet in einer Sackgasse.

Jemand hat Susanne Smeed erschlagen, und wir haben nicht die geringste Ahnung, wer oder warum.«

»Tja, aber besonders beliebt war sie nicht, daher ist es nicht unmöglich, dass irgendwer ein Motiv gehabt haben könnte.«

»Ich bin auch nicht direkt beliebt, aber mir hat noch keiner den Schädel eingeschlagen.«

»Noch nicht ...«, sagt Karl grinsend. »Johannisen hätte sicherlich Lust dazu. Ich manchmal auch.«

»Ich könnte wetten, dass Haugen die Ermittlungen jemand anderem überträgt, wenn wir nicht vorwärtskommen und nicht bald so etwas wie eine Theorie vorlegen können. Außerdem habe ich das Gefühl, dem Team geht langsam die Luft aus.«

»Wie auch immer, ich habe Hunger und will runter ins ›Magasin‹ gehen. Kommst du mit? Sie haben da jetzt verdammt gute Heringe ...«

Mit einem Seufzer erhebt sie sich und greift nach ihrer Jacke, die über der Lehne hängt.

Eine Viertelstunde später haben sie sich an einem Fenstertisch niedergelassen. Es geht bereits auf halb zwei zu, sodass der größte Andrang der Mittagszeit vorüber ist. Karen nippt an ihrem Bier und blickt hinunter zum Hafen.

Die großen Fischerschiffe findet man heutzutage in Ravenby, aber hier liegen immer noch Heckfänger und kugelige Netzboote in einer Reihe mit den leichten Aluminiumschiffen der Austernfischer. Eine Gruppe Taucher steht an der Kaikante, sie diskutieren etwas wild gestikulierend. Vermutlich lassen sie sich wie so oft über die Konkurrenz von den Austernbänken unten in Frisel aus. Weiter vorn schiebt ein gebeugter Mann einen Einkaufswagen und sucht nach Pfanddosen. Karen erkennt ihn, ihm ist sie am Morgen nach Oistra begegnet, als sie an der Mauer auf der Promenade gestanden und zugesehen hat, wie er am Strand lag und schlief.

Es ist so viel passiert, seit sie in diesem Hotelbett neben ihrem Chef aufgewacht ist, dass sie kaum Zeit gefunden hat, sich in Reue und

Scham zu wiegen. Jetzt, als sie sich wieder an die Ereignisse erinnert, überkommt sie ein unangenehmes Gefühl, sodass sie den Blick abwendet und lieber zu Karl hinübersieht.

»Wunderbar«, schwärmt er, als die Bedienung ihre Gerichte und jedem einen Brotkorb serviert.

Karen spürt ein Ziehen im Magen, als die Düfte in ihre Nase dringen: knusprig gebratener Hering, Knoblauchbutter, Zitrone und Petersilie. Und warmes Sauerteigbrot, das noch dampft. Der Knoblauch ist eine moderne Variante; die Älteren essen ihren Hering noch immer mit geschmolzenem Schmalz, einem Schuss Weinessig und gehacktem Bärlauch, wenn er gerade Saison hat. Vergnügt registriert Karen das leichte Knacken, als sie mit der Gabel den ersten Fisch aufspießt, und sieht Karl lächelnd an.

»Du hast schon recht gehabt«, gibt sie zu. »Ich bin auch hungrig.«

Schweigend nehmen sie ihre Mahlzeit zu sich, bis Karl die letzten Reste seiner geschmolzenen Butter noch mit einem Stück Brot auftunkt. Er trinkt ein paar Schlucke Bier, lehnt sich zurück und betrachtet Karen, während er einen Rülpser im Handrücken verschwinden lässt.

»Glaubst du wirklich, dass Jounas es getan haben könnte?«, fragt er. »Ich glaube, alle fragen sich, was du selbst glaubst, oder ob du nur gemein zu ihm bist.«

»Gemein? Es war doch nun wirklich nicht meine Entscheidung, ihn zu beurlauben, sogar Haugen hat eingesehen, dass man nicht anders kann.«

»Ich weiß«, antwortet Karl ruhig. »Aber du hast Smeed allein verhört, nur du kannst sagen, ob Smeeds Erklärungen für den Sonntagmorgen wirklich ausreichen. Aber das findest du offenbar nicht, wenn ich es richtig verstehe.«

»Ich wünschte, ich könnte es. Du kannst es mir glauben, ich habe mir diese Situation wirklich nicht ausgesucht.«

»Dann hast du also keine Ambitionen, die Leitung der Kripo zu übernehmen? Gib zu, dass ein Teil von dir mit diesem Gedanken spielt, Eiken.«

Sie sieht ihm ins Gesicht, aber erwidert sein Lächeln nicht.

»Nicht auf diese Art und Weise«, antwortet sie. »Entweder kommt Jounas zurück und macht mir das Leben zur Hölle, oder er kommt nicht zurück, dann werde ich den Job mit Sicherheit nicht für längere Zeit bekommen.«

»Warum nicht? Weil du das Geld für sündhaft teure Kaffeeautomaten raushaust?«

»Weil ich in dem Fall ja dazu beigetragen hätte, wenn Jounas Smeed wegen Mordes verurteilt werden würde. Und die Familie Smeed hat Beziehungen bis in die oberste Polizeibehörde. Du weißt, dass Jounas' Onkel mit Haugens Schwester verheiratet ist?«

»Meinst du, dass er deswegen die Stelle bekommen hat?«

»Nein, nicht nur deshalb. Er ist ein guter Polizist. Eingebildet und unfreundlich, aber unglaublich klug, das weißt du selbst. Und die Jungs mögen ihn. Johannisen würde ihm die Füße küssen, würde Smeed ihn drum bitten.«

»Okay, und wo liegt jetzt das Problem? Lass uns die Zeiten doch noch mal durchgehen.«

»Ich habe im Hotel nachgefragt, in dem Jounas übernachtet hat, und sie können bestätigen, dass er das Zimmer frühestens fünf nach neun verlassen hat. Da hat die Putzfrau das ›Bitte-nicht-stören‹-Schild noch an der Tür hängen sehen.«

Karen trinkt ihr Bier aus und fährt fort.

»Er hatte seinen Wagen am Rathaus geparkt, und für den Weg dorthin wird er etwa sechs oder sieben Minuten gebraucht haben. Dann hatte er 45 Minuten Zeit, um nach Langevik zu fahren und Susanne totzuschlagen. Nach Brodals Angaben kann sie spätestens um zehn Uhr zu Tode gekommen sein, auch wenn es wahrscheinlich ist, dass es früher passierte. Du hast ja selbst gehört, dass er sich nicht genauer festlegen kann. Ich bin schon in unter 30 Minuten von Dunker nach Langevik gefahren. 40 Minuten ist die normale Fahrzeit.«

»Also haben wir eine Lücke von zehn Minuten.«

»Jepp.«

»Was sagt Haugen dazu?«

»Er ist sauer, aber zum Glück ist unsere Staatsanwältin Vegen eine besonnene Frau. Sie hat gleich gemerkt, dass wir Smeed nicht entlasten können, solange diese zehn Minuten offen sind.«

»Und was sagt Jounas selbst dazu?«

»Dass er das Hotel um halb zehn verlassen hat und direkt nach Hause gegangen ist. Keiner an der Rezeption hat gesehen, wie er das Hotel verließ, und das kann stimmen. Der Typ von der Rezeption ist nicht gerade so ein braver Angestellter, der da ununterbrochen hockt.«

»Und vor neun Uhr, was meinst du dazu? Nach Brodals Einschätzung kann der Mord auch schon um acht Uhr herum geschehen sein. Jounas könnte das Hotel sehr früh verlassen haben und nach Langevik und wieder zurückgefahren sein. Wenn es schon so einfach war, an dem Kerl an der Rezeption vorbeizuhuschen, ist das auch möglich. Hast du mal mit der Frau gesprochen, die er bei sich hatte?«

Karen, die gerade ihr Glas zum Mund führen wollte, stockt so hastig, dass das Bier über die Kante schwappt und ihre Hand vollspritzt. Sie unternimmt einen verzweifelten Versuch, das Malheur mit einem vorgegebenen Hustenanfall zu überspielen. Karl sieht ihr mit hochgezogenen Augenbrauen und skeptischem Blick direkt in die Augen. Und im nächsten Moment kann sie zusehen, wie er eins und eins zusammenzählt.

»Das ist nicht wahr«, sagt er. »Das ist bitte nicht wahr.«

»Was meinst du?«, fragt sie, ohne ihn anzusehen, und stellt das Glas wieder ab.

Ihre Stimme ist fest, aber ihre Wangen fühlen sich heiß an, und sie weiß, dass man es ihr ansieht. Karl hat sie innerhalb einer Sekunde durchschaut. Auch er ist ein kluger Polizist, denkt sie.

Dann betrachtet er sie ohne ein Wort, und sie macht sich schon auf einen Hagel von sarkastischen Kommentaren gefasst.

Er wird es sicherlich nicht rumerzählen, es wird nicht die ganze Abteilung erfahren, aber allein der Gedanke, dass Karl es jetzt weiß, reicht ihr vollkommen.

Karen Eiken Hornby hat mit dem Chef geschlafen.

Er drängt sie nicht, es zuzugeben, er weiß, dass die Frage, ob er recht hat, überflüssig ist.

»Und wann hast du das Hotel ›Strand‹ verlassen?«, fragt er nur.

»Zwanzig nach sieben«, antwortet sie kleinlaut.

»Okay, damit ist diese Theorie erledigt«, sagt Karl trocken. »Willst du noch eins? Ich brauche jetzt auf jeden Fall noch eins.«

Er winkt die Bedienung zu sich und bestellt noch zwei Biere, nachdem er Karens mattes Nicken als Antwort auf seine Frage gedeutet hat.

»So so«, sagt er und dreht sich zu ihr um. »Hast du Angst?«

»Dreimal darfst du raten.«

»Ich werde dich nicht fragen, wie es war. Ich nehme an, du kannst dich sowieso nicht an viel erinnern.«

»Du weißt, es war Oistra«, sagt sie und versucht zu lächeln, doch es misslingt. »Du wirst doch nichts verraten …«

»Klar, ich werde natürlich direkt zu Haugen marschieren und es ihm brühwarm erzählen. Dann werde ich Jounas anrufen und mich erkundigen, ob du gut im Bett bist. Was denkst du eigentlich von mir?«

»Danke. Und: Tut mir leid.«

Noch ein Versuch zu lächeln wird zum Zucken in einer Wange. Dankbar betrachtet sie das neue Glas Bier, das die Bedienung ihnen auf den Tisch stellt. Schweigend trinken sie, bevor Karl fortfährt.

»Tja«, sagt er, »wenn ich für jeden schlechten Sex, den ich hatte, fünfzig Mark bekommen hätte, wäre ich jetzt ein reicher Mann. Aber ganz im Ernst, Eiken, du und Smeed … das hätte ich mir nie träumen lassen. Was für einen herrlichen Kater musst du am Sonntag gehabt haben.«

In dem Moment wird ihm etwas anderes klar.

»Und genau dann ruft auch noch Haugen an und erzählt, dass Smeeds Frau erschlagen wurde.«

»Ex-Frau«, korrigiert Karen ihn.

Karl Björken beugt sich vor, in seinem Lächeln liegt ein Hauch von Schadenfreude.

»Ach so. Darum wolltest du unbedingt unter vier Augen mit ihm reden. Man kann mich wirklich leicht an der Nase herumführen: ›Das ist nur aus Rücksichtnahme Jounas gegenüber‹, habe ich noch Johannisen erklärt.«

Karen schweigt und sieht auf die Tischplatte.

»Eiken, ich nehme an, du bist ein bisschen durch die Hölle gegangen. Geschieht dir recht.«

Eine Viertelstunde später stehen sie wieder im Kommissariat. Jetzt ist es fast 15 Uhr, und Karen versucht mit aller Kraft, ihre Schamgefühle zu unterdrücken, indem sie die schriftlichen Berichte, die ihr am Tag zugesandt wurden, noch einmal durchgeht. Es liegen Antworten aus verschiedenen Ländern wegen eventueller Vorstrafen von Passagieren vor. Zu den zwei Personen, von denen sie schon Kenntnis hatten, ist noch eine hinzugekommen. Ein Italiener, der sich wiederholt auf Schulhöfen oder Spielplätzen entblößt hat. Heute leidet er jedoch unter starkem Rheuma und sitzt zeitweilig im Rollstuhl, hat Cornelis Loots angemerkt.

Ein paar Stunden später wirft Karen einen Blick auf die Uhr und stellt fest, dass ihr Nachmittagsmeeting in sechs Minuten beginnt. Entmutigt erhebt sie sich und geht hinüber zum Kaffeeautomaten. Etwas geht ihr durch den Kopf, während sie zusieht, wie der schwarze Kaffee in die Tasse rieselt. Etwas, das naheliegend ist, sich aber verflüchtigt, sobald sie versucht, es zu greifen zu bekommen. Das vage Gefühl, etwas gesehen oder gehört zu haben, das sie bislang nicht weiterverfolgt hat. Etwas, das wichtig sein könnte.

41

»Im Großen und Ganzen haben wir nur fünf Telefonnummern, die sowohl als eingehende wie auch als abgehende Gespräche immer wieder auftauchen. Gunilla Moens Durchwahl, die Durchwahl des Personalchefs, die Zentrale von Solgården, Jounas Smeeds Handy und Sigrid Smeeds Handy. Vereinzelt haben wir natürlich auch Gespräche von oder zu verschiedenen Verkäufern und Lieferanten gefunden. Und dann ein Gespräch von einer schwedischen Telefonnummer und drei von einer nicht registrierten Prepaidkarte.«

Cornelis Loots blättert mit seinen großen, sommersprossigen Händen noch einmal die zusammengehefteten A4-Seiten durch, die die Telefonate der letzten sechs Wochen auf Susanne Smeeds Diensthandy dokumentieren. Als der Bericht vor ein paar Stunden eintrudelte, hatte sogar Karl Björken zugeben müssen, dass die Telefongesellschaft TelAB ihnen die Daten diesmal erstaunlich zügig zur Verfügung gestellt hatte.

Jetzt legt Cornelis Loots die Unterlagen beiseite und sieht zu den Kollegen auf, die ihn alle mit hoffnungsvollen Blicken anstarren.

»Und«, fährt er langsam fort, als würde er es genießen, einmal im Mittelpunkt zu stehen, »diese Prepaidkarte wurde in Schweden gekauft. Genauer gesagt in Malmö.«

»Na, so was. Wahrscheinlich von Disa Brinckmann, da wette ich zehn Mark drauf«, sagt Karl und lehnt sich seufzend zurück.

Karen hat sich die Gesprächsauflistung von Cornelis geschnappt. Jetzt blättert sie ihre Notizen durch, hält inne und schüttelt den Kopf.

»Nein, das ist nicht Disa Brinckmanns Handy«, sagt sie. »Aber die

Festnetznummer ist ihre. Dann hat sie Susanne offenbar doch noch erreichen können. Am 21. Juni haben sie fast eine ganze Stunde miteinander telefoniert.«

»Und wer soll dann der andere Anrufer sein? Jemand, der zufällig auch in Malmö wohnt? Das ist doch unwahrscheinlich. Nein, ich würde viel eher denken, dass Disa Brinckmann diese Prepaidkarte auch benutzt hat.«

»Susanne durfte ihr Firmenhandy ja nicht mehr für private Gespräche benutzen, also muss sie logischerweise auch ein eigenes Handy gehabt haben«, meint Astrid Nielsen. »Vermutlich sind da all die Gespräche drauf, die für uns interessant wären.«

»Ja, das wird vermutlich mehr als ein normales Alibihandy gewesen sein«, stimmt Karl ihr zu.

Karen sieht Karl mit großen Augen an.

»Ein ›Alibihandy‹?«

»Ja, um vor dem Arbeitgeber den Schein zu wahren. Man kann es ja auch einfach nur benutzen, um Pornos anzusehen und Erpresseranrufe zu erledigen.«

»Hast du so eins auch? Ich meine, um den Schein zu wahren.«

»Quatsch, ich bin immer im Dienst«, antwortet Karl grinsend. »Die paar Male, die ich privat telefoniere, kann der Staat gern bezahlen.«

»Ich habe ein privates Handy, das ich auch benutze«, sagt Astrid. »Wir haben so ein Familienabo mit mehreren Nummern.«

Natürlich, denkt Karen seufzend. Die perfekte Familie macht immer alles richtig: Waldläufe, Bio-Kost und Familienabos. Vermutlich besuchen sie auch noch den Gottesdienst. Im selben Moment fällt ihr auf, dass Astrid ungewohnt blass aussieht. Eine Haarsträhne hat sich aus ihrem Pferdeschwanz gelöst, und jetzt streicht sie sich das Haar mit einer müden Handbewegung aus dem Gesicht.

»Auf jeden Fall hat Susanne insgesamt drei Gespräche von Prepaid-Nummern auf ihrem Arbeitshandy erhalten«, fährt Cornelis geduldig fort. »Zwei Telefonate im Juni, das erste davon exakt eine halbe Stunde lang, das zweite nur gut zwei Minuten. Dann war fast drei Monate Funkstille, und dann wieder ein Anruf von derselben Nummer, der aber offenbar direkt in der Mailbox landete.«

Cornelis macht eine Kunstpause und fährt fort.

»Dieses Gespräch kam am 27. September um 10.15 Uhr«, sagt er.

»Am siebenundzwanzigsten? Das war ja am letzten Freitag!«

Genau vier Sekunden lang ist es mucksmäuschenstill. Jemand hatte Susanne zwei Tage vor ihrem Tod angerufen. Vier Sekunden Schweigen, dann räuspert sich Cornelis Loots.

»Wir haben von TelAB auch Hilfe beim Lokalisieren dieses Anrufes erhalten, und demnach scheint sich das Handy in einen Sendemast im Stadtzentrum von Kopenhagen eingewählt zu haben.«

»Dann kann es mit Sicherheit nicht Disa Brinckmanns Handy gewesen sein. Da ist sie doch nach Spanien gereist.« Karen blättert in ihren Unterlagen. »Genau am siebenundzwanzigsten. Sie wird kaum die Zeit gehabt haben, einen Abstecher nach Dänemark zu machen, wenn sie am selben Tag nach Bilbao fliegt.«

Astrid Nielsen hat bislang schweigend dagesessen und etwas in ihr Handy getippt. Jetzt greift sie zu dem Wasser, während sie mit der anderen eine Kopfschmerztablette aus der Stanniolhülle drückt. Sie sieht wirklich erschöpft aus, denkt Karen und schiebt Astrid den Krug rüber. Ich sollte mal mit ihr reden und nachfragen, wie es ihr geht. Diskret steckt Astrid sich die Tablette in den Mund und spült sie mit zwei schnellen Schlucken hinunter.

»Das hätte sie durchaus schaffen können«, sagt sie. »Zwischen Malmö und Kopenhagen fährt der Zug eine gute halbe Stunde. Und von Kastrup bei Kopenhagen gibt es viel mehr Flüge als von Malmö. Möglicherweise war das für Disa sogar praktischer, von dort nach Bilbao zu fliegen.«

»Wenn sie wirklich in Spanien ist«, sagt Karl. »Vielleicht ist sie stattdessen hierhergereist? Haben wir alle Passagierlisten vom siebenundzwanzigsten? Vielleicht hat eine Disa Brinckmann den Flug von Kastrup nach Dunker genommen.«

Cornelis nickt und steht auf.

»Ich checke das sofort.«

Mit einem Mal gehen Schwingungen durch den Konferenzraum, die Karen seit Tagen nicht verspürt hat. Hoffnung. Vielleicht hatten sie nun endlich ein Puzzleteil gefunden, das passte.

Achtzehn Minuten später ist es mit der Hoffnung schon wieder aus.

»Auf dem Flug nach Dunker am siebenundzwanzigsten war keine Disa Brinckmann an Bord«, teilt Cornelis Loots mit und sieht aus, als müsste er sich für diese Nachricht entschuldigen.

»Sie könnte auch schon vorher hierhergekommen sein, wir sollten noch ein paar Tage mehr abklären.«

»Tut mir leid, das bringt nichts«, erklärt Cornelis Loots. »Laut SAS befand sich eine Disa Brinckmann am 27. September an Bord des Flugzeugs, das um 9.40 Uhr von Malmö nach Bilbao flog.«

Wieder einmal legt sich Stille über den Raum.

»Dann war die Gute wirklich auf dem Weg nach Spanien, als der Anruf kam«, sagt Karl ernüchtert und formuliert das, was alle anderen bereits gedacht haben. »Okay, dann kann es Disa Brinckmann wirklich nicht gewesen sein. Doch wer war es dann?«

42

Karen nimmt auf der Autobahn die Ausfahrt zum Grenå Einkaufszentrum. Es geht schon auf halb sieben zu, aber im Tema stehen die Leute immer noch Schlange. Der Andrang in den Geschäften freitags nachmittags ist seit einigen Jahren so unerträglich geworden, dass immer mehr Menschen ihre Wochenendeinkäufe schon am Donnerstag erledigen. Und jetzt hat der umgekehrte Wettlauf die Einkäufe noch einmal einen Tag zurück auf den Mittwoch gedrängt. Wenn es so weitergeht, denkt Karen genervt mit dem Blick auf ihren Nummernzettel in der Spirituosenabteilung, werden wir künftig sonntags abends die Einkäufe fürs nächste Wochenende machen.

Beim Einkauf von Alkoholika zeigt sich die doggersche Bevölkerung sehr diszipliniert, daher geht es dort schnell. Doch das ist nicht überall so. An der Theke mit den Delikatessen darf man eine Weile stehen und zwischen Patés und Serranoschinken schwanken, an der Fischtheke wird immer sehr sorgfältig und mit Ruhe das Beste ausgewählt, da ist es üblich, dass jeder Einkauf seine Zeit braucht. In der Spirituosenabteilung hingegen weiß man, was man will, man erledigt seine Bestellung ohne zu überlegen, legt seine Kreditkarte hin, nimmt den Bon und holt die Flaschen an der Ausgabetheke ein paar Minuten später ab. Es geht wie am Fließband, sodass die Nummern, die man für die Position in der Warteschlange zieht, auf der Anzeigetafel sehr schnell weiterklicken. Einzelne Weinflaschen und Bier kann man auch in der übersichtlichen Getränkeabteilung des Supermarktes erstehen, aber die größeren Einkäufe erledigt man besser in einem Spirituosenfachmarkt.

Und Karen hat einen Großeinkauf geplant. Auch wenn das Essen am Samstag einfach wird, so soll es nicht an Getränken fehlen. Außerdem muss sie ihre Vorräte auffüllen.

Zwanzig Minuten später manövriert sie den klirrenden Einkaufswagen über den rauen Asphalt des Parkplatzes. Nachdem sie zwei Kisten Wein, eine Palette Bier, zwei Flaschen Gin, eine Flasche Whisky und eine Tüte mit Zwiebeln, Knoblauch, Butter und Sahne im Kofferraum verstaut hat, beißt sie einmal ordentlich von dem Schokoladengebäck ab, das sie sich am Ausgang gekauft hat, und fährt den Einkaufswagen zurück zum Auto.

Während sie die letzten Sachen einpackt, denkt sie nach: Die Muscheln kann sie noch am Freitag im Hafen kaufen, und Marike hat versprochen, aus der Stadt frisches Brot mitzubringen, aber irgendeine Nachspeise sollte sie vielleicht auch anbieten. Warum ist ihr das nicht früher eingefallen? Die Vorstellung, den Supermarkt noch einmal zu betreten, ist wenig verlockend.

Ein junger Typ, der die roten Klamotten mit dem Supermarkt-Logo trägt, hat gerade eine ganze Reihe Einkaufswagen abgekoppelt, und bugsiert sie in Richtung Eingang. Apfelkuchen, kommt ihr da in den Sinn, zu Hause liegen massenhaft Äpfel, das ist eine gute Idee.

»Hallo, möchten Sie den auch gleich mitnehmen?«

Der Typ bleibt stehen und dreht sich um, aber scheint über ihren Zuruf nicht erfreut zu sein. Seufzend nimmt er Karen den Wagen ab und schiebt ihn als Letzten in die Schlange. Er muss unheimlich viel Kraft aufwenden, um das lange Ungetüm in Bewegung zu versetzen, und Karen betrachtet die gebückte Figur, während ihre Gedanken weiter um den Samstag kreisen. Einen klassischen Kuchen mit Zimt, oder lieber eine Tarte Tatin ...

Dann erstarrt sie auf der Stelle. Im nächsten Moment hat sie auch schon ihr Handy aus der Jackentasche gefischt und scrollt eilig die Kontakte durch.

Jounas Smeed antwortet beim fünften Klingeln.

»Hallo, Eiken, was hast du diesmal auf dem Herzen?«

Seine Worte sind unantastbar freundlich, doch sein Tonfall verrät, dass er sich über ihren Anruf keineswegs freut. Sie ignoriert den säuerlichen Unterton und kommt ohne Einleitungsfloskel direkt zur Sache.

»Dieser Typ, auf den du am Sonntagmorgen gestoßen bist. Du hast gesagt, er wollte Zigaretten von dir schnorren. Kannst du dich an weitere Details erinnern?«

»Jetzt lass es doch gut sein. Ich habe schon Nein gesagt. Hast du eine Ahnung, wie viele Betrunkene hier durch diese Stadt torkeln? Ich habe von Haugen schon gehört, dass ihr ziemlich auf der Stelle tretet, aber hast du wirklich keine bessere Idee, als dich darum zu kümmern?«

»Kannst du dich wirklich an gar nichts erinnern?«, hakt sie noch einmal nach. »Irgendwas. Versuch es doch wenigstens.«

»Du meinst außer dem Gestank von Schweiß und altem Bier? Liebe Karen, du bist wirklich nicht hübsch genug, um so dumm zu sein.«

Er gluckst, offenbar hochzufrieden mit seiner doppelten Beleidigung, und sie kämpft gegen den Impuls, das Gespräch wegzudrücken. Es wäre so einfach, das Ganze einfach auf sich beruhen zu lassen. Aber es geht ihr nicht um Jounas, als sie noch einen Versuch unternimmt.

»Du hast gesagt, ihr seid euch auf der Strandpromenade begegnet. Hast du vielleicht gesehen, von wo er kam?«

»Woher soll ich das denn wissen? Er torkelte am Ende der Straße herum, genau auf der Kuppe oberhalb der Straße, die zum Strand führt. Worauf willst du eigentlich hinaus?«

Da verändert sich irgendetwas in Jounas' Stimme, ein unterschwelliger Anflug von Neugier klingt durch die aufgesetzte Gleichgültigkeit. Sie zögert erst, aber dann stellt sie die Frage doch, sie will ihn in keine Richtung drängen. Das ist nur ein schwacher Strohhalm.

»Ja, hatte er zum Beispiel irgendetwas bei sich?«

Ein verärgertes Seufzen verrät, dass das minimale Interesse, das aufgekommen war, sich wohl ebenso schnell wieder gelegt hat.

»Ich weiß doch nicht, was er bei sich hatte. Ich glaube, so einen Einkaufswagen schob er vor sich her, die manche von den Typen an irgendeinem Supermarkt mitgehen lassen, aber ich habe ihn nicht gefragt, was er da spazieren fährt. Ehrlich, Eiken …«

Ohne ein Wort legt sie auf.

43

Die Spinnhusgate liegt, wie es scheint, völlig öde da, als Karen langsam den Stadshuspark umrundet und die Valhallagate zum Parkhaus hinter der alten Räucherei hinauffährt. Sie lugt rechts und links durch die Seitenfenster, während die Scheibenwischer mit einem monotonen Geräusch alle vier Sekunden den Nieselregen von der Windschutzscheibe wischen. Auf Höhe des Parkhauses hinter der Markthalle erblickt sie das, wonach sie sucht. Schnell tritt sie auf die Bremse, lässt die Scheibe am Beifahrersitz herunter und beugt sich hinüber.

Die Frau, die sich gerade unter die gelbe Schranke an der Ausfahrt hocken will, hält inne, als sie den Wagen hört, und dreht sich um. Instinktiv schiebt sie den Brustkorb vor und zieht einen Schmollmund. Im nächsten Moment hat sie schon erkannt, wer da im Auto sitzt, und bricht ihre Schauspielerei ab.

»Hi, Gro«, ruft Karen, »willst du einsteigen und dich für einen Moment aufwärmen? Ich möchte dich etwas fragen.«

Gro Aske zögert, dann trippelt sie mit ihren hochhackigen Stiefeln zur Bordsteinkante.

Jetzt beugt sie sich vor und lächelt Karen schief an, wobei die Lücke zwischen ihren oberen Frontzähnen sichtbar wird.

»Hey, du klingst genau wie die Freier.«

Das blondierte Haar hat dunkle Ansätze und ist feucht vom Regen, und ihre kurze Jacke aus weißem Pelzimitat ist eine miserable Wahl bei diesem Wetter.

»Du hast nicht zufällig was zu trinken dabei?«, fragt Gro Aske hoffnungsvoll, als sie eingestiegen ist und warme Luft in ihre hohlen Handflächen bläst. »Ich könnte was zum Aufwärmen gebrauchen.«

Immerhin hat sie so viel Verstand besessen, den Minirock heute im Schrank hängen zu lassen, denkt Karen, und betrachtet Gros eng anliegende Jeans, die ihre spindeldürren Oberschenkel verhüllen.

»Sorry«, sagt Karen. »Aber eine Zigarette hätte ich«, fügt sie hinzu und holt eine neue Schachtel aus der Jackentasche.

Wenn du wüsstest, was ich im Kofferraum mit mir herumfahre, denkt sie und hat die Kisten Wein, das Bier und den Whisky bildlich vor sich. In der nächsten Sekunde grinst sie bei dem Geräusch, das aus Gro Aske herausströmt, als sie den ersten Zug nimmt und laut hustend flucht. Karen kennt Gro bald seit zehn Jahren, doch erst jetzt, als sie sie nicht auf der Straße sieht, sondern aus der Nähe, fällt ihr auf, wie kaputt diese Frau wirklich ist: mager, mit eingefallenen Augen, grauer Haut. Vermutlich ist sie noch nicht einmal dreißig Jahre alt, denkt Karen und versucht, sich nicht anmerken zu lassen, wie sehr ihr das zu Herzen geht.

»Ist es nicht langsam mal Zeit aufzuhören?«, fragt sie.

»Du meinst mit dem Rauchen?«, sagt Gro und lächelt sarkastisch.

»Du weißt, was ich meine.«

»Und was mache ich dann?«

»Keine Ahnung, vielleicht mal ohne Angstgefühle aufwachen. Aufhören, dich kaputtzumachen. Vielleicht deine Tochter wiedersehen. Bestimmt bekommst du bei Lindevall sofort einen Platz, wenn du dort Hilfe suchst.«

»Ich weiß. Das ist jeden Morgen mein erster Gedanke, sobald ich mir den ersten Schuss gesetzt habe, aber abends bin ich unterwegs und mache denselben Scheiß. Du weißt, wie es läuft …«

Weiß ich das?, fragt Karen sich.

Was weiß sie wirklich über diese Frauen und die jungen Mädchen mit den viel zu kurzen Röcken und den blau gefrorenen Beinen, die sich über heruntergelassene Autofenster beugen? Was weiß sie schon von Müttern, die keinen Schlaf finden, weil sie Bilder von eiskalten Fixerbuden vor Augen haben und die endgültige Nachricht von einer Überdosis fürchten? Was weiß sie denn darüber, wie hoch die Schwellen für diejenigen sind, die aus der Scheiße raus wollen?

Oder ist ihre eigene Unfähigkeit, ihr Leben in den Griff zu bekommen, gar nicht so sehr anders als Gros, obwohl sie es sich einbildet?

Karen beschließt, das Thema zu wechseln und gleich zur Sache zu kommen.

»Ich brauche deine Hilfe«, beginnt sie. »Du kennst doch die meisten von den Obdachlosen hier im Dorf, oder?«

Gro spitzt den Mund und deutet an, dass Karen vielleicht recht haben könnte, dann studiert sie die Glut ihrer Zigarette, ohne zu antworten.

»Es gibt einen Typen, der mit einem großen Einkaufswagen durch die Gegend zieht«, fährt Karen fort.

»Das machen einige. Pennerrollator sagen sie dazu.«

Karen muss unfreiwillig lachen.

»Der Typ, den ich meine, hält sich unten an der Strandpromenade auf und sammelt Altglas.«

Gro zieht einmal tief, behält den Rauch ein paar Sekunden in den Lungen, und dann stößt sie ihn mit einem hörbaren Pusten wieder aus.

»Ich petze nicht. Das weißt du.«

»Das weiß ich, und ich bin überhaupt nicht hinter ihm her. Dann hätte ich dich gar nicht gefragt.«

»Worum geht es denn dann?«

»Er kann einer Person eventuell ein Alibi geben, das ist alles. Ich versprech's, Gro.«

»Und du hast echt nichts zu trinken?«

Karen legt eine Hand auf den Schlüssel im Zündschloss.

»Hilfst du mir jetzt oder nicht? Sonst muss ich weitersuchen.«

Gro Aske zieht noch einmal ordentlich, dann öffnet sie die Tür und wirft die Kippe auf den Gehweg. Aber dann schließt sie sie wieder.

»Du meinst vermutlich den Neuen«, sagt sie. »Leo Friis, glaube ich. Er ist gern für sich, nur manchmal hockt er sich mit den anderen Alten ins ›Riksis‹. Obwohl ich mir vorstellen kann, dass er bei diesem Wetter da vielleicht sogar ist.«

Leo Friis, der Name kommt Karen bekannt vor. Wahrscheinlich haben sie ihn schon mehrfach wegen Trunkenheit verhaftet.

»Und sonst? Weißt du, wo er sich rumtreibt?«

»Und du meinst ehrlich, dass er nichts verbrochen hat?« Gro sieht sie misstrauisch an.

»Ich schwöre. Bei meinem Leben.«

Karen hält ihr einladend die geöffnete Zigarettenschachtel hin, und Gro streckt ihre blau gefrorene Hand aus.

»Geschlossene Räume machen ihn unruhig. Bist du schon mal am Nyhamnen gewesen, unter den Laderampen?«

44

Das Telefon klingelt, als sie von der Autobahn auf die Abfahrt nach Dunker einbiegt. Karen dreht die Lautstärke der Halb-acht-Nachrichten zurück und setzt den Ohrhörer ein.

Ihre Versuche, Leo Friis gestern Abend zu erwischen, waren von Anfang an aussichtslos gewesen. Nachdem sie zwanzig Minuten lang sehr langsam zwischen den Lagerhäusern und Laderampen herumgetuckert ist, um im Licht der Scheinwerfer nach ihm zu suchen, hat sie aufgegeben. Das alte Hafengebiet mit dem irreführenden Namen Nyhamnen, also »neuer Hafen«, war nicht besonders groß, wenn man bedachte, wie groß man heute solche Hafenbereiche baute, doch es war unübersichtlich. Wenn Leo Friis sich wirklich in einer der unzähligen Nischen dort aufhielt, war die Wahrscheinlichkeit, dass er sie zuerst sah, sehr viel größer, als dass sie ihn als Erste entdeckte. Und wenn er, so wie alle Obdachlosen, einen Polizisten auf hundert Meter Entfernung ausmachen konnte, würde er sich bestimmt nicht sofort zu erkennen geben.

Allerdings war die Idee, Sara Inguldsen anzurufen, ein Glückstreffer gewesen. Im Moment sei sie schon zu Hause und auf dem Weg ins Bett, hatte sie geantwortet, aber morgen hätten Björn und sie Frühschicht. Da konnten sie ab halb sechs nach dem Penner Ausschau halten, der mit dem Einkaufswagen durch den alten Nyhamnen zog.

»Aber nehmt ihn nicht mit«, hatte Karen mit Nachdruck gesagt, bevor sie das Gespräch beendet hatten. »Haltet Abstand und teilt mir mit, wo er ist, dann fahre ich selbst hin.«

Und jetzt, am Morgen, hat Sara Inguldsen tatsächlich angerufen und berichtet, dass sie jemanden gesichtet hatten, der Friis sein könne. Er bewege sich am Hang vom Hafen hinauf zum Gammelgårdsväg.

Sie braucht genau sechs Minuten, um ihn zu finden. Leo Friis trottet mit gebeugtem Rücken gerade die leichte Steigung zum Stadtzentrum hinauf, er hat sich eine graubraune Wolldecke über die Schultern gelegt. Karen fährt an ihm vorbei und hält etwas weiter vorn an der Straße an. Dann steigt sie aus, holt die Zigarettenschachtel aus der Jackentasche und tut so, als würde sie nach dem Feuerzeug suchen. Wie gut, dass ich es nicht geschafft habe aufzuhören, denkt sie, vielleicht kann ich die Zigaretten sogar als Dienstauslagen absetzen.

»Entschuldigung«, sagt sie zu Leo Friis, als er auf sie zukommt. »Haben Sie vielleicht Feuer?«

Er bleibt stehen und sieht sich irritiert um, als wisse er nicht, wem ihre Frage galt.

»Ach, hier ist ja mein Feuerzeug«, sagt sie dann, peinlich berührt von ihrem miserablen Schauspieltalent. »Möchten Sie auch eine?«

Sie hält ihm die Schachtel hin, doch Leo Friis zögert. Dass einem wie ihm von einer Frau eine Zigarette angeboten wird, kommt in der Regel nicht vor. Es sei denn, sie ist auf etwas ganz Bestimmtes aus.

»Was wollen Sie?«, fragt er kurz angebunden.

»Leo Friis?«

»Und wer sind Sie?«

»Karen Eiken«, antwortet sie und streckt die Hand aus.

Er erwidert ihre Begrüßung nicht. Zwischen dem gesunden Impuls, das Weite zu suchen, und dem Schmacht, den er seit gestern Abend schon hat, hin- und hergerissen, stiert er weiterhin auf die Zigarettenschachtel in Karens anderer Hand. Sie versucht es noch einmal.

»Ich bin Polizistin und ... nein, keine Angst, Sie haben nichts verbrochen, ich möchte Sie nur etwas fragen.«

»Ich habe nichts zu sagen.«

Leo Friis macht Anstalten, den Einkaufswagen wieder in Bewegung zu setzen, und sie wirft einen Blick auf den Inhalt: Tüten mit leeren

Flaschen und Dosen, etwas, das wie ein zusammengerollter Schlafsack aussieht, ein Paar Winterschuhe, und einige andere Bündel mit irgendeinem Zeug. Karen macht einen Schritt zur Seite, sodass sie ihn nicht am Weitergehen hindert, er jedoch um sie herumgehen muss.

»Nicht einmal, wenn Sie einem unschuldigen Mann helfen könnten, von einem Mordverdacht freigesprochen zu werden?«, fragt sie ihn.

Leo Friis sagt kein Wort.

»Wie wäre es mit einem Frühstück? Das Café da drüben ist geöffnet«, sagt sie rasch und klingt wie ein Handyvertragsverkäufer. »Sie sind eingeladen, Kaffee und belegte Brötchen gehen auf meine Rechnung. Und die Zigarette danach auch. Das volle Programm.«

Sie nickt zum Café, das auf der anderen Straßenseite liegt, und sieht, wie Leo Friis' Blick ihr folgt.

»Und Sie glauben, die lassen mich rein? Können Sie vergessen.«

»Die lassen Sie rein, wenn ich das sage.«

Er isst mit gutem Appetit, während er immer wieder unruhig zu seinem Einkaufswagen schaut, der draußen vor dem Fenster steht. Die Decke hat er glücklicherweise auch draußen gelassen. Karen hat bemerkt, dass er sich mit den Fingern durch die Haare gefahren ist, bevor sie hineingingen, um etwas ordentlicher auszusehen. Die selbstbewusste Art und Weise, mit der sie ihren Gast auf einen Fensterplatz gesetzt und dann die Bestellung für eine große Kanne Kaffee, ein Glas Milch, zwei belegte Brötchen mit Käse und Lammaufschnitt aufgegeben hatte, hatte das Mädchen hinter der Theke davon abgehalten, den Besuch zu kommentieren. Gegen die skeptischen Blicke kann Karen nichts ausrichten, doch Leo Friis scheint sie nicht zu bemerken, oder er ignoriert sie einfach. Zum Glück ist das Café nicht so gut besucht, und die wenigen Gäste, die durch die Tür kommen, suchen sich sowieso einen Tisch möglichst weit von diesem sonderbaren Paar entfernt.

Karen lässt Leo in Ruhe essen und mustert ihn – geschützt von ihrer Kaffeetasse – eingehend. Aus einiger Entfernung hatte sie ihn um die sechzig geschätzt, vielleicht auch noch älter. Doch bei näherem Hinsehen entpuppt sich der Mann, der ihr gegenübersitzt, als gerade mal Vierzigjähriger. Seine Hände sind grob und haben eine rotlila Farbe angenommen, vermutlich ein Resultat von zu vielen kalten Nächten im Freien. Sein Gesicht ist zur Hälfte von Bart bedeckt, aber um die Augen herum ist seine Haut fast ohne Falten. Ein leichter Geruch nach Schweiß und Schimmel schlägt ihr entgegen, immer wenn er den Kopf dreht, um nachzusehen, ob seine kostbaren Besitztümer noch jenseits der Fensterscheibe warten.

»Am Morgen nach Oistra«, beginnt sie schließlich, als er das letzte Stück Lammbrötchen in seinem Mund hat verschwinden lassen und es mit Milch hinuntergespült hat. »In der Nacht haben Sie am Strand geschlafen, oder?«

»Ist das verboten?

»Keine Ahnung. Ich glaube, ich habe Sie da gesehen, als ich kurz nach sieben Uhr vom Hotel aus auf den Strand hinuntergeschaut habe. Kann das sein?«

Leo Friis sieht ihr einen Moment lang über den Rand seiner Kaffeetasse in die Augen. Er nimmt einen Schluck, dann nickt er.

»Kann schon sein. Ich konnte dort den ganzen Sommer lang pennen. Dieses Scheißwetter haben wir ja erst seit ein paar Tagen.«

»Ja, ich erinnere mich, dass es morgens schon heiß war und ich den Gedanken hatte, dass es demjenigen, der dort lag, sicher nicht besonders gut gehen wird, wenn er aufwacht. Mir ging es ehrlich gesagt auch nicht besonders gut«, fügt sie hinzu.

Leo Friis sagt kein Wort, weder zu der Hitze noch dazu, dass die Frau ihm gegenüber gerade etwas über ihren Zustand am besagten Morgen preisgegeben hat.

»Wie auch immer, ich glaube, einige Zeit später waren Sie auf den Beinen und sind den Hang hinaufgelaufen zur Strandpromenade. Was ich gern wissen würde, ist, ob es stimmt, dass Sie dort jemandem begegnet sind. Jemandem, den Sie nach einer Zigarette gefragt haben. Können Sie sich daran erinnern?«

Er sieht aus wie auf null gestellt. Starrt mit leerem Blick in die Luft, als habe er die Frage nicht verstanden. Was hatte sie auch erwartet, denkt sie, bei ihm einen Treffer zu landen? Wie konnte sie sich nur einen Moment lang einbilden, dass ein Typ, der sein Leben so verbringt wie Leo Friis, sich daran erinnern wird, wo er vor vier Tagen gewesen ist und mit wem er gesprochen hat? Vermutlich freut er sich schon, wenn er noch weiß, was er vor einer Stunde gemacht hat.

»Und wenn es so ist …«, antwortet er zögerlich.

»Was heißt das, erinnern Sie sich oder nicht?

»Wissen Sie, ich bin doch nicht ballaballa. Noch nicht. Ja, ich weiß noch, dass ich mit einem Typen geredet habe.«

»Sind Sie ganz sicher? Wie sah er aus, können Sie ihn beschreiben?«

»Nein, so ein ganz durchschnittlicher Typ eben, Anzug und so. Er war zur völlig falschen Zeit in der Stadt unterwegs. Aber auch ohne die Schwüle sah er ganz schön mitgenommen aus. Zumindest nicht, als wäre er besser drauf als ich.«

»Er trug einen Anzug, haben Sie gesagt?«

»Ja, die Marke kann ich Ihnen leider nicht sagen. Armaaani vielleicht, oder Hugo-Nazi-Boss.«

Leo Friis spricht die Namen nasal aus, und Karen ist erstaunt, dass er überhaupt ein paar Namen von Modeschöpfern kennt. Auf der anderen Seite: Warum eigentlich nicht, irgendetwas sagt ihr, dass Leo noch nicht besonders lange am Rande der Gesellschaft lebt. Noch sind die Spuren, die die Sucht hinterlässt, nicht tief.

»Okay«, sagt sie und lächelt. »Lassen wir dieses Detail. Aber ich frage mich, ob Sie irgendeine Ahnung haben, wie spät es gewesen ist. Ich habe natürlich vollstes Verständnis, wenn Sie das nicht exakt sagen können, aber …«

»Zwanzig vor zehn«, fällt er ihr ins Wort.

Karen sieht ihn ungläubig an.

»Zwanzig vor zehn? Und das wissen Sie einfach so?«

»Ja, das weiß ich. Einfach so. Jetzt überlegen Sie mal, kleine Polizistin.«

Irgendetwas in seiner Stimme veranlasst Karen dazu, ihre nächste

Frage hinunterzuschlucken und stattdessen das zu tun, was er sagt. Sie denkt nach. Was kann einen Penner, der am Strand seinen Rausch ausschläft und dann wach wird, vermutlich verschwitzt und verkatert, dazu bringen, sich genau zu erinnern, wie spät es war? Im nächsten Moment liegt ihr die Antwort auf der Zunge.

»Der Supermarkt«, sagt sie. »Die öffnen sonntags um zehn.«

»Bingo! Vier Bier und eine kleine Schachtel Zigaretten. Und eine Packung Fleischwurst. An dem Morgen war ich ungewöhnlich reich, denn es hatten Berge von leeren Dosen am Strand gelegen, ich musste sie nur noch einsammeln. Das Problem war nur, dass noch kein Supermarkt geöffnet hatte, als ich aufgewacht bin.«

Leo reckt sich nach der Kaffeekanne und schenkt sich nach, dann fährt er fort.

»Ich habe die ganze Zeit auf die Uhr am Turm der Mariakirche geschaut, während ich die leeren Dosen in den Wagen gepackt habe. Und als dieser Typ auftauchte, weiß ich noch, habe ich gedacht, dass es noch zwanzig Minuten bis zehn Uhr sind und ich so lange warten muss, bis ich Zigaretten kaufen kann. Aber ich hatte so dermaßen Schmacht, dass ich ihm auch eine geklaut hätte, wenn er sie mir nicht freiwillig gegeben hätte.«

45

»Großartig! Dann werde ich sofort Jounas anrufen und ihm die Neuigkeiten überbringen. Gute Arbeit, Eiken, richtig gute Arbeit!

Viggo Haugen strahlt übers ganze Gesicht und setzt gerade an, sich aus einem der Besuchersessel bei Staatsanwältin Dineke Vegen zu erheben. Doch dann lässt er sich wieder aufs weiche Leder zurückfallen. Er dreht sich zur Seite, legt den Kopf ein wenig schief und sieht Karen mitleidig lächelnd an.

»Ja, das hat natürlich zu bedeuten, dass Jounas Smeed seinen Dienst sofort wieder aufnehmen kann. Alle Ehre für Ihren Einsatz, Eiken, aber jetzt haben wir ja keinen Grund mehr, Smeed die Verantwortung für die Ermittlungen vorzuenthalten. Wir waren uns doch darüber einig, dass Ihre Stellvertretung nur vorübergehend war, oder?«

Karen sieht ihn mit großen Augen an. Dass sie die Abteilungsleitung nicht mehr vertreten muss, versteht sich natürlich von selbst, doch dass die Verantwortung für die laufenden Ermittlungen nun auch an Smeed übergehen soll, damit hat sie nicht gerechnet.

Dineke Vegen räuspert sich.

»Moment mal, Viggo«, sagt sie. »Das sind zwar gute Neuigkeiten, und wir können das Verfahren gegen Jounas einstellen, aber ich bin dennoch nicht der Meinung, dass er diesen Fall übernehmen kann.«

Viggo Haugen beugt sich vor und will schon widersprechen, doch sie hält ihn mit einer Handbewegung zurück, die ihn dazu bringt, den Mund wieder zu schließen.

»Auch wenn Jounas selbst nicht mehr unter Verdacht steht, so hat er doch eine extrem enge Verbindung zum Mordopfer. Soweit ich informiert bin, haben Sie noch immer keinen Verdächtigen oder eine Theorie über mögliche Motive?«

Karen nickt zähneknirschend. Dineke Vegen hat leider vollkommen recht, das ist ihr in vollem Umfang bewusst. Viggo Haugen ergreift die Gelegenheit.

»Aber genau deswegen brauchen wir ja Smeed«, sagt er verärgert. »Nehmen Sie es mir nicht übel, Eiken, aber bald sind fünf Tage verstrichen ohne irgendeinen Fortschritt.«

»Nein, Viggo, genau deshalb darf Jounas *nicht* bei den Ermittlungen eingesetzt werden«, erklärt Dineke Vegen geduldig. »Es müssen noch weitere Vernehmungen stattfinden, der Kreis muss ausgeweitet werden. Und man kann wohl kaum von ihm erwarten, dass er seine eigenen Angehörigen vernimmt, schon gar nicht seine Tochter.«

»Aber die Tochter«, schnaubt Viggo Haugen, »die wurde doch bereits verhört. Und ihr Freund auch, dem Bericht vom frühen Morgen nach zu urteilen.«

»Ja, das stimmt. Karl Björken hat Samuel Nesbö noch gestern Abend aufgetrieben, und er hat im Grunde dieselbe Version wie Sigrid abgeliefert, dass sie spät noch gespielt haben und es dann Streit gab. Was bedeutet, dass keiner von beiden ein Alibi für den Sonntagmorgen hat. Immerhin hat Sigrid die Wahrheit gesagt, was den Samstagabend anging. Oder beide lügen«, fügt Karen hinzu und sieht im Augenwinkel, dass Viggo Haugen sie wütend anstarrt.

»Wie auch immer, weder die Tochter noch ihr Freund können aus dem Kreis der möglichen Täter ausgeschlossen werden«, schlussfolgert Dineke Vegen.

Viggo Haugen gibt nicht nach.

»Und was sollte das Motiv sein? Susanne hat doch kaum Geld hinterlassen. Und dieses Haus ...«

»Das ist nicht Gegenstand unseres Gesprächs«, unterbricht ihn die Staatsanwältin, mittlerweile in einem etwas härteren Tonfall. »Lass es mich klarstellen: Es ist völlig ausgeschlossen, dass Jounas überhaupt an den Ermittlungen beteiligt wird. Du weißt, wie ungern ich mich in die praktische Arbeit der Polizei einmische, obwohl ich als Staatsanwältin das Recht dazu habe und die Ermittlungen sogar selbst leiten könnte. Aber diesmal werde ich nicht zögern, dies zu tun, wenn ich mich gezwungen sehe.«

»Nun ja, so weit muss man ja nicht gleich gehen. Wir werden uns in der Regel doch immer einig, oder?«

Karen vermeidet es, den Polizeichef anzusehen. Wenn ein Mann von seinem Rang von jemandem, der über ihm steht, zurechtgewiesen wird, ist das nichts, wobei ein Untergebener Zeuge sein sollte. Jetzt hat er sich selbst höchst unprofessionell in eine Situation manövriert, die für alle drei gleichermaßen peinlich ist. Das wird er an mir auslassen, denkt Karen. Früher oder später.

»Ich schlage vor, Karen setzt die Arbeit mit ihrem Team fort und berichtet weiterhin direkt an uns beide. Jounas übernimmt wieder seine Rolle als Abteilungsleiter, aber er hält sich aus den Ermittlungen komplett raus. Haben wir uns verstanden?«

Haugen hat immerhin zur Hälfte recht, denkt Karen, als sie eine Viertelstunde später wieder auf ihren Schreibtischstuhl sinkt. Vermutlich sollte jemand anders den Fall übernehmen. Natürlich nicht Smeed, aber jemand anders, jemand, der die nötige Power hat. Sie selbst fühlt sich vollkommen leer. Es gab mal eine Zeit, in der hätte sie sich in solch einer Situation wie ein Bluthund verhalten, der einen fleischigen Knochen wittert. Eine Zeit, in der sie noch Karriereträume hatte und mit dem Gedanken spielte, einmal die Chefposition einzunehmen, um die Arbeitsweise langfristig beeinflussen zu können. Heute weiß sie es besser.

Allein der Gedanke daran, dass Jounas Smeed jetzt zurückkommen wird, lähmt sie. Dass sie die Verantwortung für die Ermittlungen behalten wird und an ihrem Chef vorbei direkt an Polizeichef und Staatsanwältin berichten soll, wird das Verhältnis zwischen Jounas und ihr kaum verbessern. Seine Abwesenheit hat auch eine vorübergehende Erleichterung bedeutet. Eine kleine Luftblase, in der sie atmen konnte, sogar wieder ein bisschen von der ehemaligen Freude an der Arbeit verspürte. Jetzt ist die Blase geplatzt. Was zwischen ihnen im Hotel »Strand« passiert ist, wird immer wie eine dunkle Gewitterwolke über ihnen hängen. Den Respekt, den Jounas ihr mit der Zeit entgegengebracht hatte, hat er jetzt jedenfalls komplett verloren, aber die schlimmste Befürchtung ist, dass er sich verplappert und die anderen davon erfahren. Kann sie wirklich auf dieser Stelle bleiben mit einem Damoklesschwert am seidenen Faden über ihrem Kopf?

Nein, ich bin definitiv die falsche Person für diesen Fall, denkt sie und seufzt lautlos. Die Staatsanwältin könnte sicherlich etwas inspirierend auf das Ermittlungsteam einwirken und die Situation aus neuen Blickwinkeln betrachten. Oder Karl, denkt Karen, er hat diesen Hunger noch. In dem Moment taucht Karl Björken neben ihr auf.

»Und was haben sie gesagt?«

»Jounas wird seinen Dienst als Abteilungsleiter wieder aufnehmen, aber nicht an unseren Ermittlungen beteiligt sein. Haugen will ihn gleich in Kenntnis setzen.«

Karl nickt.

»Tja, das war ja zu erwarten. Obwohl ich befürchtet habe, dass Haugen alles tut, damit Jounas die Leitung der Ermittlungen übernimmt, jetzt, da er nicht mehr unter Verdacht steht.«

Karen überlegt. Soll sie ihm alles erzählen, oder Karl die Illusion lassen, dass Viggo Haugen eine kluge Entscheidung getroffen hat?

»Nein, wir arbeiten weiter wie bisher«, sagt sie, »sowohl ich als auch das übrige Team.«

»Gut. Außerdem …«, er sieht sich im Großraumbüro um, bevor er mit leiser Stimme weiterspricht, »… ist die Sache mit eurer Nacht im Hotel nun auch erledigt, jetzt, da Jounas ein Alibi von einer anderen Person bekommen hat, oder? Warum siehst du dann so schrecklich niedergeschlagen aus?«

Langsam dreht sie sich mit dem Stuhl und sieht Karl Björken ins Gesicht.

»Weil ich nicht die geringste Ahnung habe, in welche Richtung wir weiterermitteln sollen.«

In dem Moment klingelt das Telefon.

Es ist Kneought Brodal, der mitteilt, dass die DNS-Analysen fertig sind und sie bestätigen, dass die Tote wirklich Susanne Smeed ist.

»Da die Leiche nun abschließend identifiziert ist und an der Todesursache nicht der geringste Zweifel besteht, kann der Körper also den Angehörigen zur Beerdigung freigegeben werden«, sagt er in einem sachlichen Tonfall, der in keiner Weise verrät, dass er die Tote gut kannte.

Die Angehörigen, denkt Karen und sieht Sigrid vor sich. Andere Familienmitglieder hatte Susanne nicht. Wie soll sie es schaffen, ein Begräbnis zu organisieren? Eine Totenwache wird kaum infrage kommen; Karen geht nicht davon aus, dass Sigrid alte Traditionen etwas bedeuten. Aber allein, sich um die Beerdigung zu kümmern, wird für sie schon eine Riesenlast sein. Hoffentlich ist sie so vernünftig, die Hilfe ihres Vaters anzunehmen. Auch wenn Jounas ein mieser Kerl ist, und jedes Mitgefühl für seine Ex-Frau zu fehlen scheint, würde er sich doch der Sache annehmen, wenn sie ihn fragen würde, denkt Karen. Und nun ist auch Eile geboten, wenn sie die Sieben-Tage-Regel einhalten wollen: Nach einer Woche soll der Tote unter der doggerschen Erde sein. Auf Frisel sind es sogar nur fünf Tage, auch wenn die jüngere Generation sich zunehmend an skandinavische Regeln hält. Oder besser gesagt, an dänische und norwegische. Um zu verhindern, dass es am Ende so wie in Schweden zugeht, wo der Verstorbene auch bis zu zwei Monate im Kühlfach zubringen kann, gibt es eine neue Gesetzgebung. Wenn die Angehörigen es nicht schaffen, innerhalb von fünf Werktagen und zwei Wochenenden eine Beerdigung zu organisieren, übernehmen das die Sozialämter, und das Begräbnis findet ohne die Verwandtschaft statt.

Susannes Beerdigung wird voraussichtlich am Samstag stattfinden, denkt Karen. Ich werde Karl bitten teilzunehmen, wenn ich es selbst nicht schaffe. Auch wenn es kaum so sein wird wie in den Fernsehkrimis, dass der Mörder hinter ein paar Büschen auf dem Friedhof steht und zusieht, kann es trotzdem interessant sein. Vielleicht taucht jemand auf, mit dem sie sich unterhalten sollten. Vielleicht ein alter Freund von Susanne, den sie noch nicht kennen.

46

Am Freitagnachmittag um zwanzig vor vier erwacht das Ermittlungsteam wieder zum Leben.

Eine komplette Arbeitswoche haben sie wie Rennpferde am Start mit den Hufen gescharrt, das Ticken der Uhr erbarmungslos im Nacken. Und nach und nach ist das Wiehern an der Startbahn verstummt. Ein kritischer Zeitpunkt nach dem anderen verstrich, die ersten vierundzwanzig Stunden, in denen üblicherweise neunzig Prozent aller unterbelichteten oder verzweifelten Täter identifiziert werden, und die drei Tage, in denen die etwas gewiefteren Täter den Ermittlern noch entwischen können. Nun zählen sie den sechsten Tag und alle Hoffnung, noch irgendwelche Erkenntnisse über DNS oder andere Beweismittel, die die Techniker noch liefern können, ist vernichtet. Alles, was sie haben, liegt auf dem Tisch. Keiner glaubt mehr daran, dass noch ein interessanter Zeuge aus dem Nichts auftauchen wird wie ein Deus ex Machina. Keiner der Hinweise, auf die sie bislang gestoßen sind, scheint sie irgendwie vorwärtszubringen. Höchstens vielleicht Disa Brinckmann. Zur spanischen Polizei haben sie schon Kontakt aufgenommen, aber keine brauchbare Antwort erhalten, wahrscheinlich ist die Pilgerin bereits heimgereist, bevor irgendein spanischer Kollege sie ausfindig machen konnte. Die Frage ist auch, was eine gut siebzigjährige Frau mit dem Mord zu tun haben könnte. Dass sie ihn nicht selbst begangen haben kann, steht fest; es bleibt allein die Hoffnung, dass sie etwas Neues über Susanne zu erzählen hat.

Und da winkt Cornelis Loots Karen zu sich.

Der Bericht über einen Einbruch in einem Sommerhäuschen bei Thorsvik im Norden von Heimö in der Nähe des Fähranlegers ist an ihnen allen vorbeigegangen. Cornelis ist mehr oder weniger zufällig darauf gestoßen, als er in ihrem System die Vorfälle der letzten drei Wochen noch einmal kontrolliert hat. Der Einbruch geschah am Samstag, den 21. September, also eine gute Woche vor dem Mord an Susanne Smeed, und wurde von der Polizei in Ravenby nachträglich in eine andere Rubrik verschoben: Einbruch und versuchte Brandstiftung. Und diese neue Einordnung hat Cornelis stutzig gemacht.

Als der Täter versuchte, das Haus in Brand zu setzen, hatte ein Nachbar den auffälligen Rauchgeruch bemerkt und sich aufgemacht, um nachzusehen, welcher Idiot bei diesem Wetter Feuer machte. Aber statt eines Sommerhausbesitzers, der Gerümpel auf seinem Grundstück verbrannte, hatte er einen jungen Mann vorgefunden, der über der einen Schulter einen Rucksack trug und aus dem Nachbarhaus hinausspaziert kam und über die andere einen Blick zurückwarf, um sicherzugehen, dass das Feuer wirklich um sich griff.

Der Nachbar namens Hadar Forrs hatte – wenn auch zähneknirschend – das einzig Richtige getan. Anstatt den jungen Mann mit dem Hang zur Pyrotechnik zu verfolgen – der machte sich unterdessen mit einem gelben Motorrad aus dem Staub –, hatte er die Feuerwehr verständigt und dann selbst schon begonnen, den Brand zu löschen, indem er ein Fenster einschlug und den Gartenschlauch hineinhielt. Als das Einsatzfahrzeug ankam, schwelte der Brand nur noch.

Der Hausbesitzer, ein gewisser David Sandler, der noch ein letztes Wochenende in seinem Häuschen verbringen wollte, um sich noch mit einer ordentlichen Fuhre Pfifferlinge zu versorgen, war gerade auf dem Weg zum Supermarkt im Zentrum von Thorsvik unterwegs gewesen, um Butter und Sahne zu besorgen, als der Einbruch geschah. Als er nach einer halben Stunde zurückkam, musste er feststellen, dass der frisch verlegte Boden in der Küche gewässert war und der Rauchgeruch von den verbrannten Küchengardinen so schlimm, dass Wochen vergehen würden, bis er ihn wieder los war. Der Laptop, den er neu gekauft hatte, und die alte Rolex von seinem Vater, die auf dem Nachttisch gelegen hatte, waren fort, und außerdem stand er nun in der Schuld seines nervigen Nachbarn. David Sandler war stocksauer, das konnte man dem Polizeiprotokoll entnehmen.

»Auf der anderen Seite läge er jetzt vielleicht mit einem von einem Schürhaken zertrümmerten Schädel da, wenn er nicht zufällig unterwegs gewesen wäre«, sagt Karl Björken und fasst das in Worte, was allen durch den Kopf geht.

Karen hat ihr Team zu einer außerordentlichen Lagebesprechung einbestellt, und die Information über diesen Einbruch hat ihre Lebensgeister wieder geweckt.

Jetzt sitzen alle kerzengerade auf ihren Stühlen, die Blicke an Karen geheftet und bereit, die Details zu notieren.

»Wir sollten an diese Neuigkeit nicht zu große Erwartungen knüpfen, aber wir müssen uns darauf einstellen, dass es verschiedene Verbindungen geben könnte. Wir werden uns hinsetzen und jedes Detail der registrierten Einbrüche gemeinsam durchgehen. Vom heutigen Datum an bewegen wir uns rückwärts. Ich werde eine Liste mit Suchbegriffen erstellen, die uns die Arbeit erleichtert.«

Die übliche Reaktion auf die Verteilung solcher Aufgaben wäre Ächzen und Stöhnen gewesen, doch Karen hat die Besprechung kaum beendet, da springen auch schon alle auf und flitzen an ihre Schreibtische, um sich in das Berichtssystem einzuloggen.

Eine Stunde und 35 Minuten später erhebt sich Astrid und ruft die anderen zu sich. Keiner ahnt, was sie gefunden hat. Es ist ein weiterer Einbruch, diesmal oben auf Noorö, nördlich des Fähranlegers, der irgendwann zwischen dem 17. und 20. September verübt wurde. Genauer lässt es sich nicht sagen, da der Besitzer verreist war. Es wurde jedoch nicht versucht, Feuer zu legen. Geklaut wurde – neben zwei Notebooks – eine gewisse Menge Goldschmuck, davon allerdings vermutlich weniger, als es der Geschädigte äußerst großzügig bemaß. Dass die Leute auf Noorö klauen wie die Raben, ist der Polizei hinreichend bekannt; es gibt zahlreiche Einbrüche, und die wenigsten werden aufgeklärt. In diesem Bericht ist nichts Spektakuläres erkennbar. Bis auf ein kleines Detail.

Als gestohlen gemeldet wurde auch eine gelbe Honda, Modell CRF 1000 L Africa Twin.

Wieder einmal fasst Karl Björken das Offensichtliche zusammen:

»Derselbe Typ. Er hat das Moped auf Noorö geklaut und es für den Einbruch in Thorsvik verwendet. Gibt es auf der Fähre eine Kameraüberwachung?«

Wie ein unsichtbares Gas, das man nicht daran hindern kann sich zu verteilen, geht ein schrecklicher Gedanke unter den Kollegen um: Möglicherweise war der Mord an Susanne Smeed einfach nur ein Einbruch, der schiefgegangen ist. Dieser Gedanke hatte ja schon zu Beginn der Ermittlungen im Raum gestanden. Vielleicht war es derselbe Typ, der das Haus bei Thorsvik angezündet hat und eine Woche später dasselbe in Langevik versuchte. Vielleicht hatte er die Besitzerin beobachtet und gewusst, dass Susanne über Oistra verreist war. Vielleicht hat er sie in Panik niedergeschlagen, als sich herausstellte, dass sie zu Hause war. Vielleicht wissen sie jetzt, wie und warum Susanne umgebracht wurde. In dem Fall ist es nur eine Frage der Zeit, wann sie den Typ kriegen.

Einer, der nun definitiv neue Hoffnung geschöpft hat, ist Viggo Haugen. Das stellt zumindest Karen fest, als sie sein Büro eine halbe Stunde später wieder verlässt.

»Wunderbare Neuigkeiten«, sagt er zum wiederholten Male und schlägt mit der Handfläche auf den Schreibtisch.

Das Letzte, was sie wahrnimmt, bevor sich die Tür hinter ihr schließt, ist, wie er zum Telefonhörer greift.

47

Die Klimaanlage im Besprechungszimmer stellt sich exakt um 20 Uhr aus, und Karen bemerkt, wie ihre Schultern sinken, als das Surren verklingt. Der kleine Schluck Whisky, den sie aus Jounas Smeeds Büro gemopst hat, ist eine kleine, aber erstaunlich befriedigende Rache an ihrem letzten Tag als kommissarische Leiterin der Kripo. Sie schwenkt ihn in einem braunen Pappbecher hin und her. Am Montag wird Smeed seine Position nach einer Woche Abwesenheit wieder einnehmen.

Irgendwann später wird sie aufstehen und die zwei Plastiktüten holen, die sie gerade noch in den Kühlschrank quetschen konnte, randvoll mit Muscheln. Als vor ein paar Stunden eine SMS von Eirik kam mit der Frage, ob er für morgen noch irgendetwas mitbringen solle, stellte sie fest, dass sie ihr Fest schon wieder komplett vergessen hatte.

»Gar nichts, kommt einfach!«, hatte sie geantwortet und es gerade noch geschafft, runter in den Hafen zu laufen, bevor die Läden schlossen.

Jetzt ist sie ganz allein im Büro.

Sie hat die Füße auf dem Schreibtisch abgelegt und betrachtet mit einem gewissen Abstand die große Tafel an der Wand. Ganz oben hängen Fotos von Susanne Smeed. Links ein aktuelles Porträt von ihr, das sie von der Eira-GmbH bekommen haben. Alle Angestellten in den Pflegeheimen tragen einen Ausweis mit Bild deutlich sichtbar an ihrer Arbeitskleidung, und Gunilla Moen hatte nicht länger als vier Minuten gebraucht, eine Kopie auszudrucken. Rechts neben diesem ernsten Bild von ihr ist eine Reihe von Fotos angepinnt, die sie erschlagen in ihrer

Küche liegend abbilden und die die Küche aus verschiedenen Perspektiven zeigen.

Unter dieser ordentlichen Fotoaufreihung hat Karl eine vertikale Linie gezogen und die wenigen Zeitfenster notiert, die sie bislang ermitteln konnten.

Freitag, 20. September, 16.30 Uhr
Susanne verlässt ihren Arbeitsplatz im Pflegeheim Solgården.

Montag, 23. September, 7.45 Uhr
Susanne ruft im Pflegeheim Solgården an und meldet sich krank.

Freitag, 27. September, 7.15 Uhr
Ein Anruf auf Susannes Handy aus Kopenhagen

Samstag, 28. September
Keine Vorkommnisse

Sonntag, 29. September, 8.30 bis 10 Uhr
Mögliches Zeitfenster für den Mord, gemäß Kneought Brodal

Sonntag, 29. September, ca. 9.45
Angela Nowak trifft bei Harald Steen ein.

Sonntag, 29. September, ca. 9.55 – 10 Uhr
Harald Steen und Angela Nowak hören, wie ein Auto von Susannes Haus wegfährt.

Sonntag, 29. September, 11.49 Uhr
Harald Steens Notruf geht ein.

Sonntag, 29. September, 12.25 Uhr
Sara Inguldsen und Björn Lange sind am Tatort.

Zudem haben sie ordnungsgemäß auch die Namen der wenigen Menschen aufgeschrieben, die in einem engeren Verhältnis zu Susanne standen: Jounas Smeed, ihre Tochter Sigrid und deren Freund Samuel Nesbö, Wenche und Magnus Hellevik, Gunilla Moen. Hinter dem Namen von Disa Brinckmann steht ein Fragezeichen. Mehr ist auf der Tafel nicht zu sehen, was vermutlich auch der Grund dafür ist, dass sie jemand etwas vom Tisch weggeschoben hat.

Und jetzt kann man zwei Namen der Verdächtigen streichen.

Dass Sigrid Smeed nicht die ganze Wahrheit gesagt hat, hat Karl Björken bereits vor ein paar Stunden berichtet. Bei der gegenwärtigen Lage hätte sie sich wenigstens selbst den Gefallen tun sollen.

Karl hatte sich die Nachbarn in dem Haus in Gaarda, in dem Sigrid Smeed wohnte, vorgenommen. Als Letztes hatte er mit einem noch immer sehr verärgerten Nachbarn gesprochen, der neben Sigrid wohnt und am Sonntagmorgen kurz vor acht von ihrem Streit im Treppenhaus geweckt worden war. Der Mann, der ungefähr Mitte fünfzig war und aus dem Mund nach Alkohol und Räucherfisch gestunken hatte, hatte ausgesagt, das Samuel Nesbö da nach Hause getorkelt gekommen war und feststellen musste, dass die Sicherheitskette eingehängt war.

Sigrids Freund – der Nachbar hatte ihn durch den Spion in der Tür erkannt – hatte daraufhin Sturm geklingelt und war schließlich dazu übergegangen, zu rufen, bald darauf unüberhörbar zu schreien, sie solle die Tür öffnen.

Am Ende hatte sie ihn offenbar reingelassen, denn danach hatten sie nach Aussage des Nachbarn lauthals gestritten, bis der Freund die Wohnung nach etwa einer Stunde wutschnaubend wieder verlassen hatte.

»Hatten Sie das Gefühl, dass sie sich geprügelt haben?«, hatte Karl nachgefragt und sich gewundert, dass der Nachbar nicht die Polizei gerufen hat. Allerdings konnte er sich das nach kurzer Überlegung schon selbst erklären: In Gaarda war Hausfriedensbruch an der Tagesordnung, und man vermied es, die Polizei zu verständigen, solange es ging.

»Das weiß ich doch nicht, aber sie lebte noch, als er ging, denn sie hat geheult und geschrien.«

Karen hatte Susannes Tochter als Täterin bislang kaum ernsthaft in Betracht gezogen, doch jetzt konnten sie also sowohl sie als auch ihren Freund von der Liste der Verdächtigen streichen. Zwei Strohhalme gab es noch, an die sie sich klammern konnten: Sie mussten den Fahrer der gelben Honda identifizieren und Disa Brinckmann ausfindig machen. Vielleicht bringt sie das bei den Ermittlungen weiter, aber das wird frühestens passieren, wenn Smeed wieder auf seinem Chefsessel sitzt. Eine Woche ohne echte Fortschritte, das wird er mir ständig vorhalten, denkt sie finster und lässt den Blick zum Fenster wandern, wo der Regen in Rinnsalen die Scheibe hinunter irrt. Die Menschen sind es mittlerweile leid, noch ein Wort über den jähen Wetterumschwung zu verlieren, von der Spätsommerwärme zu Oistra zu den plötzlichen Nächten mit Frost und dem ewigen Nieselregen. Die Meteorologen haben auch keinen Trost parat, die Tiefdruckgebiete stehen draußen über dem Atlantik ungeduldig Schlange und warten nur darauf, sich über die Doggerschen Inseln zu schieben und ihren Bedürfnissen nachzugeben.

Karen betrachtet das Kaleidoskop aus Grautönen an der Fensterscheibe, während sie im Kopf ihre Notizen durchgeht. Sie kennt sie mittlerweile auswendig, daher gibt es keinen Grund, die schwarze Mappe noch einmal aufzuschlagen.

In Gedanken blättert Karen vor zu den Notizen, die sie sich über Susanne gemacht hat, wo das Wort »Konflikt« eigentlich in jeder Beziehung auftaucht: einige Konflikte mit Jounas während und nach ihrer Ehe, am meisten wegen Geld und Grundbesitz. Konflikte mit der Tochter über den Dauerstreit mit dem Vater und Susannes Enttäuschung, dass aus dem Ballettmädchen in rosa Tüll eine junge Frau mit tätowierten Armen und einem Ring in der Nase geworden ist. Konflikte mit dem Arbeitgeber wegen der Benutzung des Firmenhandys für Privatgespräche und einer Bewerbung auf eine Stelle, auf die Susanne eine Absage bekam. Konflikte mit dem Windenergieunternehmen Pegasus wegen der Grundstücksrechte und dem störenden Lärm von dem Windpark, der neben ihrem Haus errichtet wurde. Konflikte mit Wenche Hellevik, als Susanne ihr vorwarf, zu wenig Zeit für sie zu haben.

Mit Samuel Nesbö ist noch kein Konflikt bekannt, auch wenn man vermuten kann, dass Sigrids unterkühltes Verhältnis zu ihrer Mutter darauf schließen lässt, dass auch der Freund der Tochter keine innige Beziehung zu ihr hatte. Inwieweit ein Konflikt zwischen Susanne Smeed und Disa Brinckmann bestanden haben könnte, ist offen.

Am Rand stehen noch Bemerkungen zu kleineren Unstimmigkeiten mit Kollegen, Busunternehmen und Lieferanten oder Dienstleistern, mit denen sie aus dem ein oder anderen Grund unzufrieden war. Susanne Smeed hatte offenbar mit jedem, der ihr über den Weg lief, ein Problem.

Mit mir auch, denkt Karen und erinnert sich mit Unbehagen an die unangenehme Begegnung mit ihr an der Kasse des Gartencenters. Susanne hatte Karen Eiken Hornby definitiv schon auf dem Kieker, als sie längst noch keinen Grund dafür gehabt hatte.

Die Frage ist nur, ob all diese Konflikte ernst genug gewesen sein konnten, dass jemand Susanne deswegen töten wollte. Hatte sie irgendwem das Leben so vermiest, dass er oder sie die Beherrschung verloren hat? Oder verfügte sie über Informationen, die möglicherweise für jemanden eine Gefahr darstellten? Ohne die geringsten Anhaltspunkte hat Karen das Gefühl, dass sie genau der Typ war, der so tief sinken konnte. Hatte Susanne Smeed versucht jemanden zu erpressen?

Auf der anderen Seite, denkt sie und nippt an ihrem Whisky, spielen ihre Überlegungen nicht die geringste Rolle. Viggo Haugens erregter Stimme nach zu urteilen, ist der Mord an Susanne Smeed aufgeklärt. Vor ein paar Stunden hatte er angerufen.

»Selbst Sie können wohl nicht ignorieren, dass das jetzt ein völlig neues Licht auf die Sache wirft«, hatte er gesagt. »Eine völlig nachvollziehbare Erklärung für diese traurige Geschichte.«

Na ja, warum auch nicht, denkt Karen, und nimmt noch einen Schluck, auf jeden Fall hat wohl derselbe Typ die Einbrüche in Noorö und in Thorsvik verübt. Und aus irgendeinem Grund hat er für mehr

Spannung sorgen wollen, als er beim zweiten Einbruch auch noch Feuer gelegt hat. Und es ist auch nicht unmöglich, dass er seine Tournee in Langevik fortgesetzt hat. Vielleicht hat Susanne ihn überrumpelt, oder er hat den Drang verspürt, noch weiterzugehen. Von Einbruch über Brandstiftung zum Mord. Ein klassischer Fall von Abstumpfung, dieses Phänomen ist nicht ungewöhnlich; das Bedürfnis nach immer stärkerer Stimulanz, besonders häufig bei Tätern mit psychopathischen Zügen. Aber diese Eskalation erstreckt sich normalerweise über viel längere Zeiträume als eine Woche.

»Schönes Wochenende!«

Die Stimme kommt von der Tür und lässt Karen zusammenzucken, sodass der letzte Rest Whisky über die Kante des Pappbechers spritzt.

»Du bist noch da? Ich dachte, ich bin die Letzte«, murmelt sie und fährt sich mit der Handfläche über die Jeans.

»Ich wollte dich nicht erschrecken, tut mir leid«, sagt Astrid Nielsen und zieht langsam den Reißverschluss ihres Parkas hoch.

Sie sieht wirklich müde aus, denkt Karen und spürt ihr schlechtes Gewissen wieder. Nach den jüngsten Ergebnissen müssen die Kameraaufnahmen sämtlicher Fährtouren durchgesehen werden und die Kollegen alle Verbrechen mit Bezug zu den beiden Einbrüchen überprüfen. Natürlich wenden die lokalen Polizeiwachen das neue interne Berichtsprogramm PIR nur widerwillig an, das nach Aussage der EDV-Abteilung noch immer – elf Monate nach seiner Einführung – unter Kinderkrankheiten leidet. Außerdem müssen sie telefonisch bei allen Polizeiwachen auch persönlich anrufen und nachhaken. Und Astrid Nielsen hat die Aufgabe übertragen bekommen, alle Ergebnisse zusammenzufassen.

»Ich hoffe, es liegt nicht an meiner Sklaventreibermentalität, dass du um diese Zeit freitags abends noch immer nicht bei Mann und Kind bist«, sagt Karen und lächelt.

Astrid zögert einen Moment, dann kann man sehen, wie sie sich einen Ruck gibt.

»Nein, Nein, das ist wirklich nicht deine Schuld, glaub mir. Die Kinder sind bei meinen Eltern, und Ingemar ist ... na ja, ich kann es eigentlich auch jetzt gleich sagen, denn ihr erfahrt es ja sowieso. Ingemar und ich werden uns trennen …«

Karen nimmt die Füße vom Schreibtisch und beugt sich vor.

»Komm rein«, sagt sie. »Magst du dich für einen Moment zu mir setzen?«

Wieder zögert Astrid, aber dann zieht sie langsam den Reißverschluss ihres Parkas wieder runter. Sie lässt sich auf einen Stuhl nieder ohne ein Wort, und Karen bemerkt ihre angespannten Gesichtszüge.

»Erzähl mal, was ist passiert?«, sagt sie.

Und in der darauffolgenden halben Stunde muss Karen feststellen, dass Astrid Nielsen trotz allem doch nicht so bedrückend perfekt ist und ihr Mann keineswegs so religiös, wie sie gedacht hatte.

48

Nicht jeder Platz ist belegt, dennoch ist Karen überrascht, wie viele Menschen an diesem Samstagvormittag in die Kirche nach Langevik gekommen sind, um Susanne Smeed zu Grabe zu tragen.

In der ersten Reihe sitzen Sigrid und Jounas mit Wenche und Magnus Hellevik. Offenbar aus Rücksichtnahme den Hinterbliebenen gegenüber ist die Bank hinter ihnen leer, aber auf den anderen Plätzen erkennt Karen Gunilla Moen in Begleitung einer Frau, die vermutlich eine Arbeitskollegin aus dem Pflegeheim ist. Einige Nachbarn haben sich auf den harten Kirchenbänken niedergelassen; sogar Harald Steen hat sich in das Gotteshaus geschleppt, ebenso wie Odd Marklund, Jaap Kloes und Egil Jenssen mit seiner Frau. Wer hier aus Respekt vor der Toten sitzt und wer eher aus Neugier gekommen ist, darüber kann Karen nur spekulieren. Sie selbst hat sich in die letzte Reihe auf die linke Seite gesetzt, vermutlich haben weder Sigrid noch Jounas sie entdeckt. Wenche Hellevik hingegen hat sie nickend gegrüßt und dabei mild gelächelt.

Als Sigrid in die Kirche trat, direkt hinter ihr ihr Vater, sah sie blass aus, das Gesicht zusammengekniffen. Während nun der Pastor spricht, sitzt sie da, mit nach unten gerichtetem Blick, und Karen kann sehen, dass Jounas versucht, mit seiner Tochter zu reden, die jedoch sofort den Kopf abwendet.

Es werden die üblichen Psalme gesprochen. Die Ansprache des Pastors ist kurz und beinhaltet nur das Allernotwendigste. Doch als er die Zeremonie beendet hat, hört Karen ein unterdrücktes Schluchzen von den vorderen Bänken. Sie kann Sigrid nicht mehr sehen, und Karen braucht ein paar Sekunden, bis ihr klar wird, dass Susannes Tochter den Oberkörper vorgebeugt hat und nicht mehr hinsieht. Jounas Smeed rutscht unruhig hin und her, und Wenche Hellevik legt Sigrid ihre Hand auf den Rücken, aber nimmt sie ebenso schnell auch wieder weg.

Das Ganze ist in einer halben Stunde vorbei. Als Karen, die mit den letzten Besuchern die Kirche verlässt, durch die Tür geht, sieht sie, dass Jounas und Sigrid schon unten am kleinen Parkplatz angekommen sind, während Wenche und ihr Mann noch auf dem Kirchenvorplatz stehen und sich mit dem Pastor unterhalten. Jounas und Sigrid streiten sich offensichtlich über irgendetwas. Er öffnet die Wagentür und will sie überreden einzusteigen, doch sie schüttelt den Kopf. Er fuchtelt herum, wirkt zunehmend wütender, aber sie steht stocksteif da, die Arme verschränkt. Dann macht sie überraschend auf dem Absatz kehrt und geht wieder hinauf zur Kirche, während Jounas ihr etwas hinterherruft.

Im nächsten Moment steigt er ins Auto ein und knallt die Tür zu, sodass alle, die noch da sind, es deutlich hören können. Wenche Hellevik sieht besorgt zu ihrem Bruder hinunter. Eilig beendet sie das Gespräch mit dem Pastor und macht sich mit ihrem Mann auf den Weg zum Parkplatz.

Sie sind fast unten, als Jounas rückwärts ausparkt und mit quietschenden Reifen losfährt, sodass der Kies erst in die Luft fliegt und dann an die neben ihm parkenden Wagen.

Einen Moment lang steht Wenche fassungslos da und starrt erst Jounas' Heckleuchten an, dann sieht sie mitfühlend zu ihrer Nichte, die den Kirchplatz in die andere Richtung überquert. Wenche schüttelt verärgert den Kopf, sagt etwas zu ihrem Mann, und dann steigen sie in ihren Wagen ein. Ganz bedächtig, ohne irgendwelche Allüren setzt Magnus Hellevik seinen metallicblauen Volvo zurück und verlässt den Parkplatz.

Das Letzte, das Karen sieht, bevor sie selbst ins Auto steigt, ist Sigrids schmaler Rücken, wie er hinter dem Gestrüpp von Eiben verschwindet.

49

Das scheppernde Geräusch der Muschelschalen, die Karen aus dem Eimer in die Spüle schüttet, bewegt Rufus zum schnellen Rückzug aus der Küche. Da ist ihm das Sofa im Wohnzimmer dreimal lieber. Gleich wird er zurückkommen, denkt Karen und streift sich, wie eine Chirurgin vor einer großen Operation, die Gummihandschuhe langsam über, während sie die glänzend schwarzen Schalen betrachtet. Dann greift sie nach dem Messer mit dem kurzen Blatt und legt los. Gut fünf Kilo Muscheln müssen von Sand und Barthaaren befreit werden, das wird zwar eine Weile dauern, aber die Gäste kommen erst in ein paar Stunden. Acht oder neun Personen werden sie sein: Kore und Eirik und Marike natürlich. Aylin konnte anfangs nicht zusagen, weil sie nicht wusste, ob sie einen Babysitter bekommt, doch später hatte sie mitgeteilt, dass Bo und sie beide kämen. Karen war darüber gar nicht so glücklich gewesen, denn Bo würde sich zwischen zwei Schwulen und einer Reihe Mädels sicher nicht richtig wohlfühlen und entsprechend gelaunt sein. Und gar nicht so sehr wegen Bo, aber aus Rücksicht Aylin gegenüber und mit Blick auf die allgemeine Stimmung hatte sie daraufhin ihren Cousin Torbjörn mit seiner Frau Veronica eingeladen. In dieser Runde würde Bo mehr Spaß haben. Als ambitionierter Rechtsanwalt, dem eine politische Karriere bevorstand, hat er gewiss schon ein großes Kontaktnetz, aber Veronica und er sind Mitglieder derselben Partei, und Bo ist sehr ehrgeizig. Ich tu das für Aylin, denkt sich Karen.

Wenn sie überhaupt die Chance haben will, ihre Freundin zu sehen, dann muss sie auch deren Mann einladen und ihn zudem bei Laune halten. Und nur wenn Marike die Klappe hält, wird es gut gehen. Denn die wiederum findet, dass Aylins Mann ein »beschissenes Arschloch« ist, mit einer »krankhaften Kontrollsucht«.

»Ich würde wetten, dass er sie schlägt. Warum trägt sie immer lange Ärmel?«, hatte sie im Sommer gesagt.

Und Karen hatte Aylin einfach geradeheraus gefragt. War bei Aylin vorbeigefahren, als sie sicher war, dass Bo nicht zu Hause war. Und nach zwei Tassen Kaffee hatte sie schließlich ihre Befürchtungen vorgebracht und lautes Lachen als Antwort erhalten. Bo hatte seine Eigenheiten, aber schlagen würde er sie nicht. Natürlich nicht.

Das nagt noch immer an ihr.

Das Handy auf der Arbeitsplatte plingt, und Karen wäscht sich schnell die Hände ab. Eine SMS von Astrid: *Kann heute Abend leider nicht kommen. Hatte eine schlaflose Nacht und muss mich um vieles kümmern. Aber danke für die Einladung und alles Gute zum Geburtstag!*

Die spontane Idee, ihre Kollegin einzuladen, war gleichermaßen aus Betroffenheit und Sympathie entstanden. Die Mrs Perfekt und ihr frisch gescheitelter IT-Mann Ingemar trennen sich, weil er untreu war. Astrid hatte es zufällig erfahren, hat sie Karen erzählt. Der Klassiker: ein versehentlich geöffneter Briefumschlag, der an ihn adressiert war, ein Blick auf die Kontoauszüge und die plötzliche Erkenntnis, die die Welt zum Stillstand bringt und sie selbst in eine Säule aus Eis verwandelt. Zwei Restaurantbesuche und eine Nacht in Paris.

Schwarz auf weiß hatte Astrid nun vor sich, dass Ingemar dieses Wochenende keineswegs mit den Jungs in London verbracht hat, um sich ein Premier-League-Match anzusehen.

Er hatte es ohne Umschweife zugegeben. Auch die Reise davor, die im Zusammenhang mit einem Fußballspiel hätte stehen sollen, war eine Lüge gewesen, doch das war das erste Mal gewesen. Diese Tatsache hatte er energisch beteuert, als ob ihm das jetzt noch irgendwelche Pluspunkte einbringen konnte.

»Aber ist die Sache zwischen ihm und der anderen Frau denn wirklich ernst?«, hatte Karen gefragt und ihre Frage gleich wieder bereut.

»Du meinst, das spielt eine Rolle? Soll ich vielleicht abwarten, bis er sich die Hörner abgestoßen hat und dann wieder angekrochen kommt, wenn es für ihn vorbei ist?«

Nein, das fand Karen auch nicht, auch wenn ihr der Glaube an die ewige Treue mit den Jahren immer schwerer fiel. Kann man wirklich nicht verzeihen und weitermachen? Ein Seitensprung ist nicht das Schlimmste, was einer Familie zustoßen kann. Ein Lastwagen, der ohne Vorwarnung zur Seite ausschert, hingegen schon.

»Nein, natürlich nicht«, hatte sie geantwortet. »Wie lange weißt du es schon?«

»Seit Dienstagabend. Wir wollten die Kinder eigentlich übers Wochenende zu Ingemars Mutter schicken, um in Ruhe reden zu können, aber ich will nicht mehr. Ich habe gerade im ›Rival‹ angerufen und mir ein Zimmer gebucht. Ich wünschte nur, ich hätte eine Flasche Alkohol auf dem Zimmer, aber vermutlich muss ich mit der Hotelbar vorliebnehmen. Aus Rache werde ich da auch irgendwen aufreißen.«

Einen Moment lang hatte Karen mit dem Gedanken gespielt, die Whiskyflasche aus Jounas' Büro zu holen und sie Astrid in die Hand zu drücken, aber das ließ sie dann doch. Allein in einem Hotelzimmer zu hocken war so ziemlich das Letzte, was Astrid brauchen konnte. Die Hotelbar im »Rival« war nicht viel besser, aber immerhin war sie da nicht allein. Und es war ein Leichtes, dort jemanden zu finden, der einen aufs Zimmer begleitet.

Und dann war es einfach aus ihr herausgerutscht:

»Wenn du dir vorstellen könntest, mit dem Abschleppen noch zu warten, bist du herzlich zu meinem Geburtstagsfest eingeladen.«

Astrid hatte weder zu- noch abgesagt, als sie die Einladung erhielt. Vielleicht würde sie zu ihrer Schwester hoch nach Ravenby fahren, auch wenn das keine wirkliche Erholung war. Karen hatte geantwortet, Astrid könne einfach dazustoßen, wenn sie spontan Lust habe.

Vermutlich war es schlau von ihr, nicht zu kommen, denkt Karen und klopft mit dem Messer ganz vorsichtig auf eine offene Muschel. Astrid hat heute bestimmt wichtigere Dinge zu regeln. Zum Beispiel muss sie sich überlegen, wie sie es den Kindern beibringt. Und Ingemars Eltern auf Noorö, die so streng religiös sind. Dann lag ich ja doch nicht so falsch, dachte Karen, auch wenn die strenge Auffassung von der heiligen Ehe in der Familie Nielsen offenbar eine Generation übersprungen hatte.

Sie richtet sich auf und sieht aus dem Küchenfenster. Der Nieselregen, der am Morgen noch gefallen war, hat endlich aufgehört, und eine Schar Seidenschwänze hat die Gelegenheit ergriffen, sich auf der Eberesche niederzulassen. In einer guten Stunde wird keine rote Rispe mehr übrig sein, aber das Bild, das sich ihr jetzt bietet, tauscht sie gern gegen einen Winter ohne Vogelbeergelee. Schweigend betrachtet sie die seidenweichen Rücken. Im nächsten Moment unterbricht ein raubtierähnliches Geräusch die Stille. Rufus ist auf die Küchenbank gesprungen und verfolgt die Vögel mit sehnsüchtigen Blicken.

»Nein, nichts gibt's. Nimm lieber eine Muschel.«

Gemeinsam beobachten sie das Festessen der Seidenschwänze noch eine Weile, dann wird es Rufus langweilig, und er macht wieder einen Satz auf den Boden. Karen setzt das Muschelputzen fort. Während des Knackens und Schabens lässt sie ihren Gedanken freien Lauf. Sie werden zwangsläufig in der Küche essen müssen, auch wenn es mit acht Personen am Tisch etwas eng werden wird. Die Veranda ist zwar überdacht, und es ist wieder ein paar Grad wärmer geworden, aber trotzdem ist es schon viel zu kalt, um draußen zu sitzen. Jetzt wäre es gut gewesen, ich hätte wie alle anderen den Schuppen umgebaut, denkt Karen. Vielleicht sollte ich mir das wirklich vornehmen. Gleich im Frühjahr damit beginnen, damit er im Sommer fertig ist.

Dreimaliges lautes Hupen unterbricht ihre Überlegungen abrupt.

In der nächsten Sekunde ist der Schwarm Seidenschwänze weggeflogen, und Marikes Wagen tuckert durchs Tor und parkt neben Karens Auto auf dem Kies vor dem Hof.

Noch mit den Gummihandschuhen an den Händen öffnet Karen die Eingangstür und betrachtet Marikes deutlich gewachsenen Hintern, als sie sich über den Rücksitz beugt, um ein paar Einkaufstüten und einen

Blumenstrauß hervorzuholen. Dann dreht sie sich um mit einem Strahlen im Gesicht und brüllt:

»Viel Glück und viel Segen auf all deinen Wegen, Gesundheit und Frohsinn sei auch mit dabei!«

Karen lauscht Marike, die nicht alle Töne trifft. Aber dafür bekommt das Geburtstagskind noch einen Armvoll gelbe Rosen und eine Umarmung.

»Danke, du Liebe! Schon fertig? Nein, nein, ist schon gut!«, schiebt sie schnell hinterher.

»Undankbares Gör. Hallo, mein Schatz!«

Sie begrüßt auch Rufus, der hinter Karen auf die Veranda gekommen ist und nun um Marikes Gummistiefel streift. Dann hebt sie die schweren Tüten hoch und marschiert schnurstracks in Karens Küche.

»Direkt aus dem Ofen«, sagt sie und holt drei große Sauerteigbrote heraus. »Oder zumindest frisch gebacken, das hat der Typ in der Bäckerei versichert. Und schau mal, die kommt auch direkt aus dem Ofen.«

Marike hat die andere Papiertüte vorsichtig auf den Tisch gestellt und nimmt nun eine große Keramikschale in Blau- und Grüntönen heraus. Die Farben fließen ineinander, offenbar sind es mehrere Schichten, und die dicke Glasur erzeugt eine dreidimensionale Wirkung, sodass man den Eindruck hat, man sehe auf den Meeresboden.

Karen ist sprachlos. Ohne ein Wort nimmt sie Marike in den Arm und hält sie ganz lange fest.

»Jaja, jetzt ist es wirklich genug. Trinkst du ein Glas Wein?«

50

Eineinhalb Stunden später steht Karen Eiken Hornby in ihrem Schuppen und bestaunt die Verwandlung. Ein unbedachtes Wort darüber, dass heute viele Nachbarn ihre Geräteschuppen zu kleinen Partyräumen umbauen, hatte gereicht, dann machte sich Marike sofort ans Werk. Ein kurzes Telefonat mit Kore und Eirik, die gerade ins Auto steigen wollten, ob sie noch im Atelier vorbeifahren könnten. Eine kleine Runde durchs Haus und noch eine durch den Schuppen. Und das alles, während Karen Zwiebeln, Knoblauch und Mohrrüben hackte und anbriet, Wein und Sahne dazugab und am Ende ein großes Stück Schafskäse darauf schmelzen ließ. Die Äpfel in Scheiben schnitt, sie in Butter und Zucker schwenkte, den Blätterteig aus dem Kühlschrank nahm und ein Backblech mit Backpapier auslegte. Zwischenzeitlich hatte Marike, gemeinsam mit Kore und Eirik, die nun dazugestoßen waren, zwei alte Türen, vier Böcke und zwei alte Laken zum See hinuntergeschleppt.

Mithilfe eines Verlängerungskabels, das sich nun über den ganzen Weg von der geerdeten Steckdose ins Nebenhaus schlängelte, quer über den Kiesweg zum Geräteschuppen, und eines Elektroheizkörpers, war die Temperatur da drinnen auf immerhin zehn Grad angestiegen.

Der lange Tisch, den sie an der Längsseite aufgebaut hatten, wird es vermutlich nicht aushalten, wenn jemand darauf tanzt, und diejenigen, die mit dem Rücken zu der riesigen Eiche sitzen, müssen aufpassen, dass ihnen kein Wasser auf den Kopf tropft. Aber im Lichte der Kerzen und Laternen, die sie aufgetrieben haben, fallen die Fischgabeln, Spaten, Mistgabeln, kaputten Netze und das gelbe Ölzeug überhaupt nicht auf, ebenso wenig wie das rostige alte Eisenbett, das Karens Vater einmal angeschleppt hat, das jedoch nur über die Leiche seiner Ehefrau die Schwelle zum Haus passiert hätte.

Über den Gartenstühlen, einigen Küchenhockern und einer Bank, die eben noch im Vorratsraum gestanden hatte, liegen zusammengefaltete Decken. Auf dem Tisch liegen die zwei weißen Laken, und jemand – vermutlich Eirik, denkt Karen – hat mit Hühnerdraht, Wacholderzweigen und den Vogelbeeren, die die Seidenschwänze übrig gelassen haben, eine Tischdekoration gebastelt, die sich zwischen Tellern und Gläsern rankt.

»Habe die Ehre«, sagt Kore und lächelt, als er in Karens verblüfftes Gesicht sieht. »Gar nicht blöd, wenn man zwei umtriebige Schwule und eine manische Dänin im Freundeskreis hat, stimmt's?«

Ein paar Stunden später hockt die Gesellschaft gesättigt und angenehm beschwipst gemütlich beieinander. An diese Abende erinnert man sich, denkt Karen und betrachtet jeden einzelnen ihrer Gäste der Reihe nach. Neben ihr sitzt Kore und unterhält sich mit Marike, sie scheinen über etwas zu klatschen, das sie beide köstlich amüsiert. Vielleicht hat Kore ein etwas indiskretes Detail von der gestrigen Aufnahme bei den KGB Productions preisgegeben, das Unternehmen, das ihm gemeinsam mit zwei Schweden gehört und wohin Künstler aus ganz Europa pilgern, um ihre Musikaufnahmen zu machen. Karen hat nie recht verstanden, warum. Solange Marike sich jedenfalls mit Kore gut unterhält, besteht kein größeres Risiko, dass sie sich mit Bo in die Haare kriegt.

Torbjörn und Bo haben sich wie erwartet zusammengetan, und Karens Cousin verfolgt etwas, das Bo offenbar mithilfe seiner Gabel versucht, auf der Tischdecke aufzuzeichnen. Torbjörn nickt interessiert, greift nach der Weinflasche und füllt ihnen nach. Am anderen Tischende diskutieren Eirik, der ein ganz ernstes Gesicht macht, und Aylin, die gedankenverloren ein Stück Brot in Stücke reißt und eher betrübt aussieht. Vielleicht liegt es daran, dass sie die Einzige ist, die den ganzen Abend stocknüchtern bleibt, denn natürlich muss Aylin noch nach Hause fahren. Oder es liegt daran, dass sie mit einem Arschloch verheiratet ist, denkt Karen. Heute Abend ist Bos hitzköpfiges Gemüt zum Glück noch nicht zum Tragen gekommen, und ebenso wenig hat er bislang abfällige Kommentare über seine Frau von sich gegeben.

Astrid ist erwartungsgemäß nicht aufgetaucht; sie ist jetzt hoffentlich bei ihrer Schwester, anstatt noch einen Abend an der Hotelbar im »Rival« zu verbringen, denkt Karen und steht auf, um das Geschirr abzuräumen. Später wird sie einen Kaffee aufsetzen und den Apfelkuchen warm machen.

»Du bist so still«, sagt Kore und zieht sie zurück auf ihren Stuhl.

Sie dreht sich stattdessen zu Veronica um, die bislang nur schweigend dagesessen und die anderen beobachtet hat. Offenbar hat Veronica auch den Chauffeurdienst übernommen, sie nippt nur zaghaft an ihrem Weinglas. Sie werden sicher nicht riskieren, in eine Kontrolle zu kommen, denn der schnellste Weg nach Hause ist für sie die kleine Straße quer über die Berge von Langevik, und dort ist in den vergangenen dreißig Jahren kein Streifenwagen aufgetaucht, aber Veronica sitzt im Gesundheitsausschuss des Volkstings und wird kein Risiko eingehen. Jetzt sieht sie Karen an und erhebt ihr Glas.

»Skål, Karen, jetzt ist es nur noch ein Jahr bis zu dem richtig großen Fest! Nicht zu glauben, wie die Zeit vergeht. Mir selbst graut schon davor, obwohl es für mich noch ein paar Jahre bis dahin dauert.«

»Ja, weißt du, im nächsten Jahr um dieselbe Zeit kann ich mich nur noch zum nächsten Wasserloch schleppen und sterben«, antwortet Karen mit einem schiefen Grinsen und trinkt zwei ordentliche Schlucke aus ihrem Weinglas. »Wie läuft es denn im Tingshaus, geht es mit der neuen Pflegegarantie voran?«

Doch kaum hat sie die Frage ausgesprochen, bereut sie diesen Themenwechsel. Die Wahlversprechen der Fortschrittspartei, Pflegeplätze für alle über Achtzigjährigen einzuführen, kostenlose Zahnbehandlung für alle unter achtzehn und einen Platz in einer Entziehungsklinik und eine Wohnungsgarantie für alle, die einen sogenannten Anti-Drogen-Vertrag freiwillig unterzeichnen, haben ihnen sicher genau die Stimmen eingebracht, die sie brauchten, um sich die Macht mit den Liberalen zu teilen, doch waren umso schwerer einzulösen gewesen. Zwei Jahre nach der Regierungsbildung sind die Zeitungen immer noch voll von Berichten über alte Menschen, denen ein Platz im Pflegeheim vorenthalten wird und die verschwindend geringe Anzahl Narkomanen, die bereit gewesen waren, sich den Voraussetzungen für die Rehabilitierung zu unterwerfen. Die Statistik ist gemäß der Morgenzeitung auf dem Weg in die falsche Richtung.

Veronica Brenner antwortet, wie es einer Politikerin entspricht.

»Ja, danke, ich glaube, die Familien im Land sind heilfroh, keine teuren Zahnarztrechnungen mehr bezahlen zu müssen«, antwortet sie lächelnd.

Vermutlich ist das so, denkt Karen. In den Zeitungen stand viel darüber, wie die Empfehlungen der Kieferorthopäden, die Fehlstellung der Zähne zu korrigieren, in die Höhe geschnellt sind. Bald wird es auf den Doggerschen Inseln keinen einzigen schiefen Zahn mehr geben. Schade nur, dass die anderen zwei Reformen, die wirklich wichtig sind, nicht erfolgreicher waren.

Laut sagt sie:

»Man muss wohl den Veränderungen mehr Zeit geben.«

»Apropos Zeit«, sagt Veronica, »wie läuft es eigentlich mit den Ermittlungen in eurem Mordfall, kommt ihr voran?«

Ohne eine Antwort abzuwarten, fährt sie fort.

»Ich habe gehört, dass Jounas Smeed am Montag seine Arbeit wieder aufnimmt. Das ist bestimmt angenehm für dich, oder?«

»Wo hast du das denn aufgeschnappt?«

Veronica Brenner sieht für einen Moment sehr überrascht aus.

»Ach so«, sagt Veronica zögernd, als ob sie gleichzeitig überlege, ob an ihrer Antwort irgendetwas kompromittierend sein könne.

»Das hat wohl Annika Haugen erwähnt, Viggos Frau. Wir beide kennen uns ja schon von der Jugendvereinigung der Partei, das weißt du.

Ich meine, sie hat erwähnt, dass Jounas jetzt wieder die Leitung übernehme.«

»Es ist richtig, dass Jounas am Montag zurückkommt«, sagt Karen. »Aber selbstverständlich halten wir ihn aus der Mordsache heraus. Immerhin geht es um seine Ex-Frau. Ich werde mit meinem Team die Ermittlungen weiterführen wie bislang.«

Veronica lacht auf.

»Ja, hoffentlich nicht wie bislang. Es wird schließlich höchste Zeit, dass man herausfindet, wer die arme Susanne um die Ecke gebracht hat.«

»Hast du sie gekannt?«

»Na ja, so würde ich es nicht nennen, wir sind nur bei gesellschaftlichen Anlässen hier und da aufeinandergetroffen, als sie noch mit Jounas verheiratet war.«

»Und danach, hast du sie da nochmal gesehen, als sie getrennt waren?«

Veronica sieht sie mit großen Augen an.

»Nein …«, sagt sie mit einem Tonfall, als sei allein die Frage abwegig. »Nein, ich glaube nie. Ich bin ihr vielleicht mal in der Stadt begegnet, dann haben wir ein paar Worte gewechselt, zumindest am Anfang, nach ihrer Scheidung, danach nicht mehr. Aber gegrüßt habe ich immer«, schiebt sie hinterher.

Lieb von dir, denkt Karen. Sie hat mit ihrem einzigen Cousin mütterlicherseits nie besonders viel Kontakt gehabt, obwohl Torbjörn und sie immer recht dicht beieinander gewohnt haben. Natürlich trifft man sich bei Familienfesten, Hochzeiten und Beerdigungen, aber das war auch schon alles.

Als Karen erwachsen war, hat sie ein paar Versuche unternommen, den Kontakt zu intensivieren. Sie ist bei Torbjörn und Veronica spontan auf eine Tasse Kaffee vorbeigekommen, hat beide mehrfach zu sich eingeladen. Und sie hat sich sehr bemüht, über seine etwas arrogante Art hinwegzusehen und seinen offenbar unstillbaren Bedarf, immer mehr verdienen zu wollen. Irgendetwas hat ihr barscher Cousin, was sie dennoch mag. Vielleicht, weil er niemals versucht, sich zu verstellen: Torbjörn steht zu seinen Vorurteilen und seinem Geiz. Und im Gegensatz zu seiner Ehefrau interessiert er sich nicht im Geringsten dafür, in gewisse gesellschaftliche Kreise Zutritt zu erhalten. Nachtragend ist er auch nicht. Er war zwar ein paar Monate lang verstimmt gewesen, nachdem Karen der frisch zugezogenen Marike geholfen hatte, ihr Grundstück zu einem anständigen Preis zu erstehen, aber danach hat er diese Sache nie wieder zur Sprache gebracht oder ein langes Gesicht gezogen.

Mit Veronica sieht es etwas anders aus. Im Gegensatz zu ihrem Mann ist Veronica Brenner immer sehr bemüht, ihre kleinen Spitzen gut versteckt zu verteilen und zudem mit einem kleinen Lächeln zu garnieren. Dass ihr Gewinn am Grundstücksverkauf doppelt so hoch hätte sein können, hätte Karen sich nicht eingemischt, hat sie nie kommentiert, doch obwohl sie jetzt seit fast sieben Jahren Nachbarn sind, nennt sie die 1,80 m große international anerkannte Künstlerin abwechselnd mal Marita Estrup, Marike Ernstrup oder ganz einfach – wenn sie mit Karen spricht – nur »deine kleine dänische Freundin«.

Vielleicht provoziert Karens Gesichtsausdruck Veronica, noch weiter zu erzählen.

»Ich hätte Susanne am letzten Samstag natürlich auch gegrüßt, aber ich glaube nicht, dass sie mich gesehen hat. Und dann ... ja ...«

»Was hast du gesagt?«, fragt Karen und stellt ihr Weinglas ab. »Hast du Susanne gesehen?«

»Ja, ich bin ihr tatsächlich am Tag vor ihrem Tod begegnet«, antwortet Veronica. »Das fiel mir gleich ein, als ich von dem tragischen Ereignis erfahren habe, dass das jetzt das letzte Mal gewesen ist. Erschreckend, dass man nie weiß, wann man jemanden zum letzten Mal sieht.«

»Wann genau war das und wo?«

Karens Verhörtonfall beschert Veronica eine Sorgenfalte, die ihr die Augenbrauen zusammenzieht, doch sie gibt bereitwillig Auskunft.

»Auf dem Parkplatz am Tiefseehafen am Samstagmorgen. Alice ist mit der frühen Morgenfähre aus Esbjerg gekommen, und ich habe sie abgeholt. Sie studiert ja in Kopenhagen, aber wollte über Oistra nach

Hause kommen. Und Mama springt natürlich ins Auto, auch wenn es morgens um sieben ist und sie eigentlich hätte ausschlafen können, was für jemanden, der eine Sechzig-Stunden-Woche hat, auch mal etwas Schönes ist.«

Das Letzte sagt Veronica betont laut und deutlich und wirft ihrem Mann einen ernsten Blick zu, der seine Unterhaltung mit Bo völlig entspannt fortsetzt, ohne auf ihren Seitenhieb zu reagieren.

»Konntest du erkennen, ob sie jemanden abgeholt hat oder vielleicht selbst mit dieser Fähre ankam?«

Sie stellt zwar die Frage, aber die Antwort kennt sie eigentlich schon. Susanne hatte sich krankgemeldet und hätte die Gelegenheit, wegzufahren, durchaus ergreifen können. Doch ihr Name hatte auf keiner der Passagierlisten gestanden, die sie kontrolliert hatten.

»Darüber habe ich gar nicht nachgedacht«, sagt Veronica. »Ich habe nur ihren Kopf zwischen den Autodächern gesehen und mir gedacht, sie parkt wohl ein paar Reihen weiter hinten. Aber sie hätte bestimmt nicht auf diesem unbewachten Parkplatz gestanden, wenn sie in Dänemark gewesen wäre. Du als Polizistin weißt es ja am besten, wer diesen Fehler begeht, kann davon ausgehen, bei der Rückkehr vom Auto nicht mal mehr die Felgen vorzufinden.«

Vermutlich hat sie recht, denkt Karen. Seit das Parkhaus am Terminal gebaut worden ist, wird der kostenfreie Parkplatz im östlichen Hafengebiet meistens nur zum Abholen oder Absetzen von Passagieren oder Leuten, die dort arbeiten, benutzt. Aber wenn Susanne nicht selbst mit der Fähre gekommen ist, muss sie ja jemanden getroffen oder abgeholt haben. Mit großer Wahrscheinlichkeit wohl die Person, die sie um 7.15 Uhr angerufen hat. Wahrscheinlich hat sie die Ankunftszeit mitgeteilt.

»Und du hast niemanden neben ihr gesehen?«

Veronica zögert einen Moment.

»Ich bin mir nicht sicher. Ich habe zwar niemanden gesehen, aber ich kann mich noch genau erinnern, dass ich den Eindruck hatte, als würde sie sich mit jemandem unterhalten.«

51

Das Geräusch von den leeren Flaschen, die im grünen Glascontainer am Wertstoffhof landen, schmerzt Karen in den Ohren, sodass sie die Kiefermuskeln anspannt, als sie die letzte Weinflasche hineinwirft. Obwohl sie sich gestern keinen Stress gemacht hat, war es ziemlich spät geworden. Erst gegen halb vier sind sie eingeschlafen, aber Eirik, der so ein unerträglicher Morgenmensch ist, hatte mit einem gedeckten Frühstückstisch und dem Duft von frisch gebrühtem Kaffee alle gegen halb zehn aus den Federn gelockt.

Die Angebote der anderen, beim Aufräumen zu helfen, hatte Karen konsequent abgelehnt. Was Marike, Eirik und Kore gestern schon auf die Beine gestellt hatten, war mehr als genug gewesen, und keiner von ihnen sah aus, als wäre er topfit für einen Großputz. Außerdem freute Karen sich auch darauf, wieder allein im Haus zu sein und noch ein paar Stunden Schlaf nachholen zu können.

»Fahrt nach Hause«, hatte sie gesagt und ihre verkaterten Freunde über den Frühstückstisch ernst angeschaut. »Lasst euch eine Pizza kommen, und legt euch aufs Sofa. Ich mache den Abwasch heute Abend.«

Aber nachdem die letzte Wagentür zugeschlagen war, hatte sie sich doch in der Küche an die Arbeit gemacht, erstaunlicherweise voller Energie. Der Abwasch war dann tatsächlich in einer halben Stunde erledigt, und das Aufräumen des Schuppens hatte etwa genauso lang gedauert. Die Tische und Gartenstühle hatte sie einfach stehen lassen, aber die Küchenhocker wieder ins Haus getragen. Nachdem sie die Betten im Gästehäuschen abgezogen hatte, wo Kore und Eirik genächtigt hatten, hatte sie gleich die Waschmaschine angestellt. Dann hatte sie alle leeren Flaschen eingesammelt und die Zeitungsstapel der letzten Wochen, alles ins Auto verfrachtet und war zum Wendeplatz am Ende der Straße gefahren. So nannte man das im Dorf immer noch: das Ende der Straße. Für andere hingegen war der Platz der Beginn des Langeviksvej.

Jetzt faltet sie die letzten Papiertüten zusammen, stopft sie in den Papiercontainer, und setzt sich wieder ins Auto. Die Müdigkeit macht sich bemerkbar, ihr ist warm, und sie fühlt sich schmuddelig nach der Schlepperei von Stühlen und Altglas. Dieser verfluchte Nieselregen, denkt sie und sieht hoch in den bleigrauen Himmel. Nachdem er gestern eine kurze Pause eingelegt hatte, hatte er schon wieder eingesetzt, als sie noch im Schuppen feierten, sodass sie immer gebückt, mit einer Plane geschützt, zum Haus rennen mussten, wenn sie Kaffee oder Wein holen wollten oder auf die Toilette mussten.

Jetzt wäre ein Bier im »Krähennest« eine gute Idee, denkt sie. Vermutlich liegt da auch eine Abendzeitung auf der Theke; um diese Jahreszeit schlagen die ersten alten Männer mit der *Kvellspost* unter dem Arm schon gegen zwölf auf. Draußen ist es ungemütlich und dunkel, aber drinnen locken Licht und Geselligkeit. In den kommenden Monaten werden sich neben Arild Rasmussen noch andere Kneipenbesitzer die Hände reiben und glückselig den Geräuschen lauschen, wie Mark und Schillinge in die Kasse prasseln, das Kartenlesegerät piept und sowohl Quittungen als auch neue Bestellungen zuhauf über die Theke gehen.

Karen wirft einen Blick auf ihre Armbanduhr – gleich halb zwei. Sie dreht den Schlüssel im Zündschloss um, schaut in den Rückspiegel und wendet.

Acht Minuten später drosselt sie ihr Tempo und beugt sich hinüber zum Beifahrersitz, um bessere Sicht zu haben. Ein plötzliches Gefühl von Déjà-vu überkommt sie, und einen Moment lang ist sie völlig irritiert. Aber die geduckte Figur, die mühsam über den Rasen hinaufläuft, ist diesmal nicht Susanne Smeed. Jemand anders ist in ihrem Haus.

Jemand, der voller Energie Gerümpel wegschafft und es auf einen Haufen im Garten schmeißt.

Im nächsten Moment hat Karen den Wagen gestoppt. Sie hatte gehört, wie Karl Susannes Tochter informiert hatte, dass die technischen Untersuchungen im Haus nun abgeschlossen seien, und die Polizei keinen Zutritt mehr benötige. Aber aus irgendeinem Grund hatte sie nicht erwartet, dass Sigrid auftauchen würde. Ein paar Minuten lang beobachtet Karen die schmale Gestalt, die sich nun erschöpft auf der Treppe vor dem Haus niedergelassen hat, offenbar nicht in der Lage, noch mehr zu schleppen. Es sieht fast aus, als wäre da noch jemand, und Karen wartet einen Moment ab, bevor sie die Hand wieder auf die Gangschaltung legt. Doch dann überlegt sie es sich anders, der Anblick dieser einsamen Person hält sie davon ab, jetzt einfach weiterzufahren. Leise fluchend zieht sie den Schlüssel ab und öffnet die Wagentür.

Sigrid hockt vornübergebeugt, den Kopf auf den verschränkten Armen da und merkt gar nicht, dass Karen auf sie zugeht. Erst als Karen ein paar Meter vor ihr steht, sieht sie auf. Sie macht Anstalten aufzustehen, aber sinkt wieder zurück auf die Stufe.

»Hallo, Sigrid, ich bin's nur. Karen Eiken.«

Sigrid nickt, aber antwortet nicht. Ihr Gesicht ist kreidebleich, und ihre Augen glänzen. Trauer, denkt Karen zuerst. So sieht sie aus. Karen lässt sich neben dem Mädchen nieder. Langsam dreht Sigrid den Kopf zu ihr um und sieht sie an, dann hustet sie und wendet sich ab. Bei dem bellenden Geräusch wird Karen klar, dass die glänzenden Augen nicht von Tränen herrühren. Sigrid hat Fieber.

»Aber Mädchen, was ist denn mit dir los?«

Immerhin war sie noch so geistesgegenwärtig gewesen, sich einen Regenmantel überzuwerfen, denkt Karen, und betrachtet das lange, nasse Haar, das ihr an Stirn und Wangen klebt. Vorsichtig streicht sie ein paar Strähnen zur Seite und legt Sigrid eine Hand auf die Stirn.

»Sigrid, du bist krank. Hier kannst du nicht sitzen bleiben.«

Entschieden hilft sie ihr auf und schiebt den dünnen Körper durch die Tür ins Haus. Sie geht gleich weiter ins Wohnzimmer und führt Sigrid zum Sofa. Das wird hässliche Flecken geben, denkt sie und beobachtet die Rinnsale, die von Sigrids Regenmantel hinunterlaufen und vom hellen Bezugsstoff aufgesogen werden.

»Wie lange hast du schon Fieber?«

»Ich glaube, erst seit heute.«

Ihre Stimme ist schwach, keine Spur mehr von dem aufmüpfigen Ton, mit dem sie Karen und Karl bei ihrem Besuch in ihrer Wohnung in Gaarda begegnet war.

»Hast du fiebersenkende Tabletten?«

Sigrid hustet und schüttelt den Kopf.

»Warte hier.«

Karen flitzt in vier Schritten die Treppe in den ersten Stock hinauf. Neben den Schlaftabletten hat Susanne hoffentlich noch andere Medikamente in ihrem Badezimmerschrank.

Ein paar Minuten später sieht sie zu, wie Sigrid brav eine Paracetamol-Tablette in den Mund steckt und nach dem Wasserglas greift, das Karen ihr hinhält. Sie zieht eine Grimasse, als sie die Medizin schluckt.

»Halsweh?«

Sigrid nickt.

»Wie lange bist du schon hier?«

»Seit gestern. Ich wollte alles mal anschauen ... ich muss mich doch darum kümmern ...«

Ihre Stimme bricht, sie kann den Satz nicht zu Ende bringen. Stattdessen legt sie ihren Kopf auf der Armstütze des Sofas ab, die Füße, die in Gummistiefeln stecken, noch immer auf dem Boden. Karen sieht, wie sich die Feuchtigkeit der langen schwarzen Haare über dem rosafarbenen Dekokissen verteilt.

Sie nimmt in einem der Sessel Platz, die gegenüber vom Sofa stehen, und betrachtet die jämmerliche Gestalt. Sigrid muss direkt nach der Beerdigung hierhergekommen sein; offenbar hatte sie das schon vor, als sie Jounas auf dem Parkplatz stehen gelassen hat und über den Kirchhof gelaufen ist. Rasch überlegt Karen, was zu tun ist. Sie kann Sigrid hier nicht allein liegen lassen, dafür ist sie viel zu krank. Sie selbst will definitiv nicht in Susannes Haus bleiben und sich um die anstrengende Tochter kümmern. Es wäre, von dem unangenehmen Gefühl einmal abgesehen, vermutlich ethisch verwerflich, wenn sie als Leiterin der Ermittlungen im Haus des Mordopfers übernachten würde, selbst wenn die technischen Untersuchungen abgeschlossen sind. Jounas anzurufen und ihn zu bitten, sich um seine Tochter zu kümmern, scheidet aus mehreren Gründen aus: Sigrid scheint mit ihrem Vater keinen Kontakt haben zu wollen, und sie selbst kann sich nicht vorstellen, mit ihm freiwillig zu reden. Von Sigrids Freund, Sam Nesbö, wenn sie überhaupt noch zusammen sind, hat sie keine Telefonnummer, und andere Freunde kennt sie nicht. Genauso schnell geht sie alle Entschuldigungen durch, die ihr einfallen. Vermutlich kommt Sigrid allein zurecht, wenn ich ihr ins Bett helfe. Ich kann ja morgen früh wieder vorbeischauen und nach ihr sehen. Ja, sie ist krank, aber nicht todkrank. Wenn ich nicht zufällig vorbeigekommen wäre, hätte sie ja auch klarkommen müssen.

Warum sollte ich hierbleiben?

Dann steht sie auf.

»Sigrid, hier kannst du nicht liegen bleiben, ich nehme dich mit zu mir.«

Die Antwort, welche auch immer, geht in einem Hustenanfall unter.

»Schaffst du es aufzustehen und zu meinem Auto mitzukommen? Es steht draußen an der Straße.«

Mit Erstaunen sieht sie zu, wie Sigrid sich langsam aufsetzt und nickt.

»Im Flur habe ich deinen Rucksack gesehen, willst du noch etwas anderes mitnehmen?«

Sigrid schüttelt schweigend den Kopf.

Die Hausschlüssel liegen auf dem kleinen Tisch im Flur, und nachdem sie kontrolliert hat, dass Herd und Kaffeemaschine ausgeschaltet sind, macht Karen das Licht aus und zieht die Tür hinter sich zu. Sie schaut noch kurz auf den Hof. Auf dem lehmigen Rasen ist ein riesiger Haufen mit Kleidern, Dekokissen, Gardinen und geblümten Bettbezügen aufgetürmt. Daneben steht ein Umzugskarton aus Pappe, vom Regen durchweicht. Karen erkennt einige Dekoartikel von Susanne, ein Lampenfuß und ein paar Fotorahmen schauen aus der Kiste heraus, die jeden Moment zusammenkrachen kann. Kurz überlegt sie, ob sie eine Plane holen und darüberlegen sollte, denn es besteht natürlich das Risiko, dass sich ein neugieriger Nachbar die Dinge ansieht, aber als Sigrid von der nächsten Hustenattacke geschüttelt wird, verwirft sie den Gedanken. Das Wichtigste ist jetzt wirklich, die junge Frau trocken und ins Bett zu kriegen.

Eine halbe Stunde später steht sie in der Tür zum Gästezimmer und betrachtet das schlafende Mädchen. Sigrids Haare sind immer noch leicht feucht, doch immerhin ist es Karen halbwegs gelungen, sie trocken zu föhnen, während Sigrid widerwillig etwas warme Hagebuttensuppe schlürfte. Zeit, das Bett neu zu beziehen, war nicht gewesen, Sigrid schläft jetzt in Marikes Bettwäsche, zumindest bis morgen. Das Thermometer hat 39,8 Grad angezeigt, zwar nach ein paar Schlucken warmer Suppe, aber schon mit Schmerztablette im Körper. Karen muss das Fieber in ein paar Stunden noch einmal kontrollieren, aber im Moment kann sie nichts weiter tun. So leise wie möglich schließt sie die Tür zu dem kleinen Schlafraum, dann macht sie sie doch lieber wieder einen Spalt auf und geht die Treppe hinunter.

52

Mal nieselt es nur, mal gießt es in Strömen, und das seit bald zwei Wochen. Das Wasser steht schon in der Erde, und die kleineren Straßen werden zunehmend brauner vom Lehm, der sich nach und nach von den überlaufenden Gräben ausbreitet. Die Menschen haben sich in windabweisende Kokons aus unansehnlichen, aber praktischen Jacken und Mänteln gepackt.

Monatelange Kämpfe gegen die Macht des Wetters werden sich unter den schwankenden Straßenlampen, auf verlassenen Spielplätzen und in stillen, leeren Parks zutragen. Sturmartiger Wind und Schneeregen werden das Land peitschen, von den Anhöhen Noorös zu Frisels ausgedehnten Heideflächen. Stürme werden aufkommen und sich legen, mühevoll erbaute Gatter und Mauern mit sich reißen, die von Männern mit steif gefrorenen Händen bereitwillig wieder repariert werden. Laub- und Nadelwald wird knicken und eingehen, Schiffe werden zurück in den Hafen gezwungen und Fischer, die einerseits Angst haben, andererseits voller Ungeduld sind, müssen auf die nächste Gelegenheit warten, wieder raus aufs Meer zu fahren.

Ihre Frauen werden zwischen der Erleichterung, weil Schiffe mit den Männern im Hafen bleiben müssen, und der Sorge über die fehlenden Einkünfte, wenn der Fischfang ausbleibt, hin- und hergerissen. Schwere Einkaufstüten tragen sie im Gegenwind heim, still fluchend über die Preisentwicklung und die hohen Tilgungsraten, und insgeheim betend, dass das Geld bis zum nächsten Lohn reichen möge.

Doch noch etwas ganz anderes kommt mit der Dunkelheit. Die

schwarzen Fensterscheiben der Mietshäuser erstrahlen von elektrischen Kränzen, Sternen und Halbmonden. Die Balkongeländer werden mit Lichterketten und Kiefernzweigen geschmückt, Laternen mit Wachskerzen vor jedes Haus gestellt, Kerzenständer und Teelichthalter von den Dachböden und aus den Regalen der Läden geholt, die Feuermelder werden mit neuen Batterien ausgestattet, Holzöfen und Kamine angefeuert, und das Birkenholz knistert in den offenen Öfen.

Karen hat sich den Wecker auf sechs Uhr gestellt, aber sie wacht schon eine halbe Stunde vorher auf. Sie hört Schritte, die sich durch dichte Schlafschichten vorwärtstasten und ihr einen ordentlichen Schrecken einjagen. In der nächsten Sekunde erklingt trockenes, bellendes Husten im Zimmer nebenan, und die Erinnerung kommt zurück. Sigrid. Mit ein paar schnellen Schritten ist Karen schon am Gästezimmer, sie bleibt in der Tür stehen und betrachtet Sigrid, die auf der Bettkante sitzt.

»Guten Morgen, wie geht's dir?«

»Wo bin ich? Ist das dein Haus?«

»Ja, du bist bei mir zu Hause in Langevik, nur ein paar Kilometer vom Haus deiner Mutter entfernt. Kannst du dich daran erinnern, dass ich dich gestern mitgenommen habe?«

Sigrid schüttelt den Kopf und verzieht das Gesicht vor Schmerz.

»Du warst richtig krank. Du *bist* richtig krank«, verbessert Karen sich und legt die Stirn in Falten, als der schmale Körper vom nächsten Hustenanfall geschüttelt wird.

»Ich kann mich vage daran erinnern, dass wir Auto gefahren sind«, bringt Sigrid heraus, als sie wieder sprechen kann. »Und an die Hagebuttensuppe, ich hasse Hagebuttensuppe.«

»Okay, dann gibt es künftig keine mehr.«

»Hast du eine Tablette? Ich hab so wahnsinnige Kopfschmerzen.«

»Das liegt bestimmt am Fieber. Hast du heute Morgen schon gemessen?«

Noch mal Kopfschütteln, diesmal zaghafter. Karen nickt zum Nachttisch, auf dem das Thermometer liegt.

»Mach das, dann hole ich in der Zwischenzeit eine Tablette und etwas zu trinken.«

Eine gute Stunde später verlässt Karen das Haus und steigt ins Auto. Sigrid, die noch im Bett liegt, hat 39,2 Grad Fieber, das nach der Paracetamol-Tablette voraussichtlich bald sinken wird. Eine Tasse Tee mit Honig hat Karen ihr auch hingestellt, dazu ein belegtes Brot, das die Patientin noch nicht angerührt hat.

»Ruf mich an, wenn du magst«, hatte Karen gesagt und ihr ihre Handynummer auf einem Zettel notiert und ihn neben die Teetasse gelegt. »Dein Rucksack steht hier am Bett. Bedien dich gern in der Küche, aber es ist ganz wichtig, dass du Bettruhe hältst und dich schonst.«

Sigrid war schon wieder eingeschlafen, noch bevor Karen den Satz beenden konnte.

Genau 7.20 Uhr steigt Karen aus dem Fahrstuhl im dritten Stock des Kommissariats in Dunker, sehr viel früher, als sie sonst zur Arbeit kommt. Aber an diesem Morgen möchte sie früh dran sein. Will mit einem etwas erstaunten Gesicht zu ihrem Chef aufsehen, der vermutlich wie üblich so gegen neun Uhr hereingeschlendert kommen wird. So wie sie sonst auch. Nach einer Woche Abwesenheit nimmt Jounas Smeed seinen Dienst wieder auf.

Zwei Minuten später knallt sie ihre Tasche fluchend auf den Schreibtisch.

53

Er sitzt schon an seinem Platz. Durch die Glastür kann Karen sehen, dass er sich bereits mit Kaffee versorgt hat und jetzt mit konzentriertem Gesichtsausdruck etwas auf dem Bildschirm seines Computers verfolgt. Es sieht so aus, als sitze Jounas Smeed schon eine ganze Weile an seinem Schreibtisch, und er scheint ihre Ankunft nicht bemerkt zu haben. Sie hängt ihren Mantel an die Garderobe hinter ihrem Schreibtisch und stößt noch einen Fluch aus.

Zähne zusammenbeißen, sagt sie sich selbst. Er wird nicht einfach verschwinden, so gern du das auch hättest. Seufzend geht sie vor zu seinem Büro. Ein paar Sekunden steht sie vor der Glastür und wartet. Dreimal kurzes Klopfen an den Türrahmen, und dann vergehen noch ein paar Sekunden, bis Jounas Smeed den Kopf betont langsam in Richtung Tür dreht und erst danach den Blick vom Bildschirm abwendet.

Er sieht sie mit demselben leicht erstaunten Gesichtsausdruck an, auf den sie sich eigentlich vorbereitet hatte, dann bewegt er den Kopf leicht. Karen deutet dies als Zeichen, eintreten zu dürfen.

»Hallo, Eiken, setz dich.«

Sie kommt seiner Aufforderung nach.

»Ja, dann herzlich willkommen zurück am Arbeitsplatz«, sagt sie.

Er nickt nur stumm und wendet sich wieder dem Bildschirm zu.

»Hast du das PIR schon gecheckt?«

»Du meinst heute früh? Nein, ich bin gerade erst gekommen.«

»Der Einsatzleiter hat mich um fünf aus dem Bett geklingelt. In der Nacht war einiges los.«

Obwohl sie selbst hört, wie unprofessionell es klingt, reagiert sie dennoch zuerst auf die Tatsache, dass der Einsatzleiter Smeed angerufen hat und nicht sie.

»Warum dich? Du bist doch erst seit heute Morgen wieder im Dienst.«

Smeed lacht auf und hält die Hände hoch.

»Ja, ja, nur ruhig. Die hatten wohl schon davon gehört, dass ich zurückkomme, und dachten, es sei besser, mich direkt zu verständigen. Freu dich, auf die Art konntest du ausschlafen!«

Ausschlafen, denkt sie angesäuert. Ich bin seit halb sechs Uhr wach und kümmere mich um deine kranke Tochter, die dich nicht mal in ihre Nähe lassen würde. Der Gedanke daran muntert sie immerhin etwas auf.

»Was ist denn vorgefallen?«

»Zwei junge Frauen sind brutal misshandelt und vergewaltigt worden: eine schon in der Nacht auf gestern im Gebüsch neben dem Fußweg an der Bushaltestelle mitten in Moerbeck und die andere in einem Fahrradkeller im Karpväg 122 in dieser Nacht.«

»Schrecklich. Aber trotzdem ist es doch etwas komisch, dass sie dich wegen zwei Vergewaltigungen aus dem Schlaf holen.«

Und in dem Moment geht ihr auf, warum der Chef der Kripo verständigt worden ist. Jounas Smeed sieht ihr Gesicht und nickt.

»Mord«, korrigiert er sie. »Das Mädchen vom Karpväg ist im Krankenwagen ihren Verletzungen erlegen.«

Er lehnt sich zurück und greift nach einer Tasse mit dem Logo des Fußballvereins von Thingwalla.

»Lecker«, sagt er nach dem ersten Schluck. »Ich vermute, da wird eine Rechnung kommen, die ich bezahlen soll?«

»Ich dachte, das sei eine gute Investition. Und wenn du das anders siehst, nehme ich die Maschine mit nach Hause und bezahle sie selbst.«

»Apropos«, sagt Jounas, ohne ihr Angebot zu kommentieren. »Wir müssen die Prioritäten nach den Ereignissen in Moerbeck neu setzen, wie du sicher verstehen wirst. Ich habe das Team, mit dem ich an dem

Fall arbeiten will, bereits verständigt. Cornelis Loots und Astrid Nielsen sind beide dabei; in so einem Fall ist es gut, wenn eine Frau im Team ist. Dir ist sicher klar, was das für deine Ermittlungen zu bedeuten hat, aber wir haben nur dieses Personal, und das müssen wir jetzt leider verteilen.«

Dann greifst du auf Karl gar nicht zu, denkt Karen und versucht, sich ihre Verwunderung nicht anmerken zu lassen. Karl ist neben ihr und Evald Johannisen der Kollege mit der größten Erfahrung. Wahrscheinlich duldest du keinen neben dir, der eine eigene Meinung vertritt. Besonders jetzt nicht, da Johannisen fehlt, um dir die Stiefel zu küssen.

»Aber dann habe ich nur noch Karl. Wie hast du dir das vorgestellt? Die Ermittlungen haben doch gerade erst angefangen.«

»Na ja, eine gute Woche hast du schon hinter dir. Bislang wart ihr ja nicht besonders erfolgreich, obwohl du das komplette Personal zur Verfügung hattest. Und wie gesagt, du wirst einsehen, dass wir Prioritäten setzen müssen. Besonders jetzt, da Evald noch krank ist. Ich habe aber gestern mit ihm gesprochen, und er wird zum Glück bald wieder zurück sein, und dann nehmen wir uns die Aufteilung noch einmal vor.«

Wenn du mir Johannisen gibst, schmeiße ich den Job hin, denkt sie.

»Okay«, sagt Karen kurz und knapp. »Aber was sagt Haugen dazu? Ich berichte ja direkt an ihn und Vegen im Fall Smeed, nicht an dich.«

»Tja, dann musst du ihn wohl fragen. Er wollte dich heute Morgen anrufen, hat er gesagt, als ich vor einer Weile mit ihm gesprochen habe.«

Der Telefonanruf von Viggo Haugen kommt elf Minuten später. Der Polizeichef hat nichts Neues zu sagen, nur das, was Karen bereits weiß und – wenn sie ehrlich ist – auch für richtig hält. Das Personal muss neu verteilt werden, und dieses Mal steht auch Staatsanwältin Dineke Vegen auf der Seite des Polizeichefs. Alle operativen Kräfte werden jetzt auf Moerbeck konzentriert.

»Außerdem haben Sie doch selbst eingeräumt, dass es so aussehe, als ob diese Einbrüche in augenscheinlichem Zusammenhang zu dem

Mord an Susanne Smeed stehen«, sagt Viggo Haugen, der sich vermutlich nicht bewusst ist, dass ihm die Erleichterung anzuhören ist.

Die Kritik der Medien an der Tatsache, dass im Mordfall Susanne Smeed noch kein Durchbruch zu verzeichnen ist, wurde nach der missglückten Pressekonferenz immer lauter. Dass Informationen nur über den Pressereferenten weitergegeben werden, hat die Journalisten kaum beschwichtigt, und sogar Haugen selbst wurde in einigen Medien stark kritisiert. Jetzt wird sich die Aufmerksamkeit auf die neuen Fälle richten, in denen Jounas Smeed die Ermittlungen leitet. Viggo Haugen kann aufatmen.

»Ich habe gesagt, es *könnte* eine Verbindung geben«, korrigiert Karen, »aber sehr offensichtlich ist sie nicht. Und selbst wenn es so wäre, dann heißt das noch lange nicht, dass der Täter identifiziert, geschweige denn gefasst ist.«

»Natürlich nicht, aber da wir jetzt wissen, wie der Tathergang mit großer Wahrscheinlichkeit war, sollten Sie jetzt vor allem in dieser Richtung weiterermitteln. Es wird nicht lange dauern, dann haben wir ihn. Selbstverständlich steht Ihnen künftig auch zusätzliches Personal zur Verfügung, wenn es um die Ergreifung geht. Ja, oder wenn Sie wider Erwarten einen anderen möglichen Täter ausfindig machen, aber das müssen Sie dann artikulieren. Wir müssen jetzt Prioritäten setzen«, sagt Haugen mit deutlicher Betonung auf jeder einzelnen Silbe.

Und natürlich hat sie dafür Verständnis. Sie haben zu wenig Leute, und die beiden aktuellen Vergewaltigungen sind im Moment wichtiger, besonders da das Risiko groß ist, dass der Täter wieder zuschlägt. Im Grunde würde sie selbst gern alles, was mit der Familie Smeed, Einbrüchen und gestohlenen Motorrädern zu tun hat, ad acta legen und sich stattdessen lieber darauf konzentrieren, dieses Schwein hinter Schloss und Riegel zu bringen, das in Moerbeck sein Unwesen treibt.

Björken und sie nehmen auch an der ersten Lagebesprechung zu den Vergewaltigungsfällen teil. Alle Mitarbeiter der Kripo sollen immer über die aktuellen Ermittlungsfälle informiert sein. Und selbst wenn am Anfang überhaupt nichts darauf hindeutet, kann man nie ausschließen, dass es zwischen verschiedenen Fällen Zusammenhänge gibt oder dass Personen, die für die eine Ermittlung vernommen werden, auch über Informationen verfügen, die für die andere Ermittlung von Bedeutung sein können. Der interne Informationspool in kriminellen Kreisen ist wesentlich effektiver und vor allem schneller als PIR, das EDV-Programm. Schon mehr als einmal hat die Polizei dies festgestellt.

Die Neuigkeiten haben sie alle erschüttert. Während Kneought Brodal die Details seiner Untersuchungsergebnisse vorträgt, ist es totenstill im Konferenzraum. In beiden Fällen hat der Täter eine abgebrochene Flasche benutzt. Er hat den Opfern ins Gesicht geschnitten, über die Brust, und dann hat er ihnen die kaputte Flasche in den Unterleib gerammt. Die blutigen Reste einer 350 ml-Flasche Groths Old Stone Selection haben noch dort gelegen, wo ein Spaziergänger, der gegen vier Uhr morgens mit seinem Hund vorbeikam, Sandrine Broe gefunden hat, die blutüberströmt und panisch umhergeirrt ist. Jetzt liegt sie im Krankenhaus in Thysted, schlimm zugerichtet, aber immerhin am Leben.

Loa Marklund hat nicht so viel Glück gehabt. Halb acht am Sonntagmorgen war ein Mann im Karpväg 122 mit seinem achtjährigen Sohn, beide mit Angeln ausgestattet, in den Fahrstuhl gestiegen und ins Kellergeschoss gefahren. Dort wollten sie ihre Fahrräder holen, um einen letzten Angelausflug für diese Saison an den Svartsjö zu unternehmen. Als der geschockte Vater 112 anrief, waren nach der Beurteilung des Rechtsmediziners bereits sechs Stunden vergangen, nachdem jemand eine zerschlagene Budweiser-Flasche in Loas Unterleib gerammt und umgedreht hat. Das Mädchen war trotz des massiven Blutverlusts noch am Leben, als der Krankenwagen kam. Als sie in Thysted ankamen, war sie es nicht mehr.

»Sperma?«, fragt jemand leise, und Kneought Brodal schüttelt den Kopf.

»Die Frage ist, ob der Täter überhaupt eine Art Beischlaf erzwungen hat. Sehr viel deutet darauf hin, dass er sich damit befriedigt hat, dass die Flasche dies als Ersatzhandlung getan hat. Ein völlig Gestörter. Und wahrscheinlich impotent noch dazu, wenn ihr mich fragt.«

Während sie diese schrecklichen Details der Überfälle in Moerbeck sacken lassen, lässt Karen ihren Blick über die Kollegen schweifen, die bislang in ihrem Team waren. Genau wie vor Kurzem, als hier die Bilder von Susanne Smeed an die Wand projiziert wurden, herrscht eine lähmende Stille im Raum. Nach und nach verändert sich die Stimmung nun, als würde sich langsam etwas erheben, sich schütteln und dumpf vibrieren. Der Jagdinstinkt ist wieder erwacht, aber diesmal gibt es ein neues Opfer, ihre Blicke richten sich auf ein anderes Ziel, eine andere Beute. Hoffentlich kommen sie bei dieser Untersuchung schneller voran.

54

Karen greift nach der Maus und stoppt die Aufnahme. Dann lehnt sie sich zurück und schließt die Augen. Hinter ihren geschlossenen Augenlidern flimmern die Bilder auf der Netzhaut weiter; ein offenbar unerschöpflicher Strom verschiedener Fahrzeuge, die in der einen Filmaufzeichnung auf die Fähre rollen und in der anderen wieder hinunter.

Die Autofähre von Noorö nach Thorsvik legt alle zehn Minuten zwischen 6 Uhr und 23.50 Uhr ab, nach Mitternacht dann im 20-Minuten-Takt. Behäbig ächzt die gelbe Fähre über den Sund, egal ob sie Passagiere an Bord hat oder nicht. Kritische Stimmen der wachsenden Bevölkerungsgruppe, die sich Steuernachlässe wünscht, haben schon häufig eine On-demand-Lösung vorgeschlagen, wenigstens in der Nacht, was mit lautstarken Protesten beantwortet wurde. Bislang haben die Bewohner von Noorö derartige Einsparungen abwenden können.

Aber selbst wenn die Anzahl der Reisenden in der Nacht kaum für einen Betrieb jede halbe Stunde ausreicht, so ist der Ansturm an Fahrzeugen zu anderen Tageszeiten mitunter heftig. Große Autos, kleine Autos, helle Autos, dunkle Autos. Die Schwarz-Weiß-Filme servieren nur ein ewiges Grau in Grau. Volvos dominieren das Bild, ansonsten Wagen der Marken BMW, Ford und alle möglichen SUVs. Der Bus der Linie 78 ist jede halbe Stunde dabei, Pkws, Lieferwagen, zwei Traktoren, Gabelstapler mit dem Logo des Ravenby-Schlachthofs, der Personalbus von NoorOyl vom nördlichen Tiefseehafen, in dem müde Männer und Frauen sitzen, die ihre Dreiwochenschicht auf einer der Bohrplattformen hinter sich haben, Fahrräder, Mopeds, ein Quad. Und ein paar

Motorräder. Leider keine Honda vom Modell CRF 1000 L Africa Twin. Karen hat ein ausgedrucktes Foto des Modells zum Vergleich auf dem Schreibtisch liegen.

Ihr Blick registriert alle, die in Noorös Hafen auf die Fähre fahren und sie nach ein paar Sekunden Vorspulen in Thorsvik wieder verlassen. Auf der Fähre sind zwei Kameras installiert, in jeder Richtung eine. Beide Ansichten zeigt ihr Bildschirm nebeneinander, und ihr Blick flackert zwischen Einladen und Ausladen hin und her. Schon nach zwei Abfahrten und einem übersehenen Moped hat sie gemerkt, dass sie nicht darum herumkommt, sich beide Aufzeichnungen genau anzusehen. Ein Motorrad kann von Gabelstaplern, Lastwagen und dem Bus der Linie 78 leicht verdeckt werden.

Der Einbruch in Noorö war am Dienstag, dem 17. September irgendwann zwischen halb acht Uhr morgens und Viertel vor fünf am Nachmittag des 20. September verübt worden. Dreieinhalb Tage, das bedeutete Hunderte von Fährfahrten, bei denen die Überwachungskameras an Bord den jungen Mann mit einem geklauten Motorrad aufgenommen haben könnten.

Karen schlägt die Augen wieder auf und wirft einen Blick zur Seite. Karl Björken, der am Schreibtisch neben ihr sitzt, hat das Telefon gerade wieder abgelegt, klickt auf die Spitze eines Kugelschreibers und streicht mit mutlosem Blick wieder etwas auf dem Papier durch. Offenbar die nächste Polizeiwache, die keine Vorfälle zu melden hatte, denkt Karen.

»Wollen wir mal tauschen?«, fragt sie. »Ich kann diesen Mist wirklich nicht mehr sehen.«

»Wieso jammerst du denn?«, sagt Björken mit schiefem Grinsen, »das sind doch kaum mehr als hundert Abfahrten pro Tag?«

»122«, korrigiert sie ihn stumpf.

»Wie weit bist du denn?«

»Ich habe mir gerade die Abfahrt 9.40 am 18. September vorgenommen. Auch da keine Africa Twin. Überhaupt kein Motorrad seit der

Kawasaki, die zwanzig nach sieben auf die Fähre fuhr. Wie läuft's bei dir?«

»Was glaubst du? Wenn ich überraschenderweise irgendwas auftreibe, werde ich es bestimmt nicht geheim halten. Aber eigentlich hatte ich jetzt vor, Feierabend zu machen. Arne und Frode haben beide Fieber, und unsere kleine Sara will mal wieder nicht in ihrem Bett schlafen. Ingrid droht mit der Scheidung, wenn ich nicht vor sechs zu Hause bin. ›Und ich werde die Kinder *nicht* mitnehmen‹«, imitiert Karl seine Frau.

»Ja, dann solltest du dich beeilen«, sagt Karen und lacht. »Wolltest du nicht auch Elternzeit nehmen?«

»Erst ab dem 1. November. Und nein: Mit der Marderjagd hat das nichts zu tun.«

Karl wird sich also schon in einem knappen Monat verdrücken. Alles klar, denkt sich Karen, auch ein Grund, warum Smeed ihn nicht in sein Team geholt hat.

»Es wäre daher am besten, wir lösen den Fall vorher«, sagt Karl und fährt den Computer runter. »Ansonsten bekommst du wahrscheinlich Johannisen als Unterstützung. Was am Ende vermutlich dazu führen würde, dass er einen richtigen Herzinfarkt bekommt.«

»Oder ich. Ich werde jetzt nur noch die letzten Touren vom Mittwoch abarbeiten, dann gehe ich auch«, sagt sie und reckt sich. Und in dem Moment, in dem Karl Björken vierundzwanzig Minuten später die Haustür seines Doppelhauses in Sande öffnet und ihm der Lärm von drei brüllenden Kindern entgegenschlägt, erstarrt Karen Eiken vor dem Bildschirm und richtet ihren Oberkörper aus der halb liegenden Stellung schlagartig auf. Ganz schnell spult sie ein paar Sekunden zurück und lässt die Sequenz noch einmal abspielen.

»Aha«, sagt sie leise. »So siehst du also aus.«

55

Sigrid sitzt am Küchentisch, als Karen durch die Tür kommt. Vor ihr auf dem Tisch leckt der Kater die Reste von Müsli und Joghurt von einem Teller. Woher sie das Müsli hat, kann sich Karen nicht erklären. Sie hat seit Jahren keins mehr gegessen. In dem Moment laufen wieder Bilder von Susanne Smeeds abgebrochenem Frühstück durch ihren Kopf. Schnell versucht sie, den unheimlichen Gedanken daran loszuwerden.

»Na, so was, bist du auf den Beinen«, sagt sie. »Wie geht's dir denn?«

Sigrid schaut auf mit einem Blick, der fast ein Lächeln verrät. Karen ist beeindruckt von dieser Verwandlung: Zum ersten Mal begegnet sie Sigrid, ohne dass sie sie anfaucht oder vom Fieber völlig geschwächt ist. Sie ist immer noch blass, und die Augen sind noch glasig, aber die roten Fieberflecken auf den Wangen haben sich verzogen, und ihre Haare hat sie ordentlich zu einem Pferdeschwanz zusammengebunden.

»Besser, danke. War das okay?«, fragt sie und zeigt auf ihr Frühstück.

»Meinst du das Müsli oder Rufus? Alles gut«, schiebt sie lächelnd hinterher, »auch wenn ich da bin, macht er eigentlich, was er will.«

Sie stellt ihre Tüte auf der Küchenplatte ab und nimmt wahr, wie Sigrid Rufus ganz vorsichtig auf den Boden setzt.

»Ich habe etwas vom Inder aus der Stadt mitgebracht. Vermutlich ist es jetzt kalt, aber wir können es in der Mikrowelle aufwärmen. Bist du schon satt, oder magst du noch etwas Richtiges essen?«

Karen nimmt einen Teller vom Abtropfgitter und hebt ein paar Aluminiumverpackungen vorsichtig aus der Papiertüte.

»Mehr schaffe ich nicht. Aber danke«, sagt Sigrid.

Sie sitzt eine Weile ruhig da und sieht zu, wie Karen eine Portion Curry Marsala auf einen Teller kippt und ihn in die Mikrowelle stellt.

»Ich sollte jetzt wohl nach Hause gehen«, sagt sie und steht auf. »Oder zumindest zurück ins Haus meiner Mutter.«

Karen erstarrt mitten in ihrer Bewegung, die Hand am Zeitschalter.

»Warum? Ist doch klar, dass du hierbleibst, bis du gesund bist. Hast du seit heute Morgen eigentlich noch mal Temperatur gemessen?«

»Vor einer halben Stunde. 38,6.«

»Hör mal zu, Sigrid. Ich weiß nicht, was du da aufgegabelt hast, aber irgendein grippaler Infekt wird es sein. Siehst du ja selbst«, fügt sie hinzu und macht eine Pause, während sich Sigrid unter einer heftigen Hustenattacke krümmt.

»Wie auch immer, ich würde dir gern anbieten hierzubleiben, bis du wieder richtig gesund bist. Wie ist es denn mit deiner Arbeitsstelle, hast du da angerufen?«

»Ich habe heute Morgen eine SMS geschickt.«

»Und was ist mit deinem Freund Sam?«

»Mein Ex«, korrigiert Sigrid.

»Ach so, dann ist wirklich Schluss. Okay, aber dann weiß ich nicht, warum du es jetzt eilig haben solltest.«

Es plingt, und Karen nimmt den Teller aus der Mikrowelle.

»Sicher?«, fragt sie und zeigt auf ihr Essen.

»Sicher.«

Karen öffnet den Vorratsschrank und holt eine Flasche heraus.

»Aber Wein bekommst du nicht, obwohl ich mir jetzt selbst ein Glas genehmige.«

»Ich bin aber schon achtzehn.«

»Prima, dann bekommst du eins, wenn du wieder gesund bist. Heißt das, du bleibst?«

Diesmal ist es zweifelsfrei ein Lächeln, das über Sigrids blasses Gesicht streift.

Eine gute Stunde später ist sie in eine Decke eingekuschelt auf dem Sofa eingeschlafen. Sie hatte keine Lust gehabt, ins Bett zu gehen, sondern schien die Gesellschaft von Karen vorzuziehen, die es sich nach dem Essen mit einem Kreuzworträtsel in einem Sessel gemütlich gemacht hat. Jetzt erklingt ein leichtes Schnarchgeräusch vom Sofa, und hin und wieder hustet Sigrid im Schlaf. Karen lässt die Zeitung sinken und betrachtet sie.

Sie ist gleich alt, denkt sie. Im selben Jahr geboren, nur ein paar Monate vor ihm. Er wäre im Dezember auch achtzehn geworden. Hätte in Clubs rumgehangen, sich Ausweise von älteren Kumpels geliehen, um in der Kneipe ein Bier zu kriegen. Vermutlich hätte auch er auf ihre Fragen nur kurz angebunden geantwortet und versucht, sein Lächeln zu verbergen, wenn er es mit niemandem teilen will. Mathis, ihr Sohn.

Vielleicht wäre ihm Sigrid über den Weg gelaufen, wenn Mathis mit ihr und John zum Urlaub nach Doggerland mitgekommen wäre. Vielleicht wären sie sich an einem Sommerabend in einer Kneipe in Dunker drinnen begegnet, vielleicht wäre er gerade in die Bar gegangen, in der sie arbeitete. Hätte ihrer Musik zugehört.

Jetzt ist es gut.

Sie heftet ihre Augen wieder an das Kreuzworträtsel.

Aber ihre Gedanken lassen sich nicht stoppen. Vielleicht wären John und sie wieder hierhergezogen, wenn sie älter geworden wären. Manchmal hatten sie davon gesprochen. Doch besonders wahrscheinlich war es nicht gewesen.

Sie hatte London geliebt, sich dort ihr Leben aufgebaut und ihre Sehnsucht nach der Insel war gekommen und gegangen, in kurzen heftigen Anfällen von Heimweh. Sodass man es im ganzen Körper spürte: Etwas fehlte. Das Meer. Das war so weit weg gewesen.

»Aber immerhin haben wir doch einen tollen Blick auf die ganze Themse«, hatte John entgegnet.

Aber das hatte er nur ein einziges Mal gesagt.

Ein anderes Mal, als ihr die Sehnsucht zu schaffen machte, schlug er vor:

»Wir fahren an die Küste. Wir verstauen alles im Auto und fahren übers Wochenende zu meiner Schwester nach Margate. Da ist richtiges Meer.«

»Margate. Bitte nicht, John.«

Sie hatte es nie richtig erklären können. Es ging immer vorüber. Und sie mochte London wirklich, sie hatte die Stadt schon ins Herz geschlossen, seit sie sich die Wohnung in Clapham mit Scott, Elina und Ulrich geteilt hatte. Obwohl sie die Fenster in den kalten Wintermonaten mit ihren und Elinas Strumpfhosen abdichten mussten. Sie hatte die Pubs geliebt, die Kaufhäuser und die Parks. Sie hatte die Uni, die Londoner Met geliebt, wo sie gelernt hatte, was die Menschen einander Schreckliches antun konnten. Sie hatte es geliebt, den Gerichtsverhandlungen zu lauschen. Hatte John geliebt und dann Mathis. Ja, sie hatte diese Stadt wirklich geliebt, die ihr einen Mann und einen Sohn geschenkt hatte. Ein Leben, kann man sagen.

Und trotzdem hatte sie ohne auch nur einen Moment zu zögern alles an einem Dezembertag vor bald elf Jahren stehen und liegen lassen.

Karen gibt auf und legt das Kreuzworträtsel hin. Will ich deswegen, dass sie bleibt?, denkt sie und beobachtet Sigrid, wie sie auf dem Sofa liegt und schläft. Weil sie jetzt in dem Alter ist, in dem Mathis aus dem Leben gerissen wurde? Weil sie mir eine Vorstellung davon gibt, wie seine Zukunft hätte aussehen können? Weil sie mir hilft, die Erinnerung an ihn wachzuhalten?

56

Über PIR ist eine Fahndung rausgegangen. Karen hat sie in ihrem internen Berichtssystem selbst erstellt, gleich nachdem sie endlich die richtige Filmsequenz von der Nooröfähre gefunden hat. Die Bilder von dem jungen Mann von der Fähre um 23.20 Uhr am 18. September waren scharf, und das Kennzeichen des Motorrads stimmte mit dem gestohlenen Fahrzeug überein.

Das einzige Problem war der Helm: Sein Visier verdeckt das Gesicht komplett. Aus irgendeinem Grund stieg der junge Mann ab, ging vor an die Reling und beugte sich darüber. Doch ein Lieferwagen verdeckte ihn zur Hälfte, und trotz mehrmaliger Wiederholungen hatte Karen nicht erkennen können, ob er etwas ins Wasser warf, oder ob er sich einfach nur die Beine vertreten und frische Luft schnappen wollte. Und den Helm ließ er auf.

Beim Vergleich mit anderen Orientierungspunkten konnte sie seine Körpergröße auf ca. 1,75 m schätzen. Seine Statur war schlank, fast schon dünn unter der abgewetzten Jeans und der dünnen Jacke. Aber das war eine sehr vage Personenbeschreibung. Daher hatte sie das Motorrad in den Mittelpunkt der Fahndung gestellt. Das Modell gab es sicherlich häufiger, doch die Farbe war äußerst selten. Leider konnte man das auf den schwarz-weißen Bildern, die sie rausgeschickt hatte, nicht richtig erkennen. Aber das Foto von einer gelben Honda Africa Twin, das sie im Internet gefunden hatte und zur Fahndung in PIR hochgeladen hatte, konnte vielleicht einen Kollegen aufrütteln. Hoffentlich.

»Früher oder später wird der Junge einen Fehler machen, und dann haben wir ihn«, sagt Karl am darauffolgenden Morgen und pustet auf seinen Kaffee, während er sich zu Karens Bildschirm vorbeugt. »Mensch, sieht der jung aus, der ist doch höchstens sechzehn oder siebzehn?«

»Ja, er sieht verdammt jung aus. Meinst du wirklich, er könnte Susanne erschlagen haben? Ganz im Ernst, Charly?«

Karl runzelt die Stirn, sodass sich die dunklen Augenbrauen kräuseln. Einerseits wegen des verhassten Spitznamens, andererseits weil er ebenso skeptisch ist wie Karen. Diese unbändige Wut, mit der Susanne umgebracht worden ist, passt überhaupt nicht zu der Theorie vom schiefgegangenen Einbruch. Haugen mag der Zusammenhang ja glasklar erscheinen und der Staatsanwältin vielleicht einleuchtend. Er selbst kann daran nicht wirklich glauben. Doch ein paar Stunden später ändert Karl Björken seine Meinung nach und nach.

Der Kollege vom Kommissariat in Grunder ruft kurz nach dem Mittagessen an, nur drei Minuten nachdem Karen mit verärgerter Stimme eine Nachricht auf deren AB hinterlassen hat, dass sie umgehend zurückgerufen werden möchte. Sie haben an alle Wachen Nachrichten verschickt, und nur noch drei sind auf der Liste übrig, die sich nicht zurückgemeldet haben. Es ging um kleinere Vergehen, die eventuell mit den Ermittlungen in Zusammenhang stehen könnten. Die Frustration darüber, dass im Kommissariat in Grunder, das rund um die Uhr besetzt ist, niemand antwortet, hat den Ton der Nachricht wohl entsprechend geprägt und das Bild der lokalen Wachen von den »Despoten in der Zentrale in Dunker« wieder mal bestätigt.

Als der Anruf kommt, lehnt Karen sich zurück und hört sich mit unterdrückter Ungeduld die Erklärungen des Leiters Grant Hogan an: Unterbesetzung, Toilettenbesuche, das übliche Theater mit dem Programm PIR und ein paar schwierige Berichte über alle Kleinverbrechen, die in der nordöstlichen Ecke von Heimö im Sommer vorgefallen sind. Verständnisvoll sagt sie hier und da »ja«, wo es passend erscheint, während ihr einfällt, dass sie unbedingt Sigrid anrufen und nachfragen muss, wie es ihr geht. Aber ein paar Minuten später sagt Grant Hogan etwas Interessantes, und Karen spitzt sofort die Ohren und nimmt die Füße vom Schreibtisch. Sie winkt Karl Björken zu sich hinüber und legt das Handy auf den Schreibtisch vor ihnen.

»Ich schalte jetzt den Lautsprecher ein, Herr Hogan, Karl Björken hört mit. Können Sie bitte den letzten Satz noch einmal sagen?«

Ohne ihn zu unterbrechen, hören sie ihm zu, und Karen signalisiert Karl, ihn einfach in Ruhe erzählen zu lassen, wie umständlich er auch formuliert. Und zwischen all diesen Ausschmückungen kommt dann das zur Sprache, was auch Karl Björken in Betracht ziehen lässt, dass Viggo Haugen vielleicht einmal recht haben könnte.

Ein halb niedergebranntes Haus in Ramsviken in Grunders Polizeidistrikt, nur dreißig Kilometer von Langevik entfernt. Zwei Tage vor Oistra, die Hausbesitzer waren in London im Urlaub. Grant Hogan erzählt ausführlich von »Theaterbesuch und Shopping«, »frisch pensioniert«, »PC und Schmuck fehlt«, »etwas abgelegen und mit herrlicher Aussicht«, »steigende Immobilienpreise«, »das Feuer wurde offenbar in den Küchengardinen gelegt«, »unter Schock, als sie nach Hause kamen«, »die Versicherung deckt« ... und schließlich »keine Zeugen«.

Karl sieht auf und schaut Karen an, während sie hören, wie der Kollege am anderen Ende der Leitung einmal tief Luft holt und dann fortfährt.

»Tatsächlich hatte ich selbst schon den Gedanken, bei Ihnen anzurufen. Nicht wegen des Hausbrandes, aber gestern sprach ich mit dem Leiter des Jagdvereins. Er heißt Yngve Lingvall, wir kennen uns schon seit vielen Jahren. Ich jage auch hin und wieder, wenn der Job mir die Zeit dazu lässt. Deshalb hat er noch während der Jagd angerufen, sonst hätte er es wohl gelassen.«

»Warum hat er denn angerufen?« Karl trommelt ungeduldig mit den Fingerspitzen auf die Tischplatte und hört sofort auf, als Karen ihm einen wütenden Blick zuwirft.

»Ja, gestern hat einer der Jungs aus der Jagdmannschaft ein kaputtes Motorrad in einer Schlucht drei Kilometer südlich davon entdeckt. Der

Typ interessierte sich selbst für Motorräder und wollte sich darum kümmern, aber Yngve meinte, es sei besser, uns erst zu verständigen. Guter Mann, sage ich Ihnen. Also bin ich runtergefahren und hab es mir angesehen, und es stimmte genau. Es liegt in der Kiesgrube bei Kalvmotet, nur ein paar Kilometer von hier entfernt.«

»Und welche Farbe hat es?«, fragt Karl.

»Gelb, würde ich sagen, aber es liegt sehr weit unten und ist total verdreckt. Nicht, dass ich mich mit Motorrädern auskennen würde, aber der Typ, der es entdeckt hat, meinte, es sei eine Honda, Modell Africa Twin. Und gerade habe ich die Fahndung im PIR gesehen und wollte mich melden, musste nur vorher aufs Klo.«

Karen macht Karl ein Zeichen, er möge einen Kaffee holen, und lässt Grant Hogan noch ein bisschen weiterreden. Der Kollege aus Grunder hat immerhin ein gewisses Maß an Wachheit an den Tag gelegt, auch wenn er seinen Toilettenbesuch priorisiert hat. Und jetzt ist Grant Hogans Neugier geweckt. Bei diesem Fall in Langevik hatte es doch auch eine Brandstiftung gegeben? Zumindest hatte er das von seinem Schwager gehört, der Mitglied in der freiwilligen Feuerwehr ist. Es gab Anzeichen eines Einbruchs, hieß es, auch wenn keine weiteren Details genannt werden können ... Nein, er kann natürlich verstehen, dass sie ihm nichts erzählen. Wie auch immer will man ja gern behilflich sein, denjenigen, der Smeeds Frau auf dem Gewissen hat, hinter Gitter zu bringen. Ja, auch wenn es seine Ex-Frau war. Sie waren gleichzeitig auf der Polizeischule gewesen.

»Also Smeed und ich, nicht die Frau«, erklärt Grant Hogan.

Karen beendet das Gespräch mit einer gewissen Resignation. Stumm greift sie nach der Kaffeetasse, die Karl ihr reicht. Nicht einmal sie kann noch darüber hinwegsehen, dass alles mehr nach einem Zusammenhang als nach einem zufälligen Zusammentreffen aussieht. Ganz normale Einbrüche, immer wenn die Besitzer nicht zu Hause waren. War es in Langevik dasselbe, sollte es ein gewöhnlicher Einbruch werden, der aus irgendeinem Grund in einer Katastrophe endete? Ein einzelner Täter, der sich auf Computer und Schmuck konzentriert,

Dinge, die man leicht in den Rucksack stopfen kann. Karen hat sich die Argumente schon vor dem Telefonat mit Grant Hogan angehört und muss widerwillig zugeben, dass es aussieht, als sei an der Theorie etwas dran. Sie muss nicht auf das Whiteboard sehen, um die Muster zu erkennen. Die Zeitpunkte stimmen, die Orte zeichnen nach, wie sich der Täter innerhalb einer Woche von Noorö über den Fähranleger in Thorsvik hinauf an Heimös Nordküste entlang bewegt hat. Er könnte sich ohne Probleme, nachdem er das Motorrad hat verschwinden lassen, danach in Richtung Langevik begeben haben.

»Wir sollten Kontakt zu den Medien aufnehmen und nach Zeugen suchen, die einen Tramper südlich von Grunder mitgenommen haben«, schlägt sie vor. »Der Typ wird die lange Strecke sicher nicht zu Fuß gegangen sein. Es liegt doch nichts über gestohlene Wagen in der Gegend vor?«

»Nein, das habe ich erst vor Kurzem überprüft.«

»Aber warum hat er sich gerade Susanne Smeeds Haus ausgesucht?«

»Tja, warum nicht?«, sagt Karl und pustet wieder auf seinen Kaffee. Susannes Tochter hat doch ausgesagt, dass ihre Mutter immer über Oistra verreist war. Vielleicht wusste der Täter das zufällig, und dann packte ihn die Verzweiflung, als er merkte, dass sie doch zu Hause war. Woher soll ich wissen, wie er das rausgefunden hat, dafür gibt es Tausende von Möglichkeiten.«

»Aber wie kam er darauf, dass sie wirklich verreist war? Harald Steen hat doch gesagt, es stieg Rauch aus dem Kamin«, widerspricht Karen.

»Ja, aber als Steen den Rauch bemerkte, war Susanne schon tot. Es könnte auch so gewesen sein, dass der Täter den Kamin angemacht hat und nicht Susanne.«

»Und warum in Gottes Namen hätte er so was Idiotisches tun sollen? Wenn er das Haus niederbrennen wollte, hätte er doch wohl kaum den Umweg über einen alten Holzofen nehmen müssen. In dem Fall wäre es viel leichter gewesen und schneller gegangen, die Gardinen in Brand zu stecken, so wie in Thorsvik.«

Karl zuckt mit den Schultern.

»Außerdem stand Susannes Wagen ja noch auf dem Grundstück. Das hätte für ihn doch wohl ein Hinweis sein müssen, dass sie nicht verreist war?«

»Nicht unbedingt«, widerspricht Karl. »Das Auto lässt man doch oft zu Hause, wenn man in den Urlaub fährt, entweder stellt man es auf einem Langzeitparkplatz ab oder zu Hause, wenn man mit der Fähre oder dem Flugzeug verreist. Außerdem kann der Wagen doch sogar das wichtigste Motiv gewesen sein, schließlich brauchte er einen neuen fahrbaren Untersatz. Möglicherweise ist er nur ins Haus eingedrungen, um die Wagenschlüssel zu klauen.«

»Und ging davon aus, dass der Hausbewohner noch schlief? Ganz schönes Risiko, wenn du mich fragst. Er hatte sicher auch keine Ahnung, wie viele Menschen im Haus wohnten.«

»Wenn er es nicht in Erfahrung gebracht hat, wie gesagt.«

Sie hört sich alle Argumente an, denkt über jedes einzelne nach, stellt sich den Ablauf vor. Noch immer ist sie nicht überzeugt, aber offenbar übernimmt Karl jetzt die Rolle, die einfache Lösung, die Viggo Haugen und die anderen so gerne hätten, zu verteidigen.

»Aber überleg mal, sie saß noch am Küchentisch«, sagt Karen. »Denkst du, der Kerl wäre so leise hineingekommen, dass er sie mit der Kaffeetasse in der Hand überrascht hat? Und sie hätte auch nicht durchs Fenster gesehen, wie er über den Hof gelaufen kam?«

»Oder sich auf der Rückseite von der Straße angeschlichen hat. Vielleicht wollte er nicht riskieren, dass ihn ein Nachbar sehen konnte, Harald Steens Fenster liegt ja genau an der Seite zur Einfahrt.«

»Ja, das stimmt«, räumt sie ein. »Aber trotzdem. Man hört doch, wenn jemand einbricht, während man in der Küche sitzt und Kaffee trinkt.

»Das Radio lief. Und zwar laut, hat Sören Larsen zu Protokoll gegeben.«

Karen schüttelt wortlos den Kopf und trinkt ihren Kaffee aus. Sie würde es auf jeden Fall merken, wenn ein Fremder in ihr Haus käme, selbst wenn Radio und Fernseher liefen.

Oder?

»Vielleicht hat sie ihn ja auch freiwillig reingelassen«, sagt Karl nach einer Pause.

»Warum in aller Welt hätte sie das denn tun sollen?«

»Keine Ahnung, vielleicht hat er etwas Überzeugendes vorgebracht. Vielleicht ein Handwerker, der sich um die Breitbandkabel kümmern sollte oder so …«

»Am Morgen nach Oistra? Vergiss es …«

»Oder er hat eine Art Notlage erfunden. Das wäre ja nicht das erste Mal, dass ein Dieb diesen Trick anwendet, um in ein fremdes Haus zu gelangen.«

»Jetzt komm schon, Charly, wir sprechen von Susanne Smeed. Wenn es jemanden gab, der einem Menschen in Not die Tür vor der Nase zugeschlagen hätte, dann war sie es.«

»Oder er hat sie bedroht und sich mit einer Art Waffe Einlass verschafft«, fährt Karl fort, ohne auf Karens Argument oder die Verwendung seines Spitznamens einzugehen.

»Und dann hat sich Susanne zum Frühstücken noch entspannt an den Küchentisch gesetzt?«

»Ja, ich würde das jedenfalls tun, wenn mich einer mit einer Waffe bedrohen würde«, sagt Karl. »Du etwa nicht?«

57

Kein Zweifel, der Herbst hat die Doggerschen Inseln nun fest im Griff. Das Wetter hat die Tonlage gewechselt, es brüstet sich und teilt mit, dass es bald richtig loslegen wird. Anstelle des Niesel- und Dauerregens sind heftige Windböen gerückt, die von Westen hereinziehen und verkünden, dass der Winter nicht weit ist. Die Meteorologen haben Warnungen ausgesprochen, in den folgenden vierundzwanzig Stunden ist an den Küsten mit starken Sturmböen zu rechnen.

Als Karen die Ausfahrt Langevik abfährt, ist das Unwetter voll im Gange. Der Regen wird auf der Windschutzscheibe zu einem See, und die Wischerblätter kommen nicht mehr hinterher, die Fluten zu vertreiben. Karen fährt langsam, vorgebeugt, mit konzentriertem Blick. Als der Wind ihren Wagen seitlich erfasst, reagiert sie sofort und lenkt gegen. Wenn die Temperatur nachts unter null sinkt, haben wir morgen verheerende Straßenzustände, denkt sie, als sie spürt, wie die Reifen im Lehm zu rutschen beginnen, der von den steilen Hängen hinunterrinnt.

Eigentlich sollte sie lieber direkt nach Hause fahren, bevor die Straßen unpassierbar werden. Sigrid geht es bestimmt schon besser, aber gesund ist sie noch lange nicht. Auf der anderen Seite wird ihr Besuch bei Harald Steen sicher nicht länger als eine halbe Stunde dauern. Natürlich wird sie ihm eine Tasse Kaffee nicht abschlagen können und sich eine Weile mit ihm über Gott und die Welt unterhalten, bevor sie ihr wirkliches Anliegen vorbringen kann. Es ist auch mehr ein Versuch, denn als sie Steen zuletzt sah, hat sie ganz deutliche Anzeichen von Demenz bei ihm erkannt. Zwar hatte er wahrheitsgetreue Angaben bei der letzten Vernehmung gemacht – Angela Nowak hatte ja alles bestätigt, was er ausgesagt hatte –, aber es hatte furchtbar lange gedauert, bis er sich wirklich an die Ereignisse des Morgens genau erinnern konnte. Und jetzt wird sie ihn bitten, mal vierzig Jahre zurückzudrehen.

Widerwillig muss sie einräumen, dass die Theorien, die Karl entwickelt hat, tatsächlich stimmen könnten, auch wenn da noch Details sind, die nicht ganz passen. Die Konturen eines Zusammenhangs zwischen verschiedenen Ereignissen zeichneten sich langsam ab. Und ohne Zweifel sind schon merkwürdigere Dinge geschehen. Eine Einbruchserie, immer derselbe Täter, die aus irgendeinem Grund von Einbruch über versuchte Brandstiftung bis hin zu Mord eskaliert ist. Oder zumindest Totschlag.

Das letzte Puzzlestück, das Grant Hogan in Grunder geliefert hat, hat dann schließlich sowohl den Polizeichef als auch die Staatsanwältin dazu veranlasst zu entscheiden, dass alle Energie jetzt darauf verwendet werden soll, den Typen mit dem Motorrad zu finden. Haugen, der die Möglichkeit, diese Ermittlungen schnell zu Ende zu bringen, wittert, würde sie vermutlich sofort ihres Amtes entheben, wenn er ahnen würde, wohin sie gerade unterwegs ist und warum.

Der nächste Windstoß schiebt Karens Auto zur Seite, und sie schlittert über die schmierige Straße. Ich sollte wirklich sofort nach Hause fahren, denkt sie und biegt auf Harald Steens Grundstück ab.

»Greif zu, meine Kleine, ist zwar nicht selbst gemacht, aber das ist alles, was mein Haus zu bieten hat.«

Sie haben sich in Harald Steens Küche gesetzt, und mit einem Anflug von schlechtem Gewissen lässt Karen sich auf einen Kaffee aus der Thermoskanne und eine von den zwei mit Folie bedeckten Zimtschnecken, die Angela Nowak auf einen Teller gelegt hat, einladen. Das sollte Harald Steens Nachtisch nach dem Abendessen sein.

»Sieht aus, als würde sie sich gut um dich kümmern«, sagt Karen und beißt in das weiche Stück Gebäck.

»Ach ja, ja wirklich, das kann man sagen. Aber sie kriegt es ja auch bezahlt. Ordentlich bezahlt, wenn man mal vergleicht, was ich damals verdient habe. 420 Mark und 40 Schillinge im Monat, damit mussten meine Frau und ich zurechtkommen.«

»Ist sie schon lange bei dir? Ich meine, Angela Nowak?«

»Na ja, knapp ein Jahr. Oder höchstens zwei. Dieses verdammte Herz, das pumpt nicht mehr so, wie es soll, sagen sie, deshalb wird mir immer so schwindelig. Ansonsten käme ich allein zurecht, auch wenn Harry mir das nicht abnimmt. Es war seine Idee, dass ich so ein Frauenzimmer brauche. Hat sich einfach mit dem Sozialamt in Verbindung gesetzt, ohne mich überhaupt zu fragen.«

Karen denkt, dass Harald Steens Sohn seinen Fauxpas sicher immer wieder unter die Nase gerieben bekommt. Sie versucht eine andere Strategie.

»Da hast du jetzt eine eigene Haushälterin, Harald. Das hast du wirklich verdient. Ich würde zu weiterem Bodenpersonal nicht Nein sagen.«

Bei diesen einschmeichelnden Worten setzt sie ihr süßestes Lächeln auf. Jetzt muss sie dafür sorgen, dass er richtig gut gelaunt ist.

»Ach, meinst du das ...? Eine Haushälterin ...«

Harald Steen versucht, ein zufriedenes Lächeln hinter seiner Kaffeetasse zu verstecken und schlürft nachdenklich, während er über diese neue Sicht der Dinge nachdenkt. Augenscheinlich aufgeheitert stellt er die Tasse schließlich wieder mit einem energischen Klirren auf die Untertasse ab.

»Aber nun sag schon, meine kleine Politesse ist doch nicht hergekommen, um mit mir Kaffee zu trinken?«

»Politesse.« Mit Schaudern versucht Karen dieses Wort loszuwerden und beugt sich nach ihrer Handtasche, die sie auf dem Boden abgestellt hat. Jetzt muss sie es probieren, am besten so schnell wie möglich.

»Ja, ich möchte dich tatsächlich etwas fragen. Ich dachte, wenn mir jemand helfen kann, dann bist du es. Es ist in Langevik doch wohl kaum etwas passiert all die Jahre, wovon du nichts gewusst hast, oder?«

Karen wirft schnell einen Blick auf die Fotografie, die sie aus der

Tasche gezogen hat. 1970, strahlende junge Männer und Frauen, der Reihe nach auf einer Steintreppe aufgestellt, und ein paar Kinder auf der Wiese davor. Dann dreht sie das Foto um und legt es vor Harald Steen auf den Tisch.

»Hast du irgendeine Ahnung, Harald, um wen es sich da handelt?«

Geduldig beobachtet sie ihn, wie er sich langsam nach der Schachtel reckt, die auf dem Tisch liegt, die Bügel der Sehhilfe auseinanderbiegt und die Brille auf die Nase setzt. Er nimmt das Bild nicht in die Hand, sondern beugt sich vor und studiert es mit kräuseligen Augenbrauen. Im nächsten Moment muss er lachen. Ein trockenes, freudloses Lachen, gefolgt von tiefem Seufzen.

»Ja, guter Gott«, sagt er. »Wo hast du das denn aufgetrieben?«

»In Susannes Fotoalbum. Soweit ich es verstehe, sind das die Leute, die in der Kommune gelebt haben, die ihre Eltern damals gründeten. Das Problem ist nur, dass in dem Album keine vollständigen Namen verzeichnet sind, sondern nur Vornamen. Ich habe sie auf der Rückseite notiert.«

Ohne das Bild umzudrehen oder es hochzunehmen, betrachtet Harald Steen das Foto weiterhin unter Schweigen. Karen sieht enttäuscht in sein Gesicht, das mit keiner Miene irgendeine Form von Erkennen widerspiegelt. Es ist fast fünfzig Jahre her, denkt sie, er weiß vermutlich nicht einmal mehr, was er heute Morgen gefrühstückt hat.

Schnell schiebt Harald Steen das Foto beiseite, nimmt die Brille ab und lehnt sich auf seinem Sprossenstuhl zurück.

»Und was für einen Nutzen hättest du, wenn du die Namen wüsstest, wenn ich fragen darf?«

»Vermutlich gar keinen«, antwortet sie aufrichtig. »Ich versuche, mir ein Bild von Susannes Leben zu machen, und dachte, es gibt eine kleine Chance, dass sie mit jemandem von ihnen noch in Kontakt steht. Vielleicht mit einem der Kinder.«

Harald Steen schnaubt.

»Das würde ich kaum glauben, sie hat ja nicht mal den Kontakt zur Tochter gehalten. Sie hat schon mir gegenüber kaum zwei Worte über die Lippen gebracht, kann man sagen, obwohl wir Nachbarn waren. Susanne war schwierig, musst du wissen. Und war da nicht ganz normal.«

Harald Steen klopft sich an die Schläfe.

Karen wiederum versteckt ein enttäuschtes Seufzen mit noch einem Lächeln.

»Na ja, wie gesagt, es war nur ein Versuch, etwas kühn vielleicht. Ich habe mich mit Jaap Kloes, Egil Jenssen und Odd Marklund dieser Tage unten im »Krähennest« unterhalten, und keiner kann sich an irgendeinen Namen erinnern, du bist also in bester Gesellschaft. Aber es ist ja auch fast ein halbes Jahrhundert vergangen, daher habe ich auch gar nichts erwartet.«

Diesmal schnaubt Harald Steen vor Entrüstung, und dies so kräftig, dass sich aus einem Nasenloch ein Tropfen löst und auf dem gehäkelten Tischtuch landet.

»Kloes und Jenssen! Die haben doch noch nie was Gescheites von sich gegeben. Sitzen in der Kneipe und tratschen, das haben sie ihr Leben lang getan. Ich kann dir sagen, wenn die irgendwelche Schwielen an den Händen haben, dann bestimmt nicht vom Rudern. Marklund ist eine Spur besser, aber wie er es mit diesen beiden aushält, weiß kein Mensch. ›Gute Gesellschaft‹, du solltest dich schämen.«

Dann greift er energisch an den Henkel seiner Kaffeetasse, und Karen bemerkt, dass seine Hand zittert, als er sie zum Mund führt. Jetzt darf er bloß keinen Herzanfall bekommen, denkt sie. Sie hat weder Zeit noch Energie übrig. Was würde sie dann tun?

Dann stellt Harald Steen die Tasse wieder hin und wieder klirrt sie auf der Untertasse.

»Ach so«, sagt er, »du hast sie also zuerst gefragt, und dann kommst du her zum alten Steen, weil sie dir nicht weiterhelfen konnten. Dafür bin ich offenbar gut genug.«

Karen antwortet impulsiv, wie eine zurechtgewiesene Zwölfjährige.

»Die waren einfach zufällig da, als ich in die Kneipe kam, um ein Bier zu trinken. Sonst hätte ich mich natürlich gleich an dich gewandt«, schiebt sie hinterher und hofft, dass ihre Worte Balsam für seine aufgewühlte Seele sind.

Ohne zu antworten, beugt Harald Steen sich wieder vor. Dann drückt er einen gelblichen Zeigefingernagel auf das Foto, da wo das Paar in der oberen Reihe am Rand der Treppe steht.

»Disa Brinckmann, Tomas und Ingela Ekman und Theo Rep«, sagt er, während sein Finger langsam über die Personen auf dem Foto gleitet.

Er schiebt den Finger hinunter in die zweite Reihe, während er mit klarer Stimme verkündet:

»Janet und Brandon Connor, Per und Anne-Marie Lindgren.«

Nach dem letzten Namen lehnt er sich zurück an die Stuhllehne und schiebt die Brille über die Stirn. Diesmal mit verschränkten Armen und einem Lächeln im Gesicht, das sowohl Ärger als auch Triumph ausdrückt.

»Wie die Kinder heißen, weiß ich nicht mehr, tut mir leid«, brummt er. »Und Susanne war ja damals noch ein Funkeln im Auge ihres Vaters. Sie ist wohl im Jahr darauf geboren, wenn ich mich recht erinnere.«

Karen sieht stumm auf den alten Mann, der ihr gegenübersitzt. Auch wenn der Greis nicht mehr weiß, was er zum Frühstück gegessen hat, besteht nicht der geringste Zweifel daran, dass er sich seiner Sache ganz sicher ist. Wie ist das bloß möglich, sich an Menschen zu erinnern, die nur für kurze Zeit, und das vor über vierzig Jahren, entfernte Nachbarn waren? Sie selbst würde sich an keinen mehr erinnern. Karen hatte die Hoffnung gehegt, dass Harald Steen sich bestenfalls noch an Bruchstücke von Namen hätte erinnern können, oder etwas, das ihr einen Anhaltspunkt geben konnte, um weiterzuforschen. Jetzt hat er ohne zu zögern mit energischer Stimme jeden Einzelnen der acht Erwachsenen auf dem Foto mit Vor- und Nachnamen benannt.

»Wie ist das möglich?«, fragt sie noch einmal. Dieses Mal laut.

Harald Steen sieht ihr tief in die Augen und greift nach der Kaffeetasse.

»Ich war der Fotograf.«

58

Der Weg von Harald Steens Haus zu ihrem eigenen dauert in der Regel kaum zehn Minuten. An diesem Abend werden es 32. Während Karens Auto sich in der Lehmsuppe langsam vorwärtstastet, wandern ihre Gedanken zurück zu dem, was Steen ihr erzählt hat.

»Ich weiß schon, dass die Dorfbewohner die jungen Leute oben in Lothorp schief angeschaut haben, aber ich kann nichts Schlechtes über sie sagen. Und ich war nicht der Einzige, der hin und wieder einen Umweg über den Hof machte, um mal ein bisschen von dem Spektakel zu sehen zu bekommen.«

Dabei hatte Harald verschwörerisch gezwinkert. Karen hatte noch ein paar Sekunden gebraucht, bis der Groschen fiel und sie begriff, dass er damit die unverhüllte weibliche Schönheit meinte und provinzielle Fantasien über die schwedische Sünde jenseits von Büstenhaltern und bürgerlichen Konventionen.

»Und was haben die dazu gesagt, dass ihr da um die Büsche geschlichen seid?«

»Oh nein, nicht dass du mich falsch verstehst, im Gegensatz zu den anderen bin ich einfach auf den Hof marschiert und habe mich ordentlich vorgestellt. Sie haben mich zum Tee eingeladen, denn Kaffee war ja verpönt, also ein bisschen komisch waren die schon. Und dann haben sie mich gefragt, ob ich ihnen helfen würde, ein Foto zu machen.«

Und so hat Harald Steen erzählt, dass er ihnen hier und da geholfen und ihnen die Tipps vom alten Gråå verraten habe, der wusste, was die Erde da oben schlucken und was sie wieder ausspucken würde. Einmal in der Woche hatte er sie auf dem Hof besucht und ihnen beim Kartoffelpflanzen geholfen und beim Anlegen der Gemüsebeete. So war eine Art Freundschaft entstanden. Zwar war Steen etwas älter als sie, aber zu Beginn der Siebzigerjahre war er noch weit entfernt davon, ein alter Mann zu sein, rief sich Karen in Erinnerung.

An dem leichten Hang nördlich vom Hafen geht plötzlich gar nichts mehr. Die Reifen drehen in der Lehmschmiere durch, und Karen sieht sich um auf der Suche nach etwas, das sie unter die Hinterräder schieben kann, damit die Reifen wieder Grip bekommen. Seufzend steigt sie aus. Der Regen peitscht in ihr Gesicht, während sie die Abdeckung der Ladefläche öffnet und mit steifen Fingern den Deckel der grünen Eisenkiste hochklappt, die sie immer im Laderaum des Rangers stehen hat. Einen kurzen Moment überlegt sie, welches Werkzeug sie brauchen könnte, dann greift sie nach einer Säge. Eiskalter Schlamm läuft ihr in die Schuhe, als sie in den Graben steigt, um zu den Wacholdersträuchern auf der anderen Seite zu gelangen.

Harald Steens Worte gehen ihr noch durch den Kopf, als sie laut fluchend die Säge durch die zähen Äste zieht.

»Wo die anderen abgeblieben sind, weiß ich nicht. Anne-Marie starb ja schon im Jahr 1986, und Per blieb allein hier im Haus, bis auch er ins Krankenhaus kam. In den ersten Jahren haben wir uns manchmal getroffen und Karten gespielt, aber dann waren wir beide ja immer schlechter zu Fuß. Es heißt, er habe sich totgesoffen, und das kann durchaus stimmen. Ach so, Brandon und Janet wohnen ja noch oben in Joms.«

»Du meinst Joms hier auf Heimö? Willst du sagen, sie sind noch auf der Insel?«

Karen hatte selbst gemerkt, dass ihre Stimme vor Aufregung plötzlich schrill klang.

»Ruhig Blut, meine Liebe, nicht dass du noch Herzschmerzen bekommst. Zumindest im letzten Sommer haben sie dort noch gewohnt, denn da bin ich ihnen in der Markthalle in Dunker zufällig begegnet, als ich zum Zahnarzt musste. Das war ein teures Vergnügen, kann ich dir sagen, aber man muss sein Essen ja auch kauen können.«

Als Karen endlich die Haustür zum letzten grauen Backsteinhaus im Norden von Langevik öffnet und mit lehmdurchtränkten Schuhen hineinmarschiert, dreht sich in ihrem Kopf alles nur darum, wie sie am nächsten Tag nach Joms kommen soll, wenn es die Nacht über weiterregnet. Oder wie sie überhaupt von Langevik wegkommen soll.

Darum bemerkt sie gar nicht gleich den Duft, der ihr aus der Küche entgegenströmt. Erst als sie die Schuhe aufgeschnürt und die quietschnassen Socken ausgezogen hat, wird ihr klar, dass sie nicht den Gefrierschrank nach Essen durchsuchen muss, das sie schnell in die Mikrowelle schieben kann. Sigrid steht in der Küche und hält ein Sieb in der Hand.

»Es gibt Spaghetti Bolognese, das ist so ziemlich das Einzige, was ich kochen kann«, erklärt sie. »Ich habe die Nudeln ins Wasser geschmissen, als ich deinen Wagen gehört habe, also sind sie in etwa zehn Minuten fertig.«

Karen überkommt eine wohlige Wärme, obwohl die regennassen Kleider noch immer an ihrem Körper kleben.

»Du kannst dir nicht vorstellen, wie scharf ich gerade auf Spaghetti Bolognese bin. Ich flitze nur schnell unter die Dusche. Wie geht es dir eigentlich? Du siehst schon viel besser aus.«

»Noch ein bisschen müde, aber fast kein Fieber mehr, also kann ich heute auch Wein trinken. Soll ich eine Flasche aufmachen?«

»Ein Glas bekommst du, mehr nicht.«

»Hast du dir schon überlegt, was du mit dem Haus machen wirst?«, fragt Karen beim Essen, als sie eine Viertelstunde später am Esstisch sitzen. »Jetzt gehört es ja dir.«

Sigrid zuckt mit den Schultern. Langsam hat Karen sich daran gewöhnt.

»Verkaufen wahrscheinlich. Wenn es jemand haben will.«

»Das wird sicher kein Problem sein. Das Haus ist schön, und Immobilien in Langevik sind seit ein paar Jahren sehr nachgefragt. Das heißt, du willst lieber in Gaarda bleiben?«

»Nein, da kann ich gar nicht bleiben. Wir haben die Wohnung von Sams Bruder untergemietet, also wird er dort zukünftig wohnen. Er hat heute angerufen und mich daran erinnert, dass ich mein Zeug abholen muss. Offenbar ist er bei einem Kumpel untergeschlüpft, seit er abgehauen ist, und findet, das könnte ich jetzt auch mal machen. Ich werde morgen ein paar Freunde anrufen und mich erkundigen.«

»Dann denkst du gar nicht darüber nach, selbst in das Haus deiner Mutter einzuziehen? In *dein* Haus«, korrigiert sie sich.

»Das wird nicht klappen. Wie soll ich denn ohne Auto zur Arbeit kommen? Und bevor du es vorschlägst, nein, ich werde Papa nicht um Geld anbetteln.«

»Hast du keinen Führerschein?«

»Doch, aber keinen Wagen, hab ich doch gesagt.«

»Den hast du jetzt! Wir haben das Auto deiner Mutter gefunden. Da ist etwas am Getriebe nicht ganz in Ordnung, aber das können wir reparieren lassen, bis du wieder zur Arbeit musst.«

»Ist das wahr?«

Ein Strahlen geht über Sigrids Gesicht, aber dann kommen doch wieder Zweifel auf. Ein Schnellschuss, denkt Karen.

»Ich weiß gar nicht, ob ich da überhaupt wohnen mag. Als ich dort zuletzt gewohnt habe, war die Stimmung nicht gerade gut. Und in die Küche kann ich gar nicht gehen, auch wenn sie dort geputzt haben. Du hast alles gesehen, oder?«

Karen nickt leise, während sie nach den richtigen Worten sucht. Sigrids Blick sagt ihr, dass sie es einerseits wissen will, anderseits darum bettelt, es nicht erfahren zu müssen. Einen Moment lang sieht sie ganz verwirrt aus. Dann springt sie auf und geht zur Spüle. Tut so, als müsse sie irgendwas aufräumen, dann räuspert sie sich und spricht weiter.

»Außerdem kotzen mich all die Dinge an, die sie gekauft hat«, fährt sie fort. »Überall diese Kissen und bestimmt Hunderte von Schuhen.«

Karen betrachtet die dünne Gestalt vor ihr. Wie sie sich bemüht, ihre Stimme unter Kontrolle zu halten. All dieses Unbegreifliche zu bewältigen.

»Es ist völlig in Ordnung, dass du traurig bist, Sigrid«, sagt sie.

»Sie hat wirklich Zeug überall verstreut. Wusstest du, dass sie oben im Schlafzimmer eine komplette Kraftstation hat? Und ein Gerät, das einem Dampf ins Gesicht bläst, ein anderes für Fußmassage, zumindest glaube ich, dass es so was ist ... Mit so viel Mist halte ich es da nicht aus.«

Karen nickt und denkt an die Berge von Dekoartikeln, die Sigrid in den Garten gebracht hatte. Deshalb ist sie also ins Haus ihrer Mutter gefahren, weil sie wusste, dass Sam sie aus der Wohnung schmeißen würde. Vermutlich war ihr klar geworden, dass sie zumindest übergangsweise in diesem Haus wohnen muss. Sie ist stolz, denkt Karen und betrachtet Sigrid. Sie weigert sich, ihren Vater um Hilfe zu bitten, obwohl er im Geld schwimmt und ihr vermutlich gern unter die Arme greifen würde, wenn sie ihn nur ließe. Karen fragt sich, warum sie so unglaublich wütend auf ihn ist. Und warum sie diesen Hass auf ihre Mutter hat.

»Was hältst du von der Idee: Du bleibst einfach noch ein paar Wochen hier, solange wir beide versuchen, das Haus aufzuräumen. Du schmeißt raus, was dir nicht gefällt, dann streichen wir und richten es so ein, wie es dir gefällt. Dann kannst du ganz in Ruhe überlegen, ob du da selbst wohnen oder ob du es verkaufen und lieber eine andere Wohnung anschaffen willst.«

Sigrid sitzt eine Weile stumm da und scheint sich Karens Vorschlag durch den Kopf gehen zu lassen.

»Ich habe frühestens nächste Woche wieder Geld, um Miete zu bezahlen. Dann arbeite ich ja wieder.«

»Dieses Mittagessen ist mir gern eine Woche Miete wert.«

Sigrid lehnt sich zurück und betrachtet Karen mit einem Funken Misstrauen im Blick.

»Warum bist du so nett zu mir? Mutter hat immer schlecht über dich geredet. Sie hat erzählt, du hast in England gewohnt, aber dein Mann hat dich rausgeschmissen, und deshalb bist du zurückgekommen.«

»Ach wirklich, hat sie das gesagt.«

Sigrid scheint sich erst unschlüssig zu sein, doch dann fährt sie fort.

»Sie hat gesagt, du bist so eine, die hinter den Männern von anderen her ist, weil du keinen eigenen mehr hast.«

Karen streckt ihre Hand nach der Flasche aus und schenkt leicht zitternd nach.

»Zur Hälfte stimmt's«, sagt sie und bemerkt, dass ihre Stimme völlig ruhig bleibt.

Sigrid sitzt still da und scheint über Karens Antwort nachzudenken. Als sie schließlich den Mund aufmacht, zuckt Karen zusammen, als hätte sie der Schlag getroffen.

»Du hast einen Sohn, nicht wahr?«

59

Es hat aufgehört zu regnen. Durch einen Riss in der Wolkendecke fällt der Mondschein schwach ins Schlafzimmer und lässt die große Linde vor dem Fenster einen Schatten an die Wand werfen.

Karen ist klar, dass sie vom Schlaf noch weit entfernt ist.

Heute Abend ist alles aus ihr herausgebrochen. Alles, was sie jahrelang in sich verborgen hat, von Trauer weggeschlossen. Die volle Wahrheit, die nur ihre Mutter kennt, die engsten Freunde teils wissen, teils ahnen, aber gelernt haben, niemals nachzufragen. Die Worte sind einfach aus ihr herausgeflossen, ohne Rücksicht darauf, dass ihre Zuhörerin ein achtzehnjähriges Mädchen war, das verzweifelt zu spüren bekam, was ihre eine Frage losgetreten hat.

Wie es seinen Anfang nahm, als zwei Polizisten und ein Arzt das Unbegreifbare aussprachen und Karen Eiken Hornbys Leben schlagartig ein Ende machten. Worte wie »*massive collision*«, »M25«, »*Waltham Abbey*« und »*one truck and five cars*« waren auf sie eingeprasselt, als es sie selbst schon gar nicht mehr gab.

Mathis und John seien beide tot, hatten sie gesagt. Ein Tod ohne Leiden, hieß es. Ob das stimmte, wusste sie nicht.

Der Tod sei unmittelbar gekommen, hatte der Polizist einer Krankenschwester zugeflüstert, der Fernlaster habe das halbe Auto aufgeschlitzt, als sei es eine Sardinenbüchse. Vier Personen waren gestorben und weitere sechs schwer verletzt.

Dass die Frau im Wagen nicht verletzt war, grenzte an ein Wunder, hatte der Arzt gesagt, sich allerdings in der nächsten Sekunde korrigiert. Physisch unverletzt, noch immer hat sie kein Wort gesprochen, seit sie sie aus dem Wagen geschnitten haben.

Dann hatte sich der Arzt direkt an Karen gewandt. Ob er jemanden für sie anrufen könne? Sie hatte keine Antwort gegeben. Sie mussten wohl Allison und Keith verständigt haben, die beide bleich, mit rotverheulten Augen und tief schockiert zum Unfallort kamen.

An die ersten 24 Stunden hat sie kaum Erinnerung, nur Fragmente flammen auf, flüsternde Stimmen und stilles Weinen.

Valium. Schlaf.

Besorgte Augenpaare, wenn sie erwachte.

Und dann noch ein Tag. Ein neuer Tag hatte begonnen, als sei nichts geschehen. Als habe die Welt nicht verstanden, dass jetzt alles zu Ende war.

Ein ganz neuer Tag. Und die Leichenhalle.

Zwei Körper, zwei gefallene Soldaten, die Arme neben dem Körper, ein großer, ein kleiner unter ihren Laken. Karens Mutter mussten sie auch informiert haben. Mama, die da war, als Karen sich umdrehte, und John und Mathis in der kalt gekachelten Halle zurückließ. Mama, die still auf dem Rücksitz des Streifenwagens hockte, der sie von dort wieder nach Hause brachte, und die Karens Hand so fest drückte, dass sie es spüren konnte. Mama, die in Karens Handtasche den Hausschlüssel fand, die Tür aufschloss und sie dazu brachte hineinzugehen. Mama, die in jedem Moment zugegen war, wenn ein Tag – unerträglicher als der vorhergehende – den anderen ablöste.

Mama, die ihre eigene Trauer tagsüber still in den Hintergrund drängte und ihr nachts Zeit und Raum gab, wenn sie glaubte, dass Karen ihr rastloses Wandern im Geschoss unter ihr nicht hören würde, von der Küche ins Wohnzimmer und wieder zurück. Stunden voller Weinen und Klagen über all das, was auch sie verloren hatte. John, den sie mit den Jahren ins Herz geschlossen hatte. Und Mathis: das einzige Kind ihres einzigen Kindes.

Mamas Trauer hatte keinen Platz bekommen, kein Gegenüber. Trotzdem hatte sie nicht aufgehört zu leben, so wie Karen. Hatte alles mit ihrem gebrochenen Englisch organisiert, mit Händen, die immerzu zitterten.

Kirche. Särge. Leere.

Jede Minute im Haus war unerträglich gewesen; es war ihr gemeinsames Haus gewesen, nicht Karens Haus. Ohne ihre Familie war dieser Ort ein Gefängnis aus Erinnerungen. London. Jede Straße eine Erinnerung, jeder Nachbar, der nach den passenden Worten suchte, jedes Kind, das sie sah, jedes Lied, jedes Fernsehprogramm. Alles gehörte zu dem Leben, das sie einmal gehabt hatte. Vor ihr war der Weg in Trümmer gelegt. Kein »morgen«, kein »nächste Woche«, kein »zu Weihnachten«, »im Sommer«, »in ein paar Jahren«, kein »wenn Mathis groß ist«. Kein Leben, es gab nichts, das noch vor ihr lag.

Nur hinter ihr schwamm eine einzige Eisscholle, an die sie sich klammern konnte. Sie musste nach Hause. Zurück nach Hause.

Sigrid hatte schweigend dagesessen, mit bleichem Gesicht, während aus Karen alles herausbrach, diese abgehackten Worte, die zu Sätzen wurden, die ganze, stinkende Wahrheit darüber, wie ihr Leben an diesem Tag zu Ende ging. Alles, was sie niemals erzählen wollte, hatte sie nun einem jungen Mädchen in den Schoß gelegt.

»Entschuldige«, hatte Sigrid gesagt. »Ich wollte nicht herumschnüffeln, aber ich habe in deinem Schlafzimmer das Foto gesehen, als ich nach Schmerztabletten gesucht habe.«

Karen hält die Luft an und lauscht, ob sie von Sigrids Zimmer irgendein Geräusch hört, doch der einzige Laut ist ihr eigener Pulsschlag am Hals. Sie dreht den Kopf zur Seite und betrachtet das Foto auf dem Nachttisch, das Sigrid auf diese Frage gebracht hatte: »Du hast einen Sohn, nicht wahr?«

John und Karen an einem Strand auf Kreta mit einem braun gebrannten, lachenden Mathis, das Haar voller Sand, in der Mitte. John hatte sich konsequent geweigert, jemand anderen zu bitten, das Foto aufzunehmen, stattdessen hatte er die Kamera auf einer Liege abgestellt und den Selbstauslöser gedrückt. Unzählige Versuche missglückten, doch dann gelang es ihm, alle ins Bild zu kriegen und selbst rechtzeitig an Ort und Stelle zu sein. Mathis hatte über seinen ungeschickten Papa dermaßen gelacht, dass ihm die Luft weggeblieben war, und Karen hatte über Mathis' schallendes Lachen gelacht, und John hatte über sie beide gelacht.

Am Ende hatten sie festgestellt, dass das Bild richtig gut geworden war, und dann waren sie zum Strandcafé gegangen und hatten Tintenfisch bestellt. Ihr letzter Sommer. Das letzte Bild von ihnen allen zusammen.

Ihr Körper fühlt sich eigenartig klobig an; Arme und Beine liegen bleischwer auf der Matratze, während ihre Gedanken sich im Kreis drehen. Warum hat sie die Fotografie nicht weggeschlossen, so wie immer, wenn sie Gäste hatte? Wird Sigrid es ihrem Vater erzählen? Und Jounas dann allen anderen? Wird sich die Wahrheit nun wellenförmig ausbreiten und sie in Mitleid einhüllen? Muss sie nun alle tröstend anlächeln, die es erfahren haben und sich gezwungen fühlen, ihr Beileid auszudrücken? Werden die Kollegen über sie tuscheln und dann schlagartig verstummen, wenn sie den Raum betritt? Werden die anderen über ihre Trauer reden? Über John. Über Mathis.

Mit so viel Energie hat sie genau dies zu verhindern versucht. Weil sie nur so die Chance gehabt hatte, es zu schaffen. Eine Vergangenheit, die es nicht mehr gab. Und eine Gegenwart. Nichts dazwischen. Sie hatte sich in dem Haus, das einst ihrer Mutter gehört hatte und das jetzt ihres war, vollkommen isoliert. Wochenlang zugezogene Gardinen, Teller mit Suppe, die sie stehen ließ. Dann wütendes Spazieren am Meer entlang, stundenlanges, stummes Stieren zum Horizont. Der ständige Sog zum Klippenvorsprung.

Schließlich hatte ihre Mutter die Dinge in die Hand genommen.

»Ich habe mit Wilhelm Kaste gesprochen. Sie suchen gerade einen Kriminalassistenten, und er hat mir zugesagt, dass du dich am Donnerstag um zehn Uhr vorstellen kannst. Ich fahre dich hin.«

Aus irgendeinem Grund hatte Karen nicht einmal versucht sich zu widersetzen. Und dort, in Wilhelm Kastes Büro, hatte der zweite Teil ihres Lebens begonnen.

»Ihre Mutter hat mir erzählt, was geschehen ist, und ich werde nur einmal hier und jetzt sagen, dass es mir furchtbar leidtut. Kein anderer hat davon Kenntnis, und ich werde es nie wieder erwähnen, wenn Sie nicht von selbst auf mich zukommen. Wenn Sie die Stelle haben möchten, bekommen Sie sie. Nicht aus Mitleid und auch nicht Ihrer Mutter zuliebe, sondern weil Sie von unseren Bewerbern am besten qualifiziert sind. Man könnte auch sagen, Sie sind überqualifiziert als Assistentin, doch eine andere Stelle kann ich Ihnen nicht anbieten. Möchten Sie bei uns anfangen?«

Sie hatte zugesagt. An ihrem ersten Arbeitstag hatte Kaste sie in sein Büro bestellt.

»Weil hier einige Kollegen im Haus Zugriff auf Ihre Personalakte haben werden, habe ich mir erlaubt, ein paar Angaben zu verändern. Es geht nur hier um unser Archiv vor Ort, an höherer Stelle kann man natürlich die korrekten Informationen finden, sollte man bemüht sein, sie zu finden, was ich nicht für wahrscheinlich halte. Hier ist jedenfalls vermerkt, dass Sie in Großbritannien gelebt haben, verheiratet waren und nun geschieden sind. Keine Kinder, fügte er hinzu und räusperte sich. Ihre Mutter hat gesagt, das entspreche Ihrem Wunsch, aber ich möchte mich vergewissern, dass dem so ist.«

»Ja, das ist korrekt«, hatte sie geantwortet.

Und so kam es dazu. Eine Wahrheit, die zu schmerzhaft war, um über sie zu sprechen, eine Schuld, so erstickend, dass sie sie ins Eisfach stecken musste, damit sie selbst am Leben bleiben konnte.

Unter der Tür vom Gästezimmer sickert Licht durch, als Karen vorsichtig klopft. Sigrid liegt vollständig bekleidet auf dem Bett, neben sich ihren Rucksack. Mit verheulten Augen setzt sie sich hastig auf, als Karen die Tür öffnet.

»Ich verschwinde gleich, wenn es hell wird«, sagt sie.

Karen lässt sich auf die Bettkante sinken und legt ihre Hand auf Sigrids Hand.

»Bitte nicht. Es ist nicht deine Schuld, Sigrid.«

»Ich hätte niemals fragen dürfen. Wenn ich es gewusst hätte, hätte ich nie ein Wort gesagt.«

»Es ist nicht deine Schuld«, wiederholt Karen. »Es ist nur so, dass ich das noch niemals jemandem erzählt habe. Das war meine Art zu überleben.«

»Das kann ich verstehen. Du musst mit mir auch nicht darüber sprechen.«

»Aber ich habe es getan. Und du hast alles abbekommen. Das tut mir wahnsinnig leid.«

Schweigend sitzen sie da, und Karen streichelt mit dem Daumen über Sigrids Hand.

»Aber eins habe ich ausgelassen.«

Und dann spricht sie es aus.

»Es war meine Schuld. Ich saß am Steuer.«

60

Obwohl der Regen für fast acht Stunden Pause gemacht hat, bleiben die Probleme auf den kleinen Wegen bestehen. Auf der Thorsbystraße fließt der Verkehr wieder, doch die Wege unter dem Eisenbahnviadukt in Västerport mussten gesperrt werden, weil erst das Wasser ablaufen muss.

Karen sitzt im Auto und hat den Blick auf die Straße geheftet. Im Ohr hat sie den Kopfhörer vom Handy, um vom Kollegen, der in der Zentrale Dienst hat, die neuesten Informationen über die Verkehrssituation am Morgen zu erhalten. Nachdem, was er bislang mitteilen konnte, sollte es kein größeres Problem sein, nach Joms zu gelangen, wenn man einfach vorsichtig fährt und Wasseransammlungen meidet.

»Sie mussten allein heute Morgen schon neunzehn Autos bergen«, sagt Thorstein Klockare mit einer Mischung aus Resignation und Schadenfreude in der Stimme. »Aber im Binnenland und in den Niederungen ist es am schlimmsten. Wie sieht es denn in Langevik aus?«

Karen schiebt den Ohrhörer zurecht.

»Gestern war es schlammig, aber das meiste ist heute Morgen schon abgeflossen. Weißt du, wie die Wettervorhersage ist, die habe ich mir nicht mehr anschauen können, bevor ich losgefahren bin?«

»Die Regenpause soll den ganzen Tag anhalten, heißt es, aber über der Nordsee warten neue Tiefdruckgebiete.«

»Also wie gehabt.«

»Genau wie gehabt«, bestätigt Thorstein Klockare.

Nach dem Gespräch wirft Karen einen Blick auf das Navigationssystem. Wenn die Angaben des Kollegen stimmen, müsste sie in einer halben Stunde in Joms sein.

Tatsächlich bremst sie gut dreißig Minuten später auf dem Wendeplatz am Ende des asphaltierten Weges. Sie beugt sich vor und schaut durch die Windschutzscheibe zum Haus hinauf, zu dem sich ein schmaler Kiesweg schlängelt. Dann schaltet sie den Motor ab und steigt aus. Der Weg sieht zwar befahrbar aus, doch unter ihren Gummistiefeln spürt sie bereits, wie sumpfig der Boden ist. Das Risiko ist viel zu groß, dass die obere Kiesschicht nachgibt, wenn sie versucht hinaufzufahren. Die Feuerwehr hat alle Hände voll zu tun, das reicht, denkt sie und macht sich auf den Weg den steilen Hang hinauf.

Janet Connor war wohl gerade erst aufgewacht, als sie ans Telefon ging. Oder ist eher noch von dem Anruf geweckt worden, obwohl sie beteuerte, dass Brandon und sie schon beide wach gewesen seien. Natürlich könne Karen vorbeikommen, auch wenn Janet sich nicht vorstellen könne, wie sie und Brandon der Polizei behilflich sein könnten.

Jetzt öffnet sie die Tür sogar, ehe Karen die Veranda erreicht hat.

»Herzlich willkommen«, ruft sie mit einer Stimme, die längst nicht mehr schlaftrunken klingt, »möchten Sie Kaffee oder Tee?«

Janet Connors großer, schlanker Körper ist in einen langen Kimono gehüllt, der sie majestätisch aussehen lässt. Das graue Haar hat sie mit einem dünnen grünen Tuch kunstvoll um den Kopf gewunden, aber ihre Füße stecken in ein paar grauen Wollsocken, die den majestätischen Eindruck etwas korrigieren. Sie scheint etwa Mitte siebzig zu sein, aber trotz der grauen Haare wirkt sie jung, wie sie so lächelnd in der Tür steht.

Hinter Janet erscheint ein Mann im selben Alter. Er ist ein bisschen außer Atem und zieht gerade seine Hose zurecht. Karen versucht, den Gedanken zu verdrängen, wobei sie die beiden gestört haben mag, während sie die Treppe hinaufsteigt.

»Ganz egal, vielen Dank«, sagt sie freundlich. »Karen Eiken«, schiebt sie hinterher und streckt die Hand aus. »Es war sehr nett von Ihnen, mich so kurzfristig zu empfangen. Ich hoffe, ich störe Ihren morgendlichen Ablauf nicht zu sehr«, fügt sie hinzu, doch hätte es besser sein gelassen, als sie sieht, wie Brandon und Janet Connor sich kurz zwinkernd ansehen.

»Überhaupt nicht, treten Sie ein!«

Die Küche ist brutkastenwarm und duftet intensiv nach Kreuzkümmel, Leinölfarbe und frisch gebackenem Brot. Hier ist bestimmt der ein oder andere Linseneintopf gekocht worden, denkt Karen und streift die Jacke ab, während sie einen Blick auf Brandon wirft. Wenn sie irgendwelche Vorurteile gehabt hätte, wie ein Hippie aus den Siebzigerjahren, der überwintert hat, aussehen sollte, dann erfüllte er sie doppelt und dreifach. Brandon Connor ist genau wie seine Frau auffallend groß, vermutlich über 1,90 m. Er hat sich gut gehalten, auch wenn Karen bemerkt, dass er den oberen Rücken etwas gekrümmt hält, als er Milch und Käse aus dem Kühlschrank nimmt. Die dünne weite Hose könnte locker ein Pyjama sein, aber irgendetwas sagt ihr, dass das tatsächlich Brandons Alltagskleidung ist, so wie das ausgewaschene T-Shirt mit einem Bild von Frank Zappa. Wie seine Frau hat er dicke Wollsocken an den Füßen, aber während ihre aus normaler grauer Wolle gestrickt sind und vermutlich von der Insel stammen, sehen die von Brandon aus, als stammten sie aus Peru, jedenfalls von jemandem hergestellt, der eine Vorliebe fürs Bunte hatte. Sein lichtes graues Haar ist zu einem dünnen Pferdeschwanz gebunden, und er trägt einen langen schmalen Kinnbart.

»Im Brot sind Walnüsse«, sagt er. »Sie sind hoffentlich nicht allergisch darauf?«

»Nicht dass ich wüsste«, antwortet Karen. »Es sieht sehr lecker aus, haben Sie es selbst gebacken?«

Brandon legt das Brotmesser hin und scheint richtig erstaunt zu sein.

»Ja ...«, sagt er langsam. »Wir geben doch kein Geld für diesen Mist aus, den sie einem unten im Supermarkt andrehen wollen. Tun Sie das etwa?«

»Manchmal«, gibt sie zu. »Ansonsten kaufe ich mein Brot beim

Bäcker«, schiebt sie hinterher, um nicht gleich jeden Funken Respekt zu verspielen.

Nach einem kurzen Small Talk übers Brotbacken und die Qualität der Lebensmittel, die die Supermarktketten anbieten, bringt Karen das Gespräch auf ihr wirkliches Anliegen.

»Ich gehe davon aus, dass Sie von dem Mord in Langevik gehört haben. Dann wissen Sie sicher auch, dass es zwischen Ihnen und Susanne Smeed eine Verbindung gibt?«, sagt Karen und sieht sie fragend an.

»Ja«, antwortet Brandon. »Die Nachricht von dem Mordfall hat uns natürlich auch erreicht. Aber wir lesen keine Abendzeitungen, und die Tagespresse hat den Namen des Opfers ja erst vor Kurzem genannt, daher wissen wir jetzt erst, dass es ihre Tochter war. Pers und Anne-Maries Kind, meine ich.«

»Das stimmt. Susanne Smeed ist eine geborene Lindgren. Und das ist auch der Grund meines Besuchs. Ist es richtig, dass Sie mit Per und Anne-Marie Lindgren sowie einigen anderen Personen eine Zeit lang zu Beginn der Siebzigerjahre in einer Kommune wohnten?«

»Ja, natürlich. Genau gesagt von März 1970 bis Ende Februar 1971. Also exakt ein Jahr lang.«

»Sind Sie danach auf der Insel geblieben?«

»Nicht ganz. Zuerst sind wir auch nach Kopenhagen gegangen, wie so viele zu dieser Zeit, aber dort sind wir nur ein paar Monate geblieben, bevor wir nach Schweden weitergereist sind. Da haben wir ein paar Jahre lang in einer anderen Kommune gewohnt, in Huddinge, einem Vorort von Stockholm. Wir sind erst wieder zurückgekommen ... wann war das genau?«

Brandon schaut hilfesuchend zu seiner Frau.

»Im Mai 1976«, sagt sie. »Seitdem sind wir hier.«

»Hatten Sie noch Kontakt zu Per und Anne-Marie, als Sie zurückgekommen sind? Oder mit jemand anderem, der auch auf dem Lothorpshof gewohnt hat?«

»Nur mit Theo Rep. Zumindest wenn Sie regelmäßigen Kontakt

meinen. Die Kommunenmitglieder hat es in alle Himmelsrichtungen verschlagen, und damals gab es keine Handys, kein Facebook, also war alles viel schwieriger. Aber natürlich kam es vor, dass uns Per und Anne-Marie mal in Dunker über den Weg liefen, als wir zurück waren.«

»Aber Sie trafen sich nicht?«

»Ich hatte den Eindruck, dass sie das ablehnten. Zumindest sie«, erklärt Janet. »Anne-Marie war etwas ... wie soll ich das nennen? Zerbrechlich vielleicht.«

»Sag doch, wie es ist, sie war sonderbar«, fällt Brandon ihr barsch ins Wort, woraufhin Janet ihn warnend ansieht.

»Auf welche Weise sonderbar?«

»Bitte entschuldigen Sie«, sagt Janet, »aber ich verstehe nicht ganz, was das alles mit dem Mord an Susanne zu tun haben soll. Anne-Marie und Per sind doch seit vielen Jahren tot.«

Karen zögert einen Moment lang. Dann beschließt sie, offen zu sein.

»Ehrlich gesagt, da bin ich mir selbst nicht ganz sicher. Der Punkt ist: Wir versuchen, uns ein Bild von Susannes Leben und von ihr als Mensch zu machen. Eine Art Puzzlespiel und das erste Teil scheint der Lothorpshof zu sein. Was können Sie mir über diese Zeit erzählen? Wie sind Sie da überhaupt gelandet?«

Wieder sehen sich die Eheleute Connor an, als suchten sie nach einer stillen Übereinkunft.

»Tja«, sagt Brandon schließlich. »Es fing damit an, dass ich den Entschluss fasste, dass Uncle Sam künftig ohne mich in Nam auskommen musste.«

»Brandon war Deserteur«, fügt Janet erklärend hinzu.

»Dann sind Sie also Amerikaner«, sagt Karen erstaunt.

Aus irgendeinem Grund war sie davon ausgegangen, dass er und Janet aus Großbritannien stammten. Beide sprechen fließend Doggerisch, und einen amerikanischen Akzent von einem britischen Akzent zu unterscheiden ist äußerst schwer.

»Und wo sind Sie aufgewachsen?«

»In Southampton«, sagt Janet. »Wir haben uns am 31. August 1969 auf der Isle of Wight kennengelernt. Ich war dort, obwohl meine Eltern es mir ausdrücklich verboten hatten.«

»Und ich bin mit einem Privatboot von Amsterdam angereist, illegal, zusammen mit Theo und ein paar anderen Hippies. Da ich Woodstock ein paar Wochen früher leider verpasst habe, hatten wir beschlossen, stattdessen das Isle-of-Wight-Festival zu besuchen. Es war nicht so groß, aber ich habe Dylan gehört und Janet kennengelernt, daher will ich mich nicht beschweren.«

Brandon reckt sich nach der Teekanne und sieht Karen mit hochgezogenen Augenbrauen an.

Sie schüttelt den Kopf. Sie ist hin- und hergerissen: Auf der einen Seite würde sie hier gern den ganzen Tag lang sitzen, Walnussbrot essen und Geschichten aus einer Zeit anhören, zu der sie noch in den Windeln lag. Auf der anderen Seite musste sie rational denken und zu Ergebnissen kommen.

»Und dann sind Sie im darauffolgenden Jahr hierhergekommen«, sagt sie.

»Ja, irgendwie hatte Theo Disa kennengelernt, und sie kannte Tomas und Ingela von früher. Ich glaube, das war, als Disa ihre Ausbildung zur Hebamme in Kopenhagen machte. Tomas' Mutter war ja Dänin. Und er und Per waren Sandkastenfreunde. Wie auch immer verbreitete sich die Kunde, dass Anne-Marie in Doggerland einen Hof geerbt habe und dass sie die Idee hätten, dort eine Kommune aufzubauen.«

»Soweit ich weiß, waren damals auch schon Kinder mit dabei, also von Anfang an?«

»Ja, Ingela hatte zwei Jungs, die nicht weit auseinander waren, Orian und Love. Und Disa hatte eine fünfjährige Tochter, meine ich. Sie hieß Mette.«

»Haben Sie auch Kinder?«

»Ja, einen Sohn, aber der kam viel später zur Welt. Dylan ist Börsenmakler in London«, erzählt Brandon und macht ein enttäuschtes

Gesicht. »Wir haben getan, was wir konnten«, sagt er noch und lächelt leicht verzerrt.

»Und Susanne wurde also erst im folgenden Jahr geboren?«

»Ja, aber wir waren zu dem Zeitpunkt schon weggezogen, dazu können wir gar nichts sagen.«

Karen hebt die Augenbrauen.

»Dazu?«

Janet legt ihrem Mann die Hand auf den Arm.

»Was Brandon meint, ist, dass es dicke Luft gab, und wir für uns beschlossen, den Hof zu verlassen. Kopenhagen ist ja immer spannend, deshalb sind wir aufgebrochen.«

Janet redet schnell.

Karen lauscht nur mit halbem Ohr, als sie berichtet, wie sie das besetzte alte Militärgelände von Christiania als neuen Wohnort ausprobierten, aber nach ein paar Monaten die Nase voll hatten und dann nach Schweden weiterreisten. Und Karen spürt, wie Janet innerlich flucht, als sie merkt, dass Karen bei den Ereignissen auf dem Lothorpshof weiterbohrt.

»Dicke Luft? Warum?«

Janet steht auf, scheint verärgert.

»Das ist privat«, sagt sie. »Ich weiß wirklich nicht, was das mit der Sache zu tun haben soll.«

»Vermutlich haben Sie recht, aber lassen Sie mich das entscheiden«, sagt Karen ruhig. »Es ist knapp fünfzig Jahre her, und keiner der Familie Lindgren ist noch am Leben, Sie können also niemandem schaden, wenn Sie es erzählen.«

»Er ist fremdgegangen«, sagt Brandon kurz und knapp. »Per und Ingela hatten was miteinander, als Tomas verreist war. Per war verzweifelt, und Anne-Marie ist durchgedreht.«

Janet Connor ist mit einer frisch aufgefüllten Teekanne zurück am Tisch, setzt sich und seufzt.

»Nicht durchgedreht, Brandon. Sie ist in eine tiefe Depression geschlittert, so würde man heute sagen. Ist ja auch gar nicht so sonderbar. Der Lothorpshof gehörte schließlich ihr, und da fühlte sie sich vermutlich von allen verlassen und verraten.«

»Wann ist das passiert?«

»Im Spätsommer, im selben Jahr, als wir eingezogen sind. Davor war es eine herrliche Zeit, aber es wurde alles anders, als Anne-Marie krank wurde.«

Im August, vielleicht auch September 1971, das muss zu der Zeit gewesen sein, als Anne-Marie Susanne erwartete, denkt Karen. Zu erfahren, dass der eigene Mann untreu war, während man selbst ein Kind erwartet, würde jede Frau dazu bringen, den Verstand zu verlieren. Noch dazu, wenn man mit der anderen Frau Haus und Hof teilt. Das Zuhause, das einem selbst gehört.

»Es war genau, wie Brandon gesagt hat, die Stimmung verschlechterte sich, und keiner von uns wusste Rat. Weder Anne-Maries Depression aushalten, noch Pers verzweifelte Versuche, ihr etwas Gutes zu tun. Dabei fanden einige von uns, dass das eigentlich keine so große Sache sei. Zu dieser Zeit waren doch viele der Meinung, dass Untreue eine typische Vorstellung in den kleinbürgerlichen Köpfen war.«

»Wie reagierten denn Tomas und Ingela?«

»Ingela hatte schon immer eine recht unkomplizierte Lebenseinstellung gehabt. Na ja, alle waren mit einer etwas naiven Vorstellung auf den Hof gekommen: Wir wollten alles teilen und uns von bürgerlichen Konventionen frei machen, aber als es dann zur Sache ging, konnte keiner von uns damit umgehen. Nicht einmal Ingela. Es ging ihr schlecht, weil Anne-Marie krank wurde, aber ich glaube nicht, dass sie der Meinung war, dass Per und sie etwas Falsches getan hatten.«

»Tomas hat das alles am ehesten verkraftet, obwohl Per sein bester Freund war«, fügt Brandon hinzu. »Er war eigentlich der Einzige von uns, der auch wirklich das lebte, was er predigte. Leben und leben lassen, meins ist auch deins, Sie kennen das. Er und Ingela waren unsere Hard-Core-Hippies. Sie haben mit vollem Einsatz gespielt, während wir anderen ... tja ...«

Brandon verstummt und greift nach seiner Teetasse.

»Sie haben immerhin länger durchgehalten als wir«, sagt Janet. »Ich glaube, sie sind noch ein paar Monate geblieben, bevor sie nach Schweden zurückgegangen sind. Sie und Disa auch. Aber seitdem haben wir eigentlich mit keinem mehr Kontakt.«

»Und mit Per und Anne-Marie auch nicht, obwohl Sie alle auf Heimö wohnten?«

»Wie ich schon sagte, wir sind uns in Dunker ein paar Mal begegnet, und wir haben auch davon gesprochen, irgendwann Langevik mal zu besuchen, aber daraus wurde nichts. Es waren keine so schönen Erinnerungen.«

»Wissen Sie, was mit Ingela und Tomas nach ihrem Auszug geschah?«

»Ihre Wege haben sich getrennt. Sie ist weiter als Hippie unterwegs gewesen, während er eine Kehrtwendung gemacht hat und dann nur noch Anzug und Schlips trug. Er hat das Unternehmen seines Vaters übernommen. Und schwuppdiwupp hatte sich der alte Hippie Tomas Ekman in einen Vollblutkapitalisten verwandelt. Er ist übrigens vor ein paar Monaten leider gestorben.«

»Aha. Wie haben Sie das denn erfahren? Sie hatten doch gar keinen Kontakt.«

»Unser Sohn Dylan hat es uns erzählt, als er im Sommer zu Besuch kam. Er hatte es über seine Arbeitsstelle mitbekommen. Tomas war als Geschäftsmann relativ bekannt, und Dylan wusste, dass wir uns von früher kennen. Tomas Ekman hat ihm wesentlich mehr imponiert als sein alter Vater«, erklärt Brandon ironisch. »Manchmal fällt der Apfel etwas weiter weg vom Stamm.«

»Und Ingela lebt noch?«

»Keine Ahnung«, antwortet Janet knapp. »Wir sind ja nicht in Kontakt.«

»Und Disa?«

»Tut mir leid, aber das Kapitel ist für uns abgeschlossen.«

Und um zu unterstreichen, dass es nichts mehr zu erzählen gibt, steht sie auf und räumt ab.

Ich muss es akzeptieren, denkt Karen, als sie eine halbe Stunde später auf die Autobahn fährt, auf dem Weg ins Kommissariat nach Dunker. Offenbar ist es an der Zeit, diese alte Hippiegeschichte ad acta zu legen und sich stattdessen auf die Verbindungen zwischen den Einbrüchen zu konzentrieren.

Die Sonne hat sich leicht dunstig durch die Wolkendecke gekämpft, und die Straße ist an manchen Stellen schon getrocknet. Nach einem Blick auf die Uhr gibt Karen Gas und versucht ihren Ärger darüber, dass Brandon und Janet Connor offensichtlich nicht die ganze Wahrheit gesagt haben, zu verdrängen.

61

Sie schiebt ihren Stapel Papier zurecht, beugt sich vor und startet die Tonbandaufnahme.

»Verhör mit Linus Kvanne wegen Verdachts des Einbruchs, versuchter Brandstiftung und Mord, alternativ Totschlag. Anwesend sind neben Linus Kvanne auch sein Rechtsbeistand Gary Brataas, der Kriminalinspektor Karl Björken und Karen Eiken Hornby.«

»Scheiße, ich habe doch keinen ermordet! Sie können mich nicht für was einbuchten, was ich nicht getan habe.«

Seine Stimme ist erstaunlich tief und steht in Kontrast zu dem jungenhaften, schmächtigen Körperbau. Karen fallen die Bilder von der Überwachungskamera ein; sechzehn oder siebzehn Jahre alt hatten Karl und sie geschätzt. Linus Kvanne ist allerdings schon 24 und hat bereits drei Haftstrafen in der Kabareanstalt verbüßt. Die erste für Totschlag.

Den Totschlag, bei dem Lars Hayden, ein 28-jähriger Drogensüchtiger, der der Polizei einschlägig bekannt war, sein Leben verlor, hatte Linus Kvannes Anwalt als Heldentat beschrieben. Ein Silvesterfest, das schon früh ausgeartet war, hatte ein jähes Ende gefunden, als Kvanne seine damalige Freundin in einem der Schlafzimmer vorgefunden hatte. Über ihr hatte Hayden mit einem Messer an ihrem Hals und heruntergelassener Hose gelegen. Im Urteil des Gerichts hieß es, dass der erste Messerhieb sicherlich Notwehr gewesen sei, als Linus Kvanne versuchte, ihn zu entwaffnen. Doch die folgenden vier Stiche hatte es als »mehr Gewalt als nötig« eingestuft. Aber Kvannes Alter und die Tatsache, dass er sich vorher nie etwas hatte zuschulden kommen lassen, hatten zu einer milden Strafe geführt. Nachdem er fünf der neun Monate abgesessen hatte, wurde Kvanne freigelassen mit dem Verweis auf gute Führung, und die einhellige Beurteilung der Gutachter war, dass bei ihm das Risiko, noch einmal straffällig zu werden, als gering eingeschätzt wurde.

Seitdem hat Linus Kvanne alles getan, um das zu widerlegen. Ein paar kürzere Strafen wegen Drogenbesitzes und eine für einen recht umfangreichen Kupferdiebstahl hat er bald danach verbüßt. Von seinem letzten Aufenthalt in der Kabareanstalt wurde er erst im Juli entlassen.

Jetzt sitzt er sehr bequem zurückgelehnt, den einen Fuß auf dem Knie des anderen Beines platziert.

Gary Brataas legt seinem Klienten zur Beruhigung die Hand auf den Arm.

»Natürlich nicht. Jetzt hören wir erst mal in Ruhe zu, was die Polizei zu sagen hat. Das kann spannend werden«, fügt er hinzu und zieht einen Mundwinkel schräg nach oben.

»Okay, Herr Kvanne«, sagt Karen. »Heute um 10.45 sind Sie in Ihrer Wohnung im Tallvägen in Lemdal festgenommen worden. Dabei wurde Ihre Wohnung durchsucht und neben einer beträchtlichen Menge Rauschmittel fand man einige Gegenstände, die bei einer Reihe von Hauseinbrüchen auf Noorö und Heimö als gestohlen gemeldet wurden. Wie können Sie uns das erklären?«

Linus Kvanne tut so, als müsse er ein Gähnen unterdrücken, streckt sich und verschränkt die Hände hinter dem Kopf.

»Erklären? Dafür, dass der Bulle meine Wohnungstür aufgebrochen hat und reingekommen ist, während ich im Bett lag und schlief? Gar nicht.«

Karen sieht Karl kurz an. Mit misstrauisch hochgezogenen Augenbrauen hat er die Wangen aufgepustet und lässt nun die Luft mit einem lauten Seufzen hinaus, um deutlich zu illustrieren, was sie beide denken: Okay, die Sorte, das wird dauern.

Ohne sich provozieren zu lassen, stellt Karen die Frage noch einmal.

»Ich meine, welche Erklärung haben Sie dafür, dass die gestohlenen Gegenstände bei Ihnen im Wohnzimmer und unter dem Bett lagen?«

Linus Kvanne zuckt mit den Schultern und grinst so breit, dass sein Kautabak, den er sich unter die Oberlippe geschoben hat, ihm fast aus dem Mund fällt.

»Tja, ich nehme mal an, jemand hat das Zeug da hingelegt. Finden Sie nicht, dass das am wahrscheinlichsten ist?«

»Und wer sollte das gewesen sein?«

Dieses Mal lacht Linus Kvanne auf und fuchtelt mit den Armen herum.

»Woher soll ich das wissen? So viele kommen und gehen. Mein Zuhause steht allen offen.«

»Wissen Sie, was ich glaube?«, sagt Karen besonnen. »Ich glaube, Sie haben die Sachen bei mehreren Einbrüchen mitgehen lassen. Ich glaube, dass Sie auf Noorö auch ein Motorrad vom Modell Africa Twin gestohlen haben und damit über Thorsvik nach Grunder gefahren sind.«

»Ach, tatsächlich, Muttchen, das glauben Sie?«

»Und nach dem Einbruch in Grunder haben Sie das Motorrad entsorgt, entweder freiwillig, weil Sie Angst bekamen, als danach gefahndet wurde, oder Sie sind einfach von der Straße abgekommen. Was von beidem stimmt?«

Linus Kvanne schüttelt langsam den Kopf und sucht Blickkontakt zu Karl Björken, von dem er offenbar männliche Unterstützung erhofft.

»Ich habe keine Ahnung, wovon Sie reden. Haben Sie noch was zu sagen, bevor ich gehe?«

»Tut mir leid, mein Junge«, sagt Karl gelassen. »Wir haben Fotos, auf denen Sie mit dem Motorrad auf der Fähre von Noorö zu sehen sind. Außerdem wissen wir, dass Sie gestern in der ›Grotte‹ mit der Sache ziemlich angegeben haben.«

Mit einer hastigen Bewegung schnellen seine Arme wieder vor, und Kvanne beugt sich über den Tisch.

»Welcher Idiot hat das behauptet?«

»Mein Klient muss keineswegs ...«

Gary Brataas wird von Karen unterbrochen.

»Es wäre doch auch wirklich etwas blöd, mit seinen Verbrechen auch noch anzugeben?«, sagt sie. »Besonders, wenn man betrunken ist, und ganz besonders an einem Ort, wo viele Leute sind und die Tische eng aneinander stehen. Das Risiko ist viel zu groß, dass einer so was ausplaudert. Aber«, fügt sie hinzu, »vielleicht sind Sie ja ein bisschen blöd. Was meinen Sie dazu?«

Da schiebt er seinen Kopf so weit vor, dass sein Gesicht nur noch zwei Handbreit von Karens entfernt ist.

»Du miese Fotze.«

Hätte er ein anderes Wort benutzt, hätte sie die kleinen Speicheltropfen wohl nicht abbekommen. Ohne zu zeigen, wie angeekelt sie ist, wartet Karen ab, bis Linus Kvanne sich zurücksetzt und wieder an den Stuhl zurücklehnt, um den Speichel von Kinn und Unterlippe abzuwischen.

Sie klingt ganz ruhig, als sie fortfährt.

»Haben Sie deshalb beschlossen, die Häuser anzuzünden? Haben Sie Angst bekommen und gedacht, Sie hätten vielleicht Spuren hinterlassen, trotz der Handschuhe? Ein Haar oder einen kleinen Hautfetzen, die die Spurensicherung mit Ihnen in Verbindung bringen kann? Na, das war doch eigentlich gar nicht so blöd, oder?«

Karen dreht sich zu Karl um.

Er nickt nachdenklich.

»Eigentlich ganz gewieft«, sagt er. »Schade nur, dass das Feuer noch nicht richtig im Gange war, als Sie abgehauen sind. Unsere Techniker können ja nun nachträglich überall nach DNS suchen. Schließlich wissen wir nun, wonach wir schauen müssen.«

Karen nickt zustimmend.

Sie beobachtet Linus Kvanne.

Der trommelt jetzt mit den Fingern auf die Armlehne. Von seinem Lächeln ist nur ein angespannter Zug um den Mund geblieben, und seine Zunge tastet unter der Oberlippe auf der Suche nach etwas mehr Nikotin.

»Die Frage ist nur, warum Sie bei dem einen Mal weitergegangen sind«, fährt Karen fort, ohne den Blick von Kvanne zu lassen.

»Ziemlich dumm war das«, schiebt Karl dazwischen. »Ich meine, bei einem ganz normalen Einbruch hätten wir ja nie die Möglichkeit gehabt, massenhaft Kriminaltechniker rauszuschicken, aber jetzt, da es um Mord geht, ist das was ganz anderes. Soweit ich weiß, wimmelt es da draußen gerade von Kollegen von der Spurensicherung.«

Jetzt lässt sich Gary Brataas nicht länger bremsen.

»Haben Sie Beweise gegen meinen Klienten, was den Mord oder Totschlag angeht? Dann würde ich vorschlagen, Sie bringen sie jetzt vor und beenden dieses Theaterstück.«

»Na, das war ja ein gelungenes Verhör«, sagt Karl ironisch, als sie zwanzig Minuten später nach dem Besuch in der Untersuchungshaftanstalt auf der anderen Straßenseite wieder im Fahrstuhl in der Polizeizentrale stehen.

Er sieht müde aus, denkt Karen und beobachtet, wie er mit einer Hand erst in die eine, dann in die andere Hosentasche fährt.

»Das heißt, wenn wir nur ein paar blöde Einbrüche aufzuklären hätten, wäre das Verhör sehr gelungen gewesen«, fügt er hinzu und schiebt sich ein Nikotinkaugummi in den Mund.

Gegen den Rat seines Anwalts hatte Linus Kvanne vier Einbrüche gestanden: einen auf Noorö, einen vor Thorsvik, einen noch nicht gemeldeten Einbruch in einem Sommerhäuschen in Haven und schließlich auch den in Grunder. Jedoch stritt er jede Verstrickung in den Mord an Susanne Smeed während des ganzen Verhörs konsequent ab.

»Ich bin doch noch nie in Langevik gewesen«, hatte er behauptet.

Das Problem ist, dass sie ihm das glauben.

62

»Kommst du mit raus eine rauchen?«

Kore hält eine Zigarettenschachtel hoch und macht eine Kopfbewegung in Richtung Tür. Karen nickt.

»Eirik würde sich jetzt aufregen«, sagt Kore mit gedämpfter Stimme ein paar Minuten später und lässt den Rauch mit einem genussvollen Stöhnen wieder ausströmen. »Er wird den Zigarettenrauch vermutlich sogar in Deutschland riechen.«

Sie haben es sich im Biergarten des Restaurants »Repet« gemütlich gemacht, wo eine erstaunlich große Anzahl abgehärteter Seelen der kühlen Herbstluft mithilfe von Infrarotwärme und Decken standhält. Kore hätte es nichts ausgemacht, den ganzen Abend da zu hocken. Eirik ist zu einer neuen Floristenmesse nach Frankfurt gereist, und sein Freund nutzt die Gelegenheit, ausgiebig sowohl Bier als auch Zigaretten zu genießen.

Sie sind wirklich ein ungleiches Paar, denkt Karen und betrachtet den Totenkopfring an der tätowierten Hand von Kore. Dass ihr alter Klassenkamerad Eirik schwul war, wusste sie schon lange vor diesem Abend vor zweiundzwanzig Jahren, als er sich ihr anvertraut und ein Schweigegelübde abgenommen hatte. Niemand sonst durfte das erfahren, vor allem sein Vater nicht, das hätte ihn umgebracht.

Also hatte sie geschwiegen und ohnmächtig Eiriks Kampf verfolgt, die Erwartungen seiner Umgebung zu erfüllen. Wie er sich selbst Gewalt antat und eine Rolle spielte, so als wäre er »einer von den Jungs«: in der Schule, auf dem Fußballplatz, in der Familie. Wie er die Wochenenden immer häufiger in London, Kopenhagen, Amsterdam oder Stockholm verbrachte. Erst ganz weit weg von den Eltern, den Fußballvereinen und den Jungs in der Kneipe hatte ihr Freund gewagt, sein wahres Ich zu zeigen. Als sie selbst in England wohnte, hatte sie sein Doppelleben aus nächster Nähe betrachten können. Am Ende hatte John ihr Gästezimmer neben der Küche schon Eiriks Zimmer genannt. Er hatte nie verstanden, warum Eirik dieses Doppelleben brauchte. Man konnte doch einfach sagen, was Sache war, schließlich lebten sie jetzt in den Neunzigerjahren, noch dazu in Doggerland. »*Not a big thing nowadays*«, hatte er gesagt. Eirik und sie hatten sich schweigend angeschaut, ein Brite würde das nie verstehen.

Und als Eirik sich endlich geoutet hatte, war das kein Akt der Zuversicht gewesen, sondern eher der Ohnmacht und Wut. An einem Dezembertag vor bald elf Jahren, als das Telefonat mit Karens Mutter alle Mauern eingerissen hatte. John war tot. Mathis war tot. Karen hatte aufgehört zu leben. Der Tag, an dem Eirik schlagartig begriff, wie nah die Endlichkeit des Lebens sein konnte, und ihn diese Einsicht nicht mehr losließ. Der Tag, an dem Eirik From alles einstürzen ließ und tobend seinen Vater und die ganze Welt anschrie, sie sollten sich zum Teufel scheren. Und die Sache mit den Enkelkindern könne er sich aus dem Kopf schlagen.

Eirik war da gewesen, als Karen nach Hause kam. Das hat sie erst viel später realisiert. Durch die Glasglocke der Trauer hindurch hatte sie Mamas und Eiriks besorgte Stimmen wahrgenommen, die von der Küche in ihr Schlafzimmer drangen. Seine unbeholfenen Versuche, ihre Mutter zu trösten, bei denen er selbst in Tränen ausgebrochen war. Karen hatte noch den Gedanken gehabt, dass es gut war, dass die beiden sich hatten. Jetzt, wo es sie nicht mehr gab.

Und erst Monate später, als sie noch immer starr vor Trauer ihr Zimmer zum ersten Mal verließ, war ihr aufgefallen, dass sich ihr Freund irgendwie veränderte. Die Verwandlung hatte begonnen.

Heute lebt Eirik wirklich das Klischee eines Schwulen: hochwertige Kleidung, gepflegte Hände und etwas Feminines in der Gestik und der

Art zu sprechen. Dass er zudem gelernter Florist ist und eine Kette mit Blumengeschäften im ganzen Land besitzt, unterstreicht das Bild. Eirik verstellt sich heute gar nicht mehr.

Einen Freund nach dem anderen hatte er ihr in den folgenden Jahren vorgestellt, die meisten glichen Eirik selbst auffällig stark und waren selten so lange aktuell, dass es sich für Karen lohnte, den Namen zu behalten. Und dann kam Kore.

Vielleicht hatte es daran gelegen, dass Kore der krasse Gegensatz zu Eirik war, jedenfalls hatte Karen sofort, nachdem sich der erste Schock gelegt hatte, begriffen, dass sie sich diesen Namen merken sollte. Zwei junge Männer, die in Aussehen, Temperament, Interessen und Umgang unterschiedlicher nicht sein konnten. Kore, der Musikproduzent mit schwarzem Irokesen, tätowierten Armen und Goldringen in den Ohren. Dagegen Eirik, der Florist mit den frisch gebügelten Hemden und geputzten Schuhen. Wenn Eirik die These war, war Kore die Antithese. Oder auch umgekehrt. Nach sechs Jahren sind sie immer noch ein Paar.

Jetzt fährt sich Kore mit den Fingern durchs Haar, ohne zu bemerken, dass an seiner Kippe die Asche schon abfällt und sich weiße Teilchen auf seine schwarz gefärbte Mähne legen.

»Ich komme mir vor wie ein Grillhähnchen«, sagt Karen und legt die Hand auf ihre brennend heiße Wange. »Wie halten es die Leute hier aus in dieser Bruthitze?«

Sie zeigt auf die schmale Straße, wo vor den Backsteingebäuden des alten Industriegeländes dicht an dicht Tische draußen stehen, aber wie in Wintergärten durch Glas geschützt. Gebäude, in denen sich früher die Seilerei, die alte Lanolinfabrik, die Spinnerei und eine Reihe anderer Handwerksbetriebe befanden, bevor sie entweder in modernere Häuser umgezogen waren oder man ihren Betrieb eingestellt hatte. Jetzt findet man hier Restaurants, Kunstgewerbegeschäfte, Cafés und Bars. Erfinderische Gastronomen haben alles gegeben, um Lösungen zu finden, die sowohl die nikotinabhängigen Gäste bei Laune halten, als auch den gesetzlichen Vorschriften Genüge leisten. Jeder Kneipenbesitzer, der einen gesunden Überlebensinstinkt besitzt, sorgt dafür, dass er den

Rauchern mit Plexiglas und Infrarotwärme einen geschützten Platz anbieten kann.

»So, das ist die letzte Schachtel, was mich angeht«, sagt Kore und hält die Zigaretten hoch. »Ich hole Eirik morgen früh um halb neun vom Flughafen ab, und er hat eine Nase wie ein Bluthund. Na, wen sehen wir denn da!«

Karen zuckt zusammen, als Kore einmal laut pfeift. Das Geräusch hallt an den Glasscheiben wider, aber scheint nicht nach draußen zu dringen. In nächsten Moment springt er auf und wedelt auffällig mit dem Arm.

»Friis, Mensch, komm mal rüber!«

Eine Sekunde später hat sich Kore durch die Tische gedrängt, ist quer über die Straße gerannt und umarmt einen Mann. Karen sieht, wie sie ein paar Worte wechseln und Kore auf den Tisch zeigt, an dem sie sitzen. Da dreht der Mann sich um, und Karen hält die Luft an, als sie ihn erkennt. Es ist Leo Friis, der sich nun augenscheinlich zögernd von Kore in Richtung Lokal bewegen lässt. Diesmal hat er weder die braune Decke über den Schultern noch den Einkaufswagen dabei. Aber verwahrlost sieht er nach wie vor aus, und Karen kann die Unsicherheit in seinem Blick erkennen, als er zum Restaurant hinüberschaut. Die Lautstärke der Musik und der Gespräche drinnen hat mittlerweile ein ohrenbetäubendes Niveau erreicht und dringt durch die Türen. Als Leo Friis den Lärm hört, erstarrt er.

»Kein Problem, wir sitzen hier draußen«, sagt Kore und zieht ihn mit zu ihrem Tisch. »Das ist Karen. Karen, das ist der Mann, der Mythos, die Legende Leo Friis.«

Als sich ihre Blicke treffen, steht die Zeit kurz still. Sie überlegt blitzschnell: Soll sie erzählen, dass sie sich bereits kennen oder lieber nicht? Sie entscheidet sich dafür, die Frage offen zu lassen, und hält ihm die Hand hin.

»Hallo, Leo, setz dich doch.«

Leo nimmt ihre Hand und nickt kurz.

»Hi, Karen.«

Nichts in ihrer Begrüßung lässt darauf schließen, dass sie sich schon einmal begegnet sind, noch weniger, dass Leo schon als Zeuge vernommen wurde. Kore scheint Leos desaströse Erscheinung nicht das Geringste auszumachen. Karen fragt sich, ob er weiß, dass Leo obdachlos ist und die Nächte unter den Laderampen im Nyhamnen verbringt? Gleichzeitig wirkt Kore noch aufgekratzter als sonst.

»Was hättest du gern? Das geht auf mich«, sagt er und winkt die Bedienung herbei. »Karen, nimmst du dasselbe noch mal?«

Nachdem er die Bestellung aufgegeben hat, spricht er Leo wieder an.

»Mensch, Leo, wie schön, dich zu sehen. Wie lange bist du schon zu Hause?«

»Erst seit dem Sommer. Etwa seit Mitte Mai.«

»Das heißt, du bist schon den ganzen Sommer hier und hast dich gar nicht gemeldet? Was hast du gemacht? Wie geht's dir?«

»Vielleicht ist das leichter zu beantworten, wenn du eine Frage nach der anderen stellst«, schlägt Karen vor.

Sie macht Platz, als die Kellnerin mit einem voll beladenen Tablett an den Tisch kommt.

Leo sieht sie an.

»Sorry, sorry, ich klinge schon wie meine Mutter«, sagte Kore. »Ich freu mich nur so, dich zu sehen«, fügt er hinzu und hebt sein Glas. »*Gottjer!*«

»*Gottjer*«, sagen Karen und Leo gleichzeitig.

»Karen und ich sind uns übrigens schon begegnet«, sagt Leo, als er sein Glas abgestellt und sich mit dem Handrücken den Schaum vom Bart gewischt hat. »Wir haben zusammen gefrühstückt.«

Kore sieht die beiden ungläubig an. Für einen Moment ist sein nervöser Redeschwall versiegt.

»Ihr zwei? Das heißt, ihr *kennt* euch?«, fragt er skeptisch.

»Wir haben uns einmal gesehen«, sagt Karen. »Ich habe Leo nämlich als Zeugen im Zusammenhang mit einem Fall, in dem ich ermittle, sprechen müssen.«

Kore reißt die Augen dermaßen auf, sodass Karen durchschaut, dass er seinen Freund gar nicht für so arglos hält, wie er es vorgibt.

»Aber du ermittelst doch in dem Mordfall von Langevik? Mensch, Leo, hast du die Tat *gesehen*?«

Karen hält abwehrend die Hände hoch, als Kores Stimme die Leute vom Nachbartisch zu neugierigen Blicken veranlasst. Sie antwortet für Leo.

»Das wäre zu schön gewesen. Nein, Leo konnte einer Person ein Alibi für die Mordzeit geben.«

»Mensch, ist das spannend. Für wen?«

Kores Sorge ist nun direkt in Neugier übergegangen.

»Beruhige dich. Denkst du, darauf kriegst du von mir eine Antwort? Aber Leos Angaben waren sehr wichtig für uns, sie haben mir viel Arbeit erspart.«

Sie lächelt Leo zu.

Leo hebt wieder einmal sein Glas und trinkt. Er erwidert ihr Lächeln zwar nicht, doch die Anspannung in seinem Blick und seiner Körperhaltung hat etwas nachgelassen. Kore scheint sich auch beruhigt zu haben und wendet sich wieder Leo zu, diesmal mit normaler, beinahe sanfter Stimme.

»Ich hab gehört, dass du es nicht leicht hattest, nachdem du ausgestiegen bist. Du weißt ja, die Leute reden. Aber im vergangenen Jahr ist es still geworden. Ich dachte schon, du seist vom Erdboden verschluckt.«

Zum ersten Mal lässt sich unter Leos Bart ein Lächeln erahnen.

»Genau so war es. Bis du mich enttarnt hast.«

»Ernsthaft?« Kore sieht sich kurz um, dann beugt er sich vor.

»Hier scheint dich jedenfalls niemand zu erkennen«, sagt er mit leiser Stimme. »Und ehrlich gesagt ist das in dem Outfit auch kein Wunder. *No offence*, aber du sieht wirklich abgewrackt aus.«

Diesmal muss Leo lachen. Ein kurzes Lachen, kratzend, hart. Ein Lachen, das verrät, dass er sich seines Verfalls bewusst ist und ihn akzeptiert.

Karens Magen schnürt sich langsam zusammen, als ihr schwant, wer Leo Friis wirklich ist.

63

Sigrid fährt langsam und vorsichtig.

Was hatte sie auch erwartet, denkt Karen genervt und versucht sich zu entspannen. Ein unerfahrener Fahrer in einem Auto, das schon bessere Tage gesehen hat, und ein Bulle auf dem Beifahrersitz. Aber wenigstens scheint die Werkstatt den Anlasser repariert zu haben; als Sigrid sie am Repslagartorg vor zehn Minuten abgeholt hat, gab der Wagen keine auffälligeren Geräusche als bei einem Toyota aus diesem Baujahr üblich von sich.

»Haben all deine Sachen reingepasst?«, fragt Karen und zieht den Gurt zurecht, der ihr in den Hals schneidet.

»Alles, was ich behalten will«, antwortet Sigrid und zeigt zum Rücksitz, wo Papiertüten, die mit Klamotten vollgestopft sind, neben Taschen aus blauem Canvas gequetscht sind. »Im Kofferraum ist noch mehr«, fügt sie hinzu und wirft einen Blick in den Rückspiegel, bevor sie den Blinker setzt. »Hattest du einen schönen Abend? Es riecht zumindest so. Wie viel hast du denn getrunken?«

Karen schaut zu Sigrid hinüber und grinst sie an.

»Drei Bier, Mama«, sagt sie. »Ja, sich mit Kore zu treffen ist immer lustig. Nett von dir, dass du mich abholst. Das Sofa in Marikes Atelier ist nicht wirklich bequem.«

»Er sah echt gut aus. Ich meine, der mit der Lederjacke.«

Sigrid versucht, ganz unschuldig auszusehen. Es gelingt ihr nicht.

»Ja. Sein Lebensgefährte ist auch ziemlich attraktiv«, sagt Karen trocken.

»Ach Mist. Echt schade.«

»Eirik ist ein alter Klassenkamerad von mir, durch ihn habe ich Kore erst kennengelernt.«

»Und der andere Typ? Kennst du den auch schon seit gefühlt hundert Jahren?«

»Ich kenne ihn gar nicht. Aber Kore und er sind offenbar alte Freunde.«

»Er sah ein bisschen ... verratzt aus. Irgendwie ungepflegt.«

Karen antwortet nicht.

»Kennst du die Gruppe The Clamp?«, fragt Karen sie nach einer Weile.

Sigrid sieht sie überrascht an.

»Ja, klar kenne ich die. Zumindest von früher. Warum?«

»Wir sind einfach im Gespräch auf sie gekommen. Sie waren offenbar recht erfolgreich.«

»Ja, aber vor ein paar Jahren haben sie aufgehört. Manche finden es schade, aber ich weiß nicht. Man muss doch aufhören, wenn man alles erreicht hat.«

Karen lässt sich Sigrids Lebensweisheit auf der Zunge zergehen und zwinkert ihr amüsiert zu.

»Wie weiß man denn, wann man alles erreicht hat?«

»Das weiß man erst, wenn es zu spät ist, da kapiert man dann, dass man rechtzeitig hätte aufhören sollen. Na ja, sie waren wohl nicht schlecht, aber es war nicht so meine Musik.«

»Was ist denn deine Musik? Hip-Hop? Jungs in Kinderklamotten und fettem Schmuck ...?«

Sigrid sieht sie groß an.

»Ach komm schon, du bist doch noch nicht hundert! Magst du Rap nicht?«

»Schon. Ich habe John Cooper Clark 1984 in London gehört. Meine Freundin und ich haben zwei Tage die Schule geschwänzt und sind mit der Fähre rübergefahren, meine Mutter hat getobt.«

»Und wer bitte ist John Cooper Clark?«

»›Fancy Cuba but it cost me less to Majooorca‹.«

Jetzt schaut Sigrid wirklich skeptisch.

»Wovon redest du?«

»Vergiss es. Ist lange her.«

»Craving«, sagt Sigrid mit einem Mal. »Eine Art Mischung aus Rap, Jazz und afrikanischer Musik, aber es ist viel, viel mehr. Kunst und Theater und ... na ja alles. Hat irgendwie keine Grenzen.«

»Craving? Wie ... craving?«

»Ja. Es ist ein ganzes Konzept. Das ist gerade der Punkt: Dass man sich nicht beschränkt oder auf irgendetwas wartet. Alles hier und jetzt. Kapierst du das?«

Das gelingt Karen nicht.

Sie sitzen still nebeneinander, während der Asphalt Meter für Meter unter dem Auto verschwindet. Karen schließt die Augen und lässt ihre Gedanken schweifen. Es tut gut, Gesellschaft zu haben, und wenn man nur schweigend nebeneinandersitzt. Auch wenn Sigrid John Cooper Clark nicht kennt. Sie würde ihn sicherlich mögen. Ich muss mal ein paar alte LPs raussuchen, denkt sie. Es ist auch schön, im Haus nicht allein zu sein – zumindest für eine gewisse Zeit. Sie hat Sigrid die Zusage gegeben, dass sie in Karens Gästezimmer wohnen kann, solange sie das Haus, das sie geerbt hat, renoviert.

Sie haben aber vereinbart, dass sie nicht über die Ermittlungen sprechen. Sigrid stellt keine Fragen, Karen erzählt nicht mehr, als in den Zeitungen steht.

Sonderbar ist es trotzdem, dass sie nie etwas fragt, denkt Karen. Ist es ihr völlig egal, wer ihre Mutter umgebracht hat? Oder ist sie einfach die brave Polizistentochter, die es gewohnt ist, sich zu beherrschen? Und warum ist sie so unversöhnlich ihren Eltern gegenüber? Karen hat nicht vor, sie zu fragen. Wenn Sigrid erzählen will, dann soll sie selbst die Initiative ergreifen.

Müde denkt sie an den Abend mit Kore zurück. Und Leo Friis. Sie hatte sich von ihnen verabschiedet, als Sigrid an der anderen Straßenseite gehalten und gehupt hatte. Sie hatten vereinbart, dass sie Karen so gegen neun Uhr abholen würde, und sie war so pünktlich da gewesen, dass Karen schon vermutet hatte, dass Sigrid noch eine Weile im Auto gesessen und sie beobachtet hatte, bevor sie sich ihr schließlich zu erkennen gab.

Es hatte sich keine Gelegenheit mehr ergeben, mit Kore unter vier Augen zu sprechen. Karen hätte noch tausend Fragen über Leo Friis auf den Lippen gehabt, aber im Gegensatz zu Kore wollte sie nicht zu neugierig erscheinen. Dass er Gitarrist in der Gruppe The Clamp gewesen war, hatte sie immerhin mitbekommen. Sie konnte sich noch dunkel an ein paar Songs erinnern, aber aus irgendeinem Grund war sie immer davon ausgegangen, dass die Bandmitglieder Briten oder Amerikaner waren. Die erfolgreichste Zeit der Musiker war mit einer Phase in ihrem Leben zusammengefallen, in der sie alle Energie dafür brauchte, morgens überhaupt aufzustehen.

Sie hatte zwar mit den Jahren gemerkt, dass Doggerland, oder zumindest Dunker, sich aus irgendeinem Grund zu einer Art Hilfsmotor der Musikindustrie entwickelt hatte, mit zahlreichen erfolgreichen Songschreibern und Produzenten, doch sie hatte sich nie besonders dafür interessiert. Als Kore vor sechs Jahren ihre Plattensammlung durchgegangen war, hatte er geseufzt und festgestellt, dass da nicht viel zu holen war.

Dann hatte er sie mit Playlists zugeschüttet. Diese neumodische Erfindung, die nun die Nachfolge der ambitioniert zusammengeschnittenen Kassetten waren, mit denen die Jungs sie in ihren Teeniejahren bombardiert hatten, wenn sie ihr imponieren wollten.

»Dieses Lied musst du dir unbedingt anhören«, ist ein Satz, bei dem Karen noch heute automatisch die Ohren zuklappt.

Auf Kores Playlist war Musik, die in seinem eigenen Studio bei der KGB Production aufgenommen wurde, und ein paar andere Songs, von denen er annahm, dass sie ihr gefallen würden. Natürlich kommt es vor, dass sie sie wirklich mal anhört, aber längst nicht so oft, wie Kore denkt. Im Gegenteil, Karen fühlt sich eher von der Stille angezogen. Musik in der Werbung, im Kino in jeder Szene jedes Films, zwischen den Fernsehprogrammen als Übergangsmusik, die pausenlose Berieselung beim Einkaufen, in Restaurants und Bars, das ist ihr einfach zu viel.

Aber die Feste in der Firma bei ihm sind immer lustig; über Kore hat sie schon viele Künstler kennengelernt, von denen die meisten wohl gern ein Autogramm hätten. Leo Friis ist, soweit sie sich erinnern kann, keiner von ihnen. Auf der anderen Seite hat er vor ein paar Jahren vermutlich auch ganz anders ausgesehen. Jetzt scheint niemand in dem bärtigen Penner das ehemalige Rockidol zu erkennen. Die Gäste vor ein paar Tagen in dem Café oder heute Abend im »Repet« hatten angeekelt das Gesicht verzogen.

Ob er direkt aus der Infrarotwärme des Straßencafés jetzt wieder zu den Laderampen am Hafen wandert? Karen überlegt. Wie lange wird er noch draußen schlafen können? Noch bewegen sich die Temperaturen um den Gefrierpunkt, aber es ist nur eine Frage von Tagen, wann der Frost die letzten Gewächse im Garten kaputt macht. Und vermutlich auch ein paar arme Schlucker das Leben kostet, die weiterhin draußen übernachten, anstatt eine der Obdachlosenunterkünfte aufzusuchen.

»Er ist gern für sich«, hatte Gro Aske gemeint. »Geschlossene Räume machen ihn unruhig.«

Karen fragt sich, was sein Leben so zerstört hat und ob er einen Nervenzusammenbruch hatte, doch sie wird aus ihren unzusammenhängenden Gedanken gerissen, als Sigrid von der Hauptstraße abbiegt, und das erste Loch im Asphalt im Langeviksvej den Wagen zum Hopsen bringt.

»Du wirst doch Papa nichts verraten, dass ich bei dir wohne?«

Karen setzt sich auf und sieht Sigrid kurz an.

»Nein, wenn du das nicht möchtest, natürlich nicht. Du bist schließlich volljährig. Aber ich denke schon, dass es vielleicht gut wäre, mit ihm mal zu reden. Besonders jetzt, wo deine Mutter ...«

»Willst du mit ihm reden?«, fällt Sigrid ihr ins Wort. »Findest du, mein Vater ist ein Mensch, mit dem man gerne spricht?«

Ihre Stimme klingt scharf und ironisch, und Karen muss wieder an die erste Vernehmung in Gaarda denken. Die Beziehung, die sie in den vergangenen Tagen zueinander aufgebaut haben, ist noch zerbrechlich, diese Mauer kann Sigrid mit Sicherheit ganz schnell wieder errichten. Sie scheint ständig bereit zu sein, hält Ziegelstein und Mörtel quasi schon in der Hand.

»Nein«, antwortet Karen ehrlich. »Finde ich nicht.«

Aber ich muss mit ihm reden, denkt sie. Morgen schon. Die Mitteilung über den Termin hatte sie gerade erreicht, bevor sie ihren Arbeitsplatz verließ: Morgen, 9 Uhr, im Büro der Staatsanwältin. Polizeichef Viggo Haugen hat die Information an Jounas Smeed und sie geschickt.

Und sie weiß genau, worum es in diesem Gespräch gehen wird.

64

»Ich hab dich gestern Abend im »Repet« gesehen.«

Die Besprechung mit Viggo Haugen ist vorbei. Es wurde genau das mitgeteilt, was Karen erwartet hatte. Nun ist sie gemeinsam mit Jounas mit dem Fahrstuhl wieder hinuntergefahren und trockenen Fußes durch die Unterführung unter der Redehusgate gegangen, anstatt oben im Regen über den Parkplatz zu rennen. Jetzt stehen sie in der Tiefgarage des Polizeigebäudes und warten auf den Aufzug, der sie hoch zur Kripo befördern soll.

Als sie keine Antwort gibt, fährt Jounas Smeed fort:

»Ich kam gerade vorbei und sah dich da im Straßencafé in recht dubioser Gesellschaft, wenn du entschuldigst.«

Karen antwortet noch immer nicht, sondern drückt genervt noch einmal auf den Knopf, der bereits rot leuchtet.

»Ja, gegen deine schwulen Freunde ist ja nichts einzuwenden, aber der andere, der sah wirklich schlimm aus«, plappert Smeed sorglos weiter. »Der hat mich an die Typen erinnert, die immer hinter der Markthalle rumhängen. Er kam mir irgendwie bekannt vor.«

»Sollte er auch.«

Jounas Smeed sieht sie fragend an, doch Karen beschließt, ihm nicht zu verraten, dass Leo der Obdachlose ist, der ihm sein Alibi verschafft hatte.

»Du mit deiner Menschenkenntnis«, sagt sie stattdessen mit sanfter Stimme. »Du weißt immer gleich, wer dir gegenübersteht.«

»Jetzt fahr mal runter, Eiken«, sagt er. »Du bist doch Polizistin, meinst du denn wirklich, dass es angebracht ist, sich mit solchen Typen in der Stadt zu zeigen?«

»Ja, ich habe einen echt guten Fang gemacht. Nach Oistra, meine ich.«

Jounas Smeed hält ein paar Sekunden lang den Mund, scheint schier nach Luft zu schnappen. Dann lässt er sie tief seufzend wieder raus und schnalzt mitleidig mit der Zunge.

»Karen, Karen. Du bist so böse. Alle Stacheln draußen. So langsam wird das ein Problem.«

»Ich habe meine Gründe.«

Endlich macht es pling, und die Fahrstuhltür geht auf. Sie tritt ein und betrachtet still die glatten Stahltüren, die sich langsam wieder schließen.

»Ich kann verstehen, dass du enttäuscht bist, dass die Ermittlungen auf Eis gelegt sind, aber das kannst du wohl kaum mir vorwerfen. Das letzte Wort hat die Staatsanwältin, und sie und Haugen sind sich völlig einig: Wir haben den Richtigen, er sitzt in Untersuchungshaft.«

»Wir haben einen jungen Mann, der vier Einbrüche und in zwei Fällen versuchte Brandstiftung gestanden hat. Er hat Susanne nicht erschlagen.«

»Und woher willst du dir so sicher sein?«

»Tja, das werden wir jetzt wohl nie erfahren, oder?«

Die Botschaft war mehr als deutlich gewesen: Der Mord an Susanne Smeed ist vonseiten der Polizei aufgeklärt. Alle Versuche, weitere Motive oder Täter zu finden, werden eingestellt.

»Nein, das nehme ich an«, sagt Smeed. »Aber auf der anderen Seite hast du ja auch in der ganzen Zeit, die du zur Verfügung hattest, nicht eine konkrete Theorie geliefert.«

»Eine ganze Woche lang nicht, willst du damit sagen?«

»Jetzt haben wir immerhin Kvanne, und das war nicht dein Verdienst, muss ich sagen. Ohne den Tipp des Informanden würde er vermutlich immer noch in Häuser einbrechen und sie in Brand stecken.

Und vielleicht noch andere arme Menschen erschlagen, die das Pech hatten, zufällig zu Hause zu sein.«

Es macht wieder pling, und sie steigen aus. Als sie die Hand auf den Türgriff der Tür aus gefrostetem Glas legt, auf der das Logo der Polizei und in abgenutzten Klebebuchstaben das Wort »Kriminalpolizei« angebracht sind, stemmt Jounas den Arm in den Türrahmen und versperrt ihr den Weg.

»Du weißt, was jetzt ansteht, Eiken«, sagt er. »Björken kommt jetzt zu uns ins Team für die Moerbeck-Ermittlungen, zumindest für die nächsten Wochen, bis er dann geht und zu Hause Windeln wechselt. Du stellst alle Aktivitäten im Langevikfall ein und konzentrierst dich auf den Abschlussbericht über Kvanne. Und da drinnen machst du eine gute Miene. Eine verdammt gute Miene.«

65

Karen Eiken Hornby hat wirklich gute Miene gemacht. Zwei ganze Tage lang hat sie der Versuchung widerstanden, ihre eigene Meinung kundzutun. Mit keinem Wort hat sie die Entscheidung kritisiert.

»Glaubt die Staatsanwältin im Ernst, dass sie damit durchkommt?«, hatte Karl sie gefragt.

»Scheint so zu sein.«

Oder es ist ihr schnurzegal, hatte Karen gedacht, ohne es auszusprechen. Längst haben sie die nächsten Fälle auf dem Tisch: Misshandlungen, Drogenhandel, Prostitution. Und Moerbeck. Trotz umfassender Ermittlungsarbeit wurde bislang noch kein Verdächtiger festgenommen. Dafür sind es jetzt drei Opfer, die vergewaltigt und schwer misshandelt wurden, die letzte Frau gestern am frühen Morgen. Nach wie vor nur ein Todesfall, aber das jüngste Opfer, eine 27-jährige Mutter zweier Kinder, die auf dem Weg von ihrer Nachtschicht im Krankenhaus in Thysted überfallen wurde, liegt nun genau auf der Intensivstation, die ein paar Stunden zuvor noch ihr Arbeitsplatz gewesen war.

Mit Fieber und Halsweh hatte Greta Hansen ihre Schicht schon um halb fünf Uhr morgens verlassen, die Stationsschwester hatte sie im Taxi nach Hause in den Atlasväg in Odinswalla geschickt. Verärgert darüber, einen Fahrgast mit starker Erkältung zu transportieren und dies einen Tag, bevor er dieser Regenhölle den Rücken kehren und in drei wohlverdiente Wochen Thailandurlaub aufbrechen wollte, war der Taxifahrer mit quietschenden Reifen sofort weggefahren, als Greta aus dem Wagen gestiegen war. Gretas Ehemann, Finn Hansen, Redakteur beim

Nya Dagbladet, schlief in ihrer kürzlich renovierten und gemütlich eingerichteten Wohnung im dritten Stock tief und fest, und hatte keine Ahnung, dass gerade ein Mann im Gebüsch vor dem Haus eine kaputte Flasche in seine Ehefrau rammte.

Die Erkenntnis, dass der Täter das sozial schwache Moerbeck verlassen und sein Gebiet nun offenbar bis in die Gefilde der Mittelklasse nach Odinswalla ausdehnte, füllt die Medien mit Worten wie Schrecken, Panik und Terror.

Auf der gestrigen Pressekonferenz war die Kritik an der Polizei nun massiv geworden, jedes Patrouillieren, alle zivilen Fahndungsmaßnahmen hatten offenbar an den falschen Orten stattgefunden. Hatte man wirklich nicht ahnen können, dass der Täter sein Jagdgebiet wechseln würde? Konnte die Polizei noch für die Sicherheit der Bevölkerung garantieren? Was wollte sie den Frauen erzählen, die nun in Angst und Schrecken lebten? Ob Haugen selbst denn zufrieden sei mit der Arbeit seiner Mitarbeiter? Erwog er seinen Rücktritt? Was sagt der Innenminister dazu?

Die Kollegen blaffen sich an, alle sehen fahl und verdrossen aus, die Überstundenzettel verschaffen der Personalabteilung unruhige Nächte. Die Polizeizentrale in Dunker steckt unter einer Dunstglocke der Frustration: wieder ein Opfer. Zu wenig Personal, um Streifen in alle Straßen zu schicken. Und diese Bestie noch immer auf freiem Fuß. Dazu die ständige Angst im Nacken, es könnte wieder passieren. Vielleicht schon heute Nacht.

Die Nachricht, dass im Langevik-Fall endlich jemand verhaftet wurde, erscheint nur bei den Kurzmeldungen, aber allein die kleinste Andeutung, dass der falsche Mann in Untersuchungshaft sitzen könnte, würde die Stimmung zum Überkochen bringen. Linus Kvanne muss einfach verurteilt werden. Außerdem muss man sich einer Tatsache bewusst sein, die wirklich bitter ist: Weder die doggersche Polizei noch die Staatsanwaltschaft verfügen über genügend Personal, um mehr als einen so hochkarätigen Fall zu bedienen.

Die Wahrheit ist vermutlich, dass Haugen die Ermittlungen im Fall Moerbeck als Möglichkeit witterte, seine verlorene Ehre zu retten. Genau das, was sie brauchen: eine klare Sachlage, einen kompetenten Ermittler und ein bisschen bodenständige Aufklärungsarbeit der Polizei. Bald hätten sie die Ordnung wiederhergestellt.

Jetzt ist er sich da vermutlich nicht mehr so sicher, denkt Karen.

Doch sie sagt kein Wort. Karen Eiken Hornby beherrscht die Kunst, eine gute Miene zu machen.

Das hindert sie allerdings nicht daran, zwei Stunden später einen Blick ins Zimmer ihres Chefs zu werfen und dort das Telefon zu benutzen.

»Nein, meine Mutter ist noch nicht zu Hause«, antwortet Mette Brinckmann-Grahn, diesmal etwas genervt. »Wie oft wollen Sie noch nachfragen?«

»Und Sie haben auch noch nichts von ihr gehört?«

Mette Brinckmann-Grahn seufzt.

»Doch, sie hat wie gesagt vorgestern von Bilbao aus angerufen und gesagt, dass sie, sobald sie einen günstigen Flug buchen kann, nach Hause kommt. Aber all das habe ich doch schon Ihrer Kollegin erzählt.«

Karen flucht innerlich über ihre miserablen Schwedischkenntnisse. Wahrscheinlich hat sie sich verhört.

»Wie meinen Sie das? Wem haben Sie das erklärt?«

»Der anderen Polizistin, die heute früh anrief. Mutters Handy klingelte, und schließlich bin ich rangegangen, ich dachte, vielleicht ist es etwas Wichtiges. Aber sie hat mir dieselben Fragen gestellt wie Sie. Wollte Kontakt zu ihr aufnehmen und wissen, wann sie heimkommt. Reden Sie in der Abteilung nicht miteinander?«

Einen Augenblick lang dreht sich alles. Eine weibliche Kollegin? Kann Astrid Nielsen versucht haben, Disa Brinckmann zu erreichen, ohne es zu sagen? Nein, sie ist ja jetzt in Smeeds Ermittlungsteam und wird kaum Zeit für etwas anderes haben. Und Astrid hätte es Karen definitiv mitgeteilt, wenn sie dies aus irgendeinem unerklärlichen Grund getan hätte.

»Und diese andere Frau, mit der Sie gesprochen haben, hat sie sich wirklich als Polizistin ausgegeben? Ich meine, ausdrücklich?«

Mette Brinckmann-Grahn ist für ein paar Sekunden sprachlos. Dann sagt sie mit ehrlicher Verwunderung in der Stimme:

»Nein, jetzt wo Sie das sagen, das hat sie eigentlich nicht. Aber sie hat sich mit Namen vorgestellt und klang sehr formell. Und ihre Stimme klang wie Sie.«

»Wie ich? Wie meinen Sie das?«

»Na ja, Sie sprach mit so starkem ›l‹ und ›r‹ wie Sie. Und hat dieselben Fragen gestellt, wie gesagt. Ich habe es wohl einfach angenommen, dass sie eine von Ihnen war.«

Wieder wird Mette Brinckmann-Grahn still. Dann sagt sie:

»Sie hätte übrigens genauso gut aus England sein können. Oder aus den USA. Das passt ja auch viel besser zum Namen. Anne Crosby hieß sie.«

»Anne Crosby. Sind Sie sich sicher?«

»Ja, ich habe den Namen notiert, mit Telefonnummer. Ich sollte sie anrufen, sobald meine Mutter sich gemeldet hat, das hab ich ihr versprochen.«

Karen schließt die Augen, als sie die nächste Frage stellt.

»Und haben Sie das getan? Haben Sie Anne Crosby angerufen und erzählt, dass Ihre Mutter sich auf den Weg nach Hause macht?«

»Sicher! Ich wollte Sie ja auch anrufen, aber dann fand ich, dass ein Gespräch mit der Polizei wohl genügen müsse. Ich dachte, diese Anne Crosby würde Sie darüber informieren. Das habe ich ihr auch gesagt.«

Erst als sie die Worte ausspricht, scheint Mette Brinckmann-Grahn den Fehler zu begreifen.

»Ich dachte doch, dass ... Es war für mich ganz klar, dass ... Na ja, nun ist es ja auch egal«, fügt sie trotzig hinzu, um von ihrer Naivität abzulenken. »Mutter ist jedenfalls noch nicht zurück.«

66

Wer zum Teufel ist Anne Crosby, denkt Karen, als sie nach acht Klingeltönen aufgibt, das Telefon ausschaltet und es auf den Schreibtisch knallt.

Mette Brinckmann-Grahn hatte ihr – sehr hilfsbereit und ohne zu maulen – die Handynummer von Anne Crosby Ziffer für Ziffer vorgelesen, dies auf Schwedisch und auf Englisch, um möglichen Verständnisproblemen vorzubeugen. Kaum hatte Karen das Gespräch mit ihr beendet, hatte sie diese Nummer gewählt. Zehn Klingeltöne, keine Antwort, keine Mobilbox. Fünf Minuten später der nächste Versuch, acht Klingeltöne später dasselbe Resultat.

Jetzt greift sie nach der Maus und beobachtet, wie die nervösen Bewegungen des Bildschirmschoners durch das Logo der Doggerland-Polizei ersetzt werden. Zwei Klicks weiter kann sie schon feststellen, dass niemand mit dem Namen Anne Crosby in der Doggerschen Republik gemeldet ist, dass jedoch die Anzahl an Frauen, die im Rest der Welt unter dem Namen Anne Crosby zu finden sind, gegen unendlich geht. Ihre dritte Suche: nach der Handynummer. Keine Treffer. Wieder mal eine Prepaidkarte, Mist.

Im nächsten Moment will sie aufspringen und Karl Björken zu sich rufen, doch dann fällt ihr noch etwas ein und sie lässt sich wieder auf den Bürostuhl sinken. Eilig öffnet sie den Ordner, in dem sämtliches Material über den Mord an Susanne Smeed abgelegt ist, dabei hat sie das unheimliche Gefühl, von ihrem Chef beobachtet zu werden. Sie ruft Cornelis Loots' Zusammenstellung der Ergebnisse der kriminaltechnischen Untersuchungen auf und blättert durch die Informationen aus der IT-Abteilung. 45 Sekunden später hat sie zwischen dem Display ihres Handys und dem Bildschirm oft genug verglichen.

Wieder ein Anrufversuch, weitere acht Klingeltöne ohne Ergebnis. Verärgert ruft sie die Nummer der Eheleute Connor auf und bekommt nach kurzer Zeit Brandon Connors Stimme zu hören:

»Janet und ich sind gerade mit spannenderen Dingen beschäftigt, als ans Telefon zu gehen. Hinterlasst uns eine Nachricht, dann rufen wir zurück.«

Sie folgt der Aufforderung.

Noch ein Blick hinüber zu Smeed, er telefoniert mit jemandem und seinem Gesichtsausdruck nach zu deuten, erhält er keine guten Neuigkeiten.

Smeed und Haugen können sich zum Teufel scheren, denkt Karen. Dann nimmt sie ihre Jacke und geht auf Karl Björken zu.

»Kommst du mit zum Essen? Geht auf mich.«

Eine Viertelstunde später setzt Karl das Messer an der Kartoffel an, die er mit der Gabel aufgespießt hat und beginnt, mithilfe seines Daumens die dünne Schale zu entfernen. Sie sitzen in einem der etwas besseren Restaurants im Parkvej in Norrebro. Ein fast zwei Kilometer großer Sicherheitsabstand zur Polizeizentrale. Das wird ins Geld gehen, denkt Karen ernüchtert.

»Die letzten Kelpis dieses Jahr«, sagt er und betrachtet das unansehnliche Wurzelgemüse mit ehrfurchtsvollem Blick. »Sie sind teuer, aber auch jeden Schilling wert, wenn du mich fragst.«

»Die ersten sind immer besser«, entgegnet Karen und streift die Jacke ab. »Und sie schmecken längst nicht mehr wie früher. Heutzutage kommen sie mit der chemischen Keule: Die spritzen in riesigen Mengen so eine grüne Soße auf die Felder. Du hättest mal die Kelpis probieren sollen, die mein Großvater oben auf Noorö angebaut hat. Da wachsen sonst nur Braunalgen in den Felsspalten.«

»Alle Kelpis sind besser als gar keine«, sagt Karl und positioniert eine Kartoffel neben einem zehn Zentimeter dicken Stück Steinbutt. Ist doch logisch, dass man die Gelegenheit ergreift, wenn man schon eingeladen wird. Darf ich eigentlich fragen, warum? Hast du beim Trabrennen gewonnen?«

»Ich dachte, das ist die beste Gelegenheit, um sofort mit dir reden zu können«, sagt sie trocken. »Du bist wohl auch nicht der Typ, der viele Fragen stellt, wenn einer mit dem Scheckheft wedelt?«

Karl lächelt zufrieden und schiebt sich eine halbe Kartoffel mit einem ordentlichen Stück Steinbutt und gebräunter Butter in den Mund.

»Ja, der Smeed wäre nicht froh, wenn er wüsste, dass ich auswärts mittagessen gegangen bin«, sagt er zwischen den Bissen. »Ich soll ihn ja bei seinen Ermittlungen unterstützen und nicht hier mit dir hocken. Ich hatte mich gerade in den Mist eingelesen, als du angedampft kamst. Das ist wirklich keine nette Lektüre, das kann ich dir sagen.«

»Gut, dann brauchst du eine kleine Pause. Ein freundschaftliches Mittagessen unter Kollegen. Dagegen kann er doch nichts einzuwenden haben?«

»Ach, komm schon, Eiken, du würdest mich niemals zum Essen einladen, wenn du nicht irgendetwas wolltest. Jetzt sag schon, worum es geht.«

Karen schaut sich in dem voll besetzten Restaurant hastig um, dann beugt sie sich vor zu Karl.

»Ich habe Mette Brinckmann-Grahn noch einmal angerufen«, sagt sie.

»Ich dachte, du solltest dich jetzt mit Kvanne beschäftigen? Brav die Aufträge des Chefs abarbeiten. Nicht wieder anfangen zu diskutieren.«

Karen fährt fort, ohne auf seinen Einwurf einzugehen:

»Ich wollte auf jeden Fall nachhorchen, ob sich ihre Mutter gemeldet hat. Disa Brinckmann sollte ja diese Woche zurückkommen.«

»Okay. Und? Hat sie was von ihr gehört?«

»Ja, offenbar ist sie auf dem Weg. Aber sie hat interessanterweise auch erzählt, dass ich nicht die Einzige bin, die versucht, Disa Brinckmann zu erreichen.«

»Hoffen wir mal, dass die arme alte Frau mehr Kontakt zu Menschen hat als nur zur Doggerland-Polizei.«

Karen ignoriert seinen sarkastischen Kommentar.

»Offenbar hat bei ihr eine Frau angerufen mit demselben Anliegen. Sie hat sich als Anne Crosby vorgestellt und ihre Nummer hinterlassen. Die Tochter hatte gedacht, sie sei Polizistin. Das hat Anne Crosby wohl nicht explizit behauptet, aber aufgeklärt hat sie das Missverständnis auch nicht. Mette Brinckmann-Grahn hat sich ziemlich aufgeregt, dass sie die gleichen Fragen von verschiedenen Polizisten gestellt bekam«, erklärt sie.

»Dein Essen wird kalt«, sagt Karl und nickt zu den Lammkoteletts auf Karens Teller, die sie noch nicht angerührt hat.

Pflichtbewusst schneidet sie ein Stück Fleisch ab und schiebt es sich in den Mund. Während sie kaut, wartet sie darauf, dass Karl ihr den Ball zurückspielt.

»So«, sagt er nach einer Weile. »Anne Crosby, hast du gesagt. Und wer ist das?«

»Stell dir vor, das würde mich auch interessieren. Ich habe versucht sie anzurufen, aber keiner nimmt ab.«

»Spannend. Ehrlich. Eine Frau, von der wir nicht wissen, wer sie ist, hat jemanden angerufen, der vermutlich mit unseren Ermittlungen nichts zu tun hat.«

Karl Björken sieht sie skeptisch an, während er sein Bier trinkt.

Den Blick noch immer auf ihn geheftet, beugt sich Karen zur Seite, greift nach ihrer Tasche, die auf dem Boden steht, und zieht ein Stück Papier heraus. Ohne ein Wort faltet sie es auf und legt es neben Karls Teller.

»Ja«, sagt er, nachdem er die Angaben überflogen hat. »Auch wenn es nichts gebracht hat, aber man kann schon sagen, dass Cornelis sehr ordentlich gearbeitet hat. Ich hoffe, er macht das genauso gut beim Moerbeck-Fall. Das werden wir brauchen, um diese Bestie hinter Gitter zu bringen.«

Karl wendet sich wieder seinem Teller zu.

Ohne einen Kommentar legt Karen ihr Handy auf die andere Seite des Tellers. Das Display zeigt die zuletzt gewählte Nummer an.

Vier Sekunden später kaut Karl Björken nicht mehr. Er lehnt sich zurück und sieht Karen mit großen Augen an.

»Verdammt«, sagt er. »Dann haben wir hier die Erklärung für diese geheimnisvolle Prepaidkarten-Nummer. Was hast du jetzt vor?«

»Ich weiß es noch nicht. Aber ich muss das irgendwie fertig recherchieren. Diese Anne Crosby hat Susanne also zweimal im Juni angerufen und dann wieder am 27. September. Nur zwei Tage, bevor der Mord geschah. Und jetzt versucht sie, Disa Brinckmann aufzutreiben. Das kann kein Zufall sein, dass sie versucht hat, mit zwei Personen, die in unserem Fall eine Rolle spielen, Kontakt aufzunehmen.«

»Oder es ist genau das«, sagt Karl ganz ruhig. »Ein totaler Zufall, meine ich.«

Karen sieht ihn misstrauisch an.

»Oder besser gesagt«, schiebt er hinterher, »Disa Brinckmann hat ja eigentlich keinen klaren Bezug zu den Ermittlungen. Es ist nur ein Name, der aufgetaucht ist.«

»Ein Name, der im Zusammenhang mit der Rekonstruktion des Lebens des Opfers aufgetaucht ist, ja.«

»Und genau deshalb kann es auch völlig normal sein, dass dieselbe Person Susanne und Disa sprechen wollte. Diese Anne Crosby kennt vermutlich einfach beide. In allen Ermittlungen wimmelt es nur so von Informationen, die zwar Verbindungen aufweisen, aber keinerlei Zusammenhang mit dem Fall an sich haben.«

»Dann ist das aber eine sehr, sehr merkwürdige Verbindung. Disa und Susanne kennen sich ja gar nicht. Susanne war kaum auf der Welt, da hat Disa die Insel verlassen.«

»Okay, aber Disa kannte Susannes Eltern. Und diese Anne Crosby hängt vermutlich mit der Kommune zusammen. Entweder kannte sie die Bewohner oder hat da selbst auch eine Weile gewohnt, keine Ahnung. Da müssen doch einige Leute gekommen und gegangen sein. Hast du Brandon und Janet Connor danach gefragt?«

»Noch nicht, aber ich habe eine Nachricht auf ihrem Anrufbeantworter hinterlassen. Jetzt überlege ich, ob ich Anne Crosby vielleicht eine SMS auf ihr Handy schicken soll. Und sie bitten, Kontakt mit mir aufzunehmen.«

»Ja, warum eigentlich nicht? Dass die Polizei nach Disa Brinckmann sucht, hat ihr bestimmt schon die Tochter mitgeteilt. Es ist schon etwas komisch, dass Anne Crosby das Missverständnis nicht gleich korrigiert hat, das finde ich auch. Aber vielleicht hat sie auch einfach nicht begriffen, wovon Mette Brinckmann-Grahn sprach; diesen Dialekt, den sie da in Schonen sprechen, finde ich auch fürchterlich schwer zu verstehen.«

»Dann würdest du auch sagen, ich soll ihr eine Nachricht schicken? Obwohl ich die Weisung erhalten habe, mich ganz auf Kvanne zu konzentrieren?«

Karen hält den Daumen einsatzbereit auf ihr Handy.

»Warum fragst du noch? Du hast dich doch sowieso schon entschieden.«

Es piept, als die Nachricht gesendet wird. Karen dreht ihr Handy um und hält es Karl unter die Nase, sodass er die kurze Mitteilung, dass die Kriminalpolizei in Dunker Anne Crosby sucht und sie auffordert, unmittelbar Kontakt zu der angegebenen Nummer aufzunehmen, lesen kann. Karl schüttelt langsam den Kopf.

»Der Smeed wird vermutlich in die Luft gehen, wenn er mitkriegt, dass du noch an dem Fall dran bist.«

»Aber das muss er doch nicht erfahren. Oder?«

»Von mir auf keinen Fall. Das Vergnügen überlasse ich gern dir. Denn wenn Anne Crosby sich meldet, musst du es ihm ja sagen, nehme ich an. Obwohl sie sich ja vermutlich nur melden wird, wenn sie *nichts* mit dem Mord zu tun hat.«

67

Langevik 1971

»Es klappt so nicht, es wird ihr nicht besser gehen, wenn wir das Stillen nicht hinkriegen.«

Disa stellt die Flasche mit dem verhassten Milchersatz hin, fährt mit den Handballen über ihre Stirn und legt sich das Kind über die Schulter.

Schon am zweiten Tag hatte sie gemerkt, dass die Mischung aus Milch, Mehl und einem Klecks Butter nicht funktionieren würde. In diesem Fall nicht. Und sie hatte die Blicke der anderen registriert, in denen der Zweifel aufblitzte, als sie Per in die Apotheke nach Dunker geschickt hat, um Muttermilchersatz zu besorgen. Nestlé. Allein der Name schrie schon seine hämischen Botschaften hinaus, seine Übergriffe auf die Dritte Welt, seine schamlosen Betrügereien. Das übelste Symbol des Raubbaus der Kapitalisten. Aber er hatte sich aufgemacht und das Produkt gekauft. Und jetzt haben sie ihre Seele an den Teufel verkauft und sind dennoch verloren.

Seit drei Tagen nun also. Disas Augen und ihr Bauch tun weh vor lauter Sorge und fehlendem Schlaf. Drei Tage hat Ingela jetzt nur in ihrem Bett gelegen. Ganz still, die Augen geschlossen, selbst wenn sie wach war. Und die anderen schleichen unbeholfen, unerfahren und vollkommen hilflos um sie herum.

Eine plötzliche Wut flammt in Disa auf. Sie alle benehmen sich wie die Kinder. Dumme kleine Kinder in Körpern von Erwachsenen. Sie haben all ihre Hoffnung in sie gesetzt, sind davon ausgegangen, dass sie sich schon um alles kümmern, alle Probleme in den Griff kriegen wird. Die ruhige, die sichere Disa. Die sich damit auskennt, wie man früher überlebt hat, die alten Hausmittel, die bewährten Rezepte. Disa, die Erdverbundene, die Hebamme. Und wer braucht denn schon Krankenhäuser und Ärzte für so etwas Natürliches wie eine Geburt?

Schon in der neunzehnten Woche hatte sie doppelte Herzschläge gehört. Dass Tomas nicht der Vater war, hatte sie damals längst begriffen. Vielleicht schon, bevor Ingela selbst der Wahrheit ins Auge sehen konnte. Disa hatte Ingela und Per beobachtet und genau das erkannt, wovor Tomas die Augen verschlossen hatte. Sie weiß, wie man den Zeitpunkt der Empfängnis berechnet, und genau da war Tomas verreist gewesen.

»Du musst es ihnen sagen«, hatte sie auf Ingela eingewirkt. »Sowohl Tomas als auch Per haben ein Recht, es zu erfahren. Und Anne-Marie auch«, hatte sie leise hinterhergeschoben und gewusst, dass von nun an alles anders werden würde.

Und schließlich hatte Per seiner Frau die brutale Wahrheit gestanden. Dass er fremdgegangen war. Dass Ingela sein Kind erwartete. Dass er Vater werden würde, während Anne-Marie vermutlich selbst nie Mutter werden würde. Vielleicht hatten die anderen schon da, als sie das herzerweichende Weinen aus dem oberen Stockwerk hörten, verstanden, dass das der Anfang vom Ende war. Es gewusst, noch bevor Geschrei und Streit in ein eiskaltes Schweigen übergingen. Oder hatten sie es erst in den folgenden Wochen begriffen, in denen Anne-Maries Sorgen langsam in anhaltende Wut überging?

Vielleicht geschah es zu dem Zeitpunkt, dass einer nach dem anderen zu der überwältigenden Einsicht gelangte, dass es eine schöne Theorie gewesen war, alles miteinander zu teilen, aber in Wirklichkeit eine hässliche Geschichte. Vielleicht dachten alle heimlich, dass Anne-Maries Reaktion wesentlich leichter nachzuvollziehen sei als Tomas' offensichtliche Gleichgültigkeit. Als ihre Bewunderung für seine Fähigkeit, immer zu vergeben und zu verzeihen und sein Leben fortzusetzen, als wäre nichts geschehen, langsam in Verachtung für seine Schwäche überging. Warum tobte er nicht? Konnte er Ingela und Per denn wirklich verzeihen? War er – der Gedanke war ebenso verboten wie unmöglich zu unterdrücken – war er ein richtiger Mann?

Einer nach dem anderen hatte sich von diesem Traum verabschiedet. Theo war schon ein paar Wochen nachdem die Idylle geplatzt war nach Amsterdam zurückgegangen. Brandon und Janet hatten etwas länger durchgehalten. Hatten Anne-Maries Trauer und Pers angsterfülltes Rotweinschlürfen ausgehalten. Tomas' unbegreifliche Ruhe, als um ihn herum alles zerbrach. Ingelas wachsenden Bauch, der ständig daran erinnerte, dass nichts vorbeigehen würde. Dieses Mal würde das Problem nicht einfach verschwinden.

Und Brandon hatte Janet an einem eisig kalten Februarmorgen unten am Kai gefunden, wo sie allein auf einem Pfeiler hockte.

»Ich reise morgen ab«, hatte sie gesagt. »Kommst du mit?«

»Wohin?«, hatte er sie gefragt.

»Irgendwohin.«

Und so hatten sie aufgegeben und die Kommune verlassen.

Aber Disa war geblieben. Pflichtbewusst würde sie bleiben, bis die Kinder auf der Welt waren, das hatte sie ihnen zugesagt. Aber danach, das hatte sie sich selbst versprochen, würde sie diesen Ort der Finsternis verlassen.

Und als die Geburt endlich einsetzte, war die Hoffnung aus irgendeinem alt überlieferten Reflex zurückgekehrt. Vielleicht würde sich alles zum Guten wenden, wenn die Kinder erst auf der Welt waren. Hauptsache, im Haus war wieder Leben. Mechanisch hatte Ingela Disa Brinckmanns Anweisungen befolgt: atmen, noch nicht pressen ... warten, warten ... Jetzt!

Und die ganze Zeit war Tomas an ihrer Seite gewesen. Tomas, nicht Per. Vielleicht war das die Rache, die er sich trotz allem zugestand. Die einzige kleine Demonstration seiner Macht, die er sich gönnte: Per auszuschließen. Dass er, Tomas, die Kinder als Erster sehen würde, auch wenn es nicht seine eigenen waren.

Die Entbindung war unerwartet schnell gegangen, schon ein paar Stunden nach den ersten Wehen war das erste Kind geboren worden. Gesund und munter hatte das Mädchen geschrien, nachdem Disa es leicht mit dem Handtuch abgerubbelt hatte. Dann hatte Disa gemerkt, dass irgendwas schieflief. Ingela hatte plötzlich keinerlei Kraft mehr und glitt nach und nach in einen apathischen Zustand. Fast eine Stunde hatte es dann gedauert, bis es vorbei war und das zweite Mädchen zur Welt kam. Es war entkräftet und schlapp, gerade halb so groß wie seine Schwester. Disa hatte davon in ihrer Ausbildung schon einmal gehört, dass ein Zwilling im Mutterleib so viel Nahrung verbrauchen kann, dass der andere in seiner Entwicklung zurückbleibt. Und sie hatte auch von Müttern gehört, die ihre Kinder nicht annehmen konnten, Frauen, die anstelle von Mutterglück in eine tiefe Depression gerieten. Das alles war für sie reine Theorie gewesen, erlebt hatte sie das noch nicht.

Drei Tage dauert es nun an. Drei sorgenvolle Tage. Die Angst um das Kind, das nicht isst, und um Ingela, der beide Kinder völlig egal zu sein scheinen. Und zum ersten Mal, seit sie die Entscheidung getroffen hatte, Hebamme zu werden, wünschte Disa Brinckmann, sie wären in einem Krankenhaus.

»So geht das nicht«, sagt sie noch einmal. »Wir brauchen Hilfe.«

Sie sieht auf, die anderen starren sie an. Tomas völlig resigniert, Per mit nervösen Augen. Und Anne-Marie, die das andere Mädchen im Arm hält. Disa schaut sie an und fragt sich einen Moment lang, ob ihr bewusst ist, dass es nicht ihr Kind ist. In dem Moment, in dem Ingela in diesen apathischen Zustand geriet, schien Anne-Marie zu neuem Leben erweckt. Sie kümmerte sich um das gesunde Mädchen, wiegte, fütterte und tröstete es, wachte über das Kind, als sei es ihr eigen Fleisch und Blut. Jetzt sieht sie Disa verständnislos an, bevor ihr Blick wieder zu dem Säugling geht, sie ihn eng an ihren Körper drückt und lächelt, als es anfängt, an dem Gumminuckel der Flasche zu saugen.

»Sie isst gut. Wenn ich es ihr gebe«, sagt sie.

»Melody schon«, sagt Disa, »aber Happy wiegt viel zu wenig. Ich kann die Verantwortung nicht länger übernehmen, wir müssen sie zu einem Arzt bringen. Und Ingela braucht auch Hilfe. Ihr seht doch selbst, dass etwas nicht stimmt, sie will die Kinder ja nicht mal in den Arm nehmen.«

Per springt so impulsiv auf, dass der Stuhl mit einem lauten Knall zu Boden fällt.

»Es sind meine Kinder«, sagt er. »Ihr könnt sie nicht einfach wegbringen.«

In der Küche herrscht Totenstille. Endlose Sekunden, unruhiges Atmen, verbotene Gedanken. Dann beugt sich Disa über den Tisch.

»Entscheide du, Tomas: Entweder bringe ich Ingela und Happy ins Krankenhaus nach Dunker, oder wir nehmen heute Abend schon die Fähre zurück nach Schweden.«

Ohne ein Wort steht Anne-Marie auf, stellt die Flasche auf den Tisch und verlässt mit Melody im Arm das Zimmer.

Tomas sieht ihr hinterher und sieht dann Disa ins Gesicht.

»Wir fahren nach Hause«, sagt er leise.

68

Mit zusammengekniffenen Zähnen verlässt Karen Eiken Hornby die Kneipe »Krähennest«, steigt ins Auto und lehnt ihre Stirn aufs Lenkrad. Sie hat sich geirrt.

Schrecklich geirrt.

Die letzten vierundzwanzig Stunden waren mit Papierkram, Telefonaten mit dem Büro der Staatsanwältin und dem ständigen Blick aufs Handy verstrichen. Anne Crosby hat sich nicht gemeldet. Disa Brinckmann auch nicht.

Sie hat Linus Kvanne noch einmal verhört, leider völlig ergebnislos, denn er hat die bisherigen Angaben nur wiederholt.

Ja, er bekenne sich schuldig an insgesamt vier Einbrüchen. Ja, er habe in Thorsvik und Grunder versucht, Feuer zu legen, aber wie können sie das versuchten Mord durch Brandstiftung nennen? Es sei doch gar keiner zu Hause gewesen, und das habe er schließlich gewusst ... Ja, dann sei es ja wohl an der Zeit, die Gesetze zu ändern.

Und nein: Susanne Smeed habe er nicht umgebracht, er habe noch nie einen Fuß in dieses verfluchte Nest Langevik gesetzt oder wie es nun hieß.

Die letzte Aussage wurde nur eine halbe Stunde, nachdem Kvanne das Vernehmungszimmer verlassen hatte, widerlegt. Die Information von den Kollegen aus der Technik war Viertel vor vier am Nachmittag gekommen.

Als Erstes hatten sie sich entschuldigt, dass sie aufgrund der

Unmengen an Arbeit durch die Moerbeck-Fälle die Ergebnisse, auf die Karen gewartet hatte, erst jetzt liefern konnten.

Ohne einen Kommentar hatte Karen zugehört, was Sören Larsen mitzuteilen hatte.

»Kvannes Handy war am Telefonmast in Süd-Langevik fast elf Stunden lang eingewählt, von 22.31 Uhr bis 9.24 Uhr«, hatte Larsen mit hörbarer Schadenfreude erklärt. »Der arme Kerl muss das ganze Oistra-Fest in diesem gottverlassenen Dorf zugebracht haben. Was in aller Welt macht man da, kannst du mir das erklären?«

»Nicht viel«, war Karens Antwort gewesen. »Überhaupt nicht viel, leider.«

»Ja, klar war der Typ hier«, hatte Arild Rasmussen bestätigt, als sie ihm ein paar Stunden später das Fahndungsfoto von Linus Kvanne im »Krähennest« unter die Nase hielt.

»Er hat da in der Ecke gehockt und den ganzen Abend lang telefoniert. Er wollte unbedingt hier drinnen sitzen, obwohl es so schön warm war und alle anderen draußen saßen. Und er hat sich richtig volllaufen lassen, das kann ich dir sagen, gegen drei Uhr nachts musste ich ihn rausschmeißen. Ach nein, gegen Mitternacht, meine ich …«

»Mir ist es egal, wie lange du offen hattest, Arild. Aber die Zeiten sind wichtig.«

»Okay. Er war der Letzte und ging kurz nach drei. Es war Viertel nach drei, als ich hoch in die Wohnung kam.«

»Weißt du, wo er dann hingegangen ist?«

»Keine Ahnung. Er hat mich gefragt, ob ich auch Zimmer vermiete, aber das habe ich ja aufgegeben. Ich vermute, er hat im Auto geschlafen.«

»War er mit dem Auto da? Ich meine, hast du eins gesehen?«

Arild Rasmussen musste eine Weile nachdenken.

»Nein, das habe ich eigentlich nicht, aber er muss eins gehabt haben. Wie zum Teufel wäre er sonst hier raus gekommen?«

Ja, genau das ist die Frage, denkt sie jetzt, den Kopf am Lenkrad. Wie war Linus Kvanne von der Kiesgrube, wo das gestohlene Motorrad gefunden worden war, zum »Krähennest« in Langevik fast dreißig Kilometer entfernt gekommen? Immerhin war er mit großer Wahrscheinlichkeit im Besitz eines Wagens, als er Langevik verließ. Einen Toyota mit einem röhrenden Anlasser nämlich.

»Ich habe doch verdammt noch mal nie einen Fuß in diesen Ort gesetzt.« Der Mistkerl hatte das Blaue vom Himmel heruntergelogen. Und sie hatte ihm geglaubt. Sie hatte ihm wirklich geglaubt. Karen stöhnt auf.

Ich werde jedes einzelne Telefonat von ihm überprüfen müssen und alle vernehmen, die an diesem Abend hier waren, denkt sie und hebt die Stirn vom Steuer. Irgendwer muss doch gesehen haben, in welche Richtung er verschwunden ist, als die Kneipe schloss.

Wie blöd, dass Sören diese Information nicht schon ein bisschen früher rausgegeben hat. Aber während sie das denkt, ist ihr auch sofort klar, dass es keinen Sinn ergibt, jemand anderem die Schuld in die Schuhe zu schieben. Diese Situation verdankt sie ihrer eigenen Sturheit und ihrer Weigerung, die Fakten zu akzeptieren. Eineinhalb Tage, an denen sie wertvolle Zeit damit verschwendet hat, eine alte Hippiekommune aus den Siebzigern zu inspizieren, anstatt sich Linus Kvanne mal richtig vorzunehmen.

Noch einmal schwer seufzend schnallt sie sich an, dreht den Schlüssel um und fährt los.

69

Wieder einmal schlägt ihr ein herrlicher Duft entgegen, als sie die Tür zu ihrem alten Backsteinhaus öffnet. Sigrid kommt die Treppe heruntergejoggt, die Haare in ein Handtuch gewickelt.

»Ach, wie schön«, ruft sie. »Ich hoffe, ich habe im Badezimmer nicht zu viele Spuren hinterlassen. Wusstest du, dass sie im Eisenwarenladen auch Haarfarbe verkaufen?«

Mit einem Ruck wirft sie den Kopf nach vorn, lässt das Handtuch herunterrutschen und reibt sich die kohlrabenschwarzen, nassen Haare trocken.

Karen sieht das fleckige Handtuch mit großen Augen an.

»Oh«, sagt Sigrid. »Du kannst eins von Mama haben, sie hat Unmengen davon.«

»Vergiss es. Was gibt es zu essen? Es riecht himmlisch.«

»Coq au Vin. Zumindest ungefähr. Ich habe aus dem Vorratsschrank eine Flasche gemopst. Wusstest du, dass es bei dem Bauern oben an der Abzweigung nach Grene Bio-Hühner gibt?«

Karen schnaubt.

»Sprichst du von Johar Iversen? Der kann ›giftfrei‹ nicht einmal buchstabieren. Sogar die Würmer machen vor seinem Grünkohl halt.«

Sigrid zieht ein enttäuschtes Gesicht.

»Nur ökologisch angebautes Futter und frei laufende Hühner, hat er mir versichert. Ich habe auch Eier mitgebracht.«

»Ja, schon«, sagt Karen, »sie laufen frei herum. Die Hühner vom alten Johar dürfen da oben auf allen Straßen herumstromern. In den vergangenen Jahren habe ich dummerweise mindestens drei davon überfahren.«

»Schon gut, ich übertreibe ein bisschen«, fügt sie hinzu, als sie Sigrids verschreckten Gesichtsausdruck sieht. »Ich hatte nur einfach einen schlechten Tag im Büro.«

»Hat es mit Mama zu tun? Ich weiß, dass wir darüber nicht reden sollen, aber es stand ja sogar in der Zeitung, dass ihr einen Verdächtigen festgenommen habt.«

Karen zögert. Schließlich haben sie eine Abmachung, dass sie über ihre Mutter und ihren Vater nicht sprechen.

»Ja, das stimmt. Und vieles spricht tatsächlich dafür, dass es der Richtige ist, so viel darf ich sagen. Aber bevor wir nicht hundertprozentig sicher sind, kann ich dir nicht mehr erzählen, nicht wer er ist oder warum er in Untersuchungshaft sitzt.«

Ich kann nur hoffen, dass du ihn nicht kennst, denkt Karen im nächsten Moment. Linus Kvanne ist zwar ein paar Jahre älter als Sigrid und sie scheinen zum Glück auch nicht unbedingt in denselben Kreisen zu verkehren, aber er wohnt nur ein paar Ecken von Samuel Nesbös Wohnung entfernt.

Sigrids Interpretation von Coq au Vin ist etwas nüchtern. Hühnchen und Wein. Details wie Räucherspeck, Champignons und Zwiebeln mussten einer Dose weiße Bohnen und ein paar Knoblauchzehen weichen, die sie kurz vor Schluss noch in den Topf geworfen hat. Nach einer ordentlichen Dosis Salz und Pfeffer schmeckt er aber unerwartet gut. Und vor allem hat ihn nicht Karen zubereitet. Wahrscheinlich würde ich Heu essen, wenn es mir nur jemand anders servieren würde, denkt sie und schiebt sich den Rest mit einem Stück Brot in den Mund.

»Wenn du Kaffee kochst, kümmere ich mich um den Abwasch«, sagt sie und will gerade vom Tisch aufstehen.

In dem Moment klingelt das Telefon.

Karen wischt sich die Finger an der Jeans ab, geht hinaus in den Flur und angelt das Handy aus der Jackentasche. Ohne auf das Display zu schauen, meldet sie sich so, als würde sie mit einem Anruf eines Verkäufers rechnen.

»Eiken.«

»Hier spricht Brandon Connor. Ich glaube, wir sollten reden.«

70

Der Duft nach Kreuzkümmel ist ebenso durchschlagend wie bei ihrem ersten Besuch, die Küche genauso gemütlich, der Tisch ebenso einladend. Von außen sehen Janet und Brandon genauso entspannt aus wie beim letzten Mal, doch dieses Mal liegt eine Spannung in der Luft. Karen beobachtet, wie das Paar nervöse Blicke austauscht, während sie Tassen und Teekanne auf den Tisch stellen.

Sie hätte gar nicht herfahren sollen; sie hätte schon am Telefon klarstellen müssen, dass die Polizei gar kein Interesse mehr daran hat, was sich vor einem halben Jahrhundert in dieser Hippie-Kommune zugetragen hat, denkt Karen. Dieses Mal verschwendet sie keine Zeit mit Höflichkeitsfloskeln.

»Sie wollten mir etwas erzählen.«

Noch ein Blickkontakt, als würden sie sich ein letztes Mal vergewissern. Dann nickt Janet, und Brandon beginnt zu sprechen.

»Wir waren bei unserem letzten Gespräch nicht ganz aufrichtig«, sagt er. »Aber wir haben beschlossen, unser Versprechen zu brechen und alles zu erzählen.«

»Versprechen? Wem gegenüber?«

»Disa. Sie hat über all das, was in der Kommune geschehen ist, die ganzen Jahre lang geschwiegen, bis zu Tomas' Tod.«

»Dann haben Sie also doch Kontakt zu Disa Brinckmann gehalten.«

Brandon nickt.

»Hin und wieder, könnte man sagen. Aber es stimmt schon, wir waren in Kontakt. Zuletzt war sie im Sommer bei uns. Und da hat sie uns alles erzählt. Sie könne es nicht länger für sich behalten, hat sie gesagt.«

Karen wartet still, während Brandon Tee trinkt und ein Gesicht macht, als würde er nachdenken, wie er das, was er sagen will, in Worte fasst. Dann stellt er die Tasse ab, holt einmal tief Luft und beginnt.

»Es geschah also, als Janet und ich den Hof schon verlassen hatten. Ich erzähle jetzt nur das, was Disa uns berichtet hat. Mehr wissen wir auch nicht.«

Karen nickt.

»Wie Sie wissen, war Disa ja Hebamme, und Ingela wurde ja in der Zeit auf dem Lothorpshof noch einmal schwanger«, sagt Brandon. »Also war Disa diejenige, die bei der Geburt half, als es so weit war. Ein Krankenhaus wäre ja niemals infrage gekommen, aus verschiedenen Gründen nicht.«

»Und das wären?«

»Na ja, weil die meisten in der Kommune für Hausgeburten waren, für natürliche Geburten ohne Schmerzmittel, die dem Kind schaden konnten. Aber auch deshalb, weil wir ja quasi außerhalb der Gesellschaft standen; keiner von uns kam aus dem Ort, keiner von uns hatte irgendwelche Wurzeln auf der Insel. Außer Anne-Marie, aber sie war ja auch in Schweden aufgewachsen und hatte ihren Großvater nie kennengelernt, so galt auch sie als Auswärtige. Wir hatten nie Kontakt mit irgendwelchen Ämtern, und ehrlich gesagt weiß ich gar nicht, ob man Ingela in einem Krankenhaus aufgenommen hätte, wenn sie es gewollt hätte.«

Natürlich hätte man sie aufgenommen, denkt Karen bei sich. Niemand hätte eine Frau unter der Geburt abgewiesen, nicht einmal zu der Zeit.

»Dann muss sie Anne-Marie bei der Entbindung doch auch geholfen haben? Susanne ist im April 1971 geboren, also müssen sie ungefähr gleichzeitig schwanger gewesen sein?«

»Anne-Marie war niemals schwanger«, erklärt Brandon gefasst. »Susanne war Ingelas Kind.«

Er lehnt sich seufzend auf seinem Stuhl zurück und bedeutet Janet fortzufahren. Sie streichelt ihrem Mann über die Wange, dann beugt sie sich vor und stützt die Arme auf den Tisch.

»Wir wussten ja, dass Per und Anne-Marie keine Kinder bekommen konnten. Sie hatte in Schweden schon einige Fehlgeburten gehabt und hätte bei der letzten beinahe ihr Leben verloren. Das war auch ein Grund, warum die beiden hierhergezogen sind: ein Versuch, noch einmal ganz von vorn anzufangen, eine Lebensform zu finden, in der nicht die Kernfamilie im Mittelpunkt stand.«

Karen bleibt still, während Janet sich nach dem Glas Honig ausstreckt und dann einen gehäuften Löffel voll langsam in ihre Tasse laufen lässt. Sie selbst hat die angebotene Tasse Tee abgelehnt, sie wollte diesen Besuch so schnell wie möglich hinter sich bringen, hatte sie sich eingeredet. Jetzt muss sie einsehen, dass sie falschgelegen hatte. Wieder einmal.

»Anfangs hat es ja auch funktioniert«, fährt Janet fort. »Anne-Marie konnte für Disas Tochter Mette und Tomas' und Ingelas Jungs auch eine Mutterrolle übernehmen, aber es war deutlich zu spüren, dass sie darunter litt, dass keins der Kinder ihr eigenes war.«

Janet legt eine Pause ein und trinkt einen Schluck.

»Der Witz an der Sache war, dass Anne-Marie diejenige von uns war, die auffällig kinderlieb war, mit Ausnahme von Disa vielleicht. Sie hat sich viel mehr mit den Jungs beschäftigt als Ingela. Sie spielte mit ihnen, tröstete sie, wenn sie hingefallen waren, und stand nachts auf, wenn sie weinten. Ingela gebar die Kinder und stillte sie, dann ließ ihr Engagement langsam nach. Um den Rest kümmerte sich Tomas, mithilfe von Anne-Marie.«

»Und dann wurde Ingela erneut schwanger«, sagt Karen. »Während Anne-Marie noch immer kein Kind hatte. So ist sie in eine Depression geschlittert.«

»Nicht nur das, fürchte ich«, sagt Janet und sieht ihren Mann kurz an, als bräuchte sie Unterstützung. Aber Brandon starrt nun stur auf die Tischplatte. Janet seufzt und gestikuliert hilflos.

»Dieses Mal war nicht Tomas, sondern Per der Vater.«

Karen spürt, wie sich ihr Magen zusammenzieht und ein Gefühl von Übelkeit aufsteigt. Diese Trauer über Kinder, die nicht kommen, über Kinder, die kommen, aber nicht willkommen sind, über Kinder, die jemand anderem gehören. Und Kinder, die sterben. Kinder, die Wunschkinder sind, die geliebt sind und einem entrissen werden, in einem Atemzug. Diejenigen, die völlig natürlich ein Kind nach dem anderen bekommen, ohne sich klar zu sein, welch Geschenk es ist. Und die, die es nie erfahren werden.

Anne-Marie hatte nicht nur die Untreue ihres Mannes verkraften müssen. Er erwartete mit der anderen Frau auch noch ein Kind. Mitten in ihrer eigenen Traurigkeit darüber, dass sie kein Kind bekommen konnte, wurde ihr Mann Vater. Und all das geschah vor ihren Augen in diesem Zuhause, das eigentlich ihre Zuflucht hätte sein sollen.

»Erzählen Sie weiter«, sagt Karen monoton.

Janet sieht kurz auf, schiebt ihrem Gast die Teekanne und eine Tasse hinüber und fährt fort.

»Wir hatten wie gesagt den Hof schon längst verlassen, als Ingelas Kind kam. Wir wissen alles nur von Disa, die es uns erst im Sommer erzählt hat. Vorher wussten wir auch nichts davon, Disa hat kein Wort verraten, bis Tomas verstarb.«

Karen nickt.

»Dann hat Ingela Susanne bei Per gelassen, als sie nach Schweden zurückgegangen sind? Er war ja der Vater, vielleicht war es doch nicht so ungewöhnlich«, sagt sie.

Ich würde mir lieber den Arm abhacken, als mein Kind wegzugeben, denkt sie.

»Sie haben ihm ein Kind mitgegeben. Das andere haben sie und Tomas nach Schweden mitgenommen.«

71

Totenstille in der Küche. Zwei Kinder. Nicht eins. Und doch ist es nicht die Information, dass Susanne eine Schwester hatte, die sie erschüttert. Verzweifelt versucht Karen die Logik in dem, was Janet erzählt hat, zu begreifen. Zwei Kinder aufzuteilen, eins zu behalten und eins wegzugeben. Sich für eins zu entscheiden. Und gegen das andere.

»Offenbar mussten sie schnell aufbrechen«, sagt Janet. »Eines der Kinder war von Anfang an sehr schwach und brauchte Intensivbetreuung, die Disa nicht leisten konnte. Ingela war erschöpft und nahm keins der Kinder richtig an. Vergeblich versuchten sie, sie zum Stillen zu bewegen, aber es klappte nicht, und das zartere Mädchen verlor immer mehr an Gewicht, obwohl sie ihm auch Muttermilchersatz gaben. Schließlich beschlossen sie, den Hof zu verlassen und nach Schweden zurückzugehen. Ich glaube, sie haben sich innerhalb von ein paar Tagen entschieden.«

»Ohne Susanne?«

Janet nickt.

»Ohne Susanne. Oder Melody, wie sie sie damals nannten. Melody und Happy.«

Bittend sieht Janet ihren Mann an, damit er weitererzählt. Es ist offensichtlich, dass es beiden schwerfällt, Disas Vertrauen zu enttäuschen. Und dann erzählen sie es auch noch einer Polizistin, wie schwer muss das für ehemalige Hippies sein, denkt Karen. Sie nickt Brandon aufmunternd zu.

»Sie hatten hier keine Aufenthaltsgenehmigung und wollten keine

Behörden einschalten, daher war das Beste, zurück nach Schweden zu fahren«, sagt er. »Vermutlich hatten sie sich vorgestellt wieder zurückzukommen, wenn das Kind in Behandlung war und sich ein bisschen erholt hat.«

»Aber sie sind dann doch nicht zurückgekehrt?«

»Sie haben sich irgendeiner religiösen Sekte angeschlossen, als sie wieder in Schweden waren. Irgend so ein Hindu-Trip, glaube ich. Tomas hat sich sehr schnell wieder verabschiedet, aber Ingela blieb. Nach der Entbindung hatte sie eine Art Psychose erlitten, so hat es Disa ausgedrückt, aber ich glaube, es gab noch weitere Probleme.«

»Drogen?«

Brandon muss lachen.

»Also, Gras und Haschisch haben wir ja alle geraucht, aber Ingela war sehr ... wie soll ich es ausdrücken ... weltabgewandt. Das waren wir anderen zwar irgendwie auch, zumindest haben wir so getan. Für uns war es ein bewusst aufgenommener Kampf, mit den Konventionen zu brechen, aber was sie anging ... ja, sie spielte in einer eigenen Liga. Irgendwann verschwand Ingela mit dieser Sekte nach Indien und nahm die Jungs mit. Disa hat erzählt, dass Tomas ein Jahr lang versuchte herauszufinden, wo sie sich befanden, aber am Ende aufgeben musste. Dann hat er die Tür zu diesem Kapitel seines Lebens zugeschlagen. Und formal besaß er ja keinerlei Rechte, er war nicht der Vater.«

»Und wer war das?«

»Keine Ahnung. Tomas und Ingela waren schon ganz jung ein Paar, aber trennten sich zwischendrin für ein paar Jahre. In der Zeit kamen Orian und Love zur Welt. Aber wer ihr Vater war, darüber wurde nie gesprochen. Tomas und Ingela heirateten sogar kurz bevor sie in die Kommune zogen. Auch wenn Tomas die Kinder nie adoptiert hat: Keiner hat daran einen Gedanken verschwendet.«

»Sie hat die Jungs mitgenommen, aber was war mit dem Mädchen?«

»Happy hat sie bei Tomas gelassen.«

Karen spürt die Wut heiß im Gesicht. Ingela hatte erst das eine Kind im Stich gelassen und dann auch noch das andere. Trotzdem hatten die

Mädchen im Gegensatz zu ihren Brüdern sicherlich die besseren Karten gezogen. Ob die Jungs ihre Kindheit in einer religiösen Sekte in Indien wohl überlebt haben, mit einer Mutter, die von Drogen psychotisch wurde?

Und die Mädchen, um die sich immerhin jemand kümmerte, doch die Liebe ihrer leiblichen Mutter nie erfuhren. Melody und Happy, denkt Karen. Welch schreckliche Ironie.

»Tomas hat Happy irgendwann in Anne umbenannt«, sagt Janet, als könne sie Karens Gedanken lesen. »Nachdem Ingela abgehauen war, hat er sich um 180 Grad gedreht. Sattelte um und übernahm die Firma seines Vaters. Auf dem Papier war er Vater von Anne, er und Ingela waren ja verheiratet gewesen, und das Kind war während der Ehe zur Welt gekommen. Ich weiß nicht, ob er die Ehe irgendwann hat annullieren lassen, oder ob Ingela noch am Leben ist, jedenfalls hat er nie mehr etwas von ihr gehört.«

Anne, geht es Karen durch den Kopf. Das kann nur sie sein. Sie widersteht dem Impuls, die Erzählung voranzutreiben, zu der Zeit zu springen, als Happy, die als Anne Ekman aufwuchs, irgendwann den Nachnamen Crosby annahm.

»Dann hat Tomas nie wieder geheiratet?«, fragt sie.

»Offenbar nicht. Disa und er hatten lange Zeit sporadischen Kontakt, und sie versuchte immer wieder, ihn zu überzeugen, dass er Anne erzählen müsse, dass sie zwei Halbbrüder und eine Zwillingsschwester habe, aber er hat sich strikt geweigert. Das sei für ihn ein abgeschlossenes Kapitel, hieß es, und Anne erzählte er, dass ihre Mutter tot sei. Und Disa hielt ihr Versprechen und schwieg, so ist sie einfach.«

»Zudem wusste sie ja auch, dass sie Per und Anne-Marie auch in Schwierigkeiten bringen würde, wenn sie an der Vergangenheit rührte«, sagt Janet.

Rühre nicht an der Vergangenheit, denkt Karen. Wecke keine schlafenden Hunde. Was geschehen ist, ist geschehen. Nein, vermutlich hätte es dem erfolgreichen Geschäftsmann Tomas Ekman nicht in den Kram gepasst, wenn diese Geschichte ans Licht gekommen wäre.

Außerdem hätte er riskiert, dass man ihm Anne wegnahm. Und Per und Anne-Marie Lindgren hätte es auch geschadet. Ihr Ansehen war in Langevik sowieso nicht das beste; wenn herausgekommen wäre, dass Susanne das Ergebnis einer Affäre von Per mit einer anderen Frau aus der Kommune war, hätten sie dort kaum bleiben können.

»Dann hat sie all die Jahre geschwiegen?«

»Ja, bis Tomas starb. Dann beschloss sie, beiden Mädchen die Wahrheit zu sagen. Anne war in die USA gezogen und hatte geheiratet, aber kam ja zur Beerdigung nach Hause, und da hat Disa sie aufgesucht.«

»Und Susanne? Wie hat sie zu ihr Kontakt bekommen?«

»Wir haben ihr geholfen herauszufinden, wo Susanne arbeitete, dann war es nicht sehr schwer.«

»Aber warum?«, fragt Karen. »Warum war es für Disa so wichtig, alles zu erzählen? Es wäre doch viel einfacher gewesen, es weiterhin für sich zu behalten.«

»Das haben wir uns auch gefragt«, sagt Brandon. »Aber Disa war überzeugt, dass ein Zwilling, dem man sein Geschwisterkind wegnimmt, sein Leben lang eine Sehnsucht in sich spürt. Zudem war sie in diesem Fall ja an der Entscheidung beteiligt gewesen. Und Anne hatte immer in dem Glauben gelebt, dass ihre Mutter tot sei. Ich glaube, Disa kämpfte mit Schuldgefühlen, die sie nicht mit ins Grab nehmen wollte.«

»Ins Grab?«, fragt Karen erstaunt.

Sie ist ja offenbar gesund genug, auf spanischen Pilgerwegen zu wandeln, denkt sie.

»Vor einem halben Jahr erhielt Disa die Diagnose Brustkrebs. Eine aggressive Art. Man kann nichts mehr für sie tun.«

72

Karen startet die Aufzeichnung und gibt mit monotoner Stimme Tag und Zeit der Aufnahme an, wer im Vernehmungszimmer anwesend ist und in welcher Angelegenheit. Sie hat eine Ahnung, was sie gleich zu hören bekommen wird; irgendeine Art von Eingeständnis, einen verzweifelten Versuch, Kooperationsbereitschaft zu zeigen, jetzt, da das Abstreiten der Vorwürfe unmöglich geworden ist. Linus Kvanne wird mit großer Wahrscheinlichkeit behaupten, dass er sich in der Nacht nach Oistra rein zufällig in Langevik befunden hat, aber weiterhin daran festhalten, dass er mit dem Mord an Susanne Smeed nichts zu tun hat. Niemand wird ihm das glauben. Die Frage ist, ob Karen ihm noch glaubt. Und eine verbotene Stimme tief in ihr sagt, dass es ihr bald egal sein wird.

Sie schaut kurz in ihre Unterlagen, bevor sie vergeblich versucht, zu Linus Kvanne Blickkontakt herzustellen. Er sitzt da mit gesenktem Kopf und scheint vollauf damit beschäftigt, ein Stück Nagelhaut von seinem rechten Mittelfinger abzuzupfen. Seufzend wendet sie sich stattdessen an Kvannes Rechtsbeistand Gary Brataas.

»Diese Vernehmung findet nun ausdrücklich auf Ihren eigenen Wunsch statt«, beginnt sie. »Offenbar möchte Ihr Klient etwas aussagen.«

Gary Brataas sieht Linus Kvanne kurz an, legt ihm eine Hand auf die Schulter und richtet sich dann an Karen.

»Meinem Klienten sind gewisse Umstände eingefallen, deren Kenntnis für Ihre Ermittlungen nützlich sein könnte. Allerdings möchte ich ausdrücklich darauf hinweisen, dass dies keineswegs die Aussage meines Klienten zur Schuldfrage betrifft. Linus Kvanne ist vollständig unschuldig an dem Mord an Susanne Smeed.«

»Vollständig unschuldig?«, wiederholt Karen und zieht fragend die Augenbrauen hoch.

Halleluja, denkt sie im Stillen.

Offenbar nicht still genug, denn sie sieht, wie Gary Brataas den Mund aufreißt und protestieren will.

Karen kommt ihm zuvor.

»Na, dann lassen Sie mal hören, Linus.«

Ohne den Blick von seinem Nagel abzuwenden, brummt Linus Kvanne etwas Unverständliches.

»Sie müssen schon etwas lauter reden, damit wir Sie verstehen können.«

»Also, ich war in Langevik. An diesem Abend, meine ich.«

»Aha. Diese Information ist uns allerdings nicht neu. Wir haben festgestellt – und das wissen Sie ja –, dass sich Ihr Handy dort befand. Und da Sie es weder gestohlen noch verloren gemeldet haben, haben wir die Schlussfolgerung gezogen, dass auch Sie sich dort befanden. Was Sie bislang verneint haben. Warum eigentlich?«

»Ja, was glauben Sie wohl?«

Endlich sieht Kvanne auf. Er schaut Karen jetzt provokativ ins Gesicht. Sie bleibt ruhig.

»Sie versuchen ja, mich wegen Mord einzubuchten. Und ich habe verdammt noch mal niemanden umgebracht.«

»Doch, Linus, das haben Sie. Genauer gesagt am Neujahrstag vor sechs Jahren.«

Kvanne fährt mit dem Kopf zurück und reißt die Augen auf.

»Ja, aber das war doch Notwehr«, entgegnet er.

Seine Stimme klingt verbittert, wie bei einem Schuljungen, der versucht zu erklären, dass nicht er, sondern der Junge aus der 5b die Schlägerei begonnen hat.

»Das haben Sie behauptet, stimmt. Fünf Stiche, wenn ich es recht in

Erinnerung habe. Und die letzten vier, als der andere schon unschädlich gemacht war.«

Mit einer heftigen Bewegung wirft sich Kvanne über den Tisch. Sein Gesicht landet so dicht an Karens Kopf, dass sie den säuerlichen Geruch seines Kautabaks riechen kann.

»Verpiss dich, du alte …«

»Beruhige dich, Linus«, sagt Brataas und legt Kvanne eine Hand auf die Schulter. »Es gibt keinen Grund, meinen Klienten zu provozieren, wenn er sich kooperationsbereit zeigt«, schiebt er hinterher.

Genauso schnell, wie Linus Kvanne sich aufgeregt hat, ist er auch wieder still. Als hätte man die Luft aus ihm herausgelassen, sinkt er zurück auf seinen Stuhl und starrt Karen nur noch wütend an.

»Der Typ hat versucht mich zu erstechen, als ich meine Freundin davor retten wollte, vergewaltigt zu werden«, schimpft er. »Das können Sie doch mal kapieren? Das hier ist völlig sinnlos, ich habe überhaupt keine Chance …«

Verzweifelt reißt er die Arme hoch und verstummt. Karen wartet ab, kommentiert noch nichts, und hört, wie sich Gary Brataas räuspert.

»Wie mein Klient bereits sagte, hat diese Angelegenheit nichts mit dem aktuellen Fall zu tun.«

»Und was wollen Sie jetzt eigentlich aussagen, Linus? Sollen wir noch mehr Zeit verschwenden, oder wollen Sie uns jetzt erzählen, was wirklich an dem Morgen nach Oistra in Langevik geschah?«

73

»Was glauben Sie selbst?«

Dineke Vegen stellt die Kaffeetasse auf ihrem Schreibtisch ab und legt das Vernehmungsprotokoll wieder hin.

»Ich weiß nicht mehr, was ich glauben soll«, antwortet Karen. »Muss ich antworten?«

Die Neuigkeit, dass Susanne Smeed eine Schwester hatte, haben sowohl Viggo Haugen als auch die Staatsanwältin nur mit Schulterzucken kommentiert. Nicht einmal Karl Björken hatte überrascht darauf reagiert.

»Dann ist das doch die Erklärung, warum Susanne und sie in Kontakt waren«, hatte er gesagt. »Aber wir haben keinerlei Hinweise, dass Anne Crosby ihre Schwester umbringen wollte. Eher umgekehrt. Du musst dir das jetzt wohl wirklich aus dem Kopf schlagen und schlucken, dass es Linus Kvanne war.«

Vielleicht haben sie recht, denkt Karen. Warum sollte Anne Crosby ihre Schwester umgebracht haben? Wirtschaftliche Motive waren auszuschließen, Rache oder Eifersucht kämen zwar infrage, aber scheinen so an den Haaren herbeigezogen im Vergleich zu Kvannes ständiger Jagd nach leicht zu verhökernder Beute. Das Einzige, was als Motiv noch übrig bleibt, wäre Erpressung. Susanne war kaum der Mensch, der eine Chance hätte verstreichen lassen, sich zu bereichern, wenn sie sich bot. Aber was hätte sie über ihre Schwester in Erfahrung bringen können, das Anne Crosby Anlass gegeben hätte, sie aus dem Weg zu schaffen? Nein, Karl hat offenbar recht, es ist an der Zeit, den Fall abzuschließen.

Die Staatsanwältin macht es sich auf ihrem Stuhl bequem und lächelt.

»Nein, eigentlich nicht«, antwortet sie. »Wir werden höchstwahrscheinlich gegen Kvanne Anklage erheben, es liegt genug gegen ihn vor. Er war zur Tatzeit in Langevik und hatte mit anderen Worten sowohl ein Motiv als auch die Gelegenheit. Und er hat gelogen. Zudem hat er schon in der Vergangenheit gezeigt, dass er bereit ist, spontan Gewalt einzusetzen, wenn es ihm nützt.«

»Sie meinen den Totschlag? Da ging es ja mehr um seinen eigenen Vorteil, eher um eine Form von Rache. Oder die Verteidigung seiner Freundin, wenn man die Situation wohlwollend betrachten will.«

»Ja, aber es ist auch ein Beweis dafür, dass er Grenzen überschreitet. Arild Rasmussen hat ausgesagt, dass Linus Kvanne betrunken war und Ärger gemacht hat, als er ihn rausschmeißen wollte, vermutlich war Kvanne auch ordentlich zugekifft, wenn Sie mich fragen. Er ist in Susanne Smeeds Haus eingedrungen – entweder, um Wertsachen mitgehen zu lassen, oder, um einfach einen Platz für die Nacht zu haben.«

»Er hätte aber merken müssen, dass jemand zu Hause ist. Denn der Wagen stand auf dem Grundstück.«

Dineke Vegen zuckt mit den Schultern.

»Es ist ja nichts Ungewöhnliches, dass Einbrüche auch passieren, wenn die Hausbesitzer anwesend sind. Wir haben es schon manchmal erlebt, dass Leute aufwachen, weil plötzlich jemand in ihrem Schlafzimmer steht.«

»Ja, aber dann sind es in der Regel mehrere Täter.«

»Kvanne hat seine Entscheidungen vielleicht auch nicht ganz rational getroffen. Und vergessen Sie nicht, dass er bei anderen Einbrüchen auch schon Feuer gelegt hat.«

»Glauben Sie nicht, dass er dann wenigstens das Tafelsilber mitgenommen hätte?«

Dineke Vegen zuckt wieder mit den Schultern.

»Vielleicht wurde er unterbrochen, oder er hat diese Schublade ganz einfach übersehen. Nein, das kann kein Zufall sein, dass der gute

Kvanne sich an diesem Morgen in Langevik befand. Das einzige Problem ist der Wagen.«

Karen nickt. In Susannes Toyota haben sie auf der Fahrerseite nur DNS von ihr gefunden und auch keine anderen Fingerabdrücke. Eine zweite Garnitur konnte zwar am Türgriff an der Beifahrerseite sichergestellt werden, aber das waren dieselben nicht identifizierten Abdrücke, die man auch im Haus gefunden hatte. Die schlechte Nachricht ist, dass sie nicht von Kvanne stammen.

»Er behauptet ja, er sei getrampt. Möglicherweise stimmt das«, sagt Karen ohne die geringste Überzeugung.

Sie muss daran denken, wie verwaist die Straßen am Morgen nach Oistra sind. Wenn wider Erwarten doch ein Auto auftauchen würde, wäre es nicht sehr wahrscheinlich, dass Kvanne so viel Glück gehabt hätte, dass es auch noch angehalten und ihn mitgenommen hätte.

Dineke Vegen blättert die Unterlagen schnell durch und liest dann laut: »Ich habe ungefähr eine halbe Stunde gewartet, doch dann hat ein Typ angehalten. Ich glaube, es war ein Volvo. Schwarz oder dunkelblau.«

»Na, wie praktisch«, sagt Karen. »Schon nach einer halben Stunde. Und natürlich ein Volvo, was sonst?«

Jetzt ist die Staatsanwältin ratlos.

»Also an der Stelle bin ich auch etwas skeptisch. Trotzdem ist es das Wahrscheinlichste, dass er es war, der Susannes Auto wegfuhr«, sagt sie. »Dann hat er wohl dafür gesorgt, keine Fingerabdrücke zu hinterlassen.«

Karen sieht ihr in die Augen, aber sagt nicht, dass Linus Kvanne wohl kaum der Typ ist, dem es durch besondere Geschicklichkeit gelungen wäre, den Kriminaltechnikern keine Spuren zu liefern.

»Das Fahrrad, mit dem er angeblich hingekommen ist, haben wir übrigens gefunden«, sagt sie stattdessen. »Er hat es von einem Hof südlich von Grunder geklaut, nachdem er das gestohlene Motorrad zu Schrott gefahren hat. Außerdem hat der Arzt bestätigt, dass er einen Riss im rechten Schlüsselbein und einige Schürfwunden an der Hüfte hat, was seine Aussagen stützt.«

Die Staatsanwältin schnaubt.

»Der Arme. Da stand er verletzt und hatte den Rucksack voller gestohlener Sachen. Und dann ist er nach Langevik auf den kleinen Straßen gefahren, um nach den Einbrüchen nicht der Polizei über den Weg zu laufen. Ein rührendes Bild.«

Karen verzieht widerwillig den Mund.

»Wenn Sie den kompletten Bericht gelesen haben, dann werden Sie feststellen, dass wir bestätigen konnten, dass die Aussagen über seine Telefonate stimmen. Der alte Fixer Jörgen Bäckström, den kennen Sie ja, hat bestätigt, dass sein Handy vier verpasste Anrufe anzeigte, als er am Nachmittag nach Oistra aufgewacht ist. Einen von seiner Mutter und drei von Linus Kvanne, der jedes Mal in der Mobilbox gelandet ist. Aber das ist auch nicht sehr sonderbar, wenn man bedenkt, dass Bäckström zu diesem Zeitpunkt sicher nicht richtig ansprechbar war. Noch viel weniger in der Lage, Auto zu fahren und seinen Freund abzuholen.«

»Und da ist er in Susanne Smeeds Haus eingebrochen, hat sie erschlagen und ist dann mit ihrem Auto abgehauen. Wir müssen nur noch versuchen zu erklären, warum es im Wagen keine Spuren des Täters gibt. Ich weiß, dass die Jungs wirklich gute Arbeit leisten, aber könnten wir nicht eine erneute Untersuchung des Wagens beauftragen?«

»Leider nicht. Sie haben ihn schon frei gegeben. Aber das hätte Larsen nie getan, wenn er sich nicht sicher gewesen wäre. Wenn Kvanne dieses Auto gefahren ist, muss er sowohl Handschuhe als auch Haarnetz getragen haben. Oder er hatte richtiges Bauernglück.«

Karen steht auf.

Sie sagt nicht, was sie denkt:

Dass Kvanne vielleicht gar nicht in Susanne Smeeds Haus eingebrochen ist, dass er nur zufällig in der Nähe gewesen sein könnte, so wie er es sagt. Dass Linus Kvanne dieses Mal tatsächlich einfach nur Pech gehabt hat. Und sie sagt auch nichts über dieses beunruhigende Gefühl, dass derjenige, der Susanne Smeed erschlagen hat, da draußen noch frei rumläuft. Wenn sie wenigstens einen Namen hätte, oder eine Theorie über ein Motiv, aber nur so ein Bauchgefühl … Nein, dieses Mal hält Karen Eiken Hornby den Mund.

»Tja, viel weiter komme ich nicht. Jetzt haben Ihre Mitarbeiter das Vergnügen, den Fall zu übernehmen. Sie haben den kompletten Bericht in Ihrem Posteingang, bevor ich Feierabend mache. Ich werde jetzt meinen Urlaub nehmen. Haugen und Smeed sind heilfroh, dass ich endlich fahre«, fügt sie mit einem ironischen Grinsen hinzu.

Dineke Vegen ist nun auch aufgestanden und streckt ihr lächelnd die Hand entgegen.

»Ja, ich habe schon gehört, dass Sie eine Weile weg sein werden. Ich möchte Ihnen noch einmal ausdrücklich danken. Falls noch Fragen auftauchen, während Sie verreist sind, werde ich Jounas konsultieren. Wohin geht's denn eigentlich?«

»Nach Frankreich, in den Nordosten. Mir gehört dort ein kleiner Teil eines Weinguts, und ich würde gern wenigstens zum Ende der Erntezeit noch dort sein und schauen, was ich tun kann.«

»Aber nicht zufällig im Elsass?«

»Doch, genau da. Wir können um eine Kiste wetten.«

»Okay. Und was wetten Sie?«

»Wenn Ihre Anklage gegen Kvanne durchkommt, kriegen Sie eine Kiste Weißwein von mir.«

»Und wenn nicht?«

»Dann habe ich recht. Das ist genug.«

74

»Ach, jetzt verlässt du das Schiff, wo du nicht länger Kapitän spielen darfst.«

Ohne sich zu rühren, sieht Karen zu, wie der Kaffee langsam in ihren Becher rieselt, den sie nur notdürftig unter dem Wasserhahn ausgespült hat.

Dann dreht sie sich ganz langsam um und pustet auf ihr heißes Getränk, bevor sie es an die Lippen führt. Sie lehnt sich mit dem Hintern gegen die Arbeitsplatte und sieht Evald Johannisen an, der in der Küchentür steht.

Ohne eine Miene zu verziehen, stellt sie fest, dass sie den Zucker vergessen hat, sie spürt die Bitterstoffe unangenehm im Mund.

»Schön, dich zu sehen, Evald«, sagt sie. »Ich hab schon gehört, dass du wieder da bist. Willst du auch eine Tasse?«

»Schwulenkaffee? Nee, vielen Dank, da ziehe ich den guten alten Polizeikaffee vor.«

»Wundert mich nicht. Trotzdem solltest du ihn mal probieren. Schmeckt sehr gut.«

Sie fährt mit der Handfläche über den matt gebürsteten Edelstahl. Dann drückt sie mit dem Zeigefinger auf den Arm des Milchaufschäumers, sodass er vorschwingt, während sie ihren Kollegen anlächelt. Er verfolgt ihre Bewegungen und schüttelt den Kopf.

»Ja, am Ende sind es wieder die Steuerzahler, die das Fest bezahlen«, sagt er angesäuert. »Aber das ist ja wohl nur eins von vielen Dingen, die Jounas jetzt, wo du weg bist, wieder in Ordnung bringen muss.«

»Ach ja«, sagt sie gelassen. »Was hast du denn da für spannenden Klatsch gehört?«

Evald Johannisen macht ein paar Schritte vor in die Küche, öffnet den Kühlschrank und greift nach einer Dose Cola, die in der Tür steht. Dann öffnet er den Verschluss, hebt die Dose zum Anstoßen und nimmt ein paar Schlucke.

Einen Japp auf Koffein hast du also doch, denkt Karen und hebt ihren Becher als Antwort.

»Du solltest dich vorsehen, das ist starkes Zeug«, sagt sie mild und nickt zu der Dose, die er in der Hand hält. »Das kann nicht gut sein fürs Herz.«

»Fahr zum Teufel.«

»Nein, aber nach Nordfrankreich. Ich reise am Samstagnachmittag ab. Dann werde ich auf dem Weingut sitzen und Wein trinken, während ihr hier weiter im eisigen Wind sitzt und schuftet.«

Johannisen nimmt den nächsten Schluck und fährt sich mit dem Handrücken über den Mund.

»Tja, und du musstest schließlich aufgeben«, sagt er. »Du durftest ja nicht noch länger Zeit und Kraft für etwas verschwenden, was innerhalb von weniger als einer Woche hätte aufgeklärt sein können. Das hat bestimmt wehgetan.«

Er zieht einen Stuhl zu sich heran und setzt sich. Dann lehnt er sich zurück und überschlägt die Beine, während er die Cola erneut ansetzt.

»Und du hast dich also damit beschäftigt, herumzurennen und Leute zu befragen, was hier vor fünfzig Jahren passiert ist, statt dir das genau anzuschauen, was du vor der Nase hattest«, sagt er, trinkt und rülpst dann mit offenem Mund.

Sie verkneift es sich, das Gesicht zu verziehen. Stattdessen lächelt sie ihn an.

»Ach nein, Smeed und du haben Kaffeekränzchen gehalten. Was hat er sonst noch so erzählt?«

»Du meinst die ganze Zeit, die du mit alten Fotoalben verbracht hast, durch Kneipen gerannt bist und mit alten Hippies geredet hast?

Nein, das konnte ich ja selbst schwarz auf weiß lesen. Jounas hat mich gebeten, deine Berichte durchzuackern, und das war wirklich keine amüsante Lektüre.«

»Und trotzdem hast du alles gelesen. Wie rührend.«

»Das musste ich ja, weil ich jetzt die Kontaktperson zur Staatsanwaltschaft bin, jetzt, wo du beschlossen hast abzuhauen mit eingezogenem Schwanz.«

»Ja wunderbar, dann hast du ja die Vernehmungsprotokolle mit Linus Kvanne auch zur Kenntnis genommen. Ich bin sicher, dass sie dich wirklich überzeugt haben. Genau wie Vegen, Haugen und Smeed. Wie schön, dass ihr euch einig seid.«

»Was willst du damit sagen?«

»Genau das, was ich sage. Ihr habt alles gekriegt, was ihr meint zu benötigen. Bitte schön!«

»Und du glaubst immer noch, dass Kvanne unschuldig ist? Willst du das damit sagen?«

Evald Johannisen schnaubt und wischt sich ein Rinnsal Kohlensäureschaum vom Kinn. Karen betrachtet ihn, ohne zu antworten, sie wartet darauf, dass er fortfährt.

»Ich habe mir wirklich jedes bisschen durchgelesen, was du in den Gesprächen mit den übrig gebliebenen Deserteuren ausgegraben hast oder was du recherchieren konntest, als du in der Kneipe gesessen und dir Klatsch und Tratsch angehört hast. Hippies, dänische Hebammen und verlassene Kinder, alles total sinnlos. Und dann habe ich die Vernehmungsprotokolle mit Kvanne gelesen. Und es besteht ja wohl nicht der geringste Zweifel, welche Schlüsse man daraus ziehen muss. Wenn du das nicht einsiehst, dann verstehe ich nicht, warum du überhaupt eine Stelle als Polizistin hast.«

Karen geht vor an die Spüle, wäscht ihren Becher ab und stellt ihn kopfüber auf das Abtropfgitter. Dann dreht sie sich um.

»Weißt du was, Evald. Das fragte ich mich manchmal selbst.«

Das Letzte, was sie hört, als sie einen großen Schritt über seine ausgestreckten Beine macht und den Raum verlässt, ist das Geräusch der nächsten Ladung Kohlensäure, die durch Evald Johannisens Speiseröhre nach draußen drängt.

75

In dem Moment, als Karen den Schlüssel abzieht, surrt ihr Handy. Doch die Aufregung, die der Name von Anne Crosby auf dem Display noch vor ein paar Tagen ausgelöst hätte, bleibt aus, und ein paar Sekunden lang fragt sie sich, ob sie das Gespräch überhaupt annehmen soll.

Das zweite Treffen mit Brandon und Janet hatte alle offenen Fragen bereits beantwortet. Was sich in Langevik vor knapp 50 Jahren abgespielt hat, konnte man als Tragödie bezeichnen. Dass Anne Crosby das kleine Mädchen ist, das mit Tomas und Ingela nach Schweden zurückging, steht außer Zweifel. Mit Cornelis Loots' Hilfe – natürlich diskret und nur mit dem Versprechen, dass Jounas Smeed davon nichts erfahren würde – hat sie die Bestätigung erhalten, dass Happy irgendwann zu Anne umgetauft worden ist und in Malmö bei Tomas Ekman aufwuchs, von dem sie wohl annahm, dass er ihr leiblicher Vater sei. Ende der Achtzigerjahre siedelte Anne dann in die USA über, um Marketing zu studieren, und dann heiratete sie einen Gregory Crosby, von dem sie nun seit sechs Jahren geschieden ist. Das Paar hatte keine Kinder, und Anne Crosby ist allein unter einer Adresse in Los Angeles gemeldet.

Dass die beiden Schwestern, Anne und Susanne, erst Monate vor Susannes Tod von der Existenz der anderen erfuhren, war ein tragischer Zufall. Aber das erklärt die Telefonanrufe bei Susanne Smeed, sowohl von Disa Brinckmann als auch von Anne Crosby selbst. Vor allem ist die Wahrscheinlichkeit, dass Anne Susanne getötet haben könnte, wesentlich geringer, als dass Linus Kvanne es war. Eine fast 50-jährige, und nach Cornelis Informationen sehr betuchte Frau hatte vermutlich nicht das geringste Interesse daran, ihre Schwester in einem Kuhdorf auf der Insel Heimö zu erschlagen. Schließlich hat das sogar Karen geschluckt.

Das Handy klingelt nun zum dritten Mal, und Karen ist klar, dass sie das Gespräch annehmen muss. Schließlich wäre es unverschämt, nicht mit Anne Crosby zu sprechen, wenn sie schon anruft auf ihre Nachricht, dass es sehr eilig sei. Widerwillig drückt sie auf die Taste mit dem grünen Hörer.

»Ja, hier Karen Eiken Hornby«, meldet sie sich.

»Mein Name ist Anne Crosby. Sie wollten mich sprechen?«

Die Stimme klingt höflich, aber gehetzt, fast atemlos, als ob ihr daran gelegen sei, die Sache schnell hinter sich zu bringen. Passt mir auch, denkt Karen.

»Ja, das ist richtig. Ich wollte mit Ihnen sprechen wegen eines Todesfalls hier auf Heimö.«

Karen stockt und schweigt einen kurzen Moment. Anne Crosby wird doch wissen, dass ihre Schwester tot ist? Hat sie das im Gespräch mit Mette erfahren?

»Es geht um Susanne Smeed«, sagt sie vorsichtig. »Ich weiß nicht, ob Sie informiert sind, dass ...«

»Ja, ich weiß, dass Susanne tot ist. Es ist schrecklich.«

Anne Crosby spricht abgehackt und nahezu perfektes Schwedisch, trotz der vielen Jahre in den USA.

»Die Sache ist die: Wir sind Susannes Anruflisten durchgegangen, und da tauchten Ihre Nummer sowie die von Disa Brinckmann auf. Von deren Tochter habe ich übrigens Ihren Namen erhalten, und so konnte ich diese Telefonnummer zuordnen. Da es ja eine Prepaidkarte ist, hätten wir das sonst nicht herausgefunden.«

»Ich benutze immer Prepaidkarten, wenn ich im Ausland bin.«

»Ja, das ist am sichersten, sonst kann es ganz schön teuer werden.«

Im Hintergrund hört Karen etwas wie Geräusche von einer Baustelle, aber Anne Crosby ist still.

»Wie auch immer«, fährt Karen fort, »eigentlich sind meine Fragen mittlerweile beantwortet. Zudem sind die Ermittlungen in dem Mordfall so gut wie abgeschlossen. Wir haben einen Verdächtigen, der in Untersuchungshaft sitzt ...«

»So gut wie? Dann ist es noch nicht sicher?«

»Na ja, das ist Polizeijargon. Er muss ja schließlich noch verurteilt werden.«

Es kratzt in der Leitung, dann wird es mucksmäuschenstill. Einen Moment lang denkt Karen, dass Anne Crosby aufgelegt hat.

»Na, das klingt ja gut«, sagt sie jedoch kurz darauf.

»Ich werde für ein paar Wochen verreist sein, aber wenn Sie möchten, kann ich den Kollegen, der jetzt zuständig ist, bitten, Sie über das Verfahren zu informieren. Wenn Sie mir Ihre Kontaktdaten geben, kann ich sie an die Staatsanwaltschaft weitergeben.«

»Sie können einfach auf dieser Nummer anrufen.«

»Dann werden Sie noch eine Weile in Schweden bleiben?«

Dieses Mal ist das Störgeräusch derart laut, dass Karen instinktiv das Handy vom Ohr wegreißt.

»Entschuldigen Sie«, sagt Anne Crosby. »Ich stehe hier etwas ungünstig.«

»Ich werde natürlich auch versuchen, Disa Brinckmann zu erwischen, bevor ich abreise«, sagt Karen, »aber das scheint nicht ganz so einfach zu sein, wie Sie wissen. Ihre Tochter hat gemeint, sie sei jetzt endlich auf dem Heimweg. Haben Sie Disa eigentlich sprechen können? Mette hat ja gesagt, dass Sie es versucht haben.«

»Was? Nein. Ich meine, noch nicht.«

»Gut, ich werde versuchen, sie anzurufen, bevor ich aufbreche. Ansonsten fahre ich vielleicht auch einfach auf dem Heimweg über Malmö. Die Stadt soll sehr nett sein, habe ich gehört, und es ist ja kein großer Umweg mehr, seit es die Brücke gibt.«

Ich quatsche sie voll, denkt Karen. Meine Urlaubspläne interessieren sie doch gar nicht, und dieser Small Talk kann auch nicht darüber hinwegtrösten, dass ihre Schwester tot ist. Noch ein paar Sekunden Stille, gerade will Karen sich verabschieden.

»Wollen Sie in Dänemark Urlaub machen?«

»Ich will sogar bis nach Frankreich. Ich nehme die Abendfähre am Samstag und fahre dann mit dem Auto runter.«

»Dann wünsche ich Ihnen eine gute Reise.«

»Vielen Dank. Und«, schiebt sie hinterher, »die Sache mit Ihrer Schwester tut mir aufrichtig leid.«

76

»Du wirst gar nicht merken, dass ich dabei bin, ich schwöre!«

»Wie stellst du dir das denn vor, immerhin wirst du doch neben mir im Auto sitzen? Oder wolltest du dich in den Kofferraum legen?«

Sigrid schaut sie hoffnungsvoll an.

»Dann ist es okay, meinst du? Nimmst du mich mit?«

Karen seufzt. Zwei Tage lang hat Sigrid sie bekniet, und nun wird sie weich. Es hatte genau da begonnen, als sie Sigrid mitgeteilt hat, dass sie nun ihren aufgeschobenen Urlaub nehmen und gute Freunde im Elsass besuchen wolle. Sigrid hatte ihr versichert, sie würde auch die Hälfte der Benzinkosten tragen und bei der Weinlese fleißig helfen. Sie habe schon immer davon geträumt, nach Frankreich zu fahren. Und das alles süß säuselnd wie ein Engel.

Als das nicht gleich zum erwünschten Ergebnis führte, hat sie die Strategie gewechselt:

Sie bräuchte einen »Break« von diesem »miesen Land«, nach allem, was passiert war, und im Club (»diesem miesen Loch«) tauche in unregelmäßigen Abständen immer noch Sam auf, und ihn wolle sie nie mehr wiedersehen, daher wolle sie sowieso kündigen und im neuen Jahr ein Studium anfangen (aber nicht, weil Papa sie drängte, dieser »scheinheilige Mistkerl« sollte sich verpissen). Und außerdem würde Karen gar nicht merken, dass sie dabei war.

Jounas wird vermutlich in die Luft gehen, wenn er hört, dass seine Tochter und ich gemeinsam in den Urlaub fahren, denkt Karen.

»Na gut«, sagt sie.

Aber nachdem sie mit Kore, Eirik und auch Marike gesprochen hat, wird ihr klar, dass es ein Problem gibt. Keiner von ihnen kann drei Wochen in ihrem Haus wohnen, um sich um Rufus zu kümmern. Rufus bei Marike wohnen zu lassen ist Karen zu gefährlich. Als das arme Tier vor knapp einem Jahr aus dem Nichts bei ihr aufgetaucht ist, sah er aus, als wäre er sehr weit gelaufen und hatte sich völlig verausgabt. Vermutlich würde er weglaufen und versuchen, sein Zuhause zu finden. Und dann würde ihn der Fuchs holen oder – was noch wahrscheinlicher war – er überfahren werden.

Natürlich könnte sie einen der Nachbarn bitten, Rufus zu füttern, aber wenn sie daran denkt, wie sehr das Tier ihre, und mittlerweile auch Sigrids Gesellschaft sucht, findet sie allein die Vorstellung grausam, ihn wochenlang allein im Haus zu lassen. Warum hat sie sich bloß auf dieses Katzenvieh eingelassen? Ohne einen Gedanken daran, dass sie damit ihre Möglichkeiten zu verreisen aufs Spiel setzte.

Kores Lösungsvorschlag hatte nur wenig brauchbar geklungen. Und dennoch sitzt sie jetzt im Auto zwischen zwei Laderampen im Nyhamn, nachdem sie zwanzig Minuten im Schritttempo um die dunklen Gebäude gerollt ist und überall in die Gänge geschaut hat. Gerade als sie aufgeben und wieder umdrehen will, taucht Leo Friis ohne Vorwarnung in ihrem Scheinwerferlicht auf. Da steht er nun mitten auf der Straße, die sie gerade zweimal auf und ab gefahren ist. Sie begegnet ihm mit gemischten Gefühlen: Einerseits ist sie erleichtert, dass sie ihn endlich gefunden hat, andererseits verspürt sie den Impuls, sich aus dem Staub zu machen, solange sie es noch kann.

Dann fällt ihr ein, dass die Fähre nach Esbjerg schon am nächsten Tag geht. Übermorgen wird sie mit Philippe, Agnés und den anderen mit einem Glas Wein vom letzten Jahrgang in der Hand dasitzen und auf die Weinberge schauen.

Sie schaltet in den Leerlauf, öffnet die Wagentür und steigt aus.

»Okay, und wo ist der Haken?«, fragt Leo Friis, als er sich ihren Vorschlag angehört hat. »Du würdest mich doch kaum darum bitten, wenn es nicht irgendeinen Haken gäbe. Wir kennen uns nicht.«

Er sieht sie voller Misstrauen an und greift ohne ein Dankeschön nach der nächsten Zigarette.

»Kore bürgt für dich. Und du bist wohl derjenige bei dem Deal, der gar nichts riskiert. Du passt einfach nur auf mein Haus auf, während ich in Frankreich bin. Ich brauche jemanden, der sich darum kümmert, schaut, dass keiner einbricht, und ein Auge auf dies und das hält.«

»Dies und das ...?«

»Meinen Kater. Er braucht Essen und Wasser ... tja, und jemanden, der ihn hin und wieder streichelt.«

»Aha, dann ist das Tier also der Haken. Was ist mit ihm los?«

Karen fühlt ihre Geduld langsam schwinden. Kores Idee, Leo Friis in ihr Haus zu holen, war von Anfang an nur der verzweifelte Versuch einer Lösung. Ein schmuddeliger Obdachloser, vermutlich mit so vielen Problemen behaftet, wie Dinge auf ihrer Einkaufsliste stehen.

»Im Grunde ist er ein Guter«, hatte Kore gesagt. »Er hat richtig Ärger bekommen, als die Band auseinanderging; Drogen und Schulden und diesen Mist, aber er ist okay. Außerdem kann ich auch mal vorbeifahren und nach dem Rechten sehen, wenn dir das lieber ist. Seit wir uns an diesem Abend im ›Repet‹ wiedergesehen haben, sind wir in Kontakt. Na ja, du warst ja selbst dabei, man kann sagen, dass du ihn auch kennst.«

»Nach zwei Bier? Und wie ist es euch eigentlich geglückt, den Kontakt zu halten? Er hat doch wohl kaum ein Handy in der Tasche?«

»Nein, aber in der Nacht konnte er bei mir im Studio pennen, und danach kam er noch ein paar Male. Und dann habe ich ihn zum Essen eingeladen.«

»Zu Hause? Und das hat Eirik mitgemacht?«

»Es gab schon ein bisschen Gezicke, aber am Ende hat er genickt. Obwohl er echt wie auf Kohlen dasaß, als Leo es sich auf unserem neuen weißen Sofa bequem gemacht hat.«

»Na, das kann ich mir vorstellen«, hatte Karen gesagt. »Okay, und weißt du, wo ich ihn auftreiben kann? Wohnt er noch in deinem Studio oder unter einer Laderampe im Nyhamn?«

»Letzteres, leider. Im Moment sind ja massenhaft Leute im Studio, weil wir so viele Aufträge haben, da muss er sich für eine Weile fernhalten. Die Jungs fänden das nicht cool, wenn sie wüssten, dass er einen Schlüssel hat. Allein die technische Ausrüstung ist Millionen wert.«

»Stimmt, da ist es besser, er klaut einfach die paar Sachen, die mir gehören ...«

»Ach komm. Leo ist keine Ratte. Und überhaupt: Hast du eine Wahl?«

Jetzt betrachtet Karen den Mann vor sich mit einer Mischung aus Faszination und Abscheu. Sein Mantel sah sicher einmal richtig gut aus, wahrscheinlich ist es sein eigener, und die Schuhe wirken verdächtig neu. Aber die Scheinwerfer verraten, dass der rote Pullover, der im Licht zum Vorschein kommt, voller Flecken ist, von denen sie lieber nicht wissen will, woher sie stammen. Die Ärmel sind graubraun von dicken Schmutzschichten. Am einen Ärmel ribbelt sich schon die Wolle auf. Mit einer Sicherheitsnadel, die er durch die Maschen gesteckt hat, wollte er verhindern, dass sich noch mehr auftrennt. Die graue Decke, die Leo Friis bei ihrer ersten Begegnung um die Schultern gewickelt hatte, entdeckt sie zum Glück nicht, aber in der Mütze und den Wollsocken, die über dem Schuh sichtbar werden, tummelt sich vermutlich schon Ungeziefer. Wahrscheinlich ist er komplett voll davon, denkt sie angeekelt.

Er sollte dankbar sein. Die Möglichkeit ergreifen, für drei Wochen ein Dach über dem Kopf und Essen zu bekommen, ohne so viele Fragen zu stellen. Stattdessen stehe ich hier wie ein Staubsaugervertreter und versuche ihn zu überreden. Was glaubt er eigentlich, wer er ist?

Und gleichzeitig begreift sie, dass sie auf Leo Friis' Hilfe wesentlich mehr angewiesen zu sein scheint, als er auf ihre.

»An meinem Kater gibt es keinen Haken«, sagt sie. »Er braucht nur eine Menge Aufmerksamkeit.«

»Bist du sicher, dass es keine Katze ist?«

Leo Friis kratzt sich an den Augenbrauen, sodass ihm die Mütze in die Stirn rutscht.

»Oh, ein Penner mit Humor«, zischt Karen. »Hast du Läuse? Deine Mütze sieht aus, als könne sie von allein marschieren.«

»Woher soll ich das wissen? Hast du eine Badewanne?«

»Natürlich.«

»Okay.«

»Okay was?«

»Okay, ich wohne in deinem Haus, passe auf deine Katze auf und sorge dafür, dass keiner einbricht, während du an die Costa del Sol fährst und Sangria trinkst.«

»Auf ein Weingut in Frankreich. Von dem gehört mir ein kleiner Teil.«

»Glückwunsch!«

Leo räuspert sich und behält den Schleim im Mund. Karen sieht angeekelt zu, wie er den Kopf zur Seite dreht und über die Kaimauer spuckt.

»Unter folgenden Bedingungen«, sagt sie. »Du bringst keine zwielichtigen Typen mit heim, und du nimmst keine Drogen, solange du bei mir wohnst. Nicht einen Joint. Trink meinetwegen, aber dabei bleibt es.«

»Ich hab's ja gesagt. Es gibt immer einen Haken ...«

»Ich bin Polizistin und kann nicht riskieren, dass du bei mir zu Hause irgendwas anstellst. Das meine ich ernst. Kriegst du das hin?«

»Also, seit knapp zwei Jahren komme ich mit Bier und Rotweinpisse aus. Hast du denn was zu Hause?«

»Wahrscheinlich nichts, was dir schmeckt. Nur ordentlichen Wein und richtig guten Whisky. Und eine Gefriertruhe voller Essen, Fernseher und Gästezimmer mit sauberem Bettzeug«, fügt sie hinzu, um ihrer überheblichen Antwort die Spitzen zu nehmen.

»Und wo bitte liegt dieses Paradies?«

»In Langevik, nordöstlich von der Stadt.«

»Ich weiß, wo das ist. Aber wie soll ich da hinkommen? Ich habe kein Auto, das hast du bestimmt mitgekriegt.«

Karen ist ein paar Sekunden lang still und rechnet. Noch 23 Stunden bis zur Abfahrt der Fähre. Morgen wird sie es kaum schaffen, durch die Stadt zu fahren und Leo Friis zu suchen, und ob das klappt, dass er zu ihr kommt, wenn sie ihm Geld für ein Taxi gibt, wagt sie zu bezweifeln.

»Mit dem Auto«, sagt sie. »Und das fährt jetzt. Wenn du gerade nichts Besseres vorhast«, fügt sie hinzu.

77

Die Laute aus dem oberen Stockwerk sind verstummt. Das Rauschen des Wasserhahns abwechselnd mit dem gurgelnden Geräusch vom kühlen Wasser, das abgelassen wird, um Platz für frisches, warmes zu machen, hat nach gut einer Stunde endlich aufgehört.

»Glaubst du, dass er eingeschlafen ist?«, fragt Sigrid und schlägt gedankenverloren mit dem Teelöffel gegen die Kaffeetasse, während sie mit dem Daumen der anderen Hand auf dem Display ihres Handys hoch- und runterscrollt.

»Ob er wohl gerade in der Badewanne ertrinkt? So was hat man ja schon gehört ...«, fährt sie fort und blickt für einen kurzen Augenblick von ihrem Handy auf. »Vielleicht sollten wir mal nach ihm schauen ...«

»Ich glaube schon, dass er auf sich selbst aufpassen kann«, meint Karen trocken und hebt Rufus, der auf einen Küchenstuhl gesprungen war und sich mit den Tatzen auf den Küchentisch gestellt hat, wieder auf den Boden. »Wenn du mit dem Käse fertig bist, dann räume ich ihn ab.«

Sie steht auf, um den Tisch abzudecken. Das Walnussbrot, von dem nur noch der Knust übrig ist, hat viele Krümel hinterlassen. Er muss mindestens acht Scheiben verdrückt haben, denkt sie und öffnet den Gefrierschrank, um ein neues Brot herauszuholen. Wenn er so weitermacht, dann habe ich keine Vorräte mehr, wenn ich aus dem Urlaub zurückkomme.

»Unter diesem Bartgestrubbel sieht er bestimmt ganz gut aus.

Zumindest kann man das auf den alten Fotos im Internet sehen, schau mal!«

Karen dreht sich um und sieht Sigrid an, die ihr ganz enthusiastisch das Handy hinhält. Ohne hinzuschauen, schüttelt Karen misstrauisch den Kopf.

»Er ist bestimmt zwanzig Jahre älter als du«, sagt sie missbilligend.

Sigrid seufzt und erhebt sich.

»Hey, denkst du etwa, ich würde mich für so alte Typen interessieren? Ich hab mehr an dich gedacht.«

»Oh, vielen Dank. Aber der alte Typ ist vermutlich zehn Jahre jünger als ich.«

»Genau genommen acht. Hab ich nachgeschaut.«

Karen spielt den Pass nicht zurück.

»Hast du schon gepackt?«, fragt sie stattdessen.

»Mach ich gleich. Warum bist du so unter Strom?«

Weil ich, anstatt hier ganz in Ruhe allein zu sitzen, aus irgendeinem Grund ein gepiercted Mädel mit den Armen voller Tattoos am Küchentisch sitzen habe und einen Obdachlosen in meiner Badewanne im ersten Stock, denkt Karen. Stattdessen sagt sie:

»Kannst du bitte frisches Bettzeug holen und ins Gästehäuschen legen? Und bitte dreh die Heizung an, falls sie aus ist, ich habe vergessen nachzuschauen.«

»Dann werde ich jetzt ausquartiert? Willst du mit dem Bärtigen alleine sein?«

Sigrid grinst breit und zieht auffälligerweise nur die eine Augenbraue hoch, sodass Karen einen Moment lang die Ähnlichkeit zu Sigrids Vater erkennt.

»Sei doch nicht blöd«, schimpft sie. »Leo soll heute Nacht dort schlafen, wenn wir abgereist sind, kann er pennen, wo er will. Ich will ihn aber erst mal in Quarantäne haben, bis wir sicher sein können, dass er keine Tollwut hat.«

Jetzt dringt erneut Gurgeln aus dem oberen Stockwerk, doch dieses Mal füllt Leo kein warmes Wasser nach. Stattdessen erklingen Schritte über den Badezimmerboden, eine Tür geht auf, dann folgt das Knarren der Treppenstufen. Im nächsten Moment steht Leo Friis in der Küchentür, nur mit einem Handtuch bedeckt, das er um die Hüften gewickelt hat. Karen sieht weg. Sigrid nicht.

»Hast du dich mit einem Mixer rasiert?«, fragt sie.

»Ich habe eine Nagelschere gefunden. Hast du vielleicht Klamotten, die ich leihen könnte? Meine müssen wirklich mal in die Waschmaschine.«

Vermutlich eher desinfiziert werden, denkt Karen. Oder gleich verbrannt.

»Sigrid, könntest du Leo die Waschmaschine zeigen und nachschauen, ob in den Kleiderschränken etwas ist, das ihm passen könnte. Ich muss noch mal telefonieren.«

Karl Björken nimmt beim ersten Klingelton ab.

»Hi, Eiken, was ist dir jetzt noch eingefallen?«

»Gar nichts. Ich bin schon im Urlaubsmodus. Morgen nehme ich die Abendfähre und komme erst in drei Wochen wieder zurück. Wann hörst du denn auf zu arbeiten? Im Büro, meine ich.«

»Vermutlich nicht vor dem ersten Dezember, dann müsstest du zurück sein, bevor ich meinen Hut nehme.«

Wenn ich zurückkomme, denkt sie. Mit Jounas Smeed als Vorgesetztem und Evald Johannisen als Kollegen ist die Vorstellung abschreckender als je zuvor.

»Ja, ich habe gestern mit Anne Crosby telefoniert.«

»Na, so was, hat sie sich doch noch gemeldet. Was hat sie denn gesagt?«

»Nicht viel. Sie ist sehr geknickt.«

»Und hast du auch mit Disa Brinckmann gesprochen?«

»Noch nicht. Aber sie müsste jetzt zu Hause sein, ich werde es bei ihr noch mal versuchen. Ist ein komisches Gefühl, es nicht abschließen zu können. Ich meine, ihnen zu erklären, warum ich Kontakt aufnehmen wollte. Auch wenn es jetzt nicht mehr aktuell ist.«

»Ich dachte, du wolltest freinehmen. Hattest du nicht eben was von Urlaubsmodus gesagt?«

»Ja, aber ich habe Anne Crosby versprochen, sie auf dem Laufenden zu halten, was das Verfahren gegen Kvanne angeht. Immerhin geht es ja um den Mord an ihrer Schwester, auch wenn uns keine offiziellen Nachweise über die Verwandtschaftsbeziehung vorliegen. Ich möchte dich eigentlich nur bitten, mich zu verständigen für den Fall, dass irgendwas passiert.«

Obwohl es unmöglich ist, kann Karen hören, wie Karl Björken am anderen Ende der Leitung lächelt.

»Ach, du selbst bist also gar nicht mehr daran interessiert?«

Karen seufzt.

»Schon«, sagt sie. »Es ist ganz merkwürdig, jetzt alles aus der Hand zu geben.«

»Du kennst das alte Sprichwort: Neugier ist der Katze Tod …«

»Rufst du dann an oder nicht? Ich meine, wenn er gesteht.«

»Okay. Aber jetzt versuch mal wirklich, in Urlaubsstimmung zu kommen.«

»Ich versprech's. Wahrscheinlich verschwende ich keinen Gedanken mehr an euch, wenn ich da zwischen Bergen von Weintrauben sitze.«

Und als sie zwanzig Minuten später den Verschluss ihrer Reisetasche mit Mühe und Not schließt und den Reißverschluss zuzieht, ertappt sie sich selbst dabei, wie sie ein altes Kinderlied summt.

Halt deine Nas' nicht in alles rein
Sagt er und sieht's Kätzchen sinken.
Rettest dich nicht selbst vor der Gefahr
Musst im Brunnen ertrinken.

78

So ist das also mit der Gesellschaft, denkt Karen und sieht Sigrid hinterher, die in Richtung Bar auf das Unterdeck verschwindet.

Als sie schon in der Autoschlange vor der Fähre stand, hatte Sigrid in einem Wagen weiter vorn ein paar Freunde entdeckt. Nachdem sie sich vergewissert hatte, dass Karen es ihr nicht übelnahm, hatte sie sie am Steuer sitzen lassen und war zu den anderen vorgelaufen, hatte an die Scheibe geklopft und war sofort eingestiegen.

»Wir sehen uns ja dann an Bord«, hatte sie gesagt. »Welche Kabine haben wir denn?«

Karen hatte ihr die eine Karte gegeben, auf der die Zahlen 121 ins weiße Plastik geprägt waren.

»Ich habe sowieso vor, möglichst früh schlafen zu gehen. Bitte sei leise, wenn du kommst. Ich brauche meinen Schlaf, wenn ich morgen die ganze Strecke nach Strasbourg runter fahren muss.«

»Du wirst gar nicht merken, dass ich da bin«, hatte Sigrid ihr versichert. Sieht so aus, als hätte sie recht, denkt Karen und spürt plötzlich eine gewisse Unruhe aufkommen. Wird Sigrid bei dieser Reise aus ihrem Dunstkreis verschwinden? Und was ist, wenn ihr etwas zustößt? Oder wenn sie auf die Idee kommt, mit einem dieser Jungs, die von Hof zu Hof und Weinlese zu Weinlese wandern, mitzugehen? Sie sehen meist viel zu gut aus. Wie soll sie so was Jounas Smeed erklären? Sigrid ist zwar volljährig, aber es ist trotzdem eine große Verantwortung, sie dabeizuhaben.

Und während sie sich Sorgen macht, stellt sie sich ihr Haus in Langevik bildlich vor. Leo Friis umgeben von Altglas und Kokainpulver, Rufus, der vergeblich um seinen Fressnapf streunt. Was hat sie sich nur dabei gedacht?

Ihre Gedanken werden von lautem Tuten unterbrochen. Die Wagen vor ihr sind bereits losgefahren und verschwinden einer nach dem anderen in der Bugklappe der M/S *Skandia*.

Eine halbe Stunde später hat Karen Eiken Hornby es sich in einem der Ledersessel an der kleinen Bar im oberen Deck gemütlich gemacht. Zu ihrer Enttäuschung muss sie feststellen, dass neuerdings keine Aschenbecher mehr auf den Tischen stehen. Bislang hatte diese Bar immer eine Ausnahme gemacht und sich nicht an das allgemeine Rauchverbot gehalten.

»Gibt es an Bord keinen Bereich mehr, in dem geraucht werden darf?«, fragt sie den Kellner, der gerade eine kleine Serviette auf den Tisch legt und einen Gin Tonic darauf stellt.

»Nein, leider nicht. Seit etwa fünf Jahren ist das so. Draußen ist es natürlich erlaubt«, sagt er und greift zu, als sie ihm ihre Kreditkarte hinhält.

Karen wirft einen Blick aus dem Fenster. Die Fähre ist pünktlich abgefahren, und jetzt sind schon keine Lichter mehr zu sehen. Die Regentropfen an der pechschwarzen Scheibe lindern ihr Schmachtgefühl bereits. Außerdem ist ihr die Krängung des Schiffs schon aufgefallen, die verrät, dass die Nordsee heute nicht besonders ruhig ist. Der Kellner hat sie beobachtet und bestätigt ihren Gedankengang, indem er routiniert lächelt, er versucht, die ängstlichen Fahrgäste zu beruhigen.

»Keine Gefahr«, sagt er. »Es wird sicherlich ein bisschen schaukeln, aber Sorgen machen muss man sich nicht. Wir wären sonst gar nicht ausgelaufen.«

Karen sieht ihn belustigt an. Ihre Auffassung, was »ein bisschen schaukeln« bedeutet, ist sicherlich nicht dieselbe.

»Das heißt, wir bekommen Unwetter«, sagt sie ruhig.

»Es heißt, über Doggerland wird es richtiges Unwetter geben, doch wir werden schon angekommen sein, bevor es die dänische Küste erreicht. Aber«, sagt er mit einem Blick auf ihr Glas, »wenn Sie darauf empfindlich reagieren, sollten Sie mit Alkohol vorsichtig sein.«

Karen lächelt und schüttelt den Kopf.

»Nein, zum Glück bin ich noch nie seekrank geworden. Das muss wirklich schlimm sein.«

Der Kellner nimmt das Kartenlesegerät, druckt ihre Quittung aus und knüllt sie in der Hand zusammen, als sie abwinkt.

»Ja«, sagt er. »Ich habe Leute schon sagen hören, dass sie sterben wollten, wenn es ihnen so richtig mies ging. Aber ich glaube wie gesagt nicht, dass es heute Nacht wirklich schlimm wird«, sagt er und geht wieder mit diesem Lächeln.

Entfernt hört Karen vom Unterdeck ein Lied von Lady Gaga, als die Glastür zum Treppenhaus aufgeht und ein älteres Paar hineinkommt. Gerade als sie die Tür passieren, neigt sich die Fähre zur Seite. Die Frau tappt zur Seite und sieht peinlich berührt aus. Mit einem festen Griff um die goldfarbene Kette ihrer Handtasche, den anderen Arm bei ihrem Mann eingehakt, schlängelt sie sich weiter hinein ins Lokal. Karen dreht den Kopf um und beobachtet, wie sie sich an einem kleinen Tisch niederlassen.

An der großen Bar ist es jetzt vermutlich rappelvoll, aber hier haben die Preise alle Gäste vertrieben bis auf die verbliebenen zwanzig. Der Kellner serviert einem anderen auffällig gut gekleideten Paar in den Fünfzigern gerade einen Dry Martini und einen Whisky. Drei ältere Frauen scheinen sich eine Flasche Weißwein zu teilen. Etwas weiter hinten sieht Karen zwei Herren im Anzug, die jeder einen Kognakschwenker vor sich haben, und hinter der Rückenlehne eines grünen Chesterfield-Sessels ragen Schultern und Hinterkopf einer Dame auf, die aussieht, als würde sie irgendetwas in ihrer Handtasche suchen. Obwohl sich Karen mit Mode nicht besonders auskennt, kann sie sehen, dass die Tasche teuer ist. In der Hand der Dame blitzt etwas auf, das Karen für einen kleinen Spiegel hält. Vermutlich will sie ihren Lippenstift auffrischen.

Na ja, hier ist definitiv niemand zum Aufreißen, denkt Karen und nimmt einen Schluck von ihrem Gin Tonic. Hier ist der Zufluchtsort der Reisenden, die die Fähre dem Flugzeug vorgezogen haben, die aber die Menschenmengen an der großen Bar verabscheuen. Die Gäste mit Flugangst oder Urlauber mit Auto. Oder wir, die nun langsam alt werden, denkt sie. Ein Stockwerk tiefer halten sich diejenigen auf, für die die Fährfahrt an sich das Ziel ist, denen es völlig egal ist, ob sie an diesem Wochenende von Dunker oder Ravenby nach Esbjerg oder Harwich reisen. Sie kommen an Bord wegen der Tax-free-Preise, den Spielautomaten und der Chance, jemanden für die Nacht zu finden. Und dann sind da noch die Jugendlichen, für die es verlockend ist, bei den nachlässigen Alterskontrollen auch einen Platz an der Bar zu ergattern.

Es ist lange her, aber jetzt kann sich Karen Eiken Hornby wieder erinnern, wie es früher gewesen ist.

Vielleicht sollte ich Sigrid mal anrufen, denkt sie. Nur um mich zu vergewissern, dass sie nicht seekrank ist. Oder betrunken.

Karen wirft einen Blick auf ihre Armbanduhr: erst 23:36 Uhr. Wenn etwas passiert, wird sie sich schon melden. Es sei denn, sie liegt mit K.o.-Tropfen ruhiggestellt in irgendeiner Kabine …

»Jetzt hör auf«, ermahnt sie sich selbst.

Eine der Frauen dreht den Kopf zu Karen hinüber, und da wird ihr klar, dass sie laut gesprochen hat. Mittlerweile passiert ihr das häufiger durch ihre Einsamkeit, das ist ihr aufgefallen. Rufus im Haus zu haben ist ein gutes Alibi, aber wenn man auf einer Fähre mitten in der Nordsee hockt und ins Leere spricht, kann das Menschen um einen herum schon etwas irritieren.

Nein, ich sollte jetzt wirklich ins Bett gehen und wenigstens ein paar Stunden schlafen, bevor ich wieder aufstehen und mich hinters Steuer setzen muss. Sie trinkt ihr Glas aus und steht auf. Als die Fähre sich neigt, macht sie einen Schritt zur Seite und lächelt geniert in Richtung der anderen Passagiere. Keiner scheint von ihr Notiz zu nehmen. Die Frau, die ihre Handtasche durchwühlt hat, dreht kurz den Kopf in Karens Richtung, doch wendet sich auch sofort wieder ab.

79

Evald Johannisen sieht seine Frau fragend an. Sie hat die Nachttischlampe angeknipst und sich mit entnervtem Gesichtsausdruck wieder in die Kissen sinken lassen, den Telefonhörer dicht am Ohr. Jetzt macht sie ihrem Mann Zeichen, während sie mit den Fingern der anderen Hand das Geplapper ihres Gesprächspartners beschreibt.

Evald wirft einen Blick auf den Radiowecker, wo die roten Ziffern wie eine Erinnerung an vergangene Jugend und Energie böswillig leuchten: 22.47 Uhr.

Es ist Samstagabend und noch nicht einmal elf Uhr, trotzdem waren Ragna und er schon eingeschlafen.

Auf der anderen Seite denkt er verärgert: Wer ruft denn um diese Uhrzeit noch an?

In nächsten Augenblick versteht er Ragnas Mundbewegungen: *sein Cousin Hasse*.

»Nein, ach was, um die Uhrzeit liegen wir doch noch nicht im Bett«, sagt sie und zwinkert ihrem Mann zu. »Nein, nein, es geht ihm schon viel besser. Ja, er sitzt neben mir, du kannst mit ihm sprechen. Doch, doch, alles gut. Sag Grüße an Eva. Ja, das müssen wir unbedingt. Ja, du auch. Ich geb dir Evald.«

Während Evald Johannisen den Telefonhörer übernimmt, sieht er seine Frau niedergeschlagen an und setzt sich im Bett auf. Die Gespräche mit seinem schwedischen Cousin sind in der Regel langatmig und geben ihm das Gefühl, unterlegen zu sein. Vielleicht weil es Hans immer versteht einzuflechten, dass er es in seiner Polizeikarriere weitergebracht hat als Evald, und das, obwohl die Konkurrenz in Doggerland doch viel überschaubarer ist. Oder ist es dieser ewige kleiner-Bruder-Komplex, an dem alle Doggerländer gegenüber ihrem viel größeren Nachbarn im Osten leiden.

Doch dieses Mal zeigt sich Cousin Hans Kollind, stellvertretender Gebietsleiter für die Region Süd, ungewöhnlich kurz angebunden. Schon nach wenigen einleitenden Höflichkeitsfloskeln über Evalds Gesundheitszustand und dem Versprechen, dass er sich schone, kommt er schon auf sein eigentliches Anliegen zu sprechen.

»Die Sache ist die«, beginnt er, »wir haben hier in Malmö einen etwas ungewöhnlichen Fall. Vielleicht könntest du uns behilflich sein. Um diese Uhrzeit möchte ich nicht irgendwen anrufen.«

Ach, aber mich darf man stören, denkt Evald, doch spürt, wie der aufkeimende Ärger sich bereits in Neugierde wandelt.

»Ich höre«, antwortet er.

»Wir haben hier eine ältere Frau, die in ihrem Haus tot aufgefunden worden ist, ohne irgendwelche Anzeichen von Einbruch oder sexueller Gewalt. Irgendwer ist offenbar einfach hereinmarschiert, hat sie totgeschlagen und ist dann wieder verschwunden. Unser Gerichtsmediziner schätzt die Tatzeit auf vorgestern Abend, und wir haben bislang weder Zeugen noch ein Motiv.«

»Und wie könnte ich dabei helfen?«

Evald Johannisens Verwunderung ist aufrichtig. Dass der Cousin anruft, um von sich selbst zu erzählen und entweder mit der Arbeit oder den Kindern zu prahlen, ist er gewohnt, aber so etwas nicht. Es klingt fast, als bitte Hasse ihn um Hilfe.

»Na ja, es ist so, dass die Tochter, die natürlich unter Schock steht, erzählt hat, dass die doggersche Polizei sie schon kontaktiert und ihre Mutter gesucht habe. Die Frau war offenbar für einige Zeit in Spanien auf einer Pilgerreise unterwegs gewesen, und ihr habt mehrmals versucht sie zu erreichen, sagt die Tochter.«

»Wir? Aber warum sollten wir …?«

Und genau in dem Moment, als er die Frage stellt, geht Evald Johannisen ein Licht auf, wer die Frau ist, die angerufen hat, und wer die Tote ist. Rein routinemäßig erkundigt er sich noch nach ihrem Namen.

»Die Tote, meinst du? Disa Brinckmann.«

80

Die Leuchtstoffröhren im östlichen Seitenflügel des dritten Stockwerks in Dunkers Polizeizentrale blinken auf, bevor sie hell werden und ihr kaltes Licht auf die leeren Schreibtische werfen. Evald Johannisen geht direkt an seinen Arbeitsplatz und fährt den Computer hoch, bevor er mit schweren Schritten die Küche ansteuert, nach einer Porzellantasse vom Abtropfgitter greift und an der Kaffeemaschine den Knopf für den doppelten Cappuccino drückt. Er wirft einen Blick auf die Uhr und seufzt.

Disa Brinckmann.

Sein Cousin Hasse hätte den Namen gar nicht aussprechen müssen, Evald hatte den Zusammenhang gleich durchschaut. Immerhin hatte er Karens Bericht zweimal gelesen. Und zwar genau. Natürlich eher mit dem Anliegen, hier und da Fehler aufzudecken für die nächste Stichelei, aber ihm war genug davon im Gedächtnis geblieben, auch wenn er es als völlige Spinnerei abgetan hat. Aber dann hatte Hasse etwas gesagt, das Evald Johannisen augenblicklich dazu brachte, die Decke zurückzuschlagen und aufzustehen.

Wie viele alte Frauen gab es wohl, die gerade durch Spanien pilgerten?

Und dass zwei Personen, die im selben Ermittlungsfall auftauchten, ermordet wurden, konnte – sosehr Johannisen es sich auch gewünscht hätte – einfach kein Zufall sein. Und jetzt würde er Eiken verständigen müssen. Verfluchter Mist.

Seine Frau hatte nicht protestiert. Dabei war ihr Mann erst eine

Stunde zuvor zu müde für Sex gewesen, zum ersten Mal seit seinem Zusammenbruch. Jetzt war er schlagartig und ohne Erklärung aus dem Bett aufgesprungen, hatte sich angezogen und das Haus verlassen. Anstatt ihm Fragen zu stellen oder ihm eine Szene zu machen, hatte sie einfach ganz ruhig das Licht ausgeknipst, sich auf die Seite gedreht und war wieder eingeschlafen. Ragna Johannisen war mit Evald Johannisen fast vierzig Jahre verheiratet. Sie weiß, dass sie sich so was sparen kann.

Jetzt sitzt er zurückgelehnt auf seinem Bürostuhl, die Augen geschlossen. Er hat den Bericht nun zum dritten Mal überflogen und auch das gefunden, wonach er gesucht hat. Nein, das kann kein Zufall sein, da ist er sich sicher. Wie die Zusammenhänge wirklich sind, weiß er nicht, aber es muss eine Verbindung geben, das steht für ihn fest. So viel Bulle ist er noch, trotz Alterserscheinungen, Angina Pectoris und jetzt wohl auch noch Impotenz, dass er Zusammenhänge erkennt. Es ist kein Zufall, dass die Frau, die Karen gesucht hat, ermordet wurde. Es geht ihm völlig gegen den Strich, das zuzugeben, aber offenbar hatte Eiken eine heiße Spur. Die Frage ist nur: Welche? Nein, korrigiert er seine Gedankengänge, die erste Frage ist natürlich, wo sich diese verfluchte Person aufhält, weil sie nicht ans Telefon geht.

Er wählt Karens Nummer zum dritten Mal und landet erneut in der Mailbox.

Evald Johannisen knallt den Hörer so fest auf die Station, dass er einen Moment lang befürchtet, er habe das Telefon zerschlagen. Nur weil sie im Urlaub ist, muss sie doch nicht gleich unerreichbar sein. Ein bisschen Verantwortungsbewusstsein könnte so ein Frauenzimmer doch wohl aufbringen?

Schnell kontrolliert er den Signalton und stellt erleichtert fest, dass das Telefon noch funktioniert. Dann holt er tief Luft und wählt Karl Björkens Nummer.

Scheiße, denkt er, während es klingelt. Wenn Eiken wirklich recht hatte, dann hat er daran zu kauen, bis er in Rente geht.

»Hi, Evald«, begrüßt ihn Karl wie gewohnt.

»Wie schnell kannst du hier sein?«

»Danke der Nachfrage, wir haben es sehr gemütlich hier«, sagt Karl säuerlich. »Die Kinder sind im Bett und ...«

»Ich meine es ernst. Wie schnell schaffst du es ins Büro?«

Kurze Pause am anderen Ende der Leitung.

»Gib mir eine halbe Stunde.«

»Okay, nur eine Sache vorweg: Weißt du, ob Eiken schon losgefahren ist? Sie hat doch von Frankreich gesprochen, soweit ich mich erinnern kann.«

»Karen? Warum willst du ...?«

»Egal. Weißt du es oder nicht?«

»Ich erinnere mich, dass sie heute Abend die Autofähre um halb elf nach Esbjerg nehmen wollte. Aber worum geht es denn eigentlich?«

Den letzten Satz kann Evald Johannisen nicht mehr hören. Er hat das Gespräch schon beendet.

Jetzt starrt er ins Leere, während sein Hirn auf Hochtouren arbeitet. Genau vier Minuten lang sitzt er regungslos da und glotzt den Bildschirm an.

Dann beugt er sich vor und tippt »doggerlines.com« in den Browser ein. Nach ein paar Klicks hat er die Informationen, die er braucht, und greift zum Telefon.

Vielleicht würde es auch reichen, Eiken morgen zu erwischen, denkt er, während er wartet. Im Moment können sie ja kaum etwas tun, um den Zusammenhang zwischen den beiden Mordfällen herzustellen. Am besten wäre es selbstverständlich, wenn er alles ohne ihre Hilfe zu Ende brächte. Dann wäre sie richtig sauer.

Aber noch ein anderes, unerklärliches Gefühl macht sich langsam in ihm breit. Er spürt es in der Bauchgegend, während er zunehmend genervt der Ansage zuhört, dass er sich in der Warteschleife befinde und gleich an der Reihe sei. Es muss doch neben der normalen Kundenhotline noch eine andere Möglichkeit geben, diese verdammte Reederei zu erreichen. Das Problem ist nur, dass er nicht weiß, wo er anfragen soll um diese Zeit, wo kein Vorgesetzter an seinem Platz ist. Auf der anderen Seite muss er für die Auskünfte, die er braucht, auch kein hohes Tier sprechen. Eigentlich eine Kleinigkeit, und vermutlich könnte er genauso gut bis morgen warten.

Wenn er nicht dieses dumme Gefühl im Bauch hätte, dass es jetzt um Minuten geht.

81

Fünf Minuten später ist Karen durch einen Gang voller blinkender Spielautomaten marschiert und steht da nun in ohrenbetäubendem Lärm, von der Musik, dem Lachen und den Menschen, die auch noch schreien, um sich verständlich zu machen. Die Bässe vibrieren in ihrem Brustkorb, während sie sich so schnell wie möglich durch das überfüllte Etablissement zwängt.

Eigentlich ist es ja kein Umweg, hatte sie sich überlegt. Ich drehe nur eine kleine Runde und schau mal, ob ich sie irgendwo entdecke. Ob alles in Ordnung ist. Jetzt wird ihr klar, dass diese Aufgabe zum Scheitern verurteilt ist. Neben dem Gedränge und dem Lärm hat die Reederei auch noch beschlossen, dass eine schummrige Beleuchtung von der Bar und ein stroboskopartiges Licht von der Tanzfläche, das den Puls hochtreibt, die angemessene Beleuchtung für dieses Lokal sei. Es besteht nicht die geringste Chance, hier jemanden ausfindig zu machen. Als sie geschubst wird, rempelt sie einen Typ an, der laut flucht, weil sein Bier überschwappt.

»Mensch, pass doch auf«, brüllt er.

»Sorry, ich bin geschubst worden«, setzt sie an, doch er hat sich schon wieder umgedreht und schreit einem Mädel, dessen Gesicht vom Display ihres Handys angestrahlt wird, etwas ins Ohr. Ohne den Typ zu beachten, kreischt sie plötzlich los und hält einer Freundin das Handy unter die Nase.

»Hey, der ist doch nicht ganz echt, schau!«

»Oh nein, krass. Er sollte wirklich …«

Den Rest hört Karen nicht mehr. Stattdessen kämpft sie sich weiter durch den hufeisenförmigen Raum und stöhnt erleichtert, als die andere Seite in Sicht ist.

Der elegant gekleideten Frau mit der teuren Handtasche war es oben vermutlich zu langweilig geworden, jetzt steht sie an einem der Spielautomaten weiter vorn.

Na, du siehst kaum so aus, als müsstest du die Haushaltskasse aufbessern, denkt Karen. Aber sie weiß natürlich, dass eine Kategorie der Stammgäste auf dem Schiff Spielsüchtige in verschiedenen Abhängigkeitsstadien sind.

So sieht die elegante Frau eigentlich gar nicht aus, sie hat jedenfalls noch nicht einen Schilling in den Apparat geworfen, sondern scheint nur die still stehenden Reihen mit Kirschen, Uhren und Siebenen zu studieren.

Die schwarze Anzughose und der Blazer sprechen für Geld und Geschmack. Zwar nicht Karens Stil, aber alles deutet darauf hin, dass da eine Frau steht, die sich ihrer Erscheinung bewusst ist. Ihre Frisur unterstreicht diesen Eindruck noch. Karens Frisur erfordert keine regelmäßigen Friseurbesuche, und jede graue Strähne in ihren braunen Haaren nimmt sie sich im Badezimmer selbst vor. Trotzdem, oder gerade deshalb, kann sie deutlich sehen, dass weder der sauber geschnittene Bob noch die honigfarbenen Strähnchen das Ergebnis irgendwelcher Farbexperimente zu Hause sind. Karen zuckt vor Unbehagen zusammen, als sie den Rücken der Frau betrachtet. Diese einsame Person, die da ganz still steht und auf den einarmigen Banditen starrt, strahlt eine Art Trauer aus, fast schon Ängstlichkeit.

In diesem Albtraum hilft nur eine Zigarette, denkt Karen und wirft noch einen Blick auf das Stroboskoplicht auf der Tanzfläche. Eine Kippe, dann gehe ich ins Bett. Sie fährt in ihre Handtasche und tastet nach der Zigarettenschachtel, leider vergeblich. Dann lässt sie sich mit dem Rücken an der Wand nach unten sacken. Als sie die Tasche öffnet, sieht sie das kalte Licht des Handydisplays und spürt, wie ihr Herz einen Extraschlag macht. Jemand hat versucht, sie zu erreichen.

Aber der Anruf ist gar nicht von Sigrid. Skeptisch betrachtet Karen die Namen auf dem Startbildschirm. Drei verpasste Anrufe von einer Nummer, die sie nur allzu gut kennt: die Polizeizentrale. Und einer von ihrer Mutter.

82

»Einen schönen guten Abend, Sie sind mit Dogger Lines verbunden, mein Name ist Pie, wie kann ich Ihnen behilflich sein?«

Warum müssen sich die Leute heutzutage mit einem halben Aufsatz melden, denkt Evald, während er mit den Fingerkuppen auf der Tischplatte trommelt.

Dann sagt er:

»Hier spricht Inspektor Evald Johannisen von der Kriminalpolizei Doggerland. Ich brauche sehr schnell ein paar Informationen über die Abfahrt 22:30 Uhr von Dunker mit dem Ziel Esbjerg.«

»Aha, und um welchen Tag handelt es sich?«

»Heute, also jetzt.«

Stille in der Leitung.

»Sie meinen die Fähre, die im Moment auf dem Weg nach Esbjerg ist?«

»Korrekt. Ich muss wissen, ob sich ein Passagier, Karen Eiken Hornby, an Bord befindet. Wenn dem so ist, muss ich ihr auf der Stelle eine Mitteilung machen.«

»Es tut mir sehr leid, aber wir dürfen keine Daten über einzelne Passagiere ...«

Evald Johannisen kennt die Diskussion, die ihm jetzt bevorsteht, wenn er sie nicht augenblicklich unterbricht.

»Jetzt hören Sie mir mal ganz genau zu, meine Dame. Sie wissen genau, dass die Polizei das Recht hat, jederzeit über jede Ihrer Passagierlisten zu verfügen.«

»Schon«, sagt Pie brav. »Aber wir haben die Dienstanweisung, keine einzelnen Namen ...«

»Die Listen liegen Ihnen in digitaler Form vor, oder?«

»Selbstverständlich«, antwortet sie, und ihre Stimme verrät nicht den kleinsten Zweifel daran, dass die Dogger Lines ihre Unterlagen bestens in Ordnung halten.

»Dann schicken Sie mir sofort die komplette Liste zu, dann schaue ich selbst nach. Und tun Sie das auf der Stelle! Haben Sie Papier und Bleistift?«

Pie scheint Johannisens Mailadresse sauber notiert zu haben, denn schon sechs Minuten später erscheint eine E-Mail-Nachricht mit angehängter Excel-Datei in Johannisens Posteingang.

Die Liste ist alphabetisch sortiert, sodass er kurz darauf Karens Namen gefunden hat. Dann greift er erneut zum Hörer. Dieses Mal wird er sofort durchgestellt.

»Einen schönen guten Abend, Sie sind mit Dogger Lines verbunden, mein Name ist Pie, wie kann ich Ihnen behilflich sein?«

»Noch mal Johannisen. Vielen Dank für die Liste, aber jetzt haben wir schon Zeit genug verschwendet, deswegen hören Sie mir jetzt mal genau zu und tun, was ich sage. Verstanden?«

»Verstanden ...«, erklingt zögerlich, als habe Pie einerseits Angst, etwas blind zu versprechen, andererseits der energischen Stimme am anderen Ende etwas abzuschlagen.

»Ich muss sofort Kontakt zu einer Person herstellen, die sich auf dieser Fähre befindet, über die wir sprachen. Ich habe versucht, sie auf dem Handy zu erreichen, doch sie geht nicht ran.«

»Ja, der Empfang an Bord schwankt hin und wieder.«

»Daher möchte ich, dass das Personal sie über Lautsprecher ausrufen lässt oder sie in ihrer Kabine aufsucht, was auch immer, Hauptsache, sie finden sie und sorgen dafür, dass sie mich anruft.«

»Kein Problem«, antwortet Pie fröhlich.

Johannisen fällt die Kinnlade runter. Erst hat ihm dieses Fräulein die Informationen, die er auf jeden Fall mit einigem bürokratischen

Aufwand so oder so erhalten hätte, verweigert. Und jetzt sagt sie ohne Umschweife, es sei überhaupt kein Problem.

»Ich veranlasse, dass der Passagier ausgerufen wird. Wie heißt Ihre Freundin?«

Evald Johannisen steht kurz davor zu explodieren.

»Sie heißt *Kriminalinspektorin* Karen Eiken Hornby. Und sie ist nicht meine *Freundin*. Verstanden?«

»Entschuldigung, das kommt schon automatisch. So viele versuchen ...«

»Ja, ja, sehen Sie zu, dass sie die Nachricht erhält, auf der Stelle Evald Johannisen anzurufen. Meine Nummer hat sie. Und Sie haben sie auch«, fügt er hinzu, drückt bei Pies Mail auf die Antwortfunktion, tippt die Zahlen ein und schickt sie ab. »Wenn ich in einer halben Stunde noch nichts von meiner Kollegin gehört habe, werde ich Sie wieder anrufen.«

Und mit dieser Drohung beendet er das Gespräch.

83

Karen sitzt da noch in der Hocke und flucht. Sie nimmt kaum zur Kenntnis, dass sie die Leute, die vorbeikommen, anstarren, und schert sich nicht darum, was sie denken. Wie kann das sein, denkt sie, ich habe das Handy doch permanent bei mir gehabt. Dann sieht sie das kleine Symbol eines durchgestrichenen Weckers, was bedeutet, dass der Klingelton auf »lautlos« eingestellt ist. Um nicht von einem Kollegen in der Zentrale oder jemand anderem gestört zu werden, der vielleicht nicht mitbekommen hat, dass sie im Urlaub ist, hatte sie den Ton gestern vor dem Zubettgehen ausgeschaltet. In den kommenden drei Wochen wollte sie nicht mitten in der Nacht geweckt werden. Und offenbar war das gar nicht dumm, denkt sie; drei Anrufe allein in den letzten paar Stunden. Ich muss den Kollegen, der gerade Dienst hat, zurückrufen und ihm sagen, dass er seine Liste aktualisieren muss.

Was sie eher beunruhigt, ist der Anruf von ihrer Mutter. Karen kontrolliert die Anrufzeit und stellt fest, dass das Gespräch schon gestern kurz nach halb neun kam. Eine Nachricht auf der Mailbox hat sie auch hinterlassen. Warum ruft sie mich plötzlich samstags abends an, wir telefonieren doch immer sonntags?, denkt Karen und wählt die Mailbox an. Ungeduldig lauscht sie der monotonen Stimme.

»Zwei neue Nachrichten. Nachricht eins: heute, 21.34 Uhr.«

Hallo, meine Kleine. Rate mal, wo ich bin! Nein, das gelingt dir natürlich nicht. Henry und ich sind in London und besuchen seine Schwester, daher überlegen wir gerade, ob wir auf einen Sprung zu dir rüberkommen sollen. Henry würde so gerne mal Langevik sehen, sagt er. Nur für ein paar Tage, wir wollen dir keine Umstände machen, wir können im Gästehaus wohnen. Morgen Abend geht ja eine Fähre von Harwich zur Abendbrotzeit. Ruf doch zurück und sag, was wir dir mitbringen sollen, bis morgen! Liebe Grüße!

Karen lässt das Handy sinken und starrt geradeaus in die Luft. Dann blinzelt sie und wirft einen Blick auf ihre Uhr: 00.14 Uhr. Soll sie da jetzt anrufen und das Ganze absagen oder bis morgen früh warten? Vermutlich liegen ihre Mutter und Henry längst im Bett und schlafen tief und fest. Hoffentlich schlafen sie, denkt Karen. Noch hat sie diesen Traummann Henry Lampard nicht kennengelernt, aber es besteht kein Zweifel daran, dass sich ihre Mutter auf ihre alten Tage noch einmal Hals über Kopf verliebt hat. Und jetzt haben sie die Costa del Sol ohne Vorwarnung verlassen, um eine Art Besuchsrunde einzulegen.

Karen beschließt, ihr eine SMS zu schicken und sich dann morgen früh noch mal telefonisch zu melden. Denn absagen muss sie das auf jeden Fall. Allein der Gedanke, wie Eleanor Eiken reagieren würde, wenn sie an ihrem Haus in Langevik eintrifft und auf Leo Friis stößt, treibt Karen die Hitze auf die Wangen. Ein Leo, mit ungepflegtem Bart, in einer von Karens Jogginghosen, die an den Knöcheln aufhört, und ein zu enges T-Shirt mit dem Logo der Doggerland-Polizei. Zumindest war das sein Aufzug, als sie vor ein paar Stunden abgereist sind. Er war sauber, aber das war auch schon alles.

Hallo! Das wäre sehr schön gewesen, aber ich bin gerade auf dem Weg nach Frankreich. Vielleicht beim nächsten Mal. Rufe morgen an. LG Karen

Da kommt ihr der nächste schreckliche Gedanke: Möglicherweise beschließt die Mutter, trotzdem in ihr altes Heimatland zu fahren, obwohl Karen nicht zu Hause ist, dort ein paar Tage im Haus zu verbringen und Harry Langevik auf eigene Faust zu zeigen. Immerhin hat Eleanor Eiken dort vierzig Jahre ihres Lebens zugebracht, und die Gegend bedeutet ihr viel, auch wenn Estepona nun schon seit acht Jahren ihr Zuhause ist. Sie muss sie unbedingt davon abhalten, denkt Karen, sobald ich morgen wach bin, rufe ich sie an. Warum in Gottes Namen muss das gerade jetzt passieren?

Sie verspürt wieder den Drang, eine Zigarette zu rauchen, das braucht sie jetzt zur Entspannung, bevor sie in die Kabine geht. Hektisch sucht sie noch einmal in der Handtasche nach der Zigarettenschachtel und dem Feuerzeug. Als sie beides endlich gefunden hat, steht sie langsam auf. In der Hocke sind ihr die Beine fast eingeschlafen, sodass sie sie instinktiv schüttelt, um die Blutzirkulation wieder anzuregen. Dann geht sie auf die Tür zu, die zum Sonnendeck führt.

84

Als Karl Björken die Glastür zu dem Gang, in dem die Kripo im dritten Stock in Dunkers Polizeizentrale sitzt, aufdrückt, sind exakt 26 Minuten verstrichen, seit Johannisen angerufen hat. Es ist jetzt 0.16 Uhr, und er geht mit finsterer Miene auf Evald Johannisens Schreibtisch zu.

»Was ist denn um Himmels willen passiert?«, fragt er, obwohl er sehen kann, dass sein Kollege den Telefonhörer am Ohr hat.

Johannisen sieht auf und legt den Hörer kopfschüttelnd wieder hin.

»Die Alte geht nicht ran.«

»Die Alte?«

»Eiken. Ich versuch's seit einer Stunde.«

Karl Björken sagt nichts zu dem Paradoxum, dass Johannisen diese Bezeichnung für jemanden benutzt, der fünfzehn Jahre jünger ist als er selbst.

»Dann wird sie wohl schlafen. Weißt du, wie spät es ist? Worum geht es denn eigentlich?«

»Disa Brinckmann«, sagt Johannisen dumpf. »Sie ist tot.«

Ein paar Sekunden lang starrt Karl Björken seinen Kollegen mit völlig leerem Blick an. Dann scheint ihm die Bedeutung Stück für Stück klar zu werden, die ersten Zusammenhänge und schließlich die unangenehme Erkenntnis, was das zu bedeuten hat.

»Anne Crosby«, sagt er und lässt sich auf einen Stuhl an der Stirnseite des Schreibtischs sinken.

»Die Schwester«, seufzt Johannisen.

Er muss daran denken, wie lächerlich er diesen Abschnitt in Karens

Bericht fand. »Aber ganz sicher ist es ja nicht, dass sie es war«, fügt er hinzu, ohne selbst überzeugt zu sein.

»Sie ist aber die Verbindung zwischen beiden Opfern. Karen wollte sie weiterverfolgen, aber hat sowohl von Haugen als auch von der Staatsanwältin einen Maulkorb verpasst bekommen. Ich habe ihr auch nicht zugehört, ich war mir so sicher, dass es Kvanne war. Was für Idioten wir waren!«

»Na ja, ich weiß nicht recht«, brummt Johannisen, »aber auf jeden Fall ist jemand in Disa Brinckmanns Wohnung eingebrochen und hat sie erschlagen.«

»Woher weißt du das?«

»Na ja, Hasse hat aus Schweden angerufen. Sie ist wohl so gestoßen worden, dass sie mit dem Hinterkopf an einen Türpfosten geknallt ist, und dann wurde sie sicherheitshalber auch noch erstickt, als sie schon bewusstlos war. Aber sie haben keine Zeugen und finden auch kein Motiv.«

Karl weiß zwar, dass Johannisens Cousin Hans Kollind bei der schwedischen Polizei eine hohe Position bekleidet, aber er weiß auch, dass sie kaum miteinander telefonieren, um Geschäftliches zu besprechen. Zumindest nicht, wenn Johannisen entscheiden kann. Und als ob er die Gedanken seines Kollegen lesen kann, fährt Evald Johannisen fort.

»Aber Disa Brinckmanns Tochter hat den schwedischen Bullen erzählt, dass die Doggerland-Polizei ihre Mutter sprechen wollte. Und wer von uns das war, ist ja nicht schwer zu erraten. So ein Mist, Eiken hatte recht.«

Karl begreift, wie sehr es dem Kollegen gegen den Strich gehen muss, zuzugeben, dass Karen eine Spur hatte, die alle anderen für unwichtig hielten. Und trotzdem ist er mitten in der Nacht ins Büro gefahren.

»Und du sagst, Karen geht nicht an ihr Handy. Können wir denn sicher sein, dass sie sich auf dieser Fähre befindet? Vielleicht ist sie auch schon früher gefahren und längst in Frankreich vor Ort.«

Johannisen dreht den Bildschirm, sodass Björken ihn sehen kann, und rollt mit dem Stuhl zurück.

»Sie steht jedenfalls auf der Passagierliste.«

Karl liest die Excel-Liste, die alphabetisch sortiert ist.

Edmund, Timothy

Egerman, Charlotte

Egerman, Jan

Eiken Hornby, Karen

Karl zieht die Augenbrauen hoch. Und noch bevor er den nächsten furchtbaren Gedanken formulieren kann, greift er auch schon nach der Maus und scrollt nach oben. Er hält die Luft an, als er die Liste durchsucht.

Cedervall, Gunnar

Cedervall, Marie

Clasie, Jaan

Crawford, David

Davidsen, William

Dann lässt er die Luft mit einem Seufzer der Erleichterung wieder hinaus.

»Zumindest haben wir keine Anne Crosby auf der Passagierliste«, sagt er.

Johannisen hat recht, irgendeine Verbindung muss es geben, so wie Karen es geahnt hat, aber dann reicht es, wenn sie sie morgen ans Telefon bekommen. Sie schläft bestimmt schon, denkt er. Hat den Klingelton ausgeschaltet, da sie endlich mal freihat.

Karl Björken spürt, wie sich sein Pulsschlag wieder beruhigt und der Adrenalinpegel sinkt und macht Anstalten aufzustehen.

Doch im nächsten Moment hört er Evald Johannisens Stimme deutlich hinter sich.

»Verfluchte Scheiße.«

85

Mit einiger Kraftanstrengung drückt Karen die Tür zum Achterdeck auf. Der Wind hat zugenommen, und die Luft ist vom bevorstehenden Regen schon abgekühlt. Vermutlich kann der Wolkenbruch jeden Moment losgehen, doch sie will versuchen, sich schnell noch eine Zigarette anzustecken, bevor der Himmel seine Schleusen öffnet.

Zwei Kunststoffstühle sind vor einem runden Tisch bereits umgekippt und liegen auf dem Boden, ein paar Plastikbecher kullern auf dem Deck hin und her, doch weit und breit ist kein Mensch in Sicht. Vermutlich ist sie die Einzige, die jetzt einen Nikotinschub braucht, um dieses nasskalte Wetter zu ertragen. Vielleicht stehen manche Passagiere auch woanders und rauchen. Es liegt nahe, dass es noch einen angenehmeren Platz auf dem Schiff dafür gibt.

Karen nimmt ein paar weiße Lagerboxen für Rettungswesten ins Visier, die unter einem vorstehenden Dach platziert sind, etwas weiter hinten auf dem Backbord-Deck. Nur eine halbe Zigarette, denkt sie, dann gehe ich ins Bett. Sie hält großen Abstand zur Reling, während sie sich in Richtung der Boxen vorwärtsbewegt und spürt, wie eine Windböe sie im Rücken anschiebt. Das Gesicht zur Wand des Fahrzeugs gerichtet und mit vor Kälte steifen Fingern fischt sie die Zigarettenschachtel und das Feuerzeug heraus. Ihr Daumen rutscht mehrfach ab, sodass es ihr erst beim vierten Versuch gelingt, die Zigarette anzuzünden. Sie schließt die Augen und inhaliert tief.

Ich muss sie davon abbringen, denkt sie und stellt sich noch einmal vor, was für ein Gesicht ihre Mutter machen würde, wenn sie ins Haus käme und auf Leo Friis stoßen würde. Schlimmstenfalls mit leeren Gläsern in der Hand und einem Joint im Mund.

Karen weiß immer noch nicht, ob es an ihrer Rückkehr ins Elternhaus lag, dass ihre Mutter fortziehen wollte, oder ob diese Situation Eleanor Eiken erst die Möglichkeit verschafft hatte, das alte Backsteinhaus endlich zu verlassen. Ein Jahr hatte sie abgewartet, nachdem Karen nach Hause gekommen war, dann konnte sie sicher sein, dass ihre Tochter es auch allein wieder schaffen würde. Ein Jahr, erstaunlich konfliktfrei, vielleicht auch deshalb, weil Karen schon nach kurzer Zeit ins Gästehäuschen gezogen war. Aber zwei Witwen in einem Haus waren dennoch eine zu viel.

Eleanor hatte immer behauptet, dass sie und Karens Vater immer davon geträumt hatten, in wärmere Gefilde umzuziehen, sobald sie im Ruhestand waren. Und nun erfüllte sie sich ihren Traum allein.

»Jetzt weiß ich ja, dass das Haus in guten Händen ist«, hatte sie gesagt.

Na ja, das würde sie heute wahrscheinlich nicht wiederholen, wenn ich sie morgen früh nicht erwische, denkt Karen. Lang wird die Nacht nicht mehr, wird ihr klar.

Sie spürt, wie das Gähnen an den Kiefermuskeln zieht. Im selben Moment fällt ihr etwas ein, das sie über den Stress, den die Nachricht ihrer Mutter in ihr ausgelöst hat, völlig vergessen hatte. Da war noch eine Nachricht auf der Mobilbox. Vermutlich nur eine Mitteilung des diensthabenden Kollegen, der sich für die Störung entschuldigt, aber das sollte sie auf jeden Fall noch abhören. Einen Moment lang spielt sie mit dem Gedanken, doch dann beschließt sie, erst aufzurauchen und reinzugehen. Karen dreht den Kopf und betrachtet den Lichtschein, der weiter vorn aus den Fenstern dringt, und spürt langsam, wie die Müdigkeit sie übermannt. Sie zieht ein letztes Mal, schmeißt die Zigarette auf den Boden und sieht die Glut ausgehen.

Im selben Augenblick trifft sie ein harter Schlag in den Rücken. Mit großer Gewalt wird sie nach vorn geschleudert, sodass ihr Kopf auf der Reling aufschlägt.

86

Karl Björken liest es in dem Moment, als Evald Johannisens Fluch in seine Ohren dringt. Auf der Passagierliste ist zwar keine Anne Crosby. Aber ganz oben auf dieser Seite der Excel-Datei starren sie beide auf den letzten Namen mit dem Buchstaben B.

Bok, Anders

Bosscha, Marianne

Bosscha, Ruud

Brinckmann, Disa

Ein paar Sekunden lang ist es totenstill.

»Wie kann denn bloß ...?«, sagt Evald Johannisen, aber Karl Björken ist bereits aufgesprungen und steht an seinem Schreibtisch, den Telefonhörer in der Hand. Sie sehen sich an und nicken. Dann, ohne ein einziges Wort, legen sie los.

Zwanzig Minuten später muss Karl Björken feststellen, dass er sich in seinem ganzen Leben noch nicht derart hilflos gefühlt hat. Zumindest nicht, seit Ingrid ihre Kinder zur Welt gebracht hat.

Johannisen und er haben alles getan, was in ihrer Macht stand. Ohne miteinander zu kommunizieren, haben sie die Telefonate erledigt, die erforderlich waren, registriert, was der andere getan hat, und dann den nächsten Schritt getan. Gemeinsam sind sie die Liste möglicher und unmöglicher Maßnahmen durchgegangen. Sie haben den diensthabenden Kollegen verständigt, der einen Großalarm ausgelöst hat. Sie haben den Leiter der Hubschraubereinsatzzentrale der Küstenwache in Framnes erreicht, der ihnen jedoch mitteilen musste, dass das Wetter zu stürmisch sei, als dass sie rausfliegen könnten. Die Hubschrauberpatrouille der Polizei hat dasselbe vermeldet. Wo sich die Fähre zurzeit befindet, weht sicherlich ein böiger Wind, doch das ist gar nicht das Problem. Der Wind über Doggerlands Ostküste hat allerdings nun Sturmstärke erreicht, zudem ist die Sicht so miserabel, dass kein Hubschrauber eine Starterlaubnis bekäme.

Sie haben mit dem zuständigen Mitarbeiter für die Sicherheit an Bord in der Reederei gesprochen, der ihnen versichert hat, den Kapitän sofort in Kenntnis zu setzen und dafür zu sorgen, dass er mit ihnen Kontakt aufnimmt. Sie haben die Bestätigung erhalten, dass eine Frau mit einem Pass, auf dem Disa Brinckmann steht, ein Tour-und-Retour-Ticket von Esbjerg nach Dunker gekauft hat und dass sich die Fähre im Moment genau an der Grenze zwischen doggerschem und dänischem Hoheitsgebiet befindet.

Sie haben Viggo Haugen aus dem Schlaf gerissen, der zum ersten Mal ohne Widerworte zugehört und versprochen hat, augenblicklich die dänische Polizei zu verständigen. Sie haben Jounas Smeed benachrichtigt, der bereits auf dem Weg in die Polizeizentrale ist. Jetzt hegen sie noch die Hoffnung, dass die dänische Küstenwache jemanden rausschicken kann. Oder dass das Personal auf dem Schiff Karen findet.

Es ist ein sehr großes Schiff, denkt Karl besorgt.

Er legt den Kopf in die Hände und versucht nachzudenken. Gibt es noch irgendetwas, das sie tun können? Da hört er Johannisen noch einmal laut fluchen.

»Karl, komm mal schnell her.«

Auf seinem Bürostuhl sitzend, rollt sich Karl Björken zum Schreibtisch seines Kollegen und sieht, wie der seinen knubbeligen Zeigefinger auf den Bildschirm drückt, wo die Passagierliste aufgerufen ist.

»Schau dir das an«, sagt er. »Auf dieser Fähre scheint auch jeder Idiot anwesend zu sein. Ich frage mich, was Jounas sagen wird, wenn er erfährt, dass seine Kleine an Bord ist.«

87

Das Erste, was sie spürt, ist die Kälte. Eine frostige, nasse Kälte, an der sie merkt, dass sie noch lebt. Dann einen Lichtstrahl, der sich durch die Dunkelheit tastet und den schneidenden Schmerz im Kopf verstärkt.

Karen weiß nicht, warum sie sich im Dunkeln auf einem steinharten, kalten Boden befindet, in halb liegender Position zusammengesunken, Kopf und Schultern an einer eiskalten Wand. Ich muss draußen sein, denkt sie und registriert überrascht den Regen, der ihr ins Gesicht nieselt. Um sie herum pfeift der Wind, irgendetwas schlägt rhythmisch dumpf. Im nächsten Moment ist die Erinnerung wieder da.

Instinktiv versucht sie aufzustehen und hört einen Schrei. Noch immer nicht richtig bei Bewusstsein stellt sie fest, dass der Ton aus ihr selber kommt, er steigt in ihr auf und wird vom Wind gleich verschlungen. Ihr Blick irrt hilflos zu den schwachen Lichtkegeln der Laternen und den Lampen in den Fenstern einen Meter vor ihr. Erst jetzt wird ihr schlagartig klar: Ihr linkes Bein steht in einem erschreckenden Winkel ab. Sie kann sich nicht einen Zentimeter bewegen.

Im selben Moment bemerkt sie die Frau, die vor ihr steht.

»Bitte, helfen Sie mir …«

Karen verstummt sofort. Diesmal ist die Erkenntnis so erbarmungslos, dass sie auf der Stelle hellwach ist. Die Frau, die sich nun zur Wand des Schiffes vorbeugt und vor Anstrengung keucht, während sie Karen anschaut, hat nicht im Entferntesten vor, ihr zu helfen. Sie holt Luft, um das zu vollenden, was sie begonnen hat.

Und durch den Regen, im schwachen Licht der Laterne, die oberhalb der Boxen mit den Rettungswesten angebracht ist, erkennt Karen sie wieder. Es ist die Frau mit der teuren Handtasche, die nach dem Kosmetikspiegel gesucht hat, um ihren Lippenstift aufzufrischen, die Frau, die einsam und allein vor dem Spielautomaten gestanden hatte. Jetzt richtet sie sich auf, und ihr Blick ist so voller Hass, dass Karen die Luft wegbleibt.

Irgendetwas an diesem bleichen Gesicht und der teuren Frisur, die jetzt strähnig und nass ist, kommt ihr bekannt vor. Doch da stimmt etwas nicht, das kann nicht sein. Karen spürt, wie ein Gedanke Form annimmt und sich langsam in ihr Bewusstsein bohrt, sich dort festsetzt. Und sie weiß nicht, ob sie die Worte ausspricht oder nur still für sich denkt.

»Sie sehen ja genauso aus ...«

Als die Frau da den ersten Schritt auf sie zumacht, schreit sie mit aller Kraft.

Doch das Geräusch wird vom monotonen Brummen der Schiffsmotoren und dem bedrohlichen Zerren des Windes an Leitern und Rettungsbooten geschluckt. Panisch schlägt Karen mit den Armen um sich, will sich wehren, haut blind und kraftlos auf den Körper, der sich über sie beugt. Sie kämpft, um überhaupt schreien zu können, als die Frau sie an den Armen packt und versucht sie hochzuziehen. Diesmal ist der Schmerz so intensiv, dass sie sich schlagartig übergibt. Das Würgen pulsiert durch den ganzen Brustkorb, und irgendetwas in ihr gibt auf. Teilnahmslos, als würde es jemand anderen betreffen, stellt sie fest, dass mindestens eine Rippe auf der rechten Seite gebrochen sein muss.

Instinktiv weicht die Frau zurück. Erst verwundert und dann angeekelt starrt sie auf die Kotze, die langsam über das Revers ihrer Anzugjacke tropft. Weiter hinten erklingt das Geräusch einer Tür, die aufgeht, dann der Lärm und die Musik von drinnen, die plötzlich laut zu hören sind, bis die Tür zurück ins Schloss fällt.

Kein Mensch wird sich bei diesem Wetter hinaustrauen, keiner wird es riskieren, sich für eine Zigarette bis auf die Haut nass regnen zu lassen und sich eine Erkältung zu holen. Niemand wird sie sehen oder hören, obwohl zwischen ihr und Hunderten von tanzenden, lachenden Menschen da drinnen nur eine einzige Wand ist. Und keiner von ihnen ahnt, was hier draußen vor sich geht.

Nochmals muss sie aufstoßen, und Karen versucht, den Kopf noch zu drehen, um nicht an der Kotze zu ersticken. Dann hört sie wieder das Geräusch der Musik, das lauter wird, als zum zweiten Mal eine Tür aufgeht. Dieses Mal hinter ihr, weiter in Richtung Backbord. Sie versucht zu schreien, aber es gelingt ihr nicht, bevor das Geräusch mit dem Schließen der Tür wieder verstummt. Ich werde das nicht überstehen, denkt sie und sieht die Frau, die vor ihr steht, an.

Anne Crosby wird auch mich töten.

Im nächsten Moment erklingen Schritte, die sich nähern, und die Frau weicht wieder zurück.

Jetzt sind sie nicht mehr allein.

Eine Welle von Dankbarkeit überkommt Karen; jemand ist an Deck gekommen, jemand, der ihr helfen wird. Und dann eine Stimme, die ihr so vertraut ist, dass ihr vor Angst das Blut in den Adern stockt. Sigrids Stimme.

»Karen, bist du das? Hörst du denn nicht, dass sie dich ausrufen ...«

Da verstummt sie auf einmal, sodass Karen sich denken kann, dass Sigrid nun so nah bei ihr ist, dass sie begreift, dass hier etwas nicht stimmt.

»Sigrid, komm nicht näher«, versucht sie zu schreien, aber es kommt einfach kein richtiger Ton, ihre Stimme ist zu dünn, und sie versickert mit dem Wind.

Sie versucht es noch einmal. Presst die Hand auf die verletzte Rippe und schreit.

»Renn hinein und hol Hilfe. Hau ab, Sigrid!«

Aber Sigrid geht nicht. Stattdessen kommt sie näher, sodass Karen sie jetzt sehen kann.

»Mein Gott, Karen, was ist denn passiert?«

»Liebe Sigrid, lauf schnell weg und hol Hilfe. Sie ist gefährlich.«

Das Letzte versucht sie ihr zu signalisieren, mit verzweifeltem Blick zu der Frau, die sich im Dunkeln versteckt hält. Die Frau, die Sigrid noch nicht bemerkt hat.

Sigrid folgt ihrem Blick zur Wand des Schiffs.

Karen beobachtet, wie sie zuckt und Halt an der Reling sucht, um nicht zu stürzen. Und ohnmächtig muss sie zusehen, wie Sigrid, anstatt umzudrehen und Hilfe zu holen, jetzt langsam ein paar Schritte auf die Frau zumacht.

Anne Crosby steht da wie versteinert, die Arme kraftlos neben dem Körper.

Sigrids langes schwarzes Haar wird ihr vom Wind ins Gesicht gepeitscht und bleibt dort wie ein Schleier liegen. Sie schiebt die nassen Strähnen zur Seite, als sie ein paar Meter vor Anne Crosby stehen bleibt. Ein paar Sekunden lang stehen die beiden mucksmäuschenstill da und starren sich an. Und erst jetzt wird Karen klar, was Sigrid denken muss. Jetzt, wo die eben noch so perfekte Frisur dieser elegant gekleideten Frau auch an deren Gesicht klebt, als der Lichtschein von den Laternen es unmöglich macht, noch einen Unterschied zwischen der Frau vor ihnen und Susanne Smeed zu erkennen.

Karen bekommt kein Wort heraus.

»Sie ist es nicht«, will sie brüllen. »Sie sieht nur gleich aus. Lauf, hau ab, das ist die Frau, die deine Mutter getötet hat. Sie heißt Anne Crosby, sie ist deine Tante.«

Sie hatte vor, Sigrid zu erzählen, dass sie eine Tante hat. Wenn sie in Frankreich angekommen wären und sich eine gute Gelegenheit ergäbe. Sie hatte gedacht, Sigrid würde sich vielleicht freuen. Vielleicht hätte es ihnen beiden geholfen, jetzt, da Susanne nicht mehr lebte. Nun will Karen nur schreien, dass sie verschwinden soll. Aber ihr Körper macht nicht mit, die Luft reicht nicht aus. Die Schmerzen sind übermächtig.

Einen Augenblick lang, der zu einer ganzen Ewigkeit wird, bemerkt Karen, wie sich Sigrids Gesicht verändert. Sie sieht, wie ein Gefühlssturm sie überrollt. Wie Zweifel einem Moment der Freude weicht, um dann die kalte Wirklichkeit zu spüren. Eine Wirklichkeit, die sie nicht verstehen kann.

Karen hört es nicht, sie sieht nur Sigrids Mund, wie er sich bewegt und dieses eine Wort formt.

»Mama?«

Etwas in ihr zerbricht. Sie will sich losreißen, Sigrid in ihre Arme schließen, sie vor diesem Erlebnis beschützen. Sagen, dass alles nur ein Albtraum ist. Doch das Einzige, was sie tun kann, ist, mit letzter Kraft zu schreien.

»Das ist sie nicht, Sigrid«, brüllt sie. »Das ist nicht deine Mutter.«

Und vielleicht kann Sigrid es hören, vielleicht auch nicht. Vielleicht ist es ihr auch egal, was Karen ihr mitzuteilen versucht, vielleicht glaubt sie ihr gar nicht. Und jetzt sieht Karen, wie der Blick der Frau zwischen Sigrid und ihr hin- und herflackert, als würde sie auch nach einer Erklärung suchen, und langsam wächst die Wut wieder, als sie zu Karen sieht. Mit ein paar schnellen Schritten geht sie auf Sigrid zu und nimmt das starre Mädchen in den Arm. Hält sie ganz fest, während ihr hasserfüllter Blick Karen fixiert.

Doch erst als die Frau den Mund öffnet, begreift Karen, wie sehr sie einem Trugschluss erlegen ist.

»Nein, Karen«, sagt die Frau, »ich bin ihre Mutter. Daran kannst du nichts ändern.«

Die Gedanken drehen sich im Kreis und finden keinen Ruhepunkt. Bilder von Susanne Smeeds totem Körper auf dem Küchenboden. Die noch immer so vertrauten Gesichtszüge trotz des grotesk zerschlagenen Gesichts. Der offene Morgenmantel, die Silikonbrüste, die zum Vorschein kamen, die gepflegten Hände, die glatten Haarsträhnen, zu denen kein Blut gelangt war. Karen hatte das alles gesehen. War zwar über das eine oder andere verwundert gewesen, jedoch ohne infrage zu stellen, was sie vor Augen hatte. Kneought Brodals Verzweiflung darüber, dass die Tote, die er untersuchen musste, eine Frau war, die er gut gekannt hatte und mit der er eine Zeit lang freundschaftlichen Umgang gepflegt hatte. Die Ergebnisse der DNS-Analyse, die bestätigte, was alle längst wussten. Die Tote war Susanne Smeed.

Alle Bemühungen waren darauf ausgerichtet gewesen, den Täter zu finden. Keiner hatte bezweifelt, dass das Opfer wirklich Susanne Smeed gewesen war.

Und während Karen die Wahrheit ganz langsam begreift, hört sie die Frau, die nicht Anne Crosby ist, sagen:

»Es tut mir leid, Sigrid. Du solltest es nicht erfahren. Du solltest glauben, ich sei tot.«

Sigrid stößt einen Laut aus, der eine Mischung aus einem Schluchzen und einem Schrei ist. Sie reißt sich los und macht stolpernd ein paar Schritte zurück. Rutscht aus, aber fängt sich wieder.

»Was hast du getan?«, schreit sie. »Wer ist dann die Tote?«

Das scheint Susanne Smeed wirklich zu überraschen, sie legt den Kopf schräg und sieht ihre Tochter mit besorgtem Gesichtsausdruck an, als habe sie die Frage nicht richtig verstanden.

»Na, meine Schwester natürlich.«

Sigrid reißt starr vor Entsetzen die Augen auf. Ihre Mutter hat keine Schwester. Das hat sie doch nicht?

»Ich wusste auch nichts von ihr. Erst habe ich mich gefreut. Bis ich verstanden habe, wie ungerecht das alles war. Ich musste sie töten. Du solltest das nicht erfahren, bevor ich in ein paar Jahren selbst tot wäre. Warum bist du hier? Was machst du hier mit ihr?«

Ihr Blick wandert wieder zwischen Sigrid und Karen hin und her und schwankt zwischen Hass und Irritation. Sigrids plötzliche Anwesenheit hat ihren ganzen Plan durcheinandergebracht.

Voller Panik wird Karen klar, dass Susanne in ihrer Verzweiflung jetzt zu allem fähig sein wird: Karen aus dem Weg zu räumen reicht jetzt nicht mehr aus. Aber ist Susanne denn wirklich so verrückt, dass sie die eigene Tochter tötet?

Sigrid starrt die Frau, die vor ihr steht, an. Das Gesicht, das sich ihr eingebrannt hat. Ihre Mutter, die sie geliebt und gehasst hat. Sie sieht den Wahnsinn, den sie möglicherweise unter der Oberfläche bereits ahnen konnte, der sie mehr verschreckt hat, als sie es sich selbst hatte eingestehen wollen.

»Aber warum?«

Sie spricht so leise, dass der Wind ihre Worte einfängt. Aber Susanne liest die Frage an Sigrids Augen ab.

»Begreifst du es nicht? Sie hat doch alles bekommen, was mir gehört hätte. Sie hat mir mein ganzes Leben gestohlen. Ich habe dir alles in einem Brief erklärt, Sigrid. Du solltest ihn bekommen, wenn ich tot bin, in ein paar Jahren. Er liegt in Schweden in Annes Haus, ich habe dort gewohnt, seit sie nicht mehr lebt. Das ist jetzt *mein* Leben.«

In der darauffolgenden Sekunde geht Susanne auf Karen zu, beugt sich zu ihr herunter und sagt:

»Und du kriegst auch nicht, was mir gehört, du mieses Flittchen. Sigrid ist meine Tochter, nicht deine. Merk dir das.«

Hasserfüllt holt sie aus und schlägt ihr mit der flachen Hand ins Gesicht.

Von der Ohrfeige knallt Karens Hinterkopf gegen die Eisenwand. Susanne dreht sich wieder zu Sigrid um.

»Ich werde immer deine Mutter sein«, sagt sie. »Das kann mir niemand nehmen.«

Karen bemerkt den scharfen Lichtkegel, der plötzlich über ihnen schwebt, kaum. Sie hört auch die Sirenen der Fahrzeuge nicht oder das Geräusch der schnellen Schritte, die näher kommen. Ihr Blickfeld wird immer kleiner, jeder Laut rückt weit in die Ferne. Als befinde sie sich unter einer Käseglocke, registriert sie noch, dass Susanne sich schützend die Hand vor die Augen hält, als sie zum Scheinwerfer des Hubschraubers aufschaut, sieht, wie Susanne ihre Tochter ansieht und langsam den Kopf schüttelt. Ihr Gesichtsausdruck ist vollkommen leer. Die Hoffnung auf ein besseres Leben vernichtet. Jetzt wird es sich entscheiden, denkt Karen. Jetzt wird sie ihre letzte Entscheidung treffen.

Da fasst Susanne Smeed mit beiden Händen an die Reling und stemmt sich hoch. Karen sieht, wie Sigrid zu ihr rennt, um sie daran zu hindern. Bemerkt, wie ihr eigener Arm in die Luft fährt und verzweifelt versucht, das Mädchen zu halten. Spürt die Panik, dass Susanne Sigrid mit sich reißt.

Karens Hand hat Sigrids Pullover zu fassen bekommen, und der

Schmerz von dem jähen Ruck durchfährt ihren Körper. Mit einer Kraft, von der sie nicht wusste, dass sie tief in ihr verborgen ist, von undurchdringbarer Verzweiflung verhüllt, von Jahren voller Sehnsucht, zwingt sie ihre Hand, nicht loszulassen. Weiß, dass sie jetzt das Leben selbst festhält. Ihre Finger klammern sich hilfesuchend an Hoffnung, Heilung und Versöhnung. An Sigrid. Und an John und Mathis.

An ein Kind, das nicht verloren gehen darf.

Der Wind reißt an der Frau, die jetzt mit einem Bein auf der Reling sitzt. Ihr Körper schwankt und noch hält sie sich am weißen Eisengeländer krampfhaft fest.

»Lies den Brief, Sigrid«, ruft sie. »Dann wirst du es verstehen.«

Und lässt die Hände los.

Und irgendwo, weit, weit weg hört Karen Sigrid verzweifelt schreien, als ihre Mutter in die Tiefe fällt und im Schwarz verschwindet.

88

Es ist, als würde jemand am Lichtschalter stehen und das Licht an- und ausknipsen. Unerbittliche Lichtblitze, die sie mal in die Wirklichkeit zurückzwingen, und sie ihr dann wieder ersparen.

Das grelle Licht, als sie die Sanitäter auf die Trage heben, dann der Piks von der Nadel und die Schmerzwelle, die sich langsam verzieht. Die lauten Umdrehungen der Rotorblätter, und die Gurte, die festgezogen werden, bevor es wieder dunkel wird um sie. Die leichten Erschütterungen, beruhigende, fremde Stimmen, die in einer anderen Sprache sagen, sie dürfe nicht einschlafen.

»Schlaf jetzt bitte nicht ein, Schatz.«

Das klingt wie Marike, denkt Karen. Doch das kann sie wohl kaum sein?

Ihr ist nicht bewusst, dass sie sie ins Rigshospital in Kopenhagen bringen, aber wenn der Schalter dieses grelle Licht wieder anschaltet, sieht sie Schläuche, weiße Kittel und konzentrierte Gesichter. Einen Moment lang begreift sie nicht, warum sie sich in einem Krankenhaus befindet. Wahrscheinlich wird gleich der Wecker klingeln, und sie muss aufstehen und zur Arbeit gehen. Ihr nächster wacher Gedanke ist, dass es in ihrer Nähe laut brummt. Jetzt hat sie das Gefühl, als bewege sie sich in einem Tunnel, und nimmt an, dass das der Moment des Todes sei. Dass es sich also so anfühlt. Dass John und Mathis also genau das gespürt haben.

Und sie glaubt, dass sie lächelt bei dem Gedanken, dass es doch gar nicht so schlimm ist.

Aber dann wird das Licht wieder angeknipst und zwingt sie umzudrehen. Offenbar wird sie heute nicht sterben. Das Brummen ist fort, stattdessen hört sie Stimmen. Murmelnde Stimmen, die Worte sagen, die sie versteht, aber dann auch wieder welche, die sie nicht versteht, und da ergreift sie die Panik.

Wieder Nadelpiksen und beruhigende Hände. Und jetzt entdeckt sie zwischen all den grünen Mützen und weißen Mundschutzen warme Augen. Dann endlich: Das Licht geht wieder aus.

Sie weiß nicht, wie sich die Zeit bewegt. Geht sie schnell, geht sie langsam. Später wird sie erfahren, dass sie nach der Operation im Rigshospital knapp drei Tage gelegen hat, bis sie nach Doggerland zurückgeflogen wurde. Dass es seine Zeit dauern wird, bis sie wieder nach Hause kann. Unerträglich lange Tage, die sie in einem Bett im Thysted-Krankenhaus in Dunker ganz still liegen muss. Der Schlag auf den Kopf hat ihr Schnittwunden, eine heftige Gehirnerschütterung und einen Schädelbasisbruch beschert. Vierzehn Stiche, Antibiotika und viel Ruhe werden die Folgen beheben, beteuern die Ärzte. Der Brustkorb ist stabilisiert und hält die Rippe an Ort und Stelle. Schlimmer sieht es mit ihrem linken Bein aus, das kurz oberhalb des Fußgelenks gebrochen ist, und mit dem Knie, an dem sie einen Seitenbandriss erlitten hat. Mindestens zwei Wochen in Thysted, bevor man über eine Entlassung reden kann. Dann folgen die Krankschreibung zu Hause und regelmäßige Besuche beim Physiotherapeuten.

»Aber vermutlich werden Sie wieder vollkommen gesund.«

Den Brief finden sie in der Villa in Limhamn, die Anne Crosby von ihrem Vater geerbt hat. Die Villa, in der Susanne ein paar Wochen lang das Leben ihrer Schwester geführt hat. Sie hat keine Anstrengungen unternommen, das Kuvert, auf dem Sigrids Name geschrieben steht, zu verstecken. Da der Brief ein Beweisstück ist, haben ihn fünf Personen gelesen: Karl Björken, Evald Johannisen, Dineke Vegen, Viggo Haugen und Jounas Smeed.

Sogar Karen erfährt von dessen Inhalt, obwohl sie krankgeschrieben ist und auch nicht länger mit den Ermittlungen befasst. Sie ist von den Schmerzmedikamenten noch immer benebelt, als Karl sie fragt, ob sie es sich zutraut, den Brief von Susanne Smeed an ihre Tochter zu lesen.

»Das ist wirklich richtig krank«, sagt er warnend vorab.

Karen nickt und nimmt den Brief entgegen. Mit wachsendem Unbehagen betrachtet sie die eng geschriebenen Zeilen. Dann beginnt sie zu lesen.

An Sigrid,

wenn Du diesen Brief in den Händen hältst, bedeutet das, dass ich tot bin. Vielleicht bist Du ja selbst schon alt, vielleicht hast Du eigene Kinder. Vielleicht ahnst Du es bereits, dass nicht ich im Haus in Langevik zu Tode gekommen bin. Man spürt sicher, ob die eigene Mutter noch lebt oder nicht.

Aber ich habe getötet, und ich will, dass Du erfährst, warum. Nicht damit Du mir verzeihst, das will ich gar nicht. Aber Du sollst es verstehen.

Dein Vater ist ein richtiges Schwein (entschuldige, aber das ist die Wahrheit). Er ist schon mit einem Silberlöffel im Mund auf die Welt gekommen und hat alles in den Schoß gelegt bekommen, während ich um alles kämpfen musste. Immer!!

Dankbar war er auch nicht. Er war ein »echter Smeed« und ich eine »schlechte Partie«. Da war sich seine Familie einig. Dein Großvater war am schlimmsten!!! Axel Smeed verlangte einen Ehevertrag, sonst hätte er uns mit der Wohnung nicht unterstützt, obwohl Du gerade auf die Welt gekommen warst. Er hat sogar damit gedroht, Deinen Vater zu enterben, wenn wir die Unterschrift verweigert hätten.

Nach der Scheidung durfte ich nichts behalten, gar nichts!!!

Und mein Erbe stahl Axel auch noch, das sollst Du wissen. Er hat alles Land von meinem Vater Stück für Stück zum Schleuderpreis aufgekauft, bis nichts mehr übrig war, das ich hätte erben können.

Hinter meinem Rücken!!!

Bis zur Scheidung wusste ich nichts davon. Alles, was ich von Deinem

Vater bekam, waren jeden Monat »ein paar Groschen«, damit Du ein »gutes Leben« führen konntest, wenn Du bei mir warst.

So ein Mistkerl!!!

Dein Vater sollte alles bekommen, und ich musste immer kämpfen.

Als Du auch noch ausgezogen bist, war ich ganz allein. Keine Freunde und der Job war die Hölle. Nach ein paar Jahren konnte ich einfach nicht mehr. Ich wollte nur noch sterben und dachte fast jeden Tag daran, mich umzubringen.

Karen lässt den Brief auf ihre Brust sinken und schließt die Augen. Und das soll Sigrid lesen? Oder hat sie es schon gelesen? Als ob er weiß, was sie denkt, antwortet Karl schon vom Besucherstuhl.

»Wir konnten nicht anders. Sie ist volljährig, und der Brief ist an sie adressiert. Sie hat ihn gestern erhalten.«

Sie wird nie wieder dieselbe sein, denkt Karen. Niemals. Dann nimmt sie den Brief wieder in die Hand und zwingt sich, weiterzulesen.

Und da rief mich eine Frau mit Namen Disa Brinckmann an.

Sie hatte mit meinen Eltern in einer Kommune gewohnt und war bei meiner Geburt dabei. Und da hat sie mir erzählt, dass meine Mutter gar nicht meine Mutter sei. Mein Vater hatte mich mit einer anderen Frau zusammen gezeugt.

Und dann sagte sie, ich habe eine Zwillingsschwester.

Sie haben uns aufgeteilt wie Katzenjunge!!! Meine Schwester kam nach Schweden, und ich blieb hier.

Ich traf Disa Brinckmann und meine Schwester in Malmö.

Erst fiel es mir nicht so auf, weil sie viel besser aussah als ich. Aber dann merkte ich es nach und nach. Wir waren uns sehr, sehr ähnlich!!!

Keiner hatte gewusst, dass wir eineiige Zwillinge waren. Nicht einmal Disa Brinckmann hatte es geahnt. Wir hatten sogar dieselbe Stimme und sprachen gleich, denn Schwedisch war ja unsere Muttersprache. Es war, als wären wir dieselbe Person!!

Zweimal bin ich nach Malmö gefahren, um Anne zu treffen, und telefoniert haben wir auch. Sie wohnte ja in den USA, aber wollte dort alles verkaufen und wieder nach Hause kommen.

Da begriff ich erst, wie viel Geld sie hatte.

Sie hatte alles und ich nichts.

Aber alles, was sie hatte, hätte genauso gut mir gehören können!!!! Wenn sie mich nämlich nach Schweden mitgenommen und sie zurückgelassen hätten. Der Zufall hatte entschieden, wer von uns alles und wer nichts bekam!!

Da beschloss ich, das zu ändern. Sie wollte mich zu Hause besuchen kommen und bei mir im Haus übernachten. Sie kam mit der Fähre, die einen Tag vor Ort ankert, und ich habe sie vom Schiffsanleger abgeholt.

Am Morgen tat ich dann, was ich tun musste. Du musst nicht erfahren, wie es geschah.

Dann belegte ich ihren Platz auf der Fähre und habe einfach ihr Leben weitergeführt.

Es ging viel einfacher, als ich es mir vorgestellt hatte, denn keiner schaut sich eine Frau in meinem Alter so genau an.

Die Einzige, die wusste, dass wir Zwillinge waren, war Disa, deshalb musste sie auch verschwinden, sonst war ich nicht sicher. Und dann musste ich noch eine töten, die schnüffelt und zu viele Fragen stellt. Sie arbeitet mit Deinem Vater zusammen und wohnt im Dorf. Du kennst sie. Ein richtiges Luder, das mit jedem ins Bett steigt, daher ist es nicht wirklich ein Verlust, wenn es sie nicht mehr gibt.

Karen sieht kurz auf zu Karl, aber er starrt aus dem Fenster. Dann liest sie die letzten Zeilen.

Ich wollte einfach das Leben leben, das von Anfang an mir gehört hätte.

Anne bekam die erste Hälfte und ich dann den Rest.

Ich hoffe, Du kannst es verstehen. Ich habe Dich immer geliebt.

Mama

Minutenlang ist es totenstill im Krankenzimmer.

»Sie muss psychotisch gewesen sein, als sie das verfasst hat«, sagt Karl.

Karen antwortet nicht.

Dann steht er auf und will gehen. Das Letzte, was er sagt, ist das Einzige, was ihren Kopf jetzt beherrscht:

»Arme Sigrid.«

89

Und alle kommen. Scharen sich mit besorgten Blicken um ihr Krankenbett, bevor sie sich davon überzeugen konnten, dass Karen vermutlich keine bleibenden Schäden davontragen wird. Marike, Aylin, Kore und Eirik. Und ihre Mutter.

Eleanor Eiken, die sehr deutlich zum Ausdruck gebracht hat, dass sie nicht gedenkt, nach Spanien zurückzureisen, bevor ihre Tochter entlassen ist, hat in ihrer resoluten Art einfach das Haus in Langevik bezogen und Harry nach Hause nach Estepona geschickt.

Leo Friis wohnt noch immer da. Offenbar hat er – genau wie Rufus – einfach beschlossen, zu bleiben. Ob er wieder ins Gästehäuschen umgezogen ist oder ob er und Eleanor das Haupthaus gemeinsam bewohnen, weiß Karen nicht. Es übersteigt ihre Kräfte, sich danach zu erkundigen, überhaupt ist ihr jede Frage gerade zu viel. Dass Leo nicht im Krankenhaus aufgetaucht ist, wundert sie nicht, und wie sie ihn wieder loswird, ist eine Sache, die im Moment völlig unwichtig ist.

Die Einzige, um die Karens Gedanken kreisen, ist Sigrid.

»Es geht ihr nicht besonders gut«, sagt Eleanor.

»Das ist mir klar. Und wo wohnt sie jetzt? Doch hoffentlich nicht allein?«

»Mach dir keine Gedanken. Wir kümmern uns um sie.«

»Vielleicht wirft sie mir vor, dass sich ihre Mutter meinetwegen umgebracht hat«, mutmaßt Karen.

»Oder was glaubst du? Geht sie vielleicht deswegen nicht ans Telefon, wenn ich anrufe?«, fügt sie hinzu.

»Ich glaube, sie macht sich selbst Vorwürfe, Karen. Ich weiß es sogar.«

»Warum? Sie kann doch überhaupt nichts dafür.«

»Stell dich nicht blöd, Karen. Wenn es jemand weiß, dann du.«

»Vielleicht könnte ich mit ihr reden ...«

»Im Moment hat Sigrid vor allem und jedem Angst. Dich so zu sehen, so malträtiert, in Verbänden und Gips, würde ihre Ängste nur noch verschlimmern.«

Karen wird klar, dass sie sich nur einen Bruchteil dessen vorstellen kann, was Sigrid gerade durchmacht. Doch schon dieser Bruchteil ist für ein achtzehnjähriges Mädchen viel zu viel. Der Schock, als sie erfuhr, dass ihre Mutter eine Mörderin ist. Sie einmal zu verlieren und dann noch mal. Dieses Hin- und Hergerissensein zwischen Verachtung für die Mörderin und Mitgefühl für diesen armen, verbitterten Menschen, der an seinem Leid zerbrochen ist.

Die Trauer über ein weggeworfenes Leben. Die Rolle, die ihr Großvater dabei gespielt hat, die Rolle, die ihr Vater dabei gespielt hat. Wenn Sigrids Verhältnis zu ihrem Vater vorher schon schlecht war, dann muss es jetzt vollständig zerstört sein.

Und zum ersten Mal versteht Karen, wie Sigrid ständig zwischen Papas eiskalter Arroganz und Mamas labiler Psyche navigieren musste, wie sie das prägt. Dabei zu wissen, dass sie selbst ein Teil von beiden ist.

Karen weiß, dass sie nur diesen Bruchteil begreifen kann. Trotzdem wünschte sie, sie könne mit Sigrid reden, ihr sagen, dass es nicht ihr Fehler war, dass man nicht die Schuld seiner Eltern trägt. Und dass sie nicht allein ist.

Aber alles, was sie tun kann, ist hier zu liegen und abzuwarten, bis alles so weit verheilt ist, dass sie nach Hause entlassen wird.

»Wir behalten sie im Auge«, sagt Eleanor noch einmal. »Leo und ich. Er hat übrigens auch die Katzenklappe eingebaut.«

90

Dann kommen die Kollegen. Einer nach dem anderen tauchen sie auf, mit Weintrauben, Zeitschriften und Blumensträußchen, die ihre Mutter geduldig lächelnd entgegennimmt, um sich dann im Stationsflur auf die Suche nach einer Vase zu begeben. Cornelis Loots, Astrid Nielsen, Sören Larsen und ein Viggo Haugen, der vor Scham fast im Boden versinkt, geben sich so perfekt die Klinke in die Hand, dass Karen schon den Verdacht hegt, jemand in der Abteilung habe einen Besuchsplan aufgestellt. Rücksichtsvoll kurze Besuche, besorgte Blicke, wenn die Schmerzen in Kopf oder Knie so schlimm sind, dass Karen die Schwester rufen muss, um die Schmerzpumpe nachfüllen zu lassen. Dann ein paar leise Worte zur Mutter, bevor sie sich von Karen verabschieden und versichern, dass sie wiederkommen werden.

Am dritten Tag steht Evald Johannisen in der Tür.

»Mensch, Eiken«, sagt er, legt seine Weintrauben zu den anderen in die Schale, die auf dem Nachttisch steht, und nimmt sich einen der Besucherstühle.

»Mensch, Johannisen«, antwortet Karen.

»Da hast du tatsächlich den richtigen Riecher gehabt. Man könnte sagen, ein blindes Huhn findet auch mal ein Korn.«

Aber irgendetwas ist anders; sie verspürt nicht im Geringsten das Bedürfnis, darauf hinzuweisen, dass sie ganz einfach recht hatte. Dass sie es weiterverfolgen wollte, was die anderen abgetan haben, weil ihnen nur daran gelegen war, den Fall endlich abzuschließen. Dass der Mord an Susanne Smeed im Zusammenhang mit Ereignissen stand, die vor über vierzig Jahren in einer Kommune in Langevik geschehen sind. Sie hatten falsch gelegen. Karen hatte recht. Aber darüber verliert sie kein Wort. Denn die Wahrheit ist, dass sie nur zur Hälfte recht hatte.

Stattdessen sagt sie:

»Ich danke dir, Evald. Dass du so schnell reagiert hast, als die Nachricht von Disa Brinckmanns Tod kam.«

Johannisen zuckt mit den Schultern.

»Nur schade, dass die Mitteilung nicht ein paar Stunden früher kam.« Er nickt andeutungsweise zu ihrem eingegipsten Unterschenkel, der in einer besonderen Stellung fixiert ist, um das Knie ruhigzustellen.

Aber die Waffenruhe fühlt sich fremd an, und das Schweigen zwischen ihnen füllt den ganzen Raum. So lange war ihr Umgang miteinander von sarkastischen Bemerkungen, Seitenhieben und wütenden Blicken geprägt, dass jetzt keiner von ihnen weiß, was er sagen soll. Evald Johannisen steht dann fünf Minuten nachdem er gekommen ist wieder auf, räuspert sich und will gerade etwas von sich geben, als Karen ihm zuvorkommt.

»Du bist immer noch ein ziemlicher Mistkerl, Evald«, sagt sie und lächelt.

Ohne zu antworten, zupft er eine Weintraube von dem Berg in der Schale ab, schiebt sie sich in den Mund und verlässt das Krankenzimmer. Aber Karen bemerkt, dass seine Schultern etwas sinken, und kurz bevor er die Tür schließt, erkennt sie noch das kleine Lächeln in seinem Mundwinkel.

Karl Björken lächelt nicht. Zumindest nicht bis zu seinem dritten Krankenbesuch, bei dem der feste Verband um Karens Kopf durch leichte Kompressen auf den Stichwunden ersetzt worden ist und die blauen Flecke in ihrem Gesicht sich langsam gelbgrünlich verfärben und verblassen.

»Du hast uns einen Riesenschreck eingejagt«, sagt er, als er sich am Fenster niederlässt.

Jetzt sind die Jalousien hochgezogen, nachdem sie die ersten Tage immer im Halbdunkel gelegen hatte. Karen verfolgt eine Vogelschar auf dem Weg in den Süden. Immerhin ihr kommt hier weg, denkt sie. Aus der Reise nach Frankreich wird jedenfalls nichts mehr, zumindest nicht in diesem Jahr.

»Brodal ist völlig am Ende«, sagt Karl.

»Aber es war doch nicht seine Schuld. Nicht mal an der DNS hätte man erkennen können, dass die Tote nicht Susanne war.«

»Stimmt genau. Es hat ihn in seinen Grundfesten erschüttert.«

»Na ja, er wird das wohl kaum noch mal erleben«, sagt Karen und wendet den Blick vom Fenster ab. »Zwischen zwei und drei Prozent der Menschen kommen als Zwillinge zur Welt«, referiert sie monoton. »Und von denen teilt sich ungefähr ein Drittel dasselbe Ei. Allein hierzulande gibt es etwa 10 000 Zwillingspärchen und ungefähr 3 000 von ihnen sind eineiige Zwillinge. Aber die Wahrscheinlichkeit, dass einer von ihnen in einen Mord verwickelt wird, ist vernachlässigbar gering. Cornelis war gestern hier«, fügt sie lächelnd hinzu, als sie sieht, dass Karl vor Erstaunen der Mund offen steht.

»Ja, der gute Cornelis kann nicht aus seiner Haut. Hat er dich noch mit weiteren Fakten unterhalten?«

»Vermutlich schon, aber die habe ich vergessen.«

Dann fällt ihr noch etwas ein.

»Ach ja, eins noch. Eineiige Zwillinge haben offenbar dieselbe DNS.«

»Das hätte ich dir auch sagen können«, antwortet Karl. »Deshalb haben wir ja auch keine fremde DNS gefunden.«

Er beugt sich vor.

»Mal ganz ehrlich, Eiken. Wie viel davon hast du geahnt?«

»Nicht viel«, gibt sie zu. »Ich war mir ziemlich sicher, dass Kvanne der falsche Mann war, auch wenn man nur schwer darüber hinwegsehen kann, dass er gelogen hat. Er war in Langevik gewesen. Aber er hätte kaum ins Haus einbrechen oder das Auto klauen können, ohne irgendeine Spur zu hinterlassen. Und ich hatte eine Ahnung, dass es eine Verbindung zu Susannes Person geben müsse, aber wie genau die aussah, konnte ich nicht sagen. Ich hatte leider nicht genügend Beweise, um

Haugen überzeugen zu können, dass wir weiterermitteln müssen. Auf der anderen Seite habe ich ja auch wirklich genügend Schaden angerichtet.«

»Meinst du Disa Brinckmann?«

Karen nickt.

»Du konntest nun wirklich nicht ahnen, dass sie umgebracht wird.«

»Nein, das ist klar. Aber, du weißt ...«

Verzweifelt fährt sie mit den Händen in die Luft, Karl kennt diesen Zwiespalt doch. Die Gedanken an die, die man vielleicht hätte retten können. Wäre man anders vorgegangen.

»Du hast zu viel Zeit zum Nachdenken«, sagt er. »Wie lange sollst du hier eigentlich noch liegen?«

»Mindestens noch zwei Wochen, sagen die Ärzte.«

»Na ja, wenigstens hast du offenbar viel Besuch«, sagt Karl und grinst auf den Berg Weintrauben.

Karen lächelt matt.

»Ja. Sogar Johannisen war kürzlich da.«

»Waffenruhe?«

»Zumindest vorübergehend«, sagt sie. »Er ist ein guter Polizist, auch wenn er ein Arschloch ist. Wenn er nicht sofort reagiert hätte, läge ich jetzt wahrscheinlich nicht hier.«

Karl korrigiert sie nüchtern.

»Aber es war Sigrid, die dich gefunden hat.«

»Ja, aber wahrscheinlich hätte sie nicht nach mir gesucht, wenn sie mich nicht durch die Lautsprecher ausgerufen hätten.«

»Was sagt sie denn dazu?«

»Ich habe mit ihr nicht sprechen können.«

Karen verzieht das Gesicht und weiß, dass Karl das als Schmerzattacke deuten wird. Sie weiß, was diese Miene auslöst: Ihre Besucher erheben sich rücksichtsvoll, verabschieden sich von ihr und lassen sie in Ruhe. Und als sich wenig später die Tür mit einem leichten Zischen hinter Karl Björkens breitem Rückgrat schließt, dreht sie den Kopf wieder zum Fenster und spürt die Traurigkeit bis hoch in die Kehle. Sie hat nicht das Recht, so zu fühlen. Kein Recht sich einzubilden, dass Sigrid irgendetwas mit ihr zu tun haben wolle. Dass die Trauer über ein verlorenes Kind niemals durch ein anderes ersetzt werden kann.

Und wieder kommen ihr Susanne Smeeds Worte in den Sinn.

»Sie ist nicht deine Tochter. Merk dir das.«

91

Am achten Tag steht plötzlich Jounas Smeed in der Tür. Karen war nach dem Essen eingenickt und erwacht von seiner Begrüßung.

»Aha, hier hältst du dich also versteckt!«

Ohne zu antworten, streckt sie die Hand nach dem Wasserglas aus. Wahrscheinlich hat sie laut geschnarcht. Das Gestell, auf dem ihr Bein gelagert ist, zwingt sie, auf dem Rücken zu liegen, und ihr Mund ist ganz ausgetrocknet. Sie trinkt leise und gierig, während sie auf einen Kommentar wartet, aber irgendetwas an Jounas' Erscheinung verrät ihr, dass er heute nicht zu Sticheleien aufgelegt ist.

Sein Gesicht ist blass, und die Augenringe treten im grellen Licht vom Fenster noch deutlicher hervor. Einen Augenblick lang glaubt sie, in ihm jedes widersprüchliche Gefühl erkennen zu können: Erleichterung, Ärger, Sorge, Wut. Und dann noch etwas, das sie bei ihrem Chef vorher noch nie bemerkt hat. Unsicherheit. Die ganze Situation ist ihm schrecklich unangenehm, und die Ereignisse, die dazu geführt haben, dass er jetzt hier steht, lassen ihm keine Ruhe.

Zum ersten Mal spürt Karen, dass sie trotz der Rückenlage und dem Schnarchen überlegen ist. Sie weiß es, und er weiß es auch. Seine Beurteilung der Lage und seine Entscheidungen in Bezug auf die Ermittlungen sind zum Teil die Ursache dafür, dass sie jetzt hier liegt. Nur zum Teil, doch das reicht, um das Zimmer mit unausgesprochenen Schuldgefühlen zu füllen. Still folgt sie seinem Blick, als er sich endlich vom Türrahmen losreißt und am Fußende um ihr Bett herumgeht.

Er hat keine Weintrauben mitgebracht; so weit würde er niemals gehen, aber er legt ihr eine Abendzeitung auf den Nachttisch, bevor er sich auf den Besucherstuhl setzt und gewohnt lässig das eine Bein über das andere schlägt. Über sein Gesicht huscht ein Anflug von Unbehagen, als er ihre Blutergüsse und die Apparatur am Bein genauer betrachtet.

»Wie geht's dir?«, fragt er und zieht eine Grimasse.

»Es ging mir schon besser«, sagt sie trocken und registriert, dass er nur nickt. Jetzt mit so einer passend bedauernden Chefmiene.

»Aber schlechter ging's mir auch schon«, fügt sie hinzu und grinst ihn an.

Er beantwortet ihre Mimik flüchtig, fast gedankenverloren.

»Wie lange wirst du hier noch liegen müssen, weißt du das?«

Sie erklärt, was die Ärzte zum Verlauf der nächsten Wochen gesagt haben, darunter die weitere Krankschreibung sowie die Reha-Maßnahmen.

»Dann können wir mit dir wohl kaum vor dem Jahreswechsel rechnen«, sagt er.

Sie hört die unterschwellige Frage und beantwortet sie mit Schweigen. Um ganz um eine Antwort herumzukommen, greift sie wieder nach dem Wasserglas, aber spürt, wie er sie beobachtet. Dann holt er einmal tief Luft und spricht die wirkliche Frage offen aus: »Du kommst doch zurück, Eiken?«

Es wäre leicht, diese Entscheidung vor sich herzuschieben, die folgenden Wochen abzuwarten. Aber irgendetwas in seiner Stimme bringt sie dazu, ehrlich zu sagen, wie es ist. Eine unausgesprochene Bitte um Versöhnung. Eine Andeutung von Besorgnis.

»Ich habe viel darüber nachgedacht«, gibt sie zu. »Bevor ich in den Urlaub losgefahren bin, hatte ich eigentlich schon beschlossen, meine Versetzung zu beantragen.«

»Und jetzt? Ist dir etwas Besseres eingefallen?«

»Ich trage mich mit dem Gedanken, dir noch eine Chance zu geben«, antwortet sie kurz und knapp. »Aber dann muss sich wirklich etwas an deinem Führungsstil ändern. Dieses pubertäre Geschwätz muss endlich aufhören. Und ich möchte nicht wieder übergangen werden, wenn die interessanten Fälle verteilt werden«, fügt sie hinzu.

»Jetzt bist du aber ganz schön unverschämt«, sagt er und räumt kleinlaut ein, »was ich an deiner Stelle wohl auch wäre. Und wie lange genau wirst du mich mit dem Hinweis quälen, dass du recht hattest?«

»Wirst du schon merken.«

Dieses Mal erlaubt sie sich ein kleines Lächeln. Jounas Smeed schüttelt den Kopf und seufzt.

»Okay, ich fürchte, das hab ich verdient.«

»Wie sieht es denn mit den Ermittlungen bei den Überfällen in Moerbeck und Odinswalla aus, seid ihr einen Schritt weitergekommen?«

»Keinen Millimeter«, sagt er resigniert. »Aber immerhin scheint der Täter entweder eine Pause eingelegt zu haben, oder er gibt jetzt Ruhe. Seit dem Vorfall im Atlasväg ist nichts mehr passiert. Oder es liegt an der Kälte«, schiebt er hinterher. »Bei Minusgraden lassen solche Schweine ihren Schwanz lieber in der Hose.«

Karen kommen die Fälle in den Sinn, mit denen sie sich im Studium befasst hat.

»Manchmal können Monate zwischen den Taten vergehen«, sagt sie. »In Schweden gab es doch vor ein paar Jahren so einen Fall, der recht ähnlich war. Der Täter hat jahrelang gemordet, bis sie ihn fassen konnten.«

Jounas nickt, aber sagt kein Wort, und Karen spricht weiter.

»Wahrscheinlich ist es nur eine Frage der Zeit, bis unser Typ wieder zuschlägt, und da will ich dabei sein und ihn festnehmen.«

Jounas steht auf und starrt durchs Fenster. Bleibt schweigend da stehen, und sie wartet ab. Sie kann spüren, dass er mit seinen Gedanken nicht mehr bei vergangenen oder kommenden Ermittlungen ist. Und sein eigentliches Anliegen, mit dem er gekommen ist – wie es mir geht –, ist auch nicht festzustellen, denkt sie und betrachtet seinen Rücken.

»Du denkst an Sigrid«, sagt sie und erkennt, wie er stocksteif wird, dann wendet er sich um.

Einen Augenblick lang kann sie sehen, dass er kurz davorsteht, seinem Ärger und Frust darüber, dass Sigrid mit auf dem Schiff war, Luft zu machen. Dass Karen sie einfach in den Urlaub mitgenommen hat, ohne ihn in Kenntnis zu setzen. Dass sie zu seiner Tochter ein engeres Verhältnis hat, als er selbst in den vergangenen Jahren.

»Ich habe mit ihr auch nicht gesprochen«, sagt sie leise.

Jetzt ist sein Blick eiskalt und skeptisch.

»Ach, wirklich? Ansonsten habe ich den Eindruck, dass ihr euch ganz plötzlich schrecklich nahesteht. Vermutlich vereint in der Abneigung gegen mich.«

Jetzt bekommt sie Lust, richtig fies zu werden. Ihn zu erniedrigen, zu verletzen. Wild um sich zu schießen mit ihrer eigenen Trauer als Munition.

Aber sie weiß, dass sie kein Recht dazu hat.

»Du kannst glauben, was du willst«, sagt sie, »aber sie hat sich auch bei mir nicht gemeldet. Sie geht nicht ran, wenn ich anrufe. Vielleicht macht sie uns beide für Susannes Tod verantwortlich.«

Sie sieht ihm an, dass er begreift, dass sie recht hat, und sie sieht, wie er zu einem letzten verzweifelten Versuch Anlauf nimmt.

»Du rufst mich sofort an, wenn sie sich meldet. Und sagst mir, wo sie sich aufhält. Das ist ein Befehl, Eiken. Verstanden?«

Karen sieht ihm in die Augen.

»Das kann ich nicht versprechen. Nur, wenn sie nichts dagegen hat.«

Sie wendet den Blick nicht ab und sieht, wie die Wut von ihm abzufallen scheint, als sei die Kraftanstrengung, sie am Leben zu halten, plötzlich zu groß für ihn geworden. Sein Brustkorb scheint zusammenzusacken, und ihm entgleitet jeder Gesichtszug. Übrig ist nur eine unendliche Trauer. Und jetzt erkennt sie in ihm nicht ihren Chef, sondern einfach nur Sigrids Vater.

»Eins kann ich dir aber versprechen«, sagt sie. »Ich würde Sigrid gegenüber niemals über dich herziehen. Ich mag sie viel zu gern, als dass ich schlecht über ihren Vater reden würde.«

Epilog

Zwei Wochen später schiebt Eleanor Eiken den Rollstuhl, in dem ihre Tochter sitzt, durch die Glastüren des Krankenhauses. Karen will nach Hause. Nachdem die erste Woche, in der sie von Schmerz und Medikamenten noch völlig benebelt war, vergangen war, war ihr Heimweh jeden Tag größer geworden. Die Sehnsucht danach, selbst bestimmen zu können, ob die Tür offen steht oder geschlossen ist, ob sie Besuch haben möchte oder eher nicht. Selbst entscheiden zu können, wann und was sie isst. Wenn sie überhaupt isst. Nicht mehr den Geruch von Desinfektionsmittel in der Nase zu haben und die Sirenen der Krankenwagen im Ohr. Und in Ruhe weinen zu können.

Und vor allem sehnt sie sich nach einem Glas Wein oder zwei und einer Zigarette.

Am liebsten wäre sie auch in ihrem Haus jetzt allein, doch ihr ist klar, dass sie noch auf die Hilfe ihrer Mutter angewiesen sein wird, zumindest für die erste Zeit. Deshalb ist sie nun gleichermaßen erstaunt, erleichtert und fühlt sich ein kleines bisschen verlassen, als ihre Mutter völlig unbekümmert sagt, dass sie übermorgen ins Flugzeug nach Spanien steigen wird.

»Harry ruft jeden Tag an und fragt mich, wann ich zurückkomme«, sagt sie, während sie den Rollstuhl in Richtung Ausgang schiebt. Er lässt dich übrigens herzlich grüßen. Ich muss ihm unbedingt Langevik zeigen, sobald es dir wieder besser geht. Spätestens zu Weihnachten kommen wir.«

Karen weiß nicht, was sie dazu sagen soll. Auf diesen Moment hat sie zwei Wochen lang gewartet, aber jetzt, da die Wirklichkeit da draußen vor den Glastüren wartet, will sie doch lieber wieder zurück in ihre vertraute Welt.

»Und du wirst das alles prima schaffen. Ich werde natürlich jeden Tag anrufen und hören, wie es dir geht«, versichert ihr Eleanor, während sich die Türen des Krankenhauses von Thysted zischend hinter ihnen schließen.

Die Luft draußen ist klar und frisch. Karen holt ein paar Male tief Luft und bereitet sich schon innerlich darauf vor, gleich mit den Krücken, die sie bekommen hat, die letzten Meter bis zu einem Wagen am Taxistand zu humpeln. Aber anstatt dort stehen zu bleiben, schiebt Eleanor Eiken sie weiter zum Parkplatz.

Ihr Herz macht einen Satz, als Karen plötzlich ihr Auto vor sich sieht. Aber es ist nicht der Anblick des runtergekommenen grünen Fords, der sie dazu bringt, die Lippen aufeinanderzupressen, um nicht vor Erleichterung loszuheulen.

Neben dem Wagen steht Leo Friis und zieht gerade zum letzten Mal an seiner Zigarette, bevor er sie auf den Boden wirft und mit dem Absatz die Glut auslöscht.

Und hinter dem Steuer sitzt Sigrid.